BAND 23

Die Reihe FESTA CRIME:

Wenn Lesen zur Mutprobe wird ...
www.Festa-Verlag.de

STEPHEN HUNTER
EINSAME
JÄGER

Aus dem Amerikanischen von Patrick Baumann

FESTA

1. Auflage April 2016
Copyright © dieser Ausgabe 2016 by Festa Verlag, Leipzig
Einbandgestaltung: Nicole Laka unter Verwendung von
Lizenzmaterial © shutterstock.com/javarman,
© shutterstock.com/Militarist
Lektorat: Alexander Rösch
Alle Rechte vorbehalten

ISBN 978-3-86552-443-0
eBook 978-3-86552-444-7

FÜR
CORPORAL JOHN BURKE,
US MARINE CORPS
IM KAMPF GEFALLEN
I CORPS,
REPUBLIC OF SOUTH VIETNAM
NAVY, 1967

»Wenn jemand fragt, warum wir starben, sagt ihnen, weil unsere Väter gelogen haben.«

– Rudyard Kipling

Geschrieben aus der Sicht seines Sohns John, der im Alter von 16 Jahren an der Somme fiel.

PROLOG

Wir befinden uns in der Gegenwart eines meisterhaften Scharfschützen.

Fast übernatürlich ruhig liegt er auf dem harten Felsuntergrund. Die Luft ist dünn, immer noch kühl; er fröstelt oder zittert nicht.

Die Sonne wird bald aufgehen und die Kälte aus den Bergen vertreiben. Ihr Licht breitet sich aus und enthüllt dabei märchengleiche Schönheit. Hohe Gipfel, in Schnee gehüllt; ein makelloser Himmel, der bald die Farbe eines blauen Rohdiamanten annehmen wird; ferne Almen von so intensivem Grün, wie man es in der Natur nur selten antrifft; Bäche, die sich durch den Nadelwald schlängeln, der die Hänge wie ein Teppich bedeckt.

Der Scharfschütze nimmt nichts davon wahr. Ihn darauf hinzuweisen, würde keinerlei Reaktion auslösen. Schönheit – egal ob die der Natur, die der Frauen oder selbst die der Waffen – ist ein Konzept, mit dem er nichts anfangen kann. Nicht nach all den Orten, an denen er gewesen ist, und all den Dingen, die er getan hat. Sie ist ihm schlicht und einfach egal. Sein Verstand orientiert sich nicht an solchen Bezugspunkten.

Stattdessen sieht er das Nichts. Er spürt eine starke, kalte Taubheit. Kein Gedanke hat in dieser Situation irgendeine Bedeutung für ihn. Sein Geist ist fast leer, als ob er sich in Trance befindet.

Er hat einen kurzen Hals, wie so viele legendäre Schützen. Obwohl seine Sehschärfe laut Snellen-Index mit 20/10 aberwitzig hoch ausfällt, wirken seine blauen Augen stumpf und offenbaren ein beinahe erschreckendes Ausmaß mentaler Gleichgültigkeit. Sein Puls ist praktisch nicht messbar. Manches an ihm ist kurios – Eigenheiten, die man

9

bei vielen Männern als Tick einstufen würde, die aber zu einem Scharfschützen perfekt passen. Er hat extrem gut ausgebildete, schnell kontrahierende Unterarmmuskeln, die für sein Alter jenseits der 50 immer noch geschmeidig und definiert sind. Seine Hände sind groß und stark. Das Durchhaltevermögen sprengt jede Skala, ebenso die Reflexe und die Schmerztoleranz. Er ist kräftig, agil und genauso energiegeladen wie jeder Spitzenathlet. Sein Verstand ist sowohl zu technischem als auch zu kreativem Denken in der Lage und sein Wille so geradlinig wie ein Laserstrahl.

Aber nichts von alldem kann ihn wirklich erklären, genauso wenig, wie solche Analysen einen Williams oder einen DiMaggio entschlüsseln könnten. Da ist einfach etwas an ihm: eine fast schon autistische Art von Genie, die ihm außergewöhnliche Kontrolle über Körper und Verstand verleiht, über Hände und Augen. Sie segnet ihn mit schier unendlicher Geduld, einem gewieften taktischen Verständnis und vor allem völliger Hingabe an seine mysteriösen Künste, die wiederum den Kern seiner Identität darstellen und ihm ein Leben verschaffen, wie es für viele unvorstellbar wäre.

Aber jetzt gibt es für ihn *nichts:* nicht seine Vergangenheit, nicht seine Zukunft, nicht den Schmerz, den es bereitet, eine lange Nacht hindurch reglos in der Kälte auszuharren. Nicht die Aufregung angesichts der Tatsache, dass dies der große Tag sein könnte. Keine Vorfreude, kein Bedauern, einfach gar nichts.

Neben ihm liegt sein Handwerkszeug, seitwärts auf einem harten Sandsack abgelegt. Er kennt es in- und auswendig, denn er hat sich zur Vorbereitung auf die 30 Sekunden, die heute, morgen oder übermorgen kommen werden, gründlich damit vertraut gemacht.

Es ist eine Remington 700 mit einem Fiberglasschaft von H-S Precision und einem Leupold-Zielfernrohr mit zehnfacher Vergrößerung. Ein Büchsenmacher hat sie modifiziert, um noch das letzte Promille an Leistung auszureizen: Der Verschluss ist ausgerichtet, geschliffen und mit maximalem Drehmoment im Metallblock in der Mitte des Schafts verschraubt; der neue, freiliegende Krieger-Lauf hat eine Tieftemperaturbehandlung verpasst bekommen. Der Abzug, Marke Jewell, löst bei einem Abzugsgewicht von 1,81 Kilogramm mit dem knackigen Klirren eines brechenden Glasstabs den Schuss aus.

Der Scharfschütze hat mehrere Wochen mit der Munition experimentiert und nach einer exakten Harmonie gesucht, die bestmögliche Resultate erzielt: die perfekte Balance zwischen dem Geschossgewicht, dem Sitz der Patrone im Lager und der bis aufs letzte Gran handvermessenen Menge des ausgewählten Pulvers. Nichts wurde dem Zufall überlassen: Die Rillen im Patronenhals wurden gedreht und getempert, die Zündlöcher entgratet, die Tiefe der Zündhütchen perfektioniert, die Zündhütchen selbst nach Verlässlichkeit ausgewählt. Die Laufmündung ist mit dem neuesten Schrei ausgestattet, dem *Ballistic Optimizing System* von Browning – einer Art anschraubbarem Stutzen, der detailliert justierbar ist, um für das optimale Schwingungsverhalten im Sinne der Präzision zu sorgen.

Er verwendet kein Militärkaliber, sondern eins aus dem zivilen Bereich: eine Remington Magnum 7 Millimeter, eine Patrone, die eine Zeit lang bei Jägern weltweit im Trend lag. Ein Bock oder ein Hirsch lässt sich damit aus erstaunlich großer Entfernung erlegen. Obwohl sie darin von einigen hipperen Patronen übertroffen wird, ist sie dennoch ein leistungsfähiges Flachgeschoss, das beim Flug durch die dünne Bergluft kaum an Geschwindigkeit verliert und auf Distanzen jenseits der 500 Meter noch fast 2700 Joule Geschossenergie mitbringt.

Aber all diese Daten interessieren den Scharfschützen

nicht – oder zumindest nicht mehr. Er kannte sie einmal, aber in dieser Situation hat er sie vergessen. Der Zweck der endlosen ballistischen Experimente war einfach: Es ging darum, Büchse und Ladung zur absoluten Perfektion zu treiben, um nicht mehr darüber nachdenken zu müssen. Das ist das Prinzip guten Schießens: Man bereitet alles optimal vor und verschwendet dann keinen Gedanken mehr daran.

Als das Geräusch kommt, ist er weder erschrocken noch überrascht. Er wusste, dass es früher oder später kommen musste. Es erfüllt ihn nicht mit Zweifel oder mit Reue. Es bedeutet bloß eins: dass es Zeit wird, an die Arbeit zu gehen.

Es ist ein Lachen, mädchenhaft und hell, voller Begeisterung. Es wird von den steinernen Wänden des Canyons zurückgeworfen, schwirrt aus den Schatten einer kleinen Schlucht fast 1000 Meter weit durch die dünne Luft zu dieser hohen Felsbank hinauf.

Der Scharfschütze schüttelt die Finger, wärmt sie auf. Seine Konzentration steigt um noch eine Stufe. Er zieht das Gewehr mit einer fließenden Bewegung zu sich heran, in der die Übung Hunderttausender Schüsse aus Training und Missionen steckt. Wie von selbst hebt sich der Gewehrschaft an seine Wange. Während eine Hand zum Kolbenhals schnellt, stützt die andere den Vorderschaft. Sein Arm trägt das Gewicht des leicht angehobenen Oberkörpers und baut eine Knochenbrücke zum Stein, auf dem er liegt. Die Büchse ruht auf einem prall gefüllten Sandsack. Er findet den idealen Haltepunkt, der eine Platzierung der Wange am Schaft und den perfekten Augenabstand zum Zielfernrohr bietet, damit das kreisrunde Zielbild so hell und klar wie eine Kinoleinwand vor ihm erscheint. Sein *adductor magnus,* ein langer Muskel im inneren Oberschenkel, spannt sich, als er den rechten Fuß um eine Winzigkeit schräg stellt.

12

Über ihm gleitet ein Habicht im Wind, segelt durch den blauen Morgenhimmel.

Eine Bergforelle springt.

Ein Bär sucht etwas zum Fressen.

Ein Reh huscht durch das Unterholz.

Der Scharfschütze nimmt nichts davon zur Kenntnis. Es ist ihm egal.

»Mami«, ruft die achtjährige Nikki Swagger. »Nun *komm* schon.«

Nikki kann besser reiten als ihre Eltern. Sie wurde praktisch auf dem Pferderücken großgezogen, denn ihr Daddy, ein Unteroffizier der Marines im Ruhestand mit landwirtschaftlicher Vergangenheit, hatte beschlossen, sich als Pferdepfleger mit eigenem Mietstall in Arizona selbstständig zu machen – dort, wo Nikki zur Welt gekommen ist.

Nikkis Mutter, eine hübsche Frau namens Julie Fenn Swagger, bleibt etwas zurück. Julie bringt nicht die natürliche Anmut ihrer Tochter mit, aber sie ist in Arizona aufgewachsen, wo Pferde zum Leben gehören, und sie reitet seit ihrer Kindheit. Ihr Mann hat bereits als Farmerjunge in Arkansas geritten, danach jahrzehntelang nicht mehr. Später fand er zu den Tieren zurück, und jetzt liebt er ihre Integrität und Loyalität so sehr, dass er fast ohne nachzudenken den Entschluss gefasst hat, ein anständiger Reiter zu werden. Es gehört zu seinen angeborenen Talenten.

»Okay, okay«, ruft Julie, »sei vorsichtig, Schätzchen.« Aber sie weiß, dass Nikki nichts ferner liegt, als vorsichtig zu sein. Sie hat die Persönlichkeit einer Heldin, mit dem Willen, alles aufs Spiel zu setzen, und einer völligen Abwesenheit von Furcht. In dieser Hinsicht gleicht sie einer Indianerin – und ihrem Vater, der ein Kriegsheld gewesen ist.

Sie dreht sich um.

»Nun *komm* schon«, drängt Julie und äfft ihre Tochter nach. »Du willst doch das Tal sehen, wenn die Sonne drüber wegzieht, oder nicht?«

»Japp«, ruft die Reiterin zurück, die nach wie vor von den Schatten der Vertiefung im Gelände verborgen wird.

Nikki prescht voran, heraus aus den Schatten und in das helle Licht. Ihr Pferd, das den Namen Calypso trägt, ist ein Vollblutwallach – ein ziemliches Biest, aber Nikki hat ihn lässig im Griff. Sie reitet englisch, da ihre Mutter davon träumt, dass sie einmal ein College im Osten besuchen wird. Und die Fähigkeiten, die als Kennzeichen der eleganten Reitkunst gelten, werden sie im Leben weiter bringen als das rowdyhafte Vermögen, wie ein Cowboy zu reiten. Ihr Vater hält nicht viel vom englischen Sattel, der kaum auszureichen scheint, um das Mädchen vor den Muskeln des Tieres unter ihr abzuschirmen. Bei Reitturnieren findet er diese bauschige Jodhpurhose und dieses Jackett aus Veloursamt mit dem Schnürband am Hals immer hochgradig albern.

Calypso springt über den felsigen Pfad. Seine Klugheit ist so offensichtlich wie seine Furchtlosigkeit. Das zarte Mädchen dieses riesige Pferd reiten zu sehen, zählt zu den großen Freuden im Leben ihres Vaters. Nirgendwo sonst wirkt sie so lebendig, so glücklich oder so souverän wie auf dem Rücken eines Pferdes. Jetzt jubelt Nikkis Stimme vor Vergnügen, als das Pferd auf eine Felsbank hinausreitet. Vor ihnen liegt die schönste zu Pferd erreichbare Aussicht. Sie rast bis an die Kante, scheint fast die Kontrolle zu verlieren, aber in Wahrheit hat sie alles im Griff.

»Schatz«, ruft Julie, als ihre Tochter fröhlich in den Untergang zu rasen scheint, »sei vorsichtig!«

Das Kind. Die Frau. Der Mann.

Das Kind kommt als Erstes. Sie ist die beste Reiterin, kühn und abenteuerlustig. Sie kommt aus den Schatten der kleinen Schlucht zum Vorschein und gibt die Zügel frei. Das Tier galoppiert über das Gras auf den Rand der Schlucht zu, bleibt stehen, dann dreht es sich um und zuckt in Vorfreude. Das Mädchen zügelt es und lacht.

Als Nächstes kommt die Frau. Obwohl sie nicht so begabt wie ihre Tochter ist, reitet sie dennoch mühelos im Trab und sitzt bequem im Sattel. Der Scharfschütze kann ihr strohblondes Haar sehen, die Muskeln, die sich unter der Jeans und dem Arbeitshemd abzeichnen, die Sonnenbräune im Gesicht. Ihr Pferd ist ein groß gewachsener Fuchs, ein kräftiges Cowboy-Arbeitspferd, nicht so geschmeidig wie das der Kleinen.

Und als Letztes: der Mann.

Er ist schlank und wachsam. In einer Tasche unter seinem Sattel steckt ein Gewehr. Er sieht gefährlich aus – wie ein außergewöhnlicher Mann, der nie in Panik gerät, schnell reagiert und treffsicher schießt, und genau das ist er auch. Er reitet wie ein talentierter Athlet, ist fast eins mit dem Tier und steuert es instinktiv mit den Schenkeln. Obwohl auch er bequem im Sattel sitzt, ist er offensichtlich hellwach und aufmerksam.

Er kann den Scharfschützen nicht sehen. Der Schütze ist zu weit weg, das Versteck zu sorgfältig getarnt und die Stelle so gewählt, dass dem Opfer zu dieser Tageszeit die Sonne in die Augen scheint, weshalb es nur blendendes Licht und verschwommene Konturen erfasst.

Das Fadenkreuz legt sich über den Mann und folgt ihm, während er dahingaloppiert, findet den Rhythmus der Schrittfrequenz, gleicht sich der Auf-und-ab-Bewegung des Tieres an. Der Finger des Schützen streicht über den Abzug, wie gefesselt von der Geschmeidigkeit seines Opfers, aber er feuert nicht.

Ein bewegliches Ziel, das sich quer von links nach rechts bewegt, aber auch auf und ab, in der Vertikalen: 753 Meter.

Ganz und gar kein unmöglicher Schuss, und viele Männer in seiner Situation hätten diese Gelegenheit genutzt. Aber die Erfahrung sagt dem Scharfschützen, dass es besser ist, noch zu warten. Später wird es eine bessere Gelegenheit zum Schuss geben, die beste. Bei einem Mann wie Swagger ist das diejenige, die man nutzen sollte.

Der Mann schließt sich der Frau an. Die zwei plaudern, und was er sagt, bringt sie zum Lächeln. Weiße Zähne blitzen auf. Ein winziger Funke Menschlichkeit im Inneren des Scharfschützen sehnt sich nach der Schönheit und Ungezwungenheit der Frau. Er hatte Prostituierte aus der ganzen Welt, manche sehr teuer, aber dieser kleine, intime Moment ist etwas, das sich ihm vollkommen entzieht. Aber das geht schon in Ordnung. Er hat sich dazu entschieden, seine Arbeit abseits der Menschen zu verrichten.

Herrgott!

Er flucht über sich selbst. So werden Schüsse vermasselt – dieser kurze Moment der Unkonzentriertheit, der einen von der Mission ablenkt. Er kneift kurz die Augen zu, nimmt die Dunkelheit in sich auf und klärt seinen Geist. Dann öffnet er sie und analysiert die Lage.

Der Mann und die Frau haben die Kante erreicht: 721 Meter. Vor ihnen liegt ein Tal, das das Licht nach und nach enthüllt, während die Sonne höher steigt. In taktischer Hinsicht bedeutet das für den Schützen, dass sein Opfer aufgehört hat, sich zu bewegen. Er sieht ein Familienporträt im Fadenkreuz: Mann, Frau und Kind, alle auf fast gleicher Höhe, weil das Pferd des Mädchens so groß ist, dass es genauso hoch sitzt wie seine Eltern. Sie unterhalten sich, das Mädchen lacht, deutet auf einen Vogel oder etwas Ähnliches, schäumt über vor Tatendrang. Die Frau starrt in die Ferne. Der Mann, der immer noch wachsam wirkt, entspannt sich nur ein kleines bisschen.

Das Fadenkreuz teilt die breite Brust in zwei Hälften.

Der Meisterschütze atmet aus, sucht die Stille in sich, erzwingt aber nichts. Er fasst nie einen konkreten Entschluss, folgt keinem inneren Zwang. Es geschieht einfach.

Das Gewehr zuckt, und als nach einem Sekundenbruchteil das Zielbild zurückkehrt, sieht er, wie die Brust des großen Mannes explodiert, als sie von der 7-Millimeter-Remington-Magnum durchschlagen wird.

TEIL 1

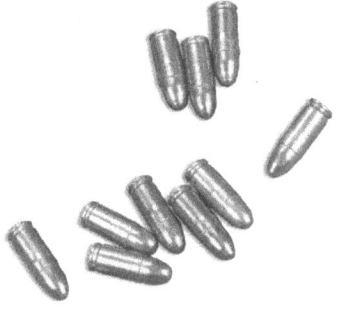

Das Paradedeck

Washington, D. C.,
April bis Mai 1971

KAPITEL 1

In einem ungewöhnlich heißen Frühling schmachtete Washington träge unter der gleißenden Sonne. Das Gras war braun und glanzlos, der Verkehr dicht, die Bürger griesgrämig und unhöflich. Selbst die Marmordenkmäler und die weißen Regierungsgebäude wirkten verkommen. Es kam einem so vor, als ob die Stadt in eine Starre verfallen oder mit einem Fluch belegt sei. Keine Amtsperson in Washington ging noch auf Partys; es herrschte eine Zeit der Verbitterung und gegenseitiger Schuldzuweisungen.

Und es herrschte Belagerungszustand. Die Stadt wurde tatsächlich angegriffen. Der Prozess, den der Präsident als ›Vietnamisierung‹ bezeichnete, ging den Legionen von Friedensdemonstranten nicht schnell genug, die regelmäßig die Parks und Seitenstraßen der Stadt stürmten und sie mal lahmlegten, mal freigaben – weitgehend unkontrolliert und ganz, wie es ihnen gerade in den Kram passte. In diesem Monat hatten bereits die Vietnamveteranen für den Frieden die Stufen vor dem Kapitol eingenommen und einen verbitterten Hagel aus Medaillen auf sie niederprasseln lassen. Weitere Aktionen waren für Anfang Mai geplant. Der May Tribe von der People's Coalition for Peace and Justice hatte geschworen, das städtische Leben einmal mehr zum Stillstand zu bringen, diesmal für eine ganze Woche.

In der ganzen Stadt gab es nur einen Platz, an dem sich wirklich grünes Gras finden ließ. Manche sahen in diesem Grün ein letztes, lebendiges Symbol der amerikanischen Ehre, eine letzte Hoffnung. Andere wiesen darauf hin, das Grün sei künstlich, wie so vieles in Amerika. Man verdanke es allein der ungeheuren Anstrengung ausgebeuteter Arbeitskräfte, denen keine andere Wahl bliebe. *Und genau das wollen wir ändern,* sagten sie.

Das grüne Gras wuchs auf dem Paradeplatz – oder, in der Sprache einer Truppe, die sich an die Einbildung klammerte, dass alle Anlagen an Land nur Erweiterungen oder metaphorische Darstellungen der Schiffe der Flotte waren: dem ›Paradedeck‹ des Stützpunktes Marine Barracks an der Kreuzung 8th und First Street im südöstlichen Washington. Die jungen Männer, die dort dienten, bearbeiteten diesen Rasen so intensiv wie Kirchengärtner. Denn für die jesuitischen Gemüter des United States Marine Corps handelte es sich um heiligen Boden.

Der im Jahr 1801 gebaute Stützpunkt war die älteste, ständig besetzte militärische Einrichtung in den Vereinigten Staaten. Nicht einmal die Briten hatten gewagt, sie in Brand zu stecken, als sie 1814 den Rest der Stadt in Flammen aufgehen ließen. Wenn man den Blick über das Deck zu den Häusern der Offiziere auf einer Seite schweifen ließ, dann zu den Gebäuden, die die drei Kompanien beherbergten (Alpha, Bravo und Hotel nutzten sie als Hauptquartier) auf der anderen und schließlich zum Haus des Kommandanten am gegenüberliegenden Ende des Vierecks, bekam man eine makellose Version dessen zu sehen, was der Dienst im Corps und der Dienst für das Land theoretisch bedeuteten.

Die uralten Ziegel waren rot und die Architektur entsprang einer Zeit, in der man noch Akkuratesse mit gelungener Gestaltung gleichgesetzt hatte. In einer ruppigeren, gewalttätigeren Ära als Fort konzipiert, hatte die Anlage durch das Wachstum der Pflanzen und das Anlegen eines Kopfsteinpflasters dort, wo sich einst nur matschige Wege befunden hatten, die Optik eines alten Ivy-League-Campus angenommen. Eine nicht ironisch gemeinte Flagge wehte am Ende einer hohen Stange über dem Platz; rot, weiß und blau bauschte sie sich schamlos im Wind. Das Ganze besaß einen leidenschaftlichen Anklang an das 19. Jahrhundert und wirkte wie ein Lobgesang auf die historische

US-Doktrin des Manifest Destiny. Dieser kleine Flecken Land ging beinahe als unabhängiges Herzogtum des United States Marine Corps durch. Er lag, wenn auch anderthalb Meilen entfernt, auf demselben Hügel wie das Kapitol, in dem die widerspenstigen Prozesse der Demokratie derzeit eine Zerreißprobe durchmachten.

Nun, an diesem außergewöhnlich warmen, hellen Apriltag, wurden junge Männer hier unter glühender Sonne gedrillt oder faulenzten, je nachdem, was ihre Vorgesetzten erlaubten.

Im Schatten an der Ecke zwischen dem Troop Walk und der South Arcade hockten sieben Männer – eigentlich eher Jungen – und rauchten. Sie trugen die *undressed blues* genannte Uniform, die aus einer blauen Hose, einem gelbbraunen, kurzärmligen Gabardinehemd ohne Kragen und einem weißen Hut – oder der ›Haube‹, wie sie das Corps getauft hatte – bestand, den sie sich tief in die Stirn gezogen hatten. Das einzig Merkwürdige an ihrer Erscheinung, das sie für einen beiläufigen Betrachter von den anderen Marines unterschied, waren ihre Oxford-Schuhe, die nicht nur geputzt, sondern mit Spucke poliert waren und geradezu übertrieben glänzten. Das Schuheputzen mit Spucke galt als eine Art Fetisch in ihrer Kultur. Die jungen Marines hatten Pause, und natürlich war Private First Class Crowe, der Teamkomiker, gerade dabei, ihnen den Lauf der Welt zu erklären.

»Wisst ihr«, wandte er sich an sein Publikum, während er an einer Marlboro zog, »das macht sich bestimmt gut im Lebenslauf. Ich erzähl denen, ich sei in dieser Eliteeinheit gewesen. Musste dafür erst 'ne Top-Secret-Sicherheitsüberprüfung hinter mich bringen. Wir haben für unsere Missionen trainiert und geübt. Und dann, als es losging in der glühenden Hitze, sind überall um mich rum die Männer umgekippt. Aber ich hab durchgehalten, verdammt noch mal. Ich war ein Held, ein gottverdammter Held. Was ich denen natürlich *nicht* erzählen würde, ist, dass es sich dabei um 'ne ... Parade gehandelt hat.«

Seine Kohorte belohnte ihn mit angemessenen Lachsalven. Sie hielten ihn für einen amüsanten und grundsätzlich harmlosen Kerl. Sein Onkel war der wichtigste Spendensammler für einen Kongressabgeordneten, was erklärte, weshalb man ihn in die Kompanie B gesteckt hatte, die Sargträgerkompanie, und er nicht den härteren und gefährlicheren Dienst im WES PAC leisten musste, wie die Kommandanten den Westpazifik nannten, oder im Land der bösen Träume, Marine-Sprech für Vietnam. Sein Verlangen, in die Republik Südvietnam zu reisen, hielt sich in Grenzen.

Tatsächlich hatte nur einer der sieben Männer Dienst in der RSVN, so das offizielle Kürzel, geleistet, und zwar der leitende Unteroffizier Corporal Donny Fenn, 22 Jahre alt, aus Ajo, Arizona. Donny, ein großer und fast unnatürlich hübscher blonder Knabe, der ein Jahr lang aufs College gegangen war, hatte sieben Monate in einer anderen B-Kompanie zugebracht, der 1/9 Bravo, die zur dritten Marine Amphibious Force gehörte und im First Corps an Operationen in und um An Hoa beteiligt gewesen war. Man hatte schon oft auf ihn geschossen, und einmal war er auch in die Lunge getroffen worden und hatte sechs Monate im Krankenhaus verbracht. Er war außerdem mit einem *Brnz Str* ausgezeichnet worden, wie er bei diesem Thema zu murmeln pflegte, ohne seinem Gegenüber in die Augen zu sehen.

Aber jetzt lief Donnys Zeit ab. Er hatte nur noch knapp 13 Monate abzuleisten und Gerüchten zufolge bedeutete das, dass das Corps ihn in seiner unendlichen Weisheit nicht noch einmal zurück ins Land der bösen Träume schickte. Nicht weil das Corps den Bengel so lieb gewonnen hätte. Nein, der wahre Grund lautete, dass eine Dienstzeit in Vietnam 13 Kalendermonate dauerte. Und wenn man jemanden dort hinschickte, der weniger als 13 Kalendermonate abzuleisten hatte, brachte man damit die Aufzeichnungen hoffnungslos durcheinander, was die analfixierten Personalverwalter gehörig in Unruhe versetzte. Daher hatte Donny den zentralen kriegerischen Konflikt seiner Generation eigentlich bereits heil überstanden.

»Alles klar«, sagte er mit einem Blick auf die Uhr. Der Sekundenzeiger raste auf 11:00 Uhr zu, was das Ende ihrer Pause bedeutete. »Macht sie aus und packt sie weg. Stopft euch die Filter in die Taschen, falls ihr Schwuchteln seid, die Filterzigaretten rauchen. Falls ich hier irgendwo Kippen auf dem Boden sehe, lass ich euch bis zum Morgenappell trainieren.«

Die Soldaten knurrten, aber sie gehorchten. Natürlich wussten sie, dass er es nicht so meinte. Wie sie war er kein Berufssoldat. Wie sie kehrte er bald wieder in die normale Welt zurück.

Wie es jede Gruppe lustloser junger Männer in einer so gnadenlosen Institution wie dem Marine Corps getan hätte, hielten sie sich ohne allzu große Begeisterung an die Vorschriften. Ein weiterer Tag an der 8th und First Street; ein Tag auf dem Paradedeck wie jeder andere, wenn sie sich nicht in Gefechtsbereitschaft befanden oder Dienst auf dem Friedhof hatten: Aufstehen in aller Herrgottsfrühe, eine Stunde Fitnesstraining um 6:00 Uhr, Morgenappell um 7:00 Uhr, etwas zu futtern um 8:00 Uhr. Um 9:30 Uhr fingen die langen, manchmal endlos scheinenden Stunden des Drills an, entweder für die Begräbnisse oder für die Aufstandsbekämpfung. Dann war der Tag geschafft.

Diejenigen, die noch Aufgaben hatten, erledigten sie. Andernfalls konnten die Jungs sich zurückziehen. Diejenigen, die verheiratet waren, durften außerhalb der Basis bei ihren Frauen wohnen; viele der Unverheirateten teilten sich ungenehmigte billige Unterkünfte auf dem Capitol Hill. Sie konnten herumhängen, Billard spielen, Leichtbier in der Soldatenbar trinken, im PX-Bezirk von Washington ins Kino gehen oder sogar in den Bars des Capitol Hill ihr Glück bei den Mädels versuchen.

Aber sie hatten nie Glück, was zu gewissem Frust führte. Es lag nur teilweise daran, dass man Marines für Babymörder hielt. Der wirkliche Grund waren die Haare: In der Welt da draußen war die Ära der langen Mähnen angebrochen. Männer trugen lange, bauschige Locken, unter denen ihre Ohren verschwanden. Von den armen Marines und sämtlichen zeremoniellen Soldaten im Militärbezirk von Washington erwartete man hingegen, dass sie als Aushängeschilder militärischer Disziplin fungierten. Daher präsentierten sie der Welt beinahe kahle Schädel – ›weiße Wände‹, wie man es nannte. Nur knapp zwei Zentimeter Haarlänge waren erlaubt. Dadurch standen ihre Ohren ab wie Radarantennen. Manche von ihnen sahen aus wie Howdy Doody, und kein Hippiemädchen mit Selbstwertgefühl ließ sich dazu herab, sie eines Blickes zu würdigen. Und da alle Amerikanerinnen sich in Hippiemädchen verwandelt hatten, waren sie, wie Crowe es kurz und prägnant ausdrückte, am Arsch.

»Handschuhe an«, befahl Donny und seine Männer standen auf und streiften ihre weißen Dienstexemplare über.

Donny fing an, sie quälend langsam verstreichende 50 Minuten für den Umgang mit dem Sarg zu drillen. Als Sargträger waren sie alle kräftig gebaut. Und als Sargträger durfte ihnen kein Fehler unterlaufen. Es schien bedeutungslos zu sein, aber ein paar von ihnen – Donny, zum Beispiel – verstanden, dass ihre Aufgabe tatsächlich wichtig war: Sie hatten den Schmerz über den Verlust eines

Menschen mit einem Ritual zu betäuben. Sie mussten mit Gepränge und Genauigkeit die nackte Tatsache kaschieren: dass ein Junge in dieser Kiste lag, der nun für immer in der Erde des Arlington National Cemetery verschwand, Jahre vor seiner Zeit – und wofür? Obwohl Donny das Leben generell eher locker anging, war er doch entschlossen, sie in dieser einen Hinsicht zu den Besten zu machen.

Also ging das Team unter seiner Anleitung und seinen sanften, aber energischen Kommandos an die Arbeit: Sie absolvierten die präzise choreografierten Einzelschritte mit der in eine Flagge gehüllten Kiste, in der ein Junge lag, der aus dem Leichenwagen geholt wurde. Bei den Proben wurde diese durch ein Stahlgestell ersetzt. Die Träger richteten den Sarg aus, trugen ihn ruhig und würdevoll zum Grab und setzten ihn auf einer Bahre ab. Als Nächstes kam das komplizierte Zusammenlegen der Flagge an die Reihe. Sechs Paar disziplinierter Hände zogen sie von der Kiste. Beginnend mit dem Mann am unteren Ende des Sargs wurde sie dann zu einem Dreieck gefaltet, das mit jedem straffen Falz dicker wurde, während es von Mann zu Mann weitergereicht wurde. Wenn es gut lief, war das, was schließlich in den Händen von Corporal Fenn landete, ein perfektes Dreieck; ein Dreispitz, auf jeder Seite mit Sternen geschmückt, ohne dass irgendwo ein roter Streifen aufblitzte. Alles andere als einfach – ein gutes Team brauchte Wochen, um es richtig hinzukriegen, und noch länger, um es einem Neuen beizubringen.

Corporal Fenn nahm an dieser Stelle das gestirnte Dreieck entgegen, marschierte mit steifer Präzision zur Mutter, zum Vater oder wer immer dort saß, und überreichte es ihnen mit den weißen Handschuhen. Das zählte zu den merkwürdigen Momenten. Manche der Empfänger waren zu benommen, um zu reagieren, andere zu mitgenommen, um es überhaupt zu bemerken. Manche reagierten linkisch, manche sogar ein wenig überwältigt. Denn ein so gut aussehender Marine wie Donny, mit der Brust voller Medaillen, die schwer an seiner Uniformjacke hingen, dem fast haarlosen Kopf, einem Hut so weiß wie die Handschuhe, mit undurchdringlicher Würde und tadelloser Darbietung, bot in der Tat einen umwerfenden Anblick, fast wie ein Filmstar. Und dieses Charisma überlagerte oft die Trauer des Augenblicks. Eine am Boden zerstörte Mutter knipste einmal sogar ein Foto von ihm mit einer Sofortbildkamera, als er auf sie zukam.

Aber beim heutigen Durchlauf war der Corporal mit der Leistung seiner Mannschaft nicht zufrieden. Natürlich lag es an Private First Class Crowe, ohnehin nicht gerade der beste Mann im Team.

»Also, Crowe«, sprach er ihn an, nachdem die verschwitzten Männer das Ritual beendet und Aufstellung bezogen hatten, »ich hab dich beobachtet. Du warst auf dem Hinweg aus dem Tritt und beim Abmarsch auf der linken Seite des Wagens einen halben Schritt hinterher.«

»Ach«, erwiderte Crowe in dem Versuch, durch einen Witz dafür zu sorgen, dass ihnen der Moment im Gedächtnis blieb, »das liegt an meinem verdammten Knie. Wegen dem Mist, den ich mir in Khe Sanh eingefangen hab.«

Das sorgte für leises Gelächter, denn Crowe war Khe Sanh nie näher gekommen als beim Lesen eines Artikels über die Schlacht im *New Haven Register*.

»Hab ganz vergessen, dass du so 'n Held bist«, gab Donny zurück. »Dann machst du eben nur 25 Liegestütze und nicht 50. Im Gedenken an deinen aufopfernden Einsatz.«

Crowe murmelte finster aber gutmütig vor sich hin und die anderen Teammitglieder zogen sich zurück, um ihm für das Ableisten seiner Strafe Platz zu machen. Er zog die Handschuhe aus, ließ sich auf den Bauch fallen und legte

25 Liegestütze nach Art der Marines hin. Die letzten sechs fielen etwas schlampig aus.

»Ausgezeichnet«, befand Donny. »Vielleicht bist du ja doch kein Mädchen. In Ordnung, dann ...«

Aber in diesem Augenblick kam plötzlich der Ordonnanzoffizier des Kompanieführers, der bebrillte Private First Class Welch, an Donnys rechter Schulter zum Vorschein.

»Hey, Corporal«, flüsterte er. »Der CO will Sie sehen.«

Scheiße, dachte Donny, *was zum Teufel hab ich denn jetzt wieder verbockt?*

»Ooooh«, machte jemand, »da steckt wohl einer in Schwierigkeiten.«

»Hey, Donny, vielleicht wollen sie dir noch 'ne Medaille geben.«

»Das ist bestimmt dieser Vertrag mit Hollywood, der endlich eingetroffen ist.«

»Wissen Sie, worum es geht?«, fragte Donny Welch, der als gute Quelle galt, wenn es um Klatsch ging.

»Keine Ahnung. Irgendwelche Navy-Leute, mehr weiß ich nicht. Aber es ist dringend.«

»Bin auf dem Weg. Bascombe, du übernimmst. Macht noch 20 Minuten. Konzentriert euch auf das Abwenden vom Leichenwagen, das Crowe anscheinend so verwirrt. Danach bring sie zum Essen rüber. Ich komm nach, sobald ich kann.«

»Ja, Corporal.«

Donny strich das gestärkte Hemd glatt, korrigierte den Sitz der Uniform, überlegte kurz, ob ihm Zeit blieb, das Hemd zu wechseln, gelangte zu dem Schluss, dass das nicht der Fall war, und setzte sich in Bewegung.

Auf dem Weg über das Paradedeck kam er an anderen exerzierenden Marines vorbei. Die Attraktion von Kompanie A, das Silent Drill Rifle Team, ging gerade seine ausgefeilte Pantomime durch. Die Fahnenträger meisterten die Feinheiten des Umgangs mit der Flagge. Ein anderer Zug probte bereits die Aufstandsbekämpfung und stampfte grimmig den Troop Walk entlang, tief gebeugt unter der schweren Kampfausrüstung.

Donny erreichte den Center Walk, nahm die Kurve und näherte sich der eigentlichen Kaserne. Dabei kreuzte nur ein halbes Dutzend Offiziere des salutierverrückten Corps seinen Weg, dessen Gruß er mit gestreckter rechter Hand erwidern musste. Er betrat das Gebäude, wandte sich nach rechts und ging durch die offene Luke – Marine-Englisch für Tür – in den Flur. Es war dunkel und die glänzenden Wirbel, die vom gründlichen Polieren des Bodens zeugten, funkelten ihm entgegen. An den grünen Stellwänden der Regierung hingen Fotos von verschiedenen Aktivitäten der Marines, die ein aggressiv operierendes Büro für Presse- und Öffentlichkeitsarbeit zur Stärkung der Truppenmoral zur Verfügung gestellt hatte. Aber sie verfehlten ihren Zweck vollkommen. Schließlich ging er durch die Tür mit der Aufschrift COMMANDING OFFICER. Darunter stand: CAPTAIN M. C. DOGWOOD, USMC.

Ihn empfing ein leerer Vorraum, da PFC Welch noch mit Botengängen beschäftigt war.

»Fenn?«, rief jemand aus dem Büro. »Kommen Sie rein.«

Donny betrat das Büro, eine Art geisterhafte Krypta der vereinten Eitelkeiten des Marine-Machismo und der bürokratischen Effizienz, und traf dort den stocksteifen Captain Morton Dogwood an, der mit einem schlanken, jungen Mann mit der Sommerbräune eines Lieutenant Commanders der Navy und einem noch jüngeren Mann in Ensign-Uniform zusammensaß.

»Sir«, sagte Donny und nahm Haltung an, »Corporal Fenn meldet sich wie befohlen, Sir.«

Da er keine Waffe hatte, salutierte er mit der Hand.

»Fenn, das sind Commander Bonson und Ensign Weber«, stellte Dogwood ihm die Männer vor.

Shit!, raunte eine Stimme in Donnys Kopf.

Der Raum war dunkel, die Vorhänge zugezogen. Die magere Medaillenausbeute des Captains hing in einem Rahmen an der Wand hinter ihm, ebenso eine Urkunde über seinen Abschluss in Internationalem Finanzwesen von der George Washington University. Die Platte seines Schreibtischs glänzte, leer bis auf die polierte Granathülse, die man abgesägt und zu einem Behälter für Büroklammern umfunktioniert hatte – das Souvenir, das jeder bekam, der in Vietnam Dienst geleistet hatte. Außerdem standen dort gerahmte Fotos einer hübschen Frau und zwei kleiner Mädchen.

»Setzen Sie sich, Fenn«, forderte Bonson ihn auf, ohne den Blick von den Dokumenten zu heben, die er studierte. Donny sah, dass es sich um seinen ›Umschlag‹ handelte, seine persönliche Akte.

»Aye, aye, Sir!« Donny fand einen Stuhl und setzte sich steif hinein, den drei Männern gegenüber, die sein Schicksal in ihren Händen zu halten schienen. Von draußen drangen die Rufe der Ausbilder herein; dort war es hell und heiß, und der Tag steckte voller Pflichten. Hier drin hatte Donny das Gefühl, im Trüben zu fischen. Was zum Teufel hatte das alles zu bedeuten?

»Gute Akte«, sagte Bonson. »Ausgezeichneter Job im Einsatz. Gute Leistungen auch hier in der Kaserne. Wann läuft Ihre Dienstzeit ab, Fenn?«

»Sir, im Mai ’72.«

»Schade, dass Sie uns schon verlassen wollen, Fenn. Das Corps braucht gute Männer wie Sie.«

»Ja, Sir«, erwiderte Donny und fragte sich, ob ... nein, nein, es konnte kein Rekrutierungsversuch sein. Der NIS war das eigene kleine FBI der Navy und des Corps. Die ermittelten, rekrutierten aber nicht. »Ich bin verlobt. Ich hab schon den Bescheid bekommen, dass ich wieder an die University of Arizona gehen kann.«

»Was werden Sie studieren?«, erkundigte sich der Commander.

»Sir, ich glaube, ich werde vorbereitende Kurse für Jura belegen.«

»Wissen Sie, Fenn, wahrscheinlich sind Sie bei Ihrer Entlassung Corporal. Im Corps ist es schwer, einen hohen Dienstgrad zu erreichen, weil es so klein ist und es einfach nicht so viele freie Posten gibt, unabhängig von Talent und Einsatzbereitschaft.«

»Ja, Sir.«

»Nur ungefähr acht Prozent der für vier Jahre Verpflichteten haben am Ende einen höheren Dienstgrad als Corporal. Also Sergeant oder höher.«

»Ja, Sir.«

»Fenn, stellen Sie sich vor, wie hilfreich es für Ihre Jura-Karriere wäre, wenn Sie Sergeant wären. Damit gehörten Sie einer Gruppe von unglaublich wenigen Männern an, die das erreicht haben. Sie wären dann wahrhaft Teil einer Elite.«

»Äh ...« Donny wusste kaum, was er darauf antworten sollte.

»Diese Offiziere hier bieten Ihnen eine enorme Chance, Fenn«, fuhr Captain Dogwood fort. »Sie sollten sich anhören, was sie zu sagen haben.«

»Ja, Sir.«

»Corporal Fenn, wir haben ein Leck. Ein schlimmes Leck. Wir wollen, dass Sie es stopfen.«

»Ein Leck, Sir?«

»Ja. Sie wissen sicher, dass wir Informanten in den meisten großen Friedensbewegungen eingeschleust haben. Und Sie kennen die Gerüchte, wonach diese am May Day versuchen wollen, die Stadt zum Stillstand zu bringen. Sie wollen den Krieg beenden, indem sie den Kern des Getriebes lahmlegen.«

Solche Gerüchte schwirrten überall herum. Der Weather Underground, die Black Panthers, das SNCC, sie alle wollten Washington auf die Knie zwingen, das Pentagon zum Schweben bringen oder es unter Rosenblüten begraben, in die Waffenkammern einbrechen und den bewaffneten Aufstand proben. Das führte dazu, dass die Bravo Company sich ständig in Alarmbereitschaft befand und niemand wirklich Freizeit hatte.

»Hab davon gehört.« Seine Freundin wollte ihn am May-Day-Wochenende hier besuchen. Eine tolle Sache, sie endlich mal wiederzusehen, ohne im Bereitschaftsdienst zu sein oder, noch schlimmer, in irgendeinem Gebäude in der Nähe des Weißen Hauses unter einem Schreibtisch übernachten zu müssen.

»Tja, das Gerede ist wahr. May Day. Der kommunistische Feiertag. Die planen die größte Mobilmachung seit Beginn des Krieges. Die haben wirklich vor, uns lahmzulegen, und zwar dauerhaft.«

»Ja, Sir.«

»Unser Job ist ganz einfach«, fuhr Lieutenant Commander Bonson fort. »Er besteht darin, diese Leute aufzuhalten.«

Seine Stimme klang wild entschlossen, zitterte sogar ein wenig. In seinen Augen brannte eine altmodische Iwojima-Kampflust. Gleichzeitig kam Donny nicht umhin, zu bemerken, dass an seiner kakifarbenen Uniform kein Abzeichen für den Dienst in Vietnam prangte.

»Erinnern Sie sich noch an November?«, fragte Bonson.

»Ja, Sir«, antwortete Donny, und er erinnerte sich tatsächlich. Es hatte sich in seinem Gedächtnis festgesetzt, nicht die komplette Angelegenheit, aber ein bestimmter, aberwitziger Moment.

Es war spät gewesen, beinahe 24 Uhr, Mitternacht in der amerikanischen Volksseele. Die Marines der Bravo Company hatten in voller Kampfausrüstung der Reihe nach das ans Weiße Haus angrenzende Finanzministerium betreten. Sie hatten die Aufgabe gehabt, es am nächsten Morgen zu beschützen, in einer Stadt, in der 200.000 wütende Jugendliche auf der National Mall campierten. Ein knochentrockener Mond schien am Nachthimmel. Das Wetter war frisch, aber noch nicht unerträglich. Die Marines stiegen aus den Trucks, hielten ihre M14-Gewehre hochkant vor der Brust. Die Bajonette waren aufgepflanzt, aber noch in ihren Metallscheiden.

Während Donny seine Männer damals nach unten zum Eingang führte, bemerkte er ein Licht und blickte auf. Am Ende der Rampe befanden sich Stützpfeiler aus Ziegelsteinen, die zwischen dem ach so weißen Weißen Haus auf der linken und dem ach so dunklen Finanzministerium auf der rechten Seite einen Ausblick auf die Pennsylvania Avenue boten. Dort hatten die Planer des Kreuzzugs für den Frieden eine stille Mahnwache bei Kerzenschein organisiert.

Eine Reihe junger Amerikaner schleppte also Gewehre in ein Regierungsgebäude, Helme auf dem Kopf und 15 Kilogramm Gepäck auf dem Rücken, während sechs oder sieben Meter höher, in einem perfekten rechten Winkel zu ihnen, eine andere Reihe junger Amerikaner mit Kerzen in den Händen die verlassene Straße entlangschritt, deren seltsam flackerndes Licht auf ihre zarten Gesichter fiel. In diesem Moment begriff Donny: Egal was die feurigen Berufssoldaten oder die Friedensschreihälse behaupten mochten, diese beiden Gruppen ähnelten sich unheimlich.

»Ja, Sir«, erwiderte Donny. »Ich erinnere mich.«

»Wussten Sie, Corporal, dass Radikale die Bewegungen genau einer Einheit, nämlich Kompanie B von den Marine

Barracks, beobachtet haben? Dass ein Washingtoner Polizist nur durch eine Verkettung von Zufällen eine Bombe entdeckte, die die Telefonverbindung zum Finanzministerium kappen und dadurch die B-Kompanie unerreichbar machen sollte, womit das Weiße Haus und der Präsident schutzlos gewesen wären? Stellen Sie sich das vor, Corporal. Schutzlos!«

Es schien ihm einen merkwürdigen Kick zu geben, *schutzlos* zu sagen. Seine Nasenflügel blähten sich, seine Augen flackerten.

Donny hatte keine Ahnung, was er darauf entgegnen sollte. Er hatte nichts von einer Bombe an einer Telefonleitung gehört.

»Woher wussten die, dass Sie dort waren? Woher wussten die, dass Sie sich genau *dort* aufhalten?«, bohrte der Lieutenant Commander nach.

Donny fiel ein: Es gab zwei Gebäude neben dem Weißen Haus. Das eine war das Executive Office Building, das andere das Finanzministerium. Wenn man vorhatte, Soldaten zu stationieren, lag es doch nahe, sie in einem dieser beiden Bauten unterzubringen? Wo sollten sie denn *sonst* hin?

»Ich weiß nicht ...«, stammelte er und hätte beinahe durch einen heftigen Lachanfall seine Karriere beendet.

»In diesem Moment hat mein Team angefangen zu ermitteln. In diesem Moment wurde der NIS mit diesem Fall betraut«, verkündete der Lieutenant Commander.

»Ja, Sir.«

»Wir haben ausführliche Hintergrundchecks für jeden in den drei Kompanien der Marine Barracks durchgeführt. Und wir glauben, dass wir unseren Mann gefunden haben.«

Donny war sprachlos. Dann wurde er langsam wütend.

»Sir, ich dachte, dieser *Hintergrundcheck* sei bereits erledigt worden, bevor wir in die Einheit kamen.«

»Ja, aber das wird eher salopp gehandhabt. Ein Ermittler führt 100 Sicherheitsüberprüfungen in einer Woche durch. Da entgeht einem schon mal was. Jetzt lassen Sie mich Ihnen mal eine Frage stellen. Was würden Sie sagen, wenn ich Ihnen erzähle, dass ein Mitglied Ihrer Kompanie eine illegale Wohnung abseits der Basis unterhält und dort mit Mitgliedern einer bestens bekannten Friedensinitiative zusammenlebt?«

»Ich weiß nicht, Sir.«

»Ich rede von diesem PFC Edgar M. Crowe.«

Crowe! Natürlich musste es Crowe sein.

Jetzt meldete sich Ensign Weber zu Wort. Er las aus einer Akte vor.

»Crowe unterhält ein Apartment, Nummer 2311 in der C Street, Southwest. Er bewohnt dort ein Zimmer zusammen mit Jeffrey Goldenberg, einem graduierten Studenten, der auf dem Mediencampus der Medill Northwestern University in Washington arbeitet. Crowe ist kein gewöhnlicher Soldat, Fenn. Er hat sein Studium in Yale abgebrochen und ist nur ins Corps gekommen, weil sein Onkel Beziehungen zu einem Abgeordneten unterhält, der sicherstellen konnte, dass er nie nach Vietnam eingezogen wird.«

»Stellen Sie sich das mal vor, Fenn«, fügte Commander Bonson hinzu. »Sie sind da drüben und kriegen fast den Hintern weggeballert, und der ist hier, marschiert bei Paraden mit und gibt Informationen an diese pazifistischen Spinner weiter.«

Crowe, natürlich. Ein ständiger Versager, ein Schlaumeier, ein Clown, der seine wilde Intelligenz hinter dem brennenden Ehrgeiz versteckte, gerade gut genug zu sein, um nicht rausgeschmissen zu werden, aber nicht im eigentlichen Sinne gut.

Trotzdem: Crowe war ein Spinner, noch nicht wirklich erwachsen. Er schien sich darin nicht von den anderen zu unterscheiden. Ein junger Kerl, gerade mal Anfang 20, den die Verführungen und Verwirrungen einer verführerischen, verwirrenden Zeit durcheinanderbrachten.

»Wir kennen Sie, Fenn«, sagte der Lieutenant Commander. »Sie sind der einzige Mann in der Kompanie, der durchgängig den Respekt sowohl der altgedienten Marines, die in Vietnam waren, als auch der jungen Kerle genießt, die nur hier sind, um Vietnam aus dem Weg zu gehen. *Alle* mögen Sie. Daher haben wir einen Auftrag für Sie. Falls Sie Erfolg haben – und mein militärischer Verstand sagt mir, dass es gar keine andere Möglichkeit gibt –, wird Ihr Militärdienst in zwölf Tagen vorbei sein und Sie verlassen die Truppe als vollwertiger E-5-Sergeant des United States Marine Corps. Das garantiere ich Ihnen.«

Donny nickte. Die Sache gefiel ihm überhaupt nicht.

»Ich will, dass Sie Crowes neuer bester Freund werden. Sein Kumpel, sein Kamerad, sein Beichtvater. Sie schmeicheln ihm, indem Sie ihm Ihre ganze Aufmerksamkeit schenken. Sie hängen mit ihm herum. Sie gehen zu den Partys, die er mit diesen pazifistischen Spinnern feiert, lernen seine langhaarigen Hippie-Freunde kennen. Besaufen sich mit ihm. Er wird Ihnen Sachen anvertrauen, zunächst nur wenige, im Laufe der Zeit immer mehr. Er wird all seine Geheimnisse ausplaudern. Wahrscheinlich ist er so stolz auf sich und sein kleines Spielchen, dass er es kaum abwarten kann, damit anzugeben und Ihnen zu beweisen, was für ein schlauer Bursche er ist. Besorgen Sie uns genug Material, damit wir gegen ihn vorgehen können, *bevor* er am May Day die Einheit verrät. Wir werden ihn für sehr lange Zeit nach Portsmouth schicken. Wenn er rauskommt, wird er graue Haare haben.«

Bonson lehnte sich zurück.

Jetzt lagen die Karten auf dem Tisch. Am meisten beschäftigte ihn, was unausgesprochen blieb. Was, wenn er es nicht tat? Was passierte dann mit ihm? Wohin würden sie ihn schicken?

»Ich weiß nicht ... Sir, ich habe keine nachrichtendienstliche Ausbildung. Ich bin mir nicht sicher, ob ich das schaffe.«

»Fenn ist ein äußerst geradliniger Marine«, erklärte Captain Dogwood. »Ein hart arbeitender, hoch motivierter junger Mann. Er ist kein Spion.«

Donny sah, dass diese Einmischung des Captains Lieutenant Commander Bonson ausgesprochen ärgerte. Aber Bonson sagte nichts. Er starrte Donny in dem dunklen Büro nur grimmig an.

»Sie haben zwei Wochen«, meinte er schließlich. »Wir werden Sie beobachten und erwarten jeden zweiten Tag einen Bericht. Es steht viel auf dem Spiel. Viele Menschen zählen auf Sie. Denken Sie an die Ehre der Streitkraft und an Ihre Pflicht Ihrem Land gegenüber.«

Donny schluckte und hasste sich sofort dafür.

»Wissen Sie, hier haben Sie es ziemlich gut«, fuhr Bonson fort, als Donny weiterhin schwieg. »Sie haben ein Zimmer in der Kaserne, nicht bei den Mannschaftsräumen, einen sehr angenehmen Dienstort, einen sehr angenehmen Tagesablauf. Sie sind in Washington, D. C. Es ist Frühling. Sie werden wieder aufs College gehen, als dekorierter Kriegsheld mit allen Vorteilen, die Veteranen haben, außerdem mit einem Bronze Star und einem hohen Dienstgrad. Ich behaupte, nur wenigen jungen Männern in Amerika steht die Welt so offen wie Ihnen.«

»Ja, Sir.«

»Was der Commander damit sagen will«, meldete sich Ensign Weber zu Wort, »ist, dass man Ihnen das alles auch wegnehmen kann. Blitzschnell. Befehle lassen sich ändern. Sie könnten sich in den Reisfeldern in Vietnam abplagen, während Ihnen die Scheiße um die Ohren fliegt. So was hat es schon gegeben. Ein Kerl, dessen Zeit fast abgelaufen ist, wird plötzlich zu einem extrem gefährlichen Kampfeinsatz abkommandiert. Tja, Sie kennen ja die Geschichten. Er hatte noch einen Tag vor sich und fing sich 'ne Kugel ein. Briefe an seine Mutter, Berichte in der Zeitung, wie schrecklich das alles ist. Der größte Pechvogel der Welt, dieser arme Kerl. Aber manchmal kommt so was eben vor.«

Es wurde wieder still im Raum.

Donny wollte nicht nach Vietnam zurück. Er hatte seine Zeit dort abgeleistet, war angeschossen worden. Er erinnerte sich an die Angst, die er verspürt hatte, an die schier unermessliche, atemberaubende Dichte dieser Angst, als zum ersten Mal Granaten um ihn herum explodierten. Er hasste dieses Elend, diese Verschwendung, das mörderische Element. Er hasste die Vorstellung, das wahre Leben so dicht vor sich zu sehen, nur um es zu verlieren. Er hasste die Aussicht, Julie nie, nie wiederzusehen. Er stellte sich vor, wie irgendein Friedensapostel sie tröstete, wenn er nicht mehr da war, und er wusste, wie die Sache ausgehen würde.

Fast unmerklich nickte er.

»Großartig«, lobte Bonson. »Sie haben die richtige Entscheidung getroffen.«

KAPITEL 2

Er stand vor dem Haus und kam sich wie ein Idiot vor. Dröhnende Rockmusik plärrte aus dem Inneren. Da drin war es laut, voll und auf Party getrimmt. Er fühlte sich unglaublich dumm.

Er machte kehrt. Im Ford, der auf der anderen Seite der C Street parkte, saß Ensign Weber. Dieser nickte ihm ermutigend zu und machte eine kleine, wackelnde Kopfbewegung, als wolle er sagen: *Mach schon, geh an die Arbeit, verdammt noch mal.*

Donny stand vor dem Hawk and Dove, einer berühmtberüchtigten Kneipe am Capitol Hill, in der sich die jungen Männer und Frauen, die den Krieg führten, gegen ihn protestierten oder über ihn Buch führten, nach 18 Uhr trafen, wenn die Beamten Washingtons Feierabend machten – abgesehen von ein paar alten Männern in isolierten Büros, die auf die neuesten Meldungen über Luftangriffe oder aktuelle Opferzahlen warteten.

Es war eine schöne Nacht mit gemäßigten, milden Temperaturen. Donny trug eine abgeschnittene Hose, Jack Purcells und ein Madras-Hemd, genau wie die Hälfte der jungen Leute, die in dem Laden verschwunden waren, seit er hier wartete. Aber anders als bei ihnen standen seine Ohren ab und er hatte nur wenige Haare auf dem Kopf. Alles an ihm verriet, dass man es mit einem Marine zu tun hatte.

Aber das Hawk and Dove war der Schuppen, in dem PFC Crowe abzuhängen pflegte, also hatte man ihn eben dorthin geschickt.

Herrgott!, fluchte Donny innerlich. Er schaute zurück zu Weber und sah ihn erneut die Wackelbewegung mit dem Kopf machen.

Er drehte sich um und stürmte hinein.

Wie er erwartet hatte, war die Kneipe dunkel, eng und voll. Rockmusik hämmerte aus den Boxen. Es klang nach Buffalo Springfield: ›*There's a man with a gun over there, what it is ain't exactly clear*‹ ... so was in der Art. Der Song kam Donny vage bekannt vor.

Alle rauchten, es wurde viel geflirtet. Das Versprechen von Sex hing in der Luft, während sie sich in der Dunkelheit gegenseitig abcheckten, die hübschen, jungen Mädchen vom Hill, die schlanken, jungen Männer vom Hill. Fast alle Kerle hatten wuschelige Haare. Aber hier und da registrierte Donny ›weiße Wände‹ oder zumindest einen militärischen Kurzhaarschnitt. Es gab trotzdem kaum Spannungen. Alle schienen das Thema einfach ruhen zu lassen, legten es draußen vor der Tür ab und setzten stattdessen auf eine anständige Portion Gemeinschaftsgefühl. Die Jungen mussten den mörderischen, besitzergreifenden Alten im Hawk and Dove nichts beweisen.

Donny drängte durch die Menge zur Bar, bestellte ein Bud, schob einen Dollar über den Tresen und dachte an das, was sie ihm gesagt hatten: »Behalten Sie alle Rechnungen. Sie kriegen Ihre Spesen erstattet. Unser Büro wird die Kosten übernehmen. Aber trinken Sie nichts Hartes. Bonson wird ausflippen, wenn Sie anfangen, Pinch zu saufen.«

»Ich weiß nicht mal, wie Pinch *schmeckt*«, hatte Donny erwidert. »Vielleicht wär's mal an der Zeit, es rauszufinden.«

»Ganz klar nein«, warnte Weber.

Donny nippte an seinem Bier. Neben ihm führte ein Kerl gerade einen verbitterten Streit mit einem Mädchen. Eine dieser leisen, gemurmelten Auseinandersetzungen, aber trotzdem sehr heftig. Der Junge schimpfte ständig im Flüsterton: »Du blöde *Kuh*. Du bist so eine unglaublich blöde *Kuh*. Wie konntest du ihn das tun lassen? *Ihn!* Wie konntest du nur? Du blöde *Kuh*.«

41

Das Mädchen starrte bloß geradeaus und rauchte.

Die Zeit verging. Seine Anweisungen waren eindeutig. Er sollte nicht auf Crowe zugehen. Das wäre ein Fehler. Früher oder später bemerkte Crowe ihn und dann entwickelte sich alles von selbst. Wenn er sich Crowe aufdrängte, verurteilte er die Sache zum Scheitern.

Donny bestellte noch ein Bier und schaute auf die Uhr. Er checkte die Lage. Es gab hier einige attraktive Mädchen, aber keine war so cool wie Julie, mit der er verlobt war. *Mann!,* entschied er lächelnd, *ich hab doch immer noch die Beste.*

Ein typischer *Der-Football-Star-geht-mit-der-Cheerleaderin*-Gedanke, aber das traf es nicht ganz. Okay, sie war eine Cheerleaderin. Aber er machte sich nichts aus Football und sie hatte auch nicht viel für das Cheerleading übrig. Tatsächlich hatte man sie an der Pima County High School mehr oder weniger zwangsweise miteinander verkuppelt. Schnell waren sie zu dem Schluss gelangt, sich nicht besonders zu mögen, und hatten sich getrennt. Aber nachdem sie mit anderen Leuten um die Häuser gezogen waren, fingen sie doch an, einander zu vermissen. Eines Nachts hatten sie ein *Double Date,* er mit Peggy Martin, Julies bester Freundin, und sie mit Mike Willis, seinem besten Freund. Und in dieser Nacht fanden sie endgültig zusammen. Im dritten High-School-Jahr.

Zu dieser Zeit war der Krieg noch weit weg gewesen, nur etwas, das man im Fernsehen sah. Feuergefechte an Orten wie Biên Hòa und Khao I Dang, von denen er vorher nie gehört hatte. Das Napalm schwebte aus den Phantoms herab und ging über dem Blätterdach des Dschungels in Form großer Feuerschlieren nieder. Es bedeutete nichts. Donny und Julie konnten in diesem Jahr nicht voneinander lassen. Sie waren unzertrennlich. Er hielt es für den besten Sommer seines Lebens, aber das vierte High-School-Jahr wurde sogar noch besser. In der Southwest Counties League erzielte er die beste Yardzahl aller Spieler, im Durchschnitt fast 200 pro Spiel. Er war groß und schnell. Julie war schön, aber vor allem nett, auf ihre ganz eigene Art. Unglaublich nett. Und ... *gut.* Ein anderes Wort kam ihm nicht in den Sinn, um sie zu beschreiben, obwohl es ziemlich blöd klang.

»Du meine Güte!«

Donny spürte eine Hand auf seiner Schulter, als jemand ihm diese Wörter ins Ohr schrie. Er drehte sich um.

»Was zum Teufel machst *du* denn hier?«

Crowe, wer sonst? In Jeans und einem Arbeitshemd, das ihn sehr proletarisch aussehen ließ. Er trug – wo um Himmels willen hatte er den bloß aufgetrieben? – einen Boonie Hat in Tarnfarben, um seinen kahl rasierten Schädel zu verbergen. In der Linken balancierte er ein Bier. Drei andere junge Männer, die genau wie er aussahen, begleiteten ihn. Der einzige Unterschied waren ihre langen Haare. Sie erinnerten ihn an Jesus-Double.

»Crowe«, grüßte Donny.

»Wusste gar nicht, dass du in solche Läden gehst.«

»Der Laden ist so gut wie jeder andere. Hier gibt's Bier. Scheiße, was brauch ich denn sonst?«, gab Donny zurück.

»Das ist mein Corporal«, wandte Crowe sich an seine Kumpel. »Er ist ein waschechter USMC-Held. Er hat Leute getötet. Aber er ist ein guter Mensch. Er hat mich heute nur 25 Liegestütze machen lassen statt 50.«

»Crowe, wenn du deinen Scheiß mal lernen würdest, müsstest du gar keine machen.«

»Aber dann wär ich 'n *Kollaborateur.*«

»Ach so, verstehe. Beerdigungen vermasseln gehört zu deinem Guerillakrieg gegen die trauernden Mütter Amerikas.«

»Nee, nee, ich mach bloß Witze. Aber das Komische ist,

ich kann links und rechts nicht unterscheiden. Krieg ich einfach nicht hin.«

»Im Marine Corps heißt das Backbord und Steuerbord«, korrigierte ihn Donny.

»*Die* kann ich auch nicht unterscheiden. Na ja, egal. Willst du mitkommen? Den Jungs hier was über Vietnam erzählen?«

»Ach, das wollen die doch gar nicht hören.«

»Doch, doch«, sagte einer der anderen. »Mann, das muss ganz schön übel zugehen da drüben.«

»Er hat 'nen Bronze Star bekommen«, verkündete Crowe mit überraschendem Stolz in der Stimme. »Er ist ein Held.«

»Ich hab scheißviel Glück gehabt, dass ich nicht draufgegangen bin«, widersprach Donny. »Nein, keine Kriegsgeschichten. Tut mir leid.«

»Hör mal, wir gehen zu 'ner Party. Wir kennen diesen Kerl, der 'ne große Fete schmeißt. Willst du mitkommen, Corporal?«

»Crowe, nenn mich Donny, wenn wir nicht im Dienst sind. Und du bist Ed.«

»Eddie und Donny!«

»Genau.«

»Komm mit, Donny. Da gibt's ne Menge Mädels. Es ist drüben an der C, in der Nähe vom Supreme Court. Der Typ ist Justizbeamter. Hat mit meinem großen Bruder in Harvard studiert. Mehr Muschis auf einem Haufen, als du je gesehen hast.«

»Du solltest mitkommen, Donny«, schaltete einer der anderen Jungen sich ein. Donny erkannte, dass die Helden-Geschichte die politischen Differenzen überbrückt und diese Kriegshasser irgendwie beeindruckt hatte. Vor ein paar Jahren hatten sie sicher noch John Wayne als Idol verehrt.

»Ich bin verlobt«, gab Donny zu bedenken.

»Man darf doch trotzdem gucken, oder nicht? Gucken lässt sie dich doch?«

»Schätze, schon. Aber fangt mir nicht mit diesem Ho-Chi-Minh-Scheiß an. Ho Chi Minh hat versucht, mich kaltzumachen. Der ist nicht mein Held.«

»So was gibt's da nicht«, versprach Crowe.

»Trig wird ihn mögen«, sagte einer der Jungen.

»Trig wird 'n Hippie aus ihm machen«, fügte der andere hinzu.

»Wer ist Trig?«, wollte Donny wissen.

Sie mussten nicht weit laufen. Draußen zauberte einer der Kerle einen Joint hervor und zündete ihn an. Sie ließen die Kippe kreisen, bis sie bei Donny ankam. Er zögerte einen Augenblick, dann nahm er einen Zug, behielt den Rauch für einen Moment in der Lunge, kämpfte damit. Er hatte das Zeug in Vietnam ein paar Monate lang regelmäßig geraucht, es sich dann aber abgewöhnt. Jetzt zog der vertraute, süße Rauch in seine Lunge und ihm schwirrte der Kopf. Die Welt schien zu leuchten und voller Möglichkeiten zu stecken. Er atmete aus.

Genug, dachte er. *Ich brauch nicht noch mehr von dem Scheiß.*

Capitol Hill hatte etwas von einer Kleinstadt in Iowa mit all den Laubbäumen, die im Nachtwind raschelten. Durch eine Lücke zwischen den Bäumen geriet plötzlich das Kapitol in Sicht. Die riesige weiße Kuppel wurde von Scheinwerfern angestrahlt und zeichnete sich hell vor dem Nachthimmel ab.

»Die opfern da drin Jungfrauen«, behauptete einer aus der Gruppe. »Für die Kriegsgötter. Jede Nacht. Man kann sie schreien hören.«

Vielleicht lag es am Gras, aber Donny musste unwill-kürlich grinsen. Sie opferten tatsächlich Jungfrauen, aber nicht dadrinnen. Sie opferten sie 10.000 Meilen weit entfernt auf Reisfeldern voller Büffelscheiße.

»Donny«, sagte Crowe. »Kannst du 'n Artillerieschlag anfordern? Wir müssen die Bude zerstören, um sie zu retten.«

Vielleicht war es wieder das Gras, das ihn dazu brachte.

»Äh, Schrotflinte Zulu-Drei«, improvisierte er, »ich hab 'nen Einsatzbefehl für Sie, Koordinaten vier-neun-sechs, sechs-fünf-vier bei Alpha sieben-null-zwei-fünf. Hier sind jede Menge Bösewichte, fordere Hotel Echo an, Wirkungsfeuer, bitte.«

»Cool«, staunte einer der anderen. »Was ist denn ›Hotel Echo‹?«

»Marine-Alphabet. H-E. Hochexplosiver Sprengstoff«, erklärte Donny. »Keine Splitter- oder Phosphorgranaten.«

»*Scheiße,* ist das cool!«, rief der Junge.

Die laute Musik verriet ihnen, dass sie am Veranstaltungsort angekommen waren, noch bevor sie ihn sahen. Wie beim Hawk and Dove dröhnte auch hier psychedelischer Rock in die Nacht hinaus, verdrängte die Dunkelheit und vertrieb den Teufel. Aber drüben hatte er dasselbe Zeug gehört, das war das Komische. Die jungen Marines liebten Rockmusik. Sie begleitete sie überall, und wenn ihre knallharten Unteroffiziere ihnen deswegen nicht das Leben zur Hölle gemacht hätten, wären die Songs sogar bei den Spähpatrouillen gelaufen.

»Ich frag mich, ob Trig hier ist«, überlegte einer.

»Bei Trig weiß man das nie so recht«, meinte Crowe.

»Wer ist Trig?«, wollte Donny erneut wissen.

Die Party unterschied sich nicht von vielen anderen, zu denen Donny an der University of Arizona gegangen war, abgesehen davon, dass die Haare der Leute hier länger wuchsen. Eine bunte Mischung. Die übliche Kneipenszene, nur in kleinere, stickigere Räumlichkeiten gequetscht. Der ekelhaft süßliche Geruch von Gras hing schwer in der Luft. An den Wänden Bilder von Ho und Che. Auf der Toilette gab es, wie Donny später beim Pissen entdeckte, sogar eine NVA-Flagge, allerdings in Schenectady, New York, hergestellt, nicht im vietnamesischen Haiphong. Er verspürte kurzzeitig den Drang, sie zu verbrennen, aber damit hätte er seinen Auftrag mit Sicherheit vermasselt. Außerdem stellte eine Flagge nun wirklich keine Bedrohung dar.

Die Kids waren in seinem Alter, manche jünger. Auch ein paar Typen jenseits der 30 feierten mit. Sie hatten den wilden Langhaar-Look, auf den die Leute in D. C. so standen. Den Haaren nach zu urteilen, waren er und Crowe die einzigen Vertreter der United States Marines, wobei Crowe keinen besonders geeigneten Botschafter abgab. Er erzählte gerade ein paar Leuten die alte Geschichte, wie er es fast geschafft hätte, der Einberufung zu entgehen, indem er bei der Musterung den Psycho gespielt hatte.

»Ich bin also nackt«, schilderte er, »bis auf diesen Cowboyhut. Ich bin sehr höflich, und zuerst sind auch alle sehr höflich zu mir. Ich mach alles mit, was sie von mir wollen. Ich bück mich, ich spreiz die Arschbacken, ich trag meine Unterwäsche in 'nem kleinen Beutel mit mir rum, ich lächle und rede jeden mit ›Sir‹ an. Ich nehm nur nicht meinen Cowboyhut ab. ›Äh, Junge, würd es Ihnen was ausmachen, den Hut abzunehmen?‹ ›Kann ich nicht‹, sag ich. ›Wenn ich meinen Cowboyhut abnehme, sterbe ich.‹

Versteht ihr, es kommt drauf an, dass man *höflich* bleibt. Wenn man sich *irre* verhält, wissen die, dass man schauspielert. Nach 'ner kurzen Zeit kommen also Majore und Generäle und Colonels, und alle schreien mich an, dass ich den Cowboyhut abnehmen soll. Ich steh nackt in diesem kleinen Zimmer mit diesen ganzen Leuten, aber ich *nehm diesen verfickten Hut nicht ab.* Was bin ich für 'n verdammter Held! Was für 'n John Wayne! Die schreien rum, und ich leier immer nur meine Platte runter: ›Wenn ich meinen Cowboyhut abnehme, sterbe ich.‹«

»Dann bist du also nicht eingezogen worden?«

»Na ja, die haben mich erst mal rausgeschmissen. Hat Wochen gedauert, bis sie den Papierkram erledigt hatten, und zu der Zeit hatte mein Onkel schon 'nen Deal mit irgendeinem hohen Tier eingefädelt, dass ich 'n Platz bei den Marines kriege, bei dem ich nicht nach Vietnam muss. Wisst ihr, wenn das alles vorbei ist, werden diese ganzen Anklagen fallen gelassen. Dann kümmert sich da keine Sau mehr drum. Das Ganze wird abgehakt. Deswegen ist jeder, der sich abknallen lässt, ein totaler Trottel. Ich mein, wofür denn?«

Gute Frage, dachte Donny. Wofür? Er versuchte, sich an die Jungs aus seinem Zug in der 1/3 Bravo zu erinnern, die es in den sieben Monaten erwischt hatte. Es fiel ihm schwer. Und wen sollte man mitzählen? Sollte man den Kerl mitzählen, den in Saigon ein Army-Laster überfahren hatte? Vielleicht war das einfach sein Schicksal gewesen. Sonst wäre er unter Umständen an einer Straßenecke in Sheboygan überfahren worden. Zählte man den mit? Donny wusste es nicht.

Aber ganz sicher musste man den Jungen mitzählen – wie hieß er noch gleich? *Wie hieß er?* –, der auf eine Betty, eine Splittermine, getreten war, die ihm die Brust zerfetzt hatte. Das war der Erste, an den Donny sich erinnerte, in seiner Zeit als absoluter Rookie. Der Kerl lag einfach nur auf dem Rücken. So viel Blut. Leute standen um ihn herum, genau so wie sie es nicht sollten, und er wirkte erstaunlich gelassen, bevor er starb. Hinterher las niemand einen Brief von ihm an seine Mom vor, in dem er schilderte, wie großartig sein Zug gewesen sei und wie sie für die Demokratie kämpften. Sie packten ihn einfach ein und ließen ihn liegen. Er erinnerte sich an das Gesicht, aber

nicht an den Namen. Ein etwas speckiger Kerl. Pfann-
kuchengesicht. Kleine Augen. Kein Bartwuchs. *Wie hieß er
nur?*

Ein anderer wurde von einer Gewehrkugel getroffen.
Er schrie und zuckte und brüllte und niemand konnte ihn
beruhigen. Er hatte total empört gewirkt. Als ob er das
Ganze ausgesprochen unfair fand! Tja, das *war* es auch.
Warum ich?, schien er seine Freunde zu fragen. *Warum
nicht ihr?* Er war dürr und lang, stammte aus Spokane.
Redete nicht viel. Hielt immer sein Gewehr sauber. Hatte
O-Beine. *Wie hieß er nur?* Donny musste passen.

Ihm fielen noch ein paar andere ein, aber nicht viele.
Donny hatte in keiner großen Schlacht gekämpft oder
an bedeutsamen Missionen mit dramatischen Codenamen
teilgenommen, über die man etwas in den Nachrichten
hörte. Meistens lief er einfach herum, hatte jeden Tag
tierisch Angst, in einen Hinterhalt zu geraten oder eine
Sprengfalle auszulösen. Davor, dass der ganze Druck einen
einfach zusammenklappen ließ. So vieles davon hatte er
als langweilig empfunden, so vieles als dreckig, so vieles
als entwürdigend. Er wollte nie mehr dorthin zurück. Das
wusste er. Mann, wenn man sich so spät noch zurück-
schicken ließ, jetzt, wo im Zuge der ›Vietnamisierung‹
ständig Einheiten in die normale Welt zurückkehrten, und
dabei umkam, war man *wirklich* ein Trottel.

Unvermittelt rempelte ihn jemand heftig an.

»Oh, tut mir leid«, sagte er und trat einen Schritt zurück.

»Das sollte es auch«, raunte jemand.

Was sollte das denn plötzlich? Da standen drei Kerle,
alle etwa so groß wie er. Lange Haare fielen ihnen ins
Gesicht, sie trugen helle Stirnbänder, ausgebleichte Jeans
und Army-Hemden.

»Du bist das Marine-Arschloch, oder? Der Berufssoldat?«

»Ich bin ein Marine«, gab Donny zurück. »Und wahrscheinlich auch ein Arschloch. Aber kein Berufssoldat.«

Die drei starrten ihn unschlüssig an. In ihren Augen flackerte Hass. Einer von ihnen, der Anführer, schwankte ein wenig. Er umklammerte den Hals einer Ginflasche und hielt sie wie eine Waffe.

»Tja, mein Bruder ist in 'nem kleinen Sack nach Hause gekommen wegen solchen Berufswichsern wie dir«, sagte er.

»Tut mir sehr leid, das mit deinem Bruder.«

»So 'n Berufsarschloch hat ihn in die Kugeln laufen lassen, damit er zum Lieutenant Colonel befördert wird.«

»Dieser Scheiß passiert öfter. Irgendein Blödmann will sich 'n Streifen verdienen, also schickt er seine Leute den Hügel rauf. Er kriegt den Streifen und sie den Leichensack.«

»Ja, aber das passiert vor allem, weil Arschlöcher wie du es zulassen. Weil ihr nicht die beschissenen Eier habt, Nein zum Establishment zu sagen. Wenn *ihr* den Mut hättet, Nein zu sagen, würde der ganze Scheiß aufhören.«

»Hast du denn Nein zum Establishment gesagt?«

»Musste ich nicht«, antwortete der Junge stolz. »Ich hab 1-Y gekriegt. Damit war ich raus aus der Nummer.«

Donny überlegte, ob er ihm erklären sollte, dass die Einstufung, die man erhielt, keine Rolle spielte – sobald man mitspielte und Befehle befolgte, arbeitete man für das Establishment. Manche bekamen einfach bessere Befehle als andere. Aber dann trat der Junge noch einen Schritt auf Donny zu, betrunken und angriffslustig. Er umklammerte die Flasche noch fester.

»Hey, ich bin nicht hergekommen, um mich zu prügeln«, beschwichtigte Donny. »Bin bloß zufällig mit ein paar anderen hier gelandet.« Er sah sich um und stellte fest, dass sich um ihn herum ein Kreis aus Leuten gebildet hatte, die ihn anstarrten. Sogar die Musik hatte aufgehört und es waberte kein Rauch mehr durch die Luft. Crowe hatte sich natürlich längst aus dem Staub gemacht.

»Tja, dann bist du zufällig auf der falschen verschissenen Party gelandet, Mann«, sagte der Junge und schien sich einen weiteren Schritt nähern zu wollen. Donny war unschlüssig, ob er ihm eine verpassen oder lieber weg-rennen sollte, um dem Ärger auszuweichen. Da schob sich eine andere Gestalt zwischen sie.

»Hey«, rief der Kerl, »Brüder, hey, Brüder, lasst uns alle mal cool bleiben!«

»Er ist ein beschissener ...«, setzte der Streitlustige zu einer Erklärung an.

»Er ist einfach nur irgendein Typ. Du kannst ihm die Schuld an der ganzen Geschichte genauso wenig in die Schuhe schieben wie sonst jemandem. Es ist das *System,* raffst du das nicht? Herrgott noch mal, kapierst du denn *gar nichts?*«

»Tja, aber irgendwo muss man doch anfangen.«

»Jerry, beruhig dich erst mal. Geh 'nen Joint rauchen oder so, Mann. Ich lass nicht zu, dass drei Typen mit Schnapspullen hier ein armes Schwein überfallen, das einfach nur gekommen ist, um sich flachlegen zu lassen.«

»Trig, ich ...«

Aber dieser Trig legte Jerry eine Hand auf die Brust und fixierte ihn mit einem flammenden Blick, der wohl die meisten Sachen auf der Welt zum Schmelzen gebracht hätte. Jerry wich zurück, schluckte und schielte Hilfe suchend zu seinen Freunden.

»Scheiß drauf«, brummte er schließlich. »Wir wollten eh grad gehen.«

Damit wandten die drei sich ab und stürmten hinaus.

In diesem Moment setzte die Musik wieder ein, *Satisfaction* von den Stones, und die Party erwachte wieder zum Leben.

»Hey, danke«, sagte Donny. »Das Letzte, was ich gebrauchen kann, ist 'ne Prügelei.«

»Schon okay«, erwiderte sein neuer Freund. »Ich bin
übrigens Trig Carter.« Er streckte ihm die Hand entgegen.

Trig hatte eins dieser langen, würdevollen Gesichter, bei
denen sich die Knochen unter der straffen Haut abzeich-
neten und die Augen gleichzeitig feucht und feurig wirkten.
Er hätte wirklich ohne Probleme in einem Film die Rolle
von Jesus übernehmen können. Wenn er einen mit seinem
Blick fixierte, fühlte man sich förmlich durchleuchtet.
Hinzu kam eine seltene Eigenschaft: Man mochte ihn auf
Anhieb.

»Howdy«, begrüßte Donny ihn, überrascht, dass ein so
dürrer Typ einen so festen Händedruck hatte. »Ich heiß
Fenn, Donny Fenn.«

»Ich weiß. Der, den Crowe insgeheim für 'n Helden hält.
Der von der Bravo.«

»Ach, herrje, ich kann kein Held für ihn sein. Ich bin nur
noch dabei, bis meine Dienstzeit um ist. Dann kehr ich für
immer zurück ins Land der Kakteen und Navajo.«

»Da war ich schon. Trauertauben, oder? Kleine, weiße
Vögel, zischen durch die trockenen Flussläufe und durchs
Gebüsch, ziemlich schwer zu entdecken, ziemlich schnell?«

»Oh ja«, bestätigte Donny. »Mein Vater und ich haben
früher Jagd auf sie gemacht. Man muss wirklich feines
Schrot verwenden, weißt du, Kaliber acht oder neun. Und
selbst dann ist es ein schwieriger Schuss.«

»Macht sicher Spaß. Aber ich jag sie nicht mit 'nem
Gewehr, sondern mit 'ner Kamera. Und dann mal ich sie.«

»Du malst sie?« Donny verstand nicht, was er meinte.

»Du weißt schon«, fuhr Trig fort. *Bilder.* Ich bin
Vogelmaler. Echt, ich zieh um die Welt und mal Bilder von
Vögeln.«

»Wow!«, staunte Donny. »Bringt das was ein?«

»Ein bisschen. Ich hab die Bücher von meinem Onkel illustriert. Roger Prentiss Fuller? *Die Vögel Nordamerikas?* Der Zoologe aus Yale?«

»Äh, nie gehört, muss ich zugeben.«

»Er ist früher mal Jäger gewesen und in den frühen 50ern mit Elmer Keith auf Safari gefahren.«

Jetzt war Donny ehrlich beeindruckt. Keith gehörte zu den prominentesten Jägern und Waffenexperten aus Idaho, aus dessen Feder Standardwerke wie *Elmer Keiths Buch der Sechsschüsser* oder *Elmer Keith über Großwildbüchsen* stammten.

»Wow«, sagte er. »Elmer Keith.«

»Roger meint immer, Keith sei ein kümmerlicher, verbitterter Zwerg gewesen. Als Kind hätte er sich eine schreckliche Verbrennung zugezogen und danach versucht, das irgendwie zu kompensieren. Sie gingen im Streit auseinander. Elmer wollte immer nur schießen. Er kannte in dieser Hinsicht keine Grenzen. Roger schießt heute nicht mehr.«

»Tja, ich schätze, nach Vietnam werd ich das wohl auch nicht mehr tun.«

»Für einen Marine scheinst du ganz in Ordnung zu sein, Donny. Crowe hatte recht, was dich angeht. Vielleicht wirst du dich uns ja anschließen, wenn deine Zeit vorbei ist.« Er lächelte und seine Augen strahlten wie die eines Filmstars.

»Na ja«, brummte Donny, um Zeit zu gewinnen. Er als Hippie, der Gras rauchte, lange Haare hatte, diese Schilder hochhielt und ›Hell no, we won't go‹ bei einer Sitzblockade sang? Die Vorstellung brachte ihn zum Lachen.

»Trig! Seit wann bist du denn hier?« Es war Crowe mit seinen Leuten. Sie hatten jetzt Mädchen im Schlepptau und alle schienen sich von Trig angezogen zu fühlen wie Eisenspäne von einem Magneten.

Wenige Sekunden später war Trig verschwunden, von

einer Welle der Beliebtheit davongetragen, die Donny verpasst haben musste.

Er drehte sich zu einem Mädchen um, das in der Nähe stand.

»Hey, entschuldige«, sprach er sie an. »Wer ist dieser Trig?«

Sie starrte ihn verblüfft an.

»Mann, von welchem Planeten stammst *du* denn?« Sie eilte Trig hinterher und ihre Augen glänzten verliebt.

KAPITEL 3

»Trig Carter!«, rief Commander Bonson.

»Ja, so hieß er. Den Nachnamen konnte ich mir nicht merken«, antwortete Donny, der sich den Namen in Wirklichkeit sehr wohl gemerkt hatte, sich aber nicht überwinden konnte, ihn laut auszusprechen. »Schien mir ein netter Kerl zu sein.«

Bonsons Büro war ein gewöhnlicher Raum in einer umgebauten ehemaligen Fabrikhalle aus der Ära des Zweiten Weltkriegs auf dem Washington Navy Yard. Am Tag nach dem Treffen hatte man Donny unter einem fadenscheinigen Vorwand herbestellt, um eine Nachbesprechung seines ersten Einsatztages als Spionjäger abzuhalten.

»Sie haben Trig Carter und Crowe zusammen gesehen. Ist das richtig?«

Warum kam Donny sich nur so schäbig vor? Er hatte das unangenehme Gefühl, belauscht zu werden. Seine Blicke huschten hin und her. Präsident Nixon starrte finster von der Wand auf ihn herab und schien ihn ermahnen zu wollen, seine Pflicht für Gott und Vaterland zu erfüllen. Eine Abschlussurkunde von der University of New Hampshire unterstrich den feierlichen Ernst dieses Treffens. Zeremonielle Fotos, auf denen Lieutenant Commander Bonson sich mit verschiedenen Würdenträgern traf, machten den Wandschmuck komplett. Abgesehen davon fehlte in diesem Zimmer jede Spur von Persönlichkeit und sogar jedes Anzeichen dafür, dass es überhaupt benutzt wurde. Es war unnatürlich ordentlich. Selbst die Büroklammern in der kleinen Plastikschachtel hatte sein Vorgesetzter akribisch gestapelt, nicht gehäuft.

Lieutenant Commander Bonson beugte sich vor und fixierte Donny mit finsterer Miene. Er war ein magerer, stets schlecht gelaunter Mann mit einem Gesicht voller Schatten, der einen Eindruck absoluter Konzentration vermittelte. Ihm haftete etwas Pilgerväterliches an. Er hätte auf einer Kanzel stehen und Miniröcke und die Beatles anprangern können.

»Ja, Sir«, kapitulierte Donny. »Die beiden ... und noch ungefähr 100 andere Leute.«

»Wo war das noch mal?«

»Bei einer Party. Äh, an der C Street, auf dem Hill. Die Adresse hab ich mir nicht eingeprägt.«

»C Street 345, Southeast«, schaltete Ensign Weber sich ein.

»Haben Sie die Adresse überprüft, Weber?«

»Ja, Sir. Da wohnt ein gewisser James K. Philips, Gerichtsschreiber von Justice Douglas und dem FBI zufolge ein Homosexueller.«

»Waren die meisten dort Homosexuelle, Fenn? War das ein Homo-Treff?«

Donny wusste nicht, was er dazu sagen sollte. Es war ihm einfach wie eine Party in Washington vorgekommen, wie jede x-beliebige Party in Washington. Eine Menge junger Menschen, etwas Gras, etwas Bier, Musik, Spaß und Hoffnung, die in der Luft lag.

»Nicht dass ich wüsste, Sir.«

Bonson lehnte sich zurück und dachte nach. Die Sache mit den Homosexuellen schien ihn noch zu beschäftigen, ihm für eine Weile das Hirn zu vernebeln. Aber dann fand er den roten Faden wieder.

»Sie haben die beiden also zusammen gesehen?«

»Na ja, Sir, nicht wirklich zusammen. In der gleichen Gruppe. Sie kannten sich, das schon. Aber es wirkte nicht übertrieben vertraut.«

»Hätte Crowe ihm irgendwelche Informationen über Einsätze geben können?«

Donny hätte beinahe aufgelacht, aber Bonson musterte ihn so durchdringend, dass er wusste, es wäre ein großer Fehler gewesen, diesem Drang nachzugeben.

»Ich glaube nicht. Ich habe jedenfalls nichts mitbekommen. Ich meine, *hat* Crowe denn Informationen über Einsätze? Ich habe keine. Wo sollte er sie herhaben?«

Bonson gab keine Antwort.

Er wandte sich an Weber.

»Wir müssen näher ran. Wir müssen ihn ins *Innere* der Zelle bringen. Trig Carter. Stellen Sie sich das mal vor.«

»Eine Wanze, Sir? Könnten wir ihn verwanzen?«

Du lieber Gott!, dachte Donny. *Ich geh ganz sicher nirgendshin, wenn die mir 'nen Kassettenrekorder auf den Bauch kleben.*

»Nein, das lässt sich schlecht vorbereiten. Er muss flexibel bleiben, schnell reagieren können. Das mit der Wanze funktioniert nicht, nicht unter diesen Umständen.«

»War nur ein Vorschlag, Sir«, lenkte Weber ein.

»Tja, Fenn«, wandte Bonson sich ihm wieder zu, »Sie haben einen schönen Start hingelegt. Aber wir sehen hier zu oft Leute, die schnell starten, aber später zu trödeln anfangen. Sie müssen jetzt wirklich vorankommen. Sie müssen Crowe zu Ihrem besten Kumpel, Ihrem engsten Freund machen, verstehen Sie? Er muss Ihnen blind vertrauen. Nur so lässt sich diese Nuss knacken. Trig Carter, Weber. Hat man so was schon mal gehört?«

»Sir, wenn ich fragen darf, wer ist eigentlich Trig Carter?«

»Zeigen Sie's ihm, Weber.«

Weber schielte in eine Akte und schob Donny etwas hin. Donny erkannte es sofort: Er hatte es wahrscheinlich schon tausendfach gesehen, ohne es richtig wahrzunehmen. Es bildete einen Teil der öffentlichen Illustration dieses Krieges, eine dieser unvergesslichen Szenen.

Es handelte sich um ein Cover des *Time Magazine* aus

dem turbulenten Sommer des Jahres 1968: Chicago, die Democratic National Convention, der ›Polizeiaufstand‹ in der Abschlussnacht. Da stand ein hemdsärmeliger Trig und ein Schwall Blut strömte aus einer hässlichen Beule unter dem kurzen, sauber gekämmten Haar. Er krümmte sich unter dem Gewicht eines anderen Jungen, den er aus dem Tränengasnebel trug. Im Hintergrund erkannte man schemenhaft die Polizisten Chicagos, die auf alles einprügelten, was sich bewegte.

Trig kam unglaublich nobel und heroisch rüber, extrem mutig. Seine Augen waren durch das CS-Gas vor Schmerz zusammengekniffen; er war blutig und verschwitzt. Die Adern an seinem Hals traten durch die Anstrengung hervor, den benommenen, blutigen, traumatisierten Jungen aus dem Zentrum der Gewalt zu tragen. Wie einer von einem Dutzend ungemein heroischen Mitgliedern des Corps, die Donny dasselbe hatte tun sehen – nicht inmitten von Cops, sondern umgeben von Leuchtspurgeschossen, Granaten und Splitterminen, drüben im Land der bösen Träume. Diese Bilder hatten es nicht auf das Cover des *Time Magazine* geschafft.

›Der Geist des Widerstands‹, lautete die Überschrift.

»Er ist ihr Lancelot«, sagte Weber. »Wurde in Selma von der Alabama State Police verprügelt. Und nach der Convention '68 landete sein Bild auf der *Time*-Titelseite. Seitdem ist er in allen Ecken der Bewegung aktiv gewesen. Einer der frühen Friedensfreaks, ein reicher Junge aus einer alteingesessenen Familie in Maryland. Hat gerade ein Jahr in England verbracht und in Oxford Zeichnen studiert. Harvard-Abschluss. Er ist so 'ne Art Maler, oder?«

»Vogelmaler, Sir. Hat er mir jedenfalls erzählt.«

»Ja. Vögel. Er liebt Vögel. Sehr seltsam«, fand Bonson.

»Ein sehr kluger Junge«, fuhr Weber fort. »Aber das passt ins Profil. Genau wie während seiner Zeit in England.

Die Schlauen, die steigen überall durch, die durchschauen alles. Nach der Revolution werden sie die Elite bilden. Jedenfalls, er ist 'ne große Nummer in der People's Coalition for Peace and Justice, so 'ne Art glamouröser Wanderbotschafter und Organisator. Lebt hier in D. C., treibt sich aber viel an den Unis rum, geht immer dahin, wo was los ist. Das FBI überwacht ihn schon seit Jahren. Er wäre *genau* die Sorte von Mann, die Crowe überreden könnte, Spion zu werden. Geradezu perfekt dafür. Er ist genau der, den wir suchen.«

»Fenn, ich kann das nicht oft genug betonen. Ihnen bleiben weniger als zwei Wochen, bis der Ablaufplan der großen May-Day-Demonstrationen festgelegt sein wird. Crowe wird dazu gedrängt werden, Einsatzinformationen preiszugeben. Carter wird ihm im Nacken sitzen, um Resultate zu bekommen. Sie müssen die beiden sehr eng observieren. Wenn Sie keine Tonbänder oder Fotos bekommen, werden Sie möglicherweise vor einem zivilen Gericht gegen sie aussagen müssen.«

Donny hatte das Gefühl, ihm falle ein kalter Stein in die Magengrube. Vor seinem inneren Auge sah er sich im Zeugenstand stehen und den armen Crowe ans Messer liefern. Die Vorstellung machte ihn krank.

»Ich weiß, dass Sie einen wunderbaren Zeugen abgeben werden«, bekräftigte Bonson. »Also fangen Sie an, Ihren Verstand zu disziplinieren: Prägen Sie sich Details ein, Ereignisse, zeitliche Abläufe. Führen Sie idealerweise ein codiertes Tagebuch, damit Sie sich alles merken können. Behalten Sie gesprochene Sätze im Wortlaut im Kopf. Gewöhnen Sie sich an, alle paar Minuten nach der Uhrzeit zu schauen. Wenn Sie sich keine Notizen machen wollen, *stellen Sie sich vor,* welche zu machen. Das hilft, damit einem Einzelheiten im Gedächtnis bleiben. Sie haben eine sehr wichtige Aufgabe, ist Ihnen das bewusst?«

»Äh ...«

»Zweifel? Sehe ich da etwa Zweifel? Sie dürfen nicht zweifeln.« Bonson beugte sich vor, bis er den Rest der Welt verdrängte und Donny nur noch ihn wahrnahm. »Genau so, wie Sie in einem Schützenzug keine Zweifler gebrauchen können, können Sie auch keine bei der Spionageabwehr gebrauchen. Sie müssen sich dem Team anschließen und mit allem verschreiben, was sie haben. Zweifel schwächen Ihre Disziplin, trüben Ihr Urteilsvermögen, zerstören Ihr Gedächtnis, Fenn. Keine Zweifel. Ich verlange Härte und Beständigkeit von Ihnen.«

»Ja, Sir«, sagte Donny, hasste sich selbst dafür und spürte das Gewicht der Melancholie der ganzen Welt auf seinen kräftigen jungen Schultern.

Beim Aufstandsbekämpfungstraining ließ sich Crowe an diesem Nachmittag ganz besonders hängen.

»Es ist so heiß, Donny. Die Maske! Können wir nicht einfach nur *so tun,* als ob wir unsere Masken tragen?«

»Crowe, wenn du das hier mal wirklich machen musst, wirst du dir 'ne Maske wünschen, sonst macht das CS-Gas in einer Sekunde 'ne Heulsuse aus dir. Los, setz die Maske auf, wie die anderen.«

Crowe murmelte finster in sich hinein und stülpte den Stoff über den Kopf. Dann rammte er sich seinen ein Kilo schweren Stahlhelm mit Tarnmuster auf den Schädel.

»Truppe, auf mein Kommando, for*miert* euch!«, brüllte Donny. Er sah zu, wie sein Sargträgerteam und einige ausgewählte andere von der Bravo Company, die man zum Aufstandsbekämpfungstraining in Trupp drei eingeteilt hatte, eine Reihe bildeten. Sie sahen aus wie eine Armee von Insekten: Ihre Augen wurden von den Plastikscheiben der Masken verborgen, die Gesichter erhielten durch den Filterbehälter am Unterkiefer ein bedrohliches Aussehen.

Sie waren ganz in Marine-Corps-Grün gehüllt. Hinzu kam die Kampfausrüstung samt Pistolen und vor der Brust getragenen M14-Gewehren.

»Alle Mann, Bajonette ... *aufpflanzen!*« Die Gewehrkolben wurden in den Boden gerammt, die Klingen aus den Scheiden gezogen. Sie rasteten mit einem klirrenden, mechanischen Geräusch auf den Läufen der Waffen ein. Außer bei einem.

Crowes Bajonett schlitterte davon. Er hatte es fallen lassen.

»Crowe, du Idiot, gib mir 50 von den Besten!«

Crowe schwieg unter der klammen Maske, aber seine Körperhaltung strahlte mürrische Verärgerung aus. Er fiel aus der Reihe.

»Rührt euch«, befahl Donny.

Die Truppe nahm eine entspanntere Haltung ein.

»Eins, Corporal, zwei, Corporal, drei, Corporal«, zählte Crowe durch seine Maske mit, während er die Liegestütze abriss. Donny ließ ihn bis 15 weitermachen, dann sagte er: »In Ordnung, Crowe, zurück in die Reihe mit dir. Versuchen wir's noch mal.«

Crowe bedachte ihn mit einem bitteren Blick, während er seine Ausrüstung zusammensuchte und den Befehl befolgte.

Donny ging das Prozedere noch einmal mit ihnen durch. Es war ein extrem heißer Tag und seine Stimmung nicht besonders gut. Er ließ die Männer hart schuften, erst in Standard-Reihenformation antreten, dann eine Keilformation zur Aufstandsbekämpfung einnehmen, scheuchte sie von einer Seite des Geländes zur anderen, ließ sie wieder und wieder die Bajonette aufpflanzen und absetzen.

Er verzichtete selbst auf die Pause. Auf den Monturen bildeten sich große Schweißflecken. Schließlich kam der Platoon Sergeant herüber und sagte: »In Ordnung, Corporal, Sie können jetzt eine Unterbrechung einlegen lassen.«

»Ja, Sergeant!«, schrie Donny, und sogar der Sergeant, ein strenger, aber recht anständiger Berufssoldat namens Ray Case, musterte ihn irritiert.

»Weggetreten! Raucht eine, wenn ihr eine habt. Wenn ihr keine habt, leiht euch eine. Wenn ihr euch keine leihen könnt, haut ab aus der Stadt. Eure Kumpels können euch nämlich nicht leiden.«

Statt sich unter die mürrisch schweigenden und verschwitzten Männer zu mischen, ging er in den Schatten der Kaserne, um seine Ruhe zu haben. Sollten sie ruhig nörgeln.

Aber bald verließ Crowe die Gruppe und kam herüber. Dreist von ihm, zumal Donny ohnehin schon gereizt war.

»Mann, du hast mich ganz schön in die Mangel genommen.«

»Ich hab die ganze *Truppe* in die Mangel genommen, Crowe, nicht nur dich. Wir müssen diesen Scheiß vielleicht nächstes Wochenende wirklich durchziehen.«

»Ach, Scheiße, keiner von diesen Jungs wird mit 'nem Bajonett in 'ne Gruppe von Kids mit Blumen im Haar marschieren, in der die Mädchen ihre Titten zeigen. Wir werden da bloß rumhängen oder in einem beschissenen Gebäude rumsitzen, so wie letztes Mal. Was meinst du, wird's wieder das Finanzministerium?«

Donny ließ sich die Frage für einen Moment durch den Kopf gehen. »Crowe, ich weiß es nicht. Ich geh da hin, wo die mich hinschicken.«

»Donny, ich hab's direkt von Trig erfahren. Die kommen nicht mal nach D. C. Die ganze Sache findet am Pentagon statt. Soll die Army sich drum kümmern. Wir werden nicht mal die Kaserne verlassen.«

»Wenn du das sagst.«

»Ich dachte, wir wären ...«

»Crowe, ich hatte Spaß letzte Nacht. Aber hier draußen,

bei Tageslicht, bin ich immer noch der Corporal und Truppenführer. Und du bist immer noch ein Private First Class, also hast du dich an meine Regeln zu halten. Nenn mich vor den Männern nie wieder Donny, wenn wir beim Drill sind, okay?«

»Okay, okay, tut mir leid. Jedenfalls, ein paar von uns wollten heute Abend zu Trig. Ich dachte, du willst vielleicht mitkommen. Du musst zugeben, er ist 'n interessanter Typ.«

»Für 'n Hippie ist er ganz okay.«

»Trig ist nicht so einer. Er ist in Selma verdroschen worden. In Chicago war er 'n verdammter *Held*. Mann, die Leute sagen, er wär 25-mal rausgegangen und hätte Kids von den Bullen weggeschleift. Der hat Leben gerettet.«

»Ich weiß nicht«, brummte Donny.

»Wird sicher lustig. Du musst dich mal 'n bisschen locker machen, Corporal.«

Donny wünschte, diese Einladung wäre nicht gekommen. Er hatte schon halb den Entschluss gefasst, seinen Geheimauftrag einfach durch Halbherzigkeit und verpasste Gelegenheiten in den Sand zu setzen. Aber da tauchte sie nun riesengroß vor ihm auf: eine Chance, seinen Job zu erledigen.

Wie sich herausstellte, wohnte Trig in der Nähe der Wisconsin Avenue, ein kleines Stück nördlich von Georgetown. Ein Reihenhaus mitten in einem schäbigen Block voller ähnlicher Behausungen. Die Wohnung war vollgestopft mit Menschen; er hatte es nicht anders erwartet. Die Möblierung beschränkte sich auf das Wesentlichste, beinahe asketisch. Aber der Gestank von Gras brachte die Zimmer fast zum Schweben und führte dazu, dass Donny beim Eintreten kurz die Luft anhielt. Alles kam ihm vertraut und doch völlig unbekannt vor: viele Bücher, eine ganze

Regalwand voller Alben (aber nur klassische Musik und Jazz, nichts von Jimi H. oder Bob D.). Allerdings keine Poster, keine NVA-Flaggen, keine Kommunistenbilder. Stattdessen: Vögel.

Gott, dieser Kerl hatte wirklich ein Faible für seine gefiederten Freunde. Manche der Bilder stammten von ihm. Er hatte ein beachtliches Talent dafür, die Pracht eines Vogels im Flug einzufangen: Alle Details waren perfekt getroffen, jede einzelne Feder mit präzisem Pinselstrich getroffen und die Farben schillerten in zahllosen Nuancen. Aber andere Bilder waren älter und verblichener, zurückhaltende Darstellungen, die aus einem früheren Jahrhundert zu stammen schienen.

Irgendwie kam es dazu, dass er sich mit einem Mädchen über Vögel unterhielt und ihr auftischte, dass er sie, *äh,* jagte. Eine ganz und gar unpassende Äußerung. Sie gehörte zu diesen typischen patzigen Ostküstengirls, trug ihre Haare lang und glatt und lief mit verkniffenem Gesichtsausdruck durch die Gegend.

»Du bringst sie um?«, fragte sie. »Diese armen kleinen Kreaturen?«

»Na ja, wo ich herkomme, isst man sie gerne.«

»Gibt's denn bei euch keine *Supermärkte?*«

Es lief heute nicht so gut. Diese Gruppe war kleiner und intimer als die in der vorigen Nacht. Jeder schien jeden zu kennen. Er fühlte sich isoliert und schaute sich nach Crowe um, denn selbst dieser wäre ihm jetzt ein willkommener Verbündeter gewesen. Aber Crowe war nirgendwo zu sehen. Und zu allem Überfluss hatte Donny das Gefühl, nicht richtig angezogen zu sein: Er trug eine Chinohose und Jack Purcells, dazu ein Madras-Sporthemd. Alle anderen Männer hier trugen Jeans und Arbeitshemden, hatten lange, exotische Haarschöpfe und Bärte. Es schien, als handle es sich um eine Art Indianerverschwörung, um seine

Vorstellung, wie ein junger Mann sich anziehen sollte, zu zerschmettern. Er fühlte sich unbehaglich.

Ich bin ja ein toller Spion!, ging es ihm durch den Kopf.

»Quäl den armen Donny nicht«, sagte da jemand – Trig, natürlich, der auf entspannt dramatische Weise wie aus dem Nichts zum Vorschein kam. Dafür schien er eine gewisse Begabung zu besitzen.

Trigs Aufmachung wirkte heute deutlich gemäßigter. Die Haare hatte er zu einem Pferdeschwanz zusammengebunden; dazu trug er ein blaues Button-Down-Hemd und, genau wie Donny, eine Chinohose. Ein teures Paar Oxfords in einer kräftigen, exotischen Farbe mit einer dekorativen Perforierung an den Füßen komplettierte das Outfit.

»Trig, er erschießt kleine Tierchen.«

»Süße, Menschen jagen und essen Vögel schon seit einer Million Jahren. Sowohl die Vögel als auch die Menschen sind immer noch da.«

»Ich find das gruselig.«

Donny hätte fast gerufen: *Nein, das macht wirklich Spaß,* aber er konnte sich gerade noch mal bremsen.

»Tja, was soll's!« Trig zog Donny hinter sich her. »Ich bin froh, dass du gekommen bist. Die Hälfte dieser Typen kenn ich selbst nicht. Die Leute hängen hier einfach rum. Die trinken mein Bier, rauchen Gras, werden stoned, lassen sich flachlegen und ziehen weiter. Ich bin kaum hier, also ist mir das echt egal. Aber es ist cool, dass du vorbeischaust.«

»Danke, ich hatte eh nicht viel zu tun. Na ja, eigentlich wollte ich mit dir reden.«

»Ach ja? Na dann, nur zu.«

»Es geht um Crowe. Weißt du, in der Einheit verhält er sich echt grenzwertig, er baut laufend Scheiße. Ich weiß, dass er eigentlich ein kluger Junge ist. Aber wenn sie ihn aus der Kompanie kicken, hat er keinen festen Dienstort mehr und sie könnten ihn nach Vietnam einziehen. Und ich glaub nicht, dass ihm ein Leichensack besonders gut steht.«

»Ich werd mal mit ihm reden.«

»Wie er selbst sagte: Jeder, der sich so spät in einem verlorenen Krieg noch abknallen lässt, ist ein Schwachkopf.«

»Ich werd ihn dran erinnern.«

»Cool.«

Und auch Trig fand er cool. Donny konnte sich gut vorstellen, dass er sich in einem Feuergefecht gut anstellte. Während alle anderen rumheulten und sich verkrochen, war er derjenige, der rausging und die Leute aus der Gefahrenzone holte.

»Kann ich dich mal was fragen?«, wandte er sich plötzlich an Donny und starrte ihn mit einem dieser tiefgründigen Trig-Blicke an. »Hast du manchmal Zweifel? Fragst du dich jemals nach dem Grund oder ob es das alles wert ist? Oder bist du so einer, der sich nie Fragen stellt und einfach alles knallhart durchzieht?«

»Scheiße, nein«, widersprach Donny. »Klar, natürlich hab ich Zweifel. Aber mein Vater hat in einem Krieg gekämpft, und davor sein Vater. Man hat mir beigebracht, dass das einfach der Preis ist, den man bezahlen muss, um in einem großartigen Land wie unserem leben zu dürfen. Also ... also bin ich eben in den Krieg gezogen. Ich hab es getan und bin wieder zurückgekommen.«

Sie standen jetzt in der Küche. Trig öffnete den Kühlschrank und holte ein Bier für Donny und eins für sich selbst heraus. Es war ausländisches Bier, Heineken, in einer dunklen, kalten grünen Flasche.

»Komm mit, hier lang. Weg von diesen Idioten.«

Trig schlug mit Donny den Weg zur hinteren Veranda ein, auf der zwei Liegestühle standen. Es überraschte Donny, zu sehen, dass sie sich auf einem kleinen Hügel befanden und er hangabwärts blicken konnte. In der Ferne ragten über den Häuserdächern die zusammengedrängten Gebäude der Georgetown University auf, die aus dieser Perspektive irgendwie mittelalterlich wirkten.

»Ich vergess manchmal, wie echte, authentische Menschen sind«, sinnierte Trig. »Deshalb ist es cool, sich mit dir zu unterhalten. Niemand ist heuchlerischer und verdorbener als diese hübschen Jungs und Zauberfeen von der Friedensbewegung. Aber ich weiß, wie wichtig Soldaten sein können. Ich war ’64 im Kongo, hab meinen Onkel begleitet, um die Schlangenhalsvögel im oberen Landesteil zu zeichnen. Wir machten grad Station in Stanleyville, als so ein Idiot namens Gbenye das Land zu ’ner Volksrepublik erklärt hat. Er hat ungefähr 1000 von uns als Geiseln genommen und angekündigt, die Bevölkerung vom Imperialistenpack ›säubern‹ zu wollen.

Überall zogen Mordkommandos durch die Straßen. Mann, ich hab üble Sachen erlebt. Was Menschen sich gegenseitig antun können. Na, jedenfalls, wir sind auf diesem Gelände, die kongolesische Armee rückt immer näher und Gerüchten zufolge wollen die Rebellen uns alle abknallen. Scheiße, wir werden sterben und keinen interessiert’s. So einfach ist das. Aber als dann die Tür eingetreten wurde, waren es nicht die Rebellen, sondern tätowierte, knallharte belgische Fallschirmjäger. Das waren die toughsten Typen, die ich in meinem Leben gesehen hab, und du kannst dir nicht vorstellen, wie ich sie in diesem Moment geliebt habe. Niemand kam gegen die belgischen Fallschirmjäger an. Die haben uns in einem Konvoi rausgebracht, alle Weißen, die dort festsaßen. Andernfalls hätten die uns abgeschlachtet. Ich bin also keins von diesen Arschlöchern, die behaupten, dass Soldaten keinen Platz in der Gesellschaft hätten. Soldaten haben mir damals das Leben gerettet.«

»Aber hallo«, pflichtete Donny ihm bei.

»Aber«, fuhr Trig fort und zog die nachfolgende Pause etwas in die Länge, »auch wenn ich Mut und Engagement bewundere, muss ich eine Unterscheidung treffen. Zwischen einem moralischen und einem unmoralischen Krieg. Zweiter Weltkrieg: moralisch. Hitler töten, bevor er alle Juden tötet. Tojo töten, bevor er alle philippinischen Frauen zu Huren macht. Korea? Eventuell moralisch. Ich bin mir nicht sicher. Die Chinesen davon abhalten, Korea zu einer ihrer Provinzen zu machen? Ich schätze, das ist moralisch. In dem Krieg hätte ich gekämpft.«

»Aber Vietnam ist unmoralisch?«

»Ich weiß nicht. Sag du's mir.«

Trig beugte sich vor. Auch das war eins seiner kleinen Talente: das Zuhören. Er interessierte sich tatsächlich dafür, was Donny darüber dachte, und packte ihn nicht einfach in eine Schublade mit Babymördern und Brandstiftern.

Donny konnte dieser aufrichtigen Aufmerksamkeit nicht widerstehen. »Was ich gesehen habe, waren anständige amerikanische Kids, die versucht haben, einen Job zu erledigen, auf den sie sich nicht so ganz verstanden. Was ich gesehen habe, waren Kids, die das alles für einen John-Wayne-Film hielten und ohne Vorwarnung ihre Gedärme rausgeschossen kriegten. Ich stand mal in so einem Wald ... oder früheren Wald. Kein Laub mehr, aber die Bäume selbst standen noch. Sie schimmerten nur ganz seltsam, als ob sie mit Eis bedeckt seien. Hat mich an Vermont erinnert. Ich war zwar noch nie in Vermont, aber es hat mich trotzdem dran erinnert.«

»Ich glaub, ich weiß, worauf du rauswillst. Ich hab was Ähnliches gesehen, in dem Konvoi, der aus Stanleyville rausfuhr.«

»Ja, na ja, wir hatten Hotel Echo für eine Baumgruppe angefordert, weil wir 'ne Bewegung bemerkt hatten und vermuteten, dass da 'ne Einheit Schlitzaugen durchschleicht. Wir haben sie erwischt, und zwar richtig. Das waren ihre Gedärme. Sie sind einfach pulverisiert worden, in schimmernde Flüssigkeit verwandelt, und die klebte an Baumstümpfen und Ästen. Mann, so was hatte ich vorher noch nie gesehen. Ein Zug von Army-Pionieren. 22 Leute, weg, einfach so. Hotel Echo. Alles andere als schön.«

»Donny, ich glaube, du *weißt* es. Tief drin. Ich kann spüren, wie du's langsam begreifst. Du bewegst dich drauf zu.«

»Mein Mädchen ist schon so weit. Sie kommt mit dieser ›Friedenskarawane‹ her.«

»Alle Achtung. Unterhältst du dich mit ihr darüber?«

»Als sie mich im San Diego Naval Hospital besucht hat, sagte sie, sie hätte beschlossen, ihren Teil zu leisten, um den Krieg zu beenden.«

»Noch mal alle Achtung. Aber bist *du* schon so weit?«

Donny konnte nicht lügen. Er hatte kein Talent dazu.

»Nein. Noch nicht. Vielleicht werd ich's nie sein. Es kommt mir einfach falsch vor. Du musst tun, was dein Land dir befiehlt. Du musst deinen Teil beitragen. Das ist deine verdammte Pflicht.«

Trig stand wie ein Beichtvater vor ihm. In seinen Augen brannte das Mitgefühl und forderte Donny wortlos auf, noch mehr von sich preiszugeben.

»Donny, ich weiß, dass du nie aufhören oder aussteigen würdest. Das würde ich nicht von dir verlangen. Aber denk mal drüber nach, dich uns anzuschließen, wenn dein Dienst abgeleistet ist. Ich glaube, dann fühlst du dich viel besser. Und ich kann dir gar nicht sagen, wie viel uns das bedeuten würde. Ich kann diese Behauptung nicht ab, dass wir alle nur ein Haufen Feiglinge sind. Ein Kerl, der dabei gewesen ist, eine Medaille bekommen hat, gekämpft hat, versucht hat, es zu beenden und seine Kumpels heil nach Hause zu bringen. Das ist 'ne starke Sache. Ich wär stolz, dich im Team zu haben.«

»Ich weiß nicht.«

»Denk einfach drüber nach. Red mit mir, bleib in Kontakt. Das ist alles. Denk bloß mal drüber nach.«

»Donny, mein Gott!«, rief eine Stimme. Er blickte auf und sah, wie ein Traum vor ihm die Veranda betrat. Schlank, blond, sportlich, teils braun gebranntes Cowgirl, teils Prototyp des perfekten amerikanischen Mädchens. Wie immer, wenn er sie sah, fühlte er sich hilflos.

Es war Julie.

KAPITEL 4

»Was ist denn los?«, fragte sie.

»Warum hast du mich nicht angerufen?«

»Hab ich. Und dir geschrieben.«

»Oh, Scheiße.«

»Können wir hier abhauen? Können wir woandershin gehen? Donny, ich hab dich seit Weihnachten nicht mehr gesehen.«

»Ich weiß nicht. Ich bin mit diesem Private First Class aus meiner Truppe hier. Und ich hab mehr oder weniger versprochen, dass ich, äh, auf ihn aufpasse. Ich kann ihn nicht allein lassen.«

»Donny!«

»Ich kann das nicht erklären! Es ist ziemlich kompliziert.«

Er sah ständig zur Seite, schielte zum Haus, als ob er versuchte, etwas im Auge zu behalten.

»Hör mal, lass mich reingehen und Crowe sagen, dass ich gehe. Ich bin gleich wieder da. Dann gehen wir woandershin.«

Er verschwand nach drinnen.

Da stand Julie nun, in der Dunkelheit Washingtons, an einer Straße oberhalb von Georgetown, während der Verkehr über die Wisconsin Avenue brauste. Es dauerte nicht lange und Peter Farris kam raus. Peter war ein großer, bärtiger Soziologie-Absolvent der University of Arizona, der Kopf der Southwest Regional People's Coalition for Peace and Justice und nomineller Anführer der Gruppe junger Leute, die er und Julie per Friedenskarawane aus Tucson hergeführt hatten.

»Wo ist dein Freund?«

»Kommt gleich zurück.«

»Genau *so* hab ich ihn mir vorgestellt. Groß, hübsch, spießig.«

Donny tauchte auf. Er beachtete Peter kaum.

»Hi. Das ist jetzt zwar blöd, aber Crowe will zu 'ner anderen Party gehen, und ich glaube, ich sollte mitgehen. Ich kann nicht ... es ist bloß ... ich meld mich bei dir, sobald ich ...«

Er drehte sich besorgt um und bevor sie etwas erwidern konnte, rief er: »Oh Scheiße, die gehen gerade. Ich meld mich!« Und damit stürzte er davon und ließ das Mädchen stehen, das er liebte.

Als er früh am nächsten Morgen, fast eine Stunde vor dem Weckton um 5:30 Uhr, in seinem Kasernenzimmer aufwachte, hätte Donny sich beinahe krankgemeldet. Es schien das einzig Vernünftige zu sein, die einzige Möglichkeit, seinen Problemen aus dem Weg zu gehen. Aber seine Probleme kamen zu ihm.

Er wusste, dass heute ein Friedhofstag bevorstand. Sein Team war bereits auf den Beinen. Er hatte eine Menge vorzubereiten. Das Frühstück in der Kantine ließ er aus und bügelte stattdessen noch einmal Uniformrock und Hose. Dann verbrachte er gut eine halbe Stunde damit, seine Oxfords mit Spucke auf Hochglanz zu polieren. Ein Ritual, das für ihn eine fast schon reinigende, klärende Wirkung besaß.

Man spuckte in die Dose mit Schuhcreme, nahm einen Baumwollfetzen und vermischte den Speichel mit der schwarzen Paste, bis eine dicke Schmiere entstand. Dann gab man nur einen kleinen Klecks davon auf das Leder und rubbelte und rubbelte. Man rubbelte so heftig, dass bestimmt ein Geist erschienen wäre, wenn man statt des Schuhs eine Wunderlampe bearbeitet hätte. Man rieb und rieb, platzierte einen Klecks nach dem anderen, bis der ganze Schuh mit der Schmiere bedeckt war; bevor man sich den anderen vornahm. Danach ließ man das Ganze zu einer dichten Schicht trocknen, nahm einen anderen Baumwollfetzen und fing von vorne an, stürzte sich darauf wie auf einen Feind in der Schlacht. Eine aussterbende Kunstform des Militärs, denn ab der nächsten Order sollten Schuhe aus Glanzleder bestellt werden, weil man den jungen Marines nicht zutraute, sich wirklich diese Mühe zu machen. Aber Donny war stolz auf seine Spuckepolitur und hatte diese Kunst monatelang zur Perfektion gebracht, bis seine Oxfords leuchtend in der Sonne glänzten.

Wie dumm!, dachte er jetzt.

Wie lächerlich. Wie sinnlos.

Schwere Regenwolken hingen über der Stadt und die Hartriegelgewächse standen in voller Blüte. Ein weiterer brüllend heißer Frühlingstag in Washington. Die sanften Hügel und Täler von Arlington, voll von Bäumen mit rosafarbenen Knospen und toten Jungen, erstreckten sich hinter der Begräbnisstätte wie eine Filmkulisse. Die weißen Gebäude der US-Hauptstadt glänzten selbst in diesem fahlen Licht. Donny betrachtete die Nadel, die Kuppel, das große Weiße Haus und den weinenden Lincoln, der hinter seinen Marmorsäulen versteckt saß. Nur Jeffersons hübsche, kleine Gartenlaube war außer Sichtweite, verborgen von einem unverfänglichen, mit Sträuchern und Gräbern übersäten Hügel.

Das Sargschleppen hatten sie bereits hinter sich. Es war ordentlich über die Bühne gegangen, aber trotzdem wirkten alle griesgrämig. Erstaunlicherweise hatte sogar Crowe sich heute Mühe gegeben. Ohne Missgeschicke hatten sie Lance Corporal Michael F. Anderson vom schwarzen Leichenwagen zur Bahre getragen, während der langsame Trauermarsch gespielt wurde, hatten die Flagge vom Sarg genommen und säuberlich gefaltet. Donny überreichte das gestirnte Dreieck diesmal der trauernden Witwe, einem pickeligen Mädchen. Es war immer besser, nichts über den Jungen in der Kiste zu wissen. War Lance Corporal Anderson ein gewöhnlicher Infanterist gewesen? War er für die Materialausgabe zuständig gewesen, hatte er einer Helikopter-Crew angehört, war er Militärjournalist, Sanitäter oder Pionier gewesen? Hatte man ihn erschossen, in die Luft gesprengt oder zerquetscht, war er an einem Virus oder einer Geschlechtskrankheit gestorben? Niemand wusste es. Er lebte nicht mehr, das musste reichen.

Donny stand die ganze Zeremonie über stramm – ein Vorzeige-Marine in Uniformrock, gestärkter weißer Hose und weißer Mütze. Er salutierte steif und perfekt vor dem schniefenden, zitternden Mädchen, während das Orchester *Taps* spielte. Trauer konnte so etwas Hässliches sein. Die hässlichste Sache der Welt eigentlich, und er hatte verdammt noch mal fast 18 Monate lang regelrecht darin gebadet. Ihm dröhnte der Schädel.

Dann war es vorbei. Man hatte das Mädchen weggeführt und die Marines marschierten zurück zum Bus, um eine diskrete Raucherpause einzulegen. Donny achtete darauf, dass sie beim Rauchen ihre weißen Handschuhe abstreiften, weil das Nikotin sie sonst gelb verfärbte. Alle hielten sich daran, selbst Crowe.

»Willst du 'ne Zigarette, Donny?«

»Ich rauch nicht.«

»Solltest du aber. Das entspannt einen.«

»Tja, ich verzichte.« Er schaute auf seine Uhr, eine große Seiko an einer Kette, die er beim Militärladen in Da Nang für zwölf Dollar erstanden hatte, und stellte fest, dass sie noch 40 Minuten rumkriegen mussten, bis der nächste Job anstand.

»Ihr solltet eure Jacken aufhängen«, sagte er zum Team.

»Aber geht nicht raus, bevor wieder alles sitzt und strahlt. Sonst sieht euch schlimmstenfalls so ein Arschloch von Major, macht 'ne Meldung, und dann heißt's ab mit euch nach Vietnam. Dann wärt ihr vielleicht rechtzeitig zur nächsten Beerdigung wieder hier. Allerdings liegt ihr in dem Fall selbst im Sarg, stimmt's, Crowe?«

»Ja, Corporal, Sir«, bellte Crowe ironisch und abfällig und tat so, als sei er der frisch gebackene Berufssoldat voller Tatendrang, dem er nie auch nur entfernt ähneln würde.

»Wir lieben unser Corps, was, Crowe?«

»Wir lieben unser Corps, Corporal.«

»Bist ein guter Mann, Crowe.«

»Donny?«

Es war der Fahrer, der sich zu ihnen umgedreht hatte.

»Hier sind ein paar Kerle von der Navy.«

Scheiße!, dachte Donny.

»Donny, gehst du jetzt zur Navy?«, fragte Crowe. »Könntest sicher 'n Vermögen verdienen, wenn du in der Dusche von so 'nem Atom-U-Boot den Arsch hinhältst.«

Alle lachten. Eins musste man Crowe lassen: Für Pointen hatte er ein Gespür.

»Alles klar, Crowe«, konterte Donny, »vielleicht meld ich dich ja einfach mal so zum Spaß, oder ich prügle die Scheiße aus dir raus, um mir den Papierkram zu ersparen. Während ich mit diesen Typen rede, gibst du jedem Mann im Team einen Blowjob. Das ist 'n Befehl, PFC.«

»Ja, Corporal, Sir«, erwiderte Crowe und paffte seine Zigarette.

Donny knüpfte seinen Uniformrock zu, zog sich die Mütze tief in die Stirn und ging nach draußen.

Weber stand in einer Kakihose vor ihm.

»Guten Morgen, Sir«, grüßte Donny und salutierte.

»Guten Morgen, Corporal. Kommen Sie mal bitte mit?«

»Ja, Sir.«

Nachdem sie sich weit genug vom Bus entfernt hatten, außer Hörweite der Männer, fluchte Donny: »*Scheiße, Mann, was soll das denn jetzt? Ich dachte, ich soll undercover arbeiten. Damit versauen Sie alles.*«

»Schon gut, Fenn, nicht aufregen. Erzählen Sie ihnen, dass wir von der Personalverwaltung im Pentagon sind und vor Ihrem Ausscheiden aus dem Corps Ihren Dienst in Vietnam verifizieren müssen. Kommt ganz häufig vor, keine große Sache.«

Etwas entfernt saß Lieutenant Commander Bonson auf dem Rücksitz eines gelblich braunen Fords von der Regierung und starrte durch seine Sonnenbrille stur geradeaus.

Donny stieg ein. Der Motor lief und die kühle Luft der Klimaanlage blies ihm ins Gesicht.

»Guten Morgen, Fenn«, grüßte der Commander. Er saß mit perfekter Haltung kerzengerade auf dem Rücksitz, ganz der stramme Berufssoldat.

»Sir?«

»Fenn, ich werde Crowe heute verhaften.«

Donny verschluckte sich an der trockenen, in der Kehle schmerzenden Luft.

»Wie bitte, Sir?«

»Um genau 16 Uhr werde ich mit einer zivilen Truppe vom NIS in die Kaserne kommen. Wir werden ihn in den Knast auf dem Navy Yard einbuchten.«

»Mit welcher Anklage?«

»Sicherheitsverstoß. Marine-Strafcode DOD 69-455. Unautorisierter Besitz von Geheiminformationen. Außerdem noch DOD 77-56B. Unautorisierte Weitergabe oder Übertragung von Geheiminformationen.«

»Äh ... und aufgrund welcher Hinweise?«

»Ihrer Hinweise, Fenn.«

»*Meiner* Hinweise, Sir?«

»Ihrer Hinweise.«

»Aber ich habe nichts dergleichen berichtet. Er ist zu ein paar Partys gegangen, bei denen NVA-Flaggen an der Wand hingen. Aber die hängen in Washington in jedem zweiten Apartment. Ich seh die ständig.«

»Sie können bestätigen, dass er zusammen mit einem bekannten Organisator der Radikalen gesichtet wurde.«

»Na ja, ich kann auch bestätigen, dass *ich* diesen Kerl getroffen habe. Und ich habe keine Anhaltspunkte dafür, dass er eine Bedrohung für die Sicherheit des Marine Corps oder Regierungsangelegenheiten darstellt. Ich hab bloß mitbekommen, dass er mit jemandem geredet hat, weiter nichts.«

»Sie haben ihn mit Trig Carter gesehen. Wissen Sie eigentlich, wer Trig Carter ist?«

»Äh, nun, Sir, Sie sagten ...«

»Verraten Sie's ihm, Weber.«

»Das stammt direkt aus dem Briefing, das der Military District of Washington, der Secret Service und das FBI heute Morgen abgehalten haben, Fenn«, erläuterte Weber ihm. »Carter wird jetzt verdächtigt, ein Mitglied des Weather Underground zu sein. Er ist nicht ›nur‹ ein Hippie mit 'nem Plakat in der Hand und Blumen im Haar. Er ist ein Extremist, ein Radikaler, der möglicherweise was mit den Bombenanschlägen des Weather Underground zu tun hat.«

Donny war sprachlos.

»Trig?«

»Begreifen Sie's immer noch nicht, Corporal?«, übernahm Bonson. »Diese beiden Schlauberger hecken was Blutiges für den May Day aus. Wir müssen sie aufhalten. Wenn ich mir Crowe schnappe, könnte ich dadurch ein paar Leben retten.«

»Sir, ich habe nichts gesehen, was ...«

»Dann halten Sie sich einfach ans beschissene Protokoll,

Corporal!«, blaffte sein Vorgesetzter. Er beugte sich vor und starrte Donny aus mörderisch funkelnden Augen an. Er schien einen Groll auf die ganze Welt zu hegen und Donny die Schuld für all seine Enttäuschungen zu geben. Für all die Frauen, die nicht mit ihm schlafen wollten, für die Studentenverbindungen, die ihn nicht aufgenommen, und die Universitäten, die ihm keinen Studienplatz gegeben hatten.

»Sie halten das alles für eine Art Scherz, oder, Corporal? Als wenn es irgendwie unter Ihrer Würde ist. Also spielen Sie brav mit, um bloß nicht wieder nach Vietnam zu müssen, machen einen auf cool und verlassen sich darauf, dass Ihr gutes Aussehen und Ihr Charme Ihnen schon helfen werden? Sie machen sich nicht die Hände schmutzig und erledigen den Job nicht. Tja, damit ist ab heute Schluss. Sie haben einen Auftrag. Einen rechtskräftigen Befehl, der von höherer Stelle ausgesprochen und Ihnen durch die festgelegte Befehlskette übermittelt wurde, überprüft von Ihrem kommandierenden Offizier. Und Sie werden ihn ausführen.

Also hören Sie auf, rumzueiern und so zu tun, als ob Ihre Gefühle dabei irgendeine Rolle spielen. Sie kümmern sich darum, Sie gehen da rein und besorgen mir, was ich brauche. Oder, bei Gott, ich sorg dafür, dass Sie der einzige US-Marine in der demilitarisierten Zone sind, wenn Onkel Ho seine Panzer zum Aufräumen nach Süden schickt. Wir drücken Ihnen ein Springfield-Gewehr und einen Cowboyhut in die Hand, und dann sehen wir mal, wie Sie sich schlagen. Haben Sie gehört?«

»Laut und deutlich.«

»Dann machen Sie gefälligst Ihren beschissenen Job«, versetzte Bonson eisig. »Ich warte noch einen Tag, höchstens zwei. Aber kommen Sie *vor* dem May Day da rein, sonst lass ich die alle in Portsmouth einbuchten und Sie wandern nach Vietnam. Haben Sie mich verstanden?«

»Verstanden, Sir«, bestätigte Donny und lief infolge der Standpauke knallrot an.

»Raus«, befahl Bonson. Das Gespräch war vorbei.

»Alles okay mit dir?«

»Mir geht's gut«, antwortete Donny.

»Du siehst gestresst aus.«

»Bin ich nicht.«

»Na ja, ein paar von uns wollten zu dieser Party in G-Town, Donny. Trig hat davon gesprochen.«

Herrgott noch mal, dachte Donny, als Crowe sich in einem Anfall von Fürsorglichkeit über ihn beugte. Sie befanden sich in einem Raum im Obergeschoss der Kaserne, in dem die außerhalb der Basis wohnenden Männer die hohen grauen Spinde nutzen konnten. Sie schlüpften gerade nach dem heißen Nachmittag auf dem Friedhof aus ihren Uniformen.

»Crowe, du weißt, dass wir jederzeit zu einem Einsatz gerufen werden können. Ist deine Kampfausrüstung in Topzustand? Ist dein Uniformrock gebügelt und gepresst, sind deine dunklen Socken gewaschen? Hast du mal 'ne Stunde oder zwei an deiner Spuckepolitur gearbeitet? In letzter Zeit sehen deine Schuhe 'n bisschen matt aus. *Darüber* solltest du dir Gedanken machen.«

»Tja, was das angeht«, erwiderte Crowe, »kannst du mir eins glauben, ich weiß es nämlich. Wir werden bis morgen um 24 Uhr nachts keinen Einsatz haben.«

Donny hätte ihn fast darauf hingewiesen, dass er sich bei ›24 Uhr‹ das ›nachts‹ hätte sparen können, aber Crowe war ohnehin nicht mehr zu helfen.

»Und wir werden bloß hier rumhängen. Vielleicht steigen wir in die Trucks und werden am Samstag zu einem Gebäude in der Nähe vom Weißen Haus geschickt. Aber das wird 'n kurzer Einsatz. Die ganze Action wird sich am anderen Flussufer abspielen. Bei der ganzen Sache geht's darum, dass sie sich vor dem Pentagon versammeln und es lahmlegen. Weiß ich von Trig.«

»Weißt du von Trig? Er hat dir gesagt, wo wir hingeschickt werden? Mann, das ist doch geheim. Woher zum Teufel soll er das wissen?«

»Frag mich nicht. Trig weiß eben alles. Er hat ja überall Zugang. Wahrscheinlich trinkt er sogar Cocktails mit J. Edgar persönlich, genau in diesem Moment. Übrigens, wusstest du, dass Hoover 'ne Schwuchtel ist? Eine gottverdammte *Schwuchtel!* Treibt sich in Jugendherbergen rum und so.«

»Crowe, du *erzählst* Trig doch nicht irgendeinen Scheiß, oder? Ich mein, dir kommt das vielleicht alles wie 'n Witz vor, aber mit so was könntest du dich richtig tief in die Scheiße reiten.«

»Mann, was weiß *ich* denn? Der kleine Eddie Crowe ist doch nur 'n simpler Soldat. Der weiß nix.«

»Crowe, ich mein's ernst.«

»Stellt etwa irgendwer Fragen über mich?«

»Wo ist denn diese Party?«

»Solltest du nicht lieber mal versuchen, deine Freundin zu finden? Die schien nicht besonders glücklich drüber zu sein, dass du sie letzte Nacht stehen gelassen hast, um mit uns rumzuhängen. Und ich kenn diese notgeilen Hippies und Friedensapostel gut genug, um zu merken, dass dieser bärtige Typ, der an ihrem Rockzipfel hängt, ihr ständig Fick-mich-Blicke zuwirft. Für *den* solltest du besser mal 'n Artillerieschlag anfordern. Hotel Echo.«

»Niemand stellt Fragen über dich.«

»Wenn sie's doch tun sollten, rat ich dir Folgendes: Liefer mich ans Messer. Die können 'n Scheiß mit mir anfangen. Ehrlich, Donny, in dem Fall solltest du mich sofort anschwärzen. Wenn's heißt ›du oder ich‹, Kumpel,

solltest du tun, was für dich am besten ist. Alles andere wär
'ne Schande.«

»Eddie, du laberst nur Scheiße. Also, wo ist diese Party?
Ich könnte 'n ganzes verdammtes Fass Bier gebrauchen.«

»Vielleicht kann Trig dir helfen, dein Mädchen zu
finden.«

»Vielleicht.«

Sie duschten, zogen sich an und meldeten sich ab.
Der diensthabende Unteroffizier ermahnte sie, sich alle
paar Stunden bei der Basis zu melden, für den Fall, dass
ein Einsatzbefehl hereinkam. Crowes treue Saufkumpane
warteten natürlich schon vor dem Haupttor der Kaserne an
der 8th Street. Sie stiegen in den alten Corvair.

»Hey, Donny.«

»Cool. Donny, der Held.«

Er konnte sich kaum noch an ihre Namen erinnern. Er
hatte stechende Kopfschmerzen. Es war eine Lüge gewesen,
eine glatte, dreiste Lüge: *Niemand stellt Fragen über dich.*

Aber, verflucht noch mal, woher wusste Crowe so viel?
Warum hatte er Donny neulich gefragt, wohin man sie wohl
schickte? Warum passierte diese ganze üble Scheiße überhaupt? Und was war mit Julie? Sie zeltete auf irgendeinem
schlammigen Feld mit Wie-hieß-er-noch-mal und er hatte
nicht mal richtig mit ihr *geredet.* Sie hatte auch nicht
angerufen oder ihm ihre Nummer hinterlassen. Mann, im
Moment kam wirklich alles zusammen.

Aber als sie bei der Feier ankamen, tauchte sofort Trig
auf und begrüßte sie. Nachdem Crowe ihm Donnys Situation geschildert hatte, beruhigte er ihn, dass das alles kein
Problem sei.

»Lasst mich nur kurz 'n Anruf machen.« Er verschwand
im Haus. Donny saß bei einer Gruppe von Kids, die, wie
sich herausstellte, in Georgetown wohnten. Sie waren angezogen wie Jungrepublikaner. Crowe, der seine spärlichen

Haare unter der Boonie-Mütze versteckte, baggerte ein Mädchen an, das ihm die kalte Schulter zeigte. Trig kam zurück.

»Okay, fahren wir.«

»Hast du sie gefunden?«

»Na ja, ich hab rausgefunden, wo die Kids von der University of Arizona zelten. Und da wird sie bestimmt sein, oder?«

»Stimmt.«

»Okay, ich fahr dich hin.«

Donny zögerte. Sollte er nicht weiter Crowe im Auge behalten? Andererseits hatte er selbst diese Suchaktion angeleiert, und wenn er jetzt bei Crowe blieb, käme das sehr merkwürdig rüber. Und er sollte Crowe und Trig ja *zusammen* observieren, nicht wahr? Solange er bei Trig war, konnte Crowe diesem ja keine Geheimnisse anvertrauen, oder?

»Super«, mimte er Begeisterung.

»Lass mich nur noch schnell mein Buch holen.« Trig verschwand für einen Moment und kam dann mit einem großen, ziemlich ramponiert aussehenden Skizzenbuch an. Er behandelte es wie eine wertvolle Reliquie. »Ohne das Teil geh ich nirgendshin. Vielleicht seh ich ja 'ne östliche Schwalbenschwanzdrosselstelze!« Er lachte ironisch und bleckte seine weißen Zähne.

Draußen zeigte Trig auf sein ›Trigmobil‹, einen hellroten TR6 mit herabgelassenem Segeltuchdach.

»Coole Karre«, kommentierte Donny beim Einsteigen.

»Hab ich mir vor 'ner Weile in England zugelegt. Ich hatte von dieser ganzen Friedensscheiße die Schnauze voll. Hab mir 'ne kleine Auszeit genommen, bin nach London gegangen, hab ein bisschen Zeit in Oxford verbracht. Die Ruskin School of Drawing. Und da hab ich dieses Baby entdeckt.«

»Du musst ja stinkreich sein.«

»Meine Familie hat Geld. Aber nicht mein Vater; der verdient keinen Penny. Er arbeitet für den Staat, plant einen winzigen Teil des Kriegs, die ökonomische Infrastruktur in der Provinz Quang Tri. Was macht dein Dad?«, erkundigte sich Trig.

»Mein Dad war Rancher. Hat geschuftet wie ein Verrückter und nie einen Penny verdient. Er ist arm gestorben.«

»Aber er ist mit reinem Gewissen gestorben. In unserer Familie arbeiten wir nicht. Das Geld arbeitet. Wir spielen. Für etwas zu arbeiten, an das man glaubt, ist das Beste überhaupt. Mehr kann man kaum vom Leben erwarten. Und wenn man dann noch Spaß dabei hat, Mann, dann ist das *richtig* cool.«

Donny sagte nichts. Aber seine Stimmung verdüsterte sich. War er nicht ein Judas? Er wollte Trig für 30 Silberstücke verkaufen, oder besser gesagt, für drei Streifen an der Uniform und die Sicherheit, nicht ins Land der bösen Träume zurückkehren zu müssen. Er musterte Trig im Profil. Der Wind blies dem etwas älteren Mann das üppige Haar zurück. Es wehte hinter ihm wie ein Umhang bei einem Reiter. Er trug eine Ray-Ban-Sonnenbrille und hatte eine prägnante hohe Stirnpartie. Wie ein junger Gott in seiner Blütezeit.

Dieser Typ sollte zum Weather Underground gehören? Dieser Typ sollte planen, Bomben zu legen, Menschen in die Luft zu sprengen, all das? Es kam Donny undenkbar vor. Egal wie sehr er seine Fantasie strapazierte: Er konnte sich Trig nicht als Verschwörer vorstellen. Er stand zu sehr im Mittelpunkt von allem. Die Welt lag ihm zu Füßen.

»Könntest du jemanden töten?«, fragte Donny ihn.

Trig lachte und seine weißen Zähne blitzten.

»Was für 'ne Frage! Wow, das hat mich noch nie jemand gefragt!«

»Ich habe sieben Männer getötet«, konterte Donny.

»Na ja, wenn du sie nicht getötet hättest, hätten sie dann nicht dich getötet?«

»Das haben sie ja *versucht!*«

»Siehst du, da hast du's. Du hast deine Entscheidung getroffen. Aber nein, nein, ich könnte das nicht. Kann ich mir einfach nicht vorstellen. In mir würde dabei zu viel absterben. Ich wär lieber selbst tot, als andere getötet zu haben. Davon bin ich überzeugt. Ich glaub daran, seit ich in einem Haus in Stanleyville 25 Teenager gesehen habe, die jemand in Stücke gehackt hatte. Ich weiß nicht mal, ob die zu den Rebellen oder zur Regierung gehörten. Das wussten sie wahrscheinlich selbst nicht. In dem Moment wurde mir klar: kein Töten mehr. Schluss mit dem Morden. Wie es in dem Song so schön heißt: ›All we are saying is give peace a chance ...‹«

»Tja, ist schwer, ihm 'ne Chance zu geben, wenn ein Typ mit 'ner AK-47 auf dich ballert.«

Trig lachte.

»Da ist was dran, Kumpel«, erwiderte er fröhlich.

Aber dann schob er hinterher: »Klar, das muss man jedem zugestehen. Aber du hättest nicht in diese Grube in My Lai geschossen, wie's diese anderen Typen getan haben. Du hättest dich geweigert. Töten im Kampf ist das eine, kaltblütiger Mord das andere. Mann, du bist ein Cowboy. Dir wurde beigebracht, zur Selbstverteidigung zu schießen. Du hast *moralisch* geschossen.«

Donny wusste nicht, was er dazu sagen sollte. Er starrte nur bedrückt vor sich hin. In der Abenddämmerung rasten sie durch die Innenstadt, vorbei an den großen Regierungsgebäuden, die im Licht der untergehenden Sonne erstrahlten, am von Parks gesäumten Flussufer entlang, bis sie schließlich den West Potomac Park erreichten, kurz hinter dem stilvollen Jefferson Memorial.

Willkommen beim May Tribe.

Auf einer Seite der Straße parkten acht oder neun Streifenwagen. Cops aus D. C. in voller Kampfmontur standen in kleinen Gruppen da und beobachteten mürrisch die Szenerie. Auf der anderen Seite standen, ebenso mürrisch, Gruppen von Hippie-Kids in Jeans mit langen, wallenden Haaren und viel zu großen Tarnjacken und quittierten ihre vorwurfsvollen Blicke. Man starrte sich gegenseitig an; niemand ging dabei als Sieger vom Platz.

Trigs Eintreffen wurde sofort bemerkt. Die Kids machten Platz und lächelten plötzlich. Trig fuhr mit dem Triumph durch die Menge und eine Asphaltstraße entlang, die zum Fluss und einigen von Bäumen flankierten Sportplätzen führte. Aber es erinnerte eher an den Sherwood Forest als an einen College-Campus. Auf den Wiesen campierten junge Leute in Zelten oder saßen stoned vor Lagerfeuern, spielten Frisbee, sangen, rauchten, aßen, knutschten oder badeten oben ohne im Fluss. Man hatte überall mobile Klohäuschen aufgestellt, hellblau und stinkend.

»Das große Stammestreffen«, kommentierte Donny.

»Das Treffen unserer Generation«, korrigierte Trig.

Mit Trig zusammen zu sein, kam einem so vor wie Abhängen mit Mick Jagger. Er kannte jeden, mindestens drei- oder viermal musste er anhalten und aussteigen, weil seine Fans Umarmungen oder Ratschläge von ihm einforderten, Gerüchte oder Neuigkeiten anschleppten oder einfach nur seine Nähe suchten. Erstaunlicherweise kannte er all ihre Namen. *Alle.* Er musste nie lange überlegen, vergaß keinen, verwechselte nie jemanden. Die Liebe, mit der man ihm begegnete, schien ihn wachsen zu lassen. Sie kam von Jungen und Mädchen, Männern und Frauen gleichermaßen, sogar von einigen alten, bärtigen, Sandalen tragenden Radikalen, die aussahen, als hätten sie schon gegen den Ersten Weltkrieg protestiert.

»Junge, die lieben dich«, stellte Donny fest.

»Ich hab jetzt schon sieben Jahre mit diesen Leuten zu tun. Dabei lernt man sie halt kennen. Aber mir reicht's allmählich. Nach diesem Wochenende verkriech ich mich erst mal auf die Farm von 'nem Freund, draußen in Germantown. Ein paar Vögel malen, ein bisschen Gras rauchen, einfach nur entspannen. Komm doch auch und bring Julie mit, falls sie noch hier ist. Ist an der Route 35, nördlich der Stadt. ›Wilson‹ steht auf dem Briefkasten. Oh, ich glaub, wir sind da.«

Donny entdeckte sie sofort. Sie hatte sich mit einer Art bodenlangem Indianerkleid getarnt und die Haare mit einer Navajo-Silberbrosche hochgesteckt. Ein Geschenk von ihm. Das Teil hatte ihn schlappe 75 Dollar gekostet.

Farris, dieses Arschloch, lungerte in ihrer Nähe herum, obwohl er gerade nicht mit ihr sprach. Er beobachtete sie nur aus der Distanz, erkennbar hingerissen.

»Hi!«, rief Donny.

»Ich hab dir deinen edlen Ritter mitgebracht«, verkündete Trig grinsend.

»Oh, Donny.«

»Na dann viel Spaß«, meinte Trig. »Sag mir Bescheid, wenn du hier abhauen willst. Ich hör mir mal für 'ne Weile Peter Farris' Gejammer an.«

Aber Donny registrierte die Bemerkung gar nicht. Er hatte nur Augen für Julie, und wieder brach es ihm das Herz. Jedes Wiedersehen mit ihr kam ihm vor wie das erste Mal. Sein Atem ging stoßweise. Er spürte, wie er innerlich Feuer fing. Er umarmte sie.

»Tut mir leid, dass ich gestern Abend so komisch gewesen bin. Ich konnte dir das nicht so schnell erklären. Du weißt, wie ich manchmal bin.«

»Donny, ich hab in der Kaserne angerufen.«

»Manchmal werden die Nachrichten weitergeleitet,

manchmal auch nicht. Ich hab gestern einfach total neben mir gestanden.«

»Was ist denn los?«

»Ach, das ist zu kompliziert. Nichts, womit ich nicht fertig würde. Wie geht's dir? Gott, Süße, es ist so schön, dich zu sehen.«

»Oh, mir geht's gut. Aber auf die ganze Camping-geschichte könnt' ich verzichten. Ich brauch 'ne Dusche. Wo ist hier das nächste Holiday Inn?«

»Wenn das alles vorbei ist, fahr nicht zurück«, platzte er heraus. Es klang, als ob er endlich eine Möglichkeit erkannt hätte, allem einen Sinn zu geben. »Bleib hier bei mir. Wir heiraten!«

»Donny! Was wird dann aus der großen kirchlichen Trauung? Was ist mit den Freundinnen meiner Mutter? Und mit dem Country Club?«

»Ich ...« Und dann erkannte er, dass sie Witze machte und genau wusste, dass er keine machte.

»Ich will, dass wir heiraten«, wiederholte er. »Auf der Stelle.«

»Donny, ich will dich so sehr heiraten, dass es mich fast umbringt.«

»Wir tun es, sobald dieses Wochenende vorbei ist.«

»Ja. Ich heirate dich, sobald es vorbei ist. Ich werd in ein Apartment ziehen. Mir Arbeit suchen. Ich werde ...«

»Nein, ich möchte, dass du danach erst mal nach Hause fährst und deinen Abschluss zu Ende machst. Ich werd versuchen, vorzeitig entlassen zu werden, und wieder zu Hause einziehen. Ich bekomm Arbeitslosengeld für Soldaten. Ich kann Teilzeit arbeiten. Wir werden uns irgend-eine Unterkunft für verheiratete Studenten besorgen. Das wird bestimmt lustig! Und du kannst deiner Mutter sagen, dass wir die ganzen Feiern später nachholen, damit sie nicht enttäuscht ist.«

»Wie kommst du so plötzlich darauf?«

»Nur so. Mir ist einfach klar geworden, wie wichtig du mir bist. Ich wollte mir das nicht verderben. Gestern Nacht war ich 'n Arschloch. Deswegen wollt ich heute dafür sorgen, dass wir wieder zusammenkommen. Wenn meine Dienstzeit um ist, werd ich dir sogar mit diesem Friedenskram helfen. Wir werden dem Krieg ein Ende setzen. Du und ich. Das wird toll.«

Sie gingen ein Stück. Um sie herum überall junge Leute in ihrem Alter, stoned und ausgelassen. Sie feierten bei diesem großen, fröhlichen Abenteuer in Washington, D. C., ihre Jugend, protestierten gegen die Armee und gleichzeitig wurden sie stoned und ließen sich flachlegen. Donny fühlte sich schrecklich isoliert. Er gehörte nicht dazu. Aber er hatte auch nicht mehr das Gefühl, zum Marine Corps zu gehören.

»Okay«, sagte er schließlich, »ich sollte so langsam zurück. Wir müssen vielleicht noch zum Einsatz. Falls nicht, kann ich morgen bei dir vorbeikommen?«

»Ich werd versuchen, mich morgen abzusetzen, falls hier nichts Wichtiges ansteht. Wir wissen selbst nicht so genau, was kommt. Die meinen, dass wir am Wochenende einen Marsch aufs Pentagon machen werden. So ein Theater.«

»Bitte pass auf dich auf.«

»Werd ich.«

»Ich versuch, rauszubekommen, was wir für eine rechtskräftige Heirat vorbereiten müssen. Ist vielleicht besser, das vor dem Corps geheim zu halten. Das sind alles Arschlöcher. Und wenn's erledigt ist, können wir uns immer noch um den ganzen Papierkram kümmern.«

»Donny, ich liebe dich. Seit diesem Date, bei dem du mit Peggy Martin aufgetaucht bist und mir klar wurde, wie sehr ich sie dafür *hasste*. Seit diesem Tag.«

»Wir werden ein wunderbares Leben zusammen haben. Ich versprech's dir.«

Dann sah er, wie jemand rasch auf sie zukam. Es war Trig, mit Peter Farris und einigen anderen Gefolgsleuten im Schlepptau.

»Hey«, rief er ihnen zu, »es kam gerade im Radio. Der Military District of Washington hat höchste Alarmstufe ausgerufen. Sämtliches Personal soll sich sofort bei den Dienststellen melden.«

»Ach du Scheiße«, fluchte Donny.

»Jetzt geht's los«, sagte Julie.

KAPITEL 5

Eine Fackel schwebte durch die Nacht. Lichter pulsierten und tanzten hin und her. Das Dope war gut, die Stimmung gutmütig, fast abenteuerlustig. Die Sache hatte etwas von einem riesigen Campingausflug, einem Pfadfinderlager. Wer führte das Kommando? Niemand. Wer traf die Entscheidungen? Keiner. Es passierte einfach auf wundersame Weise wie von selbst, durch die pure Eigendynamik des May Tribe.

Beim Pentagon war so gut wie nichts passiert. Alles nur Show. Zu dem Zeitpunkt, als Julie, Peter und ihre Gruppe von Kreuzrittern aus Arizona das Regierungsgelände betraten, hatte sich bereits die Nachricht verbreitet, dass die Army und die Polizei niemanden festnehmen sollten. Sie konnten auf dem Rasen vor dem riesigen Gebäude des Kriegsministeriums stehen, so lange sie wollten, ohne etwas befürchten zu müssen. Irgendjemand gelangte zu der Eingebung, dass das Pentagon im Grunde gar keinen Flaschenhals darstellte und es sinnvoller schien, vor der morgendlichen Rush Hour die Brücken zu besetzen, um Stadt und Regierungsapparat auf diese Weise lahmzulegen. Andere planten, das Justizministerium zu belagern.

Jetzt marschierten sie also weiter, vorbei am großen Marriott Hotel auf der rechten Seite, auf die 14th Street Bridge nicht weit vor ihnen zu. Julie hatte so etwas noch nie erlebt: Es war wie im Film, ein wahrer Freudentaumel, eine Bühnenshow, eine Mischung aus sämtlichen Kundgebungen und Footballspielen, die sie je besucht hatte. Begeisterung hing in der feuchten Luft. Über ihren Köpfen schwirrten die Helikopter von Polizei und Army herum.

»Gott, hast du *so was* schon mal gesehen?«, wollte sie von Peter wissen.

Er erwiderte: »Du kannst ihn nicht heiraten.«

»Oh, Peter.«

»Du darfst nicht. Du darfst es einfach nicht.«

»Ich heirate ihn nächste Woche.«

»Nächste Woche bist du wahrscheinlich noch nicht mal aus dem Knast raus.«

»Dann heirate ich ihn in der Woche danach.«

»Die werden ihn nicht lassen.«

»Dann tun wir's heimlich.«

»Es gibt zu viele wichtige Sachen zu erledigen.«

Sie kamen am Marriott vorbei, je etwa 50 Leute Seite an Seite in einer Prozession, die fast einen Kilometer lang war: eine riesige Masse junger Menschen. Wer führte sie an? Ein kleiner Trupp der People's Coalition for Peace and Justice lief mit Megafonen an der Spitze. Aber in Wirklichkeit waren es ihre eigenen Instinkte, die sie vorantrieben. Die professionellen Organisatoren nutzten lediglich die Energie einer Generation im Aufbruch und gaben die grobe Richtung vor. Währenddessen erfüllten Grasgeruch und Gelächter die Luft. Hin und wieder schwebte ein Nachrichtenhelikopter vom Himmel auf sie zu, verharrte in einer Position direkt über ihnen und badete sie in hellem Licht. Dann winkten, tanzten und skandierten sie.

Eins, zwei, drei, vier
Auf eure Kriege scheißen wir
oder
Ho, ho, Ho Chi Minh
Ho, ho, Ho Chi Minh
oder
Schluss mit dem Krieg
Schluss mit dem Krieg.
Dann kam das erste Tränengas.

Ätzend, beißend und von einer unbestreitbaren desorientierenden Kraft. Julie spürte, wie sich ihre Augen vor Schmerz verkrampften. Mit einem Mal begann sich die

Welt um sie herum zu drehen. Die Luft selbst wurde zum Feind. Schreie ertönten, Panik und Verwirrung machten sich breit. Julie fiel auf die Knie und hustete heftig. Für eine Sekunde existierten für sie nichts anderes mehr als das Brennen in ihrer Lunge und die gewaltige, niederschmetternde Macht des Tränengases.

Zusammen mit einigen anderen blieb sie an Ort und Stelle. Peter hatte sich irgendwohin verzogen. Das brutale Zeug schien überall zu sein. Tränen quollen ihnen aus den Augen. Aber Julie dachte: *Ich geh hier nicht weg. Die können mich nicht dazu zwingen.*

Plötzlich kam jemand mit einem Eimer voller nasser Waschlappen.

»Atmet da durch«, schrie er. Anscheinend kannte er sich mit so etwas aus. »Dann ist es nicht so schlimm. Wenn wir nicht zurückweichen, werden die es tun. Kommt schon, seid stark, verliert nicht den Mut!«

Manche ließen sich zurückfallen, aber die meisten blieben einfach stehen und versuchten durchzuhalten. Irgendjemand – niemand wusste, wer oder warum – machte einen Schritt vorwärts. Dann noch einer. Und im nächsten Moment schlossen sich die anderen, die geblieben waren, ihnen an. Die Masse rückte vor, nicht um anzugreifen, nicht aus böser Absicht, sondern ausschließlich getrieben von der Überzeugung, dass sie als junge Menschen nichts aufhalten konnte, weil sie stark waren.

Vor sich bemerkte Julie eine Barrikade aus Polizeiautos mit blinkenden Signallichtern. Dahinter standen Army-Soldaten, vermutlich ein Kontingent der 7500 Nationalgardisten, deren Einsatz mit großem medialem Getöse angekündigt worden war. Sie sahen aus wie Insekten: riesige Augen, lang gezogene Schnauzen mit mächtigen Unterkiefern und schwarzer Haut. *Masken,* wurde ihr klar. Sie trugen alle Gasmasken. Das machte Julie wütend.

»Lösen Sie diese Versammlung auf!«, ertönte eine Stimme aus einem Lautsprecher. »Sie werden hiermit aufgefordert, die Versammlung aufzulösen. Wir werden jeden verhaften, der sich dieser Aufforderung widersetzt. Diese Veranstaltung ist nicht genehmigt.«

»Oh, na *das* ändert natürlich alles«, spottete jemand lachend. »Scheiße, wenn ich *das* gewusst hätte, wär ich gar nicht erst gekommen!«

Ein Hubschrauber schwebte über ihnen. Rechts beim Potomac River ging die Sonne auf. Julie schaute auf die Uhr und sah, dass es ungefähr sechs war.

»Geht weiter!«, schrie jemand. »Eins, zwei, drei, vier, auf eure Kriege scheißen wir!«

Julie benutzte nicht gerne solche Begriffe. Sie hasste es auch, wenn Donny fluchte. Aber hier zu stehen und die Nachwirkungen des ätzenden Gases zu ertragen, mit tränenden Augen und Wut im Bauch, stachelte sie ebenfalls dazu an. Und sie schien mit diesem Gefühl nicht allein zu sein.

Eins, zwei, drei, vier
Auf eure Kriege scheißen wir!

Es klang wie eine Hymne, wie ein Schlachtruf. Die verbliebenen jungen Leute bezogen daraus ihre Kraft und liefen jetzt schneller. Sie vereinten sich im flackernden Licht der Polizeiwagen und unter den beweglichen Scheinwerfern der kreisenden Helikopter. Jene, die geflohen waren, fanden ihren Mut zurück und stoppten. Angetrieben von der Energie der restlichen Gruppe machten sie kehrt und marschierten ihrerseits weiter.

Klack! Klack! Klack!

Weitere Kanister mit CS-Gas flogen von den Barrikaden her auf sie zu – kleine, gemeine Granaten, aus denen zähe Wolken von diesem Zeug aufstiegen. Aber die Demonstranten wussten jetzt, dass es sie nicht umbrachte, dass früher oder später der Wind kam und das Gas verwirbelte und ihm damit den Stachel nahm.

Eins, zwei, drei, vier
Auf eure Kriege scheißen wir!

Julie brüllte mit aller Kraft. Sie brüllte für den armen, blassen Donny in seinem Krankenhausbett, über dessen gezeichnetem Gesicht mit den leeren Augen ein Plasmabeutel hing. Er hatte dem Tod ins Gesicht geblickt. Sie brüllte für die anderen jungen Soldaten in diesem Krieg, die keine Beine und keine Hoffnung mehr hatten, denen das Gesicht, die Füße oder der Penis fehlten. Sie brüllte für die Mädchen, die auf ewig verbittert sein würden, weil ihre Verlobten oder Brüder oder Ehemänner in Plastiksäcken nach Hause zurückgekehrt waren, achtlos in Holzkisten geworfen. Sie brüllte für ihren Vater, der immer über die ›Pflicht‹ gepredigt, aber selbst im Zweiten Weltkrieg Versicherungen verkauft hatte. Sie brüllte für all die Jugendlichen, die bei den Demonstrationen der letzten sieben Jahre verprügelt worden waren. Sie brüllte für das kleine Mädchen, das nackt und verängstigt vor der Napalmbombe floh. Und sie brüllte für den kleinen Mann mit den gefesselten Händen, dem man in den Kopf geschossen hatte und der blutend zusammengebrochen war.

Eins, zwei, drei, vier
Auf eure Kriege scheißen wir!

Jetzt rückten sie alle vor, Hunderte, Tausende. Zuerst erreichten sie die Polizeiwagen, dann waren sie daran vorbei. Die Cops nahmen Reißaus, die Nationalgarde floh.

»Stehen bleiben! Stehen bleiben, gottverdammt!«, rief jemand. Die Menge kam zum Stillstand. Die Brücke vor ihnen war frei, die ganze Strecke bis zum Jefferson Memorial. Im Licht der aufgehenden Sonne ragte das Kapitol vor ihnen auf, über den Bäumen zeichnete sich die Spitze des Washington Monument ab und zur Rechten die Alphaville Blocks des neuen HEW-Wohnkomplexes. Aber weit und breit waren weder Autos noch Cops zu sehen.

»Wir haben's geschafft«, rief jemand. *»Wir haben's geschafft!«*

Ja, das hatten sie. Sie hatten die Brücke eingenommen und einen großen Sieg errungen. Sie hatten die Staatsmacht vertrieben und die 14th Street Bridge im Namen der Coalition for Peace and Justice besetzt.

Sie hatten gewonnen.

»Wir haben's geschafft«, wiederholte jemand neben ihr. Es war Peter.

»Unteroffiziere und Truppenführer sofort antreten! Unteroffiziere und Truppenführer sofort antreten!«

Die Männer schwirrten auf der breiten Esplanade der abgeriegelten Route 95 herum, etwa eine halbe Meile weiter auf der D.C.-Seite der 14th Street Bridge, hinter einer Barrikade aus Jeeps, Polizeiautos und Militärfahrzeugen. Unter einem Dach aus Hecken, hinter einem Gitter aus Marmorsäulen sah Jefferson ihnen von Backbord in seiner ganzen marmornen Pracht zu. Über der Szenerie hing ein bleicher, zitronengelber Himmel, bevölkert von knatternden Helikoptern, die weitaus mehr Lärm verursachten, als es ihrer tatsächlichen Bedeutung angemessen zu sein schien. Das Ganze weckte Erinnerungen an einen Film aus den 50er-Jahren, in dem das Monster die Stadt angegriffen hatte und Polizei und Militär Barrikaden errichteten, während Männer in weißen Kitteln in einem Labor hektisch an einer Geheimwaffe tüftelten, um es zur Strecke zu bringen.

»Napalm«, erklärte Crowe altklug. »Ich würde Napalm einsetzen. An die 2000 Kids damit umbringen. Sie richtig schön kross durchbraten. Dagegen wäre Kent State 'n

Kindergeburtstag. Junge, dann wär der Krieg *morgen* schon vorbei.«

»Geh mal davon aus, dass die Berufssoldaten längst drüber nachgedacht haben«, gab Donny zurück, während er sich auf den Weg zur Sitzung des Befehlsstabs machte.

Er löste sich vom Dritten Trupp und ging zwischen anderen Gruppen aus jungen Männern hindurch, die man auf geradezu groteske Weise für den Kriegszustand ausstaffiert hatte, genau wie ihn selbst. Und auch sie schienen sich idiotisch vorzukommen mit den riesigen Stahleimern, die auf ihren Köpfen hüpften. Das war das Seltsame an Helmen: Wenn man sie gerade nicht brauchte, fühlte es sich vollkommen lächerlich an, sie zu tragen, aber sobald man sie brauchte, erschienen sie einem wie ein Geschenk Gottes.

Donny traf bei der informellen Zusammenkunft ein. Dort stand der Kasernenkommandant neben drei Männern in Overalls mit dem Schriftzug ›Justizministerium‹ auf dem Rücken, außerdem einige andere Beamte, Cops, Feuerwehrmänner und einige verwirrte Offiziere der Nationalgarde, von denen man behauptete, sie hätten durch ihre Panik das Chaos auf der Brücke überhaupt erst verursacht.

»Alles klar, Leute«, bellte der Colonel. »Sergeant Major, sind alle da?«

Der Sergeant Major zählte rasch seine Unteroffiziere durch. Jeder von ihnen gab ihm mit einem Nicken zu verstehen, dass die ihm unterstehenden Männer eingetroffen waren. Das Prozedere lief professionell ab und war nach 30 Sekunden erledigt.

»Alle anwesend, Sir.«

»Gut.« Der Colonel stieg in einen Jeep, damit er etwas höher saß als seine Untergebenen, und fuhr mit der lauten klaren Stimme eines Befehlshabers fort.

»In Ordnung, Männer. Wie Sie wissen, hat gegen sechs Uhr eine große Menge Demonstranten den rechten Bereich der 14th Street Bridge eingenommen und damit effektiv abgeriegelt. Der Verkehr staut sich bis hinter Alexandria. Die anderen Brücken sind mittlerweile geräumt, aber wir haben hier einen Engpass. Das Justizministerium hat das Marine Corps gebeten, bei der Räumung der Brücke zu helfen, und diese Mission ist von unserer Kommandostruktur autorisiert worden. Lassen Sie mich Ihnen sagen, was das bedeutet: Wir *werden* die Brücke räumen und wir werden es schnell, professionell und mit einem Minimum an Gewalteinsatz und Schaden tun. Verstanden?«

»Aye, aye, Sir«, riefen sie.

»Ich will, dass sich die A-Kompanie und die B-Kompanie Seite an Seite formieren. Die Hauptquartierskompanie bleibt in Reserve, um truppweise zur Verteidigungslinie vorzurücken, falls sie gebraucht wird. Wir haben keine Befugnis, Verhaftungen durchzuführen, und ich will nicht, dass jemand verhaftet wird. Wir werden im Schutz von moderat eingesetztem CS-Gas vorrücken, die Bajonette aufgepflanzt, aber in den Scheiden. Unter keinen Umständen kommen diese Bajonette zum Einsatz, um jemanden zu verletzen. Wir werden uns nicht mit Gewalt, sondern mit Ordnung und Professionalität durchsetzen. Eine Massenverhaftungs-Einheit der Polizei von Washington wird uns folgen, um Demonstranten festzunehmen und abzutransportieren, die sich nicht vertreiben lassen. Den Endpunkt unseres Vorstoßes wird das gegenüberliegende Ende der Brücke bilden.«

»Scharfe Munition, Sir?«

»Negativ, negativ, ich wiederhole: negativ. Keine scharfe Munition. Niemand wird heute erschossen. Das sind amerikanische Jugendliche, keine Vietcong. Wir werden um Punkt neun Uhr ausrücken. Kompaniekommandeure und höhere Unteroffiziere, ich möchte, dass Sie ein kurzes Meeting abhalten und Ihre besten Trupps am Kontaktpunkt versammeln. Es handelt sich hierbei um das Standardprozedere des Verteidigungsministeriums bei der Niederschlagung von Aufständen. Also, Männer, gehen wir das professionell an!«

»Weggetreten!«

Donny kehrte zu seiner Truppe zurück. Auch die anderen Truppenführer instruierten ihre Leute. Wie ein großer Pflanzenfresser, der erwachte, sammelte sich die Einheit und nahm langsam Gestalt an, während jede Unterabteilung eigene Anweisungen erhielt. Es gab einige Jubelrufe – ein Ausdruck der Tatsache, dass Soldaten oder Marines lieber irgendetwas taten, als herumzusitzen, selbst wenn es nicht sonderlich produktiv war.

»Wir werden in Pfeilformation vorrücken, die Züge nebeneinander aufgestellt«, eröffnete Donny ihnen. »Der Sergeant Major wird die Marschfrequenz vorgeben.«

»Bajonette?«

»Aufgepflanzt, aber in den Scheiden. So wenig Gewalt wie möglich. Wir sollen diese Leute allein durch unsere Präsenz vertreiben. Keine Munition, kein Knüppeln, einfach nur ein solider, professioneller Marine-Einsatz, verstanden?«

»Masken?«

»Ich *sagte* doch schon: Masken. Crowe, hast du nicht zugehört? Wir werden dosiert CS-Gas einsetzen.« Er schaute sich um. Der Sergeant Major hatte 100 Meter hinter den Trucks Stellung bezogen. Jetzt strömten die Marines auf ihn zu, um sich an der Abmarschlinie aufzustellen. Donny schaute auf die Uhr. 8:50 Uhr.

»Alles klar, sammeln wir uns und marschieren auf Position. *Los!*« Seine Männer rückten zu ihm auf und nahmen ihre Plätze ein. Er führte sie im Laufschritt zu einer

Formation, die sich gerade auf dem breiten weißen Band des leeren Highways bildete.

Peter hielt ihre Hand. Er wirkte blass, aber entschlossen. Wegen des Gases strömten nach wie vor Tränen über sein Gesicht.

»Alles wird gut«, raunte er immer wieder, beinahe mehr zu sich selbst als an sie gerichtet. Er hatte etwas so Klägliches an sich, dass sie den zärtlichen Impuls verspürte, ihn an sich zu ziehen und zu trösten.

»Hört mal her«, ertönte eine Stimme aus einem Lautsprecher, »WTOP hat eine Kamera in der Luft. Wir haben gerade mitbekommen, dass die Marines sich formieren, um uns abzudrängen.«

»Oh, na das kann ja heiter werden«, kommentierte Peter. »Die Marines.«

»Ich möchte euch allen einen Rat geben: Leistet besser keinen Widerstand, sonst bekommt ihr vermutlich einen Knüppel ab. Schreit sie nicht an, provoziert sie nicht. Macht euch einfach schwer. Denkt dran, das hier ist eure Brücke, nicht ihre. Wir haben sie befreit. Sie gehört uns. Wir sagen Nein, macht euren Krieg allein!«

»Wir sagen Nein, macht euren Krieg allein!«, wiederholte Peter.

»Das ist das Gemeine«, sagte Julie verbittert. »Die kommen nicht selbst, die Kerle in den Büros, die das alles steuern. Die schicken Donny, der bloß versucht, seinen Job zu erledigen. Er kriegt die Drecksarbeit.«

Aber Peter hörte gar nicht zu.

»Da kommen sie«, raunte er. Verschwommen rückte die Gruppe näher, eine Phalanx der Rechtschaffenheit in Tarnfarben: das United States Marine Corps. Sie hielten die Gewehre hochkant, trugen Helme auf den Köpfen und Gasmasken, die sie wie Insekten oder Roboter aussehen ließen.

Wir sagen Nein, macht euren Krieg allein!, skandierten sie wieder. *Marines, geht nach Hause!* Und erneut: *Wir sagen Nein, macht euren Krieg allein!*

Die Einheit trabte vorwärts zur antreibenden Taktvorgabe des Sergeant Major: Eins-zwo-DREI-vier, eins-zwo-DREI-vier. Donnys Trupp blieb eng bei der Formation zur Massenkontrolle, etwas links von der Spitze des Pfeils.

Durch das Joggen fühlte sich Donny etwas besser. Er fand einen festen Rhythmus, während die Ausrüstung lose an seinem Körper auf und ab hüpfte. Der Helm knallte ihm gegen den Kopf und zerrte am schwammigen Riemen an der Innenseite, der sich weich und feucht anfühlte. Er spürte, wie ihm der Schweiß in der Maske herunterlief. Er blieb lästigerweise an den Lidern hängen und lief ihm in die Augen. Aber das spielte keine Rolle.

Durch das Visier der Maske nahm er die Welt etwas getrübt, fast schon schmutzig wahr. Vor ihm hockte die Masse der Demonstrierenden auf der Brücke, als ob sie ihnen gehörte. Sie blickten ihnen grimmig entgegen.

Die Luft wurde abwechselnd von den Rufen *Wir sagen Nein, macht euren Krieg allein!* und *Marines, geht nach Hause!* erfüllt, aber es klang blechern und idiotisch. Sie näherten sich der Menge, bis sie nur noch 50 Meter entfernt waren. Dann stieß der Sergeant Major einen Ruf aus, der sie zum Stillstand brachte.

»Fertig, *halt!*«

Zwei Fronten der jungen USA standen sich auf der Brücke gegenüber. Auf der einen Hälfte etwa 2000 junge Leute zwischen 14 und höchstens 30, die meisten um die 20. Das Spiegelbild des College-Amerika, die Angepasst-heit der Unangepassten: Alle trugen Jeans und T-Shirt, hatten lange, wallende, schöne Haare, waren blass und hochkonzentriert, high von Gras oder Scheinheiligkeit. Sie spendeten sich gegenseitig Kraft und standen gemeinsam unter einem Wust aus Plakaten mit dem Schriftzug der People's Coalition for Peace and Justice. Auf anderen Transparenten prangten drastischere Parolen wie GIs, WECHSELT DIE SEITEN!, SCHEISS AUF DEN KRIEG! oder NIXON MUSS WEG!

Das andere Amerika, 650 Mann stark, trug den grünen Mantel der Wehrpflicht: drei Kompanien von Marines, deren Durchschnittsalter ebenfalls bei 20 lag, bewaffnet mit ungeladenen Gewehren und verhüllten Bajonetten. Hinter ihren Masken aus Gummi und Plastik waren sie ernst, glatt rasiert und kurzhaarig. Doch auf ihre Weise waren sie ebenso hin- und hergerissen, ebenso ängstlich wie die Kids, denen sie gegenüberstanden. Im Wesentlichen unterschieden sie sich nicht voneinander, aber das fiel in diesem Moment niemandem auf. Hinter ihnen folgten Polizeiautos, Krankenwagen, Löschfahrzeuge, Militärlaster, Sanitäter, Nachrichtenreporter und Beamte des Justizministeriums. Aber sie standen an vorderster Front.

Ein Mann im blauen Anzug des Justizministeriums trat vor die Formation der Marines. Er schwenkte ein Megafon.

»Dies ist eine illegale Demonstration. Sie haben keine Demonstrationserlaubnis. Hiermit werden Sie aufgefordert, diese Versammlung aufzulösen. Falls Sie dieser Aufforderung nicht Folge leisten, räumen wir die Brücke. Lösen Sie diese Versammlung auf!«

»Marines, geht nach Hause!«, folgte die Antwort.

Als die Rufe nach einer Weile verklangen, stellte der Justizbeamte seine Forderungen erneut und fügte hinzu: »Wir werden in zwei Minuten CS-Gas einsetzen. Das Marine Corps wird Sie von der Brücke vertreiben. Wir fordern Sie hiermit auf, die Versammlung aufzulösen!«

Ein Moment der Stille folgte. Dann trat ein junger Mann vor und schrie: »Hier habt ihr eure beschissene

Demonstrationserlaubnis!« Damit drehte er sich elegant um, bückte sich, zog seine Jeans herunter und entblößte die zwei blassen Halbmonde seiner Arschbacken.

»Gott, ist der schön«, schwärmte Crowe hinter seiner Maske, laut genug, dass der Rest des Trupps es hören konnte. »Ich will ihn haben!«

»Schnauze, Crowe«, versetzte Donny.

Der Mann vom Justizministerium verschwand. Die Sonne stand hoch am Himmel, das Wetter war schwül und drückend. Über ihnen schwebten Hubschrauber, deren Rotorblätter für den einzigen Wind sorgten.

Dann ertönte eine andere Stimme aus einem Lautsprecher, diesmal auf der Seite der Demonstranten. Die älteren Teilnehmer warnten die jüngeren: »Versucht nicht, die Tränengaskanister aufzuheben. Sie werden extrem heiß sein. Keine Panik. Wenn das Gas erst mal ausgeströmt ist, verfliegt es schnell.«

»Gas!«, kam der Befehl.

Mit sechs weichen *Plopp*-Geräuschen wurden sechs Granatwerfer der Polizei abgefeuert. Die Geschosse jagten über das Pflaster und setzten in der Drehung weißen Rauch frei, rollten und rutschten kreuz und quer durch die Gegend. Man zielte deshalb in Richtung Boden, damit sie die Menge mit niedriger Geschwindigkeit erreichten. Hätte man direkt auf die Menschen gezielt, wäre eine höhere, vermutlich tödliche Geschwindigkeit die Folge gewesen.

»Gas!«, ertönte der Befehl noch einmal, und sechs weitere CS-Behälter wurden verschossen.

Dann war der Schrei des Sergeant Major zu hören: »Legt *an!*« Die aufrecht vor der Brust gehaltenen Gewehre wurden um die rechte Körperseite geschwungen, die Kolben unter den rechten Arm geklemmt. Die Mündungen mit den verhüllten Bajonetten ragten in einem 45-Grad-Winkel zum Boden nach vorn.

»Fertig zum Vorrücken!«, lautete das nächste Kommando. Nur Crowes Gewehr schwankte, wahrscheinlich weil er aufgeregt war. Donny glaubte, zu beobachten, wie die Menge der Demonstranten zunächst zurückwich, sich dann berappelte und voller Entschlossenheit zurückkam. Das Tränengas waberte zwischen ihren Reihen umher. Eine undefinierbare Masse, deren Einzelidentitäten sich im trüben Licht und im Gasnebel verloren. Stand Julie dort drüben?

»Vorwärts!«, hieß es. Die Marines rückten mit stampfenden Schritten vor.

Hurra, wir kommen!, dachte Donny sarkastisch.

Sie sahen aus wie Kosaken. Ihre grünen Reihen verjüngten sich vorne zu einer Spitze, einem Pfeil erbarmungsloser, behelmter junger Männern, deren Gesichtszüge hinter den Masken verborgen blieben.

Durch den Schleier aus Tränen hielt Julie Ausschau nach Donny, aber es hatte keinen Sinn. Die Marines sahen alle gleich aus, standhafte Verteidiger von was auch immer, mit schnittigen Uniformen, Helmen und nun auch Gewehren, die sich ihnen drohend entgegenstreckten. Eine Gaswolke hüllte sie ein und ließ sie die Augen zukneifen. Julie hustete, spürte, wie ihr heiße Tränen durchs Gesicht liefen, und wischte sie weg. Dann nahm sie den nassen Waschlappen und wusch sich die Chemikalien aus den Augen.

»Arschlöcher«, fluchte Peter verbittert, voller Wut auf die Soldaten, die auf ihn zumarschierten. Er zitterte so stark, dass er sich kaum rühren konnte. Seine Knie fühlten sich an wie Wackelpudding. Aber er hatte nicht vor, aus dem Weg zu gehen.

»Arschlöcher«, wiederholte er, während die Marines mit gleichbleibendem Tempo vorrückten.

Donny lief an der Spitze, beständig wie ein Fels. Links neben ihm schien auch Crowe sich in den Griff zu bekommen. Sie trampelten vorwärts zur stetigen Taktvorgabe des Sergeant Major. Durch die wackelnde, verdreckte Brille seiner Maske sah Donny die Menschenmenge näher kommen. Der Rhythmus des Sergeant Major trieb sie weiter. Tränengas wehte durch das Chaos. Über ihnen flog ein Helikopter tief und ließ das Gas schneller treiben, sich zu Wirbelstürmen und Spiralen formen, bis es wie Wasser über die Brücke strömte.

»Immer vorwärts!«, schrie der Sergeant Major.

Plötzlich tauchten Einzelheiten vor Donny auf: die Gesichter der verschreckten jungen Leute, ihre dürren Körper, ihre Schwächlichkeit und Blässe; der Umstand, wie viele von ihnen Mädchen waren, die kühle Art, mit denen ihr Anführer sie per Megafon anstachelte. Schließlich der schockierende Moment, als beide Gruppen aufeinandertrafen.

»Immer vorwärts!«, schrie der Sergeant Major.

Es hatte etwas von irgendeiner längst vergangenen Schlacht – Legionäre gegen Westgoten, Sumerer gegen Assyrer. Donny spürte, dass körperliche Wucht und reine Willenskraft eine große Rolle spielten. Niemand wendete Gewalt an. Kein Marine verteilte Kolbenstöße mit dem Gewehr, kein Bajonett wurde aus der Scheide gezogen und in einen Körper gebohrt. Es gab nur einen Knall, als die Massen zusammentrafen. Es fühlte sich eher wie Football als wie Krieg an – dieser Moment, wenn die Linien kollidierten und um einen herum ein Dutzend Kraftproben stattfanden, man sich mit allem, was man hatte, einem anderen entgegenwarf und hoffte, ihn unter Einsatz des gesamten Körpergewichts von den Beinen holen zu können.

Donny hatte einen heftigen Zusammenprall, nicht mit dem Lineman einer gegnerischen Mannschaft oder einem Westgoten, sondern mit einem etwa 14-jährigen Mädchen.

Sie hatte Sommersprossen, krause rote Haare, trug eine Zahnspange, ein Kopftuch, ein gebatiktes T-Shirt, hatte noch keine Brüste und wirkte völlig unschuldig. Aber sie versprühte mehr Hass als jeder Westgote und verpasste ihm mit ihrem Plakat einen heftigen Schlag auf den Helm. Als es herabsauste, konnte er den Schriftzug lesen: ›Schluss mit dem Krieg!‹

Als das Schild ihn traf, brach das dünne Holz und flog davon. Er stieß gegen das Mädchen, und im nächsten Moment war sie verschwunden, entweder zurückgedrängt oder zu Boden gefallen. Er hoffte, dass sie sich nicht verletzt hatte. Warum war sie nicht einfach abgehauen?

Noch mehr Tränengas wehte heran. Geschrei erhob sich. Überall kam es zu Handgemengen, als Demonstranten sich Marines widersetzten, die sie zurückdrängten. Anspannung lag in der Luft, während beide Gruppen versuchten, sich gegenseitig in Panik zu versetzen.

Es dauerte eigentlich nur einen Moment. Dann strömten die Demonstranten auseinander und liefen davon. Donny sah, wie sie die Brücke verließen. Sie ließen Sandalen, zerquetschte Coladosen und Wassereimer zurück, die Trümmer einer besiegten Streitmacht auf dem Schlachtfeld. Sie zu verfolgen, schien sinnlos zu sein.

»Marines, rührt euch«, rief der Sergeant Major. »Masken ab.«

Die Masken wurden abgenommen und die Männer atmeten tief durch.

»Gut gemacht, gut gemacht. Jemand verletzt?«, erkundigte sich der Colonel.

Bevor jemand antworten konnte, entstand links von ihnen ein großer Tumult. Polizisten standen am Brückengeländer. Bald erfuhren die Marines, dass jemand bei ihrem Anmarsch in Panik geraten und von der Brücke gesprungen war. Ein Polizeihelikopter flog tief, ein Krankenwagen traf ein und die Sanitäter kletterten hastig heraus. Polizeiboote wurden angefordert, aber es dauerte nur wenige Minuten, bis feststand, dass es ein Opfer gab.

KAPITEL 6

Der Skandal wurde von der Presse in zu erwartender Art und Weise ausgeschlachtet, abhängig von der politischen Tendenz. ›Mädchen, 17, bei Demonstration getötet‹, lautete die Schlagzeile der *Washington Post*. Der konservativere *Star* schrieb: ›Demonstrantin stirbt in Chaos auf Brücke‹. ›Marines ermorden 17-jähriges Mädchen‹, behauptete das *Washington City Paper*.

In allen drei Fällen äußerst schlechte Publicity für das Marine Corpse. Sieben liberale Kongressmitglieder verlangten eine Untersuchung zum Tod von Amy Rosenzweig, 17 Jahre alt, aus Glencoe, Illinois, die offenbar durch das Tränengas und den Vormarsch der Marines in Panik geraten und über das Geländer geklettert war. Bevor jemand sie davon abhalten konnte, was mehrere junge Marines nachweislich versucht hatten, war sie in der Tiefe verschwunden. Walter Cronkite schien bei der Schilderung der Ereignisse tatsächlich eine kleine Träne im linken Auge zu verdrücken. Gordon Peterson vom Radiosender WTOP versagte die Stimme, als er mit seinem Co-Moderator Max Robinson den Vorfall schilderte.

›Warum Marines?‹, klagte die *Post* zwei Tage später in einem Kommentar an. Sie schrieb: *Die US-Marines gehören zu den gefürchtetsten Streitkräften der Welt, zu einer Elite, die seit 1776 ihrem Land und ihrer Organisation in feindlichen Gebieten zur Ehre gereicht. Aber was hatten sie am 1. Mai auf der 14th Street Bridge verloren?*

In Anbetracht ihres Korpsgeistes und ihrer anhaltenden theoretischen wie praktischen Verwicklung in die brutalsten Spielarten des Krieges war es eindeutig eine Fehlentscheidung des Justizministeriums, sie gegen friedliche Demonstranten ins Feld zu schicken. Diese hatten sich unter Berufung auf die lang gepflegte Tradition des zivilen Ungehorsams zu einer harmlosen ›Besetzung‹ der Brücke entschlossen. Die Polizei von D. C., die United States Park Police, selbst Nationalgardisten aus der bezirkseigenen Einheit, allesamt zur Bekämpfung von Aufständen ausgebildet und erfahren im Umgang mit Demonstrationen – sie alle wären eine bessere Wahl gewesen als kampfbereite Infanteristen, die dazu neigen, alle Konfrontationen nach dem Schema ›die oder wir‹ anzugehen.

Der Platz der Marines sind die Schlachtfelder der Weltgeschichte oder der Exerzierplatz der Kaserne an der Ecke 8th und First, nicht die Straßen amerikanischer Städte. Falls die Tragödie um Amy Rosenzweig uns irgendetwas lehrt, dann das.

Die Marines wurden direkt nach dem Vorfall zur Kaserne zurückgefahren, wo sie zwei Tage lang isoliert und in Bereitschaft blieben. Teams von FBI, District und Park Police nahmen sich die Mitglieder des zweiten Trupps des zweiten Zuges der Alpha Company vor, die sich am äußeren linken Flügel der Formation befunden und beobachtet hatten, wie das Mädchen in Todesangst zum Geländer der Brücke lief. Drei von ihnen hatten ihre Gewehre fallen gelassen, Masken und Helme weggeworfen und waren zu ihr gerannt. Aber bevor sie sie erreichten, hatte das Mädchen die Augen geschlossen, ihre Seele Gott verschrieben und sich rückwärts über die Brüstung gestürzt. Sie kamen gerade noch rechtzeitig, um Zeugen zu werden, wie sie zehn Meter tiefer auf die Wasseroberfläche schlug.

Innerhalb weniger Minuten traf ein Rettungsboot vor Ort ein. Hätten die Marines ein Seil gehabt, hätten sie sich selbst zur Wasseroberfläche abgeseilt. Aber ein rasch herbeigeeilter Platoon Sergeant verbot ihnen, die Brücke für einen Rettungsversuch zu verlassen. Es hätte ohnehin keinen Unterschied gemacht. Als man das Mädchen 13 Minuten später aus dem Fluss fischte, wurde schnell klar, dass der Aufprall auf das Wasser in diesem Winkel Amy das Genick gebrochen hatte. Ein Bericht entlastete die Marines später und stellte fest, dass gegen die Tote keinerlei Gewalt eingesetzt worden sei. Die Marines sagten, sie habe offenbar beschlossen, als Märtyrerin zu sterben. Die Medien behaupteten, die Marines hätten sie in den Tod getrieben. Wer mochte das schon beurteilen?

Am dritten Tag wurde Crowe festgenommen.

Vier Militärpolizisten der Marines marschierten mit leichter Bewaffnung unter Aufsicht zweier Offiziere des Naval Investigative Service, Lieutenant Commander Bonson und Ensign Weber, in die Kaserne, wo Crowe und der Rest der B-Kompanie sich gerade unter Aufrechterhaltung des Bereitschaftszustands entspannten, und legten ihm Handschellen an. Captain Dogwood und der Battalion Colonel bekamen alles mit.

Anschließend ging Lieutenant Commander Bonson zu Donny und sagte mit lauter Stimme: »Gut gemacht, Corporal Fenn. Verdammt gute Arbeit.«

»Gut gemacht, Fenn«, lobte auch Weber ihn. »Sie haben unseren Mann gekriegt.«

Hinterher schien sich um Donny eine Leere auszubreiten. Zwischen ihm, seinem Trupp und den anderen Mitgliedern des Zugs entstand ein gewaltiges Vakuum. Die meisten wichen seinem Blick aus. Einige wenige starrten ihn entsetzt an. Andere gingen einfach auf Distanz, gesellten sich zu anderen Trupps oder zogen es vor, draußen bei den Trucks herumzulungern.

»Was zum Teufel hat er damit gemeint?«, fragte Platoon Sergeant Case.

»Äh, ich weiß nicht, Sergeant«, antwortete Donny. »Ich hab keine Ahnung, worauf diese Bemerkung abzielte.«

»Hatten Sie Kontakt zum NIS?«

»Die haben mich angesprochen.«

»Weswegen?«

»Ähm. Na ja ...« Donny schluckte. »Die hatten ein paar Sicherheitsbedenken und irgendwie wurde ich ...«

»Verdammt noch mal, Fenn, ich sag Ihnen jetzt mal was. Wenn das in *meinem* Zug passiert, kommen Sie gefälligst zu mir und informieren mich! Kapiert? Das ist doch hier kein beschissener Einmannbetrieb, verflucht. Sie berichten mir so was gefälligst, Fenn, sonst sorg ich dafür, dass Sie's bereuen!«

Der Speichel von Case flog Donny ins Gesicht. Die Augen seines Vorgesetzten blitzten wie Leuchtmunition. An seiner Stirn pulsierte eine Ader.

»Sergeant, die haben zu mir gesagt ...«

»Ist mir scheißegal, was die zu Ihnen gesagt haben, Fenn. Wenn es in *meinem* Zug passiert, muss ich davon erfahren, andernfalls nützen Sie mir einen Scheiß. Haben wir uns verstanden, Corporal?«

»Ja, Sergeant.«

»Sie und ich, wir werden noch ein ernstes Wort miteinander sprechen, mein Junge.«

Donny schluckte.

»Ja, Sergeant.«

»Und jetzt sorgen Sie dafür, dass diese Männer den Arsch hochkriegen. Ich will nicht sehen, dass sie hier den ganzen verdammten Tag rumsitzen, als hätten sie gerade im Alleingang den beschissenen Krieg gewonnen. Bringen Sie sie zum Arbeiten, drillen Sie die Leute, sorgen Sie dafür, dass sie beschäftigt sind.«

»Ja, Sergeant.«

»Und wir unterhalten uns später noch.«

»Ja, Sergeant.«

Sergeant Case rauschte davon wie ein Düsenjäger. Als

er gegangen war, drehte Donny sich zu seiner Truppe um. »Okay, gehen wir raus und absolvieren ein paar Trainingsmanöver. Es hat keinen Sinn, hier bloß rumzusitzen.«

Aber niemand rührte sich.

»Kommt schon, Leute. Ich mach keine Witze. Ihr habt den Mann gehört. Wir haben einen Befehl bekommen.«

Sie starrten ihn bloß an. Manche wirkten verletzt, die restlichen angewidert.

»Ich hab *überhaupt* nichts getan«, beteuerte Donny. »Ich hab mit ein paar Berufssoldaten von der Navy geredet, das ist alles.«

»Donny, wenn ich in 'ner Bar das Peace-Zeichen mache, verpetzt du mich dann an den NIS?«, fragte jemand.

»Okay, Schluss mit dem Scheiß!«, bellte Donny. »Ich muss mich euch gegenüber nicht rechtfertigen! Aber wenn ich müsste, würd ich euch klarmachen, dass ich *niemanden* verpfiffen habe! Jetzt legt eure Ausrüstung an und lasst uns verdammt noch mal rausgehen. Sonst lässt Case uns noch bis nächsten Dienstag um vier Uhr morgens die Kaserne putzen!«

Die Männer standen auf, aber in den langsamen, schwerfälligen Bewegungen schlug sich deutlich ihre Verbitterung nieder.

»Und wer nimmt jetzt Crowes Platz ein?«, wollte jemand wissen.

Er bekam keine Antwort.

Julie wurde noch am selben Tag um 16 Uhr aus dem provisorischen Knast im Washington Coliseum entlassen, nachdem man sie 48 Stunden lang mit mehreren Hundert der aufmüpfigen Demonstranten eingesperrt hatte. Zumindest was die äußeren Umstände betraf, war die Gefangenschaft beinahe angenehm verlaufen; als Cops kamen ausschließlich alte Hasen zum Einsatz. Solange alle kooperierten, gab es keine Probleme.

Sie verbrachte zwei Nächte auf dem Feld, auf dem die Washington Redskins während der Saison trainierten. Die Zuschauerreihen des heruntergekommenen Sportplatzes ragten über ihnen auf wie eine Pfingstkathedrale aus den 1920er-Jahren. In ihrem abgeschirmten Domizil auf Zeit ließen die Demonstranten es sich gut gehen und niemand schenkte ihnen allzu große Beachtung. Gras gab es reichlich, die mobilen Toilettenhäuschen wurden häufiger gereinigt als die im Potomac Park. Die Duschen waren nie überfüllt, und zum ersten Mal, seit sie Arizona mit der Friedenskarawane verlassen hatte, konnte Julie sich richtig waschen. Einige der Jungen spielten imaginäre Touch-down-Pässe in dem Bereich, der früher mal die Endzone gewesen sein musste.

Aber von Donny hörte sie nichts. War er auf der Brücke gewesen? Sie wusste es nicht. Anfangs hatte sie nach ihm Ausschau gehalten, aber sobald das Gas heranflutete, löste sich alles in Chaos und Tränen auf. Sie erinnerte sich, wie sie die Augen zusammengekniffen und gerieben hatte. Der nächste Schock waren die Marines gewesen. Sie hatte einem Jungen in die Augen geschaut, der fast noch ein Kind gewesen war, aber hinter seiner Maske groß und kräftig wirkte. In seinen Augen hatte sie Angst wahrgenommen – oder zumindest ebenso viel Verwirrung, wie sie selbst verspürte. Dann hatte er sich auch schon an ihr vorbeigedrückt und die Reihe der Marines war weitergezogen. Teams der Polizei stürzten sich auf die Demonstranten hinter dieser Linie und führten sie ab, brachten sie zu Bussen. Alles ging ohne größere Zwischenfälle über die Bühne. Keiner der Beteiligten schien es als große Sache zu betrachten.

Erst später, im Knast, sprach sich herum, dass ein Mädchen gestorben war. Julie konnte es sich nicht erklären.

Die Marines hatten sehr zurückhaltend operiert. Kein Vergleich mit dem Aufstand an der Kent State University. Trotzdem drückte die Nachricht auf die Stimmung. Ein Mädchen war gestorben, und wofür? War das wirklich nötig gewesen? Sie hatten einen Fernseher im Gefängnis. Amy Rosenzweigs junges, zartes, sommersprossiges Gesicht unter den zotteligen roten Haaren konnte man beim Durchzappen kaum entkommen. Sie erinnerte Julie an ein Mädchen, mit dem sie aufgewachsen war, obwohl sie sich nicht erinnern konnte, Amy in der Menge gesehen zu haben. Aber das war nicht überraschend angesichts Tausender Demonstranten und der herrschenden Verwirrung.

Irgendwann setzte man sie auf freien Fuß und sie kehrte zum Campingplatz im Potomac Park zurück. Er erinnerte an ein Bürgerkriegslager nach der Schlacht von Gettysburg: Jetzt, am Ende der Protestwoche, hielt sich dort kaum noch jemand auf. Die Mehrzahl der Teilnehmer war an ihre Unis zurückgekehrt, die Berufsrevolutionäre in ihre Garagen und Lauben, um dort die nächste Etappe im Krieg gegen den Krieg zu planen.

Überall auf dem Gelände lag Müll herum, aber die Cops machten sich nicht länger die Mühe, dagegen vorzugehen. Ein paar Zelte standen noch, aber die Atmosphäre einer neuen Jugendkultur hatte diesen Ort verlassen. Es gab keine Musik, keine Lagerfeuer ... die Friedenskarawane war abgefahren. Abgesehen von Peter.

»Oh, hi«, begrüßte er sie.

»Hi, wie geht's dir?«

»Gut. Ich wollte noch ein bisschen bleiben. Jeff und Susie sind mit dem Micro auf dem Rückweg. Die anderen sind alle mitgefahren. Die kriegen das schon hin. Ich wollte warten für den Fall, dass du irgendwas brauchst.«

»Mir geht's gut, Peter, wirklich. Hast du Donny gesehen?«

»Den? Herrgott, du weißt, was die mit diesem Mädchen gemacht haben, und da willst du wissen, wo *der* ist?«

»Donny hat nichts getan. Außerdem hab ich gelesen, dass die Marines alles versucht haben, um sie zu retten.«

»Wenn da keine Marines gewesen wären, könnte Amy noch am Leben sein«, widersprach Peter. Die beiden sahen sich bloß an. Dann zog er sie an sich und umarmte sie. Sie erwiderte die Umarmung.

»Danke, dass du geblieben bist, Peter.«

»Ach, ist schon okay. Wie war's im Coliseum?«

»Ganz okay. Halb so schlimm. Die haben die Anklagen schließlich auf ›Demonstrieren ohne Genehmigung‹ reduziert. Heute haben sie uns alle gehen lassen.«

»Tja. Wenn du möchtest, dass ich dich zur Kaserne der Marines fahre oder so, tu ich das. Alles, was du willst. Jemand hat mir seinen VW geliehen. Kein Problem.«

»Ich wollte eigentlich diese Woche heiraten.«

»In Ordnung. Alles klar. Viel Glück und alles Gute dafür. Und wenn ich dir irgendwie helfen kann ...«

»Ich glaub, ich sollte hier warten, bis ich was von Donny höre. Ich weiß nicht, was mit ihm passiert ist.«

»Klar«, meinte Peter. »Gute Idee.«

Um 16 Uhr wurde der Bereitschaftsdienst endlich für beendet erklärt, zur Erleichterung und zur Freude der Kompanien. Tatsächlich dauerte es noch etwa eine Stunde, bis es wirklich so weit war – bis die Gewehre wieder in den Waffenkammern lagen, die Kampfausrüstung abgelegt und an den richtigen Plätzen in den Schränken verstaut, das Werkzeug weggeräumt, die Uniformen in der Wäsche, die Männer geduscht und rasiert waren. Aber um 17 Uhr, als alles erledigt war, ließ der Captain seine Männer endlich ziehen. Die Verheirateten gingen nach Hause, der Rest entspannte sich in der Stadt oder auf der Basis so, wie es ihm gefiel. Einige wenige blieben als Minimalbesatzung zurück, etwa die Unteroffiziere vom Dienst oder die Wachen für die Waffenkammer.

Auch Donny blieb.

Er hatte alles erledigt und fühlte sich nach wie vor von einem Kegel der Isolation umgeben. Gerade schlüpfte er in seine zivilen Klamotten – Jeans und ein weißes Izod-Hemd –, als ein Botengänger vom Hauptquartier eintraf und ihm mitteilte, dass man ihn dort erwartete, und zwar sofort. Nein, er müsse nicht erst wieder die Uniform anziehen.

Donny suchte Captain Dogwoods Büro auf, in dem Bonson und Weber bereits warteten.

»Captain, wir könnten mit ihm in unser Büro gehen. Oder gestatten Sie, dass wir das von Ihnen benutzen?«

»Tun Sie das ruhig, Sir«, gab Dogwood zurück, der wie die anderen nach Hause zu seiner Frau und seinen Kindern wollte. »Bleiben Sie hier. Der Unteroffizier vom Dienst wird abschließen, wenn Sie fertig sind.«

»Danke, Captain.«

Und so war Donny schließlich mit ihnen allein. Diesmal trugen sie Zivilkleidung. Weber sah aus wie ein Verbindungsstudent, was er in Nebraska zweifellos auch gewesen war. Der mürrische Bonson trug eine lange Hose und ein schwarzes, bis oben zugeknöpftes Sporthemd. Er erinnerte ihn an einen Priester.

»Kaffee?«

»Nein, Sir.«

»Oh, setzen Sie sich doch, Fenn. Sie müssen nicht stehen.«

»Ja, Sir. Danke, Sir.«

Donny nahm Platz.

»Wir möchten Ihre Zeugenaussage mit Ihnen durchgehen. Morgen wird im Büro der obersten Militärstaatsanwaltschaft am Navy Yard die Anklageerhebung stattfinden. Nichts Weltbewegendes. Das ist nur eine Vorbereitung für die Anklageschrift und den Prozess. Punkt zehn Uhr. Wir schicken Ihnen einen Wagen. Zivilkleidung genügt. Ich habe mit Captain Dogwood abgesprochen, dass Sie so lange vom Dienst befreit werden. Und dann, glaube ich, lassen wir Sie mal schön Urlaub machen. Zwei Wochen? Bis dahin sollten wir auch alles in die Wege geleitet haben, damit Sie Ihre neuen Streifen bekommen. Sergeant Fenn. Na, wie klingt das?«

»Tja, ich ...«

»Das morgen früh ist keine schwierige Sache, Fenn, das versichere ich Ihnen. Sie werden vereidigt und dann schildern Sie, wie Sie sich auf meine Anweisung hin mit Crowe angefreundet haben und mit ihm zu einer Reihe von Veranstaltungen der Friedensbewegung gegangen sind. Sie werden berichten, wie Sie ihn in Gegenwart von Strategen der Bewegung wie Trig Carter gesehen haben. Sie haben beobachtet, wie sich die beiden intensiv, geradezu leidenschaftlich unterhielten. Sie müssen nicht aussagen, dass Sie *gehört* haben, wie er Einsatzdetails verriet. Erzählen Sie nur, was Sie gesehen haben, und überlassen Sie dem Militärstaatsanwalt den Rest. Es sollte für eine Anklage ausreichen. Er wird einen Anwalt haben, einen Junior-Grade-Militäranwalt, der Ihnen einige Routinefragen stellt. Dann ist es erledigt und Sie können gehen.«

Bonson lächelte.

»Sauber und einfach«, fügte Weber hinzu.

»Sir, es ist nur ... Ich weiß nicht, was ich denen überhaupt erzählen kann. Da waren Hunderte von Leuten bei diesen Partys. Ich habe keine Beweise für irgendeine Verschwörung oder für die Weitergabe geheimer Informationen oder ...«

»Hören Sie, Donny«, sagte Bonson, beugte sich vor und

116

rang sich ein Lächeln ab. »Ich weiß, dass das für Sie äußerst verwirrend sein muss. Aber vertrauen Sie mir. Sie erweisen Ihrem Land einen großen Dienst. Sie erweisen auch den Marines einen großen Dienst.«

»Aber ich ...«

»Donny«, unterbrach Weber ihn, »die wussten es. Die *wussten* es.«

»Was wussten die?«

»Dass wir in Virginia die dritte Infanteriekompanie verpflichtet hatten, dass die Nationalgarde von D. C. ein kompletter Sauhaufen gewesen ist, dass die 101. Airborne beim Justizministerium und die 82. bei der Key Bridge festsaßen. Dass die Cops nach acht Stunden ununterbrochenem Dienst völlig erschöpft waren. Eine ausgeklügelte Schachpartie ... sie machen diesen Zug, wir kontern mit jenem. Alles darauf ausgerichtet, dass sie auf diese Brücke kommen, wo ihnen die United States Marines entgegentreten und die Chancen für ein Riesendebakel, das live im Fernsehen übertragen wird, sehr gut standen. Und genau das haben sie auch bekommen: noch einen Märtyrer. Noch eine Katastrophe. Das Justizministerium ist blamiert. Ein Propaganda-Sieg von ungeheurem Ausmaß. Bereits jetzt skandieren sie auf Protestmärschen in London und Paris Amys Namen. Eins muss man ihnen lassen: Geschickter kann man so eine Kampagne nicht durchführen.«

»Ja, Sir, aber wir haben versucht, sie zu retten. Das Mädchen geriet in Panik. Das hatte nichts mit uns zu tun.«

»Oh, es hatte eine *Menge* mit euch zu tun«, widersprach Bonson. »Die wollten, dass sie von der Brücke fällt und man den Marines die Schuld gibt. Sehen Sie nicht, wie viel besser das für die rüberkommt, als wenn es die Washington Metro Police oder irgendeine drittklassige Einheit der Nationalgarde gewesen wäre? Die meisten von denen würden doch selbst demonstrieren, wenn sie die Möglichkeit hätten. Nein, die *wollten,* dass dieser große Skandal gezielt die Marines trifft, und das haben sie auch erreicht!

Das ist alles die Schuld von Crowe. Jetzt ist es unbedingt notwendig, diese Tatsache publik zu machen, den Menschen zu zeigen, dass es einen internen Verrat gegeben hat und wir rasch handeln, um das Vertrauen in das System wiederherzustellen, indem wir diesem Verrat ein Ende setzen. Ich kann mir für die amerikanische Öffentlichkeit keinen drastischeren Kontrast vorstellen als den zwischen Crowe, einem Ivy-League-Abbrecher mit Verbindungen, und Ihnen, einem dekorierten Kriegsveteranen aus einer kleinen Stadt im Westen, der lediglich seine Pflicht erfüllt. Das wird sicher äußerst erbaulich!«

»Ja, Sir.«

»Gut, gut. Zehn Uhr dann. Putzen Sie sich raus, Corporal. Die Offiziere vom JAG werden beeindruckt von Ihnen sein, das weiß ich. Ihnen wird die Zukunft offenstehen, eine Zukunft, für die Sie und ich die Weichen gestellt haben, da bin ich mir sicher.«

»Ja, Sir«, erwiderte Donny.

Sie standen auf.

»Alles klar, Weber, wir sind hier fertig. Entspannen Sie sich, Fenn. Morgen ist Ihr großer Tag, der Beginn Ihres neuen Lebens.«

»Ich hol das Auto, Sir«, bot Weber an.

»Nein, ich hol's. Und Sie ... Sie wissen schon. Sagen Sie ihm, was Sache ist.«

»Ja, Sir.«

Bonson ließ die beiden jüngeren Männer allein.

»Wissen Sie, Fenn, ich muss jetzt den bösen Cop spielen. Ich bin derjenige, der Ihnen die schlechte Nachricht überbringt. Ich habe Fotos von Ihnen, wie Sie mit Crowe

Gras rauchen, okay? Mann, damit könnte man Sie erledigen. Ich meine, so richtig. Ich habe Ihnen ja gesagt, dieser Bonson ist eiskalt. Der ist ein knallharter Hund, klar? Also geben Sie ihm, was er will: noch einen Skalp von einem Bösewicht, den er sich in seiner Jagdhütte an die Wand nageln kann. Er hat schon einige nach Vietnam geschickt, und er will noch mehr hinschicken. Ich weiß nicht, was er damit erreichen will, aber eins weiß ich: Der schickt Ihren Arsch zurück ins Land der bösen Träume, ohne mit der Wimper zu zucken. Er hat Sie in der Hand. Entweder Sie oder Crowe. Mann, schmeißen Sie nicht Ihr Leben weg für nichts und wieder nichts. Kapiert?«

»Ja, Sir.«

»Sie sind ein guter Mann, Fenn. Ich wusste doch, dass wir uns verstehen.«

Um 23 Uhr verließ Donny die Kaserne durch den Vordereingang. Wer hätte ihn auch aufhalten sollen? Irgendein Corporal vom ersten Zug schob in dieser Nacht Dienst. Als Donny an ihm vorbeikam, kritzelte er gerade im Büro des First Sergeant in den Protokollheften herum.

Donny ging zum Haupttor und grüßte den Wachmann, der ihn durchwinkte. Eigentlich hätte der Junge seinen Passierschein verlangen müssen, aber unmittelbar nach Ende einer Bereitschaft fielen solche netten Kleinigkeiten im Alltag der Marines oft weg. Donny lief einfach durch, überquerte die First Street, folgte ihr eine Weile, bog nach links ab und fand dort seinen 1963er Impala, an dem sich offenbar niemand zu schaffen gemacht hatte. Er rutschte hinters Lenkrad, drehte den Zündschlüssel um und fuhr los.

Es dauerte nicht lange und er hatte den Potomac Park erreicht, den Lagerplatz des vor Kurzem abgereisten May Tribe. Ein paar Zelte standen noch herum, ein paar letzte

Feuer brannten. Er ließ das Auto am Straßenrand stehen und ging zu Fuß ins Lager. Ein paar gezielte Fragen genügten, um das richtige Zelt zu finden.

»Julie?«, rief er.

Aber es war Peter, der herauskam.

»Sie schläft.«

»Tja, ich muss zu ihr.«

»Es wäre besser, wenn sie weiterschläft. Ich pass schon auf sie auf.«

Die beiden standen sich gegenüber. Beide trugen Jeans und Jack-Purcell-Tennisschuhe. Aber Donnys waren weiß, weil er sie jede Woche wusch. Die von Peter sahen aus, als habe er sie seit den 50er-Jahren nicht mehr gewaschen. Donny trug ein kurzärmliges Button-Down-Madrashemd, Peter ein Batik-T-Shirt, aufgebauscht wie ein Fallschirm, das ihm fast bis zu den Knien reichte. Donnys Haare waren geradezu neurotisch kurz, nur oben etwas länger; Peters waren geradezu neurotisch lang, ein Gestrüpp aus lockigen Büscheln und Strähnen. Donnys Gesicht war schmal und glatt rasiert; Peter hatte zottige, rote Bartstoppeln und trug ein Stirnband.

»Das ist sehr nett«, sagte Donny. »Aber ich muss sie sehen. Ich brauche sie.«

»Ich brauch sie auch.«

»Na ja, dir hat sie nichts gegeben. Mir hat sie ihre Liebe geschenkt.«

»Die möchte ich auch haben.«

»Tja, da kannst du lange warten.«

»Ich hab's satt, zu warten.«

»Das ist doch lächerlich. Hau einfach ab, ja?«

»Ich lass sie nicht allein.«

»Du tust grad so, als wär ich ein dahergelaufener Vergewaltiger oder Mörder. Ich bin ihr Verlobter. Ich werde sie heiraten.«

»Peter«, rief Julie, die jetzt aus dem Zelt kam, »ist schon in Ordnung. Wirklich, alles okay.«

»Bist du sicher?«

Julie sah müde aus, was nicht verbergen konnte, dass sie eine bildhübsche junge Frau mit strohblondem Haar und einem gertenschlanken, sportlichen Körper war. In ihren hellblauen Augen blitzte Scharfsinn auf. Die beiden jungen Männer verliebten sich bei dem Anblick sofort aufs Neue in sie.

»Geht's dir gut?«, wollte Donny wissen.

»Sie haben mich mit den anderen ins Coliseum gesperrt.«

»Herrgott.«

»Schon in Ordnung, nicht weiter schlimm.«

»Ihr habt ein Mädchen umgebracht«, mischte Peter sich ein.

»Wir haben niemanden umgebracht. *Ihr* habt sie umgebracht, indem ihr sie davon überzeugt habt, sich auf diese Brücke zu stellen, und dass wir alle Vergewaltiger und Mörder seien. Ihr habt sie in Panik versetzt. Ihr habt sie zum Springen gebracht. Wir haben versucht, sie zu retten.«

»Du verficktes Arschloch, ihr habt sie getötet! Klar, du bist ein großer, harter Kerl und kannst jetzt die Scheiße aus mir rausprügeln, aber ihr seid Schuld an ihrem Tod!«

»Hör auf rumzuschreien. Ich hab noch nie jemanden getötet, der kein Gewehr hatte und nicht versucht hat, mich oder einen Kameraden von mir umzubringen.«

»Peter, ist schon okay. Lass uns jetzt allein.«

»Verdammt noch mal, Julie.«

»Du musst jetzt gehen.«

»Ahhh ... na gut. Aber sag hinterher nicht ... jedenfalls hast du Glück, Fenn. Du hast echt Glück.«

Er stürzte in die Dunkelheit davon.

»Ich hab ihn noch nie so mutig erlebt«, sagte Julie.

»Er liebt dich. Sehr sogar.«

»Er ist nur ein Freund.«

»Tut mir leid, dass ich nicht früher kommen konnte. Wir hatten Bereitschaft. Wir mussten uns 'ne Menge Scheiße wegen Amy anhören. Ihr Tod tut mir wirklich leid, aber wir hatten damit nichts zu tun.«

»Oh, Donny.«

»Ich will dich heiraten. Ich liebe dich. Du hast mir gefehlt.«

»Dann lass uns doch heiraten.«

»Da ist noch was anderes.«

»Was anderes?«

»Ja. Übrigens, technisch gesehen bin ich desertiert. Das hier ist gerade UA. Unautorisierte Abwesenheit. Ich werd morgen früh bei der Musterung bestimmt gemeldet. Wahrscheinlich bestrafen die mich dann. Aber ich musste dich einfach sehen.«

»Donny?«

»Es gibt einiges, was ich dir erzählen muss.«

Also berichtete er ihr alles: von seiner Rekrutierung und seinen Versuchen, mit Crowe eine geheuchelte Freundschaft einzugehen, über die Ankunft bei der Party und sein seltsames Verhalten in dieser Nacht bis hin zu den Ereignissen auf der Brücke, Crowes Festnahme und dem, was man am nächsten Tag von ihm erwartete.

»Oh Gott, Donny. Es tut mir so leid. Das ist ja schrecklich.« Sie umarmte ihn und ihre Wärme ließ ihn für eine Sekunde all seine Probleme vergessen, sodass er einfach wieder Donny Fenn aus Pima County war: der Football-Held, der große Kumpel, auf den alle so große Stücke hielten. Er schaffte einen 40-Yard-Sprint in 4,7 Sekunden, stemmte beim Bankdrücken 110 Kilo, durfte aber trotzdem auf seine guten Ergebnisse beim Einstufungstest stolz sein und auf die Tatsache, dass er sich auch den unbeliebtesten Freaks an seiner High School gegenüber anständig verhielt und zu niemandem gemein war, denn das hätte einfach nicht zu ihm gepasst.

Er blinzelte und kehrte zurück in die Dunkelheit des Parks. Vor ihm stand Julie, die mit ihrer Wärme, ihrem Duft und ihrer Zärtlichkeit alles andere verdrängte. Nachdem er sich aus ihrer Umarmung gelöst hatte, war alles wieder beim Alten.

»Donny, hast du nicht schon genug für die getan? Ich meine, du bist angeschossen worden, hast sechs Monate lang in diesem fürchterlichen Krankenhaus gelegen. Dann bist du in den Dienst zurückgekehrt und hast genau das getan, was sie von dir wollten. Wann hört das endlich auf?«

»Es hört erst auf, wenn man ausscheidet. Ich hab keinen Hass auf das Corps. Es geht dabei nicht um das Corps. Dahinter stecken diese Navy-Typen, diese Superpatrioten. Die denken sich so einen Mist aus.«

»Oh, Donny. Das ist so furchtbar.«

»Ich komme damit nicht klar. Dieser Kram gefällt mir überhaupt nicht. Das *bin* ich einfach nicht. Ganz und gar nicht.«

»Kannst du nicht jemanden ins Vertrauen ziehen? Einen Kaplan, einen Anwalt oder so? Haben die überhaupt das Recht, dir so etwas zuzumuten?«

»Na ja, so wie ich das verstehe, ist es kein illegaler Befehl. Er ist schon rechtmäßig. Sie verlangen ja nichts von mir, was falsch wäre, zum Beispiel, unschuldige Kinder zu erschießen. Mir fällt niemand ein, mit dem ich sprechen könnte, ohne dass er zu mir sagt: ›Tu einfach deine Pflicht.‹«

»Und wenn du nicht aussagst, schicken sie dich zurück nach Vietnam.«

»Darauf läuft's hinaus, ja.«

»Oh Gott!«

Sie wandte sich ab und entfernte sich ein, zwei Schritte von ihm. Auf der gegenüberliegenden Seite des Potomac wartete das dunkle Ufer von Virginia. Darüber spannte sich der endlose Sternenhimmel.

»Donny«, meinte sie schließlich, »es gibt nur eine Möglichkeit.«

»Ja, ich weiß.«

»Geh hin. Du musst es tun, um dich selbst zu retten.«

»Aber ich weiß doch gar nicht, ob er schuldig ist. Vielleicht verdient er es nicht, dass sein Leben ruiniert wird, nur weil ...«

»Donny. Mach's einfach. Du hast doch selbst gesagt, dieser Crowe taugt nichts.«

»Du hast recht«, beschloss Donny. »Ich werd's tun, um heil aus der Sache rauszukommen. Mir bleiben noch elf Monate und ein paar Tage. Wenn die mich vorzeitig entlassen, komm ich noch dieses Jahr raus, und dann können wir in unser gemeinsames Leben starten. Mehr gibt's da nicht zu sagen. Das ist gut, das ist in Ordnung. Ich hab meine Entscheidung getroffen.«

»Nein, das hast du nicht«, widersprach sie. »Ich merk sofort, wenn du lügst. Du schaffst es nicht, mich anzulügen. Und du belügst dich selbst.«

»Ich sollte wirklich mit jemandem reden. Ich brauche Hilfe.«

»Und ich bin dafür nicht gut genug?«

»Wenn du mich liebst, und ich hoffe und bete, dass du das tust, dann urteilst du voreingenommen.«

»Na gut, wer dann?«

Gute Frage: Wer?

Es gab eigentlich nur eine mögliche Antwort. Kein Kaplan oder Militäranwalt, auch nicht Platoon Sergeant Case oder der First Sergeant oder der Colonel, nicht mal der Kommandant des USMC.

»Trig. Trig wird wissen, was zu tun ist. Wir gehen zu Trig.«

Verbittert beobachtete Peter sie aus der Ferne. Sie umarmten sich, redeten, schienen sich für eine Weile zu streiten. Sie löste sich von ihm. Er folgte ihr. Es machte Peter fertig, die Vertrautheit zwischen den beiden zu sehen. Donny stand für alles, was er auf dieser Welt hasste. Er war stark, gut aussehend, blond, selbstbewusst und nahm sich einfach, was er wollte, bis nichts mehr übrig blieb.

Schließlich verschwanden sie zu Donnys altem Auto und stiegen ein. Wut rauschte durch seinen Kopf. Das Bedürfnis, intrigante Pläne gegen seinen Rivalen zu schmieden, wühlte ihn innerlich auf.

Ohne sich bewusst dazu entschieden zu haben, stürmte er zu dem VW, den Larry ihm geliehen hatte. Er startete den Motor, legte den Gang ein und folgte ihnen. Er wusste nicht, warum. Was wollte er schon ausrichten? Aber er konnte nicht anders.

KAPITEL 7

Peter hätte sie um ein Haar verpasst. Er kam gerade über eine Anhöhe, als die Scheinwerfer des anderen Wagens einen Hügel und einen Feldweg hinter einem Tor erfassten. Dann wurden sie abgeschaltet. Er selbst fuhr ohne Licht. Das Mondlicht schien hell genug, um die Straße vor ihm auszuleuchten. Er näherte sich dem Tor und entdeckte nichts, was irgendwie aufschlussreich gewesen wäre, abgesehen von einem weiß lackierten Briefkasten, auf dem in Schwarz der Name ›Wilson‹ gekritzelt stand. Er befand sich auf der Route 35, knapp fünf Meilen nördlich von Germantown.

Was zum Teufel führten die beiden im Schilde? Was wussten sie? Was ging hier vor?

Er beschloss, etwa 100 Meter weit zurückzufahren und eine Weile zu warten. Falls sie später auf dem Rückweg mit ihm zusammenstießen, hätte das seine Erniedrigung komplett gemacht.

Also entschied er, sich auf die Lauer zu legen und abzuwarten.

Als sie die Hügelkuppe erreichten, stellten sie den Motor ab. Unter ihnen lag eine Farm, die keinerlei Besonderheiten aufwies: ein unauffälliges Haus, ein Hof, eine Scheune. Propangastanks und alte, verrostete Traktoren standen im Hof. Tiere waren keine zu hören. Die Farm wirkte wie ein Überbleibsel der Weltwirtschaftskrise.

Aber etwas ging auf dem Gelände vor sich.

Zwei Lichtkegel erhellten den Hof. Mit seinen ungewöhnlich scharfen Augen konnte Donny einen Van, eine Staubwolke und zwei Männer ausmachen, die damit beschäftigt waren, schwere Pakete aus der Scheune zum Van zu schleppen.

»Ich glaub, das ist Trig«, erkannte Donny. »Wer der andere Kerl ist, weiß ich nicht.«

»Sollen wir hin?«

Donny wurde mit einem Mal unsicher.

»Ich weiß nicht. Keine Ahnung, was da gerade vor sich geht.«

»Er hilft einem Freund beim Einladen.«

»Um diese Zeit?«

»Na ja, er hat keinen festen Rhythmus. Wenn was zu erledigen ist, erledigt er es, egal um welche Zeit.«

Das stimmte; man konnte sich Trig beim besten Willen nicht im Korsett einer 40-Stunden-Woche vorstellen.

»Also gut«, entschied Donny. »Wir gehen da runter. Aber du bleibst hinter mir. Lass mich erst mal die Lage checken. Die sollen dich erst zu Gesicht bekommen, wenn wir wissen, was los ist. Ich ruf dich dann, okay? Ich hab einfach kein gutes Gefühl bei der ganzen Sache.«

»Du klingst ein bisschen paranoid.«

Sie hatte recht. Insgeheim spürte er, dass Gefahr im Verzug war. Aber er konnte es nicht konkret erklären. Vielleicht lag es daran, dass in seinem Leben derzeit generell kaum noch etwas einen Sinn ergab. Möglicherweise lag es aber auch an der Erschöpfung nach den vielen Stunden Bereitschaftsdienst.

Sie machten sich auf den Weg den Hügel hinunter. Donny führte Julie auf einen Umweg um das Haus herum, bis sie sich den zwei Männern von hinten näherten. Er konnte sie jetzt besser erkennen. Beide trugen Jeans und Denim-Hemden. Mit einer Schubkarre verfrachteten sie sperrige Säcke mit Düngemittel in den Van und luden ihn randvoll. ›Ammoniumnitrat‹ stand darauf. Der Reifen der Schubkarre wirbelte Staub auf, der als schimmernde Wolke durch die Lichtkegel der Truck-Scheinwerfer und das gelbliche Licht aus dem Scheunentor schwebte. Er hüllte den Truck, die Männer, einfach alles ein. Trig und der andere Mann hatten sich rote Bandanas vors Gesicht gezogen.

Donny schob seine Freundin in den Schutz der Dunkelheit zurück, trat vor und näherte sich den beiden Typen. Das Zeug in der Luft drang in seinen Mund ein und brachte ihn zum Husten. Staubkörnchen rieselten in seine Kehle. Er ging weiter. Niemand bemerkte ihn.

»Trig?«, rief er.

Trig drehte sich sofort um, als er seinen Namen hörte. Aber der andere Mann reagierte deutlich schneller und schaute genau in Donnys Richtung. Er verschlang ihn förmlich mit den dunklen Augen. Sein Haar war voll, blond und wirr, wesentlich dichter als Trigs. Neben dessen zarter Gestalt wirkte er groß und mächtig. Es sah aus, als ob ein Dichter und ein Schiffsarbeiter nebeneinanderstanden.

»Trig, ich bin's, Donny. Donny Fenn.« Er näherte sich zögernd.

»Donny, du liebe Güte, ich hab gar nicht mit dir gerechnet.«

»Na ja, du sagtest doch, ich soll vorbeikommen.«

»Das hab ich gesagt, ja. Komm ruhig her. Donny, das ist Robert Fitzpatrick, mein alter Freund aus Oxford.«

»Hallo«, rief Robert. Er schob das Tuch in die Stirn und offenbarte ein Lächeln wie aus Porzellan, das strahlende Grinsen eines Filmstars. »Du bist also der Kriegsheld, hm? Wir setzen große Hoffnungen auf dich, und ob! Wir brauchen Genossen wie dich für unsere Bewegung. So wie ich das sehe, werden wir das Blutvergießen beenden *und* das westliche Feld mit Pferdescheiße und Ammoniumnitrat düngen. Krempel die Ärmel hoch und fass mit an. Wir könnten zwei zusätzliche Hände gebrauchen. Mein vermaledeiter Pick-up hat den Geist aufgegeben, und jetzt hab ich nur noch dieses elende Gefährt, um das Zeug zur Streumaschine zu bringen. Wir erledigen das nachts, um der Hitze zu entkommen.«

»Robert, er hat jetzt schon seit 72 Stunden irgendeinen Bereitschaftsdienst gehabt. Er kann jetzt unmöglich noch körperlich arbeiten«, widersprach Trig.

»Nein, ich ...«

»Schon gut, wir sind eh fast fertig. Nicht nötig.«

»Du bist so plötzlich aufgebrochen.«

»Ach, schon wieder so eine Demonstration. Ich hatte einfach die Nase voll. Was hat es denn bewiesen? Ich hab jede Lust an dieser Bewegung verloren.«

»Die wirst du schon noch wiederfinden, Junge«, rief der riesige Fitzpatrick herzlich. »Ich hol uns mal ein Bier, das hilft sicher dabei. Warte hier, Donny Fenn.«

»Nein, nein, da ist bloß 'ne Sache, die ich mit Trig besprechen wollte.«

»Oh, Trig wird dir den Kopf schon zurechtrücken, kein Zweifel«, erwiderte der andere mit hellem Lachen. »Ich organisiere was zu trinken, Trig. Und ihr beiden Jungs könnt in Ruhe Konversation pflegen.«

Damit verschwand er ins Haus.

»Worum geht's denn, Donny?«

»Um Crowe ... die haben ihn festgenommen. Wegen Verstößen gegen das Einheitliche Gesetzbuch der Militärgerichtsbarkeit. Ich soll gegen ihn aussagen, in ...«, er schaute auf die Uhr, »ungefähr sieben Stunden.«

»Verstehe.«

»Vielleicht verstehst du's nicht so ganz. Man hat von mir verlangt, ihn auszuspionieren. Darin bestand meine Aufgabe. Nur deshalb hab ich mich mit ihm angefreundet. Ich sollte denen über seine Aktivitäten außerhalb der Basis berichten und seine Verbindung zu bekannten Größen der Friedensgruppen nachweisen. Darum war ich an dem Abend mit ihm auf der Party. Darum bin ich auch zu deiner Party gekommen. Ich wurde als Spion rekrutiert.«

Trig starrte ihn eine Weile an. Dann geschah etwas, womit Donny nie gerechnet hätte: Trig lächelte.

»Ach, das ist dein großes Geheimnis? Mann, das ist *alles?*« Er lachte laut. »Donny, denk doch mal nach. Du arbeitest für die. Die können so was von dir verlangen. Wenn die's fordern, ist es deine Pflicht. So läuft das heutzutage in Washington. Jeder beobachtet jeden. Jeder hat 'ne Agenda, einen Plan, eine Idee, die sie fördern oder anderen andrehen wollen. Mir doch egal.«

»Es ist noch schlimmer. Die glauben, dass du zum Weather Underground gehörst und hinter der Planung der ganzen Geschichte steckst. Ich meine, kannst du dir so was Bescheuertes vorstellen? Er soll dir Einsatzinformationen verschafft haben, damit der May Tribe das Corps blamieren konnte.«

»Junge, ich staune immer wieder, wie viel Fantasie diese Burschen haben!«

»Also, was soll ich machen, Trig? Um dich das zu fragen, bin ich hergekommen. Wegen Crowe. Soll ich aussagen?«

»Was passiert sonst?«

»Die haben ein paar Fotos von mir, wie ich Dope rauche. Schon witzig, ich rauch eigentlich gar kein Dope mehr, aber da hab ich's mal gemacht, um an ihn ranzukommen. Die könnten mich nach Portsmouth schicken. Oder, was wahrscheinlicher ist, nach Vietnam. Die könnten mich noch ein letztes Mal in den Krieg abkommandieren, obwohl meine Dienstzeit bald abläuft.«

»Das sind doch richtige Arschlöcher, oder?«

»Ja.«

»Aber das spielt keine Rolle. Hier geht's nicht um die. Wer *die* sind, wissen wir. Hier geht's um dich. Tja, und damit ist es ganz einfach.«

»Einfach?«

»Einfach. Sag aus. Und zwar aus dem einen Grund, dass

du nicht zulassen kannst, für die draufzugehen. Was beweist du damit? Wer hat was davon, wenn der strahlende Ritter stirbt? Wer gewinnt, wenn Lancelot abgeschlachtet wird?«

»Ich bin bloß 'n ganz normaler Typ, Trig.«

»Du kannst dich deswegen nicht aufgeben. Irgendeiner muss doch überleben und erzählen können, was passiert ist.«

»Aber ich bin ... echt nichts Besonderes.«

Immer wieder versuchten Leute, Donny auf ein Podest zu stellen, ihm einzureden, dass er für etwas Besonderes stand. Er hatte das noch nie begriffen. Es lag wohl daran, dass er zufällig ganz gut aussah. Aber innerlich fühlte er sich genauso verängstigt, genauso nutz- und bedeutungslos wie jeder andere, egal was Trig sagte.

»Ich weiß nicht«, grübelte Donny. »Ist er denn schuldig? Das ist 'ne wichtige Frage.«

»Ist es nicht. Wichtig ist: du oder er? In so einer Welt lebst du. Du oder er? Ich bin für ihn. Da kannst du mich jeden Tag fragen, die Entscheidung bliebe dieselbe.«

»Aber ist er schuldig?«

»Ich hab nicht mehr mit dem innersten Kreis zu tun. Ich bin eher so eine Art Wanderbotschafter. Ich weiß es also wirklich nicht.«

»Oh, du weißt es bestimmt. Ganz sicher. Ist er schuldig?« Trig zögerte.

Schließlich antwortete er: »Tja, ich wünschte, ich könnte dir ins Gesicht lügen. Aber, gottverdammt, nein, nein, er ist unschuldig. Die an der Spitze haben ein paar seltsame Spionagesachen am Laufen, ich krieg das nur am Rande mit. Aber ich glaub nicht, dass Crowe was damit zu tun hat. Und lass dir eins gesagt sein: Es spielt keine Rolle. Du solltest ihn fallen lassen und dein Leben weiterleben. Selbst wenn er in diesem konkreten Fall nicht schuldig ist, ist er's sicher in 'ner Menge anderer Fälle.«

Donny musterte Trig für eine Weile. Der andere lehnte am Kotflügel des Vans und kippte sich den Inhalt einer Milchtüte über den Kopf. Wasser strömte heraus und wusch den Staub weg, der sein attraktives Gesicht verklebte. Trig schüttelte die nassen Haare und die Tropfen flogen in alle Richtungen. Danach wandte er sich wieder seinem Besuch zu.

»Donny, um Himmels willen. Rette dein eigenes Leben!«

Peter wartete nicht gerne. Er stieg aus dem Auto und lief am Straßenrand hin und her. Es herrschte vollkommene Stille und Dunkelheit, was ein junger Mann, der so viel Zeit in großen Städten verbracht hatte, durchaus ungewöhnlich fand. Von Zeit zu Zeit hörte er eine Grille zirpen, über ihm prangten die Sterne in ihren Konstellationen. Aber Sterne oder Insekten interessierten ihn gerade nicht, weshalb er beides nur am Rande wahrnahm.

Er erreichte das Tor, verharrte für einen Moment und kletterte dann drüber. Vor ihm ragte eine leichte Erhebung auf, fast schon ein kleiner Hügel. Wenn ein Auto über den Hügel kam, während er auf dem Weg stand, würde er im Scheinwerferlicht gebadet, begriff er. Also wich er ein Stück zur Seite aus. Falls Donny und Julie zurückkehrten, konnte er sich immer noch rechtzeitig auf den Boden werfen.

Leise wanderte er den Hügel hinauf und fühlte sich so allein, wie sich der Kerl gefühlt haben musste, der als Erstes den Mond betreten hatte. Er gelangte auf die Kuppe. Unter ihm geriet das Farmhaus in Sicht. Keine Spur von Julie, aber dafür sah er Trig und Donny. Sie standen im Hof zwischen Haus und Scheune und lehnten am Kotflügel eines Vans. Ihre Unterhaltung wirkte angeregt, entspannt und vertraulich. Es gab keine Anzeichen für Gefahr oder Unstimmigkeiten. Bloß zwei neue Freunde, die nachts miteinander herumalberten.

Aber dann fielen ihm nach und nach kleine Ungereimtheiten auf: Was trieb Trig hier draußen auf dem Land? Um was für eine Farm handelte es sich? Was lief hier ab? Nichts von dem, was Peter über Trig wusste, lieferte eine Erklärung.

Verwirrt trat er einen Schritt vorwärts und wäre beinahe hingefallen, als er mit irgendetwas zusammenstieß.

Zwei Gestalten standen vor ihm auf.

Oh, Scheiße, dachte er. Sie trugen Anzüge, einer von ihnen hielt eine Kamera mit langem Objektiv.

Ganz offensichtlich Bundesagenten, die Trig ausspionierten.

Sie besaßen das typische, leicht bullige Äußere von FBI-Agenten, stumpfe Gesichter und Bürstenschnitte; einer trug eine Kappe. Sie schienen nicht sonderlich erfreut über ihre Entdeckung zu sein.

»W-wer sind Sie?«, fragte Peter mit zitternder Stimme. »Was machen Sie hier?«

»Ich glaube, ich kann ihn nicht ans Messer liefern«, sagte Donny.

»Donny, das hier ist kein Western. Es gibt keine Guten. Verstehst du? Das hier ist das echte Leben, wo's hart auf hart geht. Wenn du die Wahl zwischen dir und Crowe hast, opfer dich nicht für ihn.«

»Ich schätze, du hast recht.«

»Na siehst du. Ich hab dir deine Entscheidung erleichtert. Alles, was du zu tun hast, ist mit denen zu kooperieren. Komm schon! Wenn der Krieg vorbei ist, werden sie seine Haftzeit sowieso verkürzen. Vielleicht muss er auch überhaupt nicht in den Knast. Die werden einen Deal mit ihm aushandeln, und er kommt raus und kann sein normales Leben weiterführen. Er wird nicht mal sauer auf dich sein.«

Donny erinnerte sich, dass Crowe ihm schon einmal

denselben Rat gegeben hatte. *Wenn's heißt ›du oder ich‹, Kumpel, solltest du tun, was für dich am besten ist.* Irgendwie hatte Crowe wohl geahnt, dass es zu so einer Situation kam.

»Okay«, meinte er schließlich.

»Tu deine Pflicht, Donny. Aber denk drüber nach, was dich das kostet, okay? Denk drüber nach, wie du dich jetzt fühlst. Und dann, wenn du rauskommst, tu mir einen Gefallen, okay? Egal was mit mir passiert, versprich mir eins.«

Trig zuckte zusammen, als ob das heiße Licht der Scheinwerfer ihm Schmerzen zufügte. Vielleicht hatte er auch nur etwas ins Auge bekommen. Etwas an diesem Gesichtsausdruck kam Donny unglaublich vertraut vor, diese Anstrengung, diese Haltung, diese Klarheit des Blicks. Und ... was noch?

»Klar«, versicherte Donny.

»Öffne deinen Geist. Öffne deinen Geist für die Möglichkeit, dass die Macht, das Wort *Pflicht* zu definieren, die Macht über Leben und Tod darstellt. Und wenn Leute dich zu etwas zwingen wollen, tun sie es vielleicht nicht für dich oder für das Land, sondern für sich selbst. Okay, Donny? Bring dich dazu, dir eine Welt vorzustellen, in der jeder Mann über seine Pflicht selbst bestimmen kann und niemand einem anderen vorschreibt, was er zu tun hat, was richtig und was falsch ist. Denk an eine Welt, in der die Zehn Gebote die einzigen unumstößlichen Regeln darstellen.«

»Ich ...«, stammelte Donny.

»Hier. Ich hab was für dich. Ich wollte es dir aus Baltimore schicken, aber so spar ich mir das Porto und den Aufwand. Ist nichts Großes.«

Er ging zu einer Art Rucksack, der auf dem Boden stand, wühlte darin herum und zog eine Mappe heraus. Er öffnete sie und brachte ein schweres Stück Papier zum Vorschein.

»Manchmal, wenn ich geistig aufgewühlt bin, bringe ich ganz anständige Bilder zustande. Vögel gelingen mir

deutlich besser, aber das hier ist ganz okay. Nichts Großartiges.«

Donny sah es sich an: eine Zeichnung auf einer
cremefarbenen Seite, aus dem Zeichenblock herausgerissen, den Trig immer bei sich trug. In einem unglaublich
feinen Spinnennetz aus Tinte zeigte sie Donny und Julie,
die im West Potomac Park zwischen den Bäumen standen
und miteinander sprachen.

Er fand es großartig. Er hatte sie beide gut getroffen.
Vielleicht nicht so genau wie auf einem Foto, aber irgendwie
war es ihm gelungen, ihre Liebe festzuhalten, und zwar mit
der Art, wie sie sich ansahen. Durch das Vertrauen, das sie
einander entgegenbrachten.

»Wow!«

»Selber *wow*. Ich hab das an dem Abend auf meinen Block
gekritzelt. Ihr beiden habt 'nen schönen Anblick abgegeben.
Gibt mir Hoffnung für die Welt. Und jetzt mach schon, mach,
dass du wegkommst und deinen Pflichten nachkommst.«

Trig zog ihn an sich heran. Donny fühlte Wärme,
Muskeln und sogar noch etwas anderes: eine Form von
Leidenschaft, seltsam fehl am Platz, aber aufrichtig und
eindrucksvoll. Trig weinte tatsächlich.

Über die Schultern der zwei FBI-Agenten sah Peter, wie
Donny und Trig sich umarmten. Dann trat Donny aus dem
Lichtkegel und verschwand. Er ging wahrscheinlich zu
seinem Auto, das, wie Peter jetzt sah, nur etwa 50 Meter
entfernt stand. Jetzt war er geliefert. Donny entdeckte ihn
gleich hier mit den zwei Bundesagenten, die keinerlei
Anstalten machten, sich in Bewegung zu setzen, und damit
hätte er sich komplett zum Affen gemacht.

Verzweiflung schnürte ihm die Kehle zu.

»Ich muss weg«, sagte er zu dem größeren der beiden
Beamten in Zivil.

»Nein«, gab der andere zurück. Der zweite legte die Arme um Peter, als ob er ihn umreißen wollte. Peter wand sich aus seinem Griff, wurde dann aber gepackt und zu Boden gestoßen.

Die beiden Männer ragten über ihm auf.

»Das ist doch lächerlich.« Er keuchte.

Sie schienen der gleichen Meinung zu sein, tauschten einen betretenen Blick aus und schienen nicht recht weiter zu wissen. Abrupt zeigte einer von ihnen auf etwas.

Der Motor von Donnys Wagen sprang an und die Scheinwerfer flackerten auf.

Der Mann mit der Kamera löste sich von Peter und überließ es dem anderen, größeren, ihn am Boden zu halten. Er stürmte in Richtung Tor.

»Und, hat er dir geholfen?«, fragte Julie, während sie durch die Dunkelheit gingen.

»Ja«, antwortet Donny. »Ja, das hat er. Definitiv. Ich weiß jetzt, was ich tun werde.«

»Soll ich ihn nicht begrüßen?«

»Nein, er ist gerade in einer komischen Stimmung. Ich bin nicht ganz sicher, was mit ihm los ist. Lass uns einfach abhauen. Ich hab einiges zu erledigen.«

»Was hat er dir gegeben?«

»Ein Bild. Ein sehr schönes. Ich zeig's dir später.«

Sie spazierten in der Finsternis den Hügel hinauf. Donny sah das Auto vor ihnen. Plötzlich hatte er das unbestimmte Gefühl, dass sie nicht allein waren. Eine sonderbare Gabe, aber im Feindesland manchmal äußerst nützlich: dieses Gespür dafür, dass man beobachtet wurde. Er hielt in den Schatten nach Anzeichen einer Bedrohung Ausschau, aber da gab es nichts außer dem Farmland im Mondlicht; nichts, was sich bewegte.

»Wer war dieser blonde Typ?«, erkundigte sie sich.

»Sein Kumpel Fitzpatrick. Ein großer Ire. Die haben gerade Düngemittel zum Verteilen aufgeladen.«

»Komisch.«

»Er sagte, sie hätten beschlossen, den harten Teil der Arbeit nachts zu erledigen, wenn es kühl ist. Herrgott, es war bloß Düngemittel. Aber wer weiß?«

»Was war denn mit Trig los?«

»Ich weiß nicht. Er verhielt sich irgendwie, äh, *seltsam,* besser kann ich's nicht beschreiben. Er hatte den gleichen Gesichtsausdruck wie auf diesem Titelfoto vom *Time Magazine,* wo er den blutenden Jungen vor den Cops in Chicago in Sicherheit gebracht und selbst geblutet hat. Er wirkte sehr entschlossen, aber dabei auch total emotional. Als ob er dem Tod ins Auge blickte oder so. Ich weiß auch nicht, woran das lag. Hat mir ein bisschen Angst eingejagt.«

»Armer Trig. Vielleicht haben sogar reiche Jungs mit ihren inneren Dämonen zu kämpfen.«

»Er hat mich umarmt. Er hat geweint. Vielleicht hat ihn was aus dem Tritt gebracht oder so. Ich hab gespürt, wie er die Finger in meine Muskeln krallte und wie froh er war, mich umarmen zu können. Ich weiß auch nicht. Ziemlich merkwürdig. Keine Ahnung.«

Sie erreichten den Wagen. Donny ließ den Motor an und schaltete die Scheinwerfer ein. Er setzte auf den Rasen zurück, wendete und fuhr zum Tor hinunter.

»Oh Gott«, rief er. »Duck dich!« Denn in diesem Augenblick kam aus einem Graben eine Gestalt zum Vorschein. Ein Mann in einem Anzug, zu weit entfernt, um ihnen etwas tun zu können. Er hob eine Kamera. Donny zuckte zusammen, als das grelle Blitzlicht ihn blendete. Feuerkugeln tanzten vor seinen Augen und ließen ihn an nächtlichen Artilleriebeschuss denken. Er trat aufs Gaspedal, sauste die Straße hoch, bog nach rechts ab und gab dann richtig Vollgas.

»Mist, die haben uns fotografiert. Ein Bundesagent. Der Typ muss vom FBI gewesen sein!«

»Ich hab grad in die andere Richtung geschaut.«

»Dann können sie dir nichts anhaben. Ich glaub nicht, dass man das Nummernschild erkennen kann. Beim hinteren ist die Glühbirne kaputt. Er hat nur mich erwischt. Das wird ihnen nicht viel nützen. Ein FBI-Agent! Mann, das ist echt abgedreht.«

»Ich frag mich, was hier abgeht.«

»Was hier abgeht, ist, dass sie Trig gleich verhaften werden. Trig und diesen Fitzpatrick. Wir haben Glück gehabt, dass sie uns nicht aufgehalten haben. Sonst wär ich jetzt auf dem Weg ins Kittchen.«

»Armer Trig«, murmelte Julie.

»Ja«, bestätigte Donny. »Armer Trig.«

Der Mann ließ ihn aufstehen. Er klopfte sich den Dreck von der Kleidung ab.

»Ich hab überhaupt nichts *getan*«, beteuerte Peter. »Ich wollte mich hier mit Freunden treffen. Sie haben kein Recht, mich festzuhalten, haben Sie gehört? Ich hab nichts *getan*.«

Der Mann starrte ihn mürrisch an.

»Ich geh jetzt. Sie können mich nicht daran hindern«, verkündete er.

Er wandte sich ab. Der Agent hatte tatsächlich eingeschüchtert gewirkt. Er machte einen Schritt und wurde entgegen seiner Erwartung nicht zurückgerufen. Den nächsten Schritt machte er schon deutlich zuversichtlicher. Den Karateschlag, der ihm das Rückgrat brach und ihn abrupt aus dem Leben riss, sah er nicht und spürte ihn kaum. Er tötete ihn, noch bevor er auf dem Boden aufschlug.

KAPITEL 8

Donny traf gegen vier Uhr morgens in Washington ein. Er und Julie checkten in ein Motel an der New York Avenue ein, der Touristenmeile in der Nähe der Innenstadt. Sie waren zu müde für Sex, Zärtlichkeiten oder Gespräche.

Er stellte den billigen Radiowecker auf 8:00 Uhr und fiel in einen tiefen Schlaf, bis er unsanft vom Signalton aufgeschreckt wurde.

»Donny?« Sie räkelte sich neben ihm.

»Süße, ich hab ein paar Sachen zu erledigen. Bleib du einfach hier und schlaf noch ein bisschen. Ich hab für zwei Nächte bezahlt. Ich ruf dich heute im Lauf des Tages an, dann überlegen wir uns die nächsten Schritte.«

»Oh, Donny.« Sie blinzelte. Sogar kurz nach dem Aufwachen mit leicht verquollenem Gesicht und Haaren wie ein Vogelnest kam sie ihm außergewöhnlich schön vor. Er beugte sich über sie und gab ihr einen Kuss.

»Mach bloß nichts Dummes und mim nicht den Helden«, ermahnte sie ihn. »Sonst bringen die dich noch um.«

»Mach dir um mich keine Sorgen. Mir passiert schon nichts.«

Nachdem er sich angezogen hatte, fuhr er etwa eine Meile durch den südöstlichen Teil der Stadt. Er kam an der Union Station vorbei und fuhr links den Hügel hinauf, bis der Schatten der großen Kuppel des Kapitols über ihm aufragte. Er wechselte auf die Pennsylvania Avenue, danach auf die 8th Street. Er erreichte sein Ziel, fand einen Parkplatz an der Straße, nicht weit weg von den Geschäften gegenüber der Kaserne, schloss den Wagen ab und ging zum Haupttor.

Von der 8th Street aus machte der kleine Außenposten der Marines einen friedlichen Eindruck. Die Häuser der Offiziere entlang der Straße waren stattlich und prächtig. Zwischen ihnen hindurch konnte Donny erkennen, wie Männer in Uniformen auf dem Paradedeck exerzierten, stets darum bemüht, den eingeschworenen Ritualen von Pflicht und Gehorsam zu genügen. Man konnte das Fluchen der Unteroffiziere hören, harsch, präzise und fordernd. Das Gras, auf dem die jungen Männer sich abmühten, war tiefgrün – so durchdringend und intensiv, wie man es in diesem heißen, rauen Frühling bei keiner anderen Rasenfläche in Washington antraf.

Schließlich überquerte er die Straße und erreichte das Haupttor, wo ein Private First Class ihn bereits erwartete.

»Corporal Fenn, Sie wurden als unautorisiert abwesend gemeldet«, verkündete der PFC.

»Ich weiß. Ich kümmere mich darum.«

»Ich bin angewiesen worden, Ihren Kompaniekommandanten von Ihrer Ankunft in Kenntnis zu setzen.«

»Dann erledigen Sie Ihre Pflicht, Private. Rufen Sie auch die Shore Patrol an?«

»Davon war nicht die Rede. Aber ich muss Captain Dogwood kontaktieren.«

»Machen Sie das. Ich werde meine Uniform anziehen.«

»Ja, Corporal.«

Donny trat durch das Tor, lief über das Kopfsteinpflaster des Parkplatzes und wandte sich nach links, um über den Troop Walk die Kaserne zu erreichen.

Dabei bemerkte er etwas Seltsames: Die Welt, zumindest die des Marine Corps, schien zum Stillstand zu kommen. Es schien, als ob mehrere Züge stehen blieben, nur um ihn zu beobachten. Er fühlte Hunderte von Blicken auf sich ruhen, und die übliche Klangkulisse der gebellten Kommandos verstummte schlagartig.

Donny betrat die Kaserne, stieg die Treppe hinauf, wie er es schon endlose Male getan hatte, und bog auf dem zweiten Treppenabsatz nach links zum Mannschaftsraum ab, an dessen Ende sich sein kleines Zimmer befand.

Er schloss seinen Spind auf, zog sich aus, schlüpfte in Flip-Flops und ein Handtuch und marschierte zum Duschraum, wo er sich unter brühwarmes Wasser stellte und mit desinfizierender Seifenlotion wusch. Hinterher trocknete er sich ab und begab sich auf den Rückweg zu seinem Zimmer. Dort zog er frische Boxershorts an und holte seine Oxfords unter dem Bett hervor.

Ihr Zustand ließ zu wünschen übrig. In den nächsten zehn Minuten widmete er den Schuhen seine volle Aufmerksamkeit, wie es im Marine Corps Tradition war, bis das Leder schließlich strahlend glänzte. Als er fertig war, tauchte der kantige Platoon Sergeant Case im Türrahmen auf.

»Ich musste Sie melden, Fenn«, sagte er mit dieser typischen Corps-Stimme, die wie ein Reibeisen klang.

»Wollen Sie etwa, dass ich Artikel 15 auspacke?«

»Ich hab mich verspätet. Hatte persönliche Angelegenheiten zu regeln. Dafür entschuldige ich mich.«

»Sie stehen nicht auf dem Dienstplan. Man hat mir gesagt, Sie hätten um zehn Uhr einen Gerichtstermin.«

»Ja, Sergeant. Am Navy Yard.«

»Tja, ich werde die Meldung streichen lassen. Tun Sie heute das Richtige, Marine. Haben Sie mich verstanden?«

»Ja, Sergeant.«

Damit ließ Case ihn wieder allein.

Obwohl er anderslautende Anweisungen erhalten hatte und nicht einmal wusste, welche Tagesuniform heute getragen wurde, entschied er sich für seine blaue A-Uniform. Er befestigte sich die Socken mit Klebeband an den Schienbeinen, damit sie nicht rutschten, nahm eine blaue Uniformhose vom Haken und zog sie an. Er band die Schnürsenkel seiner glänzenden Oxfords, zog sich ein Shirt an und darüber schließlich den blauen Uniformrock mit den hellen Messingknöpfen und der roten Paspel. Er straffte das makellos geschneiderte Kleidungsstück und knöpfte es bis zum kleinen Klerikerkragen zu, wo der Adler, die Erdkugel und der Anker hervorstachen wie ein Relief. Den weißen Sommergürtel zog er stramm, was ihm den Oberkörper eines jungen Achilles verlieh, der vor Troja flanierte. Die weißen Sommerhandschuhe und die weiße Sommermütze machten seine Verwandlung zum perfekten Marine komplett.

Die Ordensbänder prangten an seiner Brust – sie wirkten unspektakulär, denn die Marines waren eine asketische Bande, die nicht viel von Prunk hielt. Nur ein kleiner roter Streifen dokumentierte den äußerst heißen Tag, an dem er durch Reiswasser und Büffelscheiße gekrochen war, während ihm die Kugeln um die Ohren flogen, um einen verwundeten PFC in die Welt zurückzuziehen, ins Leben, in die Möglichkeit einer Zukunft. Der Hauch von Violett würdigte die Kugel, die ein paar Wochen später seine Brust durchschlagen hatte. Der Rest war im Wesentlichen Müll: ein National Defense Ribbon, der Marine-Corps-interne Vietnamorden, die Presidential Unit Citation für die Präsenz der III Marine Amphibious Force im Land der bösen Träume, das Vietnamese Cross of Galantry sowie Schützenabzeichen für Gewehr und Pistole. Alles nicht besonders repräsentativ, aber es sagte immerhin aus: Dieser Mann ist ein Marine, der im Kampfeinsatz gewesen ist, auf den geschossen wurde und der alles unternommen hat, um seine Pflicht zu tun.

Er rückte seine weiße Sommermütze zurecht, bis sie tief über den blauen Augen saß, und machte sich auf, Commander Bonson gegenüberzutreten.

Er verließ die Kaserne und lief zum Büro des Captains, wo er abgeholt werden sollte. Als der Executive Officer vorbeikam, salutierte er knapp.

»Fenn, ist das die korrekte Tagesuniform?«

»Für das, was ich zu tun habe, Sir, ja, Sir.«

»Fenn ... ach, egal. Gehen Sie nur.«

»Danke, Sir.«

Zwei Unteroffiziere, einer davon Case, beobachteten ihn. Als er den Troop Walk erreichte, wusste wie durch Gedankenübertragung bereits jeder, dass er vollständig uniformiert war. Die Männer in ihren modifizierten Uniformen bedachten ihn mit misstrauischen Blicken, in denen ein wenig Feindseligkeit, vor allem aber Neugier lag. Natürlich trug er nicht die Tagesuniform, und für einen Marine war eine so unverhohlene Geste der Rebellion extrem ungewöhnlich. Es hätte weniger Aufruhr verursacht, wenn er nackt herumgelaufen wäre.

Donny schritt den Troop Walk entlang und war sich der wachsenden Zahl beobachtender Augenpaare bewusst. Aus den Augenwinkeln glaubte er kurz zu bemerken, wie einzelne Männer losrannten, um einen besseren Blick auf ihn zu erhaschen. Als er am Center House, dem Offiziershaus der Basis, vorbeikam, betraten sogar ein paar First Lieutenants in Bermuda-Shorts und T-Shirts die Veranda, um das Spektakel nicht zu verpassen.

Er bog auf den Parkplatz ein, wo gleich neben der Treppe ein bräunlich lackierter Ford der Regierung mit einem Navy-Soldaten auf dem Fahrersitz wartete. Dann wandte er sich nach links und betrat über die Veranda das Büro des First Sergeants, durch das er in Captain Dogwoods Büro gelangte. Der First Sergeant, der eine Kaffeetasse mit dem Schriftzug *Semper fi* in der Hand hielt, nickte ihm zu, während Bedienstete und Schreibkräfte eilig zur Seite wichen.

»Die warten schon auf Sie, Fenn.«

»Ja, First Sergeant.«

Er betrat den Raum.

Captain Dogwood saß am Schreibtisch, Bonson und Weber in sommerlicher Kaki-Kleidung auf der anderen Seite.

»Sir, Corporal Fenn meldet sich wie befohlen, *Sir.*«

»Ah, sehr gut, Fenn. Aber haben Sie das mit der Tagesuniform missverstanden? Ich ...«

»Sir, nein, *Sir!*«, unterbrach Donny ihn. »Sir, bitte um Erlaubnis, zu sprechen, *Sir!*«

Ein Moment der Stille folgte.

»Fenn«, hob der Captain an, »ich würde mir an Ihrer Stelle gut überlegen, was Sie jetzt ...«

»Lassen Sie ihn doch reden«, fiel ihm Bonson, der Donny feindselig anstarrte, ins Wort.

Donny wandte sich ihm zu.

»Sir, der Corporal möchte mit aller Entschiedenheit klarstellen, dass er nicht gegen einen anderen Marine aussagen wird, ohne persönliche Kenntnis dessen zu haben, was ihm zur Last gelegt wird. Er wird keinen Meineid leisten, er wird an keinem Prozess nach dem Einheitlichen Gesetzbuch der Militärgerichtsbarkeit teilnehmen. *Sir!*«

»Fenn, was ziehen Sie hier für eine Nummer ab?«, fragte Weber. »Wir hatten eine Vereinbarung.«

»*Sir,* wir hatten nie eine Vereinbarung. Sie haben mir befohlen, Nachforschungen anzustellen, was ich im Widerspruch zu meinem Selbstverständnis und meinen moralischen Überzeugungen getan habe. Ich habe meine Pflicht erfüllt. Das Ergebnis meiner Nachforschungen fiel negativ aus, Sir. Das ist alles, was ich dazu zu sagen habe, *Sir!*«

»Fenn«, ergriff Bonson erneut das Wort und funkelte ihn dabei bösartig an, »Sie haben ja keine Ahnung, mit welchen Kräften Sie sich hier anlegen und was Ihnen passieren kann. Das ist kein Spiel. Hier geht es um die überaus ernste Angelegenheit, die Sicherheit unserer Nation zu schützen.«

»Sir, ich habe für unsere Nation gekämpft und für sie geblutet. Kein Mann, der das nicht getan hat, hat das Recht, mir etwas über den Schutz der Nation zu erzählen, egal welchen Dienstgrad er bekleidet, *Sir!* Außerdem, Sir, wenn ich ehrlich sein darf, *Sir:* Sie sind ein Arschloch und ein Spinner, und Sie haben nicht das Geringste für die Vereinigten Staaten von Amerika getan. Und wenn Sie wollen, können wir gerne zusammen nach draußen gehen. Bringen Sie Weber mit. Dann kann ich dem auch gleich in den Arsch treten!«

»Fenn!«, rief Dogwood.

»Also gut, Captain Dogwood«, sagte Bonson. »Ich sehe langsam, was Sie hier an der 8th und First für Marines haben. Ich bin sehr enttäuscht. Das fällt auf *Sie* zurück, Captain, und so wird es auch in meinem Bericht stehen. Fenn, wenn ich Sie wäre, würde ich anfangen, meine Sachen zu packen. Und vergessen Sie Ihre Dschungelstiefel nicht.«

Er wandte sich ab und verließ das Büro.

»Das war äußerst dumm, Fenn«, meinte Weber.

»Fick dich, Weber, du Arschkriecher.«

Weber schluckte und starrte Dogwood an.

»Er darf sein Quartier nicht verlassen. Sein Einsatzbefehl wird auf 16 Uhr vorgezogen.«

Er ging.

Dogwood nahm das Telefon und sprach in vertraulichem Tonfall mit jemandem. Er legte auf.

»Setzen Sie sich, Fenn. Rauchen Sie?«

»Nein, Sir.«

»Tja, ich schon.« Etwas zittrig zündete er sich eine Marlboro an und öffnete die Tür.

»Welch, kommen Sie mal her!«

Welch hastete ins Büro.

»Ja, Sir.«

»Sie haben bis 16 Uhr Zeit, Welch, um einen Urlaubsantrag für Corporal Fenn zu besorgen. Bringen Sie ihn her, damit ich unterschreiben kann. 72 Stunden. Wenn Sie dafür zur Personalabteilung in der Henderson Hall müssen, können Sie dafür meinen Wagen und meinen Chauffeur nehmen. Und legen Sie keine Zwischenstopps ein. Haben Sie verstanden?«

»Äh, nun ja, Sir, das verstößt komplett gegen die übliche Dienstordnung. Ich bin nicht ...«

»Sie haben mich gehört, Welch. Jetzt machen Sie schon.« Er wandte sich wieder Donny zu.

»Okay, Fenn. Ich kann Sie zwar nicht vor Vietnam retten. Aber wenn ich Ihnen Urlaub genehmige, bevor Bonson mit seinem Papierkram hinterherkommt, kann ich Ihnen zumindest eine kleine Auszeit vor dem Abflug verschaffen.«

»Ja, Sir.«

»Sie können jetzt Ihre Zivilkleidung anziehen. Machen Sie sich fertig, damit Sie so schnell wie möglich aufbrechen können.«

»Ja, Sir. Ich ... danke, Sir.«

»Oh, einen Moment noch. Ah, da ist sie ja.«

Eine Frau kam herein, gut aussehend, Ende 20. Donny erkannte sie anhand des Bilds auf Dogwoods Schreibtisch. Es musste seine Frau sein.

»Hier, Mort.« Sie reichte ihm einen Umschlag. Zu Donny sagte sie: »Sie müssen sehr dumm sein, junger Mann. Oder sehr tapfer.«

»Ich weiß es selbst nicht genau, Ma'am.«

»Hier, Fenn. Das sind 600 Dollar in bar. Mehr haben wir hier im Quartier derzeit nicht verfügbar. Damit können Sie mit Ihrer Freundin für ein paar Tage irgendwohin fahren.«

»Sir, ich ...«

»Nein, nein, nehmen Sie's ruhig, Sohn. Nehmen Sie's. Genießen sie es. Zahlen Sie's zurück, wann Sie wollen. Und wenn Sie nach Vietnam kommen, ziehen Sie den Kopf ein. Dieses Drecksland ist es nicht wert, dass dort noch ein Marine draufgeht. Nicht ein einziger. Nun gehen Sie schon. Gehen Sie, gehen Sie, Junge. Und viel Glück.«

TEIL 2

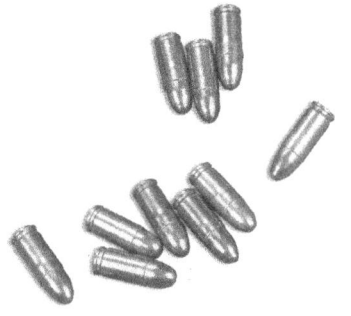

Sniper-Team
Sierra-Bravo-Vier

Republic of South Vietnam Navy, I Corps,
Februar bis Mai 1972

KAPITEL 9

Es goss wie aus Eimern im I Corps. Die Regenzeit war fast vorbei und nirgends verlief sie regnerischer als in der Republik Südvietnam. Da Nang, die Hauptstadt dieses untergehenden Reichs, wurde förmlich überschwemmt. Aber einige Hundert Klicks entfernt befand sich die noch nassere befestigte Artilleriestellung, die einige Marines im Land der bösen Träume hinterlassen hatten. Sie wurde Dodge City genannt: ein maroder Slum aus Sandsäcken, 105-Millimeter-Haubitzen, S-Shops, Bunkern, Stacheldraht und verdreckten, offenen Plumpsklos. Sie standen am Ende eines verlorenen Kriegs, und niemand wollte sich noch eine Kugel einfangen, bevor diese armen Jungen zurück nach Hause geschickt wurden.

Aber selbst hinter Dodge City waren noch Marines unterwegs, draußen im Feindesland. Dort, in einem Gewirr aus Büschen in der Nähe einer Hügelkuppe, die auf den Karten nur nach ihrer Höhe in Metern benannt war – Hill 519 –, hockten zwei von ihnen im strömenden Regen. Sie sahen zu, wie sich die Tropfen auf den Rändern ihrer Boonie-Hüte sammelten, bis diese schließlich überflossen, während das Wasser in einem kalten Rhythmus auf die Ponchos trommelte und sowohl sie als auch ihre Ausrüstung durchnässte.

Einer von ihnen träumte von zu Hause. Lance Corporal Donny Fenn, der jetzt ganz kurz vor dem Ende seiner Dienstzeit stand. Im Mai endeten seine vier Jahre, dann hatte er es endlich geschafft. Wie alle Männer in Vietnam kannte er das Datum seiner Abberufung auswendig – sowohl jene, die 1965 zuerst hergekommen waren, als auch jene, die jetzt noch hier waren. Donnys Datum war der 7. Mai 1972. Er war schon zum zweiten Mal hier, mit einem

149

Purple Heart und einem Bronze Star dekoriert, und obwohl er längst nicht mehr an diesen Krieg glaubte, glaubte er doch leidenschaftlich daran, ihn zu überstehen. Ihm blieb ohnehin nichts anderes übrig.

An diesem nassen Morgen träumte Donny von trockenen Freuden. Er träumte von der Wüste, aus der er stammte. Von Pima County in Arizona, von der Stadt Ajo und der heißen, trockenen Luft, die aus der mexikanischen Sonora-Wüste herüberwehte, trocken wie der Atem des Teufels. Er träumte davon, sich in dieser Hitze zu aalen, wieder ans College zu gehen und Jura zu studieren. Er träumte von einem Haus, einer Familie, einem Job.

Aber vor allem träumte er von seiner jungen Frau, die ihm gerade geschrieben hatte. Ihre Worte hatten sich in sein Gedächtnis eingebrannt und er dachte an sie, während er hier im prasselnden Regen saß: »Verlier bloß nicht den Mut, Marine! Ich weiß, dass du es schaffen wirst, und ich bete für dich. Du bist das Beste, was mir je passiert ist, und ich kann nicht ohne dich leben, also werd ich verdammt wütend, wenn du dich umbringen lässt! Kann sein, dass ich dann so wütend werde, dass ich nie wieder mit dir rede!«

Kurz vor diesem Ausflug in den Dschungel hatte er ihr geantwortet: »Oh, du süßes Ding, wie sehr ich dich vermisse. Hier ist alles in Ordnung. Ich wusste zwar nicht, dass Spinnen so groß wie Hummer werden können oder dass es drei Monate am Stück regnen kann. Aber das sind Informationen, die mir sicher nützlich sind, wenn ich in die normale Welt zurückkehre. Der Sarge wird mich am Leben halten, denn er ist der klügste Marine, der je gelebt hat. Er hat gesagt: ›Wenn's dich erwischt, auf wem zum Teufel soll ich dann rumhacken? Dann macht's doch keinen Spaß mehr!‹«

Hinter seinem Hutband bewahrte er ein in Zellophan eingewickeltes Foto von Julie auf. Ihre Hippiephase war vorbei, obwohl sie jetzt im Tucson Veterans Hospital die Verwundeten aus einem anderen Krieg pflegte und sogar davon sprach, Krankenschwester werden zu wollen. Ihre Schönheit auf diesem Bild glich für einen verlorenen, ausgehungerten Mann wie ihn einem Lichtstrahl in eisiger Nacht.

Die eisige, unbarmherzige Kälte ließ Donny erschauern. Die Welt hatte sich verflüssigt: Es gab nur noch Schlamm, Nebel oder Regen, etwas anderes existierte nicht mehr. Es war eine Welt, deren fahles Licht keine Rückschlüsse auf die Tageszeit zuließ. Die Dunstschwaden trieben durch das graue Zwielicht wie eine Art universelle Deklamation des Elends.

Unter seinem Poncho spürte er die Kälte eines der wenigen M14-Gewehre, die es in Vietnam noch gab. Das 20-Schuss-Magazin drückte gegen sein Bein, bereit für den sofortigen Einsatz, falls Sierra-Bravo-Vier überrumpelt wurde. Aber dazu würde es nicht kommen, weil der Sergeant sich gut darauf verstand, geeignete Verstecke auszuwählen.

Bei sich trug er zwei Feldflaschen, eine Kampftasche voller C-Rationen (hauptsächlich gegrilltes Schweinefleisch), vier M26-Granaten, einen automatischen Colt .45, ein M49-Spektiv, ein K-Bar-Messer mit phosphatierter Klinge, zehn 20-schüssige Extramagazine im NATO-Kaliber 7,62 x 51 Millimeter, drei Claymore-Patronengurte, einen elektrischen Zünder vom Typ M57, eine Segeltuchtasche mit Leuchtgeschossen und einer Leuchtpistole – und seinen Todfeind, den Fluch seiner Existenz, den Gegenstand, den er auf der ganzen Welt am meisten hasste: ein PRC-77-Funkgerät, ihre über sechs Kilogramm schwere Lebenslinie, die sie mit Dodge City verband.

»Funkcheck«, forderte der Sergeant, der einen oder zwei Meter neben Donny saß und auf dieselbe regengepeitschte, blätterverhangene Landschaft starrte, auf die Ebenen, Reisfelder und Dschungel und die flachen, tückischen Hügel. »Klemm dich an den Hörer, Dicker.«

»Scheiße«, fluchte Donny. Das Funkgerät einzusetzen, bedeutete, sich bewegen zu müssen, und das wiederum bedeutete, das dampfende Siegel aufzubrechen, das der Poncho um seinen Hals gebildet hatte. Dann floss kaltes Wasser den Hals hinab über den verschwitzten, warmen Körper. Es gab keinen kälteren Ort als Vietnam. Aber das machte nichts, denn es gab auch keinen heißeren.

Donny rührte sich unter seinem zeltartigen Poncho, streckte die Hand nach dem PRC-77 aus und schaltete es ein. Er wusste, dass die Frequenz bereits exakt eingestellt war. Indem er es gefährlich nach vorn neigte, gelang es ihm schließlich, die 1,20 Meter lange Antenne auszuklappen. Sie ragte in die feuchte Luft.

Er hob sich den Hörer über dem Poncho ans Ohr und schaltete das Gerät ein. Und ja, ein schauriger Schwall Wasser strömte unter der Dschungeltarn-Uniform zwischen die Schulterblätter. Er zitterte, murmelte ein tonloses »Fuck!« und mühte sich weiter mit diesem elenden Teil ab.

Das Problem mit den PRCs bestand nicht nur in der begrenzte Reichweite, ihrem hohen Gewicht und der Notwendigkeit einer Sichtverbindung. Fast noch schlimmer war die Kurzlebigkeit der Batterien. Deshalb setzten Infanteristen sie nur sparsam nach vorher festgelegten Zeitplänen ein, um einen schnellen Lagebericht an die Basis zu übermitteln. Er drückte auf die Sendetaste.

»Foxtrott-Sandmann-Sechs, hier Sierra-Bravo-Vier, kommen.«

Er wechselte auf Empfang und hörte nichts als Knistern und Rauschen. In Anbetracht der tief hängenden Wolken, des Regens und der Geländebeschaffenheit war das keine große Überraschung. Manchmal kamen die Funksprüche durch, manchmal eben nicht.

Er probierte es noch einmal.

»Foxtrott-Sandmann-Sechs, hier Sierra-Bravo-Vier, könnt ihr mich hören? Ist jemand da? Hallo, klopf-klopf, bitte macht die Tür auf, kommen.«

Die gleiche Antwort wie vorher.

»Vielleicht schlafen schon alle«, mutmaßte er.

»Nee«, widersprach der Sergeant mit seinem schweren Südstaatenakzent, der langsam, besonnen und vor allem verdammt lustig klang. »Is' zu spät, um stoned zu sein, und zu früh, um besoffen zu sein. Jetzt is' die magische Stunde, wo die Jungs wahrscheinlich wach sind. Versuch's weiter.«

Donny drückte den Sendeknopf und wiederholte seinen Funkspruch noch einige Male, ohne Glück zu haben.

»Ich wechsle mal auf die Ersatzfrequenz«, kündigte er schließlich an.

Der Sergeant nickte.

Donny breitete den Poncho aus, damit er die primitiven Bedienelemente an der Oberseite des Geräts erreichen konnte. Zwei Skalen schienen ihn regelrecht anzugrinsen, daneben die dazugehörigen zwei Butterfly-Drehknöpfe: einer für Megahertz, der andere für Kilohertz. Er werkelte daran herum und suchte die Frequenz 79,92, die Dodge City standardmäßig benutzte, falls es ein zu hohes Funk-aufkommen oder atmosphärische Störungen gab. Dabei streifte er die komplette Palette der Funkgespräche, die es im Vietnam des frühen Jahres 1972 gab. Möglich machte das der merkwürdige Umstand, dass das PRC-77 Signale zwar auf große Entfernung empfing, umgekehrt aber nur über eine geringe Sendereichweite verfügte.

Sie hörten, dass ein Lastwagenfahrer sich verirrt hatte und abmühte, auf den Highway 1 zurückzufinden. Ein Pilot suchte seinen Flugzeugträger, ein Funker testete seine Ausrüstung. Das alles drang knisternd und bruchstückhaft an ihre Ohren, während Signale verschiedener Stärken kamen und gingen. Manchmal hörte man auch Vietnamesisch, weil die ARVN dasselbe Netz benutzte. Manches kam von der Army, da sich noch mehr Army-Soldaten als Marines im Land aufhielten – mit gut 50.000 in der Überzahl. Manches kam von den Special Forces, weil einige der großen A-Camps im Norden oder Westen sich noch gehalten hatten. Außerdem gab es Feuerbefehle, Anfragen, ob man eine Suche abbrechen oder ob man mehr Bier und Fleisch bekommen könnte.

Schließlich fand Donny, wonach er suchte.

»Äh, Foxtrott-Sandmann-Sechs, hier Sierra-Bravo-Vier, können Sie mich hören?«

»Sierra-Bravo-Vier, hier Foxtrott-Sandmann-Sechs. Ja, wir hören Sie. Wie lautet Ihr Bericht, kommen?«

»Sag ihnen, wir sind am Ersaufen«, knurrte der Sergeant.

»Foxtrott-Sandmann-Sechs, wir sind nass bis auf die Knochen. Hier bewegt sich nichts. Nichts Lebendes zu sehen, Foxtrott, kommen.«

»Sierra-Bravo-Vier, will Swagger den Einsatz abbrechen? Kommen.«

»Die wollen wissen, ob du abbrechen willst.«

Für die Hunter-Killer-Mission wurden 24 Stunden bis zur Luftevakuierung veranschlagt. Aber der Sergeant schien die Wahrscheinlichkeit eines Feindkontakts für äußerst gering zu halten.

»Positiv«, sagte er. »Kein Feind in Sicht. Die sind zu schlau, um bei so 'nem Scheißwetter rauszukommen. Sag denen, die sollen uns verdammt noch mal so bald wie möglich abholen.«

»Positiv, Foxtrott-Sandmann-Sechs. Erbitten Luftevakuierung, kommen.«

»Sierra-Bravo-Vier, unsere Vögel haben Flugverbot. Ihr werdet warten müssen, bis wir wieder in die Luft dürfen.«

»Scheiße, die sitzen fest«, gab Donny weiter.

»Okay, sag ihnen, wir bleiben hier und warten, bis das Wetter besser wird, aber wir bringen keine Skalps mit.«

Donny drückte den Sendeknopf.

»Foxtrott, wir haben verstanden. Wir werden hier ausharren und uns wieder melden, wenn die Sonne rauskommt, kommen.«

»Sierra-Bravo-Vier, verstanden. Ende.«

Das Knistern des Funkgeräts verstummte.

»Okay«, brummte Donny, »das wär dann wohl erledigt.«

»Japp«, gab der Sergeant zurück, aber in seiner Stimme lag ein fragender Unterton.

»Dicker«, fuhr er nach ein oder zwei Sekunden fort, »hast du eigentlich aufgepasst, als du die Ersatzfrequenz gesucht hast? Hast du was gehört?«

Der Sergeant war wie ein Detektiv, der noch die kryptischsten Nachrichten und die unverständlichsten Laute deuten konnte, die aus den Lautsprechern des Funkgeräts kamen.

»Nein, ich hab nichts gehört«, erwiderte Donny. »Nur Gequatsche, du weißt schon, das übliche Zeug.«

»Okay, dann tu mir mal 'n Gefallen, Dicker.«

Er nannte Donny immer nur ›Dicker‹. So nannte er all seine Aufklärer. Vor Donny hatte er bereits drei andere gehabt.

»Dicker, geh die Frequenzen noch mal ganz langsam durch und konzentrier dich. Ich glaub, ich hab vorhin 'ne Silbe gehört, die wie ›dring‹ geklungen hat.«

»›Dring‹? So wie ›ich brauch dringend 'ne Blondine‹?«

»Du hast gut reden, hast ja eine zu Hause sitzen. Nee, eher wie ›Es ist dringend‹.«

Donny nahm die beiden Drehknöpfe zwischen die Finger

und schaltete langsam durch das Geplapper, während Hunderte unterschiedlicher Funksprüche in abgehacktem Militärjargon aufbrandeten und verebbten. Die Funkabkürzungen und das Gewirr von Codes und Rufzeichen ließen sie noch unverständlicher werden: Alpha-Vier-Delta, Delta-Sechs-Alpha, Whiskey-Foxtrott-Neun, Iron-Tree-Drei, Rathole-Zulu-Sechs, Kontrollzentrum Than San Nut und so weiter und so weiter. *Guten Morgen Vietnam, wie geht's euch, heute wird's Regen geben.* Es hatte nichts zu bedeuten.

Aber der Sergeant beugte sich vor, sein Körper angespannt vor lauter Konzentration. Trotz der Nässe und Kälte zitterte er nicht, wirkte kaum noch menschlich in seiner Anspannung. Er war gertenschlank, 26 Jahre alt und mit seinem blonden Bürstenschnitt dermaßen sonnengebräunt, dass sich fast nicht mehr erkennen ließ, ob er ein Weißer war. Er hatte stark ausgeprägte Wangenknochen und kleine, verkniffene Jägeraugen. Ein 100-prozentiger amerikanischer Redneck mit einem Akzent, der aus dem Hinterland des rückständigsten Nests fernab jeder Zivilisation zu stammen schien. Aber trotzdem umgab ihn eine spezielle Aura von Anmut und Effizienz.

Er träumte nicht – nicht von der Wüste, nicht von einer Farm oder Stadt, nicht von zu Hause, nicht von Nestwärme. Er war ein knallharter, professioneller Berufssoldat. Falls er überhaupt von etwas träumte, dann von diesem harschen, verbitterten Miststück namens Pflicht. Nie hatte er sie vernachlässigt. Schon bei zwei zurückliegenden Einsatzzeiten hatte er ihr gedient und alle Ehre gemacht: einmal als Platoon Sergeant im Jahr '64, ein weiteres Mal '65, als er für die Special Operations Group Langstreckenpatrouillen in der Nähe der entmilitarisierten Zone angeführt hatte.

Falls er über ein Innenleben verfügte, behielt er es für sich. Man erzählte sich, er habe mal irgendein bedeutendes ziviles Schießturnier gewonnen, und es hieß ferner, auch sein Daddy sei ein Marine gewesen, damals im Zweiten Weltkrieg, und mit der Medal of Honor ausgezeichnet worden. Aber der Sergeant redete nie davon, und wer hätte sich schon getraut, ihn gezielt danach zu fragen? Er hatte keine Familie, keine Frau oder Freundin, kein Zuhause, nichts außer dem Marine Corps. Man hatte bei ihm das Gefühl, dass er turbulente und mühselige Zeiten durchlebt hatte, über die er lieber nicht sprach; Qualen, über die er für immer den Mantel des Schweigens breiten würde.

Auf ihn traf noch eine Menge anderes zu, aber nur eins davon empfand Donny als wichtig: Swagger war der Beste. Mann, war er gut! So verflucht gut, dass einem ganz schwindlig davon wurde. Wenn er schoss, starb jemand, und es war jedes Mal ein feindlicher Soldat. Er schoss nie, wenn er beim anderen keine Waffe sah. Aber wenn er schoss, dann tötete er. Niemand zog das je in Zweifel, niemand legte sich mit ihm an.

Swagger war supercool, der eiskalte Typ, der den Dingen ihren Lauf ließ, Augen und Ohren offen hielt und so schnell schaltete, dass man kaum noch mitkam. Dann reagierte er, schaltete sämtliche Feinde im Alleingang aus und kümmerte sich danach wieder um andere Aufgaben. Es kam einem so vor, als ziehe man mit Mick Jagger oder einem anderen legendären Star durch Vietnam, denn jeder wusste, wer Bob der Henker war. Und wenn sie ihn nicht liebten, bei Gott, dann fürchteten sie ihn, denn er galt als Tod aus der Ferne und richtete im Auftrag des Marine Corps. Mehr Waffe als Mann, zugleich aber mehr Mann als irgendjemand sonst. Selbst die NVA kannte ihn. Es hieß, sie hätten ein Kopfgeld von 15.000 Piaster auf ihn ausgesetzt. Der Sergeant fand das ziemlich lustig.

Aber am Ende drohte es ihn umzubringen, dachte Donny. Der Krieg würde ihn letztendlich verschlingen. Er würde immer noch eine weitere tapfere, verzweifelte Tat begehen, versessen darauf, weiterzumachen und noch mehr aus sich herauszukitzeln. Und dieser heroische Scheiß brachte ihn letzten Endes ins Grab. Den Tag seiner Abberufung dürfte er nicht mehr erleben. Für Kerle wie ihn gab es keine Abberufung und Vietnam ging nie zu Ende.

An irgendwen erinnerte er Donny, aber er kam nicht drauf. Etwas an ihm wirkte seltsam vertraut, seltsam berührend. Es war ihm schon früher aufgefallen, aber er konnte den Finger nicht darauf legen. Ein Lehrer aus seiner Schulzeit? Ein Verwandter, ein Marine aus einem früheren Einsatz oder der Kaserne? Für eine Weile glaubte er, es sei Ray Case, sein grimmiger Platoon Sergeant. Aber sobald er Bob besser kennenlernte, löste sich diese Assoziation in Luft auf. Case war ein guter, harter, professioneller Marine, aber Bob war ein großartiger Marine. Es gab nicht viele Männer, die so wie Bob Lee Swagger waren.

Aber wem ähnelte er? Weshalb wirkte er so vertraut?

Donny schüttelte verwirrt den Kopf.

Swagger saß unter dem Poncho. Das Wasser tropfte von seinem Boonie-Hut und die Augen wirkten beinahe geistesabwesend, während er dem Geknister aus dem Funkgerät lauschte. Er schleppte genauso viel mit sich herum wie Donny: Der mit Klebeband abgeklebte Lauf seines M40-Scharfschützengewehrs – in Wahrheit eine Remington 700, ein Varmintgewehr im Kaliber 308 mit Redfield-Zielfernrohr und neunfacher Vergrößerung – ragte aus dem Kragen seines Ponchos hervor, denn er tat, was er konnte, um den Verschluss und das Holz trocken zu halten, das schnell aufquoll, wenn es Feuchtigkeit ausgesetzt wurde.

Außerdem hatte er vier M26-Granaten bei sich, zwei Claymore-Patronengurte, einen elektrischen M57-Zünder, eine .45 Automatik, zwei Feldflaschen, eine Kampftasche voller C-Rationen (er bevorzugte Schinken mit Eipulver), dazu 72 M118-Matchpatronen der Marke Lake City Arsenal, die 11,2-Gramm-Ladung, wie sie die Army- und Marine-Scharfschützen in Camp Perry benutzten.

Als Mann, der auf alle Eventualitäten vorbereitet war, trug er auch ein Randall-Survivor-Messer mit Sägezahnklinge und einen Colt .308 ›Hammerless‹ in einem Flieger-Schulterholster unter dem Tarnanzug. Auf den Rücken hatte er sich eine M3-›Fettpresse‹ sowie fünf 30-schüssige Magazine geschnallt.

»Da«, sagte er. »Hast du gehört? Ich schwör bei Gott, da war was.«

Donny hatte nur verrauschtes Geplapper aufgeschnappt. Trotzdem bewegte er die Finger langsamer und drehte den Frequenzregler zurück, sah zu, wie der Zeiger knisternd über die kleinen Zahlen der Anzeige wanderte. Schließlich fand er ein Signal, so leise, dass man es leicht überhören konnte, und er empfing es nur, weil es sich direkt am Übergang von einer Frequenz zur anderen befand. Wenn er den Knopf auch nur losließ, würde es schon verschwinden.

Aber so hörten sie es, kratzig, wie aus weiter Ferne. Die Worte schienen sich aus dem Dunst der Geräusche herauszuschälen, bis sie schließlich verständlich wurden.

»Ist jemand in diesem Netz? Irgendwer? Könnt ihr mich hören? Kommen! Es ist dringend, verdammt, kommen!«

Niemand antwortete.

»Hier ist Arizona-Sechs-Zulu. Hier wimmelt's von Feinden. Ist jemand in diesem Netz? Charlie-Charlie-November, seid ihr da, kommen!«

»Der ist weit außerhalb unserer Reichweite«, stellte Donny fest. »Und wer zum Teufel ist Arizona-Sechs-Zulu?«

»Das muss eins der Special-Forces-Camps im Westen sein. Die benutzen Bundesstaaten als Rufzeichen. Das sind vorgeschobene Stützpunkte, *forward operating base* oder FOB genannt. Er probiert, Charlie-Charlie-November zu erreichen, das ist die nördliche SOG-Kommandozentrale in Da Nang.«

Aber dann erhielt Arizona-Sechs-Zulu doch noch eine Antwort.

»Arizona-Sechs-Zulu, hier Lima-Neun-Mike vom Außenposten Hickory. Sind Sie das, Puller? Kann Ihr Signal kaum hören, Ende.«

»Lima-Neun-Mike, mein großer Laster hat was abbekommen. Ich hab ein großes Problem. Hier sind überall Feinde, die mich frontal angreifen. Ich hab von Aufklärern erfahren, dass eine Haupteinheit anrückt, um mein Basislager zu zerstören. Ich brauche Luftunterstützung oder Artillerie, Ende.«

»Arizona-Sechs-Zulu, Luft geht nicht. Wir sitzen fest, alles bleibt am Boden. Ich checke die Artillerie, Ende.«

»Ich bin beim Team-Arizona-Basiscamp, Planquadrat Whiskey Delta 5120-1802. Ich brauch Hotel Echo, alles, was ihr habt, Ende.«

»Scheiße, negativ, Arizona-Sechs-Zulu. Ich habe keine, wiederhole: keine Feuerunterstützungsbasis, die nah genug ist, um Granaten in Ihr Gebiet zu schießen. Die haben Mary Jane und Suzie Q letzte Woche dichtgemacht, und die Marines in Dodge sind zu weit weg, Ende.«

»Lima-Neun-Mike, ich bin hier draußen auf mich allein gestellt, mit elf Amerikanern und 400 Einheimischen. Wir stecken tief in der Scheiße, und mir gehen Muni, Essen und Wasser aus. Ich brauche sofort Verstärkung, Ende.«

»Ich habe Ihre Koordinaten, Arizona-Sechs-Zulu, aber ich habe keine einsatzbereiten Artilleriestützpunkte in Reichweite. Ich werde sofort taktische Luftunterstützung anfordern, wenn das Wetter besser wird. Sie müssen bis dahin durchhalten, Arizona-Sechs-Zulu, Ende.«

»Lima-Neun-Mike, wenn diese Haupteinheit hier eintrifft, bevor das Wetter besser wird, verarbeiten die mich zu Hundefutter, kommen.«

»Halten Sie durch, Arizona-Sechs-Zulu, es soll bis morgen Mittag aufklaren. Ich werde mich mit Charlie-Charlie-November in Verbindung setzen, und dann werden wir so schnell wie möglich die Phantoms in die Luft bringen, kommen.«

»Verstanden, Lima-Neun-Mike, Ende.«

»Gott segne Sie und viel Glück, Arizona-Sechs-Zulu, Ende«, erwiderte Lima, und mit einem letzten Knistern verschwand das Signal.

»Mann, die Jungs werden geröstet«, sagte Donny. »Das Wetter wird noch tagelang so bleiben.«

»Hast du die Kartentasche?«, fragte Swagger. »Lass mich mal sehen. Wie lauteten die Koordinaten noch mal?«

»Scheiße, ich weiß nicht mehr.«

»Tja«, gab Bob zurück, »gut, dass ich's noch weiß.«

Er öffnete die Tasche, die Donny ihm hinschob, ging die in Plastikhüllen steckenden Karten des Einsatzgebiets im Größenverhältnis 1:50.000 durch und fand schließlich die, nach der er suchte. Er studierte sie gründlich, bevor er Donny ansah.

»Verdammt noch mal, wenn ich nicht zu blöd bin, um Karten zu lesen, sind du und ich diejenigen, die am nächsten dran sind an diesen Special-Forces-Jungs. Die sind westlich von uns, bei Kham Duc, zehn Klicks vor Laos. Wir sind im Planquadrat Whiskey Charlie 155-005; die sind in Whiskey Delta 5120-1802. Wenn ich das richtig sehe, sind das ungefähr 20 Klicks nach Westen.«

Donny schaute hin. Sein Sergeant hatte tatsächlich das richtige Planquadrat gefunden und, ja, das Special-Forces-Camp lag etwa 20 Klicks entfernt. Aber zwischen ihnen und dieser Stelle befanden sich Gebirgsausläufer, ein breiter, brauner, schlangenartig gewundener Fluss und eine Bergkette, allesamt auf feindlichem Gebiet.

»Ich glaube«, fuhr Bob fort, »ein Mann, der sich schnell

bewegt, könnte es noch vor dieser Haupteinheit dorthin schaffen. Und die Typen müssten durch dieses Tal hier kommen, das An-Loc-Tal. Wenn man diese Hügel da raufkraxelt, böten sich 'ne ganze Menge Ziele zum Abschießen.«

»Meine Güte!«, fluchte Donny.

»Vielleicht könnte man sie dadurch so lange aufhalten, bis das Wetter sich ändert und die Luftunterstützung eintrifft.«

Ein kalter Regentropfen traf Donnys Nacken und perlte an seinem Rücken hinab. Ein Schauer durchfuhr ihn.

»Funk Dodge noch mal an, Dicker. Sag denen, ich mach 'nen kleinen Ausflug.«

»Ich komm mit.«

Bob hielt inne. Dann sagte er: »'n Scheiß wirst du tun. Ich nehm keinen mit, der so bald heimfliegt. Du bleibst hier sitzen und lässt dich abholen, sobald der Regen aufhört. Mach dir um mich keine Sorgen. Ich werd in dieses Camp gehen und zusammen mit Arizona rausfliegen.«

»Bob, ich ...«

»*Nein!* Du bist zu kurz davor. Du würdest dir zu viele Sorgen machen, dass dich drei Monate und 'n paar Tage vor der Abberufung noch einer erwischt. Und wenn du dir keine Sorgen machst, dann ich. Außerdem bin ich allein viel schneller. Das ist ein Einmannjob und sonst gar nichts. Das ist 'n Befehl.«

»Sergeant, ich ...«

»Nein, verflucht noch mal. Ich hab's dir doch gerade gesagt. Ich will mir um dich keine Sorgen machen müssen.«

»Scheiße, ich bleib doch nicht hier im beschissenen Regen hocken und warte, bis ich abgeholt werde. Du hast 'n Team aus uns gemacht – du schießt, ich kundschafte Ziele aus und kümmer mich um die Sicherung. Was, wenn du nachts arbeiten musst? Wer schießt dann die Leuchtkugeln ab? Was, wenn die Kacke am Dampfen ist und jemand Luftunterstützung anfordern muss? Wer sucht dann die Koordinaten auf der Karte und bedient das Funkgerät? Und wenn du aus einem Hinterhalt angegriffen wirst? Wer schaltet dann die Schnellen aus? Wer legt die Claymores?«

»Du legst es drauf an, gekillt zu werden, Lance Corporal. Und, was viel schlimmer ist, du gehst mir ganz schön auf den Sack.«

»Ich werd nicht kneifen. Ich werd *nicht* kneifen!«

Bob runzelte die Stirn. Er misstraute jedem Heroismus und jeder Selbstaufopferung, weil sein eigenes Überleben nichts damit zu tun hatte. Es hatte vielmehr mit kluger, professioneller Taktik, einer noch klügeren Abwägung von Risiken und, am klügsten von allem, der Einsicht zu tun, dass aggressives Handeln in einem Kampf den Schlüssel lieferte, um ihn lebend zu überstehen.

»Was willst du damit beweisen, Junge? Du versuchst schon auf Teufel komm raus, mir was zu beweisen, seit wir ein Team sind.«

»Ich will überhaupt nichts *beweisen*. Ich will nur keine bevorzugte Behandlung, das ist alles. Ganz oder gar nicht. Vielleicht wird das anders sein, wenn ich wieder in der normalen Welt bin. Aber hier draußen zieh ich die Sache von A bis Z durch.«

Sein Aufbrausen besänftigte Swagger. Er hatte schon vielen Jungen gut zureden müssen, wenn ihnen die Scheiße um die Ohren flog. Er hatte sie dazu gebracht, sich in Bewegung zu setzen, selbst wenn es das Letzte war, was sie wollten. Kein einziger seiner Aufklärer war in einem Leichensack gelandet, und er hatte weniger junge Marines verloren, als manch anderer von sich behaupten konnte. Aber dieser sture Junge verblüffte ihn ständig aufs Neue. Er war der Einzige von ihnen, der *früher* aufstand als er selbst und der vor Missionen *nie* einen Fehler bei der Überprüfung der Ausrüstung machte.

»Donny, keiner wird je behaupten, dass du dich gedrückt

hast. Ich versuch bloß, dir 'ne Chance zu geben, Junge. Hat keinen Sinn, bei dieser Sache draufzugehen. Das wird 'ne Bob-Show. Für genau so was hat man den alten Bob hergebracht. Das ist hier kein College-Football.«

»Ich geh mit. Verdammt noch mal, wir beide sind Sierra-Bravo-Vier, also geh ich mit.«

»Mann, bist du sicher, dass du in der richtigen Generation geboren wurdest? Du gehörst zum alten Schlag, du zäher Hund, zusammen mit meinem toten alten Herrn. Okay, packen wir unser Zeug. Gib's an die Basis durch. Ich werd mit dem Kompass unseren Kurs zu diesem Planquadrat bestimmen, und hinterher spendier ich dir 'n Steak und 'ne Kiste Jack Daniel's.«

Donny nutzte den Moment, um seinen Boonie-Hut abzunehmen und das in Cellophan gewickelte Foto von Julie herauszuholen.

Er starrte es an, während die Regentropfen sich auf dem Plastik sammelten. Sie sah so trocken aus und schien so weit weg zu sein. Er sehnte sich nach ihr. Drei Monate und ein paar Tage bis zur Abberufung. Er würde nach Hause kommen.

Oh Baby, dachte er, *oh Baby, ich hoffe, du bist jetzt bei mir. Bei jedem Schritt.*

»Gehen wir, Dicker«, sagte Bob der Henker.

KAPITEL 10

Nach einer gewissen Zeit fühlte Donny nichts mehr. Die Schmerzen waren vorbei. Außerdem war er, wenn auch nur vorübergehend, frei von Angst. Auf der von Swagger mit dem Kompass ermittelten Route bewegten sie sich auf rutschigem Untergrund von Wegpunkt zu Wegpunkt. Der Regen wurde so heftig, dass man manchmal kaum atmen konnte. Einmal fand er sich zu seiner Verblüffung auf der Kuppe eines flachen Hügels wieder. Wann waren sie heraufgekommen? Er hatte keine Erinnerung an den Aufstieg. Er wusste nur, dass der Mann vor ihm ihn ständig weiterzog, ihn antrieb. Bob der Henker interessierte sich weder für seine eigenen noch für Donnys Schmerzen, weder für die Angst oder den Schlamm noch die Mühen des immer steileren Anstiegs.

Nach einer Weile erreichten sie ein Tal und fanden dort das typische vietnamesische Gelände mit durch Deiche voneinander abgetrennten Reisfeldern vor. Die Deiche waren beschissen schlammig, und nachdem sie ein paar Minuten auf ihnen gelaufen waren, merkten sie, dass sich die Fortbewegung auf ihnen langsam und tückisch gestaltete. Swagger machte sich nicht die Mühe, ein Wort darüber zu verlieren. Er hob einfach das Gewehr über den Kopf, sprang vom Deich und kämpfte sich durch das Wasser voran, wobei er den Schlamm aufwirbelte.

Es machte so oder so keinen Unterschied. Sie waren so durchnässt, dass es keine Rolle spielte. Aber auch das Wasser war trüb und schlammig, und bei jedem Schritt saugten sich Donnys Stiefel im Schlammboden fest. Die Füße wurden ihm zunehmend schwerer. Der Regen fiel dichter und dichter. Donny wurde sekündlich nasser, erschöpfter, verzweifelter, einsamer.

Jeden Moment konnten sie irgendeinem Glückspilz vor den Karabiner laufen, der sie mit Kugeln durchlöcherte, nur um seinen lokalen Kader zu beeindrucken. Aber der Regen klatschte so erbarmungslos vom Himmel, dass er selbst die Vietcong und die Haupteinheiten der NVA dazu veranlasste, in Deckung zu bleiben.

Sie bewegten sich durch eine völlig menschenleere Landschaft. Der Nebel wallte und waberte. Einmal teilten sich die Dunstschleier und gaben den Blick auf ein Dorf frei, das einen Klick entfernt unter ihnen am Fuß des Hügels lag. Donny stellte sich vor, wie es in den warmen kleinen Hütten zugehen musste: die kochende Suppe, in der Kutteln, klein geschnittene Rinderbrust und Fischköpfe schwammen. Der Gedanke an warmes Essen ließ ihn fast ohnmächtig werden.

Ist egal, redete er sich ein. *Denk an Football. Denk an das Training im August. Denk an … denk an … denk daran, wie du im Match gegen die Gilman High den Ball gefangen hast. An das dritte und vierte Quarter. Wir haben sie nie geschlagen. In dem Spiel standen sie ganz kurz davor, aber dann geriet unser Triumph ins Stocken. Denk dran, wie du dich beim Tight End aufgestellt hast, nicht beim Runningback, weil du die besten Hände im Team hast. Denk an Julie, die damals Cheerleaderin gewesen ist, an ihr besorgtes Gesicht.*

Denk dran, wie albern das alles war! Es kam uns in diesem Moment so wichtig vor, die Gilman zu schlagen! Wieso wollten wir das unbedingt? So was Lächerliches! Dann wusste Donny wieder, warum es ihnen so viel bedeutet hatte. Gerade *weil* es so albern war. Weil es so wenig bedeutete, bedeutete es ihnen so unglaublich viel.

Denk dran, vom Standard abzuweichen, innen anzu-täuschen und dann schräg zur Seitenlinie zu laufen, während Vercolone, der Quarterback, aus seiner Ecke kommt und auf dich zuläuft. Er holt aus und wirft. Denk an den Ball in der Luft. Denk dran, wie er auf dich zufliegt. Vercolone hat dich reingelegt, der Ball ist außer Reichweite. Es gibt kein Geräusch, kein Gefühl, nur den Ball, der an dir vorbeisaust. Erinner dich dran, wie du in der Luft bist.

Das war das Seltsame an der Sache. Er hatte keine Ahnung, wann und wie er gesprungen war. Es war einfach passiert – eine dieser instinktiven Bewegungen, bei denen der Computer im Kopf die Regie über den restlichen Körper übernimmt.

Er wusste noch, wie er sich in der Luft angespannt hatte, eine Hand in Richtung Horizont gestreckt, dann das Klatschen des Aufpralls, als der Ball seine Finger streifte, er erneut hochsprang und scheinbar endlos im Flug stillzustehen schien.

Nun stand er kurz davor, ihn zu verpassen, aber er schaffte es irgendwie, sich in der Luft zu drehen, ihn mit der Brust abzufangen und mit der anderen Hand festzuhalten, ihn an sich zu drücken, als er mit einem dumpfen Schlag auf dem Boden aufkam. Und durch die Hilfe Gottes, der offenbar Sportskanonen liebte, sprang der Ball nicht weg, er hatte ihn gefangen und einen First Down erzielt. Drei Spielzüge später machten sie den entscheidenden Punkt und gewannen das Spiel, schlugen zum ersten Mal seit Menschengedenken ihren alten Erzfeind.

Oh, wie gut das getan hatte! Es hatte so verdammt gutgetan.

Die Wärme dieses Augenblicks überwältigte ihn erneut. Dieser bedeutungslose Triumph gab ihm ein Quäntchen Energie zurück. Vielleicht schaffte er es wirklich.

Aber dann schlug er hin, zappelte, spürte, wie ihm das Wasser in die Lunge lief. Er kämpfte sich hoch, hustete Büffelscheiße und eine gefühlte Million Pantoffeltierchen

167

aus. Mit rauem Griff wurde er nach oben gezogen, zitternd wie ein nasser Hund. Es war natürlich Swagger.

»Komm schon«, rief Bob gegen das Getöse des Regens an. »Wir haben die Reisfelder fast hinter uns. Dann sind da nur noch ein paar Hügel, ein Fluss und ein beschissener Berg. Mann, das macht richtig Spaß, was?«

Wasser. Laut Karte hieß dieser Fluss Ia Drang. Es gab keine andere Bezeichnung für ihn, nur eine schnörkelige schwarze Linie auf dem Papier, die wenig über ihn verriet. In der Realität entpuppte er sich als braune, breite Naturgewalt, die über die Ufer getreten war und eine schnelle, tödliche Strömung entwickelt hatte. Der Regen prasselte auf die aufgewühlte Wasseroberfläche wie Maschinengewehrfeuer.

»Weißt du was?«, fragte Swagger. »Du hast 'n neuen Job.«

»Hä?«

»Du hast 'n neuen Job. Du bist jetzt Rettungsschwimmer.«

»Wieso?«

»Weil ich schwimm wie der letzte Arsch«, erwiderte Swagger mit breitem Grinsen.

»Na toll. Ich kann's auch nicht gut.«

»Oh, das wird so richtig scheiße. Verdammt, Mann, wieso hast du so drauf bestanden, mitzukommen?«

»Ich hatte mir 'n Moment lang eingebildet, ich sei wichtig.«

»Die Denkweise bringt einen immer nur ins Grab. Na, schauen wir mal, ob wir 'n bisschen Holz auftreiben oder was Ähnliches.«

Sie schritten das gefährliche Flussufer ab und gelangten bald in ein ausgebombtes Dorf. Die Kampfhubschrauber und Phantoms hatten es ziemlich in die Mangel genommen. Nichts konnte dieses Inferno überlebt haben. Kein Gebäude stand mehr: nur noch Holz und Aschehaufen, die im Regen zu Schmiere verschwammen, überall Krater, ein langer Streifen verbrannter Vegetation, dort, wo das Napalm heruntergekommen war und alles ausgelöscht hatte, was es berührte. Ein Kochtopf lag auf der Seite, aufgespießt von einer Maschinengewehrkugel, die daraus hervorragte wie eine gezackte Blüte. Verbrennungsgestank haftete trotz des Regens am Boden. Es gab keine Leichen, aber kurz außerhalb der Todeszone hatte man ein paar frische Gräber ausgehoben, auf denen nach buddhistischem Brauch tote Weihrauchzweige in billigen schwarzen Gläsern steckten. Zwei der Gräber schienen sehr, sehr kleine Körper zu beherbergen.

»Ich hoffe, das waren Feinde«, sagte Donny mit Blick auf den neu entstandenen Friedhof.

»Wenn wir diesen verschissenen Krieg richtig führen würden«, erwiderte Swagger, »hätten wir *gewusst,* ob das Feinde sind, weil wir hier Leute gehabt hätten, direkt vor Ort. Nicht diese Scheiße hier. Nicht einfach mit maximaler Feuerkraft alles plattmachen. Niemand sollte sterben müssen, nur weil er zur falschen Zeit am falschen Ort ist und irgendein Navy-Pilot noch 'n paar Bomben übrig hat, mit denen er nicht auf 'nem Flugzeugträger landen will.«

Donny schaute ihn an. Während der letzten fünf Monate hatte Bob sich nie über die Art und Weise geäußert, wie der Krieg geführt wurde, welcher Preis dafür gezahlt wurde, wer dabei ums Leben kam und warum das alles passierte. Seine Expertise bestand in der Durchführung von Missionen und in engem Zusammenhang damit im Überleben: wie man es anpackte, wo man sich versteckte, wie man Fährten las, worauf man schoss, wie man tötete, wie man den Job erledigte und heil zurückkehrte.

»Tja, keiner wird's je erfahren, so viel ist mal verdammt

sicher«, fuhr Bob fort. »Es sei denn, du kommst aus diesem Drecksloch raus und erzählst es ihnen. Verstanden, Dicker? Das wird dein nächster Job: Du bist Zeuge. Kapiert?«

Auch das kam ihm bekannt vor. Woher stammte das? Was bedeutete es? Was klang daran so richtig, als ob es eine bekannte Melodie sei, nur auf einem anderen Instrument gespielt?

»Ich werd's ihnen sagen.«

»Ich bin nämlich zu dumm, um's ihnen zu sagen. So 'nem Hinterwäldler wie mir hört keiner zu. Dir werden sie zuhören, Junge, denn du hast der elenden Bestie ins Auge geblickt und es heil überstanden. Kapiert?«

»Kapiert.«

»Gut. Dann lass uns mal 'n bisschen Holz auftreiben und 'ne Arche Noah bauen.«

Sie wühlten in den Ruinen herum und hatten nach kurzer Zeit sieben brauchbare Holzstücke gefunden. Bob verschnürte sie clever auf Pfadfinderart mit der schwarzen Seilrolle aus seiner Ausrüstung. Er band ihre Gewehre, die Kampftaschen und Gurte, alle Granaten, die Kartentasche, die Feldflaschen, das PRC-77, die Leuchtpatronen, die Leuchtpistole und die Pistolen daran fest.

»Okay, du kannst also wirklich nicht schwimmen?«

»Es reicht, um mich gerade so über Wasser zu halten.«

»Na ja, ich kann's auch 'n kleines bisschen. Wir machen's so: Du hältst dich an dem Teil fest und strampelst ordentlich. Ich geh auf die andere Seite. Halt den Kopf über Wasser und hör nicht auf, egal was passiert. Und lass auf keinen Fall los. Sonst reißt dich die Strömung weg und ersäuft dich wie 'n armen kleinen Hundewelpen. Und keiner wird sich an deinen Namen erinnern, bis sie ihn auf irgend so 'n Denkmal schreiben, wo die Tauben draufkacken. Hübsche Vorstellung, was?«

»Sehr hübsch.«

»Also, gehen wir's an, Dicker. Bist grad zum U-Boot-Kapitän befördert worden.«

Das Wasser war schrecklich kalt und die Strömung furchtbar stark. Im ersten Moment geriet Donny in Panik, zappelte und riss das klapprige Floß beinahe um. Nur Bob, der auf der anderen Seite dagegenhielt, hielt sie über Wasser. Das Floß wurde sofort von der Geschwindigkeit und Wildheit des Flusses erfasst und trieb diagonal auf das andere Ufer zu. Donny klammerte sich verzweifelt mit beiden Händen an das von Bob gebastelte Tauwerk. Er fühlte, wie er mitgerissen wurde; die Kälte war überall. Seine Füße strampelten, ohne Halt zu finden. Er sackte etwas tiefer, bekam Wasser in die Kehle und hustete, wand sich wie eine Robbe, um nicht unterzugehen.

Überall war das kalte Nass, über ihm und unter ihm. Sein Kinn schwappte darin und aus dem grauen Himmel prasselte es ihm mit unbarmherziger Wucht in Augen und Gesicht.

»Strampeln, verdammt!«, hörte er Bob schreien. Er fing an, die Beine in einem seltsamen Rhythmus so ähnlich wie beim Brustschwimmen zu bewegen. Ihr Wasserfahrzeug schob sich kaum merklich voran.

Aber bald kam ein Moment, in dem er um sich herum gar nichts mehr wahrnahm. Der Nebel verhüllte die Landschaft und er bekam das Gefühl, durch einen Ozean zu schwimmen, mindestens den Ärmelkanal – eine Reise ohne Anfang und Ende. Das Wasser lockte ihn in die Tiefe, in komplette Schwärze und Gefühllosigkeit. Er spürte, wie es an ihm zerrte und sich anschickte, in Kehle und Lunge einzudringen. Es stank nach Napalm, Schießpulver, Flugzeugtreibstoff, Büffelscheiße, nach Bauern, die einem tagsüber Cola verkauften und nachts den Hals durchschnitten, nach toten Kindern in Schützengräben, brennenden Dörfern, Beschuss durch eigene Truppen, nach dieser ganzen beschissenen Lawine, die sich im Laufe der letzten acht Jahre angestaut hatte. Und wer war er, sich dagegen zur Wehr setzen zu wollen? Nur ein kleiner Soldat, ein Lance Corporal und ehemaliger Corporal mit fragwürdiger Vergangenheit. Die Situation kam ihm unüberwindbar vor, so undurchsichtig wie die Geschichte selbst.

»Kämpf dagegen an, verflucht noch mal!«, kam Swaggers Ruf von der anderen Seite, und dann wusste er, wer Bob war.

Bob war Trigs Bruder im Geiste.

Auf absurde Weise schien es sich bei Bob und Trig beinahe um denselben Mann zu handeln. Trotz ihrer unterschiedlichen Herkunft waren sie als Helden des Kriegsalltags durch ihre DNA dazu bestimmt, Taten zu vollbringen, die andere überforderten. Zu Helden zu werden für die Sache, der sie ihr Leben verschrieben hatten, und sich für immer und ewig in die Erinnerung einzubrennen. Sie waren wie Odin und Zeus. Auf gefährliche Weise besonders. Sie brachten zu Ende, was sie anfingen, verfügten über eine unglaubliche Kraft und Vitalität. Der Krieg würde sie letztlich umbringen. Deshalb hatten sie *beide* ihn aufgefordert, Zeuge zu werden, wie er nun begriff. Seine Aufgabe bestand im Überleben, um anderen von den Taten der zwei verrückten Brüder Bob und Trig berichten zu können, die der Krieg erst vereinnahmt und dann verschlungen hatte.

Trig war tot. Trig hatte sich an der University of Wisconsin in die Luft gesprengt, zusammen mit einem bedauernswerten wissenschaftlichen Mitarbeiter, der in dieser Nacht zufällig noch über seinen Unterlagen gebrütet hatte. Man hatte Trigs Leiche zerschmettert und zerfetzt vom Sprengstoff entdeckt.

Es hatte ihn für kurze Zeit berühmt gemacht und für spektakuläre Schlagzeilen gesorgt: ›Harvard-Absolvent stirbt bei Explosion‹, ›Spross der Familie Carter begeht

172

Selbstmord mit Bombe‹, ›Trig Carter, der sanftmütige Vogelmaler, ist für den Frieden zum Märtyrer geworden‹.

Seine Mission hatte Trig das Leben gekostet, und das hatte er von Anfang an gewusst. Das hatte er mit seinen Worten in ihrer letzten gemeinsamen Nacht andeuten wollen; jetzt begriff er. Er *musste* es schaffen, musste heimkehren, um die Geschichte von Trig und seinem verrückten Bruder Bob zu schildern, die der Krieg aufgefressen hatte, jeden auf seine Weise. Fand das denn nie ein Ende?

Jemand hielt ihn fest. Er schluckte und schaute genauer hin. Es war Swagger, der ihn aus dem Wasser ans Ufer schleifte, wo er keuchend vor Erschöpfung liegen blieb.

»Endstation«, japste Bob. »Alle Mann aussteigen.«

Nach dem nassen Fluss und dem nicht weniger nassen Regen erreichten sie schließlich den Berg. Kein besonders großes Exemplar. Donny hatte in seiner Zeit in der Wüste größere gesehen, ein paar davon sogar bestiegen. Swagger behauptete, ebenfalls aus einer bergigen Gegend zu stammen. Aber Donny hatte nie von Bergen in den Südstaaten gehört, in Oklahoma, Arkansas oder aus welchem mysteriösen Hinterwäldlerkaff dieser Scharfschütze auch stammen mochte.

Dichtes Laub bedeckte den kargen felsigen Untergrund. Die Anhöhe ließ sich noch aus Hunderten Metern Entfernung gut einsehen. Sie waren vom Regen in die Traufe gekommen.

»Herrgott noch mal«, murmelte Donny mit einem Blick auf den Steilhang. Zeit besaß keine Bedeutung mehr. Der Abend schien anzubrechen, aber es hätte ebenso gut die Morgendämmerung sein können. Er spähte nach oben. Wasser prasselte ihm ins Gesicht.

»Innerhalb der nächsten zwei Stunden will ich zumindest bis auf halbe Höhe raufkommen«, kündigte Bob an.

»Ich glaub nicht, dass ich das schaffen werde«, würgte Donny hervor.

»Ich glaub auch nicht, dass ich das schaffe. Und was noch schlimmer ist, wenn dieses bescheuerte Bataillon von der Hauptstreitkraft hier in der Gegend auf dem Weg zum Basiscamp liegt, haben die mit Sicherheit Späher. Um sich genau solche Jungs wie uns vom Hals zu halten.«

»Ich schaff das nicht«, wiederholte Donny.

»Ich schaff's auch nicht. Aber es muss gemacht werden, und ich seh hier keine zwei anderen Jungs, du etwa? Falls ich hier zwei andere sähe, würd ich die das übernehmen lassen, das kannst du mir glauben.«

»Oh, Scheiße«, brachte Donny nur hervor.

»Na ja, sieh's mal so. Wir haben's nur hergeschafft, weil wir mitten durch den Monsunregen gelatscht sind. Wenn wir zurückgehen und der Regen aufhört, wird der Vietcong aus der Deckung kommen. Er wird uns finden. Er wird uns töten. Wir sind einfach so auf seinen Hof marschiert, das dürfte ihn gewaltig anpissen. Also müssen wir's bis zu diesem Special-Forces-Camp schaffen, sonst krepieren wir hier draußen auf jeden Fall. Genau so tief ist die Scheiße, in der wir sitzen, und mehr gibt's da nicht zu sagen!«

Er grinste, nicht aus Freude oder aus Häme, sondern eher, weil er viel zu erschöpft war, um etwas anderes zu tun.

»Ich wünschte, ich hätte 'ne Dexedrin«, schob er hinterher. »Aber ich halt nichts von dem Scheiß. Als ich von meiner zweiten Dienstzeit hier zurückkam, hatte ich 'n Affen, der war so groß wie 'n Gorilla. War 'ne höllische Plackerei, den haarigen Bastard wieder loszuwerden. Das hat echt keinen Spaß gemacht.«

Dieser Mann war nicht *in* Vietnam; auf gewisse Weise *war* er Vietnam. Er hatte alles schon mitgemacht: Feinde aus der Ferne ausschalten, Überraschungsangriffe, Hügel einnehmen, Aufklärungsmissionen anführen, für den Geheimdienst arbeiten, ARVN-Einheiten beraten, Verhöre führen, Analysen erstellen. Er war an Tausenden Feuergefechten beteiligt gewesen, hatte wer weiß wie viele Menschen getötet, Krankenhäuser besucht und mit Generälen verhandelt. Swagger verkörperte eine Hälfte dieser ganzen verdammten Generation.

Eine Information war neu, wenn sie ihn auch nicht sonderlich überraschte: Er war ein Speedfreak gewesen. Vielleicht hatte er auch Heroin genommen, sich einen Tripper eingefangen oder ein Tattoo stechen lassen, Gefangene ermordet. Er *war* Trig, zumindest in der Hinsicht, dass er alles unternommen hatte, um den Krieg zu gewinnen, während Trig in seinem eigenen Paralleluniversum alles unternommen hatte, um ihn zu beenden. Ein wütender, unerbittlicher Feldzug, basierend auf der längst überholten Vorstellung, dass ein einzelner Mann etwas ausrichten konnte.

»Du erinnerst mich an jemanden«, verriet Donny.

»Ach ja? Bestimmt irgendein Landei aus dem Radio. Lum, oder der andere, Abner? Die kommen aus meiner Stadt.«

»Nein, ob du's glaubst oder nicht, an einen Hippie.«

»Ach, 'n Kommunist. Hatte bestimmt lange Haare und hat ausgesehen wie Jesus. Ich wette, seine Scheiße hat nach Rosen geduftet. Meine nicht, Dicker, garantiert nicht.«

»Nee. Er war so wie du, ein Held. Er war bedeutender als der Rest von uns. Er war 'ne Legende.«

»Um 'ne Legende zu sein, muss man doch tot sein, oder? Gehört das nicht dazu?«

»Er ist tot.«

»Er hat's hingekriegt, beim Demonstrieren gegen den Krieg draufzugehen? Tja, dafür muss man wohl wirklich 'n

Genie sein. Und an den erinner ich dich? Junge, du musst dir 'n ganz schönes Dschungelfieber eingefangen haben.«

»Er wollte einfach nicht aufhören. Das wäre nicht seine Art gewesen.«

»Tja, aber ich kann aufhören, Dicker. Noch dieser eine Auftrag, dann mach ich für den Rest meines Lebens Schluss. Und jetzt lass uns zusehen, dass wir weiterkommen.«

»Welche Richtung?«

»Wenn wir die Serpentinen raufgehen, stoßen wir mit denen zusammen. Es gibt nur eine Möglichkeit. Steil nach oben.«

»Shit.«

»Wir essen erst mal was. Zeit für 'n Picknick. Das wird deine letzte Mahlzeit – entweder bis die Sache vorbei ist oder bis du gekillt wirst und im Himmel 'n schönes Steak bekommst. Leg deine Rationen, die Feldflaschen und die Kampftasche ab. Benutz später deinen Klappspaten. Winkel ihn an. Wir benutzen ihn, um uns raufzuziehen, kapiert?«

»Ich weiß nicht ...«

»Klar kapierst du's. Schau her.«

Schnell und geschickt legte er den Großteil seiner Ausrüstung ab; alles bis auf die Waffen. Er fischte eine Ration aus seinem Rucksack und benutzte den Dosenöffner, um die kalten Eier und den Schinken zu verquirlen. Dann schlang er es hinunter.

»Mach schon, Zeit, was zu futtern. Iss was.«

Donny tat es ihm nach und verdrückte das gegrillte Schweinefleisch – kalt, aber würzig.

»Wenn wir fertig sind, gibst du mir das Funkgerät. Ich hab nicht so viel zu schleppen wie du.«

»Dann nehm ich dein Gewehr.«

»'n Scheiß wirst du tun. Niemand außer mir fasst das Gewehr an.«

Natürlich. Die Grundregel. Er erinnerte sich noch, wie Swagger zu ihm gekommen war, als er in seiner dritten Woche in Dodge City etwas verloren auf einem vorgezogenen Beobachtungsposten gesessen und Wache geschoben hatte.

»Bist du Fenn?«

»Äh, ja. Äh, Sergeant ...?«

»Swagger. Ich bin Swagger. Der Scharfschütze.«

Donny hielt für einen Moment den Atem an. Im Dunkeln konnte er ihn kaum erkennen: nur ein grimmig dreinschauendes Phantom von einem Mann, der mit schwerem Südstaatenakzent sprach. Bob der Henker – der, auf den 15.000 Piaster Kopfgeld ausgesetzt waren und der über 30 Abschüsse hatte. Donny bemerkte, dass es still geworden war, dass sich die anderen Männer aus Furcht oder Respekt vor Bob dem Henker selbst das Atmen verkniffen. Obwohl er die Augen des Scharfschützen nicht sehen konnte, wusste Donny, dass der andere ihn anfunkelte, ihn quasi mit Blicken verschlang.

»Meinen Aufklärer haben gerade die Sanis weggeschleppt, mit 'nem Loch im Bein«, sagte der Scharfschütze. »Ich such 'n Ersatzmann. Du bist 'n sehr guter Schütze. Hast die höchste GCT-Punktzahl in Dodge. Eine Sehschärfe von 100 Prozent. Du hast schon 'ne Einsatzzeit hinter dir und 'ne Medaille bekommen. Bist also schon beschossen worden und nicht in Panik geraten. Aber das allein heißt noch nichts. Du warst an der 8th und First. Was bedeutet, dass du den ganzen zeremoniellen Kram mitgemacht hast und genug Geduld für Detailarbeit mitbringst. Du wärst dazu in der Lage, als unsichtbarer Teil eines Teams zu arbeiten. Genau so was brauche ich. Interesse?«

»Ich? Äh ...«

»Es hat seine Vorteile. Ich kann dir Steaks und so viel Bourbon besorgen, wie du saufen kannst. Wenn wir nicht im Einsatz sind, leben wir wie die Könige. So 'n Dreck wie Nachtwachen, Überfallpatrouillen, vorgeschobene Beobachtertrupps oder Scheiße verbrennen halt ich dir vom Hals. Du wirst genug Rock'n'Roll kriegen. Die schlechten Nachrichten kommen gleich hinterher. Erstens: Du fasst das Gewehr nicht an. Niemand fasst das Gewehr an. Zweitens: Du nimmst keine Drogen. Wenn ich dich high erwische, lass ich dich unter Bewachung nach Hause verschiffen und du kannst zwei Jahre in Portsmouth absitzen. Drittens: Du nennst niemanden Schlitzauge oder Reisfresser. Die Soldaten hier sind die besten der Welt. Und sie werden siegen. Wir töten sie, aber, bei Gott, wir töten sie mit Respekt.

Diese drei Regeln sind die einzigen, aber an die wird sich gehalten, ohne zu mosern. Oder du bleibst hier in diesem Kackloch sitzen und wartest, bis dich 'ne Mörsergranate erwischt. Und irgendwie hab ich das Gefühl, dass du bei jeder Scheißeverbrennung, jeder beschissenen Patrouille und jedem miesen Drecksjob die Nummer eins auf der Liste sein wirst. Ich hoffe, du magst den Gestank von brennender Scheiße, denn davon wirst du dann mehr als genug kriegen.«

»Ich hatte zu Hause 'n paar Probleme«, gab Donny zu bedenken. »Hab 'nen fiesen Eintrag in meine Akte bekommen. Weil ich nicht ›kooperiere‹.«

»Hab's schon an deiner Jacke gesehen. Irgendeine Befehlsverweigerung? Hast deinen Dienstgrad verloren. Hey, Junge, das hier ist nicht die normale Welt. Das ist Vietnam, schon gemerkt? Das ist mir alles scheißegal, hast du gehört? Wenn du die Jobs, die ich dir gebe, 100-prozentig ausführst, steh ich auch 100-prozentig hinter dir. Du gehst vielleicht drauf, du wirst hart arbeiten, aber du wirst auch deinen Spaß haben. Leute zu töten macht 'ne *Menge* Spaß. Also, bist du dabei oder was?«

»Schätze, ich bin dabei.«

Es dauerte nur eine halbe Stunde, und schon war Donny vom regulären Dienst befreit. Er zog in den Scharfschützen-Aufklärer-Gruppenraum, zusammen mit S/Sgt. Swagger NCOIC – oder wie manche ihn auch nannten: NCGIC, *Non-Commissioned God in Charge*, ›Unteroffizier und Gott‹ Swagger, dessen Wort scheinbar das einzige war, das etwas zählte.

Bis jetzt hatte er sich stur an die Regeln gehalten. Er hatte jede der M118-Patronen, die Bob mitführte, gewogen, um das Risiko eines Herstellerfehlers in Lake City auszuschließen, das etwa bei eins zu einer Million lag. Er hatte Bobs 45er, seine .380 und die ›Fettpresse‹ sowie sein eigenes M14 und seinen 45er gereinigt. Er putzte und trocknete die Dschungelstiefel. Vor jeder Mission legte er die Ausrüstung bereit und setzte sie zusammen. Er polierte das Objektiv des Spektivs. Er überprüfte die Splinte der Granaten, suchte nach Schimmel in den Plastikfeldflaschen, wienerte die Messingteile an den Waffen auf Hochglanz. Er kümmerte sich um die Wäsche, arbeitete sich in die Berechnung von Höhen- und Seitenwinkeln und die Entfernungsabschätzung ein, bewahrte die Zielmarkierungskarten auf, schrieb die Einsatzberichte, studierte die Karten der Einsatzgebiete wie eine heilige Schrift. Er sicherte ihre Flanken und tötete einmal zwei Vietcong, die versuchten, sich Bobs Position von der Seite zu nähern. Er schaffte sich das Funkprotokoll und die Wartung des PRC-77 drauf, schuftete wie ein Verrückter und hatte noch nie eine der drei Regeln gebrochen.

Nur Bob fasste das Gewehr an. Bob nahm es nach jeder Mission auseinander, reinigte es bis in den letzten Winkel, schrubbte es trocken, schoss es neu ein. Er behandelte es wie ein Baby oder eine Geliebte. Er und nur er durfte dieses Gewehr berühren und tragen.

»Es geht nicht darum, dass ich dir nicht traue. Oder dass

ich befürchte, dass du's fallen lässt, es sich verstellt, du's mir nicht sagst, ich danebenschieße und dann jemand, ich selbst wahrscheinlich, draufgeht. Es ist bloß 'ne einfache, klare, starke Grundregel, die uns beiden hilft: Keiner fasst das Gewehr an, außer mir. Gute Zäune machen gute Nachbarn. Schon mal gehört?«

»Ich glaub schon.«

»Tja, die Gewehrregel ist mein persönlicher Zaun. Hast du kapiert?«

»Hab ich. Voll und ganz, Sergeant.«

»Sergeant nennst du mich nur vor den Berufssoldaten hier in Dodge. Im Einsatz nennst du mich Bob oder Swagger ... oder denk dir selbst was aus. Nenn mich im Einsatz nicht Sergeant. Vielleicht hört dich einer von diesen Jungs und beschließt dann, mich abzuknallen, weil er gehört hat, wie du mich Sergeant genannt hast. Geschnallt, Dicker?«

»Ja.«

Und Donny hatte weder diese Regel noch irgendeine der anderen vergessen – bis jetzt.

»Hab's vergessen«, sagte er im Regen zu Swagger. »Das mit dem Gewehr.«

»Verdammt, Fenn, ich fing grad an, dich zu mögen. Ich dachte schon, das klappt mit dir«, gab Bob mit sanftem Spott zurück. Aber dann kam er wieder auf ihre Mission zu sprechen: »Okay, hast du fertig gegessen? Ist dein ganzer Kram gut verschnürt? Jetzt geht's los. Über den Hügel, an ihren Sicherheitsleuten vorbei und dann ein bisschen schlafen. Morgens geht's dann los mit der Schießerei.«

Bob ging voran, nur mit der Streifentarnuniform und dem Boonie-Hut bekleidet. Das Gewehr hatte er sich mit der Mündung nach unten auf den Rücken geschnallt. Er hielt die M3-›Fettpresse‹ in der einen und den Klappspaten in der anderen Hand und setzte das Werkzeug als eine Art

Kletterhaken ein, versenkte es hinter Baumwurzeln oder im Gestrüpp, um auf dem steilen Hang Meter für Meter voranzukommen. Er bewegte sich langsam, ruhig und besonnen. In der zunehmenden Dämmerung regnete es immer noch in Strömen. Die Tropfen prasselten auf die Blätter und in den Schlamm.

Wie konnte es derart lange so heftig regnen? Ließ Gott die Welt untergehen, spülte er Vietnam und alle Sünden, alle Greueltaten, alle Arroganzen und Dummheiten einfach weg? So kam es ihm zumindest vor.

Donny lief 50 Meter weiter links und wendete die gleichen Tricks an. Er hielt sich hinter Swagger und achtete darauf, nicht zu weit vorzudringen. Bob war für die Beobachtung des rechten vorderen Abschnitts, Donny für die linke hintere Flanke verantwortlich.

Aber er entdeckte nichts. Er fühlte nur die beißende Kälte des Regens und spürte das Gewicht des M14, eines der wenigen Exemplare, die es in Vietnam noch gab. Für diesen Job wäre das überwiegend aus Kunststoff gefertigte M16-Sturmgewehr viel besser geeignet gewesen. Aber Bob hasste die Dinger. Er nannte sie ›Pudelbüchsen‹ und erlaubte niemandem in seiner Einheit, sie zu tragen.

Von Zeit zu Zeit brachte Bob ihn mit erhobener rechter Hand zum Stehen. Dann warfen sich beide Männer flach auf den Boden, versteckten sich im Laubwerk, krallten sich verzweifelt am Abhang fest und warteten. Aber jedes Mal stellte sich das, was Bob bemerkt hatte, als unbedeutend heraus. Nach dem Fehlalarm setzten sie ihren langsamen, stetigen Aufstieg fort.

Zweimal überquerten sie Pfade, in die Vegetation geschnittene Serpentinen. Bob wartete volle fünf Minuten, bevor er den Weg fortsetzte, obwohl sie ihre Deckung nur für Sekunden verlassen mussten.

Die Dunkelheit kam. Es wurde immer schwerer, etwas zu

erkennen. Der Dschungel, der bei der Kletterei schon alles andere als angenehm war, schien noch dichter zu werden. Einmal verlor Donny Bob kurz aus den Augen. Ein Anflug von Panik überkam ihn. Was, wenn er sich verirrte? Was sollte er dann tun? Etwa in diesen gespenstischen Bergen umherwandern, bis sie ihn entweder erwischten und töteten oder er nicht mehr weitergehen konnte und verhungerte?

Ihr Jungs kommt euch wohl ganz schön hart vor, hörte er von irgendwoher. Dann wurde ihm bewusst, dass es sich nur um eine Erinnerung an einen höhnischen Football-Coach handelte, dem er an irgendeinem Punkt seiner komplizierten Sportlerlaufbahn begegnet war.

Nein, wir kommen uns nicht hart vor, dachte er. *Wir haben nie behauptet, hart zu sein. Wir haben uns einfach nur angestrengt, unseren Job zu erledigen, weiter nichts.*

Doch dann, als er zwischen den gummiartig riechenden Dornensträuchern hervorkam, die ihn verschluckt hatten, bemerkte er rechts von sich eine Gestalt. An der vorsichtigen, präzisen Art ihrer Bewegungen erkannte er, dass es Bob sein musste.

Er wollte aufstehen ...

Nein, nein ...

Bob hob hastig die Hand, signalisierte ihm, zurückzubleiben und ganz still zu sein. Er erstarrte und legte sich flach auf den Bauch. Bob tat dasselbe.

Donny wartete.

Nichts. Nur das Geräusch des Regens, gelegentlich ein Donnergrollen, ab und an ein Blitz in der Ferne. Es schien so ...

Als Nächstes nahm er eine Bewegung zu seiner Linken wahr. Er rührte sich nicht, atmete nicht.

Wie hatte Swagger das sehen können? Woher hatte er gewusst, dass sie kamen? Was hatte sie verraten? Ein Schritt weiter und alles wäre vorbei gewesen. Aber irgendwie,

durch Instinkt oder die übernatürlich scharfen Raubtier-
sinne, über die er verfügte, hatte Bob rechtzeitig reagiert
und ihn dazu gebracht, sich ruhig zu verhalten und reglos
zu verharren – Sekunden vor ihrem Eintreffen.

Die Männer gingen an ihm vorbei, nicht mehr als drei
Meter entfernt. Sie glitten mit Leichtigkeit durch Laubwerk
und Unterholz. Er konnte sie riechen, noch bevor er sie sah.
Sie rochen nach Fisch und Reis, denn daraus bestanden ihre
Mahlzeiten. Gedrungene, krummbeinige Kerle, die Profis
der Armee der Demokratischen Republik Vietnam: ein
Späher, ein Truppführer und eine Reihe von Soldaten,
die sich vorsichtig weit oberhalb des letzten Pfades ihren
Weg durch den Dschungel bahnten, zwölf an der Zahl.
Unter ihren beigen Regenmänteln gingen sie in vorge-
beugter Haltung. Sie trugen dunkelgrüne Uniformen und
diese absurden Tropenhelme, schleppten AK-47-Gewehre
und vollständige Kampfausrüstung mit sich herum – Rucksäcke, Feldflaschen und Bajonette. Drei oder vier von ihnen
mühten sich mit den teuflischen RPG-40-Panzergranaten
auf dem Rücken ab.

Er war dem Feind noch nie so nahe gekommen. Sie
übten eine fast magische Anziehungskraft auf ihn aus, wie
mythische Wesen – die Geister so vieler Albträume in
leibhaftiger Gestalt. Sie jagten ihm Angst ein. Falls er sich
bewegte oder hustete, wäre alles vorbei. Dann würden sie
sich umdrehen und feuern, lange bevor er sein M14 schussbereit gemacht hatte. Ihm drängte sich die böse Vorstellung
auf, wie er hier oben durch die Hände dieser zähen, kleinen
Affenmänner starb, die sich so selbstsicher durch den
Dschungel und den Regen bewegten.

Als einer der Männer einen oder zwei Meter von ihm
entfernt das Schweigen brach, klang es fast so, als ob er mit
Donny sprach.

»Ăhn ỏi, mủa nhiêu qủa?«

»*Phâi roi, chăc không có ngủỏi mỹ dêm naỳ*«, kam die verbitterte Antwort seines Kumpels. Beide Stimmen besaßen den explosiven Klang der vietnamesischen Sprache, die für amerikanische Ohren so fremdartig wirkte – beinahe wie eine Abfolge von Rülpsern.

»*Bĩnh sĩ ôi, dung nôi, nghê*«, ertönte der scharfe Ruf des Führers der Einheit, eines Sergeants, der agierte wie alle Sergeants auf der Welt, egal in welcher Armee: Er rief seine aufmüpfigen Soldaten streng zur Ordnung.

In Dämmerlicht und Regen zog die Patrouille langsam weiter, bis sie hinter einer Biegung verschwand. Aber Bob ließ Donny noch gut zehn Minuten lang verharren, bevor er sein Okay gab – qualvolle Momente der Totenstille inmitten der nassen Kälte, die zu Verkrampfungen der Muskeln und zu Kopfschmerzen führte. Aber schließlich rührte sich Bob, also löste auch Donny sich langsam aus seiner Erstarrung und quälte sich weiter den Hügel hinauf.

Bob kam langsam zu ihm herüber.

»Alles okay?«

»Ja. Wie zum Teufel hast du die entdeckt?«

»Die Feldflasche des Spähers ist gegen sein Bajonett gestoßen. Das hab ich mitbekommen. Reines Glück, Mann. Das Glück ist mit den Dummen.«

»Wer waren die?«

»Der Flankenschutz von einem Bataillon der Hauptstreitkraft. Das heißt, dass wir nah dran sind. Die schicken Sicherheitsteams raus, wenn eine große Einheit durchkommt, genau wie wir. Der Sergeant hatte die Blitze vom Dritten Bataillon an der Uniform. Ich hab keine Ahnung, welches Regiment und so weiter, aber ich glaube, die größte Einheit hier in der Gegend war die 324. Infanteriedivision. Mann, wenn die morgen dieses Special-Forces-Camp plattmachen und der Regen nicht nachlässt, könnten die *übermorgen* schon in Dodge City sein.«

»Ist das 'ne Großoffensive?«

»Da gibt's einige neu gebildete Einheiten des Südens. Würde sie 'n ganzes Stück weiterbringen, denen in ihre ARVN-Ärsche zu treten.«

»Na toll. Ich frag mich, worüber die gesprochen haben.«

»Der Erste hat gesagt: ›Mann, dieser Scheißregen hört gar nicht mehr auf.‹ Sein Kumpel antwortete: ›Bei dem Wetter traut sich doch kein Amerikaner raus.‹ Und der Sergeant hat sie angeschrien: ›Hey, ihr dahinten, Schnauze halten und weitergehen.‹«

»Du sprichst Vietnamesisch?« Donny staunte.

»Hab einige Brocken aufgeschnappt. Nicht viel, aber genug, um zurechtzukommen. Komm schon, hauen wir hier ab. Wir müssen uns ausruhen. Morgen wird 'n großer Tag. Wir werden sie fertig machen. Darauf kannst du wetten, Marine.«

KAPITEL 11

Der vorgeschobene Stützpunkt Arizona steckte in großen Schwierigkeiten. Puller hatte bereits 19 Männer verloren. Der Vietcong hatte im Westen, ganz in der Nähe, Mörser aufgestellt und nahm sie so heftig unter Beschuss, dass er nicht manövrieren konnte. Spätestens am nächsten Tag rückte die feindliche Hauptstreitkraft hier ein. Und was er fast noch schlimmer fand: Er hatte Matthews mit einem vierköpfigen Angriffstrupp losgeschickt, um die Mörser auszuschalten, doch Matthews war nicht zurückgekommen. Jim Matthews tot! Drei Dienstzeiten in Vietnam, M/Sgt. Jim Matthews, Fort Benning, die ›Zone‹. Einer von den alten Hasen, die schon in Korea gekämpft und alles Mögliche durchgestanden hatten.

Der Zorn darüber schwelte tief in Major Pullers wütendem Hirn.

Das konnte doch alles nicht wahr sein! Verflucht sollten sie sein, es konnte nicht wahr sein.

Kham Duc befand sich in der Nähe von Laos, war aber trotzdem hermetisch abgeschottet. Seit Jahren wurden von dort aus Aufklärungstrupps über die Grenze geschickt. Durch den Schutzschirm der Luftstreitkräfte galt es als nahezu uneinnehmbar, also hatte die NVA sich bisher nicht die Mühe gemacht, Einheiten ihrer Hauptstreitmacht hierher vordringen zu lassen. Wo kam der Feind so plötzlich her? Puller fühlte sich wie General Custer, als ihm aufging, dass er es mit Hunderten, vielleicht Tausenden von Angreifern zu tun hatte. Warum zum Teufel mussten sie sich mit diesem beschissenen Wetter herumschlagen und wie bald traf dieses riesengroße, knallharte Bataillon hier ein?

Oh, er will uns haben. Er riecht unser Blut; er will uns.

Pullers Gegenspieler war ein gewiefter Taktiker namens Huu Co Thahn, ein Senior Colonel des Dritten Bataillons, 803. Infanterieregiment, 324. Infanteriedivision, Fünfter Stoßtrupp der Volksarmee. Puller kannte sein Foto, kannte seinen Lebenslauf: Er stammte aus einer wohlhabenden, kultivierten indisch-französischen Familie und besaß sogar einen Abschluss von der École Militaire in Paris.

1961 war er in den Norden desertiert, weil die Exzesse der Diem-Regierung ihn angewidert hatten. Er war zu einem ihrer besten Feldkommandeure aufgestiegen, ein wahrer General.

Draußen, ganz in der Nähe, detonierte eine Mörsergranate. Staub rieselte von den Dachsparren des Befehlsstands.

»Jemand getroffen?«, rief er.

»Nein, Sir«, antwortete sein Sergeant. »Die Drecksäcke haben uns verfehlt.«

»Was von Matthews gehört?«

»Nein, Sir.«

Major Richard W. Puller setzte seinen Boonie-Hut auf, schob sich durch die Tür des Unterstands in den Graben hinaus und begutachtete sein wackliges Regime. Er war ein schlanker, zum Äußersten entschlossener Mann mit grauem Haarschopf. Seit 1958 gehörte er der Fifth Special Forces Group an. Hinter ihm lagen eine Dienstzeit beim British Special Air Service Regiment und Aufstandsbekämpfungseinsätze in Malaysia. Er hatte alle einschlägigen Schulen besucht: Airborne, Ranger, Jungle, National War College und das Command and Staff College in Leavenworth. Er konnte einen Helikopter fliegen, sprach fließend Vietnamesisch, konnte ein Funkgerät reparieren und eine Panzerfaust abfeuern. Dies war nicht seine erste Belagerung. 1965 hatten sie ihn in Pleiku länger als einen Monat eingekreist, unter schwerem Bombardement. Damals war er getroffen worden: eine chinesische Maschinengewehrkugel, Kaliber 51, die wohl die meisten Männer getötet hätte.

Er hasste den Krieg, aber er liebte ihn auch. Obwohl er befürchtete, dass er ihn eines Tages umbrachte, wünschte sich ein Teil von ihm, dass er niemals zu Ende ging. Er liebte seine Frau, hatte aber auch eine Reihe von chinesischen und eurasischen Geliebten. Er liebte die Army, aber er hasste sie auch – Ersteres wegen des Mumms und der Professionalität, die man dort antraf, Letzteres aufgrund ihrer Sturheit und des Beharrens, jeden neuen Krieg mit der gleichen abgegriffenen Taktik anzugehen.

Aber am meisten machte ihn fertig, dass er Mist gebaut hatte. Er hatte *gewaltigen* Mist gebaut, das Leben seiner Teammitglieder und aller Einheimischen aufs Spiel gesetzt, in der Überzeugung, dass die NVA sie innerhalb des kritischen Zeitfensters nicht erreichen könnte. Er trug die alleinige Verantwortung. Es passierte diesen Männern nur, weil es ihm passierte. Und niemand konnte ihm den Arsch retten.

Das Haupttor war eingestürzt und dort, wo das Munitionsdepot gewesen war, stieg immer noch Rauch auf und vermischte sich mit den tief hängenden Qualmwolken, die überall zu sein schienen. Die S-Shops bildeten einen Trümmerhaufen, ebenso wie die Truppenunterkünfte. Aber eine Einheit aus Vietcong-Pionieren, die in der Nacht auf das Gelände gelangt war und den Sammelplatz des Dritten Trupps und die Überreste der Funkhütte eingenommen hatte, war im Morgengrauen im Nahkampf vertrieben worden. Kein Gebäude war mehr intakt.

Der Stacheldrahtzaun stand zum größten Teil noch, aber darauf konzentrierte sich nun ihr Mörserfeuer: Sie wollten Schneisen in Pullers Verteidigungsanlagen schlagen, damit Huu Co und sein Bataillon, wenn sie eintrafen, nicht in der Scheiße hängen blieben. Sie beabsichtigten, ihn zu überrennen, unterstützt von ihren Mörsern und einer Reihe mannschaftsbedienter Waffen.

Puller blickte zum Himmel, bekam einen Regentropfen ins Auge und spürte die Kälte des Nebels. Die Nacht brach herein. Kamen sie in der Dunkelheit? Er ging davon aus, dass sie nachts vorrückten, aber wahrscheinlich nicht angriffen. Zumindest nicht mit voller Kraft. Sie würden kleine Trupps vorschicken, damit sie den Beschuss auf sich lenkten und Arizona dazu brachten, die knappen Munitionsvorräte gegen schlecht oder gar nicht sichtbare Ziele einzusetzen. Aber ihre Hauptaufgabe bestand sicher darin, die Verteidiger für das Dritte Bataillon in einen aufgewühlten, schlaflosen Zustand zu versetzen.

Ob der Himmel bald aufklarte? Die Wettervorhersagen im Funknetz der Streitkräfte klangen nicht besonders vielversprechend, aber Puller wusste, dass sie alles probieren würden, um die Flieger in die Luft zu bekommen. Aber vermutlich haderten die Piloten. Wer wollte schon unter schweren Kleinwaffenbeschuss geraten, um Napalm auf ein paar weitere Schlitzaugen abzuwerfen, wenn das Ende des Kriegs direkt vor der Tür stand? Wer wollte jetzt noch sterben, nach all diesen Jahren vergeblicher, sinnloser Auseinandersetzungen? Nicht einmal für sich selbst konnte er diese Frage beantworten.

Puller spähte über die Front ins Tal. Er konnte in der Dämmerung natürlich nichts erkennen. Aber es war ein Highway und Huu Co würde ihn in schnellem Marschtempo überqueren, zuversichtlich wie ein fetter Bonze in einer Limousine, in dem Wissen, dass ihm von den Phantoms und den Kampfhubschraubern keinerlei Gefahr drohte.

»Major Puller! Major Puller! Sie sollten kommen und sich das anschauen, schnell.«

Die Stimme von Sergeant Blas, einem seiner Master

Sergeants, der mit den Montagnards arbeitete. Ein zäher, kleiner Guamer, der schon zu viele Einsätze mit vielen Schlachten hinter sich hatte. Auch er hatte es nicht verdient, in einer so späten Phase eines verlorenen, sinnlosen Krieges in einem Dreckloch wie der FOB Arizona festzusitzen.

Blas führte ihn durch die Schützengräben zur Westseite der Anlage. Ab und zu duckte er sich, wenn wieder eine Mörsergranate angeflogen kam. Aber schließlich erreichten sie die Brustwehr. Ein Montagnard mit einem Karabiner reichte Puller ein Fernglas.

Puller spähte damit über die Sandsäcke hinweg und sah 100 Meter entfernt in den Bäumen etwas, das er zunächst nicht einordnen konnte. Aber nach und nach setzte es sich zu einem zunehmend detaillierteren Gesamtbild zusammen.

Es war ein Stock – und auf dem Stock steckte der Kopf von Jim Matthews.

Drei Schnelle und ein Langsamer. Drei Starke. Das war der Rhythmus, der langsame, stetige Rhythmus des Erfolgs, an dem er in den langen, blutigen Jahren festgehalten hatte. Jetzt stand er unter Druck, großem Druck, noch einen letzten Schnellen zu machen. In der Heimat verhandelten bereits die Diplomaten miteinander. Bald gab es Frieden. Je genauer sie aushandelten, wann dieser Frieden geschlossen werden würde, desto wahrscheinlicher schien es, ihn bewahren zu können, und desto mehr würden sie haben, um darauf aufzubauen – für eine Zukunft, von der er wusste, dass er sie nicht mehr erlebte. Aber vielleicht erlebten seine Kinder sie noch.

Er wusste, dass er nicht lebend nach Hause zurückkehren würde. Seine Kinder würden sein Andenken bewahren. Er hinterließ ihnen eine neue Welt, nachdem er seinen Beitrag geleistet hatte, um die grausame alte Welt zu zerstören. Mehr konnte ein Vater sich nicht wünschen. Sein eigenes

Leben spielte keine große Rolle. Er hatte sich dem Kampf verschrieben, der Zukunft, den zehn Regeln des Soldatenlebens:

1. Verteidige das Vaterland. Kämpfe und opfere dich auf für die Revolution des Volkes
2. Befolge deine Befehle und erfülle die Mission des Soldaten
3. Gib dir Mühe, dich an Normen und Werte des Revolutionssoldaten zu halten
4. Strebe danach, dich zu verbessern und eine mächtige Revolutionsarmee aufzubauen
5. Erledige Aufgaben für andere Truppenteile
6. Sei wachsam, bewahre Geheimnisse, fördere die Ehre des Revolutionssoldaten
7. Hilf mit, den Zusammenhalt im Inneren zu stärken
8. Erhalte und schütze öffentliches Eigentum
9. Fördere die Solidarität zwischen Armee und Volk
10. Bewahre stets die Ehre des Revolutionssoldaten

Es gab nur noch diesen letzten Auftrag: das Camp der amerikanischen Green Berets bei Kham Duc, am Ende des An-Loc-Tals. Es musste vernichtet werden, damit sie mehr Land einnehmen konnten, bevor die Friedensverträge unterzeichnet wurden.

Drei Schnelle, ein Langsamer, drei Starke.

Langsame Planung.

Schneller Vorstoß.

Starker Kampf.

Starker Angriff.

Starke Verfolgung.

Schnelle Räumung.

Schneller Rückzug.

Er hatte den Plan über einen Zeitraum von drei Jahren

ausgearbeitet, in denen er Operationen durchgeführt und stetig Informationen über den Sektor E5 des Verwaltungsabschnitts MR-7 gesammelt hatte. Das Hauptquartier hatte ihm erläutert, was er selbst längst wusste: Wenn der Krieg sich dem Ende zuneigte, reichte es aus, an einem der Camps ein Exempel zu statuieren.

Schneller Vorstoß. Das war die Stufe, auf der sich das Dritte Bataillon jetzt befand. Die Männer waren erfahrene, abgehärtete Kämpfer. Aus ihrem Rückzugsgebiet in Laos drangen sie rasch vor und waren jetzt weniger als 20 Kilometer vom Ziel entfernt. Dieses wurde auf ausdrücklichen Befehl aus Hanoi bereits von den lokalen Vietcong angegriffen, die ihm über Funk laufend Bericht erstatteten.

Die Kolonne bewegte sich in der klassischen Ordnung einer schnell vorrückenden Armee, die nicht nur auf den großen Giáp, den Vater aller Feldherren, zurückzuführen war, sondern auch auf das französische Genie Napoleon. Dieser hatte erkannt, was in der Historie seit Alexander niemand mehr verstanden hatte: welche enorme Rolle Schnelligkeit spielte. Auf Grundlage dieses Prinzips hatte er die Weltordnung auf den Kopf gestellt.

Senior Colonel Huu Co ließ Kämpfer seiner besten Truppen, der Pioniere, anderthalb Kilometer vorweggehen und in zwei Zwölf-Mann-Einheiten pro Seite die Flanken sichern. Seine zweitbesten Leute, ebenfalls Pioniere, liefen in einer Diamantformation an der Spitze. Sie waren mit automatischen Waffen und Panzerfäusten ausgerüstet, um jederzeit mit Granaten und vernichtendem Feuer auf Widerstand reagieren zu können. Seine anderen Kompanien bewegten sich in Viererkolonnen im Schnellmarsch. Sie wechselten sich zugweise mit dem Tragen der schweren Mörser ab, damit keine Einheit stärker erschöpft wurde als die anderen.

Zum Glück war es kühl; der Regen stellte kein Hindernis

dar. Die ausgezeichnet trainierten Männer steckten voller Hingabe, nachdem jahrelange Kämpfe sämtliche Drückeberger und Unfähige aussortiert hatten. Außerdem machte es ihnen Mut, dass die Wetterlage stabil blieb. Überall gab es Wolken und Nebel, aber ihr meist gefürchteter und verhasster Feind, die amerikanischen Flugzeuge, ließ sich nicht blicken.

Darauf kam es an: sich frei bewegen zu können, fast wie im vergangenen Jahrhundert, ohne Angst vor den Phantoms oder Skyhawks, die kreischend angeflogen kamen und ihr Napalm oder weißen Phosphor abwarfen. Dafür hasste er die Amerikaner so. Sie kämpften mit Feuer. Es machte ihnen nichts aus, seine Leute zu verbrennen wie Grashüpfer, die eine Ernte gefährdeten. Doch diejenigen, die sich dem Feuer entgegenstellten, so wie er, wurden dadurch unvorstellbar gestählt. Wer sich dem Feuer ausgesetzt hatte, fürchtete anschließend nichts mehr.

Senior Colonel Huu Co war 44 Jahre alt. Manchmal traten ihm Erinnerungen an sein altes Leben vor Augen: Paris in den späten 40er- und frühen 50er-Jahren. Damals hatte sein dekadenter Vater ihn den Franzosen übergeben, unter deren Obhut er ein strenges Studium absolviert hatte. Aber Paris: die Freuden von Paris. Wer konnte solch eine Stadt vergessen? Es war eine Metropole voller Revolutionäre. Hier hatte er zum ersten Mal eine Gauloises geraucht, hatte Marx und Engels, Proust, Sartre, Nietzsche und Apollinaire gelesen. Hier hatte seine Bindung an die alte Welt, die Welt seines Vaters, Risse bekommen, zuerst durch kleine, fast bedeutungslose Ereignisse. Mussten die Franzosen ihren gelbhäutigen Gästen gegenüber so gemein sein? Mussten sie sich so behaglich fühlen in ihrer weißen Haut, während sie gleichzeitig die Gleichheit aller Menschen vor Gott predigten? Musste es ihnen so viel Freude bereiten, kluge Südostasiaten wie ihn von ihrer Identität zu befreien?

Aber selbst heute fragte er sich noch: *Wäre ich diesem Pfad auch gefolgt, wenn ich gewusst hätte, wie beschwerlich er wird?*

Senior Colonel Huu Co hatte auf Seiten der Franzosen im ersten Indochinakrieg an sieben Schlachten und drei Feldzügen teilgenommen. Er liebte die französischen Soldaten: zähe, hartgesottene Männer, unsagbar tapfer, und sie glaubten wirklich daran, dass sie das Recht hätten, das Land, das sie kolonisierten, im Anschluss zu beherrschen. Etwas anderes verstanden sie nicht. Er hatte 1954 bei Dien Bien Phu mit ihnen im Matsch gelegen und gebetet, dass die Amerikaner kämen, um sie mit ihrer gewaltigen Luftstreitkraft zu retten.

Senior Colonel Huu Co lernte durch sie den katholischen Gott kennen. Er ging nach Süden und kämpfte für die Brüder Diem, half ihnen, ein Bollwerk gegen den gottlosen Onkel Ho zu errichten. 1955 hatte er einen Infanteriezug in brutale Straßenkämpfe gegen die Binh Xuyen geführt, später gegen den Hoa-Hoa-Kult im Mekongdelta. 1956 war er bei der Hinrichtung des Kultführers Ba Cut zugegen gewesen. Meistens hatte er mit angesehen, wie sich Südostasiaten gegenseitig umbrachten. Es hatte ihn angewidert.

Saigon war nicht Paris, auch wenn es dort Cafés, Nachtclubs und schöne Frauen gab. Es war eine Stadt voller Korruption, voll mit Prostituierten, Glücksspiel, Verbrechen und Drogen. Die Diems ermutigten nicht nur dazu, sondern profitierten auch selbst davon. Wie konnte er die Diems lieben, wenn diese Seide, Parfüm, ihre Macht und ihren Pomp mehr verehrten als die Menschen, die sie regierten und denen sie sich doch so fremd und so ungemein überlegen fühlten?

Sein Vater riet ihm, ihnen ihre Überheblichkeiten zu vergeben und sie als Anlass zu betrachten, den Willen Gottes zu erfüllen. Aber sein Vater ignorierte seit jeher die

194

Politik, die Korruption, die schreckliche Art und Weise, wie sie die Bauern misshandelten, die Distanz des Regimes zu den Menschen.

Huu Co ging im Jahr 1961 nach Norden, als die Korruption der Diems Ausmaße erreicht hatte, die an eine zerstörte Stadt aus der Bibel erinnerten. Er sagte sich vom Katholizismus, seinem ererbten Wohlstand und seinem Vater los, den er nie wiedersehen wollte. Er wusste, dass der Süden in Verrat und Wucher versinken und Feuer und Vergeltung über sich bringen würde, und genau so kam es auch.

Nun diente er tugendhaft der revolutionären Volksarmee – er, der in Cafés gesessen hatte, der einst im Les Deux Magots im 14. Arrondissement dem großen Sartre und de Beauvoir begegnet war. Er, ein Major in der Armee der Republik Vietnam, war nur noch ein einfacher Soldat, der ein SKS trug und nichts weiter wollte, als seine Pflicht für Vaterland und Zukunft zu tun und Läuterung zu finden. Aber seine Talente ließen ihn stets aus der Masse herausstechen.

Er galt als bester Soldat der Mannschaft und hatte einen mühelosen Aufstieg hinter sich, obwohl er nun nicht länger auf Ambitionen beruhte: Nach zwei Jahren stieg er zum Offiziersanwärter auf. Nach sechs Monaten strapaziöser Umerziehung in einem Camp vor Hanoi, wo er barbarischstem Druck ausgesetzt wurde und sich für den revolutionären Kampf läuterte, stärkten seine Reisen in den Westen und den Süden ihn nur noch mehr für das Jahrzehnt des Krieges, das sich anschließen sollte.

Jetzt fühlte er sich erschöpft. Seit 1950 hatte er Krieg geführt, 22 Jahre lang. Es war fast vorbei. Nur noch dieses Camp namens Arizona blieb übrig. Zwischen ihm und dem Lager stand nichts mehr: keine Einheit, kein Flugzeug, keine Artillerie. Er würde es zerschmettern. Nichts und niemand konnte ihn davon abhalten.

KAPITEL 12

In dem Traum hatte er einen Touchdown-Pass mit einem Outside Slant gefangen, und als er downfield rannte, klappte das Blocken seiner Teamkollegen perfekt. Die gegnerischen Verteidiger purzelten wie Kegel und gaben Bahnen zur Endzone frei. Es erinnerte an Geometrie oder ein abstraktes physikalisches Problem: ungemein faszinierend, aber fernab von der Realität – von der Tatsache, dass man Instinkten gehorchte und sich nur selten exakt an etwas erinnerte.

Er erreichte die Endzone: Die Leute jubelten und Julie umarmte ihn in der Affenhitze. Sein Dad war ebenfalls da und verdrückte ein paar Freudentränen. Trig hüpfte euphorisch auf und ab. Und auch Sergeant Bob Lee Swagger gab sich die Ehre. Der gottgleiche Scharfschütze in einer absurd fröhlichen Version, die unablässig wilde Pirouetten drehte, bepackt mit Schusswaffen und das Gesicht mit einer Kriegsbemalung aus Tarnfarben unkenntlich gemacht.

Was für ein toller Traum! Der beste, glücklichste, schönste Traum, den er je gehabt hatte. Aber, wie es in solchen Fällen meistens lief, löste er sich in Luft auf, als jemand ihn mit wachsendem Druck am Arm rüttelte. Es folgte die abrupte, verblüffte Erkenntnis, wo er sich in Wirklichkeit gerade befand.

»Hm?«

»Zeit, an die Arbeit zu gehen, Dicker.«

Donny blinzelte und roch die Feuchtigkeit des Dschungels, roch den Regen, witterte die nassfeuchte Kälte. Swagger hatte sich bereits abgewandt, um seine eigenen Vorbereitungen zu treffen.

Die Dämmerung trug verschwommenes Licht heran –

eine schwach glühende Schliere im Osten über den Bergen auf der anderen Seite des Tals.

Auf seine ganz eigene Art fand er dieses schwache Fünf-Uhr-Licht wunderschön: Nebelschwaden hingen über der feuchten Erde, in Tälern, Senken und Schluchten, nisteten dicht in den Bäumen. Obwohl es gerade nicht regnete, kam der Regen sicher bald wieder, denn über ihren Köpfen zogen weiterhin niedrige schwere Wolken dahin. Trotzdem: Alles war so still, so ruhig, so rein.

»Komm mit«, flüsterte Swagger ihm ins Ohr.

Donny wischte sich den Schlaf aus den Augen, schüttelte seinen Traum von Julie ab und stellte sich der Realität. Er befand sich an einem dicht bewachsenen Abhang über dem An-Loc-Tal, nahe Kham Duc und Laos. Es versprach ein weiterer nasser Tag zu werden. Das Wetter besserte sich nicht, also konnten sie nicht mit Unterstützung aus der Luft rechnen.

»Wir müssen weiter runter«, drängte Bob. »Von hier oben treff ich nichts.«

Der Sergeant trug jetzt die M3 auf dem Rücken und hielt das M40-Scharfschützengewehr in den Händen: eine Remington im matten Zinnton mit einem dicken Bull Barrel und hellbraunem Holzschaft. Es war mit einem Redfield-Zielfernrohr ausgerüstet und ein Büchsenmacher vom Marine Corps hatte es überarbeitet, den Lauf freischwingend gemacht, den Kammerstängel auf die Kammer ausgerichtet, das Verschlusssystem im Holz verankert, die Schrauben exakt tariert. Mit einer eleganten Waffe hatte das Ergebnis trotzdem nicht das Geringste zu tun. Nur auf Effektivität ausgerichtet, nicht auf Schönheit.

Bob hatte sich Dschungel-Tarnschminke ins Gesicht geschmiert. Unter dem knittrigen Rand des Boonie-Huts wirkte sein Gesicht extrem primitiv. Er glich einer Kreatur aus einem schlimmen Albtraum, einer atavistischen

Kriegsbestie, eins mit dem Dschungel, mit Pistolen und Granaten geschmückt, verziert mit den Farben der Natur. Selbst seine Augen gingen in diesen Farben unter.

»Hier. Mal dich an, dann können wir los.« Bob hielt Donny den Schminkstift hin. Dieser nahm ihn entgegen und tarnte rasch sein eigenes Gesicht, bevor er zum M14 und dem unglaublich schweren PRC-77 griff – seinem wahren Feind in diesem Kampf – und sich mit Bob an den Abstieg begab.

Es war, als ob sie in die Wolken hinabstiegen; wie Engel, die zur Erde zurückkehrten. Der Nebel lichtete sich nicht. Wie angeklebt hing er am Talboden fest. Und es kam keine Sonne, die ihn vertrieb, jedenfalls nicht heute.

Von Zeit zu Zeit ertönte der Ruf eines Dschungelvogels oder ein Tier raschelte im Unterholz. Aber es fanden sich keine Anzeichen für die Gegenwart von Menschen – nichts Metallisches, nichts Gleichmäßiges. Donny hielt auf der linken Seite Ausschau, Bob auf der rechten. Sie kamen langsam voran, quälend langsam, bahnten sich ihren Weg, bis sie schließlich beinahe die Talsohle erreicht hatten. Dort stießen sie auf eine Wiese mit hüfthohem Gras, durch deren Mitte eine Schneise führte, die von Menschen, Büffeln, Elefanten oder was auch immer geschlagen worden war.

Aus weiter Ferne erhob sich schließlich ein unnatürlicher Laut. Donny brauchte eine Weile, um herauszufinden, worum es sich handelte: Männer, die ohne konkreten Anlass und ohne das befohlene Schweigen zu brechen zu einer Herde – einer lebenden, atmenden Einheit – geworden waren. Es musste das Dritte Bataillon sein, noch einige Hundert Meter entfernt. Sie machten sich bereit, um die letzten sechs Klicks im schnellen Marsch zum Sammelplatz zu laufen, um von dort aus den Angriff einzuleiten.

Bob gab ihm ein Zeichen, stehen zu bleiben.

»Okay«, sagte er. »Wir erledigen das folgendermaßen: Hast du die Koordinaten?«

Donny nickte. Sie waren in seinem Gedächtnis abgespeichert.

»Planquadrat Whiskey-Delta 5120-1802.«

»Gut. Sobald der Himmel aufklart und die Flieger kommen, wirst du sie sehen können. Dann kannst du auf die Air-Force-Frequenz wechseln und sie hinlotsen. Die werden keine gute Sicht haben. Du dirigierst sie ins Tal und lässt sie die Talsohle bombardieren.«

»Was ist mit dir? Du wirst ...«

»Mach dir darüber keine Gedanken. Mich wird schon kein Blödmann mit 'ner Phantom in Brand setzen. Ich kann auf mich allein aufpassen. Jetzt hör gut zu: Das ist dein verdammter Job. Du redest über Funk mit ihnen. Du *bist* ihre Augen. Komm mir ja nicht hinterher, verstanden? Wenn du Kampfgeräusche hörst, wenn du Schüsse hörst, lass dich nicht irritieren. Das ist mein Job. Deiner ist es, hier zu warten und mit der Luftunterstützung zu kommunizieren. Sobald die Vögel weg sind, solltest du's schaffen, dich zu diesem Ledernacken-Camp durchzuschlagen. Du funkst sie an, informierst sie über dein Kommen, zündest 'ne Rauchgranate und gehst aus dieser Richtung rein, damit sie wissen, dass du's bist und nicht irgendein NVA-Held. Kapiert? Wenn ich's schaffe, diese Drecksäcke 'n bisschen aufzuhalten, wirst du's überstehen.«

»Was ist mit der Absicherung? Ich bin deine Absicherung! Mein Job ist es, dir zu helfen und dir Deckung zu geben. Was soll das bringen, wenn ich hier oben rumhocke?«

»Hör zu, Dicker, ich geb die ersten drei Schüsse ab, sobald ich was sehen kann. Dann weich ich etwa 200 Meter weit zurück, weil die schwere Geschütze auffahren werden. Von da aus probier ich dann, zwei, drei, vielleicht vier zu erwischen. So funktioniert das Spielchen. Ich nehm ein paar von denen aufs Korn, dann trete ich den Rückzug an. Aber weißt du was? Nach dem dritten Mal zieh ich mich nicht mehr zurück, sondern stoß weiter vor. Und deswegen will ich, dass du genau hier bleibst. Ich werd mich nie allzu weit von diesem Bereich entfernen. Ich will nicht, dass die wissen, wie viele von uns hier sind. Die werden mich flankieren, und ich möchte vermeiden, dabei überrumpelt zu werden. Ich garantier dir, die haben gute, zähe, schnelle Leute an den Flanken. Also wirfst du dich auf den Boden, ungefähr 20 Minuten nach meinem ersten Angriff. Die sind dann aller Voraussicht nach schon ganz nah bei dir, aber das macht nichts. Du gräbst dich ein, dann geschieht dir nichts. Halt nur nach den Patrouillen Ausschau, die sie schicken werden. Diese Jungs, die wir letzte Nacht gesehen haben. Die kommen zurück, das garantier ich dir.«

»Du wirst dabei draufgehen. Du wirst dabei draufgehen. Ich sag dir, du kannst nicht ...«

»Ich hab dir einen Befehl gegeben, du befolgst ihn. Komm mir jetzt nicht mit solchem Kinderkram. Ich entscheid hier, was du zu tun hast, und bei Gott, du wirst es tun. Mehr gibt's dazu nicht zu sagen, sonst werd ich zu 'nem mächtig angepissten Drecksack, Lance Corporal Fenn.«

»Ich ...«

»Tu es! Verdammt noch mal, Fenn, befolge deine Befehle, und damit hat es sich. Oder ich klag dich an und du kommst nach Portsmouth statt nach Hause.«

Natürlich war das Blödsinn und Donny durchschaute es sofort. Der ganze Plan war Blödsinn, denn wenn Swagger ohne Flankenschutz ins Tal ging, kehrte er nicht mehr von dort zurück. Ausgeschlossen. Die Physik der Feuerkraft verbot es, und die Physik der Feuerkraft war die eiserne Realität des Krieges. Dagegen halfen keine Appelle.

Für ein paar Fremde in einem Camp, das er nie zu Gesicht bekam, warf Swagger sein Leben weg. Er wusste es, hatte es die ganze Zeit gewusst. Das war eben seine Art. Auch darin glich er Trig: Er sehnte den Tod herbei, als sei der Krieg so tief in ihn eingedrungen, dass er nicht ohne ihn leben konnte. Es existierte kein normales Leben, in das er zurückkehren konnte. Stattdessen hatte er sich hart und rein gehalten, nur für diesen einen, wahnwitzigen Moment, in dem er sich mit einem Gewehr in der Hand einem ganzen Bataillon entgegenstellte. Wenn er schon nicht weiterlebte, wollte er wenigstens bis zum letzten Atemzug kämpfen. Er schien instinktiv zu spüren, dass es für ihn als Krieger in keiner anderen Welt als dieser einen Platz gab – also konnte er ebenso gut sein Schicksal akzeptieren und sich ihm stellen.

»Herrgott noch mal, Bob ...«

»Hast du's geschnallt?«

»Ja.«

»Du bist 'n guter Kerl. Geh zurück in deine Welt, zu diesem schönen Mädchen. Geh zu ihr und lass diesen ganzen üblen Scheiß hinter dir, hast du mich verstanden?«

»Roger.«

»Roger. Zeit, zu jagen. Sierra-Bravo-Vier, letzte Meldung, Ende.«

Damit verschwand Bob, der über die Gabe eines Scharfschützen für vorsichtige, schnelle Bewegungen verfügte, von der Bildfläche. Er schlüpfte den Hügel hinab in den tiefen Nebel, ohne sich noch einmal umzuschauen.

Bob arbeitete sich durchs Unterholz vor und war sich bewusst, dass er in einen Zustand höchster Konzentration geriet. Er musste jetzt alles hinter sich lassen. Er durfte nichts anderes im Kopf haben als die Mission. Keine Erinnerungen, keinerlei Zweifel. Weder Zittern noch Zögern durfte während des Schießens seine Nerven zum Flattern bringen. Er bemühte sich, eins mit seiner kriegerischen

Maske zu werden, auf gewisse Weise eins mit dem Krieg zu werden. Dieses Talent lag in seiner Familie. Sein Vater hatte sich im großen Krieg gegen die Japsen die Ehrenmedaille verdient, hatte harte Kämpfe in Iwojima durchlebt und war in die Heimat zurückgekehrt, um sich von Harry Truman das blaue Band überreichen zu lassen. Zehn Jahre später hatte irgendein Taugenichts ihn in einem Maisfeld aus den Socken gepustet.

Es hatte noch weitere Soldaten unter seinen Vorfahren gegeben – harte, stolze Männer, wahre Söhne von Arkansas. Sie hatten zwei Gaben besessen: Sie konnten schießen und den Anblick des Sterbens ertragen, und sie konnten lange, heiße Tage über schuften wie Tiere. Das war nicht besonders viel, aber alles, was sie hatten.

Doch über seinem Clan hing auch eine Wolke der Melancholie – mal mehr, mal weniger sichtbar hatte sie allen Generationen der Swaggers zu schaffen gemacht, bis zurück zu diesem seltsamen Kerl, der anno 1786 wie aus dem Nichts mit seiner Frau in Tennessee aufgetaucht war. Eine Blutlinie aus Killern, Einzelgängern und Ausgestoßenen. Sie trugen eine tiefe Finsternis in sich. Er hatte sie bei seinem Vater gesehen. Dieser hatte nie über den Krieg gesprochen und war in Blue Eye, ihrem Kaff in Arkansas, so beliebt gewesen, wie ein Mann es nur sein konnte, sogar noch beliebter als Sam Vincent, der Oberstaatsanwalt, oder Harry Etheridge, der berühmte Kongressabgeordnete. Aber sein Vater hatte manchmal schwarze Tage gehabt. Dann konnte er kaum reden, sich kaum rühren; er saß einfach im Dunkeln und starrte ins Leere.

Was hatte ihn in solchen Momenten geplagt? Der Krieg? Ein Wissen um das eigene Glück, das Bewusstsein, wie vergänglich es sein konnte? Erinnerungen an all die Kugeln, die man auf ihn abgefeuert hatte, die Granaten, daran, dass nichts davon lebenswichtige Organe getroffen hatte? Diese Art von Glück ging einem früher oder später mal aus, und Daddy hatte das gewusst. Aber er war trotzdem losgezogen und es hatte ihn schließlich umgebracht.

Was konnte einen retten?

Nichts. Wenn es einem vorherbestimmt war, bei Gott, dann passierte es eben, und Daddy hatte auch das gewusst und sich dem Schicksal gestellt wie ein Mann, hatte ihm in die Augen geblickt und in die düstere Fratze gespuckt. Bis es sich eines Tages aufgebäumt und ihn gebissen hatte, in einem Maisfeld an der Grenze von Polk County.

Nichts konnte einen retten.

Bob drang weiter vor, schlich tiefer in den Nebel. Er haftete auf seltsame Weise an ihm wie Wolken aus feuchter Wolle. Etwas Ähnliches hatte er in Vietnam noch nie erlebt, und dies war bereits seine dritte Einsatzzeit hier.

Die Angst begann an ihm zu nagen, wie sie es jedes Mal aufs Neue tat. Ein paar Idioten behaupteten, er habe keine Angst, weil er ein Held sei, aber das bewies nur, wie wenig sie begriffen. Die Angst bildete einen kalten Klumpen fettigen Specks in seinem Bauch; hart und nass und glitschig. Er konnte sie ununterbrochen schmecken, ununterbrochen spüren. Man konnte sie nicht vertreiben, sie nicht ignorieren, und jeder, der das behauptete, war verdammt noch mal ein Idiot der schlimmsten Sorte.

Na los, hab Angst, befahl er sich selbst. *Lass es zu! Vielleicht ist es heute so weit.* Aber die Sache, die er am meisten fürchtete, war nicht der Tod, sondern die Vorstellung, seinen Job nicht anständig zu erledigen. Diese Furcht saß am tiefsten von allen. Er nahm sich vor, den Job anständig zu erledigen. Bei Gott, das würde er.

Bäume. Er schlüpfte zwischen ihnen hindurch, huschte von einem zum anderen. Seine Augen arbeiteten auf Hochtouren, prüften, forschten nach Einzelheiten. Ein Versteck?

Ein Rückzugspunkt? Eine Strecke, auf der er sich bewegen konnte, ohne beschossen zu werden? Ein gutes Schussfeld? Würde er sie bei diesem beschissenen Nebel überhaupt sehen können? Konnte er die Entfernungen richtig lesen und das Absinken der Kugeln bei den weiten Schüssen richtig berechnen? Sollte er eine richtige Deckung oder nur ein Versteck suchen? Wo stand die Sonne? Ach, egal, sie schien sowieso nicht.

Ein dünner, kalter Regen war aufgezogen. Wie wirkte sich der auf die Flugbahn der Geschosse aus? Welche Windstärke herrschte, wie hoch lag die Luftfeuchtigkeit? Wie nass war der Gewehrschaft? War er gequollen, sodass eine kleine Verdickung unbemerkt gegen den Lauf drückte und die Treffsicherheit einschränkte? Gab es möglicherweise ein Leck im Zielfernrohr, wodurch es sich in eine vernebelte, nutzlose Röhre verwandelte, die ihn im entscheidenden Moment im Stich ließ?

Oder: Waren vor ihm NVA-Soldaten? Hatten sie seine Anwesenheit bemerkt? Lachten sie verstohlen über ihn, während er plump versuchte, sich anzuschleichen? Zielten sie längst auf ihn, während er noch seine Möglichkeiten abklopfte? Er strengte sich an, die Angst genauso zu verdrängen, wie er seine Vergangenheit und seine Zukunft verdrängte. Er musste sich rein auf die mechanischen Abläufe konzentrieren, auf den handwerklichen Aspekt der Mission. Falls es nötig wurde, musste er schnell nachladen. Für die Remingtons gab es keine Ladestreifen und das M118 musste Patrone für Patrone geladen werden. Sollte er seine zwei Claymores legen, um die Flanken zu sichern? Er glaubte nicht, dass ihm dazu die Zeit blieb.

Hilf mir!, flehte er einen Gott an, dessen Existenz er bezweifelte. Aber unter Umständen gab es da oben in den Wolken ja einen alten Gunnery Sergeant, dessen einzige Aufgabe darin bestand, auf zähe Kerle wie ihn aufzupassen, die verzweifelte Missionen für Leute in die Wege leiteten, ohne überhaupt ihre Namen zu kennen.

Er blieb stehen. Er stand zwischen den Bäumen, die ihm gute Deckung boten. Auch der Nebel war günstig. Von dieser Position aus konnte er sich jederzeit über eine Hügelkuppe zurückziehen und die Richtung wechseln. Ein perfekter Engpass: Seine Ziele tauchten frei vor ihm auf, während er selbst vom Nebel verborgen wurde. Eine rare Gelegenheit mit ungehindertem Schussfeld auf die NVA und jeder Menge Munition.

Wenn es heute so weit ist, bei Gott, dann ist es eben so, philosophierte er, während er sich hinter einem umgestürzten Baum einrichtete, buchstäblich in einen Busch hineinkroch und sich wand, um eine gute Liegeposition zu suchen. Er fand sie, und obwohl er ein Bein nicht ganz flach auf die Erde bekam, weil sich dort ein Stein oder eine Wurzel wölbte, lag er doch mit dem Großteil seines Körpers auf, wodurch der Untergrund ihm Stabilität verlieh.

Das Gewehr hatte er an sich herangezogen und griff mit der linken Hand leicht an den rechten Unterarm. Der vom Schaft ausgehende Gurt war straff um diesen Arm gewickelt. Die Rechte ruhte am schmalen Ende des Schafts, den Finger noch nicht am Abzug. Er atmete flach, zwang sich zur Ruhe. Ein ganz normaler Arbeitstag. Er hatte seine Position so gewählt, dass das Objektiv kein Sonnenlicht reflektierte. Die Bäume um ihn herum dämpften die Schussgeräusche. Zumindest in den ersten paar Minuten dürfte es keinem gelingen, herauszufinden, woher genau die Schüsse kamen.

Er legte das Auge ans Zielfernrohr, mit perfekt bemessenen sieben Zentimetern Spielraum. Nichts. Ein Gefühl, als starre man in eine Schüssel voll Sahne. Lediglich dahintreibendes weißes Licht und die Konturen von zwei oder drei Büschen. Die Berge auf der anderen Talseite ließen sich nicht erkennen. Über das leichte Gefälle driftete der

Blick ins Nirgendwo. Nichts hob sich von der Umgebung ab, um das Abschätzen von Entfernungen zu unterstützen.

Er schaute auf die Uhr: 7:00. Sie kamen bald, bewegten sich aufgrund des Nebels nicht ganz so schnell, aber mit der Zuversicht, durch ihn ausreichend Deckung zu erhalten, um schon in wenigen Stunden Camp Arizona einnehmen zu können.

Kommt schon, ihr Dreckskerle.

Worauf wartet ihr?

Dann sah er einen. Es verschaffte ihm das Schaudern, das ein Jäger nach langer Spurensuche verspürt – diesen magischen Moment, in dem eine Verbindung zwischen Jäger und Beute entsteht, zerbrechlich wie Porzellan. Blut rauschte durch seine Adern. Das gute alte Jagdfieber packte ihn. Jeder wird davon ergriffen, sobald er das Tier sieht, das er töten und essen wird. Eine primitive, ursprüngliche Regung.

Essen werd ich dich nicht. Aber töten werd ich dich, so wahr mir Gott helfe.

Weitere kamen zum Vorschein. *Du meine Güte ...* Die erste, lose Reihe von Pionieren mit Stoffhüten, an denen Blätter befestigt waren. Sie trugen ihre Gewehre hochkant, hielten die Augen weit offen, wirkten äußerst wachsam. Der Infanteriezug lief enger zusammen, kampfbereit. Die Männer trugen Regenmäntel, Tropenhelme, Brustgurte, grüne Bata-Stiefel und AK-56-Gewehre, aber keine anderen Abzeichen. Die Zugführer gingen voran. Dahinter folgte in einer engen, kleinen Gruppe der Stab. Ihre Dienstgrade ließen sich auf den schlammigen Uniformen nicht erkennen.

So etwas bekam man sonst nie zu sehen. Ein nordvietnamesisches Infanteriebataillon, das in halbem Marschtempo und straffer Formation einen Engpass durchquerte, anstatt sich über 4000 Meter zu verteilen oder in kleine Zellen aufzuspalten, die sich erst bei Dunkelheit wieder vereinigten.

Die Piloten bekamen es nie zu Gesicht, es gab keine Fotos, die es dokumentierten.

Die NVA-Soldaten, verdammt sollten ihre kalten, professionellen Seelen sein, waren zu schnell, zu geschickt, zu diszipliniert, zu klug für diese Art von Vormarsch. Sie bewegten sich bei Nacht in kleinen Gruppen und versammelten sich dann wieder; sie bewegten sich durch Tunnel oder in nicht bombardierten Gebieten in Kambodscha oder Laos. Sie gingen stets vorsichtig vor, riskierten nichts, weil sie wussten, dass ihre Chancen sich zunehmend verbesserten, je länger sie die Bestie Amerika bluten ließen. Vielleicht hatte überhaupt noch kein Amerikaner je so etwas zu Gesicht bekommen.

Der kommandierende Offizier trieb sie hart an und spekulierte wohl darauf, die Wetterlage auszunutzen, um Camp Arizona schnell auszulöschen und anschließend unterzutauchen. Das Tempo war sein wichtigster Verbündeter, das trostlose Wetter der zweitwichtigste. Der Regen wurde heftiger und prasselte auf die Erde, konnte die Nordvietnamesen aber nicht aufhalten. Sie schienen ihn gar nicht wahrzunehmen. Immer näher kamen sie.

Swagger entsicherte die Waffe und suchte durch das Zielfernrohr nach einem Offizier, einem Funker, einem Munitionsträger mit Panzerfäusten, einem Unteroffizier, dem Anführer eines Maschinengewehrteams. Die Ziele trieben vor ihm, drifteten durch das Fadenkreuz. Dass er beabsichtigte, jemanden zu töten, kam ihm keine Sekunde in den Sinn. Er dachte nur daran, dass er schießen würde, denn so funktionierte sein Verstand.

Und schließlich: *Dich nehm ich, Freundchen.* Ein jüngerer Offizier, der die drei Sterne eines Captain Lieutenant trug und an der Spitze eines Infanteriezugs ging. Er würde der Erste sein, danach schnell zurück zu einem der Funker, während des Durchladens nach links schwenken und auf den Kerl mit dem Chicom Type 56 zielen. Wenn er den erledigt hatte, sofort zurückziehen. So lautete der Plan und jeder Plan war besser als keiner.

Das Fadenkreuz des Redfield-Fernrohrs pendelte nach unten, hüpfte ganz leicht, verfolgte das erste Ziel und blieb daran haften. Der Scharfschütze atmete tief ein, halb wieder aus, stützte das Gewehr auf einen Knochen, der im Untergrund steckte, ermahnte sich, die Waffe während des Feuerns weiterzubewegen, bat Gott um Gnade für sein Vorhaben und spürte, wie der Abzug sauber nachgab.

KAPITEL 13

»Gooooooood morning, Vietnam«, trällerte der Kerl aus Captain Taneys tragbarem Radio, »und hallo, ihr Leute da draußen im Regen. Tja, Jungs, ich hab schlechte Nachrichten für euch. Sieht aus, als sei die gute alte Sonne *immer noch* ohne Genehmigung im Urlaub. Für euch Ledernacken: Das heißt, sie ist unautorisiert abwesend. Also wird *heute* keiner den Regen vertreiben. Aber das wird gut für die Blumen sein, und vielleicht bleibt sogar Mr. Victor Charles heute im Haus, weil seine Mami ihn nicht zum Spielen rauslässt.«

»So ein Blödmann«, knurrte Captain Taney, Arizonas Führungsoffizier.

»Das Wetter sollte heute Nacht besser werden, denn ein Hochdruckgebiet über dem Japanischen Meer kommt scheinbar auf direktem Weg ...«

»Scheiße«, fluchte Puller.

Warum tat er sich das überhaupt an? Das Wetter änderte sich, wenn es sich eben änderte.

Er stand auf dem Wall vor seinem Kommandobunker und inspizierte im fahlen Licht die Umgebung, verfolgte den Nebel, der brodelnd durch das Tal zog.

Sollte er einen Beobachtungsposten da draußen einrichten, damit sie es erfuhren, wenn die 803. näher kam?

Aber er hatte den Eindruck, die Hügel längst nicht mehr zu kontrollieren, also führte das höchstens dazu, dass all seine Späher ums Leben kamen.

Der Regen setzte wieder ein, dicht und kalt. Vietnam! Warum diese Temperaturen? In den letzten acht Jahren hatte er viel Zeit hier verbracht. Nie war die Kälte so beißend gewesen.

»Das ist nicht gut, Sir«, merkte Taney an.

»Nein, Taney.«

»Eine Ahnung, wann die hier sein werden?«

»Sie meinen Huu Co? Der ist schon hier. Er hat sie durch die Nacht und den Regen gescheucht. Der Kerl ist nicht dumm. Der will uns erledigen, bevor unsere Luftunterstützung eintrifft.«

»Ja, Sir.«

»Haben Sie den Munitionsbericht fertig, Captain?«

»Ja, Sir. Mayhorne ist damit gerade durch. Wir haben 12.000 Patronen Kaliber 5,56 und noch ein paar Tausend Kaliber 30 für die Karabiner. Splitterminen sind nur noch ganz wenige übrig, ferner 79 Patronen und ein paar Munitionsgurte im Kaliber 7,62. Im ganzen Camp gibt's keine einzige Claymore mehr.«

»Herrgott.«

»Ich lass Mayhorne die 7,62er-Gurte verteilen, aber wir haben nur noch fünf Maschinengewehre und ich kann nicht jeden Zugangsweg komplett sichern. Wir könnten eine Schnelleinheit zusammenstellen, die mit einem der Gewehre schnell zum Angriffssektor wechseln kann. Aber wenn er uns an mehreren Stellen gleichzeitig angreift, ist die Kacke am Dampfen.«

»Das wird er«, konstatierte Puller trocken. »So geht er vor. Die Kacke dampft schon längst.«

»Wissen Sie, Sir, ein paar von diesen Montagnards haben Angehörige hier auf dem Gelände. Ich hatte dran gedacht ...«

»Nein«, unterbrach ihn Puller. »Wenn Sie sich ergeben, wird Huu Co sie alle umbringen. Das ist seine Art. Wir halten durch, beten für einen Wetterumschwung und wenn es nötig ist, liefern wir uns in den Gräben einen Nahkampf mit diesen Wichsern.«

»War es '65 auch so schlimm, Sir?«

Puller sah Taney an. Dieser war etwa 25, ein guter, junger Special-Forces-Captain, der bereits eine Einsatzzeit abgeleistet hatte. Aber 1965 hatte er noch die High School besucht. Was sollte er ihm antworten? Wer konnte sich überhaupt noch daran erinnern?

»Es war nie so schlimm wie jetzt, weil wir immer Luftunterstützung hatten und es eine Menge Feuerbasen gab. Ich hab noch nie so beschissen allein dagestanden. Das hat man davon, wenn man an vorderster Front kämpft, Captain. Lassen Sie sich das 'ne Lehre sein. Hauen Sie ab, bringen Sie Ihre Leute raus. Verstanden?«

»Verstanden, Sir.«

»Okay, lassen Sie die Zugführer und die Anführer der Maschinengewehrteams in 15 Minuten zu meinem Befehlsstand kommen und ...«

Sie hörten es beide.

»Was war das?«

»Klang wie ein ...«

Dann noch einer. Ein einzelner Gewehrschuss, wuchtig, offenbar Kaliber 308. Das Echo hallte durch das Tal.

»Was zum Teufel ist das?«

»Ein Scharfschütze«, antwortete Puller.

Sie warteten. Es blieb still. Dann kam der dritte Schuss, und jetzt erkannte Puller die Waffe am Klang.

»Für ein M14 feuert er nicht schnell genug. Er benutzt ein Gewehr mit Geradzugverschluss, und das heißt, dass er ein Marine ist.«

»Ein Marine? So weit draußen auf feindlichem Gebiet?«

»Ich hab keine Ahnung, wer der Kerl ist, aber es klingt, als ob er sein Handwerk versteht.«

Jetzt ertönte wildes Sperrfeuer aus vollautomatischen Waffen, der leichtere, knackigere Klang der Chicom-7,62x39-Millimeter-Munition, die von den AKs verschossen wurde.

Stille kehrte ein.

»Scheiße«, fluchte Taney. »Klingt, als hätten sie ihn erwischt.«

Der Scharfschütze schoss erneut.

»Schmeißen wir das PRC-77 an und probieren, ob wir den feindlichen Funkverkehr reinbekommen«, schlug Puller vor. »Die müssen sich doch überschlagen mit Meldungen.«

Puller, sein Führungsoffizier, Sergeant Blas und Y Dok, das Oberhaupt der Montagnards, gingen gemeinsam in den Bunker hinunter.

»Cameron«, wandte Puller sich an seinen Kommunikationsoffizier, »was meinen Sie, hat das PRC-77 noch ein bisschen Saft übrig?«

»Ja, Sir.«

»Hören wir uns mal schnell um. Versuchen Sie, die feindlichen Frequenzen zu finden. Die sollten dicht genug an uns dran sein.«

»Ja, Sir. Sir, falls die Luftunterstützung kommt und wir sie einweisen müssen ...«

»Die Luftunterstützung kommt heute nicht mehr, Cameron. Heute nicht. Aber möglicherweise ist jemand anders gekommen.«

Cameron machte sich an der Antenne des PRC-77 zu schaffen, löste ein Kabel, um es über das mit Erde bedeckte Holzdach zu verlegen, schloss es an und begann, an den Frequenzreglern zu drehen.

»Meistens sind die irgendwo um die 1200«, murmelte er. Er schaltete durch die Netze, hörte aber nichts als Rauschen und das Gepolter der verfluchten United States Navy, die damit prahlte, die Air Force Academy bei einem Basketballspiel geschlagen zu haben, und ...

»Scheiße.«

»Ja«, brummte Puller und beugte sich vor. »Kriegen Sie das ein bisschen klarer?«

»Das sind sie, oder, Sir?«, fragte Taney.

»Oh, yes, yessy, yessy, yessy«, meldete sich Y Dok, der Anführer der Montagnards, zu Wort, der eine Majorsuniform der ARVN trug und zusätzlich einen roten Schal nach Art der Eingeborenen um den Hals gewickelt hatte. »Japp, sie sind's, japp, sie sind's!« Ein fröhlicher, kleiner Vertreter des indigenen Bergvölkchens mit schwarz verfärbten Zähnen und einer unerschöpflichen Kampfeslust, der buchstäblich vor nichts Angst hatte.

»Dok, können Sie das verstehen?«, fragte Puller, dessen Vietnamesisch zwar gut, aber nicht herausragend war. Er schnappte nur einzelne Wörter auf – *Attacke, tot, stopp* – und konnte den Zeitformen der Verben nicht folgen. Sie schienen eine Welt zu beschreiben, die er sich nicht vorstellen konnte.

»Oh, er sagen sie angegriffen von rechts von ganzem Schützenzug. Scharfschützen. Die Scharfschützen sie jagen. *Ma my*, amerikanische Geister. Er sagte: meiste Offiziere tot und meiste Anführer von Maschinengewehrteam auch ... *oh!* Oh, jetzt er auch tot. Y Dok hört Kugel ihn treffen, als er spricht. Guter Scheiß, ich sag Ihnen, Major Puller, gute Tode dort, oh, so viele gute Tode.«

»Ein ganzer Zug?«, wunderte sich Taney. »Die nächste Feuerbasis der Marines ist fast 40 Klicks entfernt, falls sie noch nicht aufgelöst wurde. Wie sollten die einen Zug herschicken? Und warum sollten sie das tun?«

»Das ist kein Zug«, stellte Puller fest. »Das können sie nicht, nein, nicht auf dem Landweg, nicht durch dieses Gelände, ohne entdeckt zu werden. Aber ein Team.«

»Ein Team?«

»Die Scharfschützenteams der Marines bestehen aus zwei Männern. Die können verdammt schnell sein, wenn sie müssen. Gott, Taney, hören Sie sich das an und seien Sie sich im Klaren darüber, was das für ein Privileg ist. Was Sie da hören, ist ein einziger Mann, der mit einem Gewehr ein ganzes Bataillon aus 300 Männern angreift.«

»Die sagen, die ihn getroffen«, verkündete Y Dok.

»Scheiße«, fluchte Taney.

»Gott segne ihn«, sagte Puller. »Er hat ihnen einen höllischen Kampf geliefert.«

»Die sagen: Amerikaner tot. Anführer sagt: gehen weiter, Leute, ihr müssen weiter zum Ende des Tals, und der Offizier sagen: ja, ja, und er – *oh. Oh, ho, ho, ho!*« Er lachte und fletschte seine kleinen schwarzen Zähne.

»Nein. Nein, nein, nein, nein. Er sie erwischt! Oh, ja, er gerade getötet Mann am Funkgerät. Ich gehört Schrei. Oh, er ein Mann, der kennt den Weg des Kriegers, das ich weiß. Er machen gute Tode, sehr viele.«

»Das können Sie laut sagen«, stimmte Puller zu.

KAPITEL 14

Als der Abzug nachgab, drehte sich der nordvietnamesische Captain Lieutenant um, als ob er Bob bloß einmal sehen wollte, bevor er starb. Für eine Sekunde wurden die Details regelrecht eingefroren: ein kleiner Mann, selbst nach NVA-Maßstäben, mit Fernglas und Pistole. Noch vor einem Augenblick war er voller Leben und Eifer gewesen. Als die Kugel ihn traf, nahm sie ihm alles. Ernst und feierlich stand er da, kreidebleich, als sämtliche Träume und Hoffnungen seinen Körper verließen. Falls er eine Seele besaß, war dies der Moment, in dem sie in die Version des Himmels aufsteigen musste, die ihm zusagte. Dann endete es: Mit einer beinahe steif und förmlich wirkenden Würde kippte er vornüber.

Bob lud schnell durch, warf die leere Patronenhülse aus, ohne jedoch den Augenabstand zum Zielfernrohr zu verändern – ein guter Trick, dessen Beherrschung man ein Leben lang üben musste. Im perfekten, neunfach vergrößerten Kreis registrierte er, wie die Männer, seine Ziele, sich gegenseitig in äußerster Verwirrung anglotzten. Ihr Gesichtsausdruck war nicht schwer zu deuten: Sie waren verblüfft, denn dies hätte nicht passieren dürfen, nicht im Regen, im Nebel, beim ungehinderten Vordringen, nicht nach einem langen Nachtmarsch, nicht bei ihrer guten Disziplin, ihrer Zähigkeit, ihrer Zuversicht. Sie hatten keine Theorie parat, um es zu erklären. Nein, dies war schlicht unmöglich.

Bob schwenkte das Gewehr nur leicht herum, fand ein neues Ziel und spürte den Rückstoß beim Feuern. 200 Meter entfernt und zwei Zehntelsekunden später schlug das 11,2 Gramm schwere Projektil mit einer Geschwindigkeit von etwas mehr als 700 Metern pro Sekunde ein. Den Tabellen zufolge verfügte es bei dieser Entfernung und diesem Tempo über eine Energie von beinahe 2700 Joule. Die Kugel traf den Anführer eines Maschinengewehrteams in den Unterbauch, der in der Nähe seines nun toten kommandierenden Offiziers stand, und kehrte buchstäblich sein Inneres nach außen. Das richtete ein so großes Geschoss an: Es sezierte einen Menschen, offenbarte den Umstehenden seine intimsten biologischen Geheimnisse. Kein sofort tödlicher Schuss, aber einer, der ihn innerhalb von Minuten verbluten ließ.

Schnell suchte Bob ein weiteres Opfer. Es dauerte nicht länger als einen Wimpernschlag, bis er schoss und auch diesen Mann traf.

Die Nordvietnamesen gerieten nicht in Panik, obwohl sie nicht darauf hoffen konnten, Bob in diesem Nebel zu entdecken, und obwohl der Mündungsknall diffus und schwer zu orten war. Sie wussten lediglich, dass er irgendwo rechts von ihnen sein musste. Jemand erteilte mit ruhiger Stimme Befehle. Die Männer ließen sich zu Boden fallen und hielten Ausschau nach einem Ziel. Ein Trupp wurde zusammengestellt, der die rechte Flanke nehmen und ihm in den Rücken fallen sollte. Das Standardprozedere einer hochprofessionellen Einheit, die viel Erfahrung mitbrachte.

Aber Bob stahl sich rasch davon. Mitten im Nebel stand er auf und rannte los. Er wusste, dass ihm nur wenige Sekunden blieben. Nahmen sie die Verluste in Kauf und marschierten einfach weiter? Oder schickten sie Trupps zur Flanke und nahmen sich die Zeit, Mörser aufzustellen? *Was werden sie tun?*, überlegte er.

Schnell überwand er eine Strecke von 100 Metern und schob im Laufen drei neue Patronen in den Verschluss, da er keine Zeit mit Nachladen verschwenden wollte, wenn er Ziele fand. Er schlitterte von der Anhöhe zur Talsohle hinunter und bewegte sich gebückt durch das Elefantengras, durch ein mit Nebelschwaden von der Welt abgeschnittenes

Nirgendwo. Schließlich gelangte er zum Mittelpunkt des Pfads, wo das Gras sich lichtete und ihm ein freies Sichtfeld bot. Er war jetzt 300 Meter von ihnen entfernt und machte im Nebel nur trübe Umrisse aus. Schnell ging er in die Hocke und richtete das Zielfernrohr auf sie. Er legte das Fadenkreuz über einen, zielte höher, weil auf diese Distanz mit einem leichten Absinken der Kugel zu rechnen war, und zog den Abzug durch. Vielleicht schoss er nur auf einen Baumstumpf. Aber der Klecks fiel um, und als er einen anderen erwischte, ging auch dieser zu Boden. Er wiederholte es zwei weitere Male, dann waren die Kleckse verschwunden. Ob sie sich ins Gras geworfen oder zurückgezogen hatten, konnte er nicht sagen.

Was jetzt?

Zurück! Sie werden über die Flanke kommen, aber langsam, weil sie nicht wissen, ob sie es mit einer größeren Gruppe zu tun haben.

Er gab sich nicht die Mühe, in geduckter Haltung zu bleiben, sondern spurtete mit maximaler Geschwindigkeit durch den Nebel. Plötzlich eröffnete die NVA das Feuer und er ließ sich fallen. Aber der Kugelhagel kam nicht in seine Nähe und wirkte eher wie ein tastender, theoretischer Versuch, ihn dort zu treffen, wo er sich ihren Berechnungen nach aufhalten müsste. Gut 100 Meter entfernt wurde mit Leuchtspurmunition Jagd auf ihn gemacht – flüssigen Flecken aus Neonlicht im Dunst, so schnell und hauchdünn, dass sie wie optische Täuschungen wirkten. Sie furchten den Boden auf, wo sie einschlugen, und erzeugten kleine Blizzards aus wirbelnder Unruhe. Jäh verstummten die Schüsse.

Er ließ sich fallen, kroch weiter und gelangte zu einem gegabelten Baum. Schnell schob er weitere vier Patronen in sein M40, lud durch und klappte den Kammerstängel nach unten. Es fühlte sich an, als verriegle er einen Tresor.

Er zog das Gewehr zu sich heran. Scheinbar hatte er

Glück gehabt und eine Stelle mit weniger dichtem Nebel gefunden, denn mit einem Mal konnte er die Feinde deutlich erkennen. Ein Offizier sprach gerade ins Funkgerät, während seine Männer um ihn herum ausschwärmten. Bob tötete den Offizier, tötete zwei seiner Männer. Dann hatte er freie Sicht auf einen Soldaten, der mit vier Panzerfäusten auf dem Rücken in Deckung huschte. Er legte das Fadenkreuz über eine der Granaten und feuerte. Das multiplizierte den Schaden: Die vierfache Detonation riss einen riesigen Krater in den Boden. Vermutlich vertrieb sie die anderen, wahrscheinlicher riss sie einige von ihnen mit in den Tod.

Er nahm sich nicht die Zeit, die Leichen zu zählen, würdigte das Ergebnis nicht einmal mit einem kurzen Blick. Stattdessen kroch er schweißüberströmt durch das hohe Elefantengras. Er kroch so lange, dass es ihm wie eine Ewigkeit vorkam. Leuchtspurkugeln schwirrten ziellos über ihn hinweg, schnitten durch das Gras und erzeugten diesen merkwürdigen *Wupp*-Laut von Geschossen, die gegen den Wind ankämpften.

Einmal, als die Schüsse aufhörten, hatte er das Gefühl, umzingelt zu sein, und erstarrte, aber nichts passierte. Als er schließlich ein paar Bäume fand, sodass er wieder an die Arbeit gehen konnte, stellte er fest, dass er ein ganzes Stück weiter hinten an der Kolonne war. Vor ihm im wallenden Dunst standen einige Männer, so schwer mit Ausrüstung beladen, dass sie eher wie Packesel als wie Soldaten wirkten. Dies war einfach nur Mord. Er fand kein Vergnügen daran, dachte aber auch nicht länger darüber nach. *Ziele? Triff sie, erledige sie, vernichte sie.* Wie betäubt tat er, was er für notwendig hielt.

Senior Colonel Huu Co hatte ein Problem. Es war nicht die feindliche Feuerkraft; davon gab es nicht viel. Es war die Präzision.

»Wenn er schießt, Bruder Colonel«, wandte sein Offizier sich an ihn, »trifft er uns. Er ist wie ein Phantom. Die Männer verlieren den Mut.«

Huu Co kochte innerlich, aber er begriff. Bei einem Frontalangriff wären seine Männer standhaft geblieben und hätten gekämpft, wären geradewegs in die feindlichen Gewehre hineingelaufen: So lief es in einer Schlacht. Das hier war anders: Dieser schreckliche Nebel, die mysteriösen Kugeln, die mit unfehlbarer Genauigkeit daraus hervordrangen, Offiziere und Anführer aufspürten und umbrachten, und dann ... völlige Stille.

»Vielleicht ist es mehr als einer«, spekulierte jemand.

»Ich glaube, es müssen mindestens zehn sein«, fügte ein anderer hinzu.

»Nein«, widersprach Huu Co. »Es ist nur einer und er hat lediglich ein Gewehr. Es ist eine Repetierbüchse, daher muss es ein amerikanischer Marine sein, denn ihre Armee benutzt längst keine Repetierbüchsen mehr. Das erkennt man an der Zeit zwischen den Schüssen und dem Fehlen von Doppelschüssen oder Salven. Ihr müsst Ruhe bewahren. Er baut auf eure Angst. Das ist seine Vorgehensweise.«

»Er kann durch den Nebel sehen.«

»Nein, er kann nicht durch den Nebel sehen. Er ist rechts von uns in den Hügeln, eindeutig, und während er sich fortbewegt, gerät er in Bereiche, in denen der Nebel weniger dicht ist. Wenn er sich lichtet, kann er genug sehen, um zu zielen. Die Männer sollen sich ins Gras legen. Wenn sie stehen bleiben, werden sie getötet.«

»Bruder Colonel, sollten wir nicht weitermarschieren? Wie viele kann er denn töten? Unsere Pflicht wartet am Ende dieses Tals, nicht hier.«

Ein berechtigter Einwand, den Kommissar Tien Phuc Bo, der politische Offizier, da vorbrachte. Tatsächlich galt es unter bestimmten Umständen als Pflicht von Offizieren und Soldaten, für die Ausführung einer wichtigen Mission eine hohe Zahl von Todesopfern billigend in Kauf zu nehmen. Regel Nummer eins: Verteidige das Vaterland. Kämpfe und opfere dich auf für die Revolution des Volkes.

»Aber das hier ist etwas anderes«, widersprach Huu Co. »Der Nebel macht es anders. Hinzu kommt seine Präzision. Wahlloser Beschuss führt zu vertretbaren Verlusten. Der Scharfschütze stellt ein anderes Problem dar, sowohl philosophisch als auch taktisch betrachtet. Wenn ein individueller Soldat spürt, dass er zur Zielscheibe wird, gewinnt das eine unverhältnismäßige Bedeutung für ihn und untergräbt seine Kampfmoral. Im Westen nennt man das ›Paranoia‹, ein sehr nützlicher Begriff. Er steht für eine übermäßige Einbildungskraft in Verbindung mit der Angst vor dem eigenen Tod. Der Soldat setzt sein Leben für eine Sache oder eine Mission aufs Spiel, bei einer abstrakten Bedrohung, aber er opfert sich nicht einem bestimmten Mann. Das ist zu persönlich, zu intim.«

»Huu Co hat recht«, stimmte sein Führungsoffizier Nhoung zu. »Wir können die Verluste bei unserem Marsch nicht einfach hinnehmen, denn die Belastung erhöht sich dadurch immens. Bis wir unser Ziel erreichen, sind die Männer zu entmutigt. Was wäre damit gewonnen?«

»Es ist deine Entscheidung«, fügte Phuc Bo hinzu. »Aber vielleicht wirst du dafür später kritisiert, und diesen Stachel würdest du noch viele, viele Jahre lang spüren.«

Huu Co steckte die Ermahnung weg. 1963 war er für neun lange Monate in einem Umerziehungslager ›kritisiert‹ worden, und für einen Vietnamesen bedeutete dieses Wort etwas sehr Schmerzhaftes.

Tapfer wagte er einen Vorstoß: »So ein Mann kann uns eine überraschend hohe Zahl von Verlusten bescheren, besonders unter den Offizieren und Unteroffizieren, dem Herz der Armee. Ohne Führung sind die Männer verloren.

Er könnte unseren Offiziersstab aufreiben, wenn wir nicht sofort und unverzüglich etwas gegen ihn unternehmen. Ich will, dass der zweite Zug die rechte Flanke nimmt, mit einem Maschinengewehrteam an jedem Ende, das für Unterstützungsfeuer sorgt. Sie sollen das Gebiet durchkämmen, während der Rest der Einheit im hohen Gras wartet. Ich will Funkkontakt mit den Pionieren von Kompanie Zwei; ruft sie zurück und weist sie an, ihm den Weg abzuschneiden. Sie müssen schnell sein. Den aktuellen Berichten nach wird das Wetter sich nicht ändern. Das verschafft uns etwas Zeit. Und ich ziehe es eindeutig vor, die Integrität der Einheit zu bewahren, als in diesem Stadium weiter vorzudringen. Wir werden ihn rechtzeitig aus dem Verkehr ziehen. Geduld in jeder Hinsicht, so ist es unsere Art. Setzt euch mit den Anführern und Kämpfern in Verbindung. Dies ist nicht die Zeit für übereiltes Handeln; dies ist eine Prüfung unserer Disziplin und unseres Kampfgeistes.«

»Verstanden, Sir.«

»Dann lasst uns unsere Pflicht tun, Brüder. Ich erwarte, dass ihr innerhalb einer Stunde Erfolge vorweisen könnt, und ich weiß, dass ihr mich nicht enttäuschen werdet.«

Donny lag im hohen Gras und spähte durch das Spektiv. Aber die Distanz war zu groß, gut 400 Meter. Im Tal sichtete er nur den dahintreibenden Nebel und hörte die Schüsse.

Er nahm das rechte Auge vom Spektiv und hielt mit beiden Augen Ausschau. Wieder nichts. Die Schüsse brandeten auf und verstummten, wieder und wieder. Gelegentlich setzte der Mündungsknall einer schweren Büchse mit zwei oder drei Schüssen Akzente – Bobs Schüsse. Einmal ertönte eine Art mehrfacher Knall. Hatte Bob eine Claymore in die Luft gejagt? Donny wusste es nicht, zweifelte aber insgeheim, dass der Scharfschütze Zeit dazu fand, während er sich in den Hügeln hin und her bewegte.

Er hatte eine gute Position gefunden, halb vergraben in einem Gestrüpp, auf halber Höhe eines Hügels, etwas oberhalb der Nebelschicht. Rechts und links bot sich ihm ein weites Sichtfeld und er ging nicht davon aus, dass ihn hier jemand überrumpeln konnte. Mit seinem guten Kompass würde er den Weg zum Special-Forces-Camp in Kham Duc finden. Er wusste, dass er es in zwei oder drei schweren Stunden dorthin schaffen könnte. Aus der letzten Feldflasche, die ihm blieb, trank er etwas Wasser. Seine Lage stufte er als nicht allzu schlecht ein. Alles, was er tun musste, war hierzubleiben, auf die Luftunterstützung zu warten, den Piloten zu lotsen und dann verflucht noch mal von hier zu verschwinden. Falls keine Luftunterstützung eintraf, wollte er sich im Schutz der Dunkelheit absetzen. Das Tal durfte er nicht betreten, das hatte Swagger ihm eingeschärft.

Er dachte an das verfremdete Bibelzitat, das die Marines mit Filzstiften auf ihre Helme und Splitterschutzwesten kritzelten: »Und ob ich schon wanderte im finsteren Tal des Todes, fürchte ich kein Unglück, weil ich der härteste Dreck-sack im ganzen Tal bin!« Angeberei, schiere, polternde Angeberei, wie ein Beschwörungsgesang, um den Schnitter zu vertreiben.

Ich wandere nicht ins Tal des Todes, dachte er. *So lauten meine Befehle nicht. Ich halte mich an meine Befehle und mache alles, was man mir sagt. Und mir wurde ausdrück-lich befohlen, nicht ins Tal des Todes zu gehen.*

Er akzeptierte es sowohl in moralischer als auch in taktischer Hinsicht als Anweisung seines leitenden Unter-offiziers. Niemand konnte eine solche Anordnung infrage stellen, niemand wollte so etwas oder unternahm überhaupt den Versuch.

Ich komme durch, sagte er sich. *Meine Zeit ist bald um. Ich komme durch, ich hab noch drei Monate und ein paar*

Tage bis zur Abberufung. Ich hab noch mein ganzes gottverdammtes Leben vor mir und keiner kann behaupten, ich hätte mich vor irgendwas gedrückt. Keiner wird je fragen, ob meine Annahmen auf Moral oder Feigheit beruht haben. Ich habe nichts zu beweisen.

Warum fühl ich mich dann so beschissen?

Es stimmte. Er fühlte sich wirklich mies, war wütend auf sich selbst, fast bis zum Selbstekel. Swagger riskierte da unten wahrscheinlich sein Leben, und Donny hatte irgendwie die Gelegenheit verpasst. Alle machten sich immer Sorgen um *ihn*. Auch Trig hatte sich bloß um *ihn* gesorgt. Was war denn so besonders an ihm, dass er unbedingt überleben sollte? Ihm fehlte jegliche schriftstellerische Begabung, er war weder wortgewandt noch charismatisch. Niemand würde ihm zuhören, er gab einen denkbar schlechten Chronisten ab.

Warum ich?

Was soll an mir Blödmann so besonders sein?

Er hörte sie, bevor er sie sah. Das *Tapp-Tapp-Tapp* rennender Männer, die sich in einer schrägen Linie näherten. Er zuckte nicht zusammen, vermied abrupte Bewegungen, und augenblicklich war er froh darüber, denn abrupte Bewegungen führten unweigerlich zur Entdeckung.

Sie gingen etwa 25 Meter vor ihm in einer Reihe, ein Schnelltrupp ohne Helme, Rucksäcke und Feldflaschen, der pflichtergeben in den Kampf eilte. Es war die zwölfköpfige Flankenpatrouille, die man über Funk herbeordert hatte, damit sie sich dem Scharfschützen von hinten näherte.

Er konnte sich ausmalen, wie es ablief. Sie bildeten eine Gefechtslinie und die Leute an den Flanken würden Bob auf sie zutreiben oder ihn von hinten überrumpeln. In beiden Fällen wäre er erledigt.

Hätte Donny die ›Fettpresse‹ bei sich gehabt, hätte er vielleicht alle zwölf mit einer einzigen Salve erledigen können. Aber das hielt er für eher unwahrscheinlich; es war ziemlich schwierig, mit dem Teil zu schießen. Hätte er eine Claymore gelegt, hätte er sie damit mit etwas Glück ebenfalls erwischt. Aber er hatte nichts außer seinem M14.

Er sah zu, wie sie mit eleganten, sparsamen, entschlossenen Bewegungen weiterstapften und im Nebel verschwanden.

Ich habe meine Befehle, dachte er.

Mein Job ist es, auf die Luftunterstützung zu warten.

Dann dachte er: S*cheiß drauf!,* und stand auf, um sie von hinten anzugreifen.

Sie kamen auf ihn zu, wie er es erwartet hatte. Gute, bestens ausgebildete Männer, die sich von Verlusten nicht abschrecken ließen, eine Einheit in Zugstärke, die das hohe Gras durchkämmte. Bob konnte sie durch den Dunst ausmachen, dunkle Schemen, die in einer Reihe zwischen den Farnen hindurchgingen. Er fühlte sich an ein Reh erinnert, das er einmal in einem nebligen Maisfeld in Arkansas beobachtet hatte, und an den alten Sam Vincent, der versucht hatte, ihm ein Vater zu sein, nachdem sein eigener Vater gestorben war. Er hatte ihm gesagt, er müsse das Jagdfieber bekämpfen, ruhig bleiben, kühl bleiben.

Er konnte Sam in diesem Moment deutlich hören.

»Bleib ruhig, Junge. Nicht hetzen. Wenn du zu hastig bist, ist es vorbei, und diese Gelegenheit kommt nie wieder.«

Also blieb er ruhig, wurde zum Tod, wurde die Art Jäger, die auf einen sauberen Schuss aus ist und keine Blutspuren will. Ein Teil der Natur.

Aber das stimmte nicht.

In Wahrheit war er der Krieg, und zwar sein grausamster Teil.

Nie zuvor hatte er dieses Gefühl gehabt. Es jagte ihm Angst ein, war zugleich aber auch aufregend.

Ich bin der Krieg. Ich kriege sie alle. Ich bringe ihre Mütter zum Weinen. Ich kenne keine Gnade. Ich bin der Krieg.

Ein skurriler Gedanke, der durch einen in den Kampf vertieften Verstand schwirrte, aber unleugbar vorhanden.

Der Zugführer wird links laufen, nicht an der Spitze. Er wird mit seinen Männern reden, sie zusammenhalten.

Er suchte nach einem Mann, der redete. Als er ihn fand, schoss er ihm durch den Mund und brachte ihn für immer zum Schweigen.

Ich bin der Krieg.

Er schwenkte schnell zu dem Mann herum, der zu dem gefallenen Offizier gelaufen war, und hätte ihn fast erschossen. Aber dann wartete er eine Sekunde, bis ein anderer zu ihm kam, ihn packte, das Kommando übernahm und sich umdrehte, um Befehle zu erteilen. Ein höherer Unteroffizier.

Ich bin der Krieg.

Er erledigte den Unteroffizier.

Die Männer, die für ihn nichts als Zielscheiben waren, starrten sich panisch an. In diesem Augenblick äußersten Entsetzens taten sie genau das Richtige.

Sie stürmten auf ihn zu.

Er konnte sie unmöglich alle erwischen, nicht mal die Hälfte von ihnen; er konnte auch nicht entkommen oder ihnen ausweichen. Es gab nur eins, was er tun konnte.

Er stand auf, völlig im Kriegswahn, das Gesicht grün-schwarz bemalt, die Augen vor Wut aus den Höhlen quellend, und schrie: »Kommt her, ihr Wichser, ich will kämpfen! Kommt und kämpft mit mir!«

Sie sahen ihn auf der Anhöhe stehen und drehten sich fast geschlossen zu ihm um. Sie erstarrten, als sie ihn sahen: eine irre Vogelscheuche mit einem gefährlichen Gewehr auf einem Grashügel, die keine Angst vor ihnen hatte. Aus unerklärlichen Gründen kamen sie nicht auf die Idee, auf ihn zu schießen.

Der Moment zog sich in die Länge. Wahnsinn lag in der Luft, ein Augenblick exquisiter geistiger Verwirrtheit.

Dann rannten sie auf ihn zu.

Er ließ sich zu Boden fallen und kroch in die einzige Richtung, mit der sie nicht rechneten.

Direkt auf sie zu.

Verzweifelt robbte er vorwärts, wand sich wie eine Schlange durch das Gras, bis sie anfingen zu schießen.

Sie blieben wenige Meter vor ihm stehen und feuerten aus der Hüfte. Eine Zeremonie verängstigter Menschen, die den Teufel vertreiben wollten. Die Kugeln zerfetzten die Halme über seinem Kopf und schlugen irgendwo hinter ihm ein. Ein Ritual der Zerstörung. Sie feuerten und feuerten, luden nach, schickten ihre Geschosse, um ihn zu töten. Die Hügelkuppe wurde buchstäblich dem Erdboden gleichgemacht.

Er kroch weiter, bis er ihre Füße und Haufen leerer Patronenhülsen wahrnahm.

Die Schüsse verstummten.

Er hörte Rufe auf Vietnamesisch: »Brüder, der Amerikaner ist tot. Geht und sucht seine Leiche, Kameraden.«

»Geh *du* doch seine Leiche suchen.«

»Er ist tot, ich sag's euch. Keiner hätte das überlebt. Wenn er noch lebte, würde er in dieser Sekunde auf uns schießen.«

»Na gut, dann geh, schneid ihm den Kopf ab und bring ihn uns.«

»Vater Ho will, dass ich hierbleibe. Einer muss führen.«

»Ich übernehme deinen Platz, Bruder. Gestatte mir, dir das Privileg zu überlassen, die Leiche zu untersuchen.«

»Ihr Idioten, wir gehen alle. Ladet nach, macht euch bereit, schießt auf alles, was sich bewegt. Tötet den amerikanischen Dämon.«

»Tötet den Dämon, meine Brüder!«

Er sah, wie die Füße in seine Richtung kamen.

Mach dich klein. Mach dich ganz, ganz klein!

Er nahm eine Embryonalhaltung ein, brachte sich dazu, so vollkommen ruhig zu werden, dass er einem toten Tier glich. Es war eine Gabe, die er besaß. Die Gabe des Jägers, seinen Körper eins mit der Erde werden zu lassen, statt nur über sie zu wandeln. Er machte sich nur Sorgen über den Geruch seines Schweißes, der von amerikanischen Fetten gesättigt war und den Klügsten unter ihnen womöglich auffiel.

Die Füße kamen so nahe.

Er sah Leinenstiefel und ein Paar Clogs.

Die haben diesen beschissenen Krieg in Clogs gewonnen!

Die zwei Fußpaare schlurften durch das Gras, beide jetzt erfüllt von lebendigen Details. Die Clogs wurden wahrscheinlich nicht einmal gebraucht. Der Mann konnte ebenso gut barfuß auf Schnee oder Schotter kämpfen. Die Stiefel des anderen waren löchrig, zerrissen und mit Klebeband zusammengehalten wie die lächerliche Fußbekleidung eines Penners – etwas, wie es Red Skelton in den alten Sketchen als Clem Kadiddlehopper getragen hätte. Aber dann marschierten die Stiefel weiter, an ihm vorbei. Bob rutschte weiter, schob sich durchs Gras, bis er zu einer kleinen Vertiefung gelangte. Er stand auf, schaute sich um. Als er im Nebel nichts erkennen konnte, rannte er nach rechts, die Vertiefung entlang und auf die Kolonne zu, die ihre Bewegung in Richtung Camp Arizona längst wieder aufgenommen haben dürfte.

Er stieß mit einem Soldaten zusammen.

NVA.

Für einen Moment gafften sie sich gegenseitig bloß dumm an, Bob und dieser Nachzügler, dieser offensichtliche Trottel, der sich von seiner Einheit entfernt hatte. Der Mann öffnete den Mund, als ob er schreien wollte, während er versuchte, seine AK in Anschlag zu bringen. Aber Bob warf sich mit einem animalischen Satz purer, heimtückischer Brutalität auf den Gegner, rammte ihm seinen Kopf gegen den Mund und begrub ihn unter sich, wobei er ihm das Sturmgewehr mit vollem Gewicht an die Brust drückte. Er schlang die linke Hand um die Kehle des anderen und drückte zu, hielt ihn mit seiner ganzen Kraft am Boden, während er gleichzeitig nach dem Randall-Messer griff.

Der Mann wand sich und bäumte sich krampfhaft auf, wobei er unkoordiniert nach Bobs Hals und Kopf boxte. Dann griff er mit einer Hand nach unten, suchte vermutlich ebenfalls nach einem Messer. Aber Bob verlagerte sein Gewicht leicht nach links und rammte ihm mit aller Kraft, die er aufbringen konnte, das Knie in die Hoden. Er hörte den Feind keuchen, als er sich unter dem Treffer zusammenkrümmte.

Dann hatte Bob das Messer und nichts hielt ihn mehr zurück. Er rammte es in den Bauch, drehte es seitlich, wobei die Schneide Eingeweide durchtrennte, und zog es nach links. Der Mann zuckte und kämpfte gegen den Schmerz an. Seine Hand schnellte zu Bobs Handgelenk. Aus der zusammengedrückten Kehle drangen Würgelaute. Bob riss das Messer heraus, stach weiter oben zu, spürte, wie die Klinge in die Kehle einsank. Er kämpfte darum, den sterbenden Soldaten am Boden zu halten, schaffte es, sich aufzurichten und rittlings auf dessen keuchende Brust zu setzen. Er rammte ihm das Messer noch zwei- oder dreimal in den Oberkörper. Bei jedem Stoß bäumte der Mann sich auf.

Schließlich lehnte Bob sich zurück. Er blickte sich um.

Das Remington lag ein paar Meter entfernt. Er wischte das Randall-Messer an der Tarnhose ab und schob es in die vor seiner Brust hängende Scheide. Schnell durchsuchte er den Soldaten: zwei Pistolen, eine Feldflasche. Er hob das Remington auf, fand aber keine Zeit, nach seinem Hut zu suchen, den er im Kampf verloren hatte. Ein Tropfen salzigen Blutes floss von der Stelle seines Scheitels herunter, mit der er dem Nordvietnamesen den Kopfstoß versetzt hatte. Als das Blut den Mundwinkel erreichte, zuckte er zusammen. Er drehte sich um und musterte den Toten.

Warum war es so leicht gegangen? Warum war der Mann so schwach gewesen?

Die Antwort lag auf der Hand: Der Soldat war höchstens 14 Jahre alt. Er hatte sich noch nie rasiert. Sein Gesicht war zwar schmutzig, wirkte aber im Wesentlichen selbst im Tod noch sorglos. Seine Augen standen offen, hell, aber mit leerem Blick. Blendend weiße Zähne. Er hatte Akne.

Bob betrachtete dieses blutige Bündel, das einmal ein Junge gewesen war.

Tiefer Ekel übermannte ihn. Er bückte sich und würgte ein paar Klumpen seiner unverdauten C-Ration aus, holte Luft, wischte sich das Blut von den Händen und wandte sich wieder dem Pfad vor ihm zu, der in Richtung der Marschkolonne führte.

Ich bin der Krieg, dachte er. *So agiere ich nun mal.*

Huu Cos politischer Offizier Phuc Bo war unerbittlich. Der kompakte, kleine Mann, der die russische Offiziersschule besucht hatte, verkörperte die rohe Energie eines Apparatschiks. Die Partei war sein Leben und er war ein Meister im Schönreden.

»Bruder Colonel, du musst den Befehl zum Weitermarschieren geben, trotz der Verluste. Wenn wir noch mehr Zeit verschwenden, büßen wir unseren wertvollsten Vorteil ein. Wie viele vermag ein einzelner Mann schon zu töten? Mehr als 40, vielleicht 50? Das ist noch weit unter einer Verlustrate von 20 Prozent. Für die Partei wäre das vollkommen akzeptabel. Manchmal muss das Leben der Kämpfer geopfert werden, um die Mission zu erfüllen.«

Huu Co nickte ernst. Vor ihnen erschollen sporadisch Feuerstöße, aber die Kolonne war wieder zum Stillstand gekommen. Von der Flankenpatrouille und den Pionieren, die zurückbeordert worden waren, hatte sie noch keine Nachricht erreicht. Immer noch beharkte der Amerikaner sie mit gut gezielten Schüssen. Mit Vorliebe zielte er auf den Offizierskader.

Woher wusste er es? Die Mitglieder des Kaders trugen keine Rangabzeichen und nur wenige dem Ego förderliche Symbole der Führerschaft wie Reitgerten oder Schwerter. Die Anführer ließen sich nicht von den normalen Kämpfern unterscheiden, weder in der Parteitheorie noch in der Praxis. Aber dieser Amerikaner schien instinktiv zu spüren, wer das Kommando führte, und wenn er feuerte, traf er die Ranghöchsten – nicht immer, aber häufig genug, um destabilisierend zu wirken.

»Er macht Jagd auf unseren Kader, Bruder Politoffizier. Und was, wenn wir weitergehen und er uns im Laufe der Strecke unserer gesamten Führerschaft beraubt? Wenn wir unser Ziel erreichen, ohne dass Anführer vortreten und das Kommando übernehmen können, womit unsere Attacke fehlschlägt? Was wird die Partei dann sagen? Wem wird die Kritik am lautesten in den Ohren klingen?«

»Unsere Kämpfer können Anführer aus ihren eigenen Reihen hervorbringen. Das ist unsere Stärke. Darauf basiert unsere Macht.«

»Aber unsere Anführer müssen ausgebildet werden, und sie zu vergeuden für nichts als das Ego eines politischen Offiziers, damit dieser sich rühmen kann, dass seine

Kolonne spät in einem ohnehin schon gewonnenen Krieg ein amerikanisches Fort zerstört hat, ist vielleicht schon für sich genommen eine Entscheidung, die man kommentieren wird.«

»Ich frage mich, lieber Bruder Colonel: Sind in deiner Seele nicht doch noch Spuren des westlichen Humanismus zu finden, dieser kranken Dekadenz einer dem Untergang geweihten Gesellschaftsform? Du machst dir zu viele kleinliche Sorgen über das Leben von Individuen, obwohl es die Bewegung der Massen, die Kräfte der Geschichte und unser Ziel sind, um die du dir Gedanken machen solltest.«

»Ich nehme die exzellente und scharfsinnige Kritik meines Bruders bescheiden zur Kenntnis«, erwiderte der Colonel. »Ich glaube jedoch nach wie vor an den Wert langfristiger Geduld und an die Tugend, die darin liegt.«

»Lieber Colonel«, gab der Mann mit wutentbrannter Miene zurück, »ich habe dem Kommissar geschworen, dass das amerikanische Fort fallen wird. Deshalb fordere ich, dass du den Befehl zum Weitermarschieren erteilst, ohne Rücksicht au...«

Phuc Bo sprach nicht weiter. Ohne Unterkiefer und Zunge war das auch schwer möglich. Er wankte zurück, während das Blut hell über die Brust schäumte und gurgelnd aus dem Loch floss, das einst sein Mund gewesen war. Er stieß merkwürdige Laute aus, so abstrakt und unverständlich, dass sich ihnen kein Sinn entlocken ließ. Seine Augen nahmen die Farbe einer alten Zwei-Francs-Münze an. Er starb noch im Stehen und knallte rückwärts ins hohe Gras, mitten in eine Pfütze mit schlammigem Wasser, das beim Kontakt mit dem nassen Boden aufspritzte.

Die Männer um den Senior Colonel sprangen in Deckung. Aber er wusste, dass der Amerikaner nicht schießen würde. Er begriff, dass er ihn verschonte. Auf seine Weise war der Amerikaner ebenso sehr Psychologe wie Scharfschütze.

Er operierte am Leib dieser Truppe, entfernte die Selbst-
gefälligen, die Eitlen, die Herrischen. Der politische
Offizier Phuc Bo war ein wütender Mann gewesen, der
sich aggressiv an seinen Senior Colonel gewandt hatte,
mit forschen, dramatischen Handbewegungen und lauter
Stimme, mit Gesten aus dem Repertoire der Überlegenheit.
Indem er sie beobachtete, hatte der Amerikaner geschlossen,
dass er derjenige sein musste, der das Kommando führte.
Denn er war es, der offenbar einen aufsässigen Untergebenen zurechtwies. Dass dem Senior Colonel ein Ego
und eine charismatische Präsenz vollkommen abgingen,
hatte ihn im Visier des Scharfschützen effektiv unsichtbar
gemacht.

Noch ein Schuss fiel. Ein Stück weiter vorn in der
Kolonne ging ein Sergeant schreiend zu Boden.

Der Senior Colonel drehte sich um, als einziger noch
stehender Mann unter vielen Kauernden, und sagte in
betont lässigem Plauderton zu seinem Führungsoffizier:
»Schickt noch einen Zug raus. Ich fürchte, unser Gegner ist
dem ersten entgangen. Und lasst die Männer weiter im Gras
in Deckung bleiben. Wir brauchen nicht für die Eitelkeit
der Partei oder für irgendeinen Amerikaner zu sterben, der
auf Ruhm aus ist.«

Der Befehl wurde weitergegeben.

Der Senior Colonel wandte sich erneut den Hügeln zu, in
denen der Amerikaner weiterhin Jagd auf sie machte.

Sie, Sir, dachte er in der Sprache seiner Jugend, die er
in all diesen Jahren vergessen hatte, *Sie, Sir, sind ›très
formidable‹.*

Dann begann er wieder darüber nachzudenken, wie man
diesen Mann aus dem Verkehr ziehen konnte.

Puller verfluchte die Wolken. Sie hingen tief, waren nass,
dicht, dicker als das Blut am Boden des Triagezelts. Sie

reagierten auf seinen Zorn mit einem Platzregen, dessen Tropfen durch den Schlamm peitschten wie Kugeln.

Keine Luftunterstützung.

Nicht heute, nicht solange diese tief hängenden Drecksteile die Erde erstickten. Er blickte zurück auf sein schäbiges Reich aus Schlamm, verlotterten Bunkern, zerschmetterten Soldatenhütten und explodierten Latrinen. Von der Stelle, an der gestern der Abort in die Luft geflogen war, stieg eine ausgefranste Rauchwolke auf. Montagnards und Offiziere drängten sich hinter Wällen zusammen oder rasten von hier nach da, wobei sie Beschuss riskierten. Der Schlamm stank nach Büffelscheiße, Blut und dem beißenden Rauch verbrannten Schießpulvers.

Eine Mörsergranate detonierte ganz in der Nähe. Er warf sich hinter seinen Erdwall. Da schrie jemand: »Sani! Verdammt noch mal, Sani!« Aber es gab keinen Sanitäter mehr. Jack Deems, der seit 1965 bei ihm gewesen war, ausgebildet sowohl als Sanitäter als auch als Sprengstoffexperte, ein sehr guter, professioneller Soldat, war gestern gefallen. Ein Schuss in die Brust. Er war verblutet, während er die Namen seiner Kinder gebrüllt hatte.

Puller erschauerte.

Noch eine Mörsergranate detonierte. Gott sei Dank hatten die Vietcong-Einheiten nur 60-Millimeter-Mörser, mit denen sie etwa granatengroße Sprengkörper in das Camp schießen konnten. Damit ließ sich ein Mann nur töten, wenn sie Glück hatten und ihn direkt trafen oder die Splitter ihn auf freiem Feld erwischten. Aber wenn Senior Colonel Huu Co und seine Jungs auftauchten, führten sie sicher einen Waffenzug mit 82-Millimeter-Mörsern vom Typ 53 bei sich, und das waren wirklich üble Exemplare. Falls sie es nicht auf den direkten Kill anlegten, konnten sie Arizona mit derartiger Sprengkraft trotzdem in Trümmer legen, dann vorrücken und die Verwundeten erschießen.

Das wäre alles; dann würden sie wieder in den Hügeln untertauchen. Die ganze Front würde verschwinden. Der Zeitpunkt war ausgezeichnet gewählt: gerade als die amerikanische Macht nachließ, aber das Selbstvertrauen der ARVN noch nicht ausreichte. Die Versuchung war zu groß, um zu widerstehen, und das hatte die Nordvietnamesen zum ersten Mal seit 1968 aus ihrer üblichen defensiven Haltung gelockt.

Puller ließ den Blick über das Tal schweifen, das der Nebel einhüllte, und spürte den eiskalten Regen im Nacken. Er starrte, als ob er so dieses dahintreibende, brodelnde, aber leere Nichts durchdringen könnte. Aber es gelang ihm nicht.

Von Zeit zu Zeit erklangen ein oder zwei Schüsse, der wuchtige Knall des 308ers, das der Marine benutzte. Es wurde jedes Mal mit einer Salve geantwortet. Dieser Marine ging entschlossen zur Sache.

Mann, du bist ein Tiger. Ich kenn dich zwar nicht, Bruder, aber du bist 'n verdammter Tiger. Du bist das Einzige, was noch zwischen uns und einem totalen Desaster steht.

»Die ihn nicht kriegen«, verkündete Y Dok.

»Nein«, erwiderte Puller. Er wünschte, er könnte ein Team losschicken, um den Scharfschützen zu ihnen zu holen. Aber er wusste, dass er es nicht konnte und der Versuch eine Vergeudung von Menschenleben gewesen wäre. »Nein, aber das werden sie noch. Verflucht sollen sie sein.«

Jetzt hatten sie ihn.

Sie kriegten ihn auf jeden Fall. Die Frage lautete nur, wann: früh oder spät?

Wo kamen diese Typen auf einmal her?

Dann fand er die Erklärung.

Es musste die Pioniereinheit an der Flanke sein, die man schnell zurückgerufen hatte. Wahrscheinlich Huu Cos beste Leute, echte Vollprofis.

Bob lag bäuchlings auf dem Kamm eines kleinen Hügels. Reglos wie der Tod, der Atem kaum noch messbar. Unter ihm drückte sich das Remington-Scharfschützengewehr gegen ihn und der Kammerstängel bohrte sich schmerzhaft ins Bauchfell. Durch das schwankende Zielfernrohr bekam er mit, wie sie ihn verfolgten.

Irgendwoher schienen sie zu wissen, dass dies sein Hügel war: die Instinkte eines guten Jägers. Dann wurde ihm klar: *Sie haben den toten Soldaten im Graben gefunden und mich dadurch aufgespürt.* Als er durch das nasse Elefantengras gegangen war, hatte er wahrscheinlich ein Muster von Veränderungen hinterlassen, das Gras trocken gewischt, die Grasnarbe zertrampelt. Gute Männer konnten weit subtilere Spuren lesen.

Jetzt hatten sie ihn auf diesem gottverdammten Hügel; in ein paar Minuten sollte alles vorbei sein. Oh, diese Jungs stellten sich prima an.

Sie waren ausgeschwärmt und bewegten sich äußerst methodisch auf ihn zu. Zwei Drei-Mann-Einheiten rückten vor, zwei andere gaben ihnen Deckung. Zu keinem einzigen Zeitpunkt gerieten mehr als drei Männer gleichzeitig in Sicht, und wenn er sie sah, dann nur für Sekunden und zu weit auseinander für drei aufeinanderfolgende Schüsse. Sie waren bereit, einen von dreien zu opfern, damit sie ihn finden und töten konnten. Soldaten.

Er wusste, dass er seine ›Fettpresse‹ erreichen musste. Falls sie in seine Nähe vordrangen und er nur die Remington hatte, mit einer Patrone in der Kammer und ein Durchladen vom nächsten Schuss entfernt, hatte er keine Chance.

Jetzt wurde es Zeit, sich in Bewegung zu setzen, ganz langsam, ohne einen Mucks.

Lerne von ihnen, ermahnte er sich. *Lerne ihre Lektionen: Geduld, Vorsicht, Ruhe, Freiheit von Angst, aber vor allem die Disziplin der Langsamkeit.* Seine Aufgabe war kompliziert: Ohne ein Geräusch zu verursachen, musste er nach hinten unter den Regenumhang greifen, den Gurt der M3 lösen, sie um den Körper herum nach vorne holen, den Schutzdeckel des Auswurffensters öffnen und den Spann- hebel mit dem Finger nach hinten ziehen. Dann, und nur dann, blieb ihm eine kleine Chance, aber davon trennten ihn noch Minuten.

Es regnete jetzt in Strömen, was seine Geräusche gnädi- gerweise etwas tarnte. Aber diese Männer waren wachsam und gut ausgebildet: Sie hörten es sicher, wenn sich Stoff an Leder rieb oder Metal über Haut glitt. Oder ihnen stieg seine Angst als scharfer, stechender Geruch in die Nase. Vielleicht nahmen sie auch seine Bewegungen wahr, weil sie sich von den gleichmäßigeren Rhythmen der Natur abhoben.

Ganz langsam drehte er sich von der Seite auf den Bauch, Zentimeter für Zentimeter, und schob seine Hand am Körper entlang nach unten. Jetzt hörte er, wie sie in der Sprache der Vögel kommunizierten.

»Kuu! Kuu!«, ertönte der Ruf, und in diesem Teil des Südens gab es keine Tauben.

»Kuu!«, kam die Antwort von rechts.

»Kuu!«, meldete sich noch einer, eindeutig von hinten. Jetzt *wussten* sie, dass er hier war, denn seine Spur hatte auf den Hügel, aber nicht wieder ins Tal geführt. Sie hatten es nicht übersehen. Nun steckte er in großen Schwierigkeiten.

Seine Finger streiften Metall. Sie krochen am Griff der Maschinenpistole hinauf, betasteten sie, kletterten zum röhrenförmigen Systemkasten hinauf und fanden den Gurt, der dort durch eine Öffnung geführt und befestigt war. Sie kämpften mit dem Verschluss.

Oh, jetzt komm schon!, flehte er in Gedanken.

Diese kleinen Mistdinger konnten äußerst widerspenstig sein; sie konnten einrosten oder einfach so straff bemessen sein, dass man zu viel Kraft brauchte, um sie zu lösen.

Warum hast du es vorher nicht überprüft?
Aaah!
Du Arschloch!

Er befahl sich, den Gurtverschluss Tausende Male zu prüfen, falls er je aus diesem Schlamassel herauskam, damit er es nie, niemals wieder vergaß.

Komm schon, Baby. Bitte, komm schon.

Seine Finger zogen, sein Daumen drückte, er kämpfte um jeden Zehntelmillimeter. Absurd: Zwölf Männer waren 20 Meter entfernt und jagten ihn, und er lag hier auf dem kalten, nassen Boden und versuchte, dieses beschissene, kleine ...

Ah!

Es gab mit einem metallischen Klicken nach, von dem er das Gefühl hatte, dass man es bis nach China hören konnte.

Aber niemand stieß einen Vogelruf aus. Er wurde auch nicht auf der Stelle angesprungen und aufgeschlitzt.

Die vom Gurt befreite Waffe rutschte an seinem Rücken hinunter, aber er fing sie rasch mit einer Hand auf. Nun zog er sie langsam um sich herum, brachte sie vor sich, zog sie eng heran wie eine Frau, die er nie wieder loslassen wollte. Er roch ihre ölige Pracht, ihre blecherne Großartigkeit. Ein zuverlässiges, aber hässliches Überbleibsel aus dem Zweiten Weltkrieg. In den 40er-Jahren hatte es wahrscheinlich nur anderthalb Dollar gekostet, sie aus Radkappen und Teilen von Schlitten und Fahrrädern zusammenzubauen, die man auf Schrottplätzen fand. Dadurch machte sie so einen billigen, spielzeugartigen, klapprigen Eindruck. Mit den Fingern öffnete er geschickt den Schutzdeckel vor dem Auswurffenster und schob einen Finger in das Verschlussloch, das er freigelegt hatte. Er zog den Spannhebel zurück, fühlte, wie er einrastete, und ließ ihn vorschnellen. Dann warf er sich auf den Boden und hob die Waffe vor sich.

»Kuu! Kuu!«

KAPITEL 15

Über Funk erreichte die Nachricht den hastig an einer Hangseite ausgehobenen Befehlsstand. Sie stammte von der Pionierpatrouille an der rechten Flanke.

»Bruder Colonel«, keuchte Sergeant Van Trang, »der Amerikaner sitzt auf einem Hügel in der Falle, einen halben Kilometer westlich. Wir nähern uns ihm in diesem Moment. In einer Viertelstunde wird er eliminiert sein.«

Huu Co nickte. Van Trang war ein streitlustiger, kleiner Mann aus dem Norden des Landes, der den Mut eines Löwen aufbrachte. Wenn er ankündigte, dass etwas geschah, dann geschah es auch.

»Ausgezeichnet«, gab der Colonel zurück. »Ende.«

»Es fallen keine Schüsse mehr«, meldete sich sein Führungsoffizier zu Wort. »Nicht seit der unglückselige Phuc Bo zum Märtyrer wurde.«

Huu Co nickte nachdenklich.

Ja, die Zeit war gekommen. Auch wenn er nicht das ganze Bataillon durch den Pass führen konnte, würde er doch genug Männer hindurchbekommen, um Camp Arizona zu überwältigen. Aber er hatte auch großes Vertrauen in Van Trang und seine Pioniere. Sie waren die Entschlossensten, die am besten Ausgebildeten, die Erfahrensten. Wenn sie den Amerikaner in eine Falle getrieben hatten, war die Sache erledigt.

»In Ordnung«, entschied er. »Schickt Boten an die erste, zweite und dritte Kompanie. Holen wir die Männer aus dem Gras und setzen sie in Bewegung. Schnell, schnell, schnell. Jetzt ist Tempo gefragt. Wir haben genug Zeit und Energie auf diesen Amerikaner verschwendet.«

Der Führungsoffizier erteilte rasch die entsprechenden Befehle.

Huu Co ging hinaus. Überall um ihn herum standen Soldaten aus dem Gras auf, schüttelten sich die angesammelte Nässe aus den Uniformen und formten sich zu losen Kompanie-Einheiten. Ein Pfiff ertönte von einer Stelle vor der Kolonne. Hinter Huu Co brachen Mitglieder des Kampfunterstützungszugs mit erstaunlicher Geschwindigkeit den hastig errichteten Befehlsstand ab, bis nichts mehr von ihm übrig blieb, bevor sie ebenfalls auf ihre Posten gingen.

»Und los«, rief Huu Co. Von einer Schar von Helfern umgeben verfiel er in eine halb trabende Gangart, vorwärts durch den Regen und Nebel zum Ende des Tals, wo die Amerikaner belagert wurden.

Die lange Reihe von Männern bewegte sich schnell, trat das Gras nieder. Über ihnen hingen immer noch die segensreichen Wolken, niedrig und dicht über der Erdoberfläche. Es kamen definitiv keine Flugzeuge. Er würde Camp Arizona bei Einbruch der Nacht erreichen, den Männern ein paar Stunden zum Ausruhen geben und sie dann auf Position gehen lassen. Dann, irgendwann nach Mitternacht, konnten sie aus drei Richtungen gleichzeitig mit allem zuschlagen, was sie hatten. So brachten sie es zu Ende.

Da hörte er es endlich von rechts: das plötzliche Krachen von Schüssen, explodierende Granaten, noch einige Schüsse gefolgt von Stille.

»Sie haben ihn erwischt«, wandte sich der Führungsoffizier an ihn.

»Exzellent«, lobte Huu Co. »Endlich. Wir haben triumphiert. Ehrlich gesagt, aber das bleibt unter uns, glaube ich, dass der Amerikaner uns einen großen Dienst erwiesen hat.«

»Der politische Offizier, Bruder Co? Natürlich, ganz deiner Meinung. Er hat die Partei zu sehr geliebt, aber die Kämpfer nicht genug.«

»Solche Männer sind notwendig«, gab Huu Co zu bedenken. »Manchmal.«

»Dieser Amerikaner«, sagte der Führungsoffizier. »Der war selbst ein ganz formidabler Kämpfer. Wären sie alle so, hätte unsere Auseinandersetzung noch längst nicht geendet. Ich frage mich, was treibt so einen Mann an?«

Huu Co hatte Amerikaner kennengelernt, im Paris der 50er-Jahre und im Saigon der frühen 60er. Sie hatten auf ihn unschuldig, fast kindlich gewirkt, staunende Naivlinge, unfähig zu tiefschürfenden Gedanken.

»Sie sind kein ernsthaftes Volk«, gab er zurück. »Aber ich nehme an, durch Zufall trifft man dann und wann auf einen, der aus der Rolle fällt.«

»Das schätze ich auch«, erwiderte der Führungsoffizier. »Ich bin froh, dass wir ihn getötet haben. Mir ist es lieber, wenn die Guten tot sind.«

Er lag ganz gefasst da und versuchte, nicht auf sein Herz, seinen Geist oder irgendeinen Teil seines Körpers zu hören, denn sie alle sehnten sich nach dem Überleben. Er ignorierte diesen Wunsch, um sich nicht von seinen Planungen ablenken zu lassen.

Sie suchen dich. Sie kommen genau auf dich zu. Wenn du ihnen den Kampf überlässt, wirst du sterben. Du musst zuerst schießen, musst tödlich treffen, entschlossen angreifen. Wenn du aggressiv vorgehst, kannst du sie eventuell überrumpeln. Sie werden mit Angst und Entsetzen rechnen. Aggression ist das Letzte, was sie erwarten.

Er versuchte, sich einen Ablauf in dem Wissen zurechtzulegen, dass jeder Plan, sogar ein schlechter, besser war als keiner.

Erschieß die, die du sehen kannst. Schieß das ganze Magazin leer. Wirf Granaten. Lass dich nach links fallen. Zieh dich zurück, bis du bessere Deckung in den Bäumen findest. Aber vor allem: Runter von diesem Hügel.

Sie waren jetzt ganz nah, kommunizierten mit leisen,

gurrenden Lauten, hatten sich einander wieder genähert. Sie gingen geduldig und ruhig zu Werke. Oh, sie waren die Besten. Äußerst professionell. Sie erledigten ihren Job souverän.

Einer stand plötzlich vor ihm. Der Mann war etwa 30, wirkte sehr abgebrüht, sein Gesicht fast ausdruckslos. Er hielt einen amerikanischen Karabiner in den Händen. Offenbar konnte er kaum fassen, was da vor ihm am Boden lag.

Bob feuerte ihm eine fünfschüssige Salve in den Körper und schickte den Mann zu Boden. Er wirbelte im Aufstehen herum und sah in derselben Sekunde, wie die anderen sich in seine Richtung wandten. Er deckte sie mit einem Kugelhagel aus der ›Fettpresse‹ ein, eine lange, donnernde Salve. Die Kugeln pflügten wie ein Wirbelwind durch das Gras, trafen seine Gegner und rissen sie zu Boden. Leere Patronenhülsen sprangen zuckend aus dem Verschluss des klapprigen kleinen Teils, während es sich leer ratterte. In der darauffolgenden Stille meldete sich das Klicken von Splinten, die aus Granaten gezogen wurden.

Hektisch warf Swagger sich nach hinten, rollte durchs Gras, spürte, wie es auf ihn einpeitschte. Er war so froh, den Rucksack nicht mitgenommen zu haben. Die erste Granate explodierte etwa zehn Meter hinter ihm. Er verspürte Schmerzen, als mehrere Granatsplitter seinen Arm und die ungeschützte Seite des Körpers trafen. Aber er rollte unbeirrt weiter. Eine zweite Granate detonierte in einiger Entfernung.

Er kam zum Liegen, hörte, wie sie sich hastig bewegten, nahm eine Granate vom Gürtel, zog den Splint und schleuderte sie in die ungefähre Richtung seiner Feinde. Als sie explodierte – war das ein Schrei, den er da hörte? –, rammte er ein neues Magazin in die Maschinenpistole, und obwohl er keine Ziele vor Augen hatte, gab er sich dem Wahnsinn des Kugelhagels hin. Er leerte das Magazin stupide in einer einzigen langen Salve. Die Waffe dröhnte, die Kugeln schwärmten aus und fegten durchs Gras. Sie rissen Strünke aus dem Boden und ließen den Schlamm in hohem Bogen aufspritzen.

Dann rollte er zurück und schickte sich erneut an, über den Hügel nach unten zu schlittern. In einem kurzen Moment des Innehaltens schaffte er es, die Pistole mit einem weiteren Magazin zu laden. Aber bevor er Ziele erfassen konnte, hörte er den leisen Aufprall von etwas Schwerem, das in seiner Nähe landete. Er ließ sich fallen, als die Granate explodierte. Sie ließ Erdklumpen hoch in die Luft fliegen und betäubte seine Ohren. Jetzt konnte er nichts mehr hören: Seine Trommelfelle hatten vorübergehend den Dienst quittiert. Vor seinen Augen verschwamm alles. Der linke Arm war kaum noch zu gebrauchen; er spürte ihn nicht mehr und sah, dass er stark blutete.

Oh, Scheiße.

Aus drei Richtungen wurde auf ihn geschossen. Kurze, humorlose Salven aus AK-47-Gewehren. Sie tasteten sich an ihn heran, schickten in drei Vektoren ihre Kugeln nach ihm aus. Er nahm an, dass sich ein paar andere in diesem Moment anschickten, hinter ihn zu gelangen.

Das war's!

Ich weiß es.

Jetzt ist es vorbei.

Oh, Scheiße, ich hab mir solche Mühe gegeben. Lass mich nicht am Ende noch feige werden. Bitte, lass mich tapfer sein.

Aber er war nicht tapfer. Seine Wut schmolz dahin. Ein tiefes Gefühl von Bedauern überkam ihn. Es gab so viel, was er nicht getan, so vieles, was er nicht erlebt hatte. Der machtvolle Schmerz über den Tod seines Vaters kehrte zurück, und er wusste, dass nun niemand mehr lebte, der um Earl Swagger trauern und ihn vermissen könnte.

Gott, hilf mir, Daddy, ich hab mich so verdammt bemüht. Aber ich hab's einfach nicht geschafft.

Ein Schuss traf den Boden vor seinem Gesicht. Erdklümpchen wirbelten hoch und bohrten sich in die Haut am Hals. Eine weitere Kugel schwirrte eng an ihm vorbei. Sie feuerten jetzt alle. Jeder, der noch lebte.

Ich bin kein Held.

Bitte, Gott, bitte lass mich hier nicht sterben. Ich will nicht sterben, bitte, bitte, bitte.

Aber niemand antwortete, niemand hörte ihm zu. Es war vorbei, er war am Ende. Geschosse sausten vorbei und schlugen in der Nähe ein, rissen Stücke aus dem Erdboden und verwandelten sie in einen Sprühregen. Er zwang sich zum Zurückweichen, tat alles, um sich unsichtbar zu machen, aber bald kam er nicht weiter. Er schloss die Augen. Sie hatten ihn. Die nächste Kugel würde ...

Drei schnelle Donnerschläge, wuchtig und machtvoll. Dann zwei weitere.

Stille.

»Swagger? Bob Lee? Alles in Ordnung?«

Bob hob den Kopf. Etwa 40 Meter entfernt trat ein junger Marine aus dem Elefantengras hervor. Donnys Boonie-Hut war ihm in den Nacken gerutscht. Selbst in diesem grauen Licht, bei Regen und Nebel, glänzte sein Haar golden. Ein surrealer Engel mit schwarz-grünem Gesicht. Er hielt das Instrument in der Hand, mit dem er seinen Sergeant gerettet hatte: das amerikanische M14, NATO-Kaliber 7,62 x 51 Millimeter.

»Bleib unten«, rief Bob.

»Ich glaub, ich hab sie alle erwischt.«

»Bleib unten!«

In diesem Augenblick schossen zwei Männer auf Donny,

verfehlten ihn aber. Die Kugeln sprengten große Erd-
brocken aus dem Talboden. Bob drehte sich um und sah
die Gestalten im Gras davonhuschen. Er deckte beide mit
Salven ein, bis sie sich nicht mehr bewegten. Dann ging er
in die Hocke und wartete. Nichts. Kein Geräusch, nur das
Pfeifen in seinen Ohren, das Klopfen seines Herzens, der
Gestank des Schießpulvers.

Nach einer Weile ging er zu ihnen. Einer war tot, lag
mit ausgestreckten Armen da. Sein Blut gerann, während
es sich zu einer Pfütze sammelte, die ein Festmahl für die
Ameisen versprach. Der andere lag ein paar Meter weiter
auf dem Rücken und atmete noch. Nachdem die Schüsse
ihn getroffen hatten, hatte er seine AK-30 verloren und war
ein paar Meter von ihr weggekrochen. Jetzt blickte er
erschöpft und mit flehendem Blick zu Bob auf, Gesicht und
Mund blutbefleckt. Er atmete schwer und Bob hörte das
Blut tief in der Lunge blubbern.

Seine Hand schien sich zu bewegen. Vielleicht hatte er
eine Granate, ein Messer oder eine Pistole. Vielleicht wollte
er auch nur um Gnade oder Erlösung von den Schmerzen
betteln. Bob sollte es nie erfahren, und es spielte auch keine
Rolle mehr. Eine dreischüssige Salve mitten in die Brust.
Es war vorbei.

Donny kam angerannt.

»Wir haben sie alle gekriegt. Ich dachte, dass ich es nicht
mehr rechtzeitig herschaffe. Gott, ich hab drei Typen in
einer Sekunde getroffen.«

»Gut geschossen, Marine. Herrgott, du hast mir altem
Sack den Hintern gerettet.« Bob ließ sich zu Boden sinken.

»Alles okay mit dir?«

»Geht schon. ’n bisschen angekratzt.« Er hob den bluti-
gen linken Arm. Auch seine Seite schmerzte an mehreren
Dutzend Stellen wegen kleinerer Stichverletzungen. Sein
Hals tat merkwürdigerweise am meisten weh. Dort hatte

die in den Boden eingeschlagene NVA-Kugel ihm eine Handvoll Erde in den struppigen Bart fliegen lassen. Aus unerfindlichen Gründen brannte es wie verrückt.

»Herrgott, ich dachte, ich sei erledigt. Am Ende. Fertig, kaputt. Mann, ich war so gut wie tot.«

»Lass uns verdammt noch mal von hier abhauen.«

»Warte hier. Ich hab das Gewehr da oben liegen lassen. Lass mich nur mal kurz Luft holen.«

Er gönnte sich ein paar Atemzüge der süßesten Luft, die er je gekostet hatte. Dann rannte er den Hügel hinauf. Das M40 lag, wo er es fallen gelassen hatte. Aus der Mündung ragte ein Grasbüschel. Der Verschluss war halb offen und ebenfalls mit Gras verstopft.

Er packte es und rannte zu Donny zurück.

»Karte?«

Donny fischte sie aus der Tasche und reichte sie ihm.

»Okay«, sagte Bob, »er hat die Kolonne sicher wieder in Bewegung gesetzt. Wir müssen weitergehen, sie überholen und dann ein weiteres Mal überrumpeln.«

»Es wird nicht mehr lang hell sein.«

Bob schielte auf seine Seiko. Herrgott, schon fast fünf Uhr nachmittags. Die Zeit verging wie im Flug, wenn man Spaß hatte.

»Scheiße«, brummte er.

Für einen Moment verdüsterte sich seine Stimmung. Ohne Licht konnte er nicht schießen. Sie würden nah genug herankommen, um im Schutz der Dunkelheit anzugreifen, aber selbst alle Scharfschützen der Welt konnten unter diesen Umständen nichts ausrichten.

»Scheiße!« Diesmal brüllte er fast.

Bobs Verstand war so benebelt von Wahn, Adrenalin und Erschöpfung, dass er nicht mehr richtig funktionierte. Ihn beschlich das vage Gefühl, dass ihm etwas fehlte, als ob er ein paar Punkte seines IQ da oben auf diesem hässlichen kleinen Hügel zurückgelassen hätte. Es war Donny, der einen Beutel von der Hüfte abzog, ihn öffnete und etwas zum Vorschein brachte, das wie ein röhrenförmiges Spielzeuggewehr mit einer Handvoll White-Star-Leuchtpatronen aussah. Es schien noch reichlich Nachschub an Munition zu geben.

»Leuchtpatronen!«, rief er. »Kannst du mithilfe von Leuchtpatronen schießen?«

»Solange ich etwas sehe, kann ich es treffen«, antwortete Bob.

Sie bewegten sich rasch durch das Dämmerlicht, liefen im Elefantengras zwischen kleinen Hügeln hindurch. Dabei achteten sie die ganze Zeit darauf, sich parallel zur feindlichen Streitmacht im Tal zu bewegen, und vergaßen nie, dass in diesem Gebiet nach wie vor Spähtrupps unterwegs waren. Falls die NVA ihre toten Aufklärer fand, hetzten sie ihnen aller Voraussicht nach sofort noch mehr Männer auf den Hals.

Sie bewegten sich in halb joggender Gangart durch einen Nebel aus Erschöpfung und Schmerzen. Bobs Arm tat fürchterlich weh und er hatte keine Schmerzmittel dabei, nicht mal Aspirin. Sein Kopf schmerzte und die Beine fühlten sich schwach und wacklig an.

Sie folgten einem Kompasskurs, den sie jedes Mal, wenn sie einen Hügel umrundet hatten, neu bestimmten. Das Elefantengras wuchs hoch und gab ihnen Deckung, schnitt aber auch gnadenlos in die Haut. Sie hatten nicht mehr viel Wasser übrig. Selbst in der hereinbrechenden Dunkelheit konnte Bob sehen, dass die Wolkendecke nicht unterbrochen wurde und unverändert tief und dicht über ihren Köpfen hing. Ein unbarmherzig peitschender Regen setzte ein und versetzte ihnen kalte Nadelstiche. Ihr Lauf verwandelte sich schon bald in blindes, pures Elend:

zwei hungrige, todmüde, vollkommen verdreckte Männer, von Glaube und Hoffnung zu einem Ziel getrieben, das womöglich gar nicht existierte.

Bobs Verstand schwankte zwischen Klarheit und Verwirrung. Er versuchte, sich auf den vor ihm liegenden Job zu konzentrieren, aber es gelang ihm nicht. Irgendwann gab er das Zeichen zum Anhalten.

»Ich muss mich ausruhen.«

»Wir haben 'nen ganzen schönen Weg zurückgelegt.«

Bob ließ sich ins Gras sinken.

»Du hast 'ne Menge Blut verloren.«

»Mir geht's gut. Muss mich nur 'n bisschen ausruhen.«

»Ich hab noch Wasser. Hier, trink ein bisschen.«

»Und was trinkst du dann?«

»Ich muss nicht schießen. Ich werd bloß Leuchtpatronen abfeuern. Du musst schießen. Du brauchst das Wasser.«

»Bei dem ganzen beschissenen Regen sollte man meinen, dass Durst unser letztes Problem sein müsste.«

»Ich fühl mich, als hätt ich gerade zwei Footballspiele ohne Quarters und Halbzeiten hinter mir. Zwei komplette Spiele hintereinander.«

»Oh, Mann!« Bob stöhnte und nahm einen großen Schluck von Donnys Wasser, spürte, wie es kühl seine brennende Kehle hinunterrann.

»Nach dieser Sache werd ich 'nen Monat durchschlafen«, meinte Donny.

»Nein«, widersprach Bob, »nach dieser Sache kriegst du Urlaub, um zu deiner Frau zu gehen, und wenn ich dem gottverdammten General dafür persönlich in den Arsch treten muss.«

Es war inzwischen fast vollständig dunkel. Irgendwo sangen Vögel. Der Dschungel befand sich ganz in der Nähe, gleich hinter den Hügeln. Aber es war nichts Lebendiges in Sicht. Wieder einmal schienen sie ganz allein auf der Welt zu sein, in den Hügeln verirrt, saßen fest in einer Landschaft voller Trostlosigkeit.

Unvermittelt kam Bob ein Gedanke.

»Ich hab 'ne Idee. Hast du Klebeband? Du hast doch welches dabei? Ich dachte, ich hätte dir gesagt ...«

Donny griff in eine Blasebalgtasche seiner Tarnuniform und zog eine graue Rolle Gewebeband heraus.

»Das meinst du, oder?«

»Das mein ich, ja. Okay, und jetzt ... herrje ... das Spektiv. Sag mir nicht, du hast dein Spektiv verloren. Du hast das doch nicht bei deiner Ausrüstung zurückgelassen, oder?«

»Scheiße«, protestierte Donny, »das Einzige, was ich nicht dabeihab, ist 'n Hubschrauber. Hmmm, Waschbecken, Zelt, Phantom-Jet, Messehalle ... oh, ja, hier ...«

Er kramte ein weiteres Ausrüstungsteil hervor, das über seiner Schulter hing. Eine lange, röhrenförmige, grüne Leinentragetasche mit einem an beiden Enden befestigten Gurt, die ein M49-Spektiv mit 20-facher Vergrößerung enthielt, inklusive eines eingeklappten Stativs. Es war für das Beobachten extrem weit entfernter Ziele ausgelegt.

Er nahm es von der Schulter und reichte es Bob.

»Und was jetzt?«

»Oh, das wirst du schon sehen.«

Gierig griff Bob nach dem Gehäuse, schraubte es auf und holte ein mattgrünes Fernrohr aus Metall heraus, nicht vollständig zusammengesetzt und mit einem eingeklappten Dreibein an der Unterseite ausgestattet. Es dürfte das Marine Corps sicher um die 1000 Dollar gekostet haben.

»Schön, was?« Er rammte das empfindliche Objektiv gegen die Mündung von Donnys Gewehr und zerschmetterte es zu einem Häufchen Diamantstaub. Er rieb die Röhre auf dem Gewehrlauf aus, drehte sie im Kreis, um das Glas und die feinen inneren Mechanismen zur Fokusanpassung zu entfernen. Er schraubte das Stativ ab und warf es weg.

Dann schnappte er sich die Leinentasche, zog sein Randall-Messer heraus und machte sich an die Arbeit.

»Was tust du da?«

»Mach dir darüber keine Gedanken, mach lieber mein Gewehr sauber. Die Regeln gelten heute nicht. Beeil dich, Dicker, wir müssen verdammt noch mal 'n Zahn zulegen.«

Donny unterzog das Gewehr einer groben Reinigung, befreite die Mündung von Schlamm und Gras, kratzte den Dreck ab und hatte es nach ein paar Minuten wieder in schussbereiten Zustand versetzt. Als er sich umdrehte, sah er, dass Bob ein Ende des Spektivgehäuses abgesägt und ein kleines Loch durch das andere geschnitten hatte, wodurch ein 30 Zentimeter langes grünes Rohr entstanden war.

Bob schraubte das Spektiv zurück ins Gehäuse.

»Hier, halt mal die dämliche Mündung für mich hoch«, wies er Donny an. Dann klemmte er rasch das Spektiv mitsamt Gehäuse auf die Mündung. Er wickelte meterweise Klebeband um die Konstruktion und fixierte so die Röhre, bis sie gut 20 Zentimeter über das Ende des Laufs hinausragte.

Es sah wie eine Art Schalldämpfer aus, aber Donny wusste, dass es keiner war.

»Was ist das?«

»Ein improvisierter Mündungsfeuerdämpfer«, erklärte Bob. »Das Mündungsfeuer ist nur Schießpulver, das vor der Mündung abbrennt. Wenn man es schafft, eine längere Abdeckung auf den Lauf zu setzen, fackelt es da drin ab und nicht in der Luft. Auf diese Weise werde ich nicht ange-leuchtet wie 'n Weihnachtsbaum. Ist ziemlich wacklig und hält wahrscheinlich nicht mehr als ein paar Dutzend Schüsse durch. Aber eins sag ich dir: Ich will nicht, dass die mir durch das Mündungsfeuer auf die Spur kommen und mir ihren ganzen Schrott um die Ohren ballern. Also los, hauen wir ab.«

Noch ein letzter Schneller.

Die Soldaten wurden von Pflichtbewusstsein und einem Gefühl der Vorsehung angetrieben. Es war eine außerordentliche Leistung: ihr langer, schneller Marsch aus Laos, anschließend die Zerreißprobe mit dem Scharfschützen im Tal, der Sieg über diesen Mann. Nun ging es weiter zum Camp der Green Berets bei Kham Duc. Das dritte Bataillon befand sich nur noch rund einen Kilometer vom Sammelpunkt entfernt. Sie bewegten sich in geordneter Routine.

Senior Colonel Huu Co schaute auf die Uhr. Fast Mitternacht. Noch eine Stunde, bis sie das Ziel erreichten. Sie würden etwas Zeit benötigen, um sich auszuruhen und zu Kräften zu kommen. Danach sammelten sich die Angriffsteams und der Waffenzug stellte die 81-Millimeter-Mörser vom Typ 53 auf. Damit wurde die letzte Phase eingeläutet. Im Morgengrauen würde alles zu Ende gehen.

Das Wetter spielte dabei eine untergeordnete Rolle.

Trotzdem kam ihm dessen Beständigkeit sehr gelegen. Über ihm zeigte sich ein sternenloser Himmel, grau und dämmrig, die Wolken dicht über dem Boden. Mit seinem alten Bewusstsein, dem westlichen, redete er sich ein, dass Gott persönlich die Amerikaner von diesem Boden vertreiben wollte. Es wirkte auf ihn, als ob Gott sagte: »Genug, verschwindet. Kehrt in euer eigenes Land zurück. Lasst diese Leute in Frieden.«

Sein neues Bewusstsein stellte lediglich fest, dass sein Glück ihn noch nicht verlassen hatte. Und Glück war manchmal der Lohn für Unerschrockenheit. Das Vaterland wusste Wagemut und Geschick zu schätzen. Er hatte gespielt und gewonnen, und der letztliche Fall des Camps bei Kham Duc würde sein Lohn sein.

»Es läuft gut«, bemerkte der Führungsoffizier.

»Ja, das tut es«, bestätigte Huu Co. »Wenn das hier vorbei ist, werde ich ...«

Nhoungs Gesicht wurde überraschend erhellt. Huu Co fragte sich, woher das Licht stammte.

Eine Leuchtpatrone hing unter einem Fallschirm und brachte Licht in die dunkle Nacht. Während sie tiefer sank, wurde es zunehmend heller. Einen kurzen Moment lang zeichnete sich das Bataillon, das sich zur Beobachtung versammelt hatte, in absoluter Klarheit vor der Dunkelheit ab. Ein schöner Anblick, wie sie von weißem Licht überflutet dastanden; eine sanfte Momentaufnahme, die illustrierte, wie sich der Wille des Volkes in seiner Armee zum Ausdruck brachte. Sie drängten sich zwischen den Hügeln, blickten allem mutig entgegen, was der nächste Tag bringen mochte – ohne Zögern, heroisch, stoisch, aufopferungsvoll.

Da knallte der Schuss.

Puller träumte von Chinh. Es war während seiner zweiten Einsatzzeit gewesen. Er hatte es nicht geplant; es war einfach passiert: eine Eurasierin, die in Cholon lebte. Er hatte elf Monate im Kampf verbracht und litt unter Erschöpfungszuständen. Man hatte ihn zum MACV, dem Oberkommando der US-Streitkräfte in Saigon, gebracht und ihm einen Job bei der Personalabteilung gegeben, um ihn davon abzuhalten, sich umzubringen. Es war eine sichere Arbeit gewesen, damals im Jahr 1967, ein Jahr vor der Tet-Offensive.

Chinh war eines Tages einfach dort aufgetaucht, die Tochter einer Französin und eines vietnamesischen Arztes. Ein unvorstellbar schönes Mädchen. Eine Spionin? Durchaus denkbar, aber es gab nicht viel, was sich zu wissen lohnte. Ein kurzes, intensives, reines Vergnügen ohne eine Spur von Schuldgefühl folgte. Sie behauptete, die Kommunisten hätten ihren Mann umgebracht. Vielleicht stimmte es, vielleicht auch nicht. Es spielte keine Rolle. Die Kommunisten töteten sie eines Nachts auf der

Straße in ihrem Citroën, nachdem sie stundenlang mit ihm Liebe gemacht hatte. Sie fuhr durch einen Hinterhalt, den sie für einen Amtsträger der ARVN gelegt hatten, und wurde einfach in die Luft gesprengt.

Er träumte von seiner ältesten Tochter Mary. Sie war Reiterin und bildete sich zu allem eine eigene Meinung. Sie hasste die Army und musste zusehen, wie ihre Mutter gute Miene zum bösen Spiel machte, auf beschissenen Armee-stützpunkten wie Gemstadt oder Benning lebte, dabei nie aufgab, ihnen ein schönes Zuhause zu gestalten, und sich der Frau des kommandierenden Offiziers unterordnete.

»Das ist nichts für mich«, sagte Mary. »So will ich nicht leben. Was hast du davon?«

Seine Frau fand keine Antwort auf diese Frage. »Es ist das, was wir tun«, meinte sie schließlich. »Dein Vater und ich. Wir sind beide in der Army. So läuft das nun mal.«

»Für mich wird's nicht so laufen«, entschied Mary.

Er hoffte, seine Kleine behielt damit recht. Sie war zu klug, um einen Berufssoldaten zu ehelichen, irgendeinen mittelmäßigen Kerl, der nichts aus sich machte und sie nur heiratete, weil sie die Tochter des berühmten Dick Puller war, dem Löwen von Pleiku. Dem Dick Puller, der eine Chicom Kaliber 51 in die Brust bekommen hatte und sich nicht einmal evakuieren lassen wollte. Der Mann, der ein Jahr nachdem sie den Krieg verloren hatten, in einem beschissenen, kleinen Außenposten bei Kham Duc gestorben war, sein Leben weggeworfen hatte für nichts, was irgendwie Sinn ergab.

Puller wachte auf. Alles dunkel. Bald fing es an und bald war es vorbei. Er roch den nassen Sand der vom Regen durchtränkten Sandsäcke, roch Erde und Schlamm, Waffenöl, chinesisches Essen, Blut – alles, was das Leben im Einsatz ausmachte.

Aber er hatte das merkwürdige Gefühl, dass etwas

passieren würde. Mit einem Blick auf die Uhr stellte er fest, dass es fast Mitternacht war. Zeit, aufzustehen und ...

»Sir.«

Die Stimme des jungen Captain Taney, der wahrscheinlich ebenfalls heute Nacht starb.

»Ja?«

»Äh ... das werden Sie nicht glauben.«

»Was?«

»Er ist immer noch da draußen.«

»Wer?« Puller musste sofort an Huu Co denken.

»Er. Er. Dieser gottverdammte Scharfschütze von den Marines.«

»Hat der ein Nachtsichtgerät?«

»Nein, Sir. Sie können es vom Wall aus sehen. Und hören. Er hat Leuchtpatronen.«

Er bekam keine guten Ziele vor den Lauf. Nicht genug Licht. Aber im schimmernden Glanz der schwebenden Leuchtpatronen sah er trotzdem genug: Bewegung, schnelles, verängstigtes Huschen, von Zeit zu Zeit einen Helden, der aufstand und versuchte, Leute um sich zu scharen. Den Boten, der nach hinten geschickt wurde, um dem Befehlshaber Bericht zu erstatten. Das Maschinengewehrteam, das sich vom Trupp löste, um einen Anlauf zu unternehmen, ihn zu flankieren.

Die Leuchtpatronen zündeten mit einem trockenen, weit entfernten Ploppen, das sich von allen anderen Geräuschen in Vietnam unterschied. Sie erhellten einen Abschnitt von etwa 90 Metern mit ihrem Lichtstrahl. Dann öffnete sich der Fallschirm, fing den Wind auf und ließ sie abwärts sinken, wobei sie flackerten, Funken und Asche versprühten. Das Licht war weiß. Es hüllte die ganze Welt in einen weißen Schein. Je tiefer sie sanken, desto heller. Aber wenn sie im Wind schaukelten, verwandelten sie die Welt in ein Chaos aus Schatten, die sich gegenseitig durch das trübe Bild seines Zielfernrohrs jagten.

Aber immerhin: Er sah überhaupt Ziele. Er schoss auf alles, was er instinktiv als menschlich identifizierte und was ihm im schwankenden Licht merkwürdig vorkam: eine Menge panischer Männer, die sich nackt fühlten, dem Scharfschützen ausgeliefert. Es wurde immer behauptet, die Nacht gehöre dem Vietcong. Aber nicht diese. Diese gehörte Bob.

Sie taten das Richtige. Nicht weitergehen, nicht jetzt. Es war zu dunkel, um weiterzugehen. Sie hätten sich verirrt, den Kontakt zueinander verloren und damit wäre die Sache gelaufen gewesen. Donny befand sich auf der Hügelkuppe, Bob auf halber Höhe. Die Feinde liefen 100 Meter vor ihnen von links nach rechts – dort, wo das Gras niedriger war und es keine Deckung gab. Eine gute Abschusszone. Der erste Teil der Kolonne war zum Stillstand gekommen, saß im Gras fest in dem Glauben, dass sie sterben mussten, wenn sie sich von dort wegbewegten. Und damit hatten sie völlig recht.

Donny feuerte eine Leuchtpatrone ab und lief auf der Hügelkuppe 100 Schritte weiter, während Bob wartete, dass das Geschoss tief genug sank, um Bewegungen erkennbar zu machen. In der Zeit, in der das Licht am hellsten war, schoss Bob zwei- oder dreimal. Dann lief auch er 100 Schritte durchs Gras und bezog eine neue Position.

Erst ging es vorwärts, dann zogen sie sich zurück. Sie konnten einander nicht sehen, kannten aber den Rhythmus des anderen. Man würde Leute losschicken, um ihn zu jagen, aber nicht schnell genug. Sie konnten nicht sicher sein, wo die Leuchtpatronen herkamen, denn – Gott segne diese kleinen Feuerwerkskracher – sie erzeugten beim Aufstieg keine Leuchtspur.

Bob konnte nicht einmal das Fadenkreuz sehen. Er sah

nur die Bewegungen und wusste, wo das Fadenkreuz war, weil es dort immer war. Und er feuerte. Der Schuss krachte, aber der Mündungsblitz wurde von der Stahlröhre am Lauf absorbiert, die früher oder später nachgeben würde. Noch konnte niemand ausmachen, woher die Schüsse kamen.

Die Leuchtpatrone segelte zu Boden und versprühte dabei Funken. In ihrem Lichtkegel bemerkte Bob einen Mann, der sich ins Gebüsch fallen ließ. Er jagte ihm eine Kugel in den Leib. Schnell lud er durch, warf die leere Hülse aus und bekam mit, wie ein anderer Mann zu seinem gefallenen Kameraden lief. Er tötete auch ihn. Das Licht war entscheidend. Die Leuchtpatronen mussten fortlaufend kommen; es durfte keinen Moment ohne Beleuchtung geben, denn das gab diesen Kerlen Gelegenheit, sich ihm zu nähern, ließ sie zu schnell zu nahe kommen. Damit wäre die ganze Sache schnell gelaufen.

Es ging noch zehn Minuten so weiter. Dann hörten Donny und Bob auf zu feuern, wie geplant. Beide zogen sich zurück, trafen sich auf der rückwärtigen Seite des Hügels, stürmten wie der Blitz davon und hinterließen Verwirrung. Sie suchten sich eine neue Position.

»Das wird sie ausbremsen. Die werden zehn Minuten brauchen, bis sie merken, dass wir weg sind. Dann ziehen sie weiter. Wir sollten es hinkriegen, sie vorher noch mal anzugreifen. Diesmal will ich auf die andere Seite. Du hältst die Augen offen.«

Donny trug das M14 hochkant. Bob hatte sein Gewehr auf dem Rücken und hielt die M3 in den Händen, obwohl er für sie nur noch zwei Magazine hatte. Seine beiden Handfeuerwaffen waren geladen und gesichert.

»Okay, bist du bereit?«

»Ich glaube schon.«

»Du gibst mir Deckung, falls ich beschossen werde.«

»Geht klar.«

Bob verließ die Grasfläche und trat auf die Talsohle hinaus.

Er fühlte sich so nackt. Ganz allein. Der Wind heulte, wieder einmal fing es an zu regnen. Die NVA musste sich etwa einen halben Klick hinter ihnen befinden. Plötzlich erhellte sich der Himmel hinter ihnen: Ein Angriffstrupp war auf den nunmehr leeren Hügel vorgerückt. Granatenexplosionen erschütterten die Nacht und erzeugten blendende Blitze. Schweres Feuer aus automatischen Waffen folgte. Wieder versuchten sie, den Dämon zu vertreiben.

Bob überwand die Hälfte der Distanz zur anderen Seite und drehte sich dann mit seiner Maschinenpistole, um Donny Deckung zu geben.

»Komm schon!«, rief er.

Der Junge spurtete über die Talsohle an Bob vorbei und bezog am anderen Ende Stellung. Bob rannte zu ihm. Schnell fanden sie einen neuen geeigneten Hügel.

»Du gehst da rauf«, wies Bob ihn an. »Wenn du mich schießen hörst, feuerst du die erste Leuchtpatrone ab. Ich werd diesmal von weiter weg angreifen. In der Zwischenzeit legst du Claymores. Ich hab nur noch ungefähr 20 Schuss und brauch eine Rückzugsroute. Falls sie uns überfallen, locken wir sie zu den Claymores und hauen ab. Leg sie aus und warte dann mit den Leuchtpatronen. Unser Kennwort ist ... scheiße, keine Ahnung. Denk dir eins aus.«

»Äh ... Julie.«

»Julie. Wie in ›Julie ist schön‹, alles klar?«

»Klar.«

»Wenn du irgendwen auf dich zukommen hörst, der nicht ›Julie ist schön‹ ruft, gehst du zu den Claymores, nutzt die Verwirrung aus, um dich zurückzuziehen und dir ein Versteck zu suchen. Dort wartest du bis morgen und rufst nach 'ner Weile einen Flieger. Okay? Morgen wird sicher ein Flieger da sein. Kapiert?«

»Kapiert.«

»Falls ich es nicht zurückschaffe, gilt dasselbe. Zieh dich zurück, geh in Deckung, ruf einen Flieger. Die werden morgen überall über diesem Gebiet rumschwirren, keine Sorge. Wie viele Leuchtpatronen hast du noch?«

Donny prüfte schnell den Bestand in seiner Tasche nach.

»Sieht nach ungefähr zehn aus.«

»Okay, wenn die weg sind, sind sie weg. Dann können wir nichts mehr tun. Zurückziehen, verstecken, Flieger. Okay?«

»Klar.«

»Alles okay mit dir? Du klingst irgendwie zittrig.«

»Ich bin nur kaputt. Müde. Und hab Angst.«

»Scheiße, du kannst keine Angst haben. Ich hab Angst genug für uns beide. Alle Angst, die's gibt auf der ganzen beschissenen Welt.«

»Ich ...«

»Nur noch diese letzte, schlimme Sache, dann kommen wir verflucht noch mal hier raus. Und ich werd dafür sorgen, dass du in einem Stück zu Hause ankommst, darauf geb ich dir mein Wort. Du hast deinen Job erledigt. Niemand kann was anderes behaupten. Du hast deinen Job zehnmal erledigt. Nach dieser Geschichte kommst du nach Hause, das schwör ich dir.«

In seiner Stimme lag ein seltsamer Klang, den Bob bei sich selbst noch nie gehört hatte. Woran lag das? Er wusste es nicht. Aber für ihn stand glasklar fest, dass auf irgendeine absurde Weise das Überleben der Welt davon abhing, dass er Donny heil nach Hause brachte. Irgendwie war Donny die Welt, und wenn er, Bob, ihn hier draußen für diese Scheiße draufgehen ließ, würde er sich bis in alle Ewigkeit dafür verantworten müssen.

Total seltsam. So etwas hatte er im Kampf noch nie zuvor gespürt.

»Ich komm schon klar«, versicherte Donny.

»Wir sehen uns bald wieder, Sierra-Bravo-Vier.«

Donny sah zu, wie der Sergeant davonging. Der Mann war wie eine Art Mars oder Achilles – so tief in der Ekstase des Kampfes versunken, dass er vermutlich gar nicht wollte, dass er endete, dass er gar nicht zurückkehren wollte. Erneut beschlich Donny dieses seltsame Gefühl, dass er dazu bestimmt war, all das mit anzusehen und anderen darüber zu berichten.

Aber wem?

Wen sollte es interessieren? Wer hörte ihm schon zu? Die Vorstellung, dass Soldaten Helden waren, passte nicht zum aktuellen Zeitgeist. Mittlerweile galten sie als Babymörder oder zumindest als Narren, Trottel oder Idioten, die nicht begriffen hatten, wie sich das System schlagen ließ.

Also bestand darin vielleicht seine Aufgabe: sich an die Bob Lee Swaggers dieser Welt zu erinnern und, wenn sich die Zeiten irgendwann änderten, ihre Geschichte zu erzählen. Dass ein verrückter Mistkerl aus Arkansas, gefährlich wie eine Schlange, trocken wie die Wüste und hart wie die Berge, ein ganzes Bataillon zum Teufel gejagt hatte – ohne konkreten Grund, nur damit hinterher niemand von ihm behaupten konnte: ›Er hat uns im Stich gelassen‹.

Was hatte diesen Mann so werden lassen? Eine brutale, mühselige Kindheit? Das Corps als Zuhause, seine Liebe zum Kampf, die Verbundenheit zu seinem Land? Nichts konnte so ein Verhalten erklären. Woher rührte diese grundlose Tapferkeit? Was brachte ihn dazu, sein Leben bereitwillig aufs Spiel zu setzen?

Donny erreichte die Hügelkuppe. Ein eigentümliches

kleines Reich, viel kleiner als beim letzten Mal, ein winziger Höcker, von dem aus er das große Tal vor sich überblicken konnte. Von hier aus würden sie angreifen.

Er schnallte seine drei Patronengurte ab und holte die üblichen Claymore-M18A1-Richtminen heraus. Gott, waren das teuflische Pakete. Etwa 20 Zentimeter lang und zehn Zentimeter breit; konvexe, in Plastik gehüllte C4-Ladungen, geschwängert mit ungefähr 700 Stahlkugeln pro Mine. Man öffnete ein Fach, zog ein etwa 100 Meter langes Zündkabel heraus, wickelte dieses bis zum eigenen Unterschlupf ab und heftete es dort an einen elektrischen M57-Zünder, der mit im Gurt steckte und optisch an einen grünen Handtrainer aus Plastik erinnerte. Sobald das Kabel angeklemmt war, schickte man einen Stromstoß zum Zünder, die 682 Gramm C4 machten *Bumm!* und die 700 Stahlkugeln flogen mit etwa 3200 Kilometern pro Stunde durch die Luft.

Auf eine Entfernung von etwa 50 bis 100 Metern wurde alles, worauf sie trafen – egal ob Mensch, Tier, Pflanze oder Stein –, sofort in Brei verwandelt. Genau das Richtige für menschliche Gegnerwellen, nächtliche Überraschungsangriffe, die Verteidigung einer Stellung oder diese nervigen Stabssitzungen. Allerdings war das Marine Corps so geistesgegenwärtig gewesen, den Hinweis ›Vorderseite Richtung Feind‹ anzubringen, damit die weniger scharfsinnigen Rekruten nicht im Eifer des Gefechts ein hässliches Loch in die eigenen Linien sprengten.

Donny klappte die scherenartigen Metallfüße an den Unterseiten der Minen aus, vergewisserte sich, dass ihre Vorderseiten tatsächlich in Richtung Feind wiesen, und platzierte alle drei knapp 20 Meter voneinander entfernt auf dem Hügel. Nun waren noch ein paar technische Kleinigkeiten zu erledigen, die mit den Sprengkapseln, den Transport-Zündadaptern, den Sprengsätzen und verknäulten

Kabeln zu tun hatten. Abschließend verlegte er die Kabel rückwärts und benutzte den Klappspaten, um rasch ein kleines Loch zu graben. Aber er wusste: Falls er wirklich zu den Minen gehen musste, bedeutete das, dass ihnen so viele Schlitzaugen an den Fersen hingen, dass fraglich war, ob er ihren Gegenangriff überlebte.

Er trank einen letzten Schluck aus seiner Feldflasche und warf sie weg. Er sehnte sich nach einer letzten C-Ration, aber er hatte sie zusammen mit dem Großteil seiner Ausrüstung zurückgelassen. Im Gegensatz zum üblichen Gefühl, eine große Last mit sich herumzuschleppen, wurde ihm nun vor lauter Leichtigkeit fast schwindlig. Er hatte kein Essen, keine Feldflasche, kein Spektiv, keine Claymores. Die einzige Last, abgesehen von den Magazinen für sein M14, war das gottverdammte PRC-77, das mit ein paar Gurten grausam fest auf seinen Rücken geschnallt war.

Nun wagte er, es abzulegen, und fühlte sich wirklich befreit. Er hätte am liebsten getanzt. Die Erlösung von der Qual, mit 27 Kilogramm Ausrüstung in den Kampf ziehen zu müssen, nachdem das Gewicht erst auf neun Kilogramm und jetzt auf null gesunken war, war ein verblüffendes Gefühl. Lange hatte er sich darauf konzentriert, das Ziehen im Rücken zu ignorieren; jetzt war es verschwunden. *Cool,* dachte er, *beim Sterben werde ich wenigstens keine Rückenschmerzen mehr haben ... zum ersten Mal, seit ich in Vietnam bin.*

Dann kam der Schuss. Donny zog hastig die Abschussvorrichtung für die Leuchtpatronen hervor, schob eine Patrone in den Verschluss, schraubte ihn zu und schlug das Gerät auf den Boden, um sie abzufeuern. Wie eine winzige Mörsergranate sprang das Projektil heraus und flog zischend himmelwärts, wo es zu verschwinden schien. Eine Sekunde verging. Dann erstrahlte der Himmel, als die Patrone zündete, der Fallschirm aufging und sie in das Tal hinabsank, wobei sie Funken und weißes Licht versprühte. Es schneite Licht.

Bob schoss.

Der finale Akt hatte begonnen.

Sie waren viel näher, als er erwartet hatte. Das auf Stärke drei heruntergeregelte Zielfernrohr bot eine so klare und weite Sicht wie möglich. Trotzdem handelte es sich eher um Gelegenheiten als um klar sichtbare Ziele – kurz aufflackernde Bewegungen, die vor dem ruhigeren Hintergrund der Natur in ihrem Rhythmus menschlich wirkten. Die huschenden Schatten, die die pendelnde Leuchtpatrone während ihres Sinkflugs hinterließ, machten das Ganze noch abstrakter.

Er sah, er schoss. Etwas hörte auf, sich zu bewegen, oder fiel zu Boden. Er hatte 80 Patronen gehabt; jetzt waren weniger als 20 übrig. *Gott, heute hab ich eine Menge Jungs getötet. Verdammte Scheiße, so viele Tote! Ich war der Tod, ich war das Schönste, was das Marine Corps hervorgebracht hat: der steinerne Killer, der alles zerstört, was sich bewegt.*

Etwas bewegte sich, er schoss, es bewegte sich nicht mehr. Offensichtlich konnte die NVA ihn nicht ausfindig machen, obwohl er so nah war. Und nun hatte ihr Boss eine Entscheidung getroffen: Sie gingen weiter, nahmen die Toten in Kauf und konzentrierten sich darauf, zum Sammelpunkt für die Attacke auf Camp Arizona zu gelangen. Sie marschierten durch das Minenfeld, wie ein russischer General es einmal ausgedrückt hatte.

Es war, als ob er Bob damit sagen wollte: ›Du kannst uns nicht alle töten. Wir werden dich besiegen dank unserer Bereitschaft, den Tod hinzunehmen. So haben wir diesen Krieg gewonnen, und so werden wir auch diese Schlacht gewinnen.‹

Er hörte die Sergeants rufen: *»Bi! Bi! Bi!«* – Los! Los! Los! Sie trieben die Soldaten an. Sein Mündungsfeuerdämpfer sowie ihre Panik und Furcht verhinderten, dass sie ihn fanden. Ganz offensichtlich wollten die Soldaten nicht gehen. Er spukte in ihren Köpfen herum. Genau das zeichnete einen Scharfschützen aus und machte ihn so bedrohlich. Keine andere Tötungsmethode im Krieg war so intim und persönlich. Ein Mensch, der Jagd auf andere Menschen machte und dabei ihre Menschlichkeit ausnutzte. Selbst für die diszipliniertesten Truppen ließ es sich nur schwer ertragen.

Er lud eine Patrone in die Kammer, feuerte, sah, wie jemand starb. Er feuerte erneut, schnell, während das Licht bereits nachließ. Da stieg auch schon das nächste Leuchtgeschoss auf, die Helligkeit verstärkte sich und lieferte ihm weitere potenzielle Ziele. Aus dieser geringen Entfernung war es reiner Mord. Aber darin bestand heute Nacht sein Job: Er erledigte sie, lud nach und zog sich durch das hohe Gras zurück. Bei der nächsten Leuchtpatrone kam er aus der Deckung und tötete weiter. Er ging vollkommen in der roten schreienden Intensität seiner Wahrnehmung auf, war nicht länger Mensch, sondern eine Killermaschine, die ohne Gewissen und rein instinktiv handelte. In seinem Hirn wogte ein Blutrausch. Es ging so einfach.

Xo Nhoung war tot. Die Kugel hatte sein Leben innerhalb von einer Sekunde ausgelöscht, sich mit dem Geräusch einer Axt, die auf eine rohe Rinderhälfte trifft, durch seinen Hals gebohrt. Nhoung starb noch im Stehen, war bereits tot, als er auf dem Boden aufkam. Seine Seele flog davon, um sich mit seinen Vorfahren zu vereinen.

»Wir sterben! Er kann uns sehen! Es gibt keine Hoffnung mehr!«, schrie ein junger Soldat.

»Sei still, du Narr«, rief Huu Co. Er sehnte sich danach,

in den Himmel zu greifen und diese verräterischen Leucht-
körper mit bloßen Händen zu zerquetschen, um gleich im
Anschluss dem Scharfschützen und seinem Aufklärer die
Schädel von den Schultern zu reißen.

»Diesmal sind sie auf der linken Seite«, schrie er, denn
er hatte den Führungsoffizier nach rechts fallen sehen,
gestoßen vom Einschlag der Kugel.

»Auf der linken Seite. Wirkungsfeuer, Brüder, schießt,
tötet die Dämonen!«

Seine Soldaten eröffneten wahllos das Feuer. Das feine
Neonlicht der Leuchtspurmunition hüpfte durch die Dunkel-
heit und wirkte wie ein Spinnennetz, unterbrochen nur dort,
wo sie Bäume oder Buschwerk trafen. Es verfolgte in erster
Linie den Zweck, die Männer zu beruhigen, während Huu
Co sich etwas einfallen ließ.

Er erhob sich. Über ihm flackerte eine Leuchtpatrone
auf. Er zeichnete sich klar vor der Dunkelheit ab. Das Geschoss schien direkt auf ihn zuzufliegen. Der Mann neben
ihm fiel getroffen zu Boden. Er stand im Lichtkegel; er war
das Ziel. Egal. Sein Leben spielte keine Rolle.

»Erster Angriffszug: 100 Meter vorrücken nach links.
Zweiter Angriffszug: Sorgt für Unterstützungsfeuer während
der Bewegung. Waffenzug: Stellt Mörser auf und richtet sie
auf 150 Meter aus, auf den Hügel auf zehn Uhr. Maschinen-
gewehrzug: Automatische Waffen aufstellen, 100 Meter
nach rechts.«

Er wartete darauf, dass der Scharfschütze ihn umbrachte.

Aber stattdessen geschah etwas Verblüffendes. Keine
Kugel kam. Der Scharfschütze zündete eine Fackel an und
winkte ihm aus überraschender Nähe zu, als ob er sagen
wollte: ›Hier bin ich. Komm und erledige mich.‹

»Da ist er. Tötet ihn! Ihr seht ihn doch! Tötet ihn!«, rief
Huu Co.

Als er aus dem Gras kam, wurde eine weitere Leuchtpatrone gezündet und erfüllte die Nacht mit weißem Licht,
diesmal deutlich niedriger als bisher. In der dreifachen
Vergrößerung des Zielfernrohrs bot sich ein tolles Spektakel: Soldaten rannten panisch davon, feuerten nahezu
blind ins Leere. Männer im Zentrum der Stellung riefen
verzweifelt nach Unterstützung.

Kommandierender Offizier, dachte er.

*Oh, Baby, wenn ich dich erwische, kann ich Feierabend
machen!*

Drei Männer standen. Er bekam einen in die Mitte des
Fadenkreuzes, drückte ab und – *verdammt!* – hielt das
Gewehr nicht ruhig genug, sodass er zu hoch schoss und
den Hals traf. Im perfekten Kreis des Fernrohrs sank sein
Ziel nach hinten, starr und leblos. Bob lud schnell nach,
aber die Leuchtpatrone erlosch. Er konnte nichts hören.
Ihre Schüsse peitschten sinnlos und ungezielt, lediglich ein
Feuerwerk, als ob die Verängstigten versuchten, Dämonen
zu vertreiben.

Noch eine Leuchtpatrone: tief, niedrig, grell.

Bob musste in der Helligkeit blinzeln. Er sah einen
anderen Mann aufstehen, feuerte und traf ihn. Er schwenkte
leicht herum, an einem zweiten vorbei zu einem dritten,
schoss schnell, traf ihn seitlich und er fiel. Dann zielte er
wieder auf den zweiten Mann, während er rasch durchlud.

Jetzt hab ich dich.

Du bist es.

Du hast hier das Sagen.

Er atmete tief durch, wappnete sich. Die Leuchtpatrone
schien direkt auf dieses tapfere Individuum zu zielen. Ja, er
war es, eindeutig – obwohl er ihn nicht kannte.

Der Offizier stand als Einziger, übernahm die volle
Verantwortung. Er erteilte so energisch Anweisungen, dass
Bob die vietnamesischen Vokale über den Lärm der Schüsse

hinweg hören konnte. Der Mann war in den 40ern, klein, zäh, agierte äußerst professionell. An seiner grünen Tarnuniform trug er die drei Sterne eines Senior Colonel. Sie wurden erst jetzt sichtbar, nachdem das Licht der sinkenden Leuchtpatrone so hell wurde.

Bob gab sich noch eine Sekunde Zeit, um sich zu sammeln. Er stellte fest, dass das Fadenkreuz sich plastisch und bedrohlich von der Brust des Colonels abhob. In diesem Moment nahm Bob den Vorzug weg und mit einem *Krack*, das klang, als ob ein Stück Balsaholz zerbrach, gab der Abzug nach. Er spürte den Rückstoß. Der Tod aus der Ferne war unterwegs.

Aber etwas stimmte nicht. Statt eines Zielbilds tauchte ein greller Schein vor ihm auf, hüpfende Kugeln aus reiner Glut. Seine Nachtsicht war dahin. Er blinzelte, um wieder klar zu sehen, aber die Welt schien zu brennen. Flammen zerfraßen die Dunkelheit. Es ergab keinen Sinn.

Dann wurde ihm klar, was passiert war. Der improvisierte Mündungsfeuerunterdrücker, von einer Menge Klebeband an seinem Platz gehalten, hatte schließlich vor dem Hämmern des Mündungsfeuers kapituliert, war in die Flugbahn der Kugel gerutscht und hatte sie abgelenkt. Da er der Explosion direkt ausgesetzt gewesen war, hatte der Stoff Feuer gefangen. Das Gewehr hatte sich in eine Fackel verwandelt und seine Position verraten. Einen Augenblick lang starrte er es dümmlich an. Dann begriff er, dass das, was er sah, seinen Tod bedeutete. Er schleuderte die wild lodernde Konstruktion weg.

Jetzt gab es nichts mehr außer der winzigen Chance zu überleben.

Er drehte sich um und floh. Kugeln sausten um ihn herum, peitschten durch die Halme. Er spürte einen harten Schlag im Rücken, der ihn zu Fall brachte. Der Schmerz war entsetzlich.

Er sah es ganz klar vor sich: *Ich bin tot. Ich sterbe jetzt. Das war's.* Aber sein Leben lief nicht vor seinen Augen ab wie ein Film. Ihn übermannten keine Gefühle von Verschwendung, Verlust und Schuld. Er fühlte bloß scharfen, anhaltenden Schmerz.

Als er nach hinten tastete, berührten seine Finger kein heißes Blut, sondern heißes Metall. Eine auf sein Rückgrat gezielte Kugel hatte die auf den Rücken geschnallte M3-›Fettpresse‹ getroffen und sie mit voller Wucht gegen ihn gedrückt, ohne ihm jedoch bleibende Verletzungen zuzufügen. Er warf die nutzlos gewordene Waffe ins Gras und kroch wie von Sinnen über den Boden, während um ihn herum die Welt zu explodieren schien.

Sein Orientierungssinn ließ ihn im Stich. Er kroch einfach, bot dabei einen jämmerlichen Anblick: ein Trottel, der um sein Leben flehte, lächerlich weit entfernt von dem, was man sich unter einem Helden vorstellte. Im Kopf wiederholte er einen Satz in einem fort, wie ein Mantra: *Ich will nicht sterben, ich will nicht sterben, ich will nicht sterben.*

Er kroch trotz seines Entsetzens weiter und gelangte zu einer kleinen Gruppe von Bäumen, zwischen denen er sich duckte und förmlich erstarrte. Durch die ihn umgebende Dunkelheit bewegten sich Männer. Schüsse wurden abgefeuert. Aber nach einer unglaublich langen Zeit ließ die Geschäftigkeit nach. Er schlich in eine andere Richtung weiter.

Er war noch nicht weit gekommen, als jemand etwas rief. Und dann schoss die NVA, verdammt sollte sie sein, eigene Leuchtgeschosse ab. Ihre waren grün, weniger stark, aber sie besaßen vermutlich einen größeren Vorrat. Der Himmel füllte sich mit den vielen Sonnen eines fernen Planeten, grün funkelnd und durch grünen Schlamm nach unten sinkend wie in einem Aquarium.

In einem Anfall von urzeitlicher Angst drehte Bob einfach um und rannte. Er rannte wie der Teufel, um dem Lichtkegel zu entkommen. Aber in dem Moment, als dieser zu verblassen schien, krachte ein halbes Dutzend weiterer Chicom-Leuchtmunition und machte die Nacht zum Tag.

Dies schien die Stelle zu sein. Er rannte nach oben und plärrte wie ein Wahnsinniger: »Julie ist schön, Julie ist schön!« Donny tauchte über ihm mit seinem M14 in einem guten, soliden Stehendanschlag auf und begann, äußerst professionell auf seine Verfolger zu schießen. Bob rannte zu dem Jungen mit dem Gefühl, dass die Armeen der Nacht ihm am Hintern klebten. Er warf sich in Donnys flache Grube.

»Claymores«, schrie er.

»Die sind nicht nah genug dran!«, machte Donny seine Hoffnungen zunichte. Bob stand auf. Weitere Leuchtpatronen. Inzwischen schien eine ganze Kompanie auf sie zuzustürmen, um sie zu vernichten.

»Jetzt!«, brüllte er.

»Nein«, schrie Donny, der die drei Zünder hielt. Woher hatte der Junge nur diese Kaltschnäuzigkeit? Die Schüsse krachten auf den Hügel ein, die Leuchtspurkugeln zischten vorbei, die Schreie der heranstürmenden Männer wurden lauter und lauter. Irgendwann wich Donny ein paar Schritte zurück, grinste und betätigte alle drei Zünder gleichzeitig.

KAPITEL 16

Donny hatte noch drei M14-Magazine mit jeweils 20 Schuss übrig. Bob hatte sieben Patronen in seinem 45er, ein geladenes Magazin und sieben Schuss in seinem 380er ohne ein Extramagazin. Donny steuerte vier Granaten bei. Bob hatte sein Randall-Survivor-Messer. Donny ein Bajonett.

Das war alles.

»Scheiße«, fluchte Donny.

»Wir sind erledigt«, murmelte Bob.

»Scheiße!« Donny kriegte sich gar nicht mehr ein.

»Ich hab's versaut. Tut mir leid, Dicker. Ich hätte sie von hier weglocken müssen. Ich hätte nicht wieder auf diesen Hügel kommen sollen. Ich hab nicht nachgedacht.«

»Spielt keine Rolle.«

Die NVA-Soldaten huschten am Fuß der Erhebung herum. Wahrscheinlich hatten sie ihre Toten und Verwundeten bereits weggeschleppt, aber fürs Erste blieb offen, worin ihr nächster Schritt bestand. Sie hatten in letzter Zeit keine weiteren Leuchtpatronen abgefeuert, aber Bob ging davon aus, dass sie für ihren letzten Schlag eine Stellung auf der anderen Seite des Hügels errichteten.

»Wahrscheinlich glauben sie, dass wir noch mehr Claymores haben«, dachte er laut nach.

Es war dunkel. Donny waren die Leuchtpatronen ausgegangen. Sie kauerten in dem Loch auf der Kuppe. Einer schaute nach Osten, der andere nach Westen. Die abgebrannten M57-Zünder und die dazugehörigen Kabel lagen ebenfalls im Graben und störten eher. Der Gestank von C4-Plastiksprengstoff, seltsam beißend, erfüllte die Luft selbst jetzt noch, eine Stunde nach den Explosionen. Donny hatte sein M14, Bob hielt eine Pistole in jeder Hand. Sie konnten nichts sehen. Ein kühler Wind fegte durch die Nacht.

»Die werden wahrscheinlich ihre 81er legen, uns einkreisen und auf diese Art erledigen. Warum sollten sie noch mehr Tote riskieren? Und dann können sie sich endgültig auf den Weg machen.«

»Wir haben's immerhin versucht«, sagte Donny.

»Wir haben denen 'nen höllischen Kampf geliefert«, bestätigte Bob. »Haben sie 'ne Weile aufgehalten. Dein alter Dad oben im Ranger-Himmel wäre stolz auf dich.«

»Ich hoff bloß, dass sie unsere Leichen finden und meinen Angehörigen Bescheid geben.«

»Hast du eigentlich je diese Heiratsmitteilung eingereicht?«

»Nee. Schien mir nicht so wichtig zu sein. In Vietnam gibt's eh kein Leben außerhalb der Stützpunkte.«

»Na ja, du willst doch sicher, dass sie die Versicherungsleistungen kassiert, oder?«

»Ach, sie braucht das Geld nicht. Die haben Geld. Meine Brüder könnten es für die Schule gebrauchen. Ist schon okay, so wie es ist.«

Viel gab es nicht zu sagen. Sie registrierten eine Bewegung am Fuß der Anhöhe. Von Zeit zu Zeit flüsterte ein Unteroffizier seinen Trupps etwas zu.

»Ich hab das Bild verloren«, sagte Donny. »Das stört mich am meisten.«

»Das Bild von Julie?«

»Ja.«

»Wann?«

»Muss irgendwann heute Nacht passiert sein. Nein, wohl eher am späten Nachmittag, als ich hinter dieser Flankenschutzeinheit hergeschlichen bin. Ich weiß nicht. Mein Hut ist auch weg.«

»Es steckte in deinem Hut?«

»Ja.«

»Tja, ich sag dir was. Ich kann dich zwar nicht hier rausbringen und dir die Ehrenmedaille besorgen, die du verdient hättest. Aber wenn ich dir deinen Hut bringe, würdest du dann sagen, dass ich mich dir gegenüber anständig verhalten habe?«

»Du hast dich immer anständig verhalten.«

»Tja, weißt du was? Dein Hut ist dir vom Kopf gefallen, klar. Aber du warst so beschäftigt und bist jetzt so müde, dass du nicht drauf gekommen bist, dass dein Hut eine Schnur hat, mit der du ihn bei Regen festzurren kannst. Er ist noch da. Er hängt dir im Nacken, auf deinem Rücken.«

»Herrgott noch mal!«

Donny griff nach hinten, ertastete die Schnur und zog daran. Da war das blöde Teil ja!

»Scheiße«, fluchte er, weil ihm nichts anderes einfiel.

»Mach schon«, forderte Bob ihn auf. »Es ist deine Frau. Schau sie dir an.«

Donny zog am Hutband und holte das Zellophanpäckchen heraus. Er wickelte es auf und brachte das Foto zum Vorschein, ein wenig durchgeweicht und mitgenommen.

Er starrte es an, konnte im Dunkeln nichts erkennen. Aber es half trotzdem.

Im Geiste erschien sie vor ihm. Ein letztes Mal. Er hätte am liebsten geweint. Sie war so süß. Er erinnerte sich an die letzten drei Tage, die sie miteinander verbracht hatten. Sie hatten in Warrenton, Virginia, geheiratet und waren zum Skyline Drive gefahren, um eine Hütte in einem der Parks zu mieten. Jeden Tag hatten sie lange Spaziergänge unternommen. Es gab dort Pfade, die an den Berghängen entlangführten, und man konnte in die Shenandoahs hinunterschauen, oder, wenn man sich auf der anderen Seite befand, auf das Piedmont. Grünes hügeliges Land, schachbrettartige Farmen, so weit das Auge reichte. Schlicht und ergreifend wunderschön. Vielleicht hatte er sich das eingebildet, aber das Wetter schien perfekt gewesen zu sein. Anfang Mai. Frühling. Das Leben hatte sich mit aller Macht seinen Weg durch die Erdkruste gebahnt – Knospen und Fruchtbarkeit, wohin man schaute. Manchmal beschlich sie dabei das Gefühl, ganz allein auf der Erde zu sein, hoch oben und entrückt von den übrigen Menschen. Oder lag es einfach daran, dass alle Soldaten ihren letzten Heimaturlaub für etwas unvergleichlich Schönes hielten?

»Hier, guck mal«, forderte Donny Bob auf.

»Es ist zu dunkel.«

»Mach schon, *guck!*«, befahl Donny. Es war das erste Mal, dass er in einem so scharfen Tonfall mit seinem Sergeant redete.

Swagger sah ihn traurig an, nahm aber das Foto entgegen.

Er betrachtete Julie, ohne etwas zu erkennen. Aber er kannte das Bild. Ein Schnappschuss, entstanden in irgendeinem Wald im Frühling. Der Wind und die Sonne spielten in ihren Haaren. Sie trug einen Rollkragenpullover und lächelte so schön, dass es wehtat. Sie wirkte rein, so unglaublich rein. Strohblondes Haar, makellose Zähne, ein gebräuntes Gesicht, ein naturverbundenes Gesicht. Sie *war* ein schönes Mädchen, schön wie ein Model oder ein Filmstar.

Für einen kurzen, wehmütigen Moment dachte Bob über die Tatsache nach, dass es niemanden gab, der ihn liebte, ihn vermissen oder einen Dreck darum geben würde, wenn er starb. Er hatte niemanden. Ein Anwalt mittleren Alters in Arkansas vergoss eventuell ein, zwei Tränen um ihn. Aber der hatte eigene Kinder und führte ein eigenes Leben. Sicher vermisste er Bobs Vater sogar noch mehr als ihn. So lief das eben.

»Sie ist 'ne attraktive junge Frau«, sagte Bob. »Man sieht, dass sie dich sehr lieben muss.«

»War unsere Hochzeitsreise. Skyline Drive. Mein alter Captain hat mir 600 Dollar gegeben, damit ich mit ihr wegfahren kann, als ich hierhin abkommandiert wurde. Noturlaub. Er hat mir drei Tage Luft verschafft. War 'n toller Kerl. Ich hab versucht, das Geld zurückzuzahlen, aber der Brief kam zurück. Dem Stempel nach zu urteilen, hatte er den Dienst quittiert.«

»Das ist schade. Klingt, als wär er 'n guter Mann.«

»Ihn haben sie auch drangekriegt.«

»Ja, am Ende kriegen sie jeden.«

»Nein, ich mein nicht bloß ›die‹. Ich meine einen bestimmten Kerl mit Einfluss, der sich vorgenommen hatte, die Welt zu säubern. Das mit uns hat zu seiner Säuberungsmission gehört. Dem würd ich zu gern eins reinwürgen. Commander Bonson. Auf dich, Commander Bonson, und auf deinen kleinen Sieg. Du hast am Ende gewonnen. Leute wie du gewinnen immer.«

Eine Leuchtpatrone. Grün, hoch am Himmel. Dann folgten zwei oder drei weitere grüne Sonnen, die träge zur Erde schaukelten.

»Mach dich bereit«, forderte Bob ihn auf.

Sie hörten das *Ponk-Ponk-Ponk,* mit dem ein paar Hundert Meter entfernt drei 81-Millimeter-Mörsergranaten in die Röhren fielen. Mit leisem Pfeifen stiegen die Granaten auf, erreichten den höchsten Punkt und begannen ihren Abwärtsflug.

»Runter!«, schrie Bob. Die beiden drückten sich in den Schlamm ihrer flachen Grube.

Die drei Granaten landeten in 50 Metern Entfernung und explodierten fast gleichzeitig. Bei dem ohrenbetäubenden Knall wurden die zwei Marines ein Stück vom Boden hochgeschleudert.

»Ah, verflucht!«

Eine Minute verstrich.

Drei weitere grüne Leuchtpatronen wurden abgeschossen.

Bob wünschte, er könnte Ziele erkennen. Aber was zum Teufel machte das jetzt noch für einen Unterschied? Er lag mit dem Gesicht im Schlamm, spürte Vietnam hautnah, konnte das Land riechen, wusste, dass er nie wieder einen dieser Sonnenaufgänge erleben würde.

Ponk-Ponk-Ponk.

Die Granaten stiegen hoch, flüsterten etwas vom Tod und dem Ende aller Möglichkeiten. Dann sanken sie zu Boden.

Oh Gott, betete Bob, *lieber Gott, lass mich am Leben, bitte, lass mich am Leben.*

Die Granaten detonierten in 30 Metern Entfernung, ein dreifacher Schlag, höllisch laut. Er spürte ein Stechen in der Schulter, noch bevor er ein weiteres Mal auf vietnamesische Erde prallte – die Wucht hatte ihn vom Boden gehoben. Beißender chinesischer Rauch drang ihm in Augen und Nasenlöcher.

Er wusste, wie es funktionierte. Irgendwo gab ein Aufklärer Zielkorrekturen durch. *50 zurück, 50 nach rechts, jetzt solltet ihr genau ins Ziel treffen.*

Oh, es war so dicht.

»Ich bin ein schlechter Sohn gewesen«, verkündete Donny schluchzend. »Das tut mir so leid, dass ich ein schlechter Sohn gewesen bin. Oh, bitte, vergib mir, ich war ein schlechter Sohn. Ich konnte es nicht ertragen, meinen Dad im Krankenhaus zu besuchen, er sah so furchtbar aus. Oh, Daddy, es tut mir so leid.«

»Du bist ein guter Sohn gewesen«, flüsterte Bob ihm energisch zu. »Dein Daddy hat das schon verstanden, da kannst du sicher sein.«

Ponk-Ponk-Ponk.

Bob dachte über seinen eigenen Daddy nach. Auch er wünschte sich, ein besserer Sohn gewesen zu sein. Er erinnerte sich, wie sein Vater in dieser letzten Nacht in der Dämmerung im Streifenwagen davonfuhr. Wer konnte damals wissen, dass es das letzte Mal sein würde? Seine Mutter war nicht zu Hause. Daddy streckte die Hand aus dem Fenster, um Bob zuzuwinken. Dann bog er links ab, fuhr zurück nach Blue Eye. Von dort nahm er die US 71 und fuhr zu seinem Treffen mit Jimmy Pye – und zu seinem und Jimmys Tod in einem Maisfeld, das so aussah wie jedes andere Maisfeld auf der Welt.

Die Explosionen ließen sie abheben. Weitere Körperteile von Bob wurden erst taub und brannten dann vor Schmerz. Dieser dreifache Schuss hatte fast ihre Stellung getroffen. Jetzt wurde es ernst. Man hatte sie. Nur noch wenige weitere Granaten mussten in ihre Röhren fallen. Einen direkten Treffer hielt er für statistisch unvermeidbar. Und damit ging es zu Ende. Wirkungsfeuer.

»Es tut mir so leid«, schluchzte Donny.

Bob hielt ihn fest, spürte die Urangst des Jungen. Er wusste, dass das alles mit Ruhm nichts zu tun hatte. Der Tod war die einzige Gnade, die sie erwarten durften. Und wer würde dann erfahren, dass sie hier gestorben waren, dass sie auf diesem Hügel gekämpft hatten?

»Es tut mir so leid.« Donny bekam sich nicht mehr ein.

»Schon gut, schon gut«, wollte Bob ihn beruhigen.

Jemand feuerte am Horizont eine orangefarbene Leucht-patrone ab. Eine große. Sie hing sehr lange Zeit dort. Erst lange nachdem vernünftigere Männer es begriffen hätten, dämmerte ihnen, dass es sich nicht um eine Leuchtpatrone handelte, sondern um die Sonne.

Und mit der Sonne kamen die Phantoms.

Sie hingen niedrig am Himmel, kamen schreiend von Osten her, überflogen das Tal der Länge nach. Das Dröhnen ihrer Motoren erfüllte die Luft, schien sie fast zum Bersten zu bringen. Sie warfen lange Rohre ab, die in das Tal rollten und in einem Orange erblühten, das oranger und heißer glühte als jede Sonne. Die Kraft von tonnenweise Napalm.

»Gott!«, schrie Bob. »Die Flieger kommen!«

Sie drehten ab, schienen im Steigflug fast einen Siegestanz aufzuführen. Dann überflogen sie das Tal erneut, füllten es mit ihren reinigenden Flammen.

Danach trafen die Kampfhubschrauber ein.

Cobras, die nicht an Schlangen, sondern eher an summende Insekten erinnerten, dünn und beweglich. Sie röhrten heran und ihre Miniguns kreischten wie Kettensägen, die sich durch Holz fraßen. Sie überzogen das Gelände mit Zerstörung.

»Das Funkgerät«, rief Bob.

Donny drehte sich um und stieß das Funkgerät zu Bob hinüber, der es schnell einschaltete und die Speichertaste für die voreingestellte Frequenz zur Kommunikation mit der Luftunterstützung suchte.

»Die Acht, die Acht!«, schrie Donny. Bob fand den Knopf und drückte ihn, um herauszufinden, ob jemand auf der Suche nach ihm war.

»... Bravo-Vier, Sierra-Bravo-Vier, kommen, bitte kommen. Wo sind Sie, Sierra-Bravo-Vier? Hier ist Yankee-Niner-Papa, Yankee-Niner-Papa. Ich bin Flugleitoffizier der Army und befinde mich am anderen Ende des Tals. Ich benötige umgehend Ihre Position, kommen.«

»Yankee-Niner-Papa, hier Sierra-Bravo-Vier. Verdammt, ist das schön, euch zu sehen!«

»Wo sind Sie, Sierra-Bravo-Vier, kommen?«

»Ich bin auf einem Hügel, ungefähr zwei Klicks vor Camp Arizona, auf der Ostseite des Tals. Äh, ich habe keine Koordinaten, ich habe keine Karte, ich ...«

»Geben Sie ein Rauchsignal, Sierra-Bravo-Vier, geben Sie ein Rauchsignal.«

»Yankee-Niner-Papa, gebe Rauchsignal.«

Bob packte eine Rauchgranate, zog den Splint und warf sie. Schlieren aus grellem gelben Nebel quollen aus der wirbelnden, zischenden Granate und wallten in zerklüfteten Mustern vor der Morgendämmerung auf.

»Sierra-Bravo-Vier, ich sehe Ihren gelben Rauch, kommen.«

»Yankee-Niner-Papa, das ist korrekt. Äh, ich hab hier eine Menge böser Jungs auf meiner Farm. Ich brauch sofort Hilfe. Können Sie für mich den Hof vor der Scheune putzen, Yankee-Niner-Papa, kommen?«

»Roger, Sierra-Bravo. Haltet durch, ich ordne direkte Unterstützung an. Bleibt dicht bei eurem Lagerfeuer, Ende.«

Innerhalb von Sekunden schwenkten die Cobras zu dem kleinen Hügel um, auf dem Bob und Donny kauerten. Die Miniguns heulten, die Raketen kreischten. Dann wichen die Kampfhubschrauber zurück und eine Schwadron Phantoms sauste tief und schnell vorbei. Direkt vor Bob und Donny flammte Napalm auf, heiß und hell. Benzingeruch stieg ihnen in die Nase.

Nach kurzer Zeit wurde es still.

»Sierra-Bravo-Vier, hier Yankee-Zulu-Neunzehn. Ich komme, um euch abzuholen.«

Es war ein Huey, ein Army-Helikopter, dessen Rotoren wirbelten, als wollten sie den Teufel persönlich bezwingen. Er schwebte über ihnen, wirbelte Staub auf und drückte die Pflanzen herunter. Bob klopfte Donny in den Nacken und schob ihn auf den Vogel zu. Sie rannten die sechs, sieben Meter bis zur offenen Luke, wo sie von eifrigen Händen aus dem Land der bösen Träume gezogen wurden. Der Heli flog himmelwärts ins Licht.

»Hey«, brüllte Donny gegen das Dröhnen an, »es hat aufgehört zu regnen.«

KAPITEL 17

Selbst im Krankenhaus wurde Senior Colonel Huu Co kritisiert. Es war gnadenlos, unbarmherzig und mehr als grausam. Jeden Tag wurde er um zehn Uhr in den Kommissionsraum geschoben. Sein verbrannter linker Arm war in Verbände gewickelt. Die Schmerzmittel machten ihn benommen. Ihm dröhnte der Kopf von den revolutionären Sprüchen, mit denen sowohl die Schwestern als auch die Ärzte ihn in jeder wachen Stunde eindeckten.

Er saß starr in der Hitze und wartete, während die Wirkung der Medikamente langsam nachließ. Ihm gegenüber saßen gesichtslose Ankläger hinter Wällen aus Licht.

»Senior Colonel, warum sind Sie nicht trotz Ihrer Verluste weiter vorgedrungen?«

»Senior Colonel, wer hat Ihnen dazu geraten, Ihren Vormarsch zu unterbrechen und Einheiten zu entsenden, um den amerikanischen Scharfschützen auszuschalten?«

»Senior Colonel, sind Sie mit dem Typhus des Ego infiziert? Haben Sie kein Vertrauen in das Vaterland und seinen Träger, die Partei?«

»Senior Colonel, warum haben Sie Zeit damit verschwendet, Mörser aufzustellen? Eine kleine Einheit hätte die Amerikaner in Schach halten können, und Sie hätten Camp Arizona vor dem Morgengrauen angreifen können.«

»Senior Colonel, hat der politische Kommissar Phuc Bo mit Ihnen die beste Vorgehensweise erörtert, bevor er den Heldentod starb? Und falls ja, warum haben Sie seine Ratschläge missachtet? Wussten Sie nicht, dass er die Autorität der Partei verkörperte?«

Die Fragen schienen endlos zu sein, genau wie seine Schmerzen.

Und ihre Schlussfolgerungen trafen zu: Er hatte sich

unprofessionell verhalten, getrieben vom westlichen Dämon des Egoismus, dessen giftiger Stachel offenbar tief in seiner Seele saß, unberührt selbst von Jahren der Disziplin und Askese. Er hatte zugelassen, dass die Sache zu einem persönlichen Duell zwischen ihm und dem Amerikaner wurde, der ihn so gequält hatte. Er hatte seine Mission vernachlässigt, um den Amerikaner zu töten, und wenn man den Geheimdienstberichten Glauben schenken konnte, hatte er in beiden Fällen versagt.

Er war in Ungnade gefallen. Vor ihm lag keine bedeutende Zukunft mehr. Er hatte versagt, denn sein Wille war zu schwach und sein Charakter mit Fehlern behaftet. Alles, was sie über ihn behaupteten, stimmte. Die Kritik, mit der sie ihn überschütteten, war nicht annähernd Strafe genug. Sie konnten ihn nicht härter bestrafen, als er sich selbst bestrafte. Er verdiente den Zorn der Hölle und das ewige Vergessen. Er hielt sich für eine Kakerlake, die ...

Etwas überaus Seltsames geschah. Gerade als er ein weiteres Verhör über sich ergehen ließ und spürte, wie die unerschütterliche Entschlossenheit der politischen Offiziere seine zerbrechliche, armselige Identität zerschmetterte, wurden die Türen aufgestoßen und zwei Männer vom Politbüro stürmten herein. Sie reichten dem Chefinquisitor einen Umschlag. Der Mann riss ihn auf und las nervös den Brief.

Dann schlich sich abrupt ein breites Lächeln voller Liebe und Mitgefühl auf seine Züge. Er strahlte Huu Co an, als habe er den Retter des Volkes vor sich, den großen Onkel Ho persönlich.

»Oh, Colonel«, schmeichelte er mit so zuckriger Süße in der Stimme, dass es fast unanständig klang. »Oh, Colonel, Sie scheinen sich in diesem Stuhl so *unwohl* zu fühlen. Hätten Sie nicht gern ein Glas Tee? Tran, laufen Sie mal schnell in die Küche und holen Sie dem Colonel

278

ein Glas Tee. Und eine leckere Süßigkeit? Zuckerrüben-
sirup? Amerikanische Schokolade? Hershey's? Wir haben
Hershey's. Wenn ich mich nicht irre, sogar mit ...
Mandeln.«

»Mandeln?«, wiederholte der Colonel. Ja, tief in seinem
Inneren hegte er tatsächlich eine Vorliebe für Hershey's mit
Mandeln.

Tran, der den Colonel noch einen Moment vorher für
seine Dummheit beschimpft hatte, stürmte mit der Eile
eines Lakaien hinaus. In Sekundenschnelle kehrte er mit
Getränken, mandelgespickten Hershey-Riegeln und weiteren Leckereien für den frisch gebackenen Star zurück. Nach
kurzer Zeit hatte die Kommission sich um ihren neuen,
großartigen Freund und revolutionären Helden, den Colonel
versammelt. Der alte Tran schob den Colonel sogar persönlich im Rollstuhl zum Auto und erkundigte sich dabei
herzlich nach seiner Frau und seinen sechs wunderbaren
Kindern.

Die Kommission winkte fröhlich zum Abschied, als der
Colonel mit den zwei Offizieren des Politbüros in einem
glänzenden Citroën davonfuhr. Die beiden sagten nichts,
boten ihm aber Zigaretten und eine Thermoskanne mit Tee
an und taten alles für seine Bequemlichkeit.

»Warum bin ich jetzt auf einmal rehabilitiert?«, fragte
er. »Ich bin ein Klassenverräter und Feigling. Ich bin ein
Saboteur, ein Quertreiber, ein Abweichler, ein Spion für
den Westen.«

»Oh, Colonel«, erwiderte der Anführer der Männer und
lachte peinlich berührt, »Sie machen Witze. Sie sind so
lustig! Ist er nicht ein Scherzkeks? Der Humor des Colonels
ist legendär!«

Huu Co sah, dass auch dieser Mann verängstigt wirkte.

Was in aller Welt ging hier vor?

Dann wusste er es. Nur eins konnte in der Demokratischen

Republik Vietnam so einen abrupten Kurswechsel bewirken: die Anwesenheit der Russen.

Auf ihrem Militärgelände nahmen ihn sowjetische Experten von der GRU – der Hauptverwaltung für Aufklärung des russischen Militärnachrichtendienstes – gründlich ins Kreuzverhör, wobei sie jedoch keinerlei Versuche unternahmen, ihm eine Schuld zuzuschreiben. Die Männer wirkten gleichermaßen eindringlich und distanziert. Sie trugen schwarze Speznas-Kampfuniformen ohne Rangabzeichen, aber es gab eindeutig Vorgesetzte und Untergebene. Nicht ein einziges Mal wurde über Politik oder die Revolution gesprochen. Er begriff: Das alles diente nicht etwa der Vorbereitung eines Gerichtsverfahrens; es handelte sich um eine Geheimdienstoperation.

Sie arbeiteten auf westliche Art sehr gründlich. Er ging die Ereignisse langsam mit ihnen durch, wobei er erst auf Karten zurückgriff und dann, nach dem ersten Tag, auf ein maßstabsgetreues Modell des Tals vor Kham Duc, das sie schnell und mit überraschender Genauigkeit hergestellt und bemalt hatten. Alle Gespräche fanden auf Russisch statt.

»Sie waren ...?«

»Hier, als die ersten Schüsse fielen.«

»Wie viele?«

»Er hat dreimal geschossen.«

»Halbautomatisch?«

»Nein, mit einer Repetierbüchse. Für eine halbautomatische Waffe hat er nie schnell genug gefeuert, obwohl er sehr, sehr gut mit dem Kammerstängel umgehen konnte. Er ist vielleicht der schnellste Schütze mit der Repetierbüchse, der mir je untergekommen ist.«

Die Russen lauschten aufmerksam, aber es war offensichtlich, dass sie sich nicht allein für den Scharfschützen interessierten. Nein, es ging ihnen um das gesamte

Geschehen: den Verlust der Pioniereinheit, die Schussgeräusche von der rechten Flanke her, die Leuchtpatronen. Vor allem die Leuchtpatronen.

»Können Sie sie beschreiben?«

»Nun, ja, Kamerad. Es schien mir amerikanische Standardausstattung zu sein: ein helles Weiß, kräftiger als unsere grünen, chinesischen. Sie hingen ungefähr zwei Minuten lang in der Luft und wurden beim Absinken heller.«

Sie hörten zu, machten sich Notizen, erstellten detaillierte Tabellen und Zeitpläne, gaben sich Mühe, die Ereignisse auf das Gewissenhafteste zu rekonstruieren. Offenbar hatten sie sogar bereits andere Teilnehmer der Schlacht von Kham Duc befragt.

Sie drängten ihn nicht zu Schlussfolgerungen, sondern traten eher als Unterstützer für seine ganz persönliche Bewältigung des Geschehens auf.

»Nun, Colonel«, wandte sich der Anführer des Teams an ihn, ein kleiner Mann mit Rattengesicht, der Marlboros rauchte. »Basierend auf dem, was Sie uns geschildert haben, interessiert mich Ihre Einschätzung. Welche Rückschlüsse ziehen Sie aus der ganzen Sache – vor allem angesichts der Richtung in Relation zum Winkel, aus dem die meisten auf Sie gezielten Schüsse kamen?«

»Es hat eindeutig noch einen zweiten Mann gegeben. Diese amerikanischen Marine-Scharfschützenteams bestehen in der Regel aus zwei Männern.«

»Ja«, bestätigte der Anführer. »Ja, das glauben wir ebenfalls. Und interessanterweise geben die ballistischen Untersuchungen Ihnen recht. Einige Männer wurden von 11,2-Gramm-Kugeln getroffen, der amerikanischen Wettkampfmunition – die stammten vom Scharfschützen. Aber wir haben auch Leichen gefunden, in denen 9,7-Gramm-Kugeln steckten, typisch für M14-Gewehre. Klarerweise ist also eines der eingesetzten Gewehre ein Remington-Repetierer und das andere ein M14. Dann gibt es da natürlich auch noch die Männer, die mit einer Maschinenpistole Kaliber 45 getötet wurden. Wir nehmen an, dabei handelte es sich um die Zweitwaffe des Scharfschützen.«

Der Colonel staunte. Sie waren an diesen Vorfall herangegangen wie an eine Autopsie, als ob sie ihm noch die letzten Geheimnisse entreißen müssten. Es war ihnen so wichtig, als wenn ihr wertvollster Agent in Gefahr schwebte und sie sich mit aller Macht der Zerstörung dieser Bedrohung widersetzen müssten.

»Möchten Sie mehr über diese Männer erfahren?«

Ja, das wollte der Colonel. Aber er musste sein Ego überwinden. Denn wenn er erfuhr, wer die Männer waren, die sein Bataillon, seinen Ruf und seine Zukunft zerstört hatten, machte es alles noch eine Spur persönlicher. Es wurde damit zu einer Privatangelegenheit, einer Obsession, zu einem Teil seines Lebens – als ob es dabei um ihn selbst und nicht um ihr Ziel ging.

»Nein, ich denke nicht. Persönliches interessiert mich nicht.«

»Gut gesagt. Aber leider Gottes ist es notwendig. Es gehört zu Ihrer neuen Aufgabe.«

Na, war das nicht interessant? Ein neuer Auftrag unter russischer Schirmherrschaft! Was mochte das wohl bedeuten?

Und so erfuhr er von seinem größten Gegner, einem Mann namens Swagger, einem Sergeant. Dieser hatte einmal einen bedeutenden Schießwettkampf gewonnen und der Sache des Vaterlands in seinen drei Einsatzzeiten in Vietnam großen Schaden zugefügt. Selbst jetzt durchstreifte er noch die Wälder auf der Suche nach neuen Opfern.

Sie hatten ein Foto von ihm aus einer Zeitschrift namens

Leatherneck aufgetrieben. Was Huu Co vor sich sah, entsprach dem, was er erwartet hatte. Er kannte Amerikaner aus seiner Zeit in Paris und Saigon. Der Kerl entsprach einem bestimmten Typus in fast schon übertriebener Ausprägung, aber durchaus vertraut. Dünn, hart, widerstandsfähig, sogar noch tapferer als die Franzosen, so tapfer wie jeder Deutsche in der Legion. Er war schlau und besaß diese spezielle Verschlagenheit, die ihn instinktiv Schwächen bei anderen erkennen ließ, um sie gezielt auszunutzen. Er war diszipliniert in einer Weise, wie man es bei Amerikanern fast nie antraf. Er hätte einen brillanten Parteifunktionär abgegeben, so straff und konzentriert funktionierte sein Verstand.

Das Bild zeigte einen jungen Mann mit verkniffenen Augen und markanten Wangenknochen. Ein schmales Lächeln hellte das ledrige Gesicht auf. Er hielt irgendeine lächerliche Trophäe in den Händen. Neben ihm stand eine ältere Version desselben Mannes – die gleichen verkniffenen Augen und das kurz geschnittene Haar. Aber an der Brust des anderen prangten zahllose Medaillen. ›Sergeant Swagger nimmt nach seinem Sieg in Camp Perry die Glückwünsche des Kommandanten entgegen‹, lautete die Bildunterschrift, die man ins Vietnamesische übersetzt hatte. Der Colonel registrierte Kriegslust. Er sah in diesen Augen die Tode von so vielen und die Erbarmungslosigkeit ihres Henkers.

»Für den«, sagte er, »ist der Krieg kein Anlass. Er ist bloß eine Entschuldigung.«

»Mag sein«, gab der russische Geheimdienstchef zurück. »Vielleicht läuft er im Krieg sogar zur Höchstform auf. Aber glauben Sie nicht, dass er über eine gewisse Form von Disziplin verfügt? Er ist nicht ausschweifend, keiner von ihren Kriminellen, wie die Calleys oder die Medinas. Er hat nie im Krieg vergewaltigt und gemordet. Er hat keine sexuellen Schwächen, keine Pathologien, wie man sie mit einem Psychopathen verbindet.«

»Er ist kein Psychopath«, bestätigte Huu Co. »Er ist ein Held, obwohl der Grat schmal und zerbrechlich ist. Er braucht eine Mission, um sein wahres Selbst zu finden, das meinte ich damit. Er gehört zu der Sorte Mensch, die einen Grund zum Leben braucht. Eine Sache, der er demütig dienen kann. Wenn Sie ihm das nehmen, nehmen Sie ihm alles.«

»Sehr gut. Hier, hier ist noch mehr ... alles, was wir haben.«

Es waren weitere Informationen über Swagger, die aus verschiedenen öffentlichen Quellen in Amerika stammten. Zu diesem Paket gehörten unglaublicherweise sogar Akten des United States Marine Corps, die offenbar aus einer sehr heiklen Quelle stammten.

»Ja.«

»Studieren Sie diesen Mann. Gründlich. Lernen Sie ihn kennen. Sie sind ab jetzt für ihn zuständig.«

»Ja, natürlich. Einverstanden. Und was ist das letztendliche Ziel dieses Projekts?«

»Na ... sein Tod natürlich. Sein Tod und auch der Tod seines Helfers. Sie müssen beide sterben.«

Er dachte selbst im Schlaf an Swagger, träumte von Swagger, las über Swagger, verschlang Swagger. Dieser ließ den verwestlichten Teil seines Bewusstseins von Neuem auferstehen. Er bemühte sich, Prinzipien wie Stolz, Ehre und Mut nachzuvollziehen und zu durchschauen, inwiefern ihre Existenz einer korrupten Bourgeoisie diente. Denn so ein Staat konnte nicht existieren ohne das reine Feuer von Zenturios wie Swagger, die an den Grenzen des Reichs Wache schoben, jederzeit zum Sterben bereit.

»Warum ich?«, fragte er den Russen. »Warum greifen Sie nicht auf einen von Ihren eigenen Analysten zurück?«

»Was können unsere Analysten schon wissen? Sie dagegen kämpfen schon seit 1964 gegen diese Leute.«

»Und Sie bekämpfen sie seit 1917.«

»Aber unser Kampf wird aus der Ferne geführt. Es ist eher ein theoretischer Kampf. Sie kämpfen dagegen aus direkter Nähe, nah genug, um das Blut, die Scheiße und die Pisse zu riechen. Diese Art von Erfahrung ist schwer verdient und genießt hohes Ansehen.«

Der nächste Tag bescherte eine neue Überraschung: Aufklärungsfotos, aufgenommen aus großer Höhe von einem Fluggerät. Sie zeigten etwas, das ein Außenposten der Marines im Dschungel zu sein schien, in irgendeiner Provinz seines Landes.

»Das I Corps«, erklärte der Russe. »Etwa 40 Kilometer vor Kham Duc. Einer der letzten amerikanischen Kampfposten, der in dieser Zone noch existiert. Sie nennen es die Feuerbasis Dodge City. Eine Einrichtung der Marines. Von dort sind der Amerikaner Swagger und sein Aufklärer zu ihren Missionen losgezogen.«

»Ach ja?«

»Ja. Wenn wir ihn erwischen, dann dort. Er wird immer im Vorteil sein, es sei denn natürlich, dass wir das Gelände ebenso gut kennen wie er.«

»Bestimmt könnten die dortigen Kader ...«

»Na, ist das nicht eine interessante Situation? Die dortigen Kader sind in dieser Region seit einigen Monaten äußerst inaktiv. Dieser Swagger jagt ihnen Angst ein. In Ihrer Sprache nennen sie ihn *dao phu*.«

»Der Henker.«

»Der Henker. Ein Scharfrichter. Er exekutiert seine Opfer. Auf Ebene der lokalen Kader wurden jedenfalls die meisten Kampfoperationen eingestellt. Das ist der Grund, warum die Feuerbasis Dodge City noch existiert, obwohl so viele andere Marines bereits nach Hause geschickt wurden.

Der Henker hat so viele hingerichtet, dass niemand gern in diesem Gebiet operiert. Wozu auch? Der Krieg wird ohnehin bald vorbei sein, man wird ihn zurückrufen, und damit ist die Sache erledigt. Aber darauf können wir es nicht beruhen lassen, nicht wahr?«

Aber so sehr er es auch versuchte: Huu Co konnte den Amerikaner nicht hassen. Das ergab keinen Sinn für ihn. Dieser Mann gehörte nicht zu den Architekten des Krieges, war kein politischer Stratege. Er besaß offenkundig keine sadistische Seite, tendierte nicht zu Gräueltaten, sondern war bloß ein exzellenter, professioneller Soldat von der Sorte, auf die sich alle Armeen schon seit Tausenden von Jahren verließen. Er besaß ein Extra-Gen für Aggression, ein Extra-Gen für seine Schießkünste, sonst nichts. Er glaubte an etwas – oder auch nicht. Der Colonel erinnerte sich aus seinem früheren Leben an einen Ausspruch des Franzosen Camus, der lautete: »An Kaisern fehlt es uns nicht, nur an Persönlichkeiten.«

Nun, es spielte keine Rolle. Ebenso unbedeutend war, dass er sich die Frage stellte, worauf sie noch warteten. Warum schlugen sie nicht sofort zu, wenn sie es für so wichtig hielten? Warum warteten sie, *worauf* warteten sie? Er wandte sich seiner Aufgabe zu und prägte sich die Umgebung rund um die Feuerbasis Dodge City genauestens ein.

Sie lag auf einem Hügel und in einem Umkreis von 1000 Metern hatten die Amerikaner den Dschungel mit ihrem Agent Orange entlaubt. Das Camp gehörte zur typischen Sorte. In seinen langen Kriegsjahren hatte er schon Hunderte davon gesehen. Auch die taktischen Schwächen stufte er als typisch ein. In vielerlei Hinsicht ähnelte es dem unbesiegten A-Camp Arizona. Die Doktrin war primitiv, aber für gewöhnlich wirksam: Man näherte sich bei Nacht, sammelte sich in der Dunkelheit, schickte

Pioniere vor, um die Zäune zu sprengen, und griff dann mit voller Stärke an.

Aber das Töten eines Scharfschützenteams stellte einen vor ganz andere taktische Probleme. Das Team dürfte das Lager bei Nacht verlassen, falls es nicht von einem Hubschrauber zum Einsatzort geflogen wurde. Der Trick bestand darin, herauszufinden, von welchem Punkt im Gelände aus sie aufbrachen und welchen Weg durch die offene Zone sie typischerweise nahmen. Wenn man das Terrain kannte und die Art, wie Swaggers Verstand funktionierte, konnte man darauf hoffen, sie abzufangen.

Beim Studieren der Fotos sah Huu Co drei natürliche Pfade, die vom Camp wegführten. Sie verliefen durch Schluchten, Rinnen und andere natürliche Geländevertiefungen, die man ausnutzen konnte, um sich unbemerkt fortzubewegen. An solchen Stellen konnte man Hinterhalte legen, ja. Es konnte durchaus effektiv sein, erforderte aber langwieriges Anpirschen und vor allem eine Menge Glück. Doch falls man den Amerikaner irgendwie dazu bringen konnte, bei Tag aufzubrechen, etwa beim ersten Sonnenlicht, hätte ein guter Schütze durchaus eine Chance, die beiden von einem etwas weniger als 1500 Meter entfernten Hügel aus zu erwischen. Oh, es war ein weiter Schuss, ein unglücklich weiter Schuss. Aber der richtige Mann konnte es schaffen und wäre dabei wesentlich effektiver als eine Mannschaft, die einen Hinterhalt legte und auf ihr Glück hoffen musste.

Aber wo fand man so einen Mann? Er wusste, dass die Nordvietnamesen mit einem derartigen Schützen sicher nicht aufwarten konnten. Vielleicht verhielt es sich sogar so, dass ein solcher Mann, ein solcher Spezialist, überhaupt nicht existierte, zumindest nicht offiziell. Huu Co schwieg über seine Schlussfolgerungen und die Russen hakten in dieser Richtung nicht weiter nach.

Eines Nachts wurde er unsanft von Speznas-Soldaten geweckt, die ihm mitteilten, dass er sie auf einer Reise begleiten müsse.

Er stieg in seiner Ausgehuniform in eine glänzend schwarze Zil-Limousine, zusammen mit vier oder fünf Russen, die allesamt ausgelassen und lachend miteinander plauderten. Ihn ignorierten sie völlig.

Sie fuhren nach Hanoi, über dunkle Straßen, die breiten, um diese Zeit leeren Boulevards entlang und an zeremoniellen Plätzen vorbei, auf denen die amerikanischen Phantoms zur Schau gestellt wurden. Banner flatterten mächtig im Wind: VORWÄRTS ZUM SIEG, BRÜDER! LANG LEBE DAS VATERLAND! LASST UNS DIE REVOLUTIONÄRE ZUKUNFT BEGRÜSSEN!

Die Russen achteten gar nicht darauf, lachten, sprachen von Frauen und Alkohol und rauchten amerikanische Zigaretten. In vieler Hinsicht glichen sie den Amerikanern: kein besonders aufmerksames oder respektvolles Volk, sondern Männer, die ihr Glück für so selbstverständlich hielten, dass sie einem auf die Nerven gehen konnten.

Nach einer Weile wurde Huu Co klar, wohin sie fuhren: Eindeutig führte die Reise zum Flugplatz der Volksrevolution nördlich von Hanoi. Sie passierten die Stacheldrahtzäune und Wachtposten, wurden mit einer Handbewegung durchgewunken, die verriet, dass sie über Zugangsbefugnisse der höchsten Sicherheitsstufe verfügten. Sie fuhren nicht zum Haupthaus, sondern zu einem etwas abseits gelegenen Gebäudekomplex, der schwer bewacht wurde von weißen Männern mit automatischen Waffen, die die Kampfuniformen der Speznas trugen. Es waren diese Teufelskerle, die sexy Aufträge bekamen und die NVA-Kader in gewissen dunklen, arkanen, geheimen Künsten ausbildeten.

Der Zil hielt und die Männer stiegen aus. Sie brachten

Huu Co ins Haus. Dort befand sich ein äußerst bequem wirkendes Stückchen Russland, komplett mit Fernsehern, einer Bar, erlesenen westlichen Möbeln und Ähnlichem. Außerdem lagen viele *Playboy*-Magazine und leere Bierflaschen im Raum verstreut. Die Wände zierten Pin-ups von blonden Frauen, die große, der Schwerkraft trotzende Brüste und keine Schamhaare hatten.

Russen!, dachte Huu Co.

Nach einer Weile fuhr die kleine Gruppe auf die Landebahn hinaus und parkte am dunklen Ende eines Runways. Sie warteten auf das Eintreffen von jemandem, der Solaratov hieß. Huu Co hatte keine Ahnung, ob es sich dabei um seinen echten Namen oder ein Pseudonym handelte. Es wurde auch kein Dienstgrad genannt, kein Vorname. Nur Solaratov, als ob dieser Name allein genügend Informationen enthielte.

Wieder war es kühl, aber es regnete nicht. Die warme Zeit stand direkt vor der Tür, war aber noch nicht angebrochen. Im aufkommenden grauen Licht stand Huu Co etwas abseits der Menge derber, lachender russischer Geheimdienstleute und Speznas-Soldaten. Er fühlte sich wie ein Einzelgänger, der nichts mit ihrer Kameradschaft zu tun hatte, und wusste nicht recht, weshalb seine Anwesenheit hier erforderlich war. Aber ganz offensichtlich legten sie Wert auf seine Präsenz. Er bekam Sachen zu sehen, die womöglich noch kein Nordvietnamese vor ihm zu Gesicht bekommen hatte, der nicht dem Politbüro angehörte. Warum? Was hatte das alles zu bedeuten?

Das Geräusch eines Jetflugzeugs erklang – leise, aber beharrlich. Es kam aus dem Osten, aus Richtung Sonne. Die Maschine sauste über sie hinweg und glänzte im Morgenlicht. Sie stellte sich als Tupolew Tu-16 heraus, der die Amerikaner den Spitznamen ›Badger‹ verpasst hatten: ein zweimotoriger, mit drei Männern besetzter Bomber mit

Vollsichthaube und funkelndem Plastik an der Nase. Er trug Kriegsbemalung: Der rote Stern hob sich grell vom Hintergrund der grünen Tarnfarbe ab. Die Landeklappen waren ausgefahren und die Tupolew drehte nach Westen ab, fand einen Vektor für den Landeanflug und kam auf der Hauptlandebahn herunter. Sie rollte ein Stück und näherte sich ihrer kleinen Abordnung.

Das Flugzeug kam zum Stehen und die Düsentriebwerke kreischten ein letztes Mal. Eine Luke unterhalb der Nase wurde geöffnet, kurz hinter dem vorderen Rad des Dreibein-Einziehfahrwerks. Sofort stiegen zwei Piloten aus, winkten der Menge zu und verschwanden in einem kleinen Auto, das gekommen war, um sie abzuholen. Derweil kümmerte sich die russische Bodencrew um die Maschine.

»Oh, er wird uns natürlich warten lassen«, meinte einer der Russen.

»Dieser Mistkerl. Lässt sich von niemandem hetzen. Der ließe sogar den Parteisekretär warten, wenn's ihm in seinen beschissenen Kram passt!«

Es gab etwas Gelächter, bis nach einer Weile eine weitere Gestalt aus dem Flieger stieg und langsam die Gangway hinabkletterte. Der Mann trug einen schwarzen Pilotenoverall, war aber kein Pilot. Er hatte etwas Sperriges bei sich: eine lange, flache Tasche. Ein Musikinstrument?

Er wandte sich dem Begrüßungskomitee zu und seine Miene brachte sie augenblicklich zum Schweigen.

Ein frostiger, kleiner Mann Mitte 30 mit grauen Haarstoppeln und dickem, kurzem, bulligem Hals stand vor ihnen. Seine Augen funkelten wie blaue Perlen in der Ledermaske, die seine grimmige Visage darstellte. Er hatte riesige Hände, und Huu Co sah, dass er für einen gedrungenen Kerl ziemlich muskulös war. Hinzu kam eine breite Brust, seinen Bewegungen wohnten Kraft und Schwung inne.

Es wurde nicht salutiert und man tauschte keine militärischen Höflichkeiten aus. Falls er jemanden von den Russen kannte, ließ er es sich zumindest nicht anmerken. An ihm gab es nichts Emotionales, keinerlei Sinn für Zeremonien.

Ein Mann eilte zu ihm, um ihm das Paket abzunehmen, das er trug. Dabei wurde er grimmig angefunkelt, zum Schweigen gebracht und angeherrscht, dass er das Paket selbst tragen werde. Die Strenge seiner Reaktion beschämte und verwirrte den anderen.

»Solaratov«, richtete der russische Geheimdienstchef das Wort an den Neuankömmling, »wie war der Flug?«

»Eng«, erwiderte Solaratov. »Ich sollte denen mal sagen, dass ich nur erster Klasse fliege.«

Sie lachten nervös.

Solaratov ging am Colonel vorbei, ohne Notiz von ihm zu nehmen, umgeben von Schleimern und Speichelleckern. Tatsächlich erinnerte er Huu Co an eine Person, auf die ihn in den späten 40er-Jahren in Paris jemand hingewiesen hatte: ein anderer Meister der eisigen Isolation, der mit seinem Blick die Massen zum Schweigen bringen konnte. Aber dennoch – oder vielleicht genau aus diesem Grund – hatte er Legionen von Kriechern angezogen, ohne ihnen Beachtung zu schenken. Sein Ansehen hatte einer Wolke aus blauem Eis geglichen, die ihn umgab. Der Name dieses Mannes war Sartre gewesen.

KAPITEL 18

Vietnam sprang ihm entgegen wie ein Bild aus einem Traum: grün, endlos, mit einer bergigen Kruste, sinnlich, brutal, hässlich, schön, alles zugleich. Das Land der bösen Träume. Aber auf eine gewisse Weise auch das Land der guten Träume.

Hier bin ich in den Krieg gezogen, dachte Donny. *Hier habe ich mit Bob Lee Swagger gekämpft.*

Es war kein Traum; das war es nie gewesen. Es war völlig real. Er sah es in sämtlichen Einzelheiten durch die verschmutzte Plastikscheibe eines Flugzeugs, das aus Okinawa kam. Dort legten Soldaten, die aus dem Urlaub kamen und zurück nach Vietnam flogen, eine Zwischenlandung ein. Monkey Mountain ragte vor ihnen auf der Halbinsel über China Beach auf. Dahinter präsentierten sich die multifunktionale Basis und der Landeplatz von Da Nang in einem Schachbrettmuster aus Gebäuden, Straßen und Rollbahnen und erinnerten an die Innenstadt von Dayton. Die Hügelkuppen – Hill 364, 268 und 327 – ragten hinter dem Gelände auf wie staubige Warzen.

Die C-130 folgte der Küstenlinie, durchbrach die niedrige Wolkendecke und glitt durch Tropennebel. Dann landete sie unweit der Geisterstadt, die einmal zu den am dichtesten besiedelten Gebieten der Welt gehört hatte. Die Hauptstadt des Marine-Gebiets I Corps, die Heimat der Führungsriege der Marines im Krieg: der III Marine Amphibious Force.

Die Palmen schaukelten im Wind und die Berge ringsum erhoben sich in ihrer grünen tropischen Pracht, aber dieser Ort war weitgehend ausgestorben. Seine Hauptstruktur beschränkte sich mittlerweile auf ein paar temporäre Behausungen – eine leere oder zumindest gründlich vietnamisierte Metropole. Einige Büros waren noch besetzt, ein paar Kasernen noch bewohnt. Aber die Techniker, die Leute vom Personalstab und die Experten, die den Krieg in Vietnam organisiert hatten, befanden sich längst in der Heimat. Ausnahmen bildeten einzelne Nachzüglereinheiten, etwa die Jungs von der Feuerbasis Dodge City.

Das Flugzeug erreichte die Taxiposition. Die vier Propeller setzten den Schlussakkord ihrer Mission mit einem triebwerkgestützten Heulen, als die Treibstoffzufuhr jäh gekappt wurde. Das Luftfahrzeug erzitterte heftig, kam wie ein riesenhaftes Tier zur Ruhe und verstummte. Nach einigen Sekunden wurde die Heckklappe herabgelassen. Donny und die etwa 20 Soldaten an Bord, die allesamt nur noch eine kurze Restdienstzeit abzuleisten hatten oder widerwillig in den Krieg zogen, spürten die brütende Backofenhitze und rochen die verbrannte Scheiße. Beides verkündete ihnen, dass sie am Ziel waren.

Er trat in die Sonnenstrahlen hinaus und die Hitze traf ihn wie ein Faustschlag.

»Dieses Scheißland wird mich noch umbringen«, murrte ein altgedienter Schwarzer. Er hatte ungefähr ein Dutzend Streifen am Ärmel und genug Verwundetenabzeichen für einen ganzen Zug.

»Wirst du nicht bald abberufen?«, fragte jemand.

»Nicht so bald wie der Lance Corporal hier.« Er blinzelte Donny zu, mit dem er auf dem Hinflug von der Kadena Air Force Base in Okinawa eine freundschaftliche Plauderei angefangen hatte. »Wenn ich nur noch so wenig Zeit abzuleisten hätte wie er, würd ich mir den Fuß vertreten und mich sofort ins Lazarett bringen lassen.«

»Er ist 'n Held«, wandte der andere Berufssoldat ein. »Der geht in kein Lazarett.«

Der alte schwarze Sergeant zog Donny auf die Seite.

»Spiel da im Busch bloß nicht den Draufgänger, hast du gehört? Zwei Monate und 'n paar zerquetschte, Fenn?

Scheiße, lass dich nicht abknallen. Das ist es echt nicht wert. Dieses Drecksloch von einem Land isses einfach nicht wert, wenn man nicht so 'n karrieregeiler Schwachkopf ist, der sich hier unbedingt noch 'n Orden verdienen will. Lass dich nicht vom Establishment übers Ohr hauen.«

»Verstanden.«

»Jetzt geh rüber zur Rezeption und lass deinen Soldatenarsch irgendwohin abkommandieren.«

»Peace«, sagte Donny und machte das entsprechende Zeichen.

Der Sergeant schaute sich um, sah niemanden, der nahe genug stand, um etwas mitzukriegen. Dann machte er das Zeichen ebenfalls.

»Frieden, Freiheit und all diesen guten Scheiß, Kumpel.« Er zwinkerte ihm zu.

Donny ging mit seinem Seesack zur Rezeption, um sich ein vorübergehendes Nachtquartier zuweisen zu lassen und dann den nächsten Heli zurück nach Dodge City zu nehmen.

Er fühlte sich ... gut. Eine Woche auf Maui mit Julie. Herrgott, wer hätte sich danach nicht gut gefühlt? Konnte man sich etwas Besseres vorstellen? Swagger hatte ihm einen Umschlag zugesteckt, als er nach der Einsatzbesprechung in den Hubschrauber gestiegen war. Zu seiner Verblüffung hatte er darin 1000 Dollar in bar sowie die Anweisung gefunden, nichts davon zurückzuzahlen. Warum hatte Swagger das getan? Es war so großzügig, so spontan ... eine verdammt merkwürdige Anwandlung.

Und er? Ein junger Mann, der gerade aus dem Krieg zurückgekehrt und mit seiner schönen jungen Frau in das Paradies von Hawaii gereist war. Sie hatten ihre Zeit dort unter heißem reinigendem Sonnenschein verbracht, mit reichlich Geld und Möglichkeiten. Und seine Abberufung stand unmittelbar bevor. Nach drei Jahren, neun Monaten und ein paar Tagen geriet endlich das Ende in Sicht.

Ich hab's geschafft.
Ich komm raus.

Sie hatte gesagt: »Das ist fast schon gemein. Erst spendiert man uns das hier, und dann wirst du eventuell doch noch getötet.«

»Nein. So funktioniert das nicht. Die NVA kämpft zweimal im Jahr, im Frühling und im Herbst. Ihre große Frühlingsoffensive hatten sie schon, und jetzt stecken sie mitten in einer Belagerung der Stadt An Loc und kämpfen weit unten in der Nähe von Saigon gegen die ARVN. Wir haben damit nichts mehr zu tun. In unserer Region wird nichts mehr passieren. Wir sind aus der Sache raus. Jetzt kommt's nur noch drauf an, die Langeweile durchzustehen, ich schwör's dir.«

»Ich glaube, das könnt' ich nicht ertragen.«

»Mach dir keine Sorgen um mich.«

»Du klingst wie der Typ in einem Kriegsfilm, der kurz vor dem Abspann umgebracht wird.«

»Kriegsfilme drehen die doch gar nicht mehr. Die will keiner mehr sehen.«

Dann schliefen sie noch mal miteinander, zum gefühlt 28.000. Mal. Er fand immer neue Facetten, die er an ihr bewundern konnte, immer neue Winkel, um in sie einzudringen, neue Empfindungen, Aromen und Ekstasen.

»Viel besser könnten wir's nicht haben«, erklärte er schließlich. »Gott, Hawaii. An unserem 50. Hochzeitstag kommen wir wieder ...«

»Nein!«, rief sie. Sie war genauso nass geschwitzt und außer Puste wie er. »Sag das nicht. So was bringt Unglück.«

»Süße, ich brauch kein Glück. Ich hab Bob Lee Swagger auf meiner Seite. Er *ist* das Glück in Person.«

Doch das lag jetzt hinter ihm. Donny stand vor einer Reihe glimmend beleuchteter Schreibtische in einem riesigen, grün gestrichenen Raum, der als Rezeption diente.

Schließlich nahm ein Sergeant Notiz von ihm, legte den Telefonhörer auf und bedeutete ihm mit einer Geste, an seinen Tisch zu kommen.

Donny setzte sich und reichte ihm seine Dokumente.

»Hi. Ich bin Fenn, Zwei-Fünf-Hotel, pünktlich zurück aus dem Urlaub. Hier sind meine Papiere. Ich brauch ein Quartier für die Nacht und 'n Flug nach Dodge City um sechs Uhr.«

»Fenn?«, wiederholte der Sergeant mit einem Blick auf seinen Einsatzbefehl. »In Ordnung, lassen Sie mich kurz 'nen Blick drauf werfen. Scheint okay zu sein. Sie sind einer von den Jungs aus Kham Duc?«

Er trug Donnys Rückkehr ins Logbuch ein, stempelte die Befehle, fälschte geschickt die Unterschrift seines Captains und schob sie Donny wieder hin, alles in einer einzigen Bewegung.

»Jepp, ganz genau. Mein Unteroffizier hat 'n paar Gefallen eingefordert und zehn Tage Urlaub für mich rausgeholt.«

»Sie sind für das Navy Cross nominiert worden.«

»Ach du meine Güte.«

»Sie werden's aber nicht kriegen. Die vergeben keine großen Medaillen mehr.«

»Tja, ist mir auch ziemlich egal.«

»Wahrscheinlich werden sie's runterstufen auf 'nen Star.«

»Ich hab schon 'nen Star.«

»Nee, 'nen Silver Star.«

»Wow!«

»Ein Held. Schade, dass sich in der echten Welt keine Sau mehr dafür interessiert. Früher hätten Sie damit 'n Filmstar werden können.«

»Ich wollte einfach nur in einem Stück wieder nach Hause kommen. Wenn ich Filme sehen will, geh ich ins Kino. Mehr will ich mit Filmen nicht am Hut haben.«

»Na dann. Ich hab gute Nachrichten für Sie, Fenn. Sie haben neue Befehle. Ihre Versetzung ist durch.«

Donny glaubte, er habe ihn missverstanden.

»Was? Ich meine, da muss es ... Was meinen Sie damit, *Versetzung?* Ich hab um keine Versetzung gebeten. Ich versteh nicht, was das ...«

»Es sieht folgendermaßen aus, Fenn: Ihre Befehle wurden vor drei Tagen zurückgenommen. Sie wurden nach 1-3-Charlie verpflanzt und Bataillon S-3 zugeordnet. Das sind wir, hier in Da Nang. Wir sind das Verwaltungsbataillon für alles, was von den Marines hier noch übrig ist. Ich schätze, Sie werden hier ein paar Monate lang ein Fitnessprogramm leiten, bevor Sie auf dem großen Freiheitsvogel nach Hause reiten. Ihre Tage im Busch sind vorbei. Herzlichen Glückwunsch, Soldat. Sie haben's geschafft, falls Sie jetzt nicht noch auf dem Weg in die Kneipe von 'nem Laster überfahren werden.«

»Nein, verstehen Sie doch, ich will nicht ...«

»Gehen Sie rüber zum Bataillon, melden Sie sich beim diensthabenden Unteroffizier. Der wird Ihnen sagen, wo Sie hinmüssen, und Ihnen Ihr neues Quartier zeigen. Sie haben Glück. Das werden Sie nicht glauben. Wir haben *unsere* Kaserne dichtgemacht und sind in Räumlichkeiten umgezogen, die die Air Force vorher genutzt hat. Klimaanlagen, Fenn. Klimaanlagen!«

Donny starrte ihn bloß an, als ob das, was er sagte, keinen Sinn ergab.

»Fenn, das wird 'n Kinderspiel. Sie sind jetzt auf der Sonnenseite. Das ist 'n erstklassiger Job. Sie werden für Gunnery Sergeant Bannister arbeiten, ein guter Mann. Genießen Sie's.«

»Ich will keine Versetzung«, protestierte Donny.

Der Sergeant blickte zu ihm auf. Er war ein sanfter, geduldiger Mann mit sandblondem Haar, ein professioneller, bürokratischer Stabsmitarbeiter. Die staubtrockene Art von Mann, die sicherstellte, dass immer alles ohne Zwischenfälle über die Bühne ging.

Er lächelte kühl.

»Fenn, dem Marine Corps ist völlig egal, ob Sie eine Versetzung wollen oder nicht. Es hat in seiner unendlichen militärischen Weisheit angeordnet, dass Sie einer Bande fettärschiger Etappenhengste wie mir Sportunterricht geben werden, bis Sie nach Hause dürfen. Sie werden keinen einzigen Vietnamesen mehr zu Gesicht bekommen. Sie werden in einem Gebäude mit Klimaanlage schlafen, zweimal am Tag duschen, sich Ihre Tropenuniform pressen lassen, vor jedem Kackvogel von Offizier salutieren, egal wie dämlich er ist. Sie werden nicht besonders hart arbeiten, stets sehr betrunken oder high sein und eine wunderbare Zeit haben. Sie werden eine Menge verlängerter Wochenenden in China Beach verbringen. So lauten Ihre Befehle. Bessere Befehle, als sie irgendein armer Infanterist bekommt, der an der entmilitarisierten Zone oder auf Hill 553 festsitzt. Es sind Ihre Befehle, und damit ist die Sache erledigt. Klar, Fenn?«

Donny atmete tief durch.

»Woher kommt das?«

»Von oben. Ihr kommandierender Offizier und Ihr diensthabender Unteroffizier haben es abgezeichnet.«

»Nein, wer hat es *veranlasst?* Kommen Sie, ich muss es wissen.«

Der Sergeant musterte ihn.

»Ich muss es wissen. Ich hab zu Sierra-Bravo-Vier gehört. Dem Scharfschützenteam. Diesen Job will ich nicht verlieren. 'nen Besseren gibt's nicht.«

»Junge, jeder Job, den das Marine Corps Ihnen gibt, ist der beste Job.«

»Aber könnten Sie das nicht rausfinden? Schauen Sie doch mal nach, wo genau es herkommt. Ich meine, ist doch ungewöhnlich, dass ein Typ, der noch Zeit im Busch abzuleisten hat, ohne Vorwarnung aus seiner Feuerbasis auf einen neu erfundenen Waschlappenposten abkommandiert wird, oder, Sergeant?«

Der Sergeant seufzte tief. Dann griff er zum Telefonhörer.

Er plauderte mit der Person am anderen Ende der Leitung, wartete ein wenig, plauderte noch ein wenig, und schließlich nickte er, dankte seinem Mitverschwörer und legte auf.

»Swagger, ist das Ihr Unteroffizier?«

»Ja.«

»Swagger ist letzte Woche mit 'nem Heli hier angekommen und hat sich mit dem kommandierenden Offizier getroffen. Nicht dem vom Bataillon, sondern höher, vom Gesamtkommando. Dem Mann mit den drei Sternen am Kragen. Am nächsten Tag wurden Ihre Befehle geändert. Er will Sie hier raus haben. Swagger will nicht, dass Sie weiter mit ihm durch den Dschungel rennen.«

Donny meldete sich beim diensthabenden Private First Class von 1-3 Charlie. Er bekam eine Koje und einen Spind in der alten Air-Force-Kaserne zugeteilt, die eher an ein Studentenwohnheim erinnerte. Eine Stunde lang beschäftigte er sich mit dem Verstauen seiner Sachen. Als er aus dem Fenster schaute, konnte er keine einzige Palme sehen, nur ein Meer aus Asphalt, Gebäuden und Büros. Es hätte ebenso gut Henderson Hall in Arlington sein können, oder Cameron Station, die multifunktionale PX-Verkaufsstelle draußen bei Baley's Crossroads. Asiaten waren nirgends zu sehen, nur Amerikaner, die ihrer Arbeit nachgingen.

Er ging zur Lagerhalle, um seine 782-Ausrüstung und die Dschungelklamotten zu holen. Den Seesack schleifte er zur Versorgungsstelle, um ihn zurückzugeben, erfuhr aber, dass die Versorgungsstelle schon geschlossen hatte, also schleppte er das Zeug zurück zu seinem Schließfach. Er meldete sich beim Kompaniehauptquartier, um seinen neuen Gunnery Sergeant und den kommandierenden Offizier zu treffen. Er fand keinen von beiden – sie hatten sich früh in ihre Quartiere zurückgezogen.

Als er am S-3-Büro vorbeiging – Einsätze und Übungen –, um Bannister zu suchen, den für das Fitnesstraining zuständigen Unteroffizier, fand er auch dessen Büro verschlossen vor. Bannister hatte sich ebenfalls längst in den Club der Stabsunteroffiziere verabschiedet.

Donny ging zurück in die Kaserne. Dort machten ein paar andere Jungs sich gerade bereit, ins Kino zu gehen – gezeigt wurde *Patton*, schon zwei Jahre alt – und danach in den 1-2-3-Club, wo sie die ganze Nacht ihre Sorgen in billigem Budweiser vom PX-Laden ertränken konnten. Es schienen nette junge Kerle zu sein. Offenbar wussten sie, wer Donny war, und wollten ihn gern näher kennenlernen. Aber er lehnte ihre Einladung höflich ab, ohne genau zu wissen, warum.

Er war müde. Früh kletterte er in seine Koje, deckte sich mit sauberen, frisch ausgeteilten Decken zu und spürte die Elastizität der Matratze. Die Klimaanlage gab ein leises Summen von sich und pumpte große Mengen trockener, kalter Luft in den Raum. Donny fröstelte und zog die Laken enger um sich.

Es gab in dieser Nacht keinen Alarm und keine Mörserangriffe. Es hatte schon seit Monaten keine mehr gegeben. Gegen ein Uhr wurde er von den betrunkenen jungen Männern geweckt, die aus dem 1-2-3-Club zurückkamen. Aber als er sich bemerkbar machte, wurden sie bald ruhiger.

Donny lag im Dunkeln, während die anderen herumschlichen, und hörte dem Röhren der Klimaanlage zu.

Ich hab's geschafft, sagte er sich.

Ich komme hier raus.

Nennt mich Mister Ab-nach-Hause.

Ich bin auf der Sonnenseite, ab jetzt wird alles ein Klacks sein.

Er träumte von Pima County, von Julie, von einem geordneten, ruhigen, ganz normalen Leben. Er träumte von Liebe und Pflicht. Er träumte von Sex. Er träumte von Kindern und von der friedlichen Existenz, auf die alle Amerikaner ein verbrieftes Recht hatten, solange sie hart genug dafür arbeiteten.

Früh am Morgen stand er leise auf, duschte im Dunkeln, suchte sein Dschungelwerkzeug zusammen, holte seine 782-Ausrüstung und machte sich auf den Weg zum Hubschrauberlandeplatz. Es war ein langer Marsch in der Vormorgendämmerung. Über ihm türmten sich die Sterne zu stummen Haufen auf, groß und dicht wie Gebirgszüge. Ab und zu machten sich weit entfernte, künstlich klingende Schüsse bemerkbar. Einmal erhellten Leuchtpatronen den Horizont. Irgendwo explodierte etwas.

Die Helis starteten die Triebwerke. Er duckte sich in die Kommandohütte, unterhielt sich mit einem anderen Lance Corporal und joggte dann zu dem Marine-Corps-grünen Huey, der mit wirbelnden Rotorblättern auf dem Platz stand. Er beugte sich hinein und der Crew-Chef sah ihn an.

»Ist das hier Whiskey-Romeo-Vierzehn?«

»Ja, sind wir.«

»Ihr seid der Bus nach Dodge City?«

»Japp. Sie sind Fenn, richtig? Wir haben Sie vor zwei Wochen hier rausgebracht. Tolle Leistung bei Kham Duc, Fenn.«

»Können Sie mich zurück zur City bringen? Wird Zeit, nach Hause zu kommen.«

»Komm an Bord, Junge. Wir sind sowieso auf der Heimreise.«

KAPITEL 19

»Sie werden die ganze Nacht kriechen müssen«, eröffnete Huu Co dem Russen. »Falls Sie es nicht schaffen, werden die Sie morgens entdecken und töten.«

Hätte er von dem Mann eine Reaktion erwartet, hätte er einmal mehr falschgelegen. Der Russe reagierte auf rein gar nichts. In mancher Hinsicht schien er kaum menschlich zu sein. Zumindest hatte er kein Bedürfnis nach dem, was Menschen typischerweise brauchten: Erholung, Gesellschaft, Unterhaltung, andere Menschen. Er sprach fast nie. Er wirkte so phlegmatisch, dass er einem fast wie gelähmt vorkam. Gleichzeitig beklagte er sich nie, war nie erschöpft und gab Huu Co und den Elitesoldaten des 45. Pionierbataillons keinerlei Widerworte, als sie aus dem Norden ihren langen Marsch über den Pfad antraten. Angst, Sehnsucht, Durst, Unbehagen, Humor, Wut oder Mitgefühl – all das schien ihm völlig fremd zu sein. Es gab nicht viel, was er überhaupt wahrzunehmen schien. Wenn er überhaupt mal etwas kommentierte, dann nur mit Grunzlauten.

Er war isoliert, vermutlich vereinsamt. In Huu Cos Armee erhielten Helden den Titel ›Bruder Zehn‹, wenn sie sich durch das Töten von zehn Amerikanern verdient gemacht hatten. Dieser Mann musste, wie ihm nun bewusst wurde, Bruder 500 sein – oder wie hoch man die Zahl auch ansetzen musste. Er hatte keine Ideologie, keine Begeisterung; er existierte einfach nur. Solaratov: der Solitär, der Einzelgänger. Der Name passte gut zu ihm.

Der Russe ließ den Blick über die 1500 Meter flaches Land bis zur Basis der Marines schweifen, die der Feind Dodge City nannte. Er studierte sie. Es gab keinen Zugangsweg, jedenfalls keinen sichtbaren – außer man wählte die lange beschwerliche Methode und kroch auf dem Bauch.

»Könnten Sie ihn aus dieser Entfernung treffen?«

Der Russe überlegte.

»Ich könnte einen Mann aus dieser Distanz treffen, ja«, erwiderte er schließlich. »Aber wie sollte ich dann wissen, dass er der Richtige ist? Ich kann auf diese Entfernung keine Gesichter unterscheiden. Ich muss den richtigen Mann treffen; nur darum geht es.«

Ein gutes Argument.

»Nun, dann ... müssen Sie kriechen.«

»Ich kann kriechen.«

»Wenn Sie ihn getroffen haben, wie kommen Sie dann wieder weg?«

»Diesmal werde ich nur beobachten. Aber wenn ich ihn erledigt habe, werde ich bis zur Nacht warten. Und dann werde ich auf dem gleichen Weg wieder verschwinden, auf dem ich gekommen bin.«

»Sie werden Mörser anfordern, Artillerie, sogar Napalm. Das machen sie immer.«

»Ja, ich werde vielleicht sterben.«

»Durch Napalm? Keine schöne Art. Ich habe schon viele schreien gehört, als es ihnen das Fleisch von den Knochen gebrannt hat. Es ist nach einem Augenblick vorbei, aber ich hatte den Eindruck, dass es ein langer Augenblick ist.«

Der Russe funkelte ihn bloß an. Nichts in seinem Blick ließ darauf schließen, dass er ihn auch nur wiedererkannte, obwohl sie eine Woche auf engem Raum miteinander verbracht hatten und sich bereits Tage vorher in die Fotos und das Modell von Dodge City vertieft hatten.

»Mein Rat, Kamerad und Bruder«, fuhr Huu Co fort, »ist, dass Sie der Erdvertiefung 300 Meter weit folgen sollten. Bei Nacht und mit maximaler Tarnung. Die haben Nachtsichtfernrohre und werden Jagd auf Sie machen. Aber diese Fernrohre sind nicht 100-prozentig verlässlich. Es wird ein langes und furchtbares Anpirschen sein. Ich kann nur hoffen, dass Sie der Sache gewachsen sind und Ihr Herz stark und rein ist.«

»Ich habe kein Herz«, erwiderte der Solitär. »Ich bin der Scharfschütze.«

Bei seiner ersten Aufklärungsmission nahm Solaratov seine Tasche nicht mit, von der inzwischen alle wussten, dass es sich um ein Gewehrfutteral handelte. Er trug keine Waffen außer einem Speznas-Dolch, schwarz, schmal und tückisch.

Er brach auf, als es dunkel wurde. Mit seiner Tarnbemalung wirkte er mehr wie ein Sumpf auf zwei Beinen als wie ein Mensch. Hinter seinem Rücken nannten die Pioniere ihn nicht den Einzelgänger oder den Russen, sondern – pietätlos, wie Soldaten nun einmal waren – die menschliche Nudel. Tatsächlich wirkten seine Beine so steif wie ungekochte Spaghetti. In Sekundenschnelle schlich er durch das Elefantengras davon und wurde unsichtbar.

Huu Co stellte fest, dass er über eine außergewöhnliche Technik verfügte, ein Meisterstück der Selbstbeherrschung. Es war die ultimative Langsamkeit. Er bewegte sich mit Feingefühl, Glied für Glied, so langsam und so bewusst, dass er beinahe unbeweglich schien. Wer konnte die Geduld für so eine Reise aufbringen?

»Der ist verrückt«, sagte einer der Pioniere zu einem anderen.

»Alle Russen sind verrückt. Das kann man in ihren Augen sehen.«

»Aber der hier ist *wirklich* irre. Der hat sie nicht mehr alle!«

Die Pioniere warteten in aller Ruhe in einem raffinierten Tunnelsystem, das man im Jahr der Schlange 1965 erbaut hatte. Sie kochten Mahlzeiten, genossen improvisierte

Duschen und gingen mit der Situation um, als befänden sie sich im Urlaub. Eine glückliche Zeit für die Männer, die hart gekämpft hatten und oft verwundet worden waren. Mindestens sechs von ihnen trugen den Titel ›Bruder Zehn‹. Gewiefte, erfahrene Profis.

Huu Co verbrachte seine Zeit damit, die Fotos zu studieren oder oben zu warten, versteckt im Gras. Er strengte seine Augen an und starrte zu der seltsamen Festung in 1500 Metern Entfernung hinüber: Sie wirkte künstlich – in die Erde seines geliebten Landes geschnitten von Männern aus Übersee, die anders empfanden und denen das Gespür für die Geschichte dieses Ortes fehlte.

Er wartete und starrte auf das Grasmeer. Sein Arm tat weh. Er konnte kaum die Finger krümmen. Als ihm langweilig wurde, holte er ein Buch aus dem Uniformrock, ein englisches. *Der Herr der Ringe* von J. R. R. Tolkien, sehr unterhaltsam. Es versetzte ihn in eine andere Welt. Aber dann verblassten Frodos Abenteuer und er musste sich der Feuerbasis Dodge City und seiner dringlichsten Frage widmen: Wann kehrte der Scharfschütze zurück?

Die Feuerameisen stellten lediglich die erste von vielen Torturen dar, die er durchzustehen hatte. Angelockt von seinem Schweiß krochen sie ihm in die Nackenfalten, kosteten sein Blut, krabbelten, bissen, schmausten. Ein wahres Festmahl für die Insekten. Nach den Ameisen kamen andere. Moskitos, so groß wie amerikanische Helikopter, summten ihm um die Ohren, setzten sich auf sein Gesicht, stachen ihn sanft und flogen aufgebläht davon. Was noch? Spinnen, Milben, Zecken, Libellen, der ganze Stamm der Tiere, die sich vom Miasma des Verfalls anziehen lassen, das ein schwitzender Mann an einem heißen Morgen in den Tropen erzeugt. Aber keine Maden. Maden waren den Toten vorbehalten und begegneten ihm mit gewissem Respekt. Zum einen war er nicht tot; vor allem aber hatte er den Maden in seiner Zeit auf der Erde schon viel Futter verschafft. Also ließen sie ihn in Frieden.

Es war nicht so, dass Solaratov all diese Einflüsse nicht registriert hätte. Das tat er durchaus. Jeden Stich und Biss, jedes Kneifen und Zwicken. Seine Schmerzen, Schwellungen, Flecken und Blessuren waren die gleichen, wie sie jeder andere Mann gehabt hätte. Es gelang ihm nur irgendwie, die körperlichen Empfindungen vom wahrnehmenden Teil seines Hirns abzukoppeln. So etwas konnte man lernen – und in den obersten Bereichen des Leistungsspektrums, unter denen, die nicht bloß tapfer, willensstark oder engagiert waren, sondern wirklich zu den Besten der Welt zählten, galt das Außergewöhnliche als normal.

Er lag jetzt im Elefantengras, ungefähr 100 Meter vor der von Sandsäcken umgebenen Feuerbasis Dodge City, kurz vor den doppelten Strängen gewundenen Stacheldrahts. Aus einem Dutzend Winkeln sah er auf ihn ausgerichtete Claymore-Minen, außerdem halb vergrabene Zünder anderer, größerer Minen. Aber er konnte auch amerikanischen Rock'n'Roll hören, der aus den Transistorradios dröhnte, die all die jungen Marines mit sich herumzuschleppen schienen. Diese Musik zu hören war das Einzige, das ihm Freude machte.

»I can't get no satisfaction«, sang jemand mit lauter, kratziger Stimme, und Solaratov verstand ihn gut. Er selbst fand ebenfalls keine Befriedigung.

Die Marines waren unerträglich schlampig. Bei manchen seiner Missionen hatte er die Israelis aus nächster Nähe erlebt, auch die britischen SAS-Männer und sogar die sagenumwobenen amerikanischen Green Berets; allesamt gute Soldaten. Diese Jungs hier bildeten sich ein, dass der Krieg für sie schon vorbei wäre; schlimmer als Kubaner

306

oder Angolaner. Sie faulenzten, sonnten sich, spielten Football, Baseball oder Basketball, schlichen sich davon, um Hasch zu rauchen, fingen Prügeleien an oder ließen sich volllaufen. Ihre Wachen schliefen nachts. Die Offiziere verzichteten sogar darauf, sich zu rasieren. Niemand trug etwas, das auch nur ansatzweise einer Uniform gleichkam. Die meisten liefen den ganzen Tag in Shorts, Unterhemden (wenn überhaupt) und Badelatschen herum.

Sogar wenn sie auf Patrouille gingen, verhielten sie sich laut und dumm. Die Männer an der Spitze passten nicht auf, der Flankenschutz driftete auf die Kolonne zu, der Maschinengewehrschütze verhedderte sich im Patronengurt und sein Assistent, der weitere Gurte trug, blieb zu weit hinter ihm zurück, als dass er ihm in einem Kampf etwas genützt hätte. Offensichtlich hatten sie seit Monaten nicht gekämpft, wenn überhaupt jemals. Sie rechneten nicht mehr damit, dass so etwas noch passierte, bevor der Befehl eintraf, dieses Land wieder zu verlassen.

Einmal stolperte eine Patrouille fast über ihn. Fünf Männer, die auf dem Weg zu einer nächtlichen Überfallmission durch das Elefantengras hasteten, stapften so dicht an ihm vorbei, dass sie ihn leicht hätten töten können, wäre irgendeiner von ihnen auch nur im Entferntesten aufmerksam gewesen. Ihre Dschungelstiefel, groß wie Berge, schwebten nur Zentimeter von seinem Gesicht entfernt. Aber zwei der Männer hörten Radio, einer war ganz klar high, ein weiterer so jung und ängstlich wie ein Schulkind und der Zugführer, der auf diese albernen Jungs aufpassen musste, schien ebenfalls Angst zu haben.

Solaratov wusste genau, was nun passierte. Die Patrouille lief 1000 Meter weit. Dann befahl der Sergeant ihnen, sich ins hohe Gras zu hocken, und dort blieben sie die ganze Nacht über sitzen, rauchten, unterhielten sich und taten so, als gäbe es keinen Krieg. Am Morgen würde der Sergeant sie zurückbringen und einen Bericht abgeben, in dem es hieß, sie hätten keinen Feindkontakt gehabt. So führten Männer Krieg, die sich überall sonst lieber aufhielten als im Krieg.

Jede Nacht erleichterte sich Solaratov, vergrub seine Fäkalien mit den Händen, trank aus der Feldflasche und verlagerte langsam, ganz langsam die Position. Ihn kümmerte nicht, was in dem Lager vorging, aber er musste herausfinden, welche Routen ein erfahrener Mann auf dem Weg zu einer Jagdmission benutzte. Wie kamen Swagger und sein Aufklärer heraus? Über welchen Teil des Walls aus Sandsäcken stiegen sie und von wo aus konnte er diese Stelle mit seinem Gewehr unter Beschuss nehmen?

Solaratov machte sich sorgfältig Notizen. Er konnte acht oder neun Stellen identifizieren, an denen es Schlupflöcher zwischen dem Stacheldraht, den Claymores und den Minen hindurch gab, die ein erfahrener Mann effizient benutzen konnte. Die anderen Marines machten selbstverständlich einen großen Bogen um diese Bereiche.

Er studierte das Gelände und hielt nach Vertiefungen Ausschau, die vom Camp zum Waldrand führten, oder nach einer Reihe von Hindernissen, hinter denen zwei Männer diesen Bereich auf dem Weg zu einer Mission schnell durchqueren konnten. Sie waren die einzigen beiden Soldaten, die in diesem Krieg noch kämpften, die einzigen, die diesen Ort noch am Leben hielten. Er fragte sich, ob den anderen das bewusst wahr. Wahrscheinlich nicht.

Zweimal sah er Swagger selbst und spürte die heiße Aufregung des Jägers, der seine Beute ins Schussfeld vorrücken sieht. Aber jedes Mal ermahnte er sich zu warten, ganz sicherzugehen, sich nicht hinreißen zu lassen – das zog nur Fehler nach sich.

Von seinem Aussichtspunkt aus erschien ihm Swagger als großer, dünner, harter Mann. Seine Tarnuniform saß immer korrekt wie auf dem Exerzierplatz. Solaratov konnte seine Verachtung für die Jungs von Dodge City erkennen, aber auch seine Zurückhaltung, sein Desinteresse, seine Hingabe an die eigenen Pflichten, die ihn von ihnen trennte. Er war unnahbar, blieb allein. Solaratov kannte das gut: Es war die Art des Scharfschützen.

Der Russe stellte auch fest, dass selbst die lautesten und übellaunigsten Marines schnell verstummten und so taten, als ob sie arbeiteten, wenn Swagger über das Gelände ging. Er verrichtete seine Arbeit im Stillen, bewegte sich sparsam und knapp. Aber vorerst hatte er keine Missionen und schien einen großen Teil seiner Zeit in einem Bunker zu verbringen, der wahrscheinlich Aufklärungs- oder Kommunikationszwecken diente.

Am letzten Tag sah er ihn wieder, diesmal von einem noch näheren Beobachtungsposten aus. Solaratov hatte sich bis auf 50 Meter an den Hüttenkomplex herangepirscht, in dem Swagger den Großteil seiner Zeit zu verbringen schien, in der Hoffnung, einen Blick in das Gesicht des Mannes werfen zu können, den er töten sollte. Zu diesem Zeitpunkt war er bereits recht mutig geworden, in der Überzeugung, dass die Marines zu sehr mit sich selbst beschäftigt waren, um seine Anwesenheit zu bemerken – selbst wenn er aufgestanden wäre und durch ein Megafon geplärrt hätte.

Es geschah nach dem täglichen Helikopterflug. Der Huey tauchte rasch ab und kam in der Landezone der Feuerbasis herunter. Ein junger Mann sprang heraus, während die Rotorblätter sich noch drehten und eine Staubwolke aufsteigen ließen. Er verschwand im Gebäudekomplex, aber nach kurzer Zeit sah Solaratov ihn wieder, diesmal zusammen mit Swagger. Es sah fast so aus, als würden sie streiten. Sie redeten wütend aufeinander ein, weit weg von den anderen.

Hätte er eine Waffe gehabt, wäre dies vielleicht eine

Chance gewesen, beide zu erwischen. Aber es gab keinen Fluchtweg und wenn er Schüsse abgefeuert hätte, hätten sogar diese kindischen Soldaten ihn durch Einsatz ihrer massiven Feuerkraft töten können. Darum ging es nicht: Er befand sich nicht auf einer Selbstmordmission. Er hätte sich nie für ein Missionsziel aufgegeben, es sei denn, es gab keine andere Chance. Und dieses Ziel hätte etwas sein müssen, das mit seinen eigenen, leidenschaftlichen, tief empfundenen Überzeugungen zusammenhing – nicht bloß ein Job für eine Institution, der er ohnehin kein Vertrauen entgegenbrachte.

Also hörte er einfach zu und beobachtete. Die beiden gerieten richtig aneinander. Es war wie eine letzte Auseinandersetzung zwischen einem stolzen Vater und seinem enttäuschenden Sohn – oder einem aufrechten Sohn und seinem enttäuschenden Vater. Er hörte den Zorn, den Verrat, die mitschwingenden Vorwürfe in ihren Stimmen.

»Was zum Teufel stimmt nicht mit dir?«, schrie der ältere Mann immer wieder auf Englisch, der Sprache, die der Russe jahrelang studiert hatte.

»Das kannst du mit mir nicht machen! Dazu fehlt dir die moralische Autorität!«, schrie der Jüngere zurück.

Weiter und weiter ging es, wie eine große Szene bei Dostojewski. Dass niemand sich einmischte, kein Offizier dazwischenging, wertete er als Indiz dafür, welchen Respekt die beiden Männer bei ihren Kameraden genossen. Ihr Zorn brachte die jungen Marines dazu, in den Häusern zu bleiben, obwohl sie zu dieser Tageszeit sonst längst in der Sonne lagen und sich bräunten.

Schließlich gelangten die zwei Männer zu irgendeiner Art von Übereinkommen. Sie kehrten in den Aufklärungsbunker zurück. Nach einer Weile kam der Jüngere allein heraus und lief zu den Wohnquartieren, wo er wahrscheinlich seinen Schlafplatz hatte. Nach etwa einer Stunde kam er erneut zum Vorschein, diesmal in voller Kampfmontur, mit einem Gewehr und einer Schutzweste. Er ging zum Bunker.

Solaratov begriff: *Der Aufklärer ist wieder da.*

An diesem Tag machte er keine weiteren Beobachtungen. Bei Einbruch der Nacht trank Solaratov seine letzte Feldflasche leer, rollte sich auf den Bauch und begab sich auf dem langen Kriechkurs zurück zum Tunnelsystem, das einen Kilometer weiter am Waldrand begann.

»Senior Colonel, die menschliche Nudel ist da!«

Der Ruf eines Sergeants riss Huu Co aus dem Schlaf. Und das war gut so, denn in den meisten Nächten durchlebte er von Neuem den Moment, in dem die amerikanischen Phantoms durch das Tal donnerten und die Napalmrohre sich träge von den Tragflächen lösten. Sie kamen etwa 50 Meter entfernt von seiner vorgezogenen Position herunter, schwankten majestätisch und zogen einen Vorhang aus Flammen hinter sich her.

Er stand rasch auf und machte den Russen ausfindig, der unkultiviert und mit viel Appetit im Kantinenraum des Tunnelsystems aß. Der Russe verschlang alles, was in Sichtweite kam, darunter Nudeln, Suppe mit Fischköpfen, rohen Kohl, Rindfleisch, Schweinefleisch, Kutteln. Er aß mit den Fingern, die bereits fettverschmiert waren; er aß in absoluter Ruhe und Konzentration, hielt von Zeit zu Zeit inne, um einen behaglichen Rülpser auszustoßen oder sich mit einer seiner Pranken den fettigen Mund abzuwischen. Und er trank, Glas für Glas, Tee und Wasser. Als er schließlich fertig war, fragte er nach Wodka und bekam, was er wollte, eine kleine, russische Flasche. Er leerte sie in einem Zug.

Dann wandte er sich dem Senior Colonel zu.

»Jetzt wasche ich mich, hinterher gehe ich schlafen. Etwa 48 Stunden lang. Am dritten Tag werde ich aufbrechen.«

»Sie haben einen Plan.«

»Ich weiß, wann und von wo er losziehen wird, welchen Weg er einschlagen wird. Wenn man das Gelände lesen kann, kann man auch den Verstand eines anderen Mannes lesen. In drei Tagen werde ich sie beide töten.«

Zum ersten Mal lächelte er.

KAPITEL 20

Der Huey ging tiefer und landete in einem Staubwirbel. Schnell lud der Chef der Crew die Fracht ab – ein paar Kisten mit 7,62-Millimeter-NATO-Munitionsgürteln, einige mit 5,56-Millimeter-NATO-Munition für die M16-Gewehre, ein Paket mit medizinischen Versorgungsgütern, eine Tasche für die Aufklärung, eine Tasche für das Kommando – nichts Großes, nur Routinelieferungen. Und Donny.

Der Heli hob wieder ab und ließ ihn halb erstickt im Dreck zurück.

»Mein Gott, du bist wieder da!«

Es war ein Lance Corporal aus einem anderen Zug, eine lose Bekanntschaft.

»Jepp, die haben versucht, mich zu feuern. Aber ich lieb diesen Ort so sehr, dass ich einfach zurückkommen musste.«

»Herrgott, Fenn, du warst doch schon fast *draußen*. Keiner ist hier je vorzeitig rausgekommen. Die da oben schicken dich zurück in die normale Welt, und du kommst zurück in dieses Drecksloch, bei dem bisschen Dienstzeit, das du noch übrig hast? Mann, dir hat doch einer ins Hirn geschissen!«

»Tja, kann sein.«

»Ein Held.« Der Lance Corporal spuckte höhnisch aus, warf sich die Aufklärungs- und die Kommandotasche über die Schulter und machte sich auf den Weg, sie abzuliefern. Die Munition blieb so lange liegen, bis jemand daran dachte, sie abzuholen.

Donny blinzelte und brauchte einen kurzen Moment, um sich zu orientieren. Er wusste, dass er sich vom Kommandobunker und dem alten Mann fernhalten sollte. Offiziell durfte er nicht hier sein, und mit dem Scheiß wollte

er sich erst auseinandersetzen, wenn er Swagger gegenüber-
getreten war. Also ging er zum Bereich des Scharfschützen-
Aufklärer-Zugs, in dem Bob das Sagen hatte. Aber als er
dort ankam, teilten ihm zwei Unteroffiziere mit, dass Bob
jetzt drüben im Aufklärungsbunker sei, und rieten ihm,
seinen Hintern besser schnell dorthin zu bewegen, um die
Sache zu klären. Einer von ihnen wies ihn noch darauf hin,
dass er sich unerlaubt von seinem neuen Posten in Da Nang
entfernt hatte, was üble Konsequenzen nach sich ziehen
könnte.

Donny bahnte sich seinen Weg durch den S-Shop-Bereich
der Basis, ein Gewirr aus mit Sandsäcken gesicherten Bunkern mit grob schablonierten Markierungen. Er gelangte zu
S-2, einem niedrigen Bau neben der Funkabteilung, an dem
eine amerikanische Flagge flatterte. Er duckte sich hinein,
spürte, wie die Temperatur im Schatten um einige Grad
sank, roch den Schimmel der verrottenden Leinensäcke, die
die Wände des Bunkers umschlossen, sah Karten und Fotos
an Pinnwänden und zwei Männer, die sich über einen Tisch
beugten. Einer von ihnen war Swagger, der andere ein First
Lieutenant namens Brophy, Chef der Aufklärungsabteilung
und der für die Scharfschützeneinsätze zuständige Offizier.

Swagger sah auf, senkte den Blick, hob ihn rasch wieder.

»Scheiße, was willst du denn hier?«, fragte er grimmig.

»Ich bin wieder da, bereit zum Dienst. Ich hatte eine
wunderbare Zeit. Jetzt hab ich meine Einsatzzeit abzuleisten, und dafür bin ich hier.«

»Lieutenant, der Knabe hier ist unautorisiert aus Da
Nang abgehauen. Wenn er nicht schnellstens seinen Hintern
wieder dorthin schafft, wird er im Knast landen. Entweder
melden Sie ihn oder ich. Ich will, dass er verschwindet.«

Swagger redete fast nie so mit Offizieren, weil er ihnen
wie viele Unteroffiziere die Illusion lassen wollte, dass sie
diejenigen waren, die bestimmten, wie der Krieg geführt

wurde. Aber jetzt scherte er sich nicht länger um das Protokoll. Der Offizier, ein anständiger Kerl, aber kein würdiger Gegner für eine Legende, entschied sich, lieber diskret als mutig zu sein.

»Klären Sie das mit ihm, Sergeant«, sagte er und zog sich hastig in den Hintergrund zurück.

»Du haust hier wieder ab, Fenn«, grollte Swagger.

»Nein, verdammt noch mal.«

»Deine Restzeit ist viel zu kurz. Du würdest da draußen ständig nur ans Bumsen denken statt ans I Corps, und dann fangen wir uns beide 'ne Kugel ein. Ich hab das schon Hunderte Male erlebt.«

»Du hast mich für das Navy Cross vorgeschlagen! Und jetzt schmeißt du mich raus?«

»Ich hatte 'ne kleine Unterhaltung mit meinem besten Kumpel Bob Lee Swagger, und der hat mir gesagt, dass du im Einsatz die reinste Plage bist. Ich will lieber, dass du irgendwo den Fitnesstrainer gibst. Du gehst nach Hause, du verschwindest aus Vietnam. Ich hab dich gefeuert. Du bist ein Marine, du befolgst Befehle, und so lautet dein Befehl!«

»Warum?«

»Weil ich's sage, darum. Ich bin der Anführer des Scharfschützenteams und der Unteroffizier vom Dienst für den Aufklärer-Scharfschützen-Zug. Die Entscheidung liegt bei mir. Nicht bei dir. Deine Erlaubnis brauch ich dafür nicht.«

»Warum?«

»Fenn, du gehst mir verdammt auf die Nerven.«

»Ich geh nicht, bevor du mir gesagt hast, warum. Sag's mir, verflucht noch mal. Das hab ich verdient.«

Swagger kniff die Augen zusammen, bis sie so schmal waren wie die Münzeinwurfschlitze in den Cola-Automaten.

»Was ist bloß los mit dir?«, fragte er schließlich. »Ich hatte schon drei Aufklärer vor dir, allesamt gute Jungs. Aber noch nie so einen wie dich. Du hast vor *gar nichts* haltgemacht. Du hättest verdammt noch mal *alles* getan, was ich von dir verlange. Das gefällt mir nicht. Du hast keinen gesunden Menschenverstand. Wenn ich so drüber nachdenke, kommt's mir vor, als wolltest du dabei draufgehen. Oder versuchen, irgendwas zu beweisen, was auf dasselbe hinausläuft. Jetzt rück schon raus damit! Was geht in deinem bescheuerten Schädel ab? Warum zum Teufel bist du wieder hier draußen?«

Donny wandte den Blick ab.

Er dachte einen Moment nach. Dann beschloss er, mit der Wahrheit rauszurücken.

»In Ordnung, ich sag's dir. Aber du darfst es keinem erzählen. Das bleibt unter uns.«

Swagger starrte ihn an.

»Ich kannte mal einen Kerl namens Trig. Hab ihn schon mal erwähnt. Tja, er war ein Star bei den Hippies, aber ein wirklich guter Kerl. Außerdem ein Held. Er war bereit, sein Leben zu opfern, um den Krieg zu beenden. Ich hasse den Krieg auch. Nicht bloß aus all den Gründen, die jeder kennt, sondern auch weil er Leute umbringt, die wir uns nicht leisten können zu verlieren. Leute wie Trig. Und dich wird er auch umbringen, Sergeant Swagger.

Also werd ich ihn beenden. Ich werd mich am Tor vom Weißen Haus anketten, wenn's sein muss. Ich werd meine Medaillen auf die Treppe des Senats werfen, wenn's notwendig ist. Ich würd mich sogar in einem Gebäude in die Luft sprengen. Was wir diesen Leuten und uns selbst antun, ist so beschissen bestialisch. Aber ich kann nicht zulassen, dass man über mich sagt, ich hätte hingeschmissen, gekniffen, mich vor meiner Pflicht gedrückt. Die dürfen nie an mir zweifeln. Also werd ich in diesem Krieg kämpfen bis zum Umfallen, bis ich abberufen werde, und danach werd ich bis zum Umfallen gegen ihn kämpfen!«

Er schrie, schwitzte, führte sich auf wie ein Verrückter.

Im Aufbrausen schien er gewachsen zu sein, größer als Bob, stärker als er. Zum ersten Mal wirkte er bedrohlich. Eine Eigenschaft, die unsichtbar geblieben war, bis sie jetzt zum Vorschein kam. Er trat einen Schritt zurück und regte sich ein bisschen ab.

»Herrgott«, brüllte Swagger, »glaubst du, mich interessiert einen Scheiß, was du vom Krieg hältst? Politik ist mir scheißegal. Ich bin ein Marine. Das ist alles, was für mich zählt.«

Er lehnte sich zurück.

»Na gut. Ich werd dir erzählen, was los ist. Das hast du verdient. Ich werd dir sagen, warum ich dich nicht da draußen haben will. Da draußen ist jemand.«

»Hä? Da draußen? Wo draußen?«

»Da, im Busch, irgend so ein neuer Typ. Deswegen hab ich hier mit Brophy zusammengehockt. Das kommt direkt vom Hauptquartier. Da draußen läuft ein Typ rum und macht Jagd auf mich. Wir glauben, dass es ein Russe ist. Die Israelis haben 'ne sehr gute Quelle in Moskau. Die haben ein Foto von 'nem Kerl, der in 'ne TU-16 steigt, die gerade ihren normalen Aufklärungsflug nach Hanoi macht.

Die kannten ihn, weil er im Bekaa-Tal arabische Scharfschützen ausgebildet hat und sie schon 'n paarmal versucht haben, ihn zu erwischen. Aber er war zu schlau. Unsere Leute nehmen an, dass er auch in Afrika gewesen ist und da 'ne Menge angestellt hat. Vielleicht ist er auch in Kuba gewesen. Überall, wo die irgendeine Drecksarbeit zu erledigen haben, schicken sie ihn hin. Sein Name ist irgendwas wie ›Solitär‹, so was Ähnliches jedenfalls.

Ich vermute, es handelt sich um einen Meisterschaftsschützen namens T. Solaratov. Hat bei den Olympischen Spielen 1960 'ne Goldmedaille im Liegendschießen gewonnen. Dann hat die NSA vor 'ner Woche oder zwei ein Funkgespräch abgefangen. Ein regionaler NVA-Kommandant hat sich mit 'nem anderen über *Ahn So Muoi* unterhalten, wie sie's nennen.

Die haben da so 'ne Sache namens Bruder Zehn, gleichzeitig 'ne Auszeichnung und 'n Spitzname – so nennen die jemanden, der zehn Amerikaner getötet hat. Ein besseres Wort für Scharfschütze scheint's in deren Sprache nicht zu geben. Jedenfalls, in diesem Funkgespräch haben die Offiziere über den ›weißen Bruder Zehn‹ gequatscht, der sich über den Pfad auf unsere Provinz hier zubewegt. Mit anderen Worten: einen weißen Scharfschützen. Die haben diesen besonderen Typen, diesen Russen, der ist hinter mir her und hinter allen, die bei mir sind.«

»Du lieber Gott«, stöhnte Donny. »Du bist denen wohl mächtig auf die Eier gegangen.«

»Haben einfach keinen Humor, diese Scheißer. Und der neueste Witz ist: Ich werd diesen Kerl kaltmachen. Ich verpass ihm 'ne Kugel zwischen die Augen, und wir schicken denen 'ne ganz einfache Nachricht: Legt euch nicht mit dem United States Marine Corps an.«

Plötzlich rief Donny: »Das ist 'ne Falle! Das ist 'ne Falle!«

»Richtig. Ich werd Katz und Maus mit ihm spielen. Nur dass er sich für die Katze hält, aber in Wirklichkeit das Mäuschen ist. Wir wollen, dass dieser Typ vor Selbstsicherheit fast platzt, dass er sich für den Allergrößten hält. Das ist alles 'ne große, abgekartete Show, um ihn dazu zu bringen, dass er mich auf 'ne bestimmte Art angreift. Nur dass ich nicht da sein werde, wo er denkt, sondern *hinter* seinem erbärmlichen Arsch, und dann verpass ich ihm 'nen Einlauf. Und falls das nicht klappt, hetz ich ihm Kampfhubschrauber auf den Hals, die so viel Zeug abwerfen, dass nur noch Asche übrig bleibt.

Aber das ist gefährliche Arbeit, und so wie ich das sehe, hat das rein gar nichts mit dem zu tun, was ein Soldat sonst

318

in Vietnam tut. Darum will ich, dass du deine jungen Knochen hier wegschaffst. Bei so 'ner persönlichen Sache sollst du nicht draufgehen. Das ist was zwischen mir und diesem ›Solitär‹. So, nun weißt du's.«

»Nein. Ich will dabei sein.«

»Keine Chance. Du bist raus. Das ist nicht deine Nummer. Dabei geht's um mich.«

»Nein, dabei geht's um Kham Duc. Ich war bei der Schlacht um Kham Duc dabei. Wegen Kham Duc will er uns erledigen. Na toll, dann will er mich eben erledigen. Ich tret gegen ihn an. Ich hab keine Angst vor dem.«

»Du bist ja *doch* ein Idiot. Ich scheiß mir vor Angst fast in die Hose.«

»Nein, der Vorteil liegt bei uns.«

»Ja, und was, wenn er mich im Busch ausknipst und du allein übrig bist? Nur du gegen ihn, da draußen in diesem Scheißdschungel. Dass du verheiratet bist, 'ne große Zukunft vor dir hast, im Krieg Großes geleistet hast, deine Pflicht getan und 'n paar Medaillen gekriegt hast, das alles bedeutet dann einen Scheiß. Ihm ist das egal. Er will dich einfach nur kaltmachen.«

»Nein, ich werd dabei sein. Mach dir um mich keine Gedanken. Du *brauchst* einen weiteren Mann. Wen willst du denn sonst mitnehmen, Brophy? Brophy ist nicht gut genug, keiner hier ist gut genug. Ich bin der Beste, den du hast, und ich werd mitkommen. Wir ziehen diese gottverdammte Sache bis zum Ende durch. Und *keiner* wird über mich sagen können: ›Ach, der hatte Beziehungen, hat sich aus der Affäre gezogen, sein Sergeant wurde abgeknallt, aber er hatte 'nen total bequemen Job und 'ne Klimaanlage‹.«

»Du bist echt 'n verrückter Kerl. Was soll ich denn Julie sagen, wenn du wegen mir draufgehst?«

»Spielt keine Rolle. Du bist 'n Sergeant. Du kannst nicht so denken. Du solltest nur an die Mission denken, okay?

Das ist dein Job. Meiner besteht darin, dich zu unterstützen und das Funkgerät zu bedienen. Wir schnappen uns dieses Arschloch und dann fliegen wir nach Hause. Es ist Zeit, auf die Jagd zu gehen.«

»Du kleines Arschloch. Du glaubst, du willst diesem Typen begegnen? Okay, dann komm mit. Komm, ich stell dich ihm vor.«

Swagger zog ihn aus dem S-2-Bunker und auf die Umzäunung zu.

»Komm schon, schrei mich ein bisschen an!«

»Hä?«

»Schrei! Damit er uns bemerkt und was zu sehen bekommt. Ich will, dass er weiß, dass wir wieder da sind. Und morgen gehen wir raus.«

»Ich versteh nicht ...«

»Er ist da draußen. Ich garantier dir, er liegt da draußen im Gras, höchstens 100 Meter weit weg. Aber schau nicht hin.«

»Er kann ...«

»Er kann einen Scheiß. Wenn er aus dieser Nähe schießt, werden wir die Artillerie und das Napalm anfordern. Die Navy-Jungs würden seinen Arsch mit brennendem Benzin grillen. Und das weiß er auch. Er ist 'n Scharfschütze, kein Kamikaze. Die Herausforderung besteht für ihn nicht bloß darin, mich abzuknallen, oh nein. Er will mich abknallen und dann zurück nach Hanoi gehen, um Grillfleisch zu futtern, ein hübsches Mädchen zu ficken und mit dem Sieben-Uhr-Bus zurück nach Moskau zu fahren. Aber er ist da, bereitet sich vor, schmiedet Pläne. Er studiert das Gelände, macht sich fertig für uns, überlegt sich, wie er uns am besten erledigt, dieser Drecksack. Aber wir werden ihm den Arsch aufreißen. Und jetzt mach schon, schrei.«

Donny spielte mit.

KAPITEL 21

Der Russe öffnete schließlich sein Futteral, setzte die Teile rasch und mit öligen *Klack*-Geräuschen zusammen, bis er etwas gebaut hatte, das einem Gewehr sehr ähnlich sah.

»Der Drache«, verkündete er.

Huu Co dachte: *Hält der mich für einen Bauern aus dem Süden, durchnässt von Büffelscheiße und Reiswasser?*

Natürlich erkannte er, dass es sich bei der Waffe um ein Dragunow handelte, das aktuelle Scharfschützengewehr des Ostblocks, in Vietnam noch weitgehend unbekannt. Halbautomatisch im alten Mosin-Nagant-Kaliber 7,62 x 54. Das Magazin fasste zehn Patronen und der Mechanismus basierte auf der AK-47, obwohl es einen langen, eleganten Lauf hatte. Es verfügte über einen Lochschaft und einen Pistolengriff. Über dem Systemkasten saß ein kurzes, elektrisch beleuchtetes Zielfernrohr mit vierfacher Vergrößerung.

Der Scharfschütze füllte das Magazin mit den Matchpatronen und schob es in das Gewehr. Mit einem Klacken zog er den Kammerstängel zurück, lud eine Patrone in die Kammer, legte den Sicherungshebel um und setzte die Waffe wieder ab. Dann begann er, sie mit dickem Klebeband zu umwickeln, um das Glitzern der Stahlteile zu verhindern und die Konturen der Waffe zu verschleiern. Währenddessen sprach Huu Co ihn an.

»Müssen Sie es nicht einschießen?«

»Das Zielfernrohr war nie vom Systemkasten getrennt, also ist das nicht notwendig, nein. So wie ich es geplant habe, wird es kein weiter Schuss werden. Maximal 200 Meter. Auf 200 Meter schießt das Gewehr bis auf zehn Zentimeter genau und ich ziele immer auf die Brust, nie auf den Kopf. Kopfschüsse sind in einer Kampfsituation zu kompliziert.«

Er war bereits in voller Montur, trug einen selbst hergestellten Ghillie-Anzug und war mit Büscheln aus beigen Streifen behängt, die in der Farbe von Elefantengras gehalten waren. Auch seinen Hut hatte er damit behängt und darunter sein Gesicht mit Tarnfarben bemalt, in einer Mischung aus Ocker, Schwarz und Beige.

»Sonnenuntergang«, rief jemand von oben.

»Es wird Zeit«, sagte Huu Co.

Der Scharfschütze erhob sich und schlang sich eine große Tasche über die Schulter. Der Gewehrriemen lag ihm diagonal vor der Brust. Mit einem leisen Rascheln, als spreize ein exotischer Vogel seine Federn, marschierte er zur Leiter und kletterte aus dem Tunnel.

Er stieg in der Dämmerung an die Oberfläche und Huu Co folgte ihm. Es waren geschätzt 60, 70 Meter bis zum Waldrand. Danach lag der lange Kriechweg durch das Tal in Richtung der amerikanischen Feuerbasis vor ihm.

»Wie haben Sie es geplant?«, fragte Huu Co. »Ich muss das wissen für meinen Bericht.«

»Es ist gut geplant«, erwiderte der Russe. »Sie werden kurz vor Sonnenaufgang losgehen, über den Wall und durch den Stacheldraht. Ich kann Ihnen genau sagen, wo, weil das die einzige Stelle ist, wo es leicht bergig ist. Sie werden in der Dämmerung erst Richtung Nord-Nordwest gehen, dann nach Westen. Wenn die Sonne aufgegangen ist, müssen sie noch ein paar Hundert Meter durchs Gras nach Norden.

Ich habe ihre Einsatzberichte gelesen. Swagger führt seine Missionen stets nach dem gleichen Schema durch. Das Einzige, was sich ändert, ist, welchen Weg er nimmt. Wenn er nach Süden muss, Richtung Kontum, geht er zum Than-Quit-Fluss. Wenn er nach Norden muss, zur Halbinsel von Hai Van, geht er in Richtung Hoi An. Und so weiter. In jedem Fall führt seine Route über diese kleine Anhöhe. Wo er von dort aus hingeht? Ich wette, heute Nacht nach Norden, weil er schon im Westen gewesen ist, als er nach Kham Duc unterwegs war. Jetzt ist der Norden dran. Ich werde hinter ihm sein. Das heißt, zwischen ihm und der Feuerbasis. Von dort wird er nicht mit Beschuss rechnen.

Ich werde sie beide erwischen, wenn sie hinter dem Hügel hervorkommen. Es wird schnell vorbei sein. Zwei Kugeln in den Körper, zwei weitere, wenn sie am Boden liegen. Keiner aus dem Basiscamp wird mir etwas anhaben können, bis ich wieder hier bin. Ich habe einen guten, sicheren Fluchtweg mit zwei Ausweichmöglichkeiten, falls es nötig wird.«

»Das klingt wohlüberlegt.«

»Ist es auch. Das ist meine Arbeit.«

Es gab nicht mehr viel zu sagen. Die Pioniere versammelten sich um den streitbaren kleinen Russen und klopften ihm auf den Rücken, was ihm offensichtlich peinlich war. Die Nacht brach schnell herein, alles lag still da. In der Ferne zeichneten sich einzelne Gebäude der Feuerbasis wie ein lästiges Geschwür an einem wunderschönen Frauenkörper ab.

»Für das Vaterland«, rief Huu Co.

»Für das Vaterland«, wiederholten die hartgesottenen Pioniere.

»Für das Überleben«, sagte der Scharfschütze, der es besser wusste.

Die letzte Besprechung fand in der Abenddämmerung statt. Donny saß sich selbst gegenüber. Oder vielmehr dem Mann, der in seine Rolle schlüpfen sollte: ein Lance Corporal namens Featherstone, der ungefähr seine Größe und Hautfarbe hatte. Dieser sollte Donnys getarnte Ausrüstung und sein 782-Zeug tragen, inklusive der Claymores und des M49-Spektivs, dazu das einzige M14, das sich im

Camp auftreiben ließ. Er spielte zusammen mit Brophy, der den Bob Lee Swagger mimte, die Köder.

Featherstone, ein großer, etwas langsamer Kerl, war nicht besonders glücklich über seinen neuen Job. Man hatte ihn aufgrund seiner Ähnlichkeit mit Donny zum ›Freiwilligen‹ ernannt. Jetzt saß er im S-2-Bunker inmitten einer Gruppe von Offizieren und Zivilisten in verschiedenen Uniformen und machte einen ziemlich ängstlichen Eindruck. Alle außer ihm schienen begeistert zu sein. Es herrschte beinahe ausgelassene Stimmung, etwas, das es in Dodge City schon lange nicht mehr gegeben hatte.

Bob stellte sich vor die Gruppe, während die Leute Platz nahmen. Er wandte sich an die Hauptakteure: Captain Feamster, der kommandierende Offizier der Basis; ein Geheimdienstmajor, der die höheren Interessen des Marine Corps repräsentierte und aus Da Nang gekommen war; ein Army-Colonel, den man mit einem Hubschrauber vom militärischen Oberkommando eingeflogen hatte; ein Verbindungsoffizier der Air Force und ein Overall tragender Zivilist mit einer schwedischen Carl-Gustaf-Maschinenpistole, dem man seine CIA-Zugehörigkeit noch aus zehn Meilen Entfernung ansah.

»Okay, meine Herren«, ergriff Bob das Wort. Kein Offizier im Raum schien es eigenartig zu finden, von einem Staff Sergeant eingewiesen zu werden – zumindest nicht von diesem Staff Sergeant. »Gehen wir die Sache noch einmal durch, um zu gewährleisten, dass alle auf dem gleichen Stand sind. Das Spiel geht um 22:00 Uhr los, wenn Fenn und ich uns auf den Weg machen, schwarz gekleidet und bemalt wie schwarze Nutten.

Von hier bis zu dem, was ich Sektor Eins nenne, sind es ungefähr 1300 Meter. Nach meinem Verständnis des Geländes und anhand dessen, was die Akten aus Washington uns über die Vorgehensweise dieses Kerls verraten, ist das die Stelle, an der er uns auflauern wird. Fenn und ich werden uns etwa 300 Meter von seiner wahrscheinlichsten Schusszone entfernt einrichten. Ich will nicht zu nah ran; dieser Typ hat ein Gespür für so was. Um fünf Uhr werden Lieutenant Brophy und Lance Corporal Featherstone sich an dem als Roger One bezeichneten Punkt über den Wall rollen.«

Er zeigte es ihnen auf der Karte.

»Warum dort, Sergeant?«

»Der Kerl hat Dodge City beobachtet, das können Sie mir glauben, und vielleicht ist er sogar bis zu diesem Bunker gekommen. Er war hier. Er weiß, wie er am besten und schnellsten in diese kleine Senke hier kommt«, er wies auf die entsprechende Stelle, »und da hat er fast eine halbe Meile unbeobachtetes Gebiet.«

»Sind Sie da absolut sicher?«, hakte der Army-Colonel nach.

»Nein, Sir, bin ich nicht. Aber bevor dieses Problem aufgetaucht ist, bin ich mit meinen Teams in 90 Prozent aller Fälle dort lang, wenn wir nicht gerade per Hubschrauber zum Einsatzort gebracht wurden. Er wird das wissen.«

»Fahren Sie fort, Sergeant.«

»Von dort werden der Lieutenant und Featherstone der Route folgen, die ich erwähnt habe.« Er wandte sich direkt an die beiden. »Es ist sehr wichtig, dass Sie dort bleiben. Er wird keine gute Gelegenheit haben, auf Sie zu schießen, weil er nicht nahe genug herankommt, aber er wird wissen, dass Sie da sind. Sobald Sie auf 500 Meter an ihm dran sind, wird er Sie beobachten, aber Sie sind dann trotzdem zu weit weg für einen Schuss. Er hat kein Gewehr, mit dem er aus dieser Entfernung einen sicheren Schuss abgeben kann. Außerdem will er außer Sichtweite des Camps sein, wenn er zuschlägt, damit ihm genug Zeit bleibt, um abzuhauen.«

»Woher wissen wir, dass er die beiden nicht einfach abknallt und sich aus dem Staub macht?«, fragte der Air-Force-Major.

»Nun, Sir, auch das wissen wir nicht. Aber ich kenne das Gelände dort in- und auswendig. Ich glaube nicht, dass er schießen kann, solange sie in der Senke sind. Deshalb müssen sie unbedingt darauf achten, dass sie da drin bleiben und sich langsam bewegen. Ungefähr 1000 Meter weiter gibt's so einen mickrigen Hügel. Der heißt Hill 52, was bedeutet, dass er läppische 52 Meter hoch ist. Kaum größer als 'ne Titte. Den würden Sie nicht mal samstagnachts begrapschen wollen.«

»Ich schon«, rief Captain Feamster dazwischen und alle lachten. »Am liebsten jetzt sofort!«

Als sie sich wieder eingekriegt hatten, fuhr Bob mit dem Briefing fort.

»Sir, wenn Sie hinter diesem Hügel sind, ziehen Sie den Kopf ein. Ich meine, graben Sie sich ein und bleiben Sie dort. Er wird nach Ihnen Ausschau halten, wird auf der anderen Seite warten, dass Sie rauskommen auf die Anhöhe und sich entscheiden, welchen Weg zum Zielgebiet Sie nehmen. Sie bleiben da. Und das kann eine ganze Weile dauern. Dieser Kerl ist geduldig. Aber wenn Sie plötzlich von der Bildfläche verschwinden, wird ihn das erst ärgern und dann nervös machen. Er wird sich aus der Deckung wagen. Vielleicht nur ein bisschen, aber wenn er sich bewegt, sehen wir ihn durchs Fernrohr, ich nehm ihn ins Visier und puste ihm die Rübe weg.«

»Sergeant Swagger?« Brophy meldete sich zu Wort.

»Sir?«

»Sollen wir Sie unterstützen kommen, nachdem Sie ihn angegriffen haben?«

»Nein, Sir. Ich will keine anderen Ziele in der Zone. Wenn ich sehe, dass sich da jemand bewegt, muss ich im

Ernstfall schießen, ohne vorher die Identität zu prüfen. Dann will ich auf keinen Fall, dass das Sie oder Featherstone sind. Sie graben sich einfach ein, nachdem Sie den Hügel überwunden haben. Danach laufen Sie in der Deckung der Hubschrauber zurück, sofern wir welche anfordern müssen.«

»Klingt gut.«

»Das ist doch scheiße«, flüsterte Featherstone verbittert. »Ich werd mir 'ne Kugel einfangen, ich weiß es. Das ist nicht fair. Für so 'nen Scheiß hab ich mich nicht gemeldet.«

»Ihnen passiert schon nichts«, versicherte Donny dem zitternden Mann. »Sie gehen einfach hin, buddeln sich ein und warten, bis Hilfe eintrifft. Swagger hat sich das gut überlegt.«

Featherstone schenkte ihm einen Blick, in dem blanker Hass lag.

»Jedenfalls«, fuhr Swagger im Vorderbereich des Bunkerraums fort, »erledige ich ihn, sobald er aufsteht, um seine Position zu ändern. Falls ich ihn nicht richtig erwische oder komplett verfehle, gebe ich Fenn, der am PRC-77 sitzt, ein Signal. Hast du das Funkgerät überprüft?«

»Natürlich«, antwortete Donny.

»In dem Moment, wo ich das Signal gebe, funkt Donny euch Air-Force-Jungs an.«

Jetzt war der Major am Zug.

»Wir haben eine Lockheed C-130 Hercules mit dem Rufzeichen Night-Hag-Three, die ungefähr fünf Klicks entfernt in der Luft ist, kurz vor Than Nuc. Night Hag kann in weniger als 30 Sekunden dort sein. Und sie bringt mächtig was mit: vier seitlich montierte 20-Millimeter-Vulcan-Miniguns und vier Nato-Miniguns. Sie kann 4000 Schuss in unter 30 Sekunden abfeuern. Damit verarbeitet sie auf einer Fläche von 1000 Quadratmetern alles zu Hackfleisch.«

»Ist das besser als Napalm oder Hotel Echo, Sir?«

»Viel besser. Genauer und leichter vom Boden aus zu koordinieren. Außerdem sind diese Jungs wirklich gut. Die fliegen schon seit Jahren solche Unterstützungsmissionen. Die können knapp oberhalb der kritischen Geschwindigkeit über 'ner Zone kreisen wie 'ne Möwe überm Strand. Bloß dass sie dabei Blei spucken. Die machen alles platt. Die Spezialeinheiten lieben sie. Sie wissen ja, was bei Napalm das Problem ist. Das kann in jede Richtung wehen und sobald Wind aufkommt und es zu Ihnen trägt, haben Sie ein Problem.«

»Klingt gut«, fand Bob.

»Sergeant Swagger?«

Es war der CIA-Mann, der ihnen die Dokumente zu Solaratov gebracht hatte.

»Ja, Sir, Mr. Nichols?«

»Nur eine Frage: Gibt es eine Möglichkeit, diesen Mann lebendig zu bekommen? Er wäre für den Geheimdienst von unschätzbarem Wert.«

»Sir, ich sollte eigentlich sagen: ›Verdammt, ja, ich werd alles dafür tun, und was immer wir haben, teilen wir gern mit unseren Freunden, die mit uns zusammenarbeiten.‹ Aber dieser Mistkerl ist höllisch raffiniert und gefährlich. Wenn ich ihn im Fadenkreuz hab, muss ich abdrücken. Falls er flieht, kommen die Flieger ins Spiel. Das ist alles.«

»Ich weiß Ihre Ehrlichkeit zu schätzen, Sergeant. Sie sind ja derjenige, der den Kopf hinhält. Aber eins muss ich Ihnen noch sagen: Die Sowjets haben ein neues Scharfschützengewehr namens Dragunow oder SWD. Vielleicht hat er eins davon.«

»Ich hab davon gehört, Sir.«

»Wir müssen das noch unter die Lupe nehmen. Bisher haben nicht mal die Israelis eins auftreiben können. Wär toll, wenn Sie wenigstens eins von denen heil da rausbringen.«

»Ich werd mein Bestes tun, Sir.«
»Guter Mann.«

Donny hätte eigentlich noch ein paar Stunden schlafen sollen, bevor er sich fertig machte. Aber natürlich klappte es nicht. Ihm ging zu viel durch den Kopf. Er lag im Bunker und lauschte der Musik aus den Mannschaftsquartieren am Ende des Gangs.

Irgendein halbwegs aktueller Song von Creedence Clearwater Revival schepperte aus den Lautsprechern eines Kassettenrekorders. Er kam ihm bekannt vor. Donny konzentrierte sich auf den Text:

Long as I remember the rain's been comin' down
Clouds of mystery pourin' confusion on the ground
Good men through the ages tryin' to find the sun
And I wonder, still I wonder, who'll stop the rain?

Er wusste, dass sich eine Antikriegsmetapher darin verbarg. Der Regen stand für den Krieg – oder war zu ihm geworden. Manche von diesen Jungs kannten nichts anderes als diesen Krieg. Er hatte begonnen, als sie 14 Jahre alt waren, und jetzt, mit 20 Jahren, leisteten sie hier ihren Dienst und er ging immer noch weiter. Früher oder später holte er sie ein und ließ sie im Regen stehen. Er verstand, warum sie den Song so mochten. Im letzten Jahr waren die Kids in Washington auf den Geschmack gekommen, und inzwischen hörte man ihn überall. Selbst Commander Bonson kannte das Lied.

Er dachte an ihn.

Das Bild des Mannes entstand vor seinem geistigen Auge. Bonson von der Navy, steif und formell, pflichtversessen, unterteilte die Welt in Gut und Böse. Er stellte ihn sich in seinen typischen Kaki-Klamotten vor. Dunkler

Bart, straffe, blasse Haut, ein funkelnder Blick voll Rechtschaffenheit.

Donny erinnerte sich an den Ausdruck in Bonsons
Gesicht, als er dem Mann gesagt hatte, dass er nicht gegen
Crowe aussagen wollte. Mann, dafür hatte sich das Ganze
sogar gelohnt – für diesen einen Moment. Sollte Solaratov
ihn doch abknallen, wär's selbst das wert, nur um gesehen
zu haben, wie Bonson der Unterkiefer runterklappte. Diese
Verwirrung – nein, diese *clouds of mystery pourin' confusion
on the ground* – in seinen Augen zu sehen. Der Commander
hatte nicht begreifen können, nicht akzeptieren wollen,
dass jemand seinen kleinen Plan zunichtemachte. Dass
jemand ihm tatsächlich sagte, er solle sich ins Knie ficken,
und seinen schicken Zug zum Entgleisen brachte.

Donny durchlebte ihn noch mal wie einen schönen
Traum, diesen Augenblick des Triumphes.

Oh, und das war nur der Anfang, dachte er. *Ich werde
in die normale Welt zurückkehren, und dann schauen wir
mal, was aus Commander Bonson geworden ist, wohin ihn
sein Kreuzzug geführt hat. Wer andern eine Grube gräbt,
fällt selbst hinein. Wenn man in dieser Welt Scheiße baut,
schwappt sie irgendwann zu einem zurück.* Donny glaubte
fest daran.

An Schlaf war nicht mehr zu denken. Unruhig und
schweißgebadet stand er auf. Er musste noch drei Stunden
rumkriegen, bevor sie aufbrachen.

Nachdem er den Bunker verlassen hatte, lief er ein
bisschen durch die Gegend, nicht ganz sicher, wohin er
eigentlich wollte. Aber dann erkannte er, dass er doch ein
Ziel hatte. Er war bei den gewöhnlichen Marines angekommen, den Proleten des zweiten Infanteriebataillons, der
eigentlichen Bevölkerung von Dodge City.

Er bemerkte einen Schatten.

»Weißt du vielleicht, wo Featherstone ist?«

»Zwei Buden weiter. Oh. Du bist's. Der Held. Ja, er ist da hinten, macht sich bereit, sich da draußen den Arsch wegpusten zu lassen.«

Die Wut, die Donny verspürte, überraschte ihn. Was zum Teufel sollte *das* nun wieder? Warum waren alle so sauer auf *ihn?* Was hatte er ihnen getan?

Donny ging nach hinten und duckte sich in die kleine Bude. Vier Kojen, der brüderlich geteilte Dreck zusammenwohnender junger Männer, der Gestank verrottender Leinensäcke, der Glanz verschiedener Playmates des Monats, die man an jede freie Stelle gepinnt hatte, in die sich eine Reißzwecke stechen ließ. Und natürlich der süße, intensive Geruch von Marihuana.

Featherstone hockte inmitten eines finsteren Kreises aus Leidensgenossen, durch die Bank stoned. Er wirkte so still und niedergeschlagen, dass er einem wie tot vorkam. Aber es war offensichtlich, dass er hier nicht zu den Wortführern zählte. Ein anderer Marine übernahm das Reden und steckte gerade mitten in einer verbitterten Tirade über Themen wie ›Wir bedeuten denen einen Scheiß‹, ›Das ist alles nur ein Spiel‹ oder ›Die beschissenen Berufssoldaten wollen sich 'n Orden verdienen‹.

Donny schob sich zwischen sie.

»Hey, Featherstone, du solltest es langsam angehen lassen mit dem Zeug. Du musst morgen vielleicht schnell reagieren. Da ist's besser, wenn dir der Scheiß nicht mehr die Birne vernebelt.«

Featherstone schien ihn nicht zu hören. Er sah nicht mal auf.

»Morgen wird er tot sein. Was macht das noch für 'n Unterschied?«, fragte der Klugscheißer. »Wer hat dich überhaupt eingeladen?«

»Ich bin nur gekommen, um nach Featherstone zu schauen. Er sollte aus dem Dunst hier verschwinden, sonst geht er morgen drauf. Und wenn ihr Jungs euch für seine Kumpels haltet, solltet ihr ihm dabei helfen.«

»Er wird so oder so morgen erwischt. Wir, die nicht dem Tode geweiht sind, salutieren ihm.«

»Gar nichts wird ihm passieren. Er wird 'nen Spaziergang machen und sich dann im Busch verstecken. Ein Flugzeug wird kommen und eine Zone 250 Meter vor ihm unter Beschuss nehmen. Wahrscheinlich kriegt er 'nen Bronze Star dafür und kehrt als Held nach Hause zurück.«

»Nur dass sich zu Hause keiner für Helden interessiert.«

»Er sollte einfach 'nen klaren Kopf behalten. Das ist ...«

»Weißt du überhaupt, worum's hier geht?«

»Ja.«

»Worum denn?«

»Kann ich dir nicht sagen. Ist geheim.«

»Nein, nicht der Scheiß mit dem russischen Scharfschützen. Das ist doch Mist. Weißt du, worum's hier *wirklich* geht?«

»Wovon redest du?«

»Es geht um den Wettkampf.«

»Den was?«

»Den Wettkampf«, wiederholte der Mann und fixierte Donny mit einem verbitterten, düsteren Blick.

»Zwischen wem?«

»Zwischen den Scharfschützen.«

»Was?«

»1967 ist ein Gunnery Sergeant namens Carl Hitchcock mit 93 Kills nach Hause geflogen. Die meisten bis dahin. Jetzt kommt dieser Swagger daher. Er hatte irgendwas um die 50, bis zu der Aktion, die ihr da in diesem Tal abgezogen habt. Da haben sie ihm noch mal über 30 Kills angerechnet. Ich hab gehört, er war mit einem Schlag plötzlich bei 87. Wenn er jetzt noch sechs mehr kriegt, herrscht Gleichstand. Sieben mehr, und er ist der Champion. Mir ist das scheißegal und den Leuten zu Hause auch. Aber bei diesen Berufssoldaten, ich sag's dir, da erregst du mit so was Aufsehen. Und eh du dich versiehst, wirst du zum beschissenen Command Sergeant Major des ganzen United States Marine Corps ernannt. Wen kümmert's, wenn ein paar kleine Soldaten draufgehen, solange du deine letzten fehlenden Kills bekommst? Wer zum Teufel schert sich darum?«

»Das ist Schwachsinn«, widersprach Donny. Er schielte auf das Namensschild seines Widersachers. Mahoney. Dann erinnerte er sich: Ja, Mahoney, noch so ein Typ vom College, der ständig provozierte und schon Dutzende von Disziplinarmaßnahmen aufgedrückt bekommen hatte. Wütend, angepisst, wollte einfach nur weg von hier.

»Das ist kein Schwachsinn. So funktionieren Militärkulturen, und das wüsstest du, wenn du auch nur 'n bisschen Ahnung hättest.«

»Ich bin sechs Monate lang mit Swagger im Busch gewesen. Er hat noch nie, *noch nie* verlangt, dass ich einen Kill bestätige. Ich halte sie in einem Buch fest. Ich muss das machen, so lauten die Regeln. Der Einsatzoffizier zeichnet das dann ab. Ich schreib bloß auf, was ich sehe. Swagger hat nie zu mir gesagt, ich soll seine Kills bestätigen. Ihm ist das scheißegal. Außerdem ist diese Zahl, 37 oder was auch immer, komplett erfunden. Er hatte 80 Kugeln; wahrscheinlich hat er mit 75 getroffen, falls er überhaupt mal danebengeschossen hat. Die Aufzeichnungen bedeuten einen Scheiß. Das ist alles Mist.«

»Der tötet einfach gern. Mann, muss ihm das gefallen, diesen kleinen Abzug zu drücken und zu sehen, wie ein Schlitzauge umfällt. Mehr Gott spielen geht nicht. Das Ganze hat was dermaßen Psychotisches, dass du ...«

Donny versetzte ihm einen Schlag auf die linke Gesichtshälfte, fest. Es war dumm. In Sekundenschnelle lag er am

Boden, alle hielten ihn fest und jemand trat ihm gegen den Kopf, bis er Sterne sah. Er wand sich und schrie, aber sie verpassten ihm weitere Schläge überall am Körper. Er spürte, wie er von vielen Händen niedergedrückt wurde. Schließlich zog jemand seine Gegner von ihm weg. Natürlich war es der Pazifist Mahoney.

»Beruhigt euch, beruhigt euch«, schrie der. »Mann, wenn hier Berufssoldaten reinkommen, sind wir alle geliefert!«

Donnys Kopf brannte. Jemand hatte ihn voll erwischt.

»Ihr Arschlöcher«, sagte er. »Ihr verfickten Heulsusen, ihr Arschlöcher. Ihr lasst zu, dass euer Kumpel draufgeht, wegen nichts, außer eurem Wunschdenken, dass ihr hier die Opfer seid. Aber euch muss ja nichts leidtun. Ihr habt's geschafft. Ihr seid fein raus.«

»Schon gut, schon gut«, rief Mahoney und hielt sich die Schwellung in seinem Gesicht. »Du hast mich geschlagen, sie haben dich geschlagen, damit sind wir quitt. Keiner vom Stab braucht das zu erfahren.«

»Mann, mein Kopf tut beschissen weh!« Donny rappelte sich auf.

»Du wirst das doch keinem erzählen, oder, Fenn? Uns ist einfach der Kragen geplatzt. Wenn du's erzählst, sind wir alle angeschissen.«

»Scheiße«, sagte Donny. »Mein verdammter Kopf tut weh.«

»Holt ihm ein Aspirin. Willst du 'n Bier? Wir haben so 'n vietnamesisches Scheißzeug, aber ich glaub, da sind auch noch 'n paar Bud übrig. Holt ihm ein Bud. 'n gutes, kaltes Bud.«

»Nee, ich komm schon klar.«

Er schaute sie an, sah nichts als dunkle Gesichter und funkelnde Augen.

»Hört mal, vergessen wir diesen ganzen Scheiß, aber sorgt dafür, dass *er*«, er nickte in Richtung Featherstone, der immer noch wie ein Zombie auf seinem Bett saß, »morgen 'nen klaren Kopf hat. Okay? Er kann da draußen nicht zugedröhnt rumlaufen. Sonst wird er umgebracht.«

»Ja, klar, Fenn, kein Problem.«

»Und ich sag euch Jungs noch was, okay? Ihr habt die Scheiße aus mir rausgeprügelt, jetzt könnt ihr auch zuhören.«

Manche erwiderten im Dämmerlicht wütend seinen Blick, aber die meisten schauten weg. Es war heiß. Der Geruch von Schweiß, Bier und Marihuana hing in der Luft.

»Ihr sagt vielleicht, dass Swagger ein Psycho ist, der gerne tötet und diesen ganzen Scheiß. Von mir aus. Aber ist euch mal aufgefallen, dass wir nie angegriffen werden und niemand unsere Patrouillen überfällt? Habt ihr gemerkt, dass hier seit Monaten keiner mehr im Kampf gefallen ist? Dass die einzigen Verwundeten, die wir haben, von den Sprengfallen kommen und es so gut wie immer überleben? Seit Monaten, vielleicht schon seit Jahren keine Überfälle mehr. Wisst ihr, warum das so ist? Denkt ihr, das liegt daran, dass euch alle so lieb haben? Denkt ihr, es ist, weil die wissen, dass ihr alle Hippies seid, Hasch raucht und das Peace-Zeichen macht, dass ihr ständig davon redet, dem Frieden 'ne Chance zu geben? Ist das der Grund?«

Niemand gab ihm eine Antwort. Sein Kopf tat wirklich weh. Er hatte einen ordentlichen Tritt abbekommen. Er sah nur noch verschwommen.

»Nein. Das hat überhaupt nichts mit euch zu tun. Keiner kümmert sich einen Scheiß um euch. Nein, das liegt an *ihm*. An Swagger. Weil die NVA und der Vietcong ihn fürchten. Die scheißen sich in die Hose vor lauter Angst. Ihr sagt, er ist 'n Psycho. Aber jedes Mal, wenn er einen von ihnen umlegt, profitiert ihr davon. Ihr lebt weiter. Ihr überlebt. Das ist Zeit, die er euch schenkt, indem er da draußen mit dem Arsch im Gras hockt. Er ist euer Schutzengel. Und er wird immer diesen Fluch mit sich rumschleppen, der Killer zu sein, der Mann mit dem Gewehr, während ihr den Luxus habt, euch nicht die hübschen kleinen Hände schmutzig machen zu müssen. Weil er so viele tötet, wird er immer ein Außenseiter sein. Er nimmt die Verantwortung an, lebt damit, und ihr, ihr wertlosen Arschlöcher, ihr könnt deswegen nach Hause zurückkehren. Und alles, was euch einfällt, ist, ihn als Psycho zu beschimpfen. Mann, habt ihr je was von *Schamgefühl* gehört? Ihr solltet euch alle schämen.«

Er drehte sich um und ging in die Nacht hinaus.

Der Russe lag reglos im hohen Gras auf einer kleinen Hügelkuppe, vielleicht 1200 Meter von der Feuerbasis entfernt. Nichts zu sehen außer dem Aufscheinen der Leuchtmunition, die von den Wachtposten alle drei oder vier Minuten abgefeuert wurde, und den gelegentlichen Bewegungen der Marines von Unterkunft zu Unterkunft bei der Wachablösung. Nichts ließ darauf schließen, dass etwas nicht stimmte.

Er war müde nach fast fünf Stunden Kriechen. Aber er spürte, wie er sich langsam berappelte und seine Energie zurückkehrte. Er schaute auf die Uhr: 4:30. Das Dragunow lag vor ihm im Gras. Es wurde Zeit.

Geschickt rollte er sich ein Stück zur Seite, schnallte die Tasche ab, zog sie vom Rücken und öffnete den Verschluss. Er nahm ein großes, zylindrisches Objekt mit elektronischer Bedieneinheit heraus. Ein russisches PPV-5, ein Nachtsichtfernrohr. Zu klobig, um es im Verbund mit einem Gewehr zu benutzen, aber optimal zum Observieren. Er stellte es vor sich auf den Boden und schaltete es ein. Er traute den Teilen nicht ganz über den Weg. Zu zerbrechlich, zu sperrig, zu schwer. Und was noch schlimmer war: Man gewöhnte sich an sie, bis sie irgendwann Eigeninitiative und Talent komplett zunichtemachten. Noch schlimmer: Man verschlechterte durch sie die eigene Nachtsicht.

Aber diesmal bot das Gerät die perfekte Lösung für ein taktisches Problem. Er hielt sich in einem Versteck, aber in günstiger Entfernung auf. Vor der Morgendämmerung musste er herausfinden, ob und wann das Scharfschützenteam aufbrach, damit er sich in Schussposition bringen und sie erwischen konnte, wenn sie hinter dem Hügel hervorkamen. Falls sie nicht kamen, würde er einfach den Tag dort verbringen und geduldig warten. Er hatte genug Wasser und Essen im Rucksack, um beinahe eine Woche durchzuhalten, obwohl ihn natürlich jeder weitere Tag schwächte. Aber heute fühlte er sich gut.

Durch den grünen Schleier des Geräts, das das nächtliche Umgebungslicht grob verstärkte, zeichnete sich das Camp überraschend deutlich vor ihm ab. Er konnte die brennenden Zigaretten der Wachen erkennen, sah, wie sie in die Nacht hinausschlichen, um Marihuana zu besorgen, sich in den Latrinen zu erleichtern oder etwas zu trinken – Bier, nahm er an.

Aber er wusste ganz genau, worauf er sich konzentrieren musste. Bei dem Wall aus Sandsäcken, der dem Aufklärungsbunker am nächsten lag, gab es eine Vertiefung am Fuß des Hügels, die direkt in seine Richtung führte. Er konnte sogar ihren zickzackförmigen Verlauf erkennen, die Lücke zwischen den Claymore-Minen und die Zünder anderer Antipersonenminen, die man in der Zugangszone vergraben hatte. Ein Pfad, den die Männer benutzen konnten, um das Camp zu verlassen. Hier passierte es, wenn überhaupt etwas passierte.

Das erste Signal war nicht mehr als ein heller Lichtstreifen, der zum Vorschein kam, als die Klappe vor einem Bunker kurz angehoben wurde, wobei die Innenbeleuchtung nach außen drang und auf sein Objektiv traf. Solaratov atmete tief durch. Eine Sekunde später folgte noch ein kurzes Aufblitzen. Zwei schwer beladene Männer liefen keuchend zum Wall aus Sandsäcken und blieben dort stehen.

Er beobachtete. Er wartete. Hätte er doch nur ein Gewehr gehabt, mit dem er auf 1500 Meter treffen konnte! Damit hätte er die Sache auf der Stelle beenden können. Aber eine solche Waffe befand sich weder in seinem Inventar noch in dem seines Gastlandes.

Schließlich stand einer der Männer auf und spähte über den Rand des Walls. Dann zog er sich hinüber und ließ sich zu Boden fallen, ein Sturz von höchstens einem Meter Höhe. Er kroch den Abhang hinunter, bis er eine Rinne erreichte. Wenig später unternahm ein weiterer Marine die gleiche Anstrengung: ein größerer, schwerfälligerer Mann. Auch er fiel zu Boden, aber plump. Er rollte die Böschung hinab zu seinem Anführer.

Die beiden zögerten, bevor sie ihren Weg fortsetzten. Sie hielten Ausschau, warteten ab. Der Anführer hob sein Gewehr – ja, es war mit einem Zielfernrohr ausgestattet – und suchte den Horizont nach Anzeichen eines feindlichen Hinterhalts ab. Als er keine fand, senkte er die Waffe und sprach mit seinem Assistenten. Dieser löste sich unsicher aus der Deckung, bewegte sich ganz langsam zwischen den Claymores und den anderen Minen voran, fand Lücken im Stacheldraht genau dort, wo sie sein sollten, und schlüpfte hindurch. Der Anführer folgte ihm. Als beide die Zugangszone hinter sich gelassen hatten, trat er vor und bahnte sich geduckt und in langsamem, stetigem Tempo einen Weg durch die Senke. Solaratov sah ihnen hinterher, bis sie außer Sichtweite verschwanden.

Sie kommen, dachte er.

Er schaltete die Elektronik des Fernrohrs ab und kroch durchs Gras zu seiner Schussposition.

Um 6:30 Uhr gingen die Sonnen auf. Zwei an der Zahl, beide orange und schimmernd. Sie lugten über zwei Horizonte, unmittelbar hinter den Bäumen. Donny blinzelte heftig, dann gleich noch einmal. Sein Kopf tat höllisch weh.

»Alles okay bei dir?«, zischte Swagger, der neben ihm lag.

»Ja, mir geht's gut«, log er.

»Du blinzelst andauernd. Was zum Teufel ist los?«

»Alles okay«, beharrte Donny. Swagger wandte den Blick wieder dem Flecken aus welkem Gras und sanften Hügeln zu. Sektor Eins.

Natürlich ging es Donny nicht gut. Ihm kam ein Buch über Bomberpiloten im Zweiten Weltkrieg in den Sinn, das er mal gelesen hatte. Darin kam ein Soldat vor, der alles doppelt sah. So ging es ihm jetzt auch. Aber er schrie nicht ständig »Ich sehe alles doppelt!«, wie dieser Kerl es getan hatte.

Er hatte eine einfache Gehirnerschütterung, mehr nicht – bei so gut wie keinem Job des Marine Corps hätte das für eine Dienstbefreiung ausgereicht. Abgesehen von diesem natürlich. Der Aufklärer brauchte seine Augen. Sie waren das Wichtigste überhaupt.

»Was ist denn mit dir passiert, verflucht noch mal?«

»Hm?«

»Was ist passiert? Du bist angeschwollen wie 'ne Grapefruit. Hat dich einer verprügelt?«

»Bin hingefallen. Nichts Schlimmes.«

»Gottverdammt, Fenn, heute ist der eine beschissene Tag in deinem Leben, an dem du nicht ›hingefallen‹ sein darfst. Oh, Mann. Siehst du doppelt, hast du Schmerzen, hast du blinde Flecken im Sichtfeld?«

»Mir geht's gut. Ich bin abmarschbereit.«

»Blödsinn. Verdammt.«

Swagger wandte sich wütend ab. Hochkonzentriert lag er mit seinem Gewehr auf dem Hügelkamm und inspizierte mit einem Fernglas Sektor Eins. Donny blinzelte und sehnte sich nach einem Aspirin. Dann schob er das Auge an das M49-Spektiv, das er vor sich aufgestellt hatte.

Wenn er nur ein Auge benutzte, verschwand das Problem mit der Doppelsicht, aber nicht die Verschwommenheit. Es spielte keine Rolle, dass er das bessere Auge einsetzte. Er nahm trotzdem nur Schlieren wahr, wie das verrauschte Bild bei einem Fernseher ohne Antenne.

Es wäre das Richtige gewesen, zu sagen: ›Sergeant, ich kann nur noch verschwommen sehen. Tut mir leid, aber ich bin hier draußen zu nichts zu gebrauchen. Brechen wir die Sache ab, bevor sie in Sichtweite kommen und ...‹

»Scheiße!«, rief Swagger. »Die gehen zu schnell, sind wohl in Panik geraten. Die werden in zehn Sekunden hier sein.«

Donny sah vier – in Wirklichkeit zwei – Boonie-Hüte über der Rinne auftauchen, die als Deckung diente. Irgendetwas stimmte *wirklich* nicht. Sie bewegten sich zu schnell, rannten beinahe. Der Druck, für ein paar Sekunden im Visier eines Scharfschützen zu sein, überforderte sie offensichtlich. Wie 1000-Meter-Läufer spurteten sie geradewegs auf den Hügel und auf den Schutz zu, den sie sich von ihm versprachen.

»Jetzt weiß er, dass ich das nicht bin. *Verflucht!*«

»Was machen wir?«, fragte Donny. Ihm war schmerzlich bewusst, dass die Situation sich bereits jetzt seinen spärlichen Einflussmöglichkeiten entzog. Er sah den verängstigten Featherstone, der durch nichts als eine zufällige äußerliche Ähnlichkeit gezwungen wurde, den Helden zu spielen. Er rannte, als habe er die Hose gestrichen voll. Und der arme Lieutenant, der nicht rufen durfte, folgte ihm – denn er wusste, wenn er ihn davonkommen ließ, brauchte

Solaratov nicht länger als eine Sekunde, um ihn zu erledigen.

»Scheiße«, fluchte Bob verbittert. »Geh wieder ans Spektiv. Wenn wir Glück haben, beißt er trotzdem an.«

Hmmm. Der Scharfschütze dachte nach.

Warum bewegten sie sich so schnell? Sie hatten einen langen Weg vor sich und mussten wissen, dass das Risiko, einem Beobachter aufzufallen, wesentlich geringer ausfiel, wenn sie langsam gingen, anstatt zu rennen.

Er sah zu, wie sie etwa 500 Meter entfernt, beinahe außerhalb seiner Sichtweite, Hals über Kopf durch die Senke stürmten.

Wollen sie vielleicht zwischen den Bäumen in Deckung gehen, bevor die Sonne ganz aufgegangen ist?

Nein, nein, unmöglich. So sind sie bisher noch nie vorgegangen. Daher gibt es nur zwei Möglichkeiten. A: Sie wissen, dass da draußen jemand ist, und haben Angst. Oder B: Sie sind nur ein Köder, und der echte Scharfschütze schaut bereits in meine Richtung und wartet darauf, dass ich mich rühre. Und sobald er etwas sieht, fang ich mir eine Kugel ein.

Keine dieser beiden Möglichkeiten war ihm sonderlich sympathisch. Er neigte nicht zum Überinterpretieren von Informationen. Es ging immer nur darum, vom Schlimmsten auszugehen und entsprechend zu reagieren.

Also: Sie machen Jagd auf mich.

Also: Wo müsste jemand sein, der auf mich zielt und möglichst gute Sicht auf mich benötigt?

Er drehte sich um und entdeckte etwa 300 Meter weiter östlich einen niedrigen Hügel im Schein der aufgehenden Sonne. Die Erhebung schien gerade hoch genug zu sein, um einem Schützen den Blick in dieses Grasmeer in der entlaubten Zone zu ermöglichen.

Solaratov blickte zur Sonne: Der Schütze würde nicht gegen das Sonnenlicht zielen, da er nicht wollte, dass die Strahlen von seiner Linse gespiegelt wurden. Deshalb: Ja, er musste auf der Anhöhe sein.

Aber wenn er, Solaratov, sich in diese Richtung umdrehte und sein Fernglas dorthin richtete, fiel dem Schützen unweigerlich die Lichtreflexion auf und er feuerte seine Kugel ab. Deshalb musste er nach Norden oder Süden ausweichen, um einen sicheren Schuss abgeben zu können.

Langsam machte er sich auf den Weg.

»Nein, verflucht noch mal«, zischte Bob.

»Nein, was?«

»Nein, er beißt nicht an. Nicht bei diesen zwei Trotteln. Scheiße!«

Er hielt inne und dachte nach.

»Sollen wir uns zurückziehen?«

»Kapierst du's nicht, verdammt? Wir jagen ihn nicht länger. Jetzt jagt er uns!«

Diese Neuigkeit löste in Donny ein äußerst unbehagliches Gefühl aus. Er spürte, wie ihm der Schweiß aus allen Poren drang. Er blickte sich um. Die Welt, die noch vor einer Sekunde so friedlich gewirkt hatte, schien nun voller Bedrohungen zu stecken. Sie hielten sich allein in der Mitte eines Grasmeers auf. Da Bob den Scharfschützen nicht länger in Sektor Eins vermutete, konnte er prinzipiell überall sein. Vielleicht näherte er sich ihnen in diesem Augenblick.

Nein, noch nicht. Denn wenn er das falsche Scharfschützenteam beobachtet hatte, konnte er nicht genug Zeit gehabt haben, um zu reagieren und von dort zu verschwinden. Er befand sich nach wie vor eine geschätzte Stunde von ihnen entfernt, weil er kriechen musste.

»Scheiße«, fluchte Bob. »Wo wird er langgehen?«

»Hmmm.« Aber Donny tat nur so, als ob er nachdachte, denn er hatte schlicht keine Antwort auf diese Frage.

»Wenn er kapiert hat, dass die Typen ein Fake sind, und er sich die Umgebung vornimmt, wird er merken, dass dieser kleine Hügel hier so ungefähr die einzige Stelle ist, von der aus wir seinen Arsch unter Beschuss nehmen können.«

»Ja?«

»Ja. Also, wo wird er hingehen, um auf unsere Ärsche zu schießen? Versucht er, uns von links oder von rechts zu umgehen? Was glaubst du?«

Donny hatte keine Ahnung. Aber dann fiel ihm etwas ein.

»Wenn er sicher ist, sobald er den Waldrand erreicht, würde er doch dorthin gehen, oder? Nach rechts. Näher zum Wald, weiter weg von Dodge City.«

»Aber eventuell geht er davon aus, dass wir das glauben, und macht es deshalb umgekehrt?«

»Scheiße«, stöhnte Donny.

»Nein. Nein, du hast recht. Er kriecht ja auf dem Bauch, weißt du noch? Bei der ganzen Sache geht's nur darum, was man schaffen kann, wenn man auf dem Bauch liegt. Und er muss sich nun entscheiden, ob er in der heißen Sonne eine oder zwei Stunden kriechen will. Und 'ne halbe Stunde vom Waldrand entfernt zu sein, ist 'ne ganze Ecke besser als drei Stunden. Er müsste also nach Westen, richtig?« Bob klang, als müsste er sich selbst überzeugen.

»Das würde 'ne verdammt große Portion Professionalität und Disziplin erfordern«, überlegte er laut weiter. »Er müsste die Entscheidung treffen, sich von den einzigen Zielen, die er hat, zu lösen. Mann, wenn er sich dazu entscheiden kann, hat er wirklich Eier.«

Er schien für einen Moment mit dieser Einsicht zu ringen. Dann fuhr er fort: »Okay, wir verschwinden aus Sektor Eins. Kennzeichne Sektor Zwei auf deiner Karte.

Ein Planquadrat von 500 mal 500. 1000 Meter weiter links. Links von ihm aus gesehen. Nord-Nordost. Gib mir die Koordinaten.«

Donny wühlte die Karte hervor und mühte sich mit den Berechnungen ab. Er legte die Koordinaten eines neuen Einsatzbefehls für die Luftunterstützung fest, hoffte, dass die vor seinen Augen tanzenden Zahlen korrekt waren, und kritzelte sie an den Kartenrand. Dabei hatte er das Gefühl, eine Mathearbeit zu schreiben, für die er nie gelernt hatte.

»Gib es durch. Sofort, damit wir uns später nicht damit rumärgern müssen.«

»Ja.«

Donny fuhr die Antenne aus, nahm den Hörer ab, schaltete das Gerät ein und vergewisserte sich vorher rasch, ob das PRC noch auf die richtige Frequenz eingestellt war.

»Foxtrott-Sandmann-Sechs, hier Sierra-Bravo-Vier, kommen.«

»Sierra-Bravo-Vier, hier Foxtrott-Sandmann-Sechs, wie lautet Ihre Position? Kommen.«

»Äh, Foxtrott, wir werden von Sektor Eins in ein neues Zielgebiet wechseln. Sektor Zwei, kommen.«

»Sierra, was soll das? Bitte wiederholen, kommen.«

»Äh, Foxtrott, ich wiederhole, wir glauben, unser Vogel ist ausgeflogen in ein Areal, das wir als Sektor Zwei bezeichnet haben, kommen.«

»Sierra, haben Sie dann wenigstens neue Koordinaten? Kommen.«

»Ja, Foxtrott. Neue Koordinaten: Bravo-November-zwei-zwei-drei-zwei-zwei-sieben und Null-eins-drei-fünf-Zulu-Juli-acht-fünf. Wiederholen, kommen.«

»Wird gemacht, Romeo. Ich markiere.« Foxtrott las ihm die Zahlen noch einmal vor.

»Roger, Foxtrott, wartet auf unseren Feuerbefehl. Ende.«

»Verstanden, Ende, Sierra.«

Donny schaltete ab.

»Gut«, sagte Bob, der sich mit dem Kompass beschäftigt hatte. »Ich hab einen Kurs eingestellt, der uns die etwa 500 Meter zu diesem kleinen Höcker da drüben bringt. Da gehen wir hin. Wir sollten dann an seiner Flanke sein. Zumindest, wenn er den Weg nimmt, den ich vermute.«

»Alles klar.«

»Hol deine Waffe.«

Donny packte sein Gewehr – kein M14, kein M16, auch keine ›Fettpresse‹. Weil die Mission so schnell auf die Beine gestellt worden war, hatte er das einzige schnell verfügbare Gewehr mit Zielfernrohr bekommen: ein altes M70 Winchester im Kaliber 30-06, ein Sportgewehr mit dickem Lauf und einem schäbigen Unertl-Fernrohr, das schon seit Mitte der 60er in der Waffenkammer in Da Nang rumgelegen hatte.

»Also los«, drängte Bob.

KAPITEL 22

Über ihm war nichts als der blaue Himmel und schwankende Grashalme. Der Russe kroch nach ungefähren Berechnungen, vertraute auf Fähigkeiten, die er über die Jahre perfektioniert hatte. Er bewegte sich in stetigem Tempo, trug das Gewehr auf dem Rücken. Laut seiner Cosmos-Armbanduhr war es 7:30 Uhr. Er war nicht durstig, nicht zornig, nicht ängstlich. Alles, woran er dachte, war das Hier und Jetzt. *Kriech bis zu der Anhöhe 500 Meter rechts. Halt auf der linken Seite nach Zielen Ausschau, die ihrerseits nach Zielen vor sich Ausschau halten werden.* Es waren zwei Männer wie er selbst, daran gewöhnt, auf dem Bauch zu kriechen, durch Scheiße und Pisse zu waten, Durst, Hunger, Kälte und Nässe zu ertragen. Scharfschützen. *Töte die Scharfschützen.*

Nach einer Weile gelangte er zu einem kleinen Erdbuckel. Er hatte mitgezählt: 2000 Kriechzüge. Das hieß, er hatte sich 2000-mal einen halben Meter weit durchs Gras gezogen. Sein Kopf tat weh, seine Hände taten weh, sein Bauch tat weh. Er nahm es nicht wahr, kümmerte sich nicht darum. 2000 Züge bedeuteten 1000 Meter. Er war da.

Er kroch den Buckel hinauf, tatsächlich kaum mehr als ein kleiner Höcker, etwas mehr als einen Meter hoch. Dort richtete er sich sehr sorgfältig ein, flach auf der Kuppe liegend, durch Grasbüschel gut abgeschirmt. Mit einem prüfenden Blick stellte er fest, dass die Sonne nicht mehr direkt vor ihm war und sich somit nicht auf seiner Linse spiegelte. Er brachte das Dragunow in Anschlag, zog es mit einer fließenden, schnellen Bewegung näher an Schulter und Hand heran. Er öffnete ein Gehäuse, nahm ein exzellentes Fernglas aus westdeutscher Fertigung mit 25-facher Vergrößerung heraus und machte sich daran, eine Welt in

Augenschein zu nehmen, die 25-mal größer war als die, die hinter ihm lag.

Es war ein heller Tag. Aufgrund der Eigenheiten der Vegetation in der entlaubten Zone und der Hebungen und Senkungen des Geländes präsentierte sich ihm ein einziges Meer aus gelbem Elefantengras, mal hoch, mal niedrig und mitgenommen, hier und dort von etwas Erde unterbrochen. Er hatte das Gefühl, allein auf einem Floß mitten im Pazifik zu liegen: endlose aufgewühlte Wellen, ein endloses Muster aus Schatten, endloses Farbenspiel, endlos, endlos.

Er ging methodisch vor, ließ nichts aus, gab keinen Vorahnungen oder spontanen Impulsen nach. Sein Instinkt und sein Verstand sagten ihm, dass die Marines 500 Meter entfernt und schräg vor ihm sein mussten. Sie schauten sich nach einer Anhöhe um, auf der ihre Gewehre fest und flach auflagen und perfekten Halt fanden. Er entdeckte den flachen Hügelkamm, auf dem sie sich positioniert haben mussten, und ließ den Blick langsam darüber hinweg wandern. Das Fernglas gab die Welt wunderbar wieder; er konnte jeden Zweig, jeden halb vergrabenen Stein und verkrüppelten Baum, jeden Baumstumpf ausmachen, der vor all den Jahren den chemischen Kampfstoffen widerstanden hatte, jede kleinste Erhebung. Alles, nur nicht die Marines.

Er setzte das Fernglas ab. Ein kleiner Anflug von Panik überkam ihn.

Nicht da. Sie sind nicht da. Wo sind sie dann? Warum sind sie nicht da?

Er dachte darüber nach, sich zurückzuziehen, an einem anderen Tag einen neuen Versuch zu unternehmen. Die Situation wurde allmählich unkontrollierbar.

Nein, maßregelte er sich. *Nein, bleib einfach still, bleib geduldig. Sie glauben, dass du da drüben bist, aber du bist hier. Nach einer Weile werden sie sich von ihrer Neugier verleiten lassen. Sie sind nun mal Amerikaner: abgehärtete, aktive Menschen mit einem lebhaften Geist, angezogen von Sensationen und Aktionen. Sie können sich nicht für lange Zeit einer einzelnen Sache widmen.*

Er wird weitergehen, dachte er. *Er hat mich gesucht, ich war nicht da, also geht er weiter.*

Schwärze.

Irgendwo am Rand seines Sichtfelds huschte etwas Schwarzes vorbei.

Solaratov drehte sich nicht um, um hinzustarren. Nein, er blickte weiterhin in die gleiche Richtung und kämpfte gegen die Verlockung an. Er überließ diese Aufgabe seinem Unterbewusstsein, das in dieser Hinsicht sowieso viel effektiver arbeitete.

Wieder Schwärze.

Dann hatte er es.

Rechts von ihm, fast 300 Meter entfernt. *Natürlich. Er flankiert mich von rechts.*

Langsam drehte er den Kopf; langsam hob er das Fernglas.

Nichts. Bewegung. Nichts. Bewegung.

Er kämpfte mit der Fokussierung.

Diese unnatürliche Schwärze erwies sich als Gesicht. Der Scharfschütze der Marines hatte es sich nachts für den langen Kriechweg zu seiner Position geschwärzt. Die schwarze Kleidung hatte er zwar abgelegt und trug jetzt Dschungeltarnfarben, aber *er hatte einen Fehler gemacht.* Er hatte die Gesichtsbemalung vergessen. Jetzt stach das Schwarz gegenüber dem fahlen Gelb des Elefantengrases hervor.

Fasziniert sah Solaratov zu. Der Mann kroch zwei Züge, hielt still. Er wartete ein oder zwei Sekunden, kroch dann wieder zwei. Sein Gesicht, dessen Züge von der Farbe maskiert wurden, bot eine Studie kriegerischer Konzentration: verkrampft, gezeichnet, fast verzerrt vor innerer

Anspannung. Sein Gewehr hing ihm auf dem Rücken und wurde ebenfalls durch einige Stofffetzen getarnt.

Er wollte es nicht wahrhaben, aber Solaratov empfand ein Vergnügen, wie er es noch nie zuvor verspürt hatte.

Er senkte das Fernglas, hob das Gewehr an die Schulter, fand die richtige Position, Waffe an Knochen an Boden, fand den Griff, fand den Abzug, fand das Okular.

Swagger kroch durch das Bild seines Zielfernrohrs. Das Fadenkreuz teilte seinen Kopf in vier Bereiche. Der Russe entsicherte mit dem Daumen die Waffe und atmete halb aus. Sein Zeigefinger krümmte sich langsam um den Abzug.

»Gottverdammt«, fluchte Bob.

»Was ist denn?«, fragte Donny hinter ihm.

»Hier wird's immer dünner. Mist. Weniger Deckung.«

Donny konnte nichts erkennen. Überall nur Elefantengras, sogar in seinen Ohren, seiner Nase, in jeder Hautfalte. Die Ameisen labten sich an ihm. Er hörte das trockene Summen von Fliegen, die vom köstlichen Geruch seines Schweißes und Blutes angezogen wurden. Die Grashalme hatten ihm bestimmt schon 100 kleine Schnitte zugefügt.

Vor sich sah er die Sohlen von Bobs Dschungelstiefeln.

»Scheiße«, knurrte Bob. »Das gefällt mir überhaupt nicht.«

»Wir könnten einfach die Night Hag anfordern. Die würde hier alles plattmachen. Wir können ein Rauchsignal geben, damit sie uns nicht trifft.«

»Und wenn er nicht hier ist, weiß er, dass wir ihn entdeckt haben, und agiert doppelt so vorsichtig. Oder er kommt gar nicht mehr zurück, und dann wissen wir nicht, warum er hier gewesen ist, und kriegen auch kein Dragunow. Nee.«

Er hielt inne.

»Hast du noch das M70?«

»Sicher.«

»Gut. Ich will, dass du nach rechts gehst. Du flitzt weiter vor. Siehst du den kleinen Höcker da?«

»Ja.«

»Da richtest du dich ein und checkst mit dem Fernglas die Lage für mich. Wenn du sagst, dass es okay ist, krabble ich da rüber, wo das Gras wieder dichter wird. Von dort geb ich dir Deckung. In Ordnung?«

»In Ordnung«, gab Donny zurück. Er rutschte hin und her, atmete tief durch und schob sich dann vorwärts.

»Verdammt, Junge, ich hoffe, er ist nicht in Hörweite. Du grunzt lauter als 'ne Wildsau.«

»Das ist ziemlich anstrengend«, protestierte Donny.

Er erreichte den mickrigen Hügel und spähte darüber hinweg. Nichts.

»Soll ich das M49 nehmen?«

»Nee. Keine Zeit. Schau einfach mit deinem Unertl.«

Donny legte das Auge ans Zielfernrohr, eine lange, dünne Metallröhre, die in einem seltsamen Gehäuse hing. Beim Justieren dieses alten Teils musste man auf externe Bedienelemente zurückgreifen, was bedeutete, dass das gesamte Fernrohr sich bewegte, von den Schrauben für Höhen- und Seitenverstellung hin und her getrieben. Es war irgendwann in den frühen 40er-Jahren gebaut worden, aber Gerüchten zufolge sollte es beim Töten einer beachtlichen Zahl von Japsen, Nordkoreanern und Vietcong geholfen haben. Das Gewehr war nicht im NATO-Kaliber 7,62 Millimeter, sondern benutzte die alte Springfield-Patrone, die lange .30-06.

Die Optik war großartig. Er suchte das Gras ab, so weit er sehen konnte und fand keine Anzeichen für die Anwesenheit eines Menschen. Aber seine Sicht war immer noch verschwommen. Er wusste, dass ihm feinere Details entgingen. Er drückte sich mit den Fingern den

Nasenrücken zusammen, aber es half nicht. Nein, da draußen gab es nichts – jedenfalls nichts, was er sehen konnte.

»Sieht sauber aus.«

»Ich will nicht wissen, wie's aussieht. Ich will wissen, wie's ist.«

»Sauber, sauber.«

»Okay. Halt weiter die Augen offen.«

Der Sergeant kroch los, diesmal ganz langsam, noch langsamer als zuvor. Alle zwei Züge hielt er still.

Donny schaute wieder durch sein Fernglas. Er schwenkte es herum, suchte die Stellen ab, an denen der Schütze sein konnte, nahm aber nichts wahr. Alles sauber. Langsam kam ihm die ganze Geschichte lächerlich vor. Vielleicht war hier draußen nichts und sie führten sich wie die letzten Idioten auf. Die Bienen summten, die Fliegen zappelten, die Libellen sausten umher. Er konnte nicht lange durchs Fernglas sehen, weil seine Sicht dabei komplett aus dem Fokus geriet. Er musste blinzeln, kurz wegschauen. Wann rief Bob ihm endlich zu, dass er es geschafft hatte?

Der Abzug gab langsam nach, ganz kurz vor dem Schuss.

Wo ist der andere?

Er nahm den Finger vom Abzug.

Es waren zwei. Er musste sie beide töten. Wenn er feuerte, erwischte der andere ihn vielleicht. Oder er würde, wenn er sah, dass sein Partner ein Loch im Kopf hatte, einfach durchs Gras davonkriechen und abhauen. Dann forderte er wahrscheinlich sogar Luftunterstützung an und Solaratov würde das Gebiet schnell verlassen müssen.

Wo ist der andere?

Er hob den Blick vom Zielfernrohr und stellte fest, dass er den Scharfschützen sehen konnte, weil das Gras dort aus unerfindlichen Gründen weniger dicht wuchs. Der andere musste in der Nähe sein und ihm Deckung geben, weil er an dieser Stelle ungeschützt war. Aber nur noch wenige Sekunden lang.

In Solaratovs Kopf formte sich ein Plan: *Finde den Aufklärer. Töte den Aufklärer. Dann komm wieder und töte den Scharfschützen.* Eine machbare Aufgabe, da er eine halbautomatische Waffe hatte und die Distanz bei unter 300 Metern lag.

Er spähte wieder durchs Zielfernrohr, schwenkte es langsam herum und forschte aufmerksam nach einem weiteren schwarzen Gesicht, das sich vom gelb-bräunlichen Dickicht aus Halmen abhob. Nein, nichts, nichts ... aber da! Ein Arm! Der Arm führte zu einem Körper, und er sah einen weiteren liegenden Mann, der sich über einem Gewehr krümmte. Er gönnte sich einen raschen Atemzug und spürte einen Anflug von Begeisterung. Dann blickte er am Körper entlang und stellte fest, dass es zwar ein Mann, aber kein Aufklärer war, sondern ein Scharfschütze. Und sein Gewehr war genau auf ihn gerichtet, auf Solaratov.

Der Mann feuerte.

Donny blickte vom Zielfernrohr auf. Ihm tat der Kopf weh. Wann würde Bob ihn endlich rufen? Gott, er brauchte ein Aspirin. Er blickte sich um. Nichts außer dem endlosen Gras.

Eine Libelle zischte dicht an ihm vorbei. Merkwürdig, wie ihre Flügel irgendwie das Sonnenlicht einfingen und es spiegelten, genau wie ...

Donny schaute wieder durch das Fernrohr.

Er war so nah!

Der Scharfschütze war weniger als 300 Meter entfernt – oder besser gesagt, die Scharfschützen, denn Donny konnte den Feind durch den Nebel seiner Gehirnerschütterung nur verschwommen erkennen, halb versunken im Gras. Der

Mann beugte sich über sein Gewehr, bewegte sich langsam, hielt Ausschau. Donny erschrak, als ihm klar wurde, dass er Swaggers Position entdeckt haben musste.

Töte ihn!, befahl er sich. *Schieß! Sofort!*

Das Fadenkreuz teilte den Kopf in vier Zonen auf. Er drückte ab.

Mit zunehmendem Druck verlor er das Ziel aus den Augen. Aber nichts passierte.

Die Sicherung! Er griff an die Stelle, an der sie sich befinden musste, dieser kleine Knopf vor dem Abzug, aber sie war nicht da. Dort wäre sie bei einem M14 gewesen. Bei einem M70 war die Sicherung oben am Systemkasten. Er nahm das Auge vom Zielfernrohr, suchte den Sicherungshebel und schob ihn nach vorn. Durch die Optik sah er, dass der Mann sich umgedreht hatte und seine Gewehrmündung sich bewegte ... direkt auf ihn zu.

Er zog den Abzug ruckartig durch und der Schuss löste sich.

Bob kroch weiter. Nur noch ein paar Meter, bis er das höhere Gras erreicht hatte und ...

Der Schuss kam so unerwartet, dass er wie ein Schlag auf seine Trommelfelle wirkte. Er erstarrte, verlor die Nerven – er, der große Bob Lee Swagger – und durchlebte einen Moment unglaublicher Panik.

Was? Hä? Oh Gott!

Dann riss er sich zusammen und hetzte wie ein Wahnsinniger dem hohen Gras entgegen, wobei er jeden Moment damit rechnete, erschossen zu werden.

»Er ist da! Ich hab ihn gesehen!«, schrie Donny. Sofort kam die Antwort in Form eines Schusses aus 300 Metern Entfernung. Die Kugel schlug in Donnys Nähe ein und ließ eine große Staubwolke aufsteigen.

Donny schoss fast im selben Moment zurück. Bob hielt

Ausschau, sah den auffliegenden Staub, wo der Schuss getroffen hatte.

»Runter!«, brüllte er, weil er Angst hatte, dass Donny gleich eine Kugel in den Kopf kassierte. Bob duckte sich ins Gestrüpp, richtete sich auf und drehte und wand sich, bis er die staubige Böschung vor sich hatte.

Er riss das Gewehr an die Schulter, legte das Auge ans Fernrohr und sah – nichts.

»Er ist da!«, schrie Donny wieder, aber Bob fand ihn nicht. Dann krachte ein Schuss, anscheinend von links. Er schwenkte die Waffe leicht herum, registrierte etwas Staub, den das Mündungsfeuer aufgewirbelt hatte, und schoss. Er lud durch und schoss erneut, so schnell er konnte. Kein Ziel in Sicht, doch er hoffte, dass es dort war.

»Runter!«, wiederholte er laut. »Geh in Deckung und lass Foxtrott Luftunterstützung schicken!«

Er lud erneut durch. Keine Spur vom Scharfschützen. In dem Bereich, den Donny ihm gezeigt hatte, schwebte Staub durch das Gras. Wo war er? Wo war er?

Donny schob sich ein Stück zurück. Der zweite Schuss krachte nur Zentimeter vor seinem Gesicht in den Boden. Au! Der Sand flog hoch, als wenn dort ein Feuerwerkskörper explodiert wäre. Hunderte winziger Körnchen brannten auf seiner Haut. Er blinzelte, kroch noch weiter nach hinten. Er hörte Bob schreien, konnte seine Worte aber nicht verstehen. Er dachte: Das Funkgerät. Ruf die Luftunterstützung. Geh ans Funkgerät.

Aber dann feuerte Bob, anschließend gleich noch einmal, und das machte Donny Mut. Er kroch auf die andere Seite des Hügels und nahm eine Linkshänder-Schussposition ein. So konnte er zwar nicht durchladen, jedenfalls nicht so leicht, aber er ragte weniger weit aus der Deckung heraus, und das erleichterte ihn.

Wo ist er? Wo bist du, du Drecksau?

Durch das Zielfernrohr erkannte er nichts, nur Staub, der in der Luft hing, das langsame Wanken der Grashalme, wo sich noch vor Kurzem etwas bewegt hatte. Aber nichts, worauf man zielen konnte.

Er suchte ein paar Meter weiter links und rechts. Nicht das Geringste. Er stellte sich vor, wie er, nicht Bob, den Russen erledigte. Bilder aus einem lange vergessenen Buch aus seiner Kindheit entstanden vor seinen Augen: Als ob Lieutenant May den Roten Baron erwischte und nicht der kernige alte Roy Brown. Aufregung und eine gewisse Euphorie überkamen ihn.

Wo steckt er? Wir können ihn von zwei Seiten unter Beschuss nehmen. Wir können dieses Arschloch ausschalten.

»Luftunterstützung!«, hörte er Bob brüllen.

Ja, Luftunterstützung. Die Night Hag soll herkommen und diesen Wichser abfackeln, ihn in Stücke ...

Als er in einem weiteren Bogen herumschwenkte, sah er den Schützen, ein ganzes Stück weit entfernt. Fast schon verzweifelt kroch er davon.

Hab dich!

Er legte das Fadenkreuz über den sich hebenden und senkenden Kopf, den er aufgrund seiner verschwommenen Sicht mehr erahnte als konkret wahrnahm. Er mühte sich ab, die Körpermitte zu finden, teilte sie mit dem Zielfernrohr in vier Zonen auf, hatte das Gefühl, alles bestens unter Kontrolle zu haben. Der Abzug bewegte sich, leistete nur ein winziges bisschen Widerstand und überraschte ihn gehörig, als der Schuss sich löste.

Das Gewehr des Mannes zuckte nach oben. Er verlor seinen Hut, rollte zur Seite und lag still.

»Ich hab ihn!«, schrie er. »Ich hab ihn getroffen!«

»Luftunterstützung!«, schrie Bob zurück. »Fordere den Flieger an!«

Donny ließ seine Waffe davonrutschen, nahm das PRC vom Rücken und schaltete es ein.

»Foxtrott, hier Sierra-Bravo, Feuer, ich wiederhole, Feuer, Feuer. Wir haben Kontakt, kommen.«

»Sierra-Bravo, was brauchen Sie? Fordern Sie Luft-unterstützung an, Sierra-Bravo?«

Plötzlich war Bob neben ihm und riss ihm den Hörer aus der Hand.

»Foxtrott, schickt uns Night Hag, so schnell wie möglich. Das Zielgebiet ist Sektor Zwei, schickt die Night Hag, ich wiederhole, auf der Stelle, Sektor Zwei, Sektor Zwei.«

»Sie kommt, Sierra-Bravo. Zieht besser die Köpfe ein, kommen.«

»Ich hab ihn erwischt!«, rief Donny.

»Ich lasse Rauch aufsteigen, um Night Hag meine Position anzuzeigen, kommen«, sprach Bob in den Hörer. Er nahm eine Rauchgranate vom Gürtel, zog den Splint und warf sie. Sie wirbelte und zischte. Grüne Rauchschwaden stiegen in die Luft.

»Sierra-Bravo-Vier, hier Night Hag, ich sehe grünen Rauch, kommen«, ertönte eine neue Stimme über Funk. Im selben Moment hörten sie das lauter werdende Dröhnen von Triebwerken.

»Das ist korrekt, Night Hag, wir gehen in Deckung, Ende.«

Bob zog Donny nach unten, dicht an den Erdhügel.

Ein Schatten glitt über sie hinweg. Donny blickte nach oben und sah das große Luftfahrzeug vorbeisausen und sich um die Längsachse neigen. Es wirkte riesig, wie ein Raubtier. Das Donnern der Triebwerke erfüllte die Nacht. Pechschwarz wie ein Todesengel. Es neigte sich nach rechts und entblößte seinen Rumpf vor dem Boden, den es gleich verwüsten würde.

Die acht Miniguns feuerten gleichzeitig. Züngelnde

Flammen, die sich aus der schwarzen Flanke ergossen. Das Geräusch ähnelte nicht dem von Schnellfeuerwaffen, sondern klang eher nach kreischendem Getöse.

»Mein Gott«, staunte Donny. Er dachte an den Weltuntergang, das Ende der Zivilisation, an Hiroshima. Dieses Teil brachte Zerstörung, unvorstellbare Zerstörung.

Die Kanonen schickten Tausende von Kugeln zur Erde, von denen jede fünfte ein Leuchtspurgeschoss war. Sie feuerten so schnell, dass es schien, als ob sie ausschließlich Signalmunition verwendeten. Die Kugeln schlugen nicht ein, sie wühlten den Boden auf, pulverisierten ihn förmlich und ließen Wolken aus Trümmern aufsteigen.

Die Luft verdunkelte sich, als ob es Kugeln regnete. Wie eine Bleiplage, die alles verzehrte, was sie erreichte. Frühere Versionen dieses Babys hatte man ›Puff der Zauberdrache‹ getauft, aber die hatten nur eine Kanone an Bord gehabt. Mit acht konnte die Night Hag einen Schaden geradezu mystischen Ausmaßes anrichten. Sie machte sich über Sektor Zwei her und es schien Jahre zu dauern, obwohl in Wahrheit nur wenige Sekunden verstrichen. Weil sie so viel Munition verbrauchte, konnte sie nur 30 Sekunden lang feuern.

Das Flugzeug wirbelte um seine Achse und wurde langsamer. Das Donnern der Triebwerke klang gewaltig, als es eine Schleife über ihnen flog. Dann schossen die acht Bordkanonen noch einmal. Wieder bebte der Boden und ein Blizzard aus Trümmern wirbelte durch die Luft. Dann begradigte die Night Hag ihre Flugbahn, stieg leicht nach oben und zog eine Warteschleife.

»Sierra-Bravo-Vier, das war mein bestes Kunststück, kommen.«

»Night Hag, das sollte genügen. Gute Arbeit. Foxtrott, sind Sie da? Kommen.«

»Sierra, hier Foxtrott.«

»Foxtrott, bringen wir die Teams hier raus. Ich glaube, wir haben ihn. Ich glaub, wir haben ihn erwischt.«

»Sierra-Bravo-Vier, wird gemacht, gute Arbeit. Ende.«

Senior Colonel Huu Co und die Pioniere schauten aus der relativen Sicherheit des Waldrands zu, wie die Lockheed den Scharfschützen jagte. Ein ganz schönes Spektakel. Die riesige Maschine wendete und ließ donnernde Feuerströme auf die entlaubte Zone niederregnen, wo sie die Erde mit ihren Kugeln in Stücke riss.

»Oh, die menschliche Nudel wird von diesem Teil sicher in ein menschliches Sieb verwandelt«, sagte einer der Männer.

»Nur die Amerikaner würden einen einzelnen Mann mit einem Flugzeug jagen«, fügte ein anderer hinzu.

»Die würden sogar ein Flugzeug schicken, um eine Toilette zu reparieren«, rief ein dritter, was die Männer zum Lachen brachte.

Aber Huu Co begriff, dass der Scharfschütze tot war, dass der Outlaw Swagger einen weiteren Sieg davongetragen hatte. Niemand überlebte ein solches Sperrfeuer – und auch nicht, was danach kam: Kurz nachdem das Flugzeug abdrehte und der Staub noch in der Luft hing, rasten fünf Jeeps aus der Basis und donnerten über das Gelände. Sie hielten genau dort, wo sich plötzlich zwei amerikanische Scharfschützen aus ihrem Versteck erhoben, etwas östlich der verwüsteten Zone.

Als Nächstes bearbeiteten die Männer das Areal systematisch mit Flammenwerfern. Wo die Flammen das Gras berührten, steckten sie es in Brand. Das Feuer breitete sich rasch aus. Schwarzer, öliger Rauch stieg zum Himmel auf.

»Jetzt haben sie die menschliche Nudel gebraten«, witzelte jemand.

Das Feuer brannte noch stundenlang, geriet außer Kontrolle. Es rollte über die Prärie der entlaubten Zone und strahlte in grellen Farben. Nach und nach kamen immer mehr Männer aus der Basis, bildeten Patrouillen, marschierten in einer Reihe los und folgten der leuchtenden Spur. Wenig später flog eine Helikopterflotte von Osten her ein und schwebte über dem Feld. Sie suchten nach einer Leiche.

»Wenn sie ihn finden, fressen sie ihn bestimmt auf.«

»Da wird nicht genug übrig sein. Sie könnten ihn höchstens noch in die Suppe tun.«

Obwohl der Russe eine komische Gestalt war, empfand Huu Co doch für einen Augenblick Traurigkeit über das, was ihm widerfahren war. Das Flugzeug hielt er für ein drastisches Mittel, die am meisten gefürchtete Kriegsmaschine des amerikanischen Superwaffen-Arsenals. Wie schrecklich es sein musste, von so einem fliegenden Ungetüm verfolgt zu werden und zu spüren, wie um einen herum die Welt explodierte, von Geschossen zerpflückt. Er erschauerte.

Die Amerikaner durchforsteten das zerschossene Feld bis kurz vor der Abenddämmerung. Einmal fanden sie etwas, das für Aufregung sorgte. Huu Co beobachtete sie mit dem Fernglas, konnte aber nicht erkennen, worum es sich handelte. Dann zogen sie sich schließlich zurück.

»Bruder Colonel, sollen wir abziehen?«, wollte sein Sergeant von ihm wissen. »Hier gibt es nichts mehr für uns zu tun.«

»Nein«, antwortete der Colonel. »Wir warten. Ich weiß nicht, wie lange, aber wir warten.«

Ein Lance Corporal aus dem ersten Trupp fand das Dragunow.

»Huuuiii!«, rief er. »Guckt mal hier. 'ne Schlitzaugenkanone.«

»Corporal, bringen Sie es her«, wies Brophy ihn an. »Gut gemacht.«

Der Mann freute sich über das Lob und händigte Brophy seine Trophäe aus.

»Da haben Sie Ihr Gewehr«, sagte Bob zu Nichols, dem CIA-Mann.

Das Kommandoteam versammelte sich um die neue Waffe, die noch keiner von ihnen je zu Gesicht bekommen hatte. Nichols wickelte das Tarnklebeband von der Waffe wie ein Kind, das ein Weihnachtsgeschenk auspackt.

»Das legendäre SWD. Es ist das erste, das wir finden«, staunte Nichols. »Gratuliere, Swagger. Das ist eine große Sache.«

Donny sah es sich an und spürte nichts. In seinem Kopf hämmerte es durch den Benzingestank und den öligen Rauch. Eine krude aussehende Waffe, kein bisschen elegant oder gut verarbeitet.

»Sieht wie 'ne AK aus, die unter 'nen Traktor geraten ist«, knurrte Bob. Er nahm das Teil in die Hand, begutachtete es, betätigte ein paarmal den Verschluss und lugte durch das Zielfernrohr. Schnell wurde ihm langweilig und er reichte das Gewehr an andere, eifrigere Hände weiter.

Er entfernte sich von der Menge und beobachtete mit zusammengekniffenen Augen schweigend, wie die Marines in der Brandzone herumstocherten, während andere gemäß den Anweisungen des kommandierenden Offiziers die Flanken sicherten. Hueys und Cobra-Kampfhubschrauber schwebten über dem Gelände.

»Glaubst du, dass er abgehauen ist?«, fragte Donny nach einer Weile.

»Weiß nicht. Die Flammen müssten ihn eigentlich erwischt haben. Sechs oder sieben 20-Millimeter-Patronen könnten ihn in Fetzen gerissen haben, und das Feuer hat dann das restliche Fleisch von den Knochen gebrannt. Ich schätze, es könnte sein, dass er nicht mehr von der

Landschaft zu unterscheiden ist. Ich weiß es einfach nicht. Ich hab jedenfalls keine Blutspur gesehen.«

»Hätte das Feuer nicht das Blut verbrannt?«

»Möglich. Ich weiß nicht.«

»Ich bin ziemlich sicher, dass ich ihn getroffen habe.«

»Ich glaub's auch. Sonst wär ich jetzt tot. Ich werd dich für noch 'ne Medaille vorschlagen.«

»Ich hab nichts Besonderes getan.«

»Du hast mir den Arsch gerettet«, widersprach Bob. Er wirkte tatsächlich mitgenommen, als ob ihm heute aufgegangen wäre, dass er sterblich war. Donny hatte ihn noch nie so erlebt.

»Mann, ich könnt' heut Abend echt 'ne Flasche Bourbon gebrauchen«, schob der Sergeant hinterher. »Die hab ich echt nötig.«

Donny nickte. Er zweifelte nicht im Geringsten daran, dass er den weißen Scharfschützen erwischt hatte. In seinem Kopf spulte sich die Szene noch einmal ab: das Fadenkreuz über dem Kopf, das ruckartige Nachgeben des Abzugs, das Zucken des Mannes, als sei er getroffen worden, der in die Höhe schießende Hut, das davonfliegende Gewehr. Dann hatte er still gelegen. Aber das Gewehr war nicht in dem Bereich gefunden worden, in dem sich der Schütze seiner Erinnerung nach beim Abgeben des Schusses aufgehalten hatte.

Außerdem beschlich ihn eine beängstigende Ahnung, die er noch niemandem anvertraut hatte: Vielleicht hatte ihn seine verschwommene Sicht – die sich mittlerweile zunehmend normalisierte – dazu gebracht, falsch zu zielen und ein Phantom zu töten, nicht den Mann selbst. Er konnte sich nicht überwinden, es laut auszusprechen, aber der Gedanke erfüllte ihn mit schwärzester Furcht.

»Ich kann mir nicht vorstellen, wie er da rausgekommen

sein soll«, wiederholte Donny. »Das hätte keiner überstanden, keiner kann so viel Glück haben.«

»Überstanden hätte er's auf keinen Fall. Wenn er mittendrin war, dann ist er hinüber, da gibt's gar keinen Zweifel. Aber ... *war* er denn mittendrin?«

Die Frage stand im Raum und Donny konnte sie nicht beantworten. Er allein hatte den Scharfschützen gesehen. Aber nach der Verwüstung des Gebiets durch die Night Hag war es nicht mehr dasselbe gewesen: Es hing in Fetzen, geradezu ausgeweidet. Niedergedrücktes Gras, dichter Staub in der Luft. Danach waren die Trupps mit den Flammenwerfern angerückt und es hatte gebrannt und gebrannt. Dadurch ließ sich im Nachhinein nur schwer festmachen, wo genau er gewesen war und was er gesehen hatte.

»Tja, abwarten«, brummte Bob. »Heute Abend kommst du erst mal vorbei und wir trinken einen zusammen.«

Swagger war besoffen, und zwar so besoffen, dass die Welt ihm völlig sinnlos vorkam. So gefiel es ihm grundsätzlich am besten. Der Bourbon fühlte sich an wie die Hand der Krankenschwester, die sie ihm auf die Schulter gelegt hatte, als er mitten in der Nacht auf den Philippinen aufgewacht war. Dort war er in seiner ersten Einsatzzeit getroffen worden und hatte schwere Schäden im oberen Lungenbereich davongetragen. Die Krankenschwester hatte ihn angefasst und gesagt: »Schon gut, schon gut.«

Und jetzt sagte der Bourbon: »Schon gut, schon gut.«

»Beschissen gut«, plärrte Bob. »Das Allerbeste, scheiße noch mal.«

»Stimmt«, pflichtete Donny bei. Er rauchte eine riesige Zigarre, die er irgendwo aufgetrieben hatte. Es befanden sich noch andere im Raum: Brophy, Nichols von der CIA, Captain Feamster, der stets milde gestimmte Gunnery

Sergeant der Kompanie – im Wesentlichen der gesamte Führungszirkel der Feuerbasis Dodge City, der hier sturzbetrunken im Aufklärungsbunker hockte. Mick Jagger krähte aus einem Achtspurgerät seine Hymne an die *Satisfaction.*

»Tja, also wir können heute echt zufrieden sein«, fand Feamster, ein liebenswürdiger Profi, der es wohl nie zum Colonel bringen würde.

»Können wir, können wir«, bestätigte sein Führungsoffizier, der sicher mal zum General aufstieg, weil er grundsätzlich allem zustimmte, was ein Ranghöherer behauptete.

Ein paar andere Sergeants verzogen die Gesichter angesichts dieser Schleimerei, aber nur Swagger bekam es mit.

»Verdammt richtig«, stimmte er zu, damit die Offiziere verschwanden, und nach kurzer Zeit taten sie das auch.

Er nahm noch einen Schluck. Präriefeuer. Es knisterte. Ein Gefühl barmherziger Verschwommenheit. Die Welt steckte auf einmal voller Möglichkeiten.

Als Nächstes machte ihm Nichols seine Aufwartung. Der CIA-Beamte ging schüchtern zu ihm. »Heute war ein großer Tag, wissen Sie?«

»Wir haben aber keine Jagdtrophäe mitgebracht«, gab Bob zu bedenken.

»Oh, der Russe ist tot, so viel ist sicher. Niemand hätte das überleben können. Nein, ich spreche von dem Gewehr.«

Das Gewehr?, dachte Donny.

Ach ja. Das Gewehr.

»Haben Sie eine Ahnung, wie lange wir schon danach gesucht haben?« Nichols drehte sich zu Donny um, der an seiner Zigarre paffte, gerade einen Schluck Bourbon genoss und ihm ein dümmliches Grinsen als Antwort schenkte.

»Tja«, fuhr Nichols fort, »wir suchen danach seit 1958, als Jewgeni Fjodorowitsch Dragunow in den Ischmasch-Werken die Konstruktionspläne dafür gezeichnet hat.

Manche unserer Analysten hielten es damals für eine revolutionäre Erfindung. Andere meinten, es sei nichts Besonderes.«

»Sieht wie 'n Stück Russenschrott aus, würd ich sagen«, gab Bob zurück. »Ich glaub, die Typen wissen 'nen Scheiß darüber, wie man ein Präzisionsgewehr baut. Die haben keinen Townie Whelen, keinen Warren Page oder P. O. Ackley. Alles, was die haben, sind Traktorfahrer im Frack.«

Donny war nicht sicher, ob Swagger, aus welchen Gründen auch immer, den ernsthaften, ambitionierten Geheimdienstagenten zum Narren halten wollte oder nicht.

»Na, wie dem auch sei«, sagte Nichols. »Jetzt müssen wir nicht länger spekulieren. Jetzt werden wir's bald wissen. Und ist Ihnen klar, was das heißt?«

»Nein.«

»Hier gibt's nichts mehr. Dieser Mist ist endgültig vorbei. Für die Russen war das hier nie mehr als 'ne Möglichkeit, uns ausbluten zu lassen. Die haben nicht mal Dragunows nach Vietnam geschickt, so weit unten stand dieser Krieg auf ihrer Prioritätenliste. Sie hielten das Dragunow für wichtiger als Vietnam.«

Was er sagte, gefiel Swagger nicht. Seine Gesichtszüge verfinsterten sich. Aber der CIA-Mann bemerkte es gar nicht und quatschte munter weiter.

»Nein, Russland interessiert sich sehr wohl für Europa. Da sind die ganzen russischen Divisionen. Und wenn in den nächsten paar Jahren ihre Armee mit Dragunows ausgerüstet wird und danach die anderen Ostblockländer, was bedeutet das in taktischer Hinsicht für uns? Wie viel Präzisionsfeuer können die uns entgegensetzen, wenn sie vorrücken? Werden sie im großen Stil auf Scharfschützen setzen? Das hätte massive Auswirkungen auf unsere Formationen, unsere Truppenstärken, unsere Orientierung, unsere Beziehungen zu den Alliierten und auf die Stoßrichtung der

NATO-Politik in den nächsten paar Jahren. Verdammt, Sie haben es uns beschafft! Niemand kam an das Teil ran, keiner konnte eins kaufen, die waren nirgends zu finden, es sei denn, hinter Schloss und Riegel. Und der alte Bob Lee Swagger marschiert einfach raus in den bösen Busch und bringt eins heil mit zurück. Was für ein großartiger Tag!« Seine Augen strahlten selig. Dabei war er nicht mal betrunken.

»In diesem Moment wird es Express nach Aberdeen in Maryland geflogen, damit sie es im Army Weapons Lab gründlich testen können. Die werden das Teil so gründlich unter die Lupe nehmen, das können Sie sich nicht vorstellen. Die werden dieses Gewehr zum Singen bringen!«

»Da haben Sie sich ja 'n richtigen Orden verdient«, spottete Donny.

»Das ist ein Sieg für uns. Davon gab es in letzter Zeit nicht viele. Sie haben einen höllisch guten Job gemacht, Swagger. Ich werd dafür sorgen, dass das in Ihre Akte kommt. Ich werde veranlassen, dass ein paar Anrufe getätigt werden und die richtigen Leute davon erfahren. Sie sind ein Teufelskerl, mein Freund. Aber eins muss ich noch sagen. Sie müssen denen *wirklich* auf die Nerven gegangen sein, wenn die gewillt waren, Sie mit 'nem Dragunow anzugreifen. Mann, die wollten Ihnen ans Leder. Wenn Sie wollen, kann ich erklären, dass Ihre Expertise unverzichtbar ist, und Sie in den nächsten Flug nach Aberdeen setzen lassen, Sergeant, zu diesem Team. Nicht nötig, dass die Sie doch noch erwischen, wenn sie einen neuen Anlauf nehmen.«

»Ich hab noch ein paar Monate bis zur Abberufung, Mr. Nichols. Schon in Ordnung, danke.«

»Überlegen Sie's sich. Lassen Sie's sich durch den Kopf gehen. Sie könnten übermorgen zum Aberdeen-Testgelände abkommandiert werden. Baltimore? The Block?

Die hübschen Frauen dort? Blaze Starr? Verdammt hübsche Stadt. Da kann ein Mann 'ne Menge Spaß haben, wissen Sie. Viel besser als in Dodge City, I Corps, im beschissenen Vietnam!«

»Mr. Nichols, ich hab meine Dienstzeit verlängert und muss sie ableisten. Mir bleiben noch vier Monate und ein paar Tage bis zur Heimkehr.«

»Sie sind ein harter Knochen, Swagger. Der härteste. Einer vom alten Corps, vom alten Schlag, von den Besten. Na dann, danke, und Gott segne Sie. Sie sind echt klasse!«

Er zog sich zurück.

»Du solltest es tun«, riet Donny ihm.

»Klar, ich hol mir in Baltimore 'n Tripper und häng mit 'nem Haufen Soldaten mit langen Hippie-Haaren und ungeputzten Stiefeln 'rum. Nee, danke. Das ist nichts für mich.«

»Tja, wenigstens sind wir Helden.«

»Heute. In ein paar Stunden, wenn die wieder ausgenüchtert sind, haben sie alles vergessen. So sind die Leute vom Hauptquartier. 'n typischer Etappenhengst.«

Wieder nahm er einen tiefen Schluck aus der Whiskeyflasche.

»Sicher, dass du so viel trinken solltest?«

»Ich vertrag meinen Hochprozentigen. Das haben die Swagger-Jungs schon immer gekonnt.«

»Aber hallo, Mann.«

»Weißt du, ich will dir mal was sagen«, fuhr Bob nach einer Weile fort. »Dein Mädchen. Das ist wirklich die verdammt noch mal schickste Braut, die ich je gesehen hab. Du bist 'n echter Glückspilz.«

»Bin ich«, bestätigte Donny und grinste wie ein tollwütiges Äffchen. Er nahm einen tüchtigen Schluck Bourbon, zog an der Zigarre und stieß den Rauch aus, als sei es ein chemischer Kampfstoff.

»Hier, ich hab was, das ich dir zeigen will.«

»Ach ja?«

»Ja. Das Foto kennst du schon. Jetzt sieh dir das an.«

Er griff in seine Tasche, zog ein zusammengefaltetes Stück dickes Papier hervor und entfaltete es vorsichtig.

»Das war dieser Trig. Der war Künstler. Er hat das gemalt.«

Bob betrachtete es mit unsicherer Miene im flackernden Licht. Zeichenkarton, den jemand sehr sorgfältig von einem Block abgerissen hatte. Aber nicht das Material fiel Bob in erster Linie auf, sondern die Zeichnung selbst. Bob hatte nicht die geringste Ahnung von Kunst, aber wer auch immer dieser Typ war – er konnte was. Es war ihm wirklich gelungen, Donny mit ein paar Strichen festzuhalten; es sah fast so aus, als hätte er ihn geliebt. Man konnte eine Form von Anziehung spüren. Daneben hatte er das Mädchen skizziert. Die Gefühle des Künstlers für sie schienen komplizierter zu sein. Sie war schön, unermesslich schön. Einzigartig. Er spürte, wie ein kleiner Teil in ihm starb, weil ihm klar wurde, dass er so eine Frau nie haben würde. Das Schicksal hatte etwas anderes für ihn in petto. Er würde sein Leben lang allein sein, und wahrscheinlich war es ihm sogar lieber so.

»Verdammt schönes Bild«, erklärte Bob und gab es Donny zurück.

»Ja. Er hat sie echt gut eingefangen. Ich glaub, er war auch ein bisschen in sie verliebt. Jeder, der Julie sieht, verliebt sich auf der Stelle in sie. Ich hab so ein Glück.«

»Und weißt du was?«

»Nee.«

»Sie hat auch verdammtes Glück. Sie hat dich. Du bist der Beste. Ihr werdet daheim in der normalen Welt ein glückliches, wunderbares Leben führen.«

Bob hob die Flasche, nahm zwei tiefe Schlucke und reichte sie an Donny weiter.

»Du bist 'n Held«, stellte Donny fest. »Du wirst auch noch 'n tolles Leben haben.«

»Ich bin erledigt. Als du auf diesen Kerl geschossen hast, ist mir klar geworden: ›Du willst nicht hier sein, du willst leben.‹ Du hast mir mein Leben zurückgegeben, du Dreckskerl. Gottverdammt, ich bin niemandem was schuldig. Aber dir hab ich 'ne Menge zu verdanken, Partner.«

»Du bist besoffen.«

»Und wie. Und noch was muss ich dir sagen. Komm mal her und hör zu, Dicker, komm weg von diesen Bastarden von Berufssoldaten.«

Donny war geschockt. Er hatte noch nie gehört, dass Bob sich abfällig über die Berufssoldaten äußerte.

Bob zog ihn nach draußen.

»Da spricht jetzt nicht der Alkohol aus mir, okay? Ich spreche hier, dein Freund Bob Lee Swagger. Hier ist Sierra-Bravo. Kannst du mich hören, kommen?«

»Ich hör Sie, Sierra, kommen.«

»Okay. Hör zu. Ich hab mir das gut überlegt. Weißt du was? Der Krieg ist vorbei für uns.«

»Was?«

»Er ist vorbei. Ich sag's dir ganz klar. Wir gehen auf drei Missionen pro Woche, klar, aber wir gehen nirgends mehr *hin*. Wir marschieren nur bis zum Waldrand und bleiben da ein paar Tage. Wir schießen nicht, wir laufen nicht weit, unternehmen keine langen Märsche. Wir legen keine Hinterhalte. Nein, wir liegen nur im hohen Gras und ruhen uns aus, und dann kommen wir zurück, wie all die anderen Patrouillen. Denkst du, ich weiß nichts von dem Scheiß? Keiner in diesem Drecksloch führt noch Krieg, und auch keiner in Da Nang. Das S-2 in Da Nang kümmert das einen Scheiß. Captain Feamster kümmert's einen Scheiß. Das USMC HQ RSVN kümmert's einen Scheiß. WES PAC kümmert's einen Scheiß. Das USMC HQ Henderson Hall kümmert's einen Scheiß. Niemand will sterben, darum geht's hier. Es ist vorbei, und wenn wir jetzt noch draufgehen, haben wir einfach nur unser Leben weggeworfen. Für nichts. Hast du gehört? Wir haben unseren Teil beigetragen. Es wird Zeit, mal an uns selbst zu denken. Alles klar?«

»Ja, das machst du vielleicht so lange, bis ich hier rauskomme und in mein altes Leben zurückfliege. Direkt nach dem Start gehst du wieder allein raus, sammelst noch mehr Kills und tust deinen Job. Das wirst du müssen, weil die Schlitzaugen dann schon richtig beschissen dreist sein werden. Du wirst befürchten müssen, dass sie dieses Lager angreifen und all diese wertlosen Arschlöcher hier kaltmachen. Und dann wirst du für sie den Kopf hinhalten. Wenn das nicht die größte Verschwendung ist, die's je gegeben hat, dann weiß ich auch nicht.«

»Nein, werd ich nicht.«

»Doch, wirst du. Ich kenn dich.«

»Absolut keine Chance.«

»Na gut, ich mach mit, unter einer Bedingung.«

»Ich bin dein Sergeant. Du kannst mir keine Bedingungen stellen.«

»In diesem einen Fall schon. Also: Ich geh zu Nichols und sag ihm, dass du zu diesem Aberdeen-Team willst, aber vorher noch was zu erledigen hast und erst zu 'nem bestimmten Datum aufbrechen kannst. An dem Tag, an dem ich abberufen werde, fliegst du nach Aberdeen. Ist das nicht fair? Das ist fair! Wow, das ist fair, und genau so will ich, dass es läuft!«

»Du kleiner College-Klugscheißer, du Hippie-Bastard.«

»Ich geh ihn gleich holen. Okay? Ich will hören, wie du ihm das sagst, dann mach ich mit.«

Bobs Augen wurden schmaler.

»Du hast mich noch nie vorher übers Ohr gehauen.«

»Und aller Voraussicht nach werd ich das auch nie wieder. Aber, verdammt noch mal, heute Nacht schon. Ha! Reingelegt, Swagger! Endlich. Jetzt hab ich dich.«

Swagger spuckte auf den Boden, trank noch einen Schluck. Dann sah er Donny an und etwas Verrücktes passierte. Er lächelte.

»Geh schon und hol Mr. CIA.«

»Juhuu!«, schrie Donny und machte sich auf den Weg, um den Mann zu suchen.

Die Tage vergingen. Die Pioniere ruhten sich aus und behandelten die Mission wie einen Urlaub, eine Phase, um frischen Mut zu schöpfen, Briefe an die Angehörigen zu schreiben und ihre Vertrautheit mit politischen und patriotischen Grundsätzen aufzufrischen, die in der Hitze des Gefechts manchmal verloren gingen. Sie faulenzten im Tunnelsystem am Rand der entlaubten Zone, 2000 Meter vor Dodge City, und genossen die Annehmlichkeiten.

Nachts schickte Huu Co sie auf Patrouillen. Nichts Aggressives – er wollte einfach nur sicherstellen, dass die Amerikaner in Dodge City nichts ausheckten. Sein Befehl lautete: Keine Angriffe, nicht zu dieser Zeit. Also warteten und beobachteten die kleinen Männer in den graubraunen Uniformen einfach mit mönchsgleicher Geduld. Worauf warteten sie?

»Senior Colonel, die menschliche Nudel wird nicht zurückkommen. Kein Mann hätte das überleben können. Ich halte es für das Beste, wenn wir zum Basislager zurückkehren und eine neue Mission annehmen. Das Vaterland braucht uns.«

»Meine Anweisungen«, erklärte Huu Co seinem Sergeant, »stammen aus der höchsten Ebene der Regierung und sie lauten, dass wir unseren russischen Kameraden auf jede erdenkliche Weise unterstützen sollen. Wir bleiben so lange, bis ich entscheide, dass die Mission nicht mehr durchführbar ist.«

»Ja, Sir.«

»Lang lebe das Vaterland.«

»Lang lebe das Vaterland.«

Aber insgeheim plagten ihn Zweifel. Es stimmte: Kein Mann konnte einen Luftangriff mit diesen Schnellfeuerkanonen überstehen, vor allem aber konnte kein Mann das Feuer der amerikanischen Flammenwerfer überstehen – eine grausige Waffe, von der er fälschlicherweise angenommen hatte, sie würden sie nie gegen einen Angehörigen ihrer eigenen Rasse einsetzen.

Zwar war das sicherlich nicht sein Fehler, aber das Versagen hatte die Eigenschaft, sich auszubreiten und alle mit einem Makel zu behaften, die sich in der Nähe herumtrieben. Er hatte die Mission angeführt, war an der Planung beteiligt gewesen, hatte sie organisiert. War sein Herz nicht rein genug? War er immer noch mit dem westlichen Virus der Eitelkeit infiziert? Gab es einen charakterlichen Fehler, der ihn und nur ihn betraf und dafür sorgte, dass er kontinuierlich falsch urteilte und die falschen Entscheidungen zur falschen Zeit fällte?

Er widmete sich erneut dem Studium des Marxismus und der revolutionären Grundsätze. Er las Maos Buch zum 400. Mal, das von Lao-Tse bestimmt zum 1000. Mal, um Kummer und Angst durch das Studium zu betäuben.

Seine Augen verschlangen die starren Wortbündel, sein Geist mühte sich mit dem Erfassen ihrer tieferen Bedeutung ab, mit ihren Subtexten und Kontexten, ihren Verbindungen zu Vergangenheit und Gegenwart. Er war sich selbst ein harter Lehrmeister. Gnadenlos weigerte er sich, Schmerzmittel einzunehmen und die brennende Pein in der verkrüppelten Hand zu bekämpfen. Nur seine Träume verrieten ihn. In seinen Träumen wurde er zum Verräter.

Er träumte von Paris. Er träumte von Rotwein, von der Atmosphäre in der schönsten Stadt der Welt, seiner Jugend, der Hoffnung und Vorfreude auf eine glänzende Zukunft. Er träumte von verwinkelten Straßen, dem Geruch nach Käse und Gebäck, dem Geschmack von Gauloises und Pommes Frites. Er träumte von der imperialen Pracht dieser Stadt, ihrer Herrlichkeit, dem Selbstbewusstsein, das ihre Denkmäler ausstrahlten.

In einer dieser Nächte, als er sich auf seiner Pritsche hin und her wälzte und sein Unterbewusstsein überschäumte mit strahlenden Bildern aus Lautrec, wurden die Hände einer Hure, die ihn in ihr Bett ziehen wollte, zu den Händen seines Sergeants, der ihn wecken wollte.

Er richtete sich auf. Dunkelheit. Heruntergebrannte Kerzen. Der Mann führte ihn aus seiner Kammer durch Erdtunnel zur Kantine. Dort im Dunkeln hockte eine Gestalt, die sich über einen Tisch beugte und mit unglaublichem Appetit aß.

Der Sergeant zündete eine Kerze an und der Raum füllte sich flackernd mit schwachem Licht.

Vor ihm saß der weiße Scharfschütze.

KAPITEL 23

Sie lagen im hohen Gras oder in den Hügeln unter den wuchernden Bäumen und den Bambusrohren. Sie warteten, hielten Ausschau, gaben aber nie einen Schuss ab.

Ein Vietcong-Trupp geriet in ihre Schusszone: vier Männer mit AKs, die weiter nach Süden vordrangen. Sie boten leichte Ziele. Er hätte zwei erledigen können. Dann wären die beiden anderen ins hohe Gras geflohen; er hätte gewartet, bis sie wieder herauskamen und sie dann ebenfalls getötet. Aber weiter im Süden war nur die ARVN, also betrachtete Bob es als rein vietnamesisches Problem. Sollte sich doch die ARVN mit den Vietcong abmühen oder umgekehrt. Ein anderes Mal gab ein Steuereintreiber der Vietcong seine Tarnung auf und drehte seine Runde. Auch er war ein leichtes Ziel, geschätzte 140 Meter entfernt. Aber Bob sagte Nein. Der Krieg war vorbei für sie.

Wenn sie nicht gerade in einem Versteck lagen, lasen sie Spuren, suchten nach Anzeichen größerer Truppenverbände oder Einheiten, die sich für einen Angriff auf die Feuerbasis Dodge City positionierten, in deren unmittelbarer Umgebung sie patrouillierten. Aber da war nichts. Auf diesem kleinen Teil des I-Corps-Gebiets schien eine Art Bann zu liegen.

Die Landleute kamen wieder aus den Häusern und setzten ihre Arbeit auf den Reisfeldern fort, die Bauern beackerten die Hügel mit ihren von Ochsen gezogenen Pflügen. Die Regenzeit war vorüber. Vögel zwitscherten, von Zeit zu Zeit flatterte ein heller Schmetterling vorbei. Am Himmel zeigten sich nur selten Kondensstreifen. Beim Durchschalten der Frequenzen des PRC-77 merkte man, dass die Kampfhandlungen enorm nachgelassen hatten. Niemand schoss mehr auf irgendetwas.

Zwei Wochen später trafen neue Befehle für Bob ein, der zum Army Weapons Lab, dem Aberdeen Proving Ground in Maryland, abkommandiert wurde. Er sollte am Tag nach Donnys Abberufung aufbrechen. Feamster hatte erklärt, da seine Dienstzeit bald ablief, es kaum feindliche Aktivitäten gab und auch keine weiteren Anweisungen vom Bataillon vorlagen, müssten er und Donny nicht länger auf Patrouille gehen. Die beiden verkündeten, es trotzdem zu tun; nicht um zu töten, sondern um auf Anzeichen bevorstehender Angriffe zu achten. Es störte Feamster offensichtlich nicht. Er meinte nur, dass die Abgabe von Dodge City an ARVN-Streitkräfte kurz bevorstehe – man sprach dabei von ›Vietnamisierung‹. Die ganze Einheit wurde bald zurück in die Staaten berufen, egal wie viel nicht abgeleistete Dienstzeit den Soldaten noch blieb.

»Das ist 'ne echt coole Sache«, fand Donny.

Bob knurrte nur und spuckte auf den Boden.

Solaratov schlief zwei volle Tage durch. Dann stand er auf und traf sich mit Huu Co. Niemand erfuhr die Geschichte seiner Flucht. Er erstattete keinen offiziellen Bericht. Wie er überlebt hatte, wohin er gegangen war, was er durchlitten hatte – all das wurde nicht aufgezeichnet und niemand wagte es, ihn danach zu fragen.

Ein Sanitäter kümmerte sich um seine Verbrennungen, die schwer waren, ihn aber nicht behindern würden. Er beklagte sich nicht und zuckte bei der Behandlung nicht ein einziges Mal zurück. Seine körperlichen Schmerzen schienen nicht in sein Bewusstsein vorzudringen.

Er hatte eine Trophäe mitgebracht: seine Speznas-Feldmütze, ein schlaffes, beiges Etwas, das wie ein Barett aussah, aus dem man die Luft abgelassen hatte, oder wie eine amerikanische Matrosenmütze, die unter einen Panzer geraten war. Im linken oberen Bereich prangten zwei

Löcher – ein Einschussloch und eine ›Austrittswunde‹. Wie konnte ein Kopf so einen Schuss heil überstehen? Er äußerte sich nicht dazu. Stattdessen steckte er gern die Finger durch die beiden Löcher und winkte so den Pionieren zu, die daraufhin irritiert das Weite suchten.

Am Morgen, an dem er zu Huu Co ging, sagte er: »Diese Leute sind wirklich gut. Handwerklich gut, taktisch gut, sehr gute Planer. Beeindruckend.«

»Wie konnten Sie das überleben?«

»Da gibt es nichts Besonderes zu erzählen. Glück, List, Mut ... das Übliche. Jedenfalls habe ich nicht vor, die Mission aufzugeben.«

»Was brauchen Sie von uns?«

»Ich werde nie dicht genug herankommen, das weiß ich jetzt. Dazu kommt, dass ich zu meiner Schande meine Waffe verloren habe. Ich hoffe, dass sie durch die Flammen oder die Bordkanonen des Fliegers zerstört wurde.«

Er runzelte die Stirn. In seiner Profession galten Fehlschläge als inakzeptabel.

»Aber das spielt keine Rolle. Ich habe bestimmte Ansprüche an eine neue Waffe. Ich werde aus einer Distanz von über 1000 Metern schießen. Anders wird es nicht funktionieren, wenn ich nicht selbst sterben will, und das möchte ich gern vermeiden.«

»Unsere Büchsenmacher arbeiten mit Hingabe, aber ich bezweifle, dass wir eine Waffe haben, die ein solches Maß an Präzision bietet.«

»Ja, ich weiß. Ehrlich gesagt, wir auch nicht. Aber Sie haben doch sicher einen kleinen Vorrat amerikanischer Waffen, oder? Haben Ihre Geheimdienstleute kein entsprechendes Inventar? Für Guerillas ist es doch ein übliches Vorgehen, die Waffen des Feindes gegen ihn einzusetzen.«

»Ja.«

»Also, ich brauche eine ganz bestimmte amerikanische

Waffe. Sie muss innerhalb von zwei Wochen gefunden und hergebracht werden. Es muss exakt diese Waffe sein. Mit keiner anderen hätte ich eine Chance.«

»Gut.«

»Aber das ist noch nicht alles. Sie müssen außerdem die sowjetische Speznas-Einheit am Flugplatz benachrichtigen. Es wird nötig sein, dass sie bestimmte Komponenten von außerhalb Asiens beschaffen. Auch dabei geht es um ganz bestimmte Teile. Abweichungen müssen ausgeschlossen sein. Es gibt einen Ort, an dem so eine Liste in wenigen Sekunden abgearbeitet werden kann, und Sie werden sicher dazu in der Lage sein, es in die Wege zu leiten.«

»Ja, Kamerad. Ich ...«

»Verstehen Sie, es geht nicht nur um das Gewehr. Das Gewehr ist nur ein Teil des Systems. Es geht auch um die Munition. Ich werde Munition herstellen müssen, die diese Aufgabe erfüllen kann.«

Er reichte ihm eine auf Englisch verfasste Liste. Huu Co kannte weder den genannten Gewehrtyp, noch sagte ihm die Liste der ›Zutaten‹ etwas: eine Aneinanderreihung chemischer Formeln und wissenschaftlicher Angaben. Nur einen Begriff konnte er identifizieren, aber es besaß keine Bedeutung für ihn: MatchKing.

Der Scharfschütze arbeitete sorgfältig. Er studierte die Aufklärungsfotos des Gebiets, sprach noch einmal mit Huu Co über die Topografie, versuchte, die richtige Kombination von Elementen zu finden. Er arbeitete sehr, sehr gewissenhaft. Nachdem er Theorien aufgestellt hatte, überprüfte er sie. Nachts erkundete er das Gelände, tags-über hielt er sich im Gras verborgen, um alles zu erfahren, was es zu erfahren gab.

Diesmal näherte er sich der Basis nicht. Er bereitete sich auf einen Schuss aus sehr großer Entfernung vor und suchte nach einer geeigneten Schussposition. Schließlich fand er eine auf einem namenlosen Hügel. Seiner Schätzung nach lag dieser etwa 1400 Meter von der Basis entfernt, aber er bot den besten Blickwinkel in das Lager mit dem geringsten Höhenunterschied, der geringsten Anfälligkeit für Wind und dem besten Licht am frühen Morgen; der Zeit, in der es erledigt werden musste. Außerdem lag die Stelle unmittelbar nördlich des Punkts, an dem er seinen Feinden beim ersten Mal aufgelauert hatte – ein Risiko, aber ein kalkuliertes.

Solaratov ging davon aus, dass das amerikanische Scharfschützenteam schon aus Prinzip nicht die gleiche Route benutzte, auf der die Männer beim ersten Mal fast den Tod gefunden hatten. Aber die entgegengesetzte Seite zu wählen, wäre ihnen zu offensichtlich erschienen. Daher dürften sie das Lager für ihre Missionen nun entweder nördlich oder südlich der ursprünglichen Stelle verlassen. Seine Chance, ihnen zu begegnen, lag bei etwa 50 Prozent. In den Tagen, an denen er wartete, sah er sie dreimal den Außenposten verlassen. Sie waren winzige Punkte, so weit entfernt liefen sie. Sie sahen kaum wie Menschen aus.

1400 Meter. Ein höllisch weiter Schuss. Ein Schuss, den niemand wagen sollte. Oberhalb von 600 Metern gab es keinerlei Spielraum mehr für Fehler. Der Einfluss äußerer Faktoren stieg auf solche Entfernungen exponentiell an. Man brauchte dafür eine stärkere Patrone als das Dragunow 7,62 x 54. Eine stärkere Patrone als alle, die sowohl den Nordvietnamesen als auch den Amerikanern zur Verfügung standen. Denn im Krieg verließ man sich mittlerweile auf leichte, schnellfeuernde Waffen, die durch Feuerkraft, nicht durch Genauigkeit töteten.

Er verachtete diese Philosophie. Es war die Denkweise des gewöhnlichen, unbelehrbaren Mannes, nicht die eines Elitesoldaten, der bei seiner Vorbereitung sämtliche Variablen berücksichtigte und über außergewöhnliche Fähigkeiten verfügte. Heutzutage erforderte der Krieg keine besonderen Männer mehr, sondern gewöhnliche, die allerdings in Massen.

Solaratov lag auf dem Hügel und versetzte sich in den nötigen mentalen Zustand. Er musste ruhig werden, mit perfekter Klarheit sehen, sichere Urteile fällen. Zu bedenken waren der Wind, das Flimmern der Luft, die Temperatur, die Bewegungsrichtung der Ziele, die Geschossflugbahn, die Flugdauer, einfach alles.

Aus dieser Entfernung hatte das alles kaum noch etwas mit Gewehrschießen zu tun, eher mit Artilleriefeuer, da die Kugel in hohem Bogen durch die Luft fliegen und auf perfekt kalkulierte Weise absinken musste. Es gab gerade mal ein Dutzend Männer auf der Welt, die sich so einen Schuss zutrauen konnten.

Durch sein Fernglas bekam er mit, wie die Marines weit entfernt hinter ihrem Wall herumkrabbelten und sich abmarschbereit machten, zuversichtlich, dass der Krieg für sie so gut wie vorbei war. Und für zwei von ihnen traf das auch zu.

Dann endlich: das Gewehr. Es traf fast am Ende der veranschlagten zwei Wochen ein. Die Beschaffung war nicht leicht gewesen. Man hatte es als Trophäe im Volksmuseum des Großen Kampfes in der Innenstadt von Hanoi ausgestellt; Tausende von Schulkindern hatten es als Teil ihrer politischen Erziehung voller Abscheu besichtigt. Es demonstrierte den bösen Willen der Kolonialisten und Kapitalisten, der sie so große Anstrengungen auf sich nehmen ließ, um ein dermaßen teuflisches Werkzeug zu erschaffen. In dieser Funktion leistete das Gewehr tatsächlich großartige Dienste, und eine russische Intervention auf höchster Ebene war nötig gewesen, um es aus der Dauerausstellung zu entfernen.

Eine Spezialeinheit der Pioniere erhielt den Befehl, es

über den Pfad der Zehntausend Meilen zu Huu Cos kleinem Außenposten am Rand der entlaubten Zone der Feuerbasis Dodge City zu transportieren.

Der Russe zerlegte es in seine Bestandteile, denn der erste Schritt zum Verständnis eines Gewehrs bestand im Verständnis seines Funktionsprinzips. Er studierte das System, dessen Robustheit, die Höhen und Tiefen der Schrauben, die Verankerung der Stäbe, die Bauweise der Abzugsgruppe. Ein raffiniertes Kunstwerk, zwar nach amerikanischer Art technisch überzüchtet, aber raffiniert. Man hatte es auf krude Weise präziser gemacht, einen Mündungsfeuerdämpfer angebracht, das Verschlusssystem mit einer Fiberglasbettung ausgestattet und ein Stück Leder um die Schaftbacke gewickelt, um dem Schützen eine bessere Positionierung der Wange vor dem Zielfernrohr zu ermöglichen. Dieses verfügte nur über eine vierfache Vergrößerung, und Solaratov erkannte, dass es das schwächste Element des Systems darstellte. Es war parallel zum Lauf, aber nicht über dem Lauf angebracht, was zu einem Parallaxenproblem führen konnte, dessen man Herr werden musste.

Sein Hauptaugenmerk lag jedoch auf der Abzugsgruppe, einem Geflecht aus Federn und Hebeln, das sich komplett vom Systemkasten abnehmen ließ. Er demontierte es bis zur kleinsten Komponente und polierte sorgfältig jede Kontaktoberfläche, um eine präzisere Bedienbarkeit des Abzugs zu erzwingen.

Als das erledigt war, traf die Kiste mit Komponenten ein, die der sowjetische Geheimdienst geschickt hatte. Dieser Teil der Missionsausrüstung war am leichtesten zu beschaffen gewesen. Ein sowjetischer Spion musste schlicht in einen südkalifornischen Waffenladen hineinspazieren und die benötigten Teile mit Bargeld erwerben. Mit der Diplomatenpost waren sie dann in die Sowjetunion gelangt, von dort aus mit dem täglichen TU-16-Flug nach Nordvietnam.

Sie boten keinen aufsehenerregenden Anblick: Es handelte sich um Werkzeuge zum Wiederladen, die wie mysteriöse Stahlkammern aussahen, dazu grüne Schachteln mit Patronen, Pulverdosen mit DuPont IMR 4895 und Instrumente, mit denen man die Größe der Patronenhülse modifizieren, neue Zündhütchen einsetzen und das Geschoss wieder einführen konnte.

Solaratov wusste, dass keine Militärpatrone die Präzision bot, die er voraussetzte. Die Herstellung erforderte große Aufmerksamkeit für Details und sauberes Arbeiten.

Er unternahm mit dem ganzen Zeug einen Tagesmarsch nach Norden. Unbemerkt sowohl von Westlern als auch von Vietnamesen, abgesehen von einem Sicherheitsteam der Pioniere und dem stets neugierigen Huu Co, richtete er sich dort einen 1400-Meter-Schießstand ein. Er schoss auf zwei Nahziele – weiße Silhouetten, leicht zu sehen und im Gegensatz zu den echten Zielen am Tag der Mission nicht in Bewegung.

Das Zielfernrohr war klein und verfügte über ein total veraltetes Fadenkreuz: ein Punkt, klein wie eine Messerspitze, über einer einzigen horizontalen Linie. Noch dazu bot es nicht genug Höhe, um ihm zu ermöglichen, auf 1400 Meter zu treffen – beinahe das Dreifache der ausgewiesenen technischen Reichweite dieses Gewehrs. Dennoch war die von ihm hergestellte Patrone auf diese Distanz tödlich. Er feilte kleine Scheiben von Metallstücken ab, schob sie zwischen die Montageringe des Zielfernrohrs, um es höher zu stellen, und befestigte diese Konstruktion mit Flugzeugkleber, damit die Waffe während seiner Tests auf 1000 Meter präzise schoss.

Er arbeitete mit unendlicher Geduld, wirkte wie verloren in einer Welt, zu der niemand außer ihm Zugang fand. Er war auf fast absurde Weise weggetreten, schwebte beinahe in einem katatonischen Zustand. Sein Spitzname ›die menschliche Nudel‹ gewann zusätzlich an Komik, als er in diesen Zustand völliger Vagheit eintrat, der in Wahrheit ein Zustand totaler Konzentration war. Er schien nichts mehr um sich herum wahrzunehmen.

Schrittweise gelang es ihm, erste Schüsse ins Ziel zu bringen. Sobald alle Faktoren korrekt austariert waren, traf er regelmäßig, vor allem durch die Beherrschung des Abzugs, durch Atemtechnik und das Einnehmen einer stabilen Position auf dem Sandsack. Der Sandsack war wichtig: Er musste dicht gepackt und fest sein, damit er dem Vorderschaft genug Halt verlieh. Im Zuge unendlich geduldiger Mikroexperimente schälte sich langsam die präzise Harmonie zwischen Gewehr, Ladung und Konzentration des Schützen heraus, die seinen Erfolg zumindest möglich erscheinen ließ.

Schließlich ging er dazu über, die Pioniere die Zielscheibe über einem Wall hochhalten zu lassen, damit er sie nur für die eine Sekunde sah, die er sie auch im Einsatz zu sehen bekam. Er hielt sich dazu an, schnell zu feuern. Das Ganze lief äußerst zäh ab und erschöpfte zunehmend die Geduld der Pioniere, weil er darauf bestand, das Gewehr alle 16 Schüsse peinlich genau zu reinigen. Außerdem verlangte er, dass man alle abgefeuerten Patronen fand und in der gleichen Reihenfolge aufbewahrte, in der sie verschossen worden waren. Die ganze Zeit über kritzelte er fast unleserliche, pedantische Notizen in ein Büchlein.

»Für einen Scharfschützen ist er ein ziemlich öder Kerl«, merkte der Sergeant an.

»Sie wünschen sich einen romantischen Helden«, erwiderte Huu Co. »Er ist ein Bürokrat des Gewehrs, unendlich besessen von Mikroprozessen. So funktioniert sein Verstand.«

»Nur die Russen konnten so einen Mann hervorbringen.«

»Nein, ich glaube, die Amerikaner auch.«

Endlich kam der Tag, an dem der Russe seine zwei Ziele in der Abschusszone zweimal hintereinander innerhalb von fünf Sekunden traf. Am nächsten Tag gelang es ihm erneut, ebenso am Tag darauf, immer bei Sonnenaufgang, nachdem er die ganze Nacht über auf dem Bauch gelegen hatte.

»Ich bin bereit«, verkündete er.

KAPITEL 24

Die Sandsäcke waren das Schlimmste. Er ging mittlerweile beinahe abergläubisch mit ihnen um. Niemand durfte sie anrühren, weil er befürchtete, dass sich dadurch der Sand in ihnen verschob und ihre innere Dynamik unwiederbringlich verändert wurde.

»Die menschliche Nudel ist verrückt geworden«, raunte jemand.

»Nein, Bruder«, widersprach sein Kamerad. »Der ist schon immer verrückt gewesen. Wir merken es nur erst jetzt.«

Die Sandsäcke wurden gefüllt, als ob es sich dabei um seltene, lebensnotwendige Medizin handelte. Dann wurden sie zurück zum Tunnelsystem am Waldrand transportiert, während die ›menschliche Nudel‹ den Transport mit Argusaugen überwachte. Er ließ sie buchstäblich nie aus den Augen. Um Gewehr und Zielfernrohr, die in einem Koffer festgeschnallt und durch Schaumgummikugeln mehr oder weniger vor Erschütterungen geschützt waren, schien er sich weitaus weniger Sorgen zu machen als um die Säcke.

Ähnlich lief es auch bei seinem Training. Erst untersuchte er die Sandsäcke minutiös auf Risse oder Veränderungen der Füllmenge. Wenn er nichts fand, ließ er sie von den Pionieren vorsichtig an den Waldrand schleppen. Dort hatte er sich eine Art Geschirr gebaut – ein flaches Stück Holz, das sie ihm auf den Rücken binden sollten, sobald er auf dem Bauch lag. Daran wurden anschließend die Sandsäcke verschnürt.

»Ich hoffe, sie erdrücken ihn nicht«, murmelte Huu Co, der ernsthaft besorgt wirkte.

»Er könnte ersticken«, fürchtete sein Sergeant.

Niedergedrückt von über 40 Kilogramm Sand – zweimal

18 und einmal 4,5 Kilogramm – begann der Russe ganz langsam seinen langen Kriechweg zur Schussposition. Diese lag gut 2000 Meter vom Tunnelkomplex entfernt und weit vor der verbrannten Zone. Es dauerte sechs Stunden – sechs rückenbrechende, erniedrigende Stunden langsamen, stetigen Kriechens durchs Gras, wobei er nicht nur unter Rückenschmerzen, sondern aufgrund seiner völligen Hilflosigkeit auch unter bedrückender Angst leiden musste. Ein Mann unter 40 Kilogramm Sand, der mitten in feindliches Gebiet kroch. Was konnte lächerlicher, was erschütternder sein? Jeder Idiot mit einer Waffe hätte ihn töten können. Er hatte keine Energie mehr. Seine Sinne waren abgestumpft von den Schmerzen im Rücken und der Atemlosigkeit durch das drückende Gewicht der riesigen Säcke auf dem Rücken. Er kroch und kroch und kroch eine gefühlte Ewigkeit lang.

Irgendwie schaffte er es und kehrte kurz vor Einbruch der Morgendämmerung zurück, mehr tot als lebendig. Danach schlief er den ganzen Tag und den nächsten noch dazu, da sein Rücken immer noch schmerzte.

Am dritten Tag kroch er wieder los, diesmal mit seinem Gewehr und einigen seiner handgefertigten Patronen. Es fiel ihm nun schon deutlich leichter. Er erreichte den kleinen Hügel lange vor dem Morgengrauen und fand noch genug Zeit, um sich einzurichten.

Er lud das Gewehr, strengte sich an, irgendwie zur Ruhe zu kommen, sich in die Art von Trance zu versetzen, von der er wusste, dass er sie brauchen würde. Aber es gelang ihm nie vollständig. Er war angespannt und schreckhaft. Zweimal ließen ihn Geräusche zusammenzucken. Seine Fantasie spielte ihm Streiche: Er sah das große schwarze Flugzeug über sich und spürte, wie der Boden aufgerissen wurde, als es feuerte. Dann erinnerte er sich, wie verzweifelt er gekrochen war, halb verrückt vor Angst, während hinter ihm buchstäblich die Welt explodierte. Man konnte durch einen solchen Wahnsinn nicht hindurchkriechen; es gab kein ›hindurch‹. Er kroch und kroch. Die Explosionen dröhnten in seinen Ohren. Er hoffte, dass er die richtige Richtung gewählt hatte. Was war überhaupt die richtige Richtung?

»Wenn er da draußen ist, ist er jetzt tot«, hörte er einen Marine zu einem anderen sagen.

»Nichts wäre *da* durchgekommen«, stimmte der andere zu.

Sie waren so dicht! Nur drei Meter von ihm entfernt plauderten sie wie Büroangestellte in der Mittagspause.

Solaratov zwang seinen Geist, sich dem Nichts anzunähern. Er wurde wie ein Tier, hörte auf, bewusst zu existieren. Er atmete nicht mal mehr, jedenfalls nicht so, wie es ein normaler Mensch getan hätte. Sein Puls kam beinahe zum Erliegen, seine Körpertemperatur sank ab, die Augen mutierten zu Schlitzen. Er gab sich der Erde vollkommen hin, ließ sich in den Boden sinken, bewegte sich den ganzen langen Tag keinen Millimeter.

Marines liefen auf allen Seiten an ihm vorbei, einmal so nah, dass er ihre Dschungelstiefel vor sich sah. Er roch den beißenden Gestank von brennendem Benzin, wenn sie ihre Flammenwerfer einsetzten. Erst spürte er ihre Freude, als sie das Gewehr entdeckten, das er in Panik zurückgelassen hatte, dann ihren Ärger, als sie keinen leblosen Körper fanden. Aber der Körper, den sie suchten, befand sich genau hier, fast vor ihren Füßen, und er atmete noch!

Eine Bewegung!

Die blitzartige Regung holte ihn aus der Erinnerung in die Gegenwart zurück. Durch sein Fernglas realisierte er, wie sich im frühmorgendlichen Licht etwas hinter dem Wall bewegte, allerdings sehr weit entfernt. Das Gewehr lag fest verankert auf den Sandsäcken, auf Sand, der fast so dicht und unnachgiebig war wie Beton. Das Ende des Kolbens verkeilte sich ebenso fest in dem kleineren Sack. Er rutschte dahinter hin und her, passte seine Haltung dem Gewehr an, ohne es auch nur im Geringsten zu verschieben, weil es perfekt positioniert war. Dann legte er das Auge ans Okular.

Wieder eine Bewegung. Streckte da jemand seinen Kopf aus der Deckung?

Hoch, wieder runter, ein zweites Mal hoch, runter.

Sein Finger berührte den Abzug. Sein Herz hämmerte.

Nun endete die lange Jagd, nach so langer Zeit.

Nein.

Er sah, wie sie aufstanden, erst der Scharfschütze, dann der Aufklärer. Sie rollten sich über den fernen Wall aus Sandsäcken, sammelten sich in einem davor gelegenen Graben und machten sich auf den Weg.

Unendliches Bedauern erfüllte ihn.

Du hast dich nicht getraut zu schießen.

Nein, korrigierte er sich. *Du warst heute nicht dazu in der Lage. Du warst nicht konzentriert genug. Du hättest nicht getroffen.*

Es stimmte.

Es war besser, sie ziehen zu lassen und darauf zu hoffen, dass sich ihm bald eine neue Gelegenheit bot. Allemal besser, als sich zu hetzen und alles bisher Geleistete aufs Spiel zu setzen, all die Hoffnung und Verantwortung, die auf ihm lastete.

Nein. Du hast das Richtige getan.

Nicht mehr Monate. Nicht mehr Tage. Donny hatte nur noch einen Tag.

Noch einen weiteren Tag.

Und er musste ihn mit der Abwicklung der Formalitäten verbringen. Dann noch einmal aufwachen, bis der Helikopter um 8:00 Uhr eintraf, übermorgen. Um 8:15 Uhr flog er dann ab, diesmal mit ihm an Bord. Nach einer Stunde erreichten sie Da Nang. Um 16:00 Uhr wäre alles geregelt und bis zur Abenddämmerung saß er im Freiheitsflieger. 18 Stunden später durfte er die Ankunft in der Heimat genießen.

DEROS. Date of estimated return from overseas. Das Datum der Abberufung aus Vietnam. So viele hatten schon davon geträumt, darüber fantasiert. Für eine Generation, die man losgeschickt hatte, um eine Pflicht zu erfüllen, die sie nicht verstand und für die man sie im eigenen Land hasste, konnte es nichts Schöneres geben. Keine Paraden zwar, keine Denkmäler, keine Zeitschriftencover, keine Filme, niemanden, der sie als Helden bezeichnen würde. Aber mit *DEROS* bekam man sein eigenes kleines Stück vom Himmel. Man musste es sich hart verdienen, aber früher oder später war es so weit.

Was für ein Gefühl! Er hatte noch nie etwas Vergleichbares gespürt, so mächtig und einnehmend. Es fuhr ihm tief in die Knochen und berührte seine Seele. Keine andere Freude fühlte sich so rein an. Beim letzten Mal, nachdem er den Treffer kassiert hatte, waren da nur die Angst, der Schmerz und die langen Monate in einem beschissenen Krankenhaus gewesen. Kein *DEROS*.

Aber jetzt, in 24 Stunden: *DEROS*.

»Hey, Fenn?«

Er sah auf. Mahoney, der Rädelsführer der Anti-Swagger-Meuterei, unter dessen Schirmherrschaft ihm jemand gegen den Kopf getreten hatte.

»Oh, ja«, sagte Donny und stand von seinem Feldbett auf.

»Hey, hör mal, ich komm nur vorbei, um dir zu sagen, dass mir leidtut, was damals passiert ist. Du bist ’n netter Kerl. Ist ja noch mal gut gegangen. Geben wir uns die Hand?«

»Klar.« Donny hielt sich generell für nicht besonders nachtragend.

Er schüttelte dem anderen Lance Corporal die Hand.

»Wie geht's Featherstone?«

»Bei dem ist alles okay. Er hat noch 'n Monat und 'n paar zerquetschte. Dann fliegt er zurück in die normale Welt. Und ich auch. Na ja, zwei Monate und 'n paar zerquetschte, dann sitzt mein Arsch auch im goldenen Vogel.«

»Vielleicht musst du nicht mal mehr so lange durchhalten. Ich hab gehört, die ARVN wird Dodge City übernehmen und ihr kommt früher raus. Dann müsst ihr nicht mal auf euer *DEROS* warten.«

»Ja, hab ich auch gehört, aber ich verlass mich lieber auf nichts mehr, was vom Marine Corps kommt. Ich wart lieber auf die offizielle Abberufung. Wenn die kommt, hab ich's geschafft. Dann geht's zurück in die Stadt, nach New York, zum Big Apple.«

»Cool. Wird sicher 'ne gute Zeit für dich.«

»Ich würd dich ja fragen, wie sich das anfühlt, wenn man so bald rauskommt, und dir 'n Bier ausgeben. Aber ich weiß, du willst ins Bett, damit's schneller morgen wird. Die ganze Abwicklung und so.« Es galt als unumstößliche Regel in der Kompanie, dass niemand an seinem letzten Tag ins Feld geschickt wurde.

»Tja, du kannst mir dann ja mal in der normalen Welt 'n Bier kaufen, und dann lachen wir über die ganze Sache.«

»Machen wir. Du bleibst ja hier, oder? Du gehst morgen nicht mit Swagger raus?«

»Hm?«

»Du gehst morgen nicht mit Swagger nach draußen?«

»Was meinst du?«

»Ich hab gesehen, wie er mit Feamster, Brophy und ein paar Unteroffizieren im S-2-Bunker zusammengehockt hat. Als ob er auf 'ne Mission geschickt wird.«

»Scheiße«, fluchte Donny.

»Hey, halt bloß die Füße still. Wenn sie dich nicht fragen, musst du auch nicht gehen. Bleib einfach cool. Zeit, mit dem goldenen Vogel zurück ins Land von Milky Way, Honig und hübschen Bräuten zu fliegen.«

»Ja.«

»Peace, Kumpel.«

»Peace.« Mahoney duckte sich aus seiner Unterkunft.

Donny lehnte sich zurück und schielte auf die Uhr: 22:00. Er versuchte zu vergessen. Er versuchte zu entspannen. Alles cool, alles easy. Er hatte es geschafft.

Aber, scheiße noch mal, was führte Swagger im Schilde? Es nagte an ihm. Was lief da?

Es machte ihm zu schaffen.

Er kann nicht rausgehen. Er hat's versprochen.

Scheiße.

Er stand auf, verließ seine Unterkunft und überquerte das Gelände in Richtung des dunklen S-2-Bunkers. Dort fand er Bob, Feamster und Brophy vor, die sich über Landkarten beugten.

»Sir, bitte um Erlaubnis, einzutreten.«

»Fenn, was zum Teufel machen Sie hier? Sie sollten lieber die Ausrüstung überprüfen, die Sie morgen zurückgeben müssen«, herrschte Feamster ihn an.

»Hat das hier irgendwas mit Sierra-Bravo-Vier zu tun?«

»Sierra-Bravo-Vier fliegt in die normale Welt zurück, sonst läuft da gar nichts mehr«, behauptete Bob.

»Sieht mir eher nach 'ner Einsatzbesprechung aus.«

»Nichts, was mit dir zu tun hätte.«

»Das da ist 'ne Karte. Ich sehe Routenmarkierungen und eingezeichnete Koordinaten. Gehst du auf 'ne Mission, Sierra-Bravo?«

»Negativ«, widersprach Bob.

»Selber negativ.«

»Es ist nichts, verdammt noch mal. Jetzt schwing deinen Arsch hier raus, okay? Du hast noch Arbeit zu erledigen. Jetzt ist nicht die Zeit, um rumzualbern, auch wenn du nur noch einen Tag und eine Nacht hier bist.«

»Worum geht's?«, bohrte Donny nach.

»Nichts. Keine große Sache.«

»Sir?«

»Sergeant«, wandte Feamster sich an Bob, »Sie sollten's ihm sagen.«

»Nur 'ne mickrige Aufklärungsmission, mehr nicht. Ein Job für einen. Wir sind seit ein paar Wochen nicht im Norden gewesen. Die könnten dort eingedrungen sein, könnten es sich im Schutz der Bäume gemütlich gemacht haben, ein paar Klicks nördlich. Ich schlendre da bloß mal hin und schau nach, ob ich Spuren finde. Ein paar Klicks hin, ein paar zurück. Am Abend bin ich wieder da.«

»Ich komm mit.«

»Einen Scheiß wirst du. Du hast morgen genug mit der Abwicklung zu tun. *Keiner* geht an seinem letzten Tag ins Feld.«

»Das ist richtig, Fenn«, bekräftigte Captain Feamster. »Das sind die Kompanieregeln.«

»Sir, die Abwicklung dauert nicht länger als 'ne Stunde. Nur noch diese letzte Mission.«

»Gott«, ächzte Swagger.

»Sonst mache ich mir den ganzen Rückflug lang Sorgen.«

»Mann, kannst du es wirklich nie mal gut sein lassen? *Niemand* geht raus, wenn er nur noch 'n Tag übrig hat. Das ist 'ne Marine-Corps-Richtlinie.«

»'n Scheiß ist das. Ist doch dasselbe wie immer. Du brauchst 'n Typen, der für dich Ausschau hält und das Funkgerät bedient. Einen, der dich absichert, wenn's hart auf hart kommt.«

»Gott«, wiederholte Swagger. Er sah hilfesuchend zu Feamster und Brophy.

»Es ist eigentlich wirklich ein Job für zwei«, gab Brophy zu bedenken.

»Wenn wir gehen, dann richtig. Komplettes Marschgepäck, Claymores, das volle Programm. Ich hab keine Lust, am letzten Tag noch mit runtergelassenen Hosen erwischt zu werden.«

»Volles Programm, Rock'n'Roll, keine verdammten Kompromisse«, versicherte Donny.

»Seit wann schmeißt du hier eigentlich den Laden?«

»Ich mach nur meinen Job.«

»Du bist 'n sturer, durchgeknallter Mistkerl. Ich hoffe, dieses arme Mädchen weiß, mit was für 'nem Holzkopf sie sich da eingelassen hat.«

Donny stand in aller Frühe auf und stellte fest, dass Bob schon wach war. Er schlüpfte zum letzten Mal in seine Tarnuniform und setzte den Rucksack auf. Die Feldflaschen lagen bereit. Die Claymores lagen bereit. Die Granaten lagen bereit. Er bemalte sein Gesicht in den Dschungelfarben Grün und Braun. *Das ist das letzte Mal,* versicherte er seinem Spiegelbild. Er lächelte, ließ die weißen Zähne zwischen den Erdtönen aufblitzen.

Dann checkte er seine Waffen: der 45er – drei Magazine, das M14 – acht. Es war wie ein Ritual, das einer natürlichen Ordnung folgte. Man checkte erst die eine Sache, dann die nächste, dann alles noch mal von vorn. Bereit.

Er schlüpfte aus der Unterkunft und lief zum S-2-Bunker, wo Bob wartete, Kaffee schlürfte und sich vor der Landkarte leise mit Brophy unterhielt. Er war ähnlich ausgerüstet, abgesehen davon, dass er anstelle eines M14 die Remington-Büchse bei sich trug.

»Du musst nicht mitkommen, Fenn«, versuchte es Bob noch einmal.

»Ich komme mit«, bekräftigte Donny.

»Dann check deine Waffen und mach einen Funktest.«

Donny überprüfte sein M14, zog den Kammerstängel zurück, um eine Kugel in die Kammer zu laden, und ließ ihn vorschnellen. Er sicherte die Waffe. Dann nahm er den 45er und prüfte, dass das Magazin voll, aber die Kammer leer war, so wie Swagger wollte, dass er diese Waffe trug. Beim Check der Funkverbindung funktionierte alles einwandfrei.

»Okay«, sagte Bob, »die letzte Besprechung. Wir gehen hier hoch, in Richtung Hoi An. Unser Kurs führt gerade nach Norden, durch dichte Büsche und über einen Deich in den Reisfeldern. Um 10:00 Uhr sollten wir bei Hill 840 eintreffen. Dort beziehen wir Position und beobachten ein paar Stunden lang die Felder unten im Tal. Um 14:00 Uhr machen wir uns auf den Rückweg. Spätestens vier Stunden später sind wir wieder hier. Wir bleiben die ganze Zeit in PRC-Reichweite.«

»Klingt gut«, befand Brophy.

»Bist du mit allem fertig, Fenn?«, fragte Bob.

»Zu allem bereit, *semper fi* und so weiter«, bestätigte Donny. Als Letztes schnallte er sich das Funkgerät um und sorgte dafür, dass es richtig saß. Mit dem M14 in der Hand verließ er den Bunker. Morgenlicht färbte den Horizont ein.

»Ich will nicht den Nordausgang nehmen«, sagte Bob. »Nur für den Fall. Ich will unser Bewegungsmuster unterbrechen. Diesmal gehen wir nach Osten raus, genau wie beim letzten Mal. Wir haben uns bisher nie wiederholt. Wenn uns jemand beobachtet, rechnet er garantiert nicht damit.«

»Er ist weg vom Fenster, er ist tot. Sie haben ihn doch erwischt«, erinnerte Brophy.

»Ja, nun ja.«

Sie erreichten den Wall. Ein Wachmann kam vom nahe gelegenen Wachtposten zu ihnen.

»Alles klar?«, erkundigte sich Swagger.

»Sarge, ich hing die letzten paar Stunden am Nachtsichtfernrohr. Nichts zu sehen da draußen.«

Bob hob den Kopf über die Sandsäcke und spähte in die entlaubte Zone, die sich langsam mit dem Licht der aufgehenden Sonne füllte. Er konnte nicht viel erkennen. Die Strahlen blendeten ihn.

»Okay. Letzter Tag. Jagdzeit.«

Er legte sein Gewehr auf den Wall, zog sich hinüber, griff danach und rollte sich ab. Donny folgte ihm.

Wie viele Tage waren es jetzt? Vier, fünf? Er wusste es nicht mehr. Gestern, kurz vor der Mittagszeit, hatte er sich die letzten Wassertropfen aus der Feldflasche in die Kehle geschüttet. Er war so durstig, dass er das Gefühl hatte, sterben zu müssen. In der Nacht hatte er halluziniert: Er sah Männer, die er getötet hatte, sah Sydney, wo er die Goldmedaille gewonnen hatte, sah Frauen, die er gefickt hatte, seine Mutter, Afrika, Kuba, China ...

Ich dreh langsam durch.

Alles leuchtete neongrell. Seine Nerven lagen blank, sein Magen rumorte, er hatte Fantasien über das Verhungern. *Ich hätte mehr Proviant mitbringen müssen.* Sein niedriger Blutzucker führte dazu, dass er unkontrollierbare Zuckungen hatte.

Dies würde der letzte Tag sein. Er hielt es nicht länger aus.

Am Tag war es am schlimmsten. Es gab keinen Schutz vor der Sonne. Zwischen dem Rand seiner Mütze und dem Kragen hatte sie seine Haut bereits rot versengt. Seine Handrücken waren so stark angeschwollen, dass er kaum noch die Finger krümmen konnte.

Aber die Nächte liefen auch nicht viel besser: Es wurde kalt und er zitterte. Er hatte Angst, einzuschlafen, weil er dann den Aufbruch der Amerikaner verpassen konnte. Also blieb er nachts wach und schlief am Tag. Nur dass bei dieser Hitze an vernünftigen Schlaf nicht zu denken war. Die Insekten verschlangen ihn förmlich. Er bekam das Gefühl, diesen elenden Flecken blanker Erde im gottvergessensten Land der Welt nie mehr zu verlassen. Er konnte den eigenen Schmutz riechen und wusste, dass er sich jenseits der Grenzen von Zivilisation und Hygiene befand. Für diesen Job machte er das Schlimmste durch. Warum war er überhaupt hier?

Dann fiel es ihm wieder ein.

Ein Blick auf die Uhr: 6:00. Falls sie heute auf eine Mission gingen, brachen sie jetzt auf.

Müde hob er das Fernglas und spähte hindurch. Er kämpfte mit der Fokussierung und hatte nicht die Kraft, es ruhig zu halten.

Warum habe ich nicht die Gelegenheit genutzt, als ...

Eine Bewegung.

Er blinzelte ungläubig. Wie ein Jäger, der nach langer Verfolgung endlich seine Beute zu Gesicht bekommt, ergriff ihn das surreale Gefühl, einem Wunder beizuwohnen.

Da unten bewegte sich etwas, obwohl es bei diesem Licht schwer zu erkennen war. Es sah aus, als würden sich Männer von den Bunkern zum Wall begeben, aber er wusste es nicht genau.

Er legte das Fernglas weg, schob sich etwas nach links und rutschte hinter dem Gewehr hin und her, wobei er sich Mühe gab, es nicht von der Stelle zu bewegen. Er goss sich förmlich um die Waffe herum, legte sich halb auf den Sandsack, in den die Kante des Gewehrkolbens gestemmt war. Seine Finger fanden den Griff, er legte das Auge an die Zieloptik, spürte den Daumen am Wangenknochen.

Erst sah er nichts, aber einen Augenblick später fand er den Fokus.

Hinter dem Wall konnte er die Bewegungen einer kleinen Gruppe von Männern ausmachen.

Ein unerträglich weiter Schuss war das. Ein Schuss, den zu wagen kein Mann das Recht hatte.

Der Wind, die Temperatur, die Luftfeuchtigkeit, die Distanz, das Licht: Alles sagte ihm ›du kannst es nicht schaffen‹.

Und doch spürte er in diesem Moment eine unglaubliche Ruhe und Selbstsicherheit.

Seine Qualen lösten sich in Luft auf. Was immer auch in ihm steckte, das ihn zum Besten der Besten machte – es war jetzt voll da. Er fühlte sich stark und entschlossen. Die Welt hörte auf zu existieren. Nach und nach fiel alles von ihm ab, während er sich ganz dem Lichtkreis vor ihm widmete. Seine Position war perfekt, das rechte Bein leicht nach rechts gedreht, um dem Körper die notwendige Spannung zu geben. Sein *adductor magnus* war angespannt, aber nicht zu sehr. Seine Hände am Gewehr agierten kräftig und sicher, die Position des Auges am Fernrohr war perfekt, es trat keine Parallaxe auf, der Kolben presste sich fest an seine Schulter. Perfekt. Er kontrollierte die Atmung, stieß den Großteil der Luft aus und behielt nur einen kleinen Rest in der Lunge.

Fadenkreuz, dachte er.

Seine Aufmerksamkeit richtete sich auf dieses uralte Fadenkreuz, auf die Messerspitze, die sich kurz über der horizontalen Linie erhob, die den Lichtkreis teilte. Staunend sah er zu, wie ein Mann über den Wall stieg, wie ein Trugbild, das urplötzlich aus dem Boden gewachsen war. Mit Tarnfarbe bemalt und trotzdem selbst aus dieser Entfernung unzweifelhaft als Exemplar der seltenen Spezies zu identifizieren, der er selbst angehörte.

Er gab sich nicht den Befehl zum Schuss. Das konnte man ohnehin nicht tun. Man vertraute dem Gehirn, das die

Berechnungen vornahm; man vertraute den Nerven, welche die verarbeiteten Informationen durch ihre neuronalen Netzwerke schickten; man vertraute der Zeigefingerspitze, dem einzigen Teil des im Stillstand befindlichen Körpers, der reagieren musste.

Das Gewehr feuerte.

Die Flugzeit der Kugel: eine volle Sekunde. Aber sie würde das Ziel lange vor dem Knall erreichen.

Das Fernrohr zuckte. Das Verschlusssystem lud träge die nächste Patrone in die Kammer und kehrte in die Ausgangsstellung zurück, noch bevor der ganz in Grün gekleidete Mann zu Boden gesunken war.

Er wusste, dass der zweite Mann ihm wenig Zeit ließ. Um ihn zu treffen, musste ihm etwas beinahe Undenkbares gelingen. Er musste schießen, bevor er ihn sah. Schießen in dem sicheren Wissen, dass die Sorge um seinen Partner ihn aus der Deckung lockte. Dem Wissen, dass die Kugel schon auf dem Weg sein musste, bevor der Mann selbst einen Entschluss gefällt hatte.

Aber Solaratov kannte seinen Mann.

Er feuerte nur einen Sekundenbruchteil, bevor der zweite in Sicht kam, die Arme in höchster Verzweiflung ausgestreckt. Während er über den Wall stieg, legte die Kugel ihre parabelförmige Flugbahn zurück, stieg an und sank wieder ab, während der Mann sich hastig hinüberhievte. Genau in dem Moment, als er den Boden erreichte und zu seinem Partner laufen wollte, traf sie ihn. Er brach zusammen.

TEIL 3

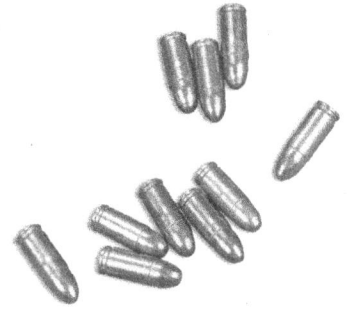

Jagdzeit in Idaho

Sawtooth Mountains,
im Frühjahr

KAPITEL 25

Die schwarzen Hunde waren überall. Nachts jaulten sie ihn an und hielten ihn vom Schlafen ab. Mit ihrem infernalischen Lärm suchten sie ihn in seinen Träumen heim. Sie sorgten dafür, dass er früh aufwachte. Mürrisch, verbittert und ausgelaugt.

Schöpften diese Träume aus bösen Erinnerungen an alte Zeiten? Oder hatten sie mit der allgemeinen Melancholie zu tun, die einen Mann befällt, der zu begreifen beginnt, dass er nie wieder sein kann, was er gewesen ist, bevor er die 50 überschritten hat? Wenn er erkennt, dass sein Körper, seine Sehkraft, seine Begabung und seine Kondition im Verfall begriffen sind? Oder speisten sie sich aus einer tiefen Quelle des Kummers, die man nicht mehr zum Versiegen bringen konnte, sobald sie einmal zum Sprudeln gebracht worden war?

Bob wusste es nicht. Er wusste nur, dass er wach lag und ihn wie üblich Kopfschmerzen plagten. Es dämmerte noch nicht, aber seine Frau Julie war bereits aufgestanden und in die Scheune gegangen, um die Pferde zu satteln. Sie hielt selbst während seiner schlechten Phasen an ihrer Routine fest. Früh reiten gehen, hart arbeiten, nie beklagen. Was für eine Frau! Wie er sie liebte! Wie er sie brauchte! Wie schlecht er sie behandelte!

Er fühlte sich verkatert, aber es war nicht real, nur ein post-alkoholischer Phantomschmerz. Seit 1985 hatte er keinen Schnaps mehr angerührt. Er brauchte ihn nicht. Beinahe anderthalb Jahrzehnte hatte er an den Alkohol verloren, außerdem eine Ehe, ein paar Freundschaften, die Hälfte seiner Erinnerungen, mehrere Jobs und einmalige Gelegenheiten. Das alles war seiner Sucht zum Opfer gefallen.

Kein Schnaps. Er konnte es schaffen. Jeder Tag war der Anfang vom Rest seines Lebens.

Gott, ich brauch einen Drink, dachte er heute, so wie er es jeden Tag dachte. Er sehnte sich so sehr danach. Bourbon war sein Gift, weich und knisternd. Harscher Rauch und herrliches Verschwimmen. Im Bourbon fand sich weder Schmerz noch Reue, auch keine bösen Gedanken. Nichts als der Wunsch nach noch mehr Bourbon.

Seine Hüfte tat weh. Nach vielen Jahren, die er fast schmerzfrei verbracht hatte, fing sie nun unerklärlicherweise wieder an, ihn zu nerven. Er musste damit zum Arzt und aufhören, sich mit Ibuprofen vollzustopfen. Aber irgendwie konnte er sich nicht dazu überwinden.

»Sie tut weh«, sagte seine Frau immer. »Das sehe ich. Du beklagst dich nicht, aber dein Gesicht ist ganz blass, du bewegst dich langsam und seufzt zu viel. Ich seh das. Du musst es dringend untersuchen lassen.«

Er reagierte so, wie er zur Zeit auf alles reagierte: mit einer säuerlichen Grimasse, einer wütenden Sturheit, dann mit einem eisigen Rückzug hinter das, was sie als ›Mauer der Bobheit‹ bezeichnete. Selbst in aller Öffentlichkeit konnte er sich in sich selbst zurückziehen, an einen Ort, zu dem niemand Zugang hatte, nicht mal seine Frau, die Mutter seines einzigen Kindes.

Er stand nackt unter der Dusche und fühlte, wie sein Herz hämmerte. Aber die Dusche reinigte ihn nicht. Als er herauskam, war der Schmerz noch genauso stark wie vorher. Er öffnete den Medizinschrank, holte drei oder vier Ibuprofen heraus und schluckte sie ohne Wasser runter. Es war die Hüfte. Ein dumpfer Schmerz, als ob er tief im Knochen säße. Er pochte und veranlasste weitere Schmerzherde in Knien, Kopf und Armen zum Brennen. Im Laufe der Jahre war er an so vielen Stellen getroffen worden, dass sein Körper einem einzigen Flickenteppich aus Narben glich – Zeugen dafür, dass er oft genug nur mit knapper Not davongekommen war und dabei nicht selten Glück gehabt hatte.

Er zog sich eine uralte Jeans, ein Holzfällerhemd und ein Paar gute, alte Tony-Lama-Schuhe an, seine ältesten Freunde. Dann ging er hinunter in die Küche, wo bereits heißer Kaffee bereitstand. Er goss sich eine Tasse ein. Der Fernseher lief.

Ein Bericht über Zwischenfälle in Russland. Da gab es diesen neuen Kerl, vor dem alle Angst hatten. Ein altmodischer Nationalist, hieß es. Wie die Zaren im 18. Jahrhundert handelte er nach dem Motto ›Russland über alles‹. Falls er an die Macht kam, dürfte die politische Lage mächtig wacklig werden, weil die dort immer noch so viele Raketen und Nuklearsprengköpfe hatten und nicht lange fackelten, damit auf amerikanische Städte zu zielen. In ein paar Monaten sollte es Wahlen geben. Die Welt machte sich Sorgen deswegen. Selbst sein Name klang furchterregend. Passion. Das klang nach gefährlicher Leidenschaft. Nein, nicht ganz – er hieß Pashin, Evgheny Pashin – der Bruder eines gefallenen Helden.

Das ließ Bobs Kopfschmerzen noch schlimmer werden. Er hatte Russland für besiegt gehalten. Amerika hatte die Russen in die Schranken gewiesen, ihre Wirtschaft zum Kollaps geführt. Sie hatten in Afghanistan ihr eigenes Vietnam erlebt, alles war in die Brüche gegangen. Aber jetzt kehrten die Russen in veränderter Gestalt zurück. Wie unfair.

Bob mochte die Russen nicht. Ein Russe hatte ihm vor all den Jahren in die Hüfte geschossen und damit seine Pechsträhne in Gang gesetzt. Bis vor Kurzem hatte er noch geglaubt, sie endlich los zu sein, aber dann steckte sie erbarmungslos wieder ihren hässlichen Kopf aus der Deckung.

Bob trank den Kaffee aus, schlüpfte in seine Arbeitsjacke,

setzte einen alten abgenutzten Stetson auf und verließ die helle warme Küche, um in die frühmorgendliche Kälte hinauszutreten. Wie bei einem alten Cowboy, der seinen letzten Viehtrieb hinter sich hatte, bedeckte ein grauer Stoppelbart die eingefallenen Wangen. Er fühlte sich betäubt, langsam, als ob sein Kopf voller Spinnweben und Gerümpel steckte.

Die Berge kamen gerade eben im zunehmenden Licht zum Vorschein. Ihr Anblick berührte ihn nach wie vor, wenn auch nicht besonders stark. Riesig, schneebedeckt, fern, unwissend ragten sie auf – bei Weitem ausgedehnter als die Berge von Arkansas, in denen er aufgewachsen war. Sie versprachen ihm das, wonach er verlangte: Einsamkeit, Schönheit, Freiheit. Der ideale Ort für einen Mann, der seine eigenen Wege ging und immer nur dann in große Schwierigkeiten geriet, wenn er sich mit anderen Männern abgab.

Er sah die Scheune, hörte das Schnaufen und Scharren der Pferde und wusste, dass Julie und Nikki für ihren morgendlichen Ausritt aufsattelten, ein Familienritual. Er war spät dran. Sein Pferd Junior würden sie auch satteln, sodass er im letzten Moment noch zu ihnen stoßen konnte. Er fand es nicht richtig. Um das Recht zu erwerben, ein Pferd zu reiten, sollte man es selbst satteln. Aber in diesen seltenen Momenten, wenn er scheinbar ruhig schlummerte, weckte Julie ihn nicht. Sie ahnte nicht, welche Albträume der Tiefschlaf für ihn bereithielt.

Er hielt nach seinen Feinden Ausschau. Die Landschaft war karg, hoch in den Bergen, aber noch eine gute Meile von der Schneegrenze entfernt gelegen. Auf den Weiden trottete das Vieh herum und graste. Meilen dichten Waldes und die schroffen Winkel der Bergpässe, die zwischen den Gipfeln der Sawtooth Mountains hindurchführten, dominierten das Bild.

Aber keine Reporter. Keine Agenten. Keine Fernseh-kameras, keine Hollywood-Idioten, gewiefte Schwätzer mit gepflegten Frisuren und Anzügen, die wie angegossen saßen. Er hasste sie. Sie fand er schlimmer als alles andere. Sie hatten ihn aus dem Leben vertrieben, das er so geliebt hatte.

Es hatte begonnen, als Bob auf das Drängen eines jungen Mannes hin, der ihn ein wenig an Donny Fenn, den ersten Mann seiner Frau, erinnert hatte, nach Arkansas zurück-gekehrt war. Er wollte dort die Umstände aufklären, unter denen im Jahr 1955 sein Vater Earl Swagger ums Leben gekommen war. Die Angelegenheit war schnell heikel und kompliziert geworden. Einige Leute wollten ihn an den Nachforschungen hindern und hatten ihn zum Schießen gezwungen.

Niemand hatte je Anklage gegen ihn erhoben, weil keine konkreten Beweise existierten und niemand in Polk County gern mit Fremden sprach. Aber irgendein Schmierblatt hatte Wind von der Sache bekommen, ihn mit einer Reihe anderer unerfreulicher Ereignisse ein paar Jahre früher in Verbindung gebracht und ein Foto von ihm und seiner Frau Julie geschossen, als sie einige Monate später aus einer Kirche in Arizona herauskamen.

Als er am Mittwoch darauf aufwachte, erfuhr er aus der Zeitung, dass er ›Amerikas tödlichster Mann‹ sei, der ›wieder zugeschlagen‹ habe. Überall, wo der ehemalige Marine-Scharfschütze Bob Lee Swagger auftauchte, starben Menschen, behauptete das Blatt. Dabei bezog es sich auf eine Schießerei auf einer Straße, bei der zehn Männer ums Leben gekommen waren, allesamt Schwerver-brecher. Hinzu kamen die mysteriösen Tode dreier Männer in einem abgelegenen Wald. Einer von ihnen war Army-Scharfschütze gewesen. Die Zeitung erinnerte daran, dass er einige Jahre zuvor für kurze Zeit im Fall der Erschießung eines salvadorianischen Erzbischofs in New Orleans zum

Kreis der Verdächtigen gehört hatte. Danach ließ die Regierung die Anschuldigungen gegen ihn aus ungeklärten Gründen fallen. Er habe sogar die Witwe seines Kumpels aus Vietnam geheiratet, hieß es weiter.

Die *Time* und die *Newsweek* griffen das Thema auf. Für ein paar Wochen hatte Bob die schlimmste Form von Popularität erlangt, die dieses Land zu bieten hatte: Er wurde von Reportern auf Schritt und Tritt mit Kameras und Mikrofonen belagert. Offenbar vertraten viele die Ansicht, dass er ein Vermögen hortete, dass er Staatsgeheimnisse kannte, glamourös und sexy war und ein Naturtalent zum Töten besaß. Aufgrund irgendeines seltsamen Trends, der in den USA gerade umging, stufte man ihn deshalb als ›heiß‹ ein.

Hier war er nun also, auf einer Ranch, die dem Vater seiner Frau als Kapitalanlage diente. Er lebte im Wesentlichen von Almosen und besaß keinen Penny, abgesehen von seiner mickrigen Rente. Wie er zu Geld kommen sollte, wusste er nicht. Die Zukunft lag ungewiss und finster vor ihm. Der Frieden und das anständige Leben, das er geführt hatte, waren Geschichte.

Wo soll ich bloß Geld herbekommen? Meine Rente reicht hinten und vorne nicht, verdammt. Obwohl sie es nie offen zur Sprache gebracht hatte, war er davon überzeugt, dass seine Frau insgeheim hoffte, er werde eines Tages den einzigen Vorteil ausnutzen, den er hatte: nämlich seine ›Story‹ zu Geld zu machen, von der viele glaubten, sie sei Millionen wert.

Er ging auf die Scheune zu, während die Sonne den Himmel über den Bergen langsam rot einfärbte. Auf halbem Weg zwischen den Gebäuden holten die schwarzen Hunde ihn ein und fielen über ihn her. Seine ganz private Bezeichnung für diese Gemütslagen, in denen er sich für einen wertlosen Versager hielt, der alles, was er anfasste, in

404

Scheiße verwandelte. Dass er den zwei Menschen schadete, die er mehr als alles andere liebte. Dass alles, was er getan hatte, ein riesiger Fehler gewesen war, jede einzelne Entscheidung falsch, und dass die Leichen seiner Begleiter seinen Weg pflasterten.

Die Hunde kamen schnell und aggressiv. Sie gruben ihre Zähne in ihn hinein. In Sekundenschnelle stand er nicht mehr vor der Scheune, im Schatten der Berge, über denen eine rote Sonne aufging, um der Welt das Licht und die Hoffnung eines neuen Tages zu bescheren. Er fand sich an einem anderen, nasskalten, fauligen Ort wieder. Hier bestand die Landschaft aus den Mustern seiner eigenen Verfehlungen und außer seinem Whiskey gab es keine Zuflucht für ihn.

»Das ist aber schön, dass Sie sich auch noch zu uns gesellen, Mister«, rief Julie gut gelaunt.

Er betrachtete seine Frau, ihr Lächeln, das ihn immer noch blendete, obwohl jetzt eine Spur von Angst darin lag. Zuerst hatte er sie auf einem in Zellophan gewickelten Foto gesehen, das ein junger Mann in Vietnam in seinem Boonie-Hut mit sich herumgetragen hatte. Vielleicht hatte er sich in diesem Augenblick in sie verliebt. Vielleicht hatte er sich auch erst in sie verliebt, nachdem dieser junge Mann gestorben war und sie der einzige Teil von ihm gewesen war, der weiterlebte. Aber es hatte noch lange Jahre gedauert, viele davon vom Whiskeynebel verschleiert, bis er ihr schließlich begegnete. Durch die seltsamen Wendungen, die sein Leben stets zu nehmen schien, war er der Glückspilz, der ihr zweiter Ehemann wurde. Aber jetzt ... glitt ihm auch das bereits aus den Händen?

»Daddy, Daddy«, rief die acht Jahre alte Nikki. Sie rannte zu ihm und klammerte sich an sein Bein.

»Howdy, Schätzchen, wie geht's meinem Mädchen denn heute Morgen?«

»Oh, Daddy, du weißt doch. Wir reiten hoch zum Widow's Pass und schauen zu, wie die Sonne über dem Tal aufgeht.«

»Das machen wir *jeden* Morgen. Vielleicht sollten wir uns mal 'ne neue Stelle suchen.«

»Schatz«, meldete Julie sich zu Wort, »sie mag die Aussicht doch so.«

»Ich mein ja nur«, erwiderte Bob, »dass was anderes mal nicht schlecht wäre. Egal. Nicht so wichtig.«

Es hatte schärfer geklungen, als er es gewollt hatte. Warum nur? Julie warf ihm wegen der rauen Entgegnung einen verletzten Blick zu. Er dachte: *In Ordnung, hab ich wohl verdient.* Er hatte sich wieder unter Kontrolle, alles gut, es ging ihm gut, es war ...

»Ich hab schon langsam die Schnauze voll davon, an jedem verdammten Morgen zur gleichen verdammten Stelle zu reiten. Wisst ihr, es gibt auch noch *andere* schöne Stellen, zu denen man reiten könnte.«

»Schon gut, Bob«, gab sie zurück.

»Ich meine, wir können dahin, kein Problem. Möchtest du, Schätzchen? Wenn du das unbedingt willst, von mir aus.«

»Ist mir egal, Daddy.«

»Gut. Dann reiten wir da eben hin.«

Wer redete da? Er selbst. Warum klang er so wütend? Woher dieser Zorn? Was stimmte nicht mit ihm?

Aber dann riss er sich erneut zusammen, alles in Ordnung. Er ...

»Und wieso zum Teufel reitet sie eigentlich einen englischen Sattel? Willst du sie zu so 'ner schicken Person erziehen? Willst du, dass sie bei so 'ner billigen Show auftritt, wo sie 'ne rote Jacke und 'n Helm trägt und die ganzen Schwuchteln klatschen und die reichen Leute Champagner schlürfen? Damit sie erfährt, dass ihr alter

Herr, der nicht so gut reden kann und immer so viel flucht, nicht mit diesen Leuten, die englische Sättel reiten, mithalten kann? Weil er bloß 'n altes Landei aus 'nem Kaff in Arkansas ist? Ist es das, was du willst?«

Er war laut geworden. Es war so schnell über ihn gekommen, so grob, einfach herangeweht wie eine Sturmböe aus mörderischer Wut. Warum wurde er in letzter Zeit so schnell sauer? Es machte ihn krank.

»Bob«, antwortete seine Frau Julie betont langsam und mit falscher Freundlichkeit, »ich möchte nur ihren Horizont erweitern. Ihr ein paar Möglichkeiten bieten.«

»Daddy, ich reite *gern* englisch. Man macht mehr mit den Beinen als mit den Steigbügeln. Man tut dem Pferd nicht weh.«

»Tja, vom Englischreiten hab ich keine Ahnung. Bin ja nur 'n Polizistensohn aus 'nem Provinznest in Arkansas. Ich bin nicht aufs College gegangen, sondern zum Marine Corps. Keiner hat mir was geschenkt. Wenn ich seh, wie sie so reitet ...«

Er polterte noch etwas weiter, während Julie immer kleiner wurde und Nikki anfing zu weinen. Seine Hüfte tat weh, er hatte Kopfschmerzen, Junior scheute.

»Ach, scheiß drauf!«, rief er. »Was macht das denn noch für 'n Unterschied?« Und damit stürmte er ins Haus zurück.

Er hatte den Fernseher angelassen und setzte sich jetzt davor, um seiner Wut noch etwas nachzuhängen. Er fand alles so fürchterlich unfair. Warum konnte er nicht richtig für seine Familie sorgen? Was hätte er anders machen sollen? Was sollte er tun?

Nach einer Weile drehte er sich um und sah, wie die beiden losritten, durch das Zauntor in Richtung Widow's Pass.

Gut, in Ordnung. Sollten sie doch. Allein war er besser dran. Er wusste, wohin er gehen wollte. Nach wie vor voller

Zorn stand er auf. Obwohl es noch früh war, ging er in den Keller. Er hatte geplant, sich dort unten eine Werkstatt einzurichten, in der er für die nächste Jagdsaison Patronen wiederladen und an ein paar Ideen für selbst gebastelte Ladungen arbeiten konnte – neue Methoden, aus alten Standardkalibern mehr Wumms herauszuholen. Aber irgendwie hatte er nie die notwendige Energie aufgebracht. Er wusste ja nicht, wie lange sie noch hierblieben, wusste nicht, ob ...

Er ging zur Werkbank, auf der ein früherer Bewohner einen Satz alter, rostiger Werkzeuge und Nägel hinterlassen hatte, und griff an die Rückseite, um sich zu nehmen, was dort aufbewahrt wurde. Eine Halbliterflasche Jim Beam, sanft gewölbt wie eine Claymore, mit schwarzem Etikett und weißer Aufschrift.

Die Flasche besaß Gewicht und Festigkeit – sie fühlte sich wie etwas Ernstzunehmendes an, wie eine Waffe. Er wog sie in der Hand, ging zur Treppe und setzte sich. Der Keller roch nach Fäulnis und Feuchtigkeit, denn es war eine feuchte Gegend, im Winter verschneit und im Frühling überschwemmt. Er hatte so viel Zeit auf trockenem Land verbracht, dass ihm das alles neu vorkam. Diesen Geruch empfand er als unangenehm: Schimmel, ständige Nässe.

Er hielt die Flasche in der Hand und musterte sie sorg-fältig. Bei der kleinsten Neigung schwappte der Inhalt hin und her wie das Meer vor China Beach, wo er sich das eine oder andere Mal eine Auszeit genommen hatte. Aber er wusste nicht mal mehr, in welcher seiner drei Einsatzzeiten das gewesen war.

Seine Hand legte sich um den Drehverschluss der Flasche, die noch versiegelt war. Die kleinste Drehung genügte, um sie zu öffnen; weniger Kraft, als er gebraucht hätte, um einen Mann mit einem Gewehrschuss zu töten, was er schon so oft getan hatte.

Aufmerksam schaute er sich den Behälter an. Er schüttelte ihn leicht, spürte das Schwappen der Flüssigkeit. Klar und karamellbraun. Sie lockte ihn.

Ja, tu es. Ein Schluck, um dem Schmerz etwas die Spitze zu nehmen, die bösen Bilder zu vertreiben, die Sorgen über Geld und aufdringliche Reporter und Fernsehkameras zu betäuben. Um dich in dein heiliges, ureigenes Reich voller Unschärfe, Schwanken und Lachen zurückzuziehen, in dem man sich nur an das Gute erinnert.

Er wollte auf die Verlorenen trinken. Auf die Jungs, die toten Jungs von Vietnam, auf den armen Donny. Er wollte auf das trinken, was Donny passiert war, auf den Donny, der ihn ständig heimsuchte. Darauf, wie er Donnys Frau geheiratet und sein Kind gezeugt hatte, wie er alles getan hatte, um Donny wieder zum Leben zu erwecken, um dafür zu sorgen, dass er auf dieser Welt blieb.

Ja, er wollte auf Donny trinken und auf all die Jungs, die in Vietnam einen frühen Tod gestorben waren, um den Kommunismus aufzuhalten.

Oh, wie die Flasche ihn zu sich rief.

So ein Mist! Ich hab eine Frau und eine Tochter, die ohne mich da draußen in den Bergen sind. Ich sollte besser zu ihnen. Das ist immerhin etwas, das ich noch tun kann.

Er legte die Flasche zurück und stieg die Treppe hinauf. Seine Hüfte schmerzte, aber er dachte sich: *Scheiß drauf.* Er machte sich auf den Weg zur Scheune, zu seinem Pferd, zu seiner Frau und seiner Tochter.

KAPITEL 26

Sie ritten die Wiese hinauf, fanden den Pfad zwischen den Kiefern und folgten ihm ununterbrochen bergauf. Ein kühler Wind wehte, wenn auch nicht wirklich kalt, und die Sonne, die im Osten über den Bergen stand, versprach Wärme für den späteren Tag.

Julie schlang den Mantel enger um sich. Sie versuchte, nicht mehr an den Streit zu denken, an ihre Wut auf ihren Mann und das, was aus ihrem Leben geworden war. Ihre Tochter, die bessere Reiterin der beiden, galoppierte fröhlich vorneweg und schien die hässliche Szene in der Scheune bereits vergessen zu haben. Nikki ritt so gut. Sie hatte ein Talent dafür, eine natürliche Gabe für den Umgang mit Pferden. Am glücklichsten war sie, wenn sie mit den Tieren in der Scheune sein durfte, sie pflegte, fütterte und wusch.

Aber auch Nikkis Fröhlichkeit schien nicht ganz unge-trübt zu sein. Als sie sich dem Waldrand näherten, hinter dem der Ritt über die Hochebene nach Widow's Pass und die Aussicht über das Tal warteten, ließ sie sich zurück-fallen, bis sie neben ihrer Mutter ankam.

»Mommy? Ist Daddy krank?«

»Ja, das ist er.«

»Wird er denn wieder gesund?«

»Dein Vater ist so stark wie zehn Pferde und hat sich in seinem langen, harten Leben schon vielen Feinden gestellt und sie besiegt. Diesen wird er auch noch besiegen.«

»Und was ist das für einer, Mommy?«

»Eine schreckliche Krankheit, die man posttraumatische Belastungsstörung nennt. Es hat was mit dem Krieg zu tun, in dem er gewesen ist. Er war in schwere Kämpfe verwi-ckelt und viele gute Freunde von ihm sind getötet worden.

Er hat es geschafft, das alles hinter sich zu lassen und uns ein sehr schönes, glückliches Leben zu ermöglichen. Aber manchmal gibt es Sachen, die er nicht einfach wegscheuchen kann. Das ist dann, als ob ein schwarzer Hund aus dem geheimen Teil seines Gehirns ausbricht. Er bellt, er beißt, er greift an. Seine alten Wunden tun weh, aber er erinnert sich auch wieder an Einzelheiten, von denen er glaubte, er hätte sie vergessen. Er kann nicht schlafen. Er ist die ganze Zeit wütend und weiß nicht, woran es liegt. Aber er hat dich sehr, sehr lieb. Egal was passiert und wie er sich verhält, er hat dich sehr lieb.«

»Ich hoffe, es geht ihm bald besser.«

»Es wird ihm wieder besser gehen. Aber er braucht unsere Hilfe, und auch die Hilfe von einem speziellen Arzt. Er wird das irgendwann verstehen und sich Hilfe suchen, und dann kommt er wieder in Ordnung. Aber du weißt ja, was für ein sturer Kerl er ist.«

Schweigend ritten sie weiter.

»Ich mag's nicht, wenn er dich anschreit. Das macht mir Angst.«

»Er schreit eigentlich gar nicht mich an, Schatz. Er schreit die Männer an, die seine Freunde getötet haben. Und die Männer, die ihn in diesen Krieg geschickt und sich hinterher einfach aus der Affäre gezogen haben. Er schreit wegen all der armen Jungs, die umgebracht worden sind und nie zurückkehren konnten, um das Leben zu leben, das sie verdient hätten. Die Menschen, die vergessen worden sind.«

»Er liebt dich, Mommy.«

»Ich weiß, Schatz. Aber manchmal ist das nicht genug.«

»Er wird wieder gesund.«

»Das glaub ich auch. Er braucht unsere Hilfe, aber vor allem muss er sich selbst helfen, muss sich Medikamente verschreiben lassen. Und er muss eine Möglichkeit finden, etwas aus seinen sehr speziellen Fähigkeiten und seinem Wissen zu machen.«

»Ich kann Westernreiten. Das macht mir nichts aus.«

»Ich weiß. Darum geht's eigentlich gar nicht. Es geht darum, wie wütend er aus Gründen ist, auf die er keinen Einfluss hat. Wir müssen ihn einfach lieb haben und hoffen, dass er einsieht, wie wichtig es ist, sich Hilfe von anderen zu holen.«

Sie hatten die Bäume jetzt hinter sich gelassen. Die Hochebene lag verlassen da, übersät von Felsen und hier und da mit primitiven Formen von Vegetation bedeckt. Vor ihnen, im Schatten der schneebedeckten Gipfel, lag jene Senke zwischen den Bergen, die man Widow's Pass nannte. Dahinter, nach einer längeren Strecke über staubige Felsen und zerklüftete Hänge, kam ein Felsvorsprung, der einem den Blick auf alle Schönheit der Welt erlaubte. Julie liebte diese Stelle, und Nikki und Bob liebten sie auch. Sie ritten fast jeden Morgen hierhin. Der ideale Start in einen neuen Tag.

»Oh, wir sind da, Schätzchen. Sei vorsichtig.«

Der Pfad war tückisch, aber Julie sprach eher mit sich selbst als mit ihrer geschickten Tochter, bei deren Pferd es sich um das athletischere der beiden Tiere handelte.

Die Anspannung in ihr wuchs. Sie wünschte, ihr Mann wäre bei ihr. Warum hatten sie den Ausritt heute bloß ohne ihn gemacht?

Nikki lachte.

Als er das Geräusch hörte, war der Scharfschütze weder erschrocken noch überrascht. Nicht zum ersten Mal lauerte er hier in der Dämmerung auf seine Ziele. Er wusste, dass sie kommen mussten, früher oder später, und nun war es so weit. Es löste in ihm weder Zweifel noch Reue aus, überhaupt nichts. Es bedeutete nur: Zeit, an die Arbeit zu gehen.

Ein Lachen, mädchenhaft und hell. Es wurde von den steinernen Wänden des Canyons reflektiert, schwirrte aus den Schatten einer kleinen Schlucht fast 1000 Meter weit durch die dünne Luft zu diesem hohen Punkt hinauf.

Der Scharfschütze schüttelte die Finger, um sie aufzuwärmen. Seine Konzentration stieg noch ein wenig. Er zog das Gewehr mit einer fließenden Bewegung heran, in der die Übung Hunderttausender Schüsse aus Training und Missionen steckte.

Wie von selbst hob sich der Gewehrschaft an die Wange. Während eine Hand zum Kolbenhals schnellte, stützte die andere den Vorderschaft. Sein Arm trug das Gewicht des leicht angehobenen Oberkörpers und baute eine Knochenbrücke bis zum Stein, auf dem er lag. Er fand den idealen Haltepunkt, eine Platzierung der Wange am Schaft, die den perfekten Augenabstand zum Zielfernrohr bot, damit das kreisrunde Zielbild so hell und klar wie eine Kinoleinwand vor ihm erschien. Er winkelte ein Knie an, um die Körperposition durch Muskelspannung zu stabilisieren, wie er es gelernt hatte.

Das Kind. Die Frau. Der Mann.

»Hey!«

Als sie sich in Richtung der Stimme umdrehte, sah sie ihren Mann auf sich zureiten. Ihr Herz machte einen Satz.

Aber die Freude ließ schnell wieder nach: Es war nicht Bob Lee Swagger, sondern der benachbarte Rancher, ein älterer Witwer namens Dade Fellows, braun gebrannt und mit ledriger Haut. Der leicht sonderliche Kauz ritt einen Rotfuchs, den er hervorragend unter Kontrolle hatte.

»Mr. Fellows!«

»Hallo, Mrs. Swagger. Wie geht's Ihnen heute Morgen?«

»Alles bestens, danke.«

»Hallo, Kleine.«

»Hi, Dade«, rief Nikki. Dade kam manchmal zu ihnen auf die Ranch. Er war ihnen immer willkommen, weil er viel über die Gegend wusste und sich gut mit Tieren und Gewehren auskannte.

»Habt ihr zufällig ein oder zwei Kälber hier vorbeirennen sehen? Mein Zaun ist kaputt und ich hab's ein bisschen eilig. Die sind so doof, dass sie vielleicht hier langgelaufen sind.«

»Nein, hier ist alles still gewesen. Wir wollten über den Pass reiten, um den Sonnenaufgang über dem Tal zu bewundern.«

»Toller Anblick, oder?«

»Wollen Sie nicht mit?«

»Tja, Ma'am. Ich hab noch 'n langen Tag vor mir und würd gern meine Babykühe finden. Ach, zum Teufel, warum nicht? Ich hab die Sonne schon seit 'ner ganzen Weile nicht mehr da oben aufgehen sehen. Ich steh zu früh auf.«

»Sie arbeiten zu hart, Mr. Fellows. Sie sollten ein bisschen kürzertreten.«

»Wenn ich kürzertrete, merk ich vielleicht, wie alt ich schon bin.« Er lachte. »Und das wär 'n Schock! Okay, Nikki, du reitest vor. Ich folg deiner Mutter.«

Die geschickte Nikki führte ihren großen Fuchs über den steilen Pfad, der sie immer höher zwischen die eng zusammenstehenden Felswände der Schlucht brachte, bis diese sie zu verschlingen drohten. Im Anschluss senkte der Pfad sich in die Tiefe und sie tauchte in die Schatten ein. Julie folgte dicht hinter ihr. Während ihre Augen sich noch an die Dunkelheit gewöhnten, sah sie, wie ihre Tochter ins Freie ritt, zurück ins Licht. Am Ende der Schlucht befand sich eine Plattform, die sich knapp eine halbe Meile am Berghang entlangzog und leicht anstieg, bis man den Aussichtspunkt über das Tal erreichte.

Nikki lachte fröhlich und genoss die Freiheit, als sie aus den Schatten hervorkam. Eine Sekunde später hatte ihr Pferd den Rhythmus wiedergefunden. Es lief gern schnell und wechselte in einen Galopp. Julie bekam es mit der Angst zu tun. Sie konnte dem Mädchen nicht zu Hilfe eilen, wenn es stürzte, konnte nicht mal mit ihr Schritt halten. Sie hatte das Bedürfnis, ihr etwas zuzurufen, hielt sich aber zurück, weil es ihr sinnlos vorkam. Nikki ließ sich mit ihrer heroischen Natur, ganz der Vater, ohnehin nicht aufhalten. Die Achtjährige galoppierte weiter. Mit anmutigen Sätzen legte ihr Pferd die restliche Strecke zum Aussichtspunkt zurück.

Dann erreichte auch Julie das Licht und sah Nikki wieder im Schritttempo reiten, während sie sich dem Felsvorsprung näherte. Sie drehte sich um und rief: »Kommen Sie, Mr. Fellows! Sonst verpassen Sie's.«

»Ich komme, Ma'am«, rief er zurück.

Sie trabte weiter und genoss die Höhe der sie umgebenden Berge, aber auch die Freiheit der weiten Ebene vor ihr. Angesichts der Schönheit dieses Anblicks ließ ihre Besorgnis etwas nach. Die Berge blickten ernst, würdevoll und unnachgiebig auf sie herab. Sie näherte sich Nikki und hörte im selben Moment Fellows hinter ihr heranreiten, der sein Pferd nun etwas stärker antrieb.

»Schau, Mommy!«, rief Nikki. Sie hielt das Pferd fest zwischen den starken Schenkeln, beugte sich vor und zeigte nach vorn.

Hier lag hinter der Kante kein Abhang, sondern eine steile Klippe. Dadurch ergab sich ein unvergleichlicher Ausblick auf das Tal und den Bergkamm dahinter, gekrönt von der Sonne. Das Tal war grün, gewellt und mit Kiefernwäldern gefüllt, aber trotzdem offen genug, um einen unverstellten Blick auf die Natur zu bieten. Quellen und Bäche glitzerten im frühen Sonnenlicht. Auf der gegenüberliegenden Seite ließ ein Wasserfall eine Gischt aus weißem, schäumendem Wasser in Kaskaden eine Klippe herunterströmen. Unter dem wolkenlosen Himmel, im bleichen Glanz der noch nicht ganz aufgegangenen Sonne, bot sich ein Anblick wie aus dem Bilderbuch. Selbst wenn man es schon Hunderte Male gesehen hatte, war es atemberaubend.

»Ist das nicht schön?«, fragte Fellows. »Das ist der wahre Westen, der, über den so viel geschrieben wird. Oh ja.«

Swagger war gealtert. Die Jahre machten vor keinem Mann halt, auch nicht vor dem Scharfschützen selbst. Aber immer noch war Swagger schlank und wachsam, und in einer Tasche unter seinem Sattel steckte ein Gewehr. Er wirkte gefährlich; wie ein besonderer Mann, der nie in Panik geriet, rasch reagierte und treffsicher schoss, und genau das traf auch zu. Unter dem Rand des Cowboyhuts huschten seine Augen hin und her. Er ritt wie ein begabter Sportler, war fast eins mit dem Tier und steuerte es unbewusst mit den Schenkeln, während die Augen nach potenziellen Angreifern Ausschau hielten.

Er konnte den Scharfschützen nicht sehen. Der Schütze war zu weit weg, das Versteck zu sorgfältig getarnt und die Stelle so gewählt, dass dem Opfer zu dieser Tageszeit die Sonne in die Augen schien, weshalb es nur blendendes Licht und verschwommene Konturen erfasste.

Das Fadenkreuz legte sich über Swagger und folgte ihm, während er dahingaloppierte, fand den Rhythmus der Schrittfrequenz, glich sich der Auf-und-ab-Bewegung des Tieres an. Der Finger des Schützen strich über den Abzug, wie gefesselt von der Geschmeidigkeit seines Opfers, aber er feuerte nicht. Er kannte die Entfernung genau: 753 Meter.

Ein bewegliches Ziel, das sich quer von links nach rechts bewegte, aber auch auf und ab, in der Vertikalen. Ganz und gar kein unmöglicher Schuss, und viele Männer in seiner Situation hätten diese Gelegenheit genutzt. Aber die Erfahrung sagte dem Scharfschützen, dass es besser war, noch zu warten. Später würde es eine bessere Gelegenheit zum Schuss geben, die beste. Bei einem Mann wie Swagger war das diejenige, die man nutzen sollte.

Swagger schloss zu seiner Frau auf. Die zwei plauderten, und was er sagte, brachte sie zum Lächeln. Weiße Zähne blitzten auf. Ein winziger Funke Menschlichkeit im Inneren des Scharfschützen sehnte sich nach der Schönheit und Ungezwungenheit dieser Frau. Er hatte schon Prostituierte aus der ganzen Welt gehabt, manche sehr teuer, aber dieser kleine, intime Moment war etwas, das sich ihm vollkommen entzog. Aber das ging schon in Ordnung. Er hatte sich dazu entschieden, seine Arbeit abseits der Menschen zu verrichten.

731 Meter.

Herrgott!

Er fluchte über sich selbst. So wurden Schüsse vermasselt – dieser kurze Moment der Unkonzentriertheit, der einen von der Mission ablenkt. Er kniff kurz die Augen zu, nahm die Dunkelheit in sich auf und klärte seinen Geist. Dann öffnete er sie und analysierte die Lage.

Swagger und seine Frau hatten die Kante erreicht: 721 Meter. Vor ihnen lag ein Tal, das das Licht nach und nach enthüllte, während die Sonne noch höher stieg. In taktischer Hinsicht bedeutete das für den Schützen, dass sein Opfer aufgehört hat, sich zu bewegen.

Er sah ein Familienporträt im Fadenkreuz: Mann, Frau und Kind, alle auf fast gleicher Höhe, weil das Pferd des Mädchens so groß war, dass sie genauso hoch saß wie ihre Eltern. Sie unterhielten sich, das Mädchen lachte, deutete auf einen Vogel oder etwas Ähnliches, schäumte über vor Tatendrang. Die Frau starrte in die Ferne. Der Vater, der immer noch wachsam wirkte, entspannte sich nur ein kleines bisschen.

Das Fadenkreuz teilte die breite Brust in zwei Hälften.

Er zog den Abzug durch, das Gewehr zuckte. Als nach einem Sekundenbruchteil das Zielbild zurückkehrte, sah er, wie die Brust des großen Mannes explodierte, als sie von der 7-Millimeter-Remington-Magnum durchschlagen wurde.

Es war ein Moment perfekter Ruhe – bis sie ein Geräusch hörte, das sie an ein Stück Fleisch denken ließ, das auf einen Linoleumboden klatschte. Es klang stumpf, feucht und fest. Im selben Moment wurde sie mit einer Art heißem Gelee bespritzt. Sie wandte sich um und sah Dades graues Gesicht. Seine Augen starrten geradeaus ins Leere, während er rückwärts vom Pferd fiel. Seine Brust war aufgerissen wie durch einen Axthieb. Die inneren Organe lagen frei und Blut floss in Strömen. Sein Herz pumpte einen pulsierenden Strahl sauerstoffarmen Blutes hervor, eine beinahe schwarze Flüssigkeit, die in hohem Bogen über die Felskante spritzte.

Der Körper schlug auf dem Boden auf, schwer wie ein Sack Kartoffeln, der von einem Lastwagen knallt, und erzeugte eine Staubwolke. Sein Pferd geriet in Panik und trat aus, die Hufe wirbelten durch die Luft. Da Julie als Krankenschwester schon viel zu viele Nächte in der Notaufnahme eines Indianerreservats verbracht hatte, waren ihr Blut und das Innere des menschlichen Körpers nicht fremd. Aber dieser Wandel vollzog sich so blitzschnell, dass es sie vollkommen schockierte. In diesem Moment erst war aus weiter Ferne der Schuss zu hören, der das alles in Gang gesetzt hatte.

Der Knall riss sie aus der Schockstarre, in die sie geraten war. Im nächsten Sekundenbruchteil begriff sie, dass auf sie geschossen wurde. Ihr dämmerte, dass auch ihre Tochter in

Gefahr schwebte. Sie brachte den Willen auf, sich umzudrehen und »Weg hier!« zu rufen, so laut sie konnte. Sie riss die Zügel hart nach links, trieb ihr Pferd gegen Nikkis, um sie in Bewegung zu setzen.

Meine Tochter!, schoss es ihr durch den Kopf. *Bringt meine Tochter nicht um.*

Aber Nikkis Reflexe arbeiteten ebenso schnell und sicher wie ihre. Das Mädchen war bereits zur selben Schlussfolgerung gelangt. Sie wendete ihr Pferd nach links, und in der nächsten Sekunde waren sie aus der Reichweite von Dades wild um sich tretendem Reittier heraus.

»*Los!*«, kreischte Julie. Sie gab ihrem Pferd die Sporen, peitschte es mit den Zügeln. Es preschte vorwärts. Auf langen Beinen hetzte es durch den Staub auf die schmale Vertiefung des Passes zu. Sie ritt links hinter Nikki, also zwischen ihr und dem Schützen. Genau so wollte sie es.

Die Tiere donnerten voran, raus aus der Gefahrenzone. Julie beugte sich wie ein Jockey über den Pferdehals, aber sie konnte nicht mit Nikkis Fuchs mithalten, der zudem eine wesentlich geringere Last zu tragen hatte. Es schoss davon, setzte das Kind dem Blick des Schützen aus.

»Nikki!«, brüllte sie.

Dann verschwand die Welt, zerbrach in Fragmente. Der Himmel befand sich plötzlich unter ihr, Staub stieg auf wie Gas, dicht und blendend. Sie schwebte. Ihre Angst wuchs, weil sie genau wusste, was jetzt kam. Das Pferd wieherte kläglich. Sie krachte zu Boden, sah Sterne. Ihr Wille löste sich in Verwirrung auf. Aber während sie durch den Staub und den Schmerz schlitterte und fühlte, wie ihre Haut aufgeschürft wurde, etwas in ihrem Körper brach und das Pferd sein Heil in der Flucht suchte, sah sie, dass Nikki angehalten hatte und in einem Bogen auf sie zukam.

Sie stand auf, verblüfft, dass sie sich trotz des Feuers, das ihre Haut verzehrte, bewegen konnte. Da bemerkte sie das

Blut auf ihrem Hemd. Sie taumelte, sank auf die Knie, berappelte sich aber augenblicklich und forderte Nikki auf: »Nein! Nein! Lauf! Lauf weg!«

Das Mädchen hielt an, offenkundig verwirrt. Die Angst stand ihr ins Gesicht geschrieben.

»*Reit zu Daddy!*«, schrie Julie. Dann drehte sie sich um und taumelte auf eine Klamm zu ihrer Rechten zu, in der sie ein Gestrüpp aus rauer Vegetation und knorrigen, kleinen Bäumen vorfand. Sie hoffte, dass der Schütze sie ins Visier nahm, nicht das Mädchen.

Nikki beobachtete, wie ihre Mutter auf den Rand des Felsvorsprungs zulief. Sie gab dem Pferd einen Klaps und es ging zum Galopp über. Der Staub, den die trommelnden Hufe aufwirbelten, drang überallhin. Er ließ ihren Atem stocken und verklebte die Tränen in ihrem Gesicht. Aber sie duckte sich und verpasste dem Tier Schlag auf Schlag. Obwohl es vor Schmerz wieherte, schlug sie es noch ein drittes Mal und grub ihm die englischen Reitstiefel in die Flanke. Nach wenigen Sekunden tauchte sie in die Schatten der Schlucht ein und wusste, dass sie sich in Sicherheit befand.

Dann hörte sie einen Schuss.

KAPITEL 27

Er schoss. Im selben Moment, in dem sich der Schuss löste, verriet ihm das Zielbild, dass er getroffen hatte – die kräftige Heldenbrust, vom Fadenkreuz des exakt auf 700 Meter eingestellten Fernrohrs trennscharf in vier Sektoren unterteilt. Als das Zielfernrohr einen Ruck machte, erkannte er etwas Rotes, das aus dem fallenden Körper drang. Er registrierte es nur für einen Sekundenbruchteil, erkannte aber, dass er ihn mitten in die Brust getroffen hatte. Dann verschwand der Mann im Staub.

Er schwenkte herum, um auf die Frau zu zielen, aber ...

Die Schnelligkeit, mit der sie reagierte, verblüffte ihn. Sein ganzer Plan basierte darauf, dass sie in völlige Schockstarre verfiel, sobald der Brustkorb ihres Mannes explodierte. Er hatte geglaubt, sie wäre wie betäubt, was den nächsten Schuss zu einem Kinderspiel gemacht hätte.

Die Frau wendete ihr Pferd fast sofort. Es erstaunte ihn, wie viel Staub in der Luft hing. Man konnte nicht alles vorhersehen. Der Staub überraschte ihn. Fast eine Sekunde lang konnte er nicht schießen. Dann rasten die Frau und das Kind wie von der Tarantel gestochen auf die Sicherheit des Passes zu, schneller, als er es sich hätte träumen lassen.

Er kämpfte gegen sein Entsetzen an und ließ das Gewehr fallen. Er zückte seine Geheimwaffe, ein Leica-Fernglas mit Laser-Entfernungsmesser, denn es war beinahe zwecklos zu schießen, ohne die genau Entfernung zu kennen. Die Anzeige offenbarte ihm, dass sie schon 765 Meter entfernt war, jetzt 770. Sie raste davon.

Er stellte im Kopf Berechnungen an, um den korrekten Haltepunkt zu ermitteln. Dabei legte er das Fernglas weg und machte das Gewehr schussbereit, lud durch und sah die ausgeworfene Patronenhülse sauber nach rechts fliegen.

Lebenslange Erfahrung und sein Talent für Zahlen sagten ihm, dass er gut neun Meter vorhalten musste. Nein, nein, neun Meter, falls sie sich in einem exakten 90-Grad-Winkel wegbewegte, aber ihr Bewegungswinkel war schräg, eher 45 oder 50 Grad, also machte er sieben Meter daraus.

Ein Mildot-Punkt – einer von einer Reihe von Punkten, die ins Fadenkreuz eingearbeitet waren – stand bei dieser Entfernung für etwa 75 Zentimeter. Als er wieder am Gewehr war, hielt er sechs Mils vor und zielte ein Mil höher, sodass sie gerade noch innerhalb des durchgehenden Teils der horizontalen Linie blieb. Unmöglicher Schuss! Unglaublicher Schuss! Fast 800 Meter Distanz, ein sich schnell und im schrägen Winkel von ihm wegbewegendes Ziel in einer dichten Staubwolke.

Der Schuss erzeugte einen heftigen Rückstoß. Als das Zielbild wieder erkennbar war, herrschte Chaos. Er konnte nichts Genaues erkennen. Das Pferd war offenbar gestürzt, stand auf, buckelte und trat wild um sich. Staub schwebte durch die Luft.

Er lud neu durch.

Wo war sie? An das Kind dachte er nicht; es war nicht wichtig.

Er suchte die Staubwolken ab. Dann legte er das Gewehr zur Seite und nahm das Fernglas, weil es ihm ein wesentlich größeres Sichtfeld bot.

Wo war sie? Hatte er sie getroffen? War sie noch da? War sie tot? War es vorbei? Er wartete gefühlte Jahrhunderte, atemlos. Aber dann sah er sie erneut. Sie war getroffen – er sah das Blut auf ihrem blauen Hemd – und bewegte sich aufgrund des schmerzhaften Sturzes ziemlich ungelenk. Aber sie war nicht in Schockstarre verfallen, kapitulierte nicht. Sie tat nicht das, was viele taten, die zum ersten Mal in tödliche Gefahr gerieten – sie gab sich nicht auf, wartete nicht auf den Todesstoß. Heroisch bewegte sie sich vom Pferd und der Staubwolke weg auf die Felskante zu.

Ein leichtes Ziel. Sie opferte sich für das Mädchen, das ihn nicht interessierte.

Jetzt hatte sie die Kante erreicht.

Er nahm sie mit dem Fernglas genau ins Visier und sah für einen kurzen Augenblick ihr Gesicht, erhielt einen flüchtigen Eindruck von ihrer Schönheit. Er spürte eine Melancholie in sich aufsteigen, aber sein Herz war stark und hart und verscheuchte dieses Gefühl. Er drückte auf einen Knopf und schickte einen Laserstrahl aus, der sie erreichte und zum Gerät zurückkehrte. Er las die Anzeige ab. 795 Meter Entfernung. Dadurch wusste er, dass er genau auf den ersten unteren Mildot der vertikalen Linie halten musste.

Er setzte das Fernglas ab, packte das Gewehr und sah sie am Rand des Felsvorsprungs stehen. Sie stand einfach da, wollte ihn dazu bringen, sich auf sie zu konzentrieren, während ihre Tochter in den Schatten des Passes verschwand. Der aberwitzige Mut dieser Frau machte ihn regelrecht krank. Der wahnsinnige Mut ihres toten Mannes ebenfalls.

Wer waren diese Leute? Was gab ihnen das Recht, so edelmütig zu sein? Warum hielten sie sich für etwas Besonderes? Worauf gründete dieser Anspruch? Er legte das Zentrum des ersten Mildots unter der horizontalen Linie über sie.

Hasserfüllt drückte er ab.

Das Gewehr zuckte. Die Flugdauer der Kugel betrug etwa eine Sekunde, vielleicht etwas weniger. Als das elf Gramm schwere Remington-Magnum-Geschoss im Kaliber 7 Millimeter in einem Bogen über den Canyon flog, einer unsichtbaren Parabel folgend, unaufhaltsam und tragisch, nutzte er diesen kurzen Moment, um sie eingehend zu betrachten. Sie wirkte gefasst, ruhig, stand auf beiden Füßen, bis zuletzt noch trotzig, und hielt sich ihre Wunde. Dann verschwand sie, wahrscheinlich, weil die Kugel sie getroffen hatte. Sie stürzte immer weiter bergab und wirbelte Staub auf, bis sie nicht mehr zu sehen war.

Er fühlte nichts.

Fertig. Vorbei.

Er lehnte sich zurück und stellte verblüfft fest, dass die Innenseite seiner Jacke schweißdurchtränkt war. Aber er spürte nichts als Leere, genau wie beim letzten Mal, als er diesen Mann im Visier gehabt hatte – nur das Gefühl des Profis, einen weiteren Job erledigt zu haben.

Er legte das Fadenkreuz wieder über den Mann. Eindeutig eliminiert. Selbst aus dieser Distanz ließ sich nicht übersehen, wie schwer er verletzt, wie gewaltig und verheerend seine Wunde war. Aber er hielt trotzdem inne. Er war so unverwüstlich und kraftvoll gewesen, so ein starker Feind. Warum sollte er ein Risiko eingehen?

Es fühlte sich schmutzig an, als ob er dadurch jemanden entehrte, der so gut war wie er selbst. Aber wieder entschied er sich, praktisch zu denken: Hier ging es nicht um die Ehre zwischen Scharfschützen, sondern darum, den Job zu erledigen.

Er lud durch, warf eine Patronenhülse aus und legte das Fadenkreuz genau auf die Unterseite seines Kinns, die der Mann ihm entgegenstreckte, weil er auf dem Rücken lag. Die Kugel würde mit 550 Metern pro Sekunde aufwärts in sein Hirn eindringen. Ein zehn Zentimeter großes Ziel aus 722 Metern Entfernung. Noch ein großartiger Schuss.

Er beruhigte sich, sah das Fadenkreuz ebenfalls ruhig werden und spürte, wie der Abzug nachgab. Das Zielfernrohr ruckte nach oben und sank wieder ab. Der Körper des Mannes zuckte. Erneut stieg eine Wolke rötlichen Nebels auf. Er kannte diesen Anblick. Ein Kopfschuss, der das Gehirn in einen Sprühnebel verwandelte. Mehr gab es nicht zu sehen, mehr gab es nicht zu überlegen.

Er stand auf und hängte sich das Gewehr über die Schulter. Dann suchte er seine Ausrüstung zusammen – der Fünf-Kilo-Sandsack war am schwersten – und verstaute das Fernglas im Gehäuse. Als er sich nach Spuren umsah, die er hinterlassen hatte, fand er einige: Schleifstellen im Staub und die drei ausgeworfenen Patronenhülsen, die er eilig aufsammelte. Er riss ein Büschel Pflanzen aus der Erde, um die Spuren an seiner Schussposition zu verwischen, rieb sie hin und her, bis er sicher war, dass nichts mehr auf seine Anwesenheit schließen ließ. Das Büschel warf er danach in den Canyon und setzte sich in Bewegung, wobei er versuchte, auf hartem Untergrund zu bleiben, um keine Fußabdrücke zu hinterlassen.

Er stieg immer höher in die Berge, fachmännisch und ohne Angst. Er wusste, dass es Stunden dauern würde, bis die Polizei auf seine Taten reagierte. Das einzige Risiko bestand jetzt noch in der entfernten Möglichkeit, mit zufällig auftauchenden Jägern oder Wanderern zusammenzustoßen. Er fand zwar nicht den geringsten Gefallen daran, Zeugen zu töten, hätte es aber ohne Skrupel getan, wenn es sein müsste.

Mehrere Stunden lang lief und kletterte er. Schließlich hatte er die Bergkämme überquert, erreichte den Treffpunkt, holte den kleinen Sender aus der Tasche und setzte eine Nachricht ab.

Der Helikopter traf nach einer weiteren Stunde ein, flog niedrig aus westlicher Richtung heran. Die Evakuierung erfolgte rasch und professionell.

Mission erfüllt.

KAPITEL 28

Bob ritt zwischen den Bäumen hindurch über die karge Hochebene, die hinauf in die Berge führte. Er trabte locker dahin, kämpfte darum, sich abzuregen, und fragte sich, ob er es schaffte, bevor die Sonne ganz aufgegangen war. Die schwarzen Hunde schienen sich wieder in ihren Zwinger zurückgezogen zu haben. Sie hielten sich an keinen Zeitplan, nichts konnte sie aufhalten. An manchen Tagen kamen sie, an anderen nicht. Keiner wusste oder konnte prognostizieren, wann sie sich aus der Deckung wagten.

Er versuchte, sich klare Gedanken über seine Zukunft zu machen. Viel länger konnte er hier nicht bleiben, denn er ertrug den Druck nicht, auf Kosten seiner Schwiegereltern zu leben. Es verdarb ihm den Spaß an allem und führte dazu, dass er sich selbst nicht mehr ausstehen konnte. Aber er zweifelte daran, jemals wieder in seinem alten Beruf zu arbeiten, also einen Mietstall für Pferde zu führen. Nicht bevor er das Grundstück in Arizona verkauft und dadurch genug Geld zusammenhatte, um in eine bessere Scheune und das notwendige Inventar zu investieren. Außerdem bedeutete das, sich mit den lokalen Tierärzten treffen zu müssen, damit sie Empfehlungen für ihn aussprachen. So oder so: Es gab bereits viel zu viele Mietställe.

Er konnte auch seine ›Story‹ verkaufen. Zu schade, dass der alte Sam Vincent nicht mehr lebte, um ihm Ratschläge zu geben. Aber Sam hatte ein trauriges Ende bei dieser Geschichte in Arkansas gefunden, bei der Bob selbst jetzt noch nicht wusste, was er davon halten sollte. Eine Menge Leute hatten dabei ihr Leben gelassen und alte Rechnungen begleichen müssen. Dafür schämte er sich nach wie vor.

Vielleicht waren manche Rechnungen es gar nicht wert, beglichen zu werden.

Aber da Sam nicht mehr lebte, wem konnte er noch vertrauen? Die Antwort war: niemandem. Er hatte einen Freund, der als FBI-Agent in New Orleans arbeitete; ein anderer war ein junger Schriftsteller, der mit der Fertigstellung eines Buchs kämpfte, bislang ohne Erfolg. An wen konnte er sich wenden? An die Hyänen von der Presse? Nein, besten Dank. Die gingen ihm gewaltig auf die Nerven.

Nein, diese ›Story‹-Sache löste seine Probleme nicht. Nicht ohne den Rat eines Menschen, dem er vertraute. Blieb noch das Schießen. Er wusste, dass sein Name in der Welt der Schützen etwas zählte – ein paar Idioten hielten ihn sogar für einen Helden, genau wie seinen Vater; eine Blasphemie, die er kaum in Worte zu fassen vermochte. Die Vorstellung, sich das zunutze zu machen, widerte ihn an. Aber falls er in einer Schießschule arbeiten könnte, in der sie Polizisten und Militärleuten Selbstverteidigungstechniken beibrachten – vielleicht half ihm das, Geld zu verdienen und Kontakte zu knüpfen. Er hatte eine ungefähre Vorstellung, welche Leute er dafür anrufen musste. Vielleicht klappte das tatsächlich. Zumindest brachte ihn das in die Gesellschaft von Männern, die mit der harten Realität vertraut waren und wussten, was es bedeutete, zu schießen und beschossen zu werden. Er versuchte, sich ein solches Leben vorzustellen.

Er hörte das Geräusch klar und deutlich, obwohl es weit entfernt war. Kein Mann kannte es besser als er.

Ein Gewehrschuss. Durch den Pass. Ein Hochleistungsgeschoss, das ein Riesenecho erzeugte. Irgend so ein großkalibriges Scheißteil.

Er spannte die Muskeln an, spürte, wie ihn der Schreck durchfuhr, und durchlebte einen Moment von Panik, als ihm klar wurde, dass der Schuss genau von dort gekommen war, wo sich Julie und Nikki gerade aufhalten mussten. Im nächsten Sekundenbruchteil fiel ihm ein, dass er kein Gewehr dabeihatte. Er fühlte sich verkrüppelt und nutzlos.

Dann hörte er einen zweiten Schuss.

Er gab Junior die Sporen und preschte vorwärts. Er raste über die Hochebene auf die Berge zu, während sein Geist sich mit Furcht füllte. Waren es Jäger, die zufällig eine gute Schussgelegenheit auf einen Widder oder einen Gabelbock ausgenutzt hatten, in der Nähe seiner beiden Ladys? Willkürlich herumballernde Freizeitschützen? Aber nicht auf dieser Höhe. Vielleicht eine atmosphärische Irritation, die Schussgeräusche durch die Canyons hinauf über Meilen herantrug. Und jetzt, wo sie bei ihm eintrafen, waren sie längst bedeutungslos. Der zweite Schuss hatte ihm gar nicht gefallen. Ein ungeschickter Jäger zielte schon mal daneben, aber dann wiederholte er den Schuss nicht direkt. Höchstens, wenn er versuchte zu töten, was er gerade verfehlt hatte.

Dann kam ein dritter Schuss.

Er gab dem Pferd die Sporen, brachte es dazu, noch schneller zu galoppieren.

Ein vierter Schuss.

Mein Gott!

Jetzt geriet er ernsthaft in Panik. Er erreichte die Dunkelheit des Passes, aber in einem Moment von Klarheit begriff er, dass dort hinauszurennen das Letzte war, was er tun sollte, falls dort jemand herumballerte.

Er zügelte sein Pferd, bis es im Schritt ging, und sah im selben Moment Nikkis Fuchs mit leerem Sattel. Das Tier humpelte auf ihn zu.

Schmerz und Panik bohrten sich wie ein Stachel in sein Herz. *Mein Baby. Was ist mit meinem Baby passiert? Oh Gott, was ist mit meinem Baby?* Er betete jetzt, was er während seiner Zeit in Vietnam kein einziges Mal getan hatte. Das Gebet fiel kurz, aber leidenschaftlich aus.

Mach, dass es meiner Tochter gut geht.

Mach, dass es meiner Frau gut geht.

»Daddy?«

Da war sie, hockte in den Schatten und weinte.

Er rannte zu ihr, hob sie hoch, spürte ihre Wärme und die Energie ihres jungen Körpers. Er küsste sie fieberhaft.

»Oh Gott, Baby, oh danke, Gott, dir geht es gut, oh Süße, was ist passiert, wo ist Mommy?«

Er wusste, dass seine ängstlich aufgerissenen Augen und sein Mangel an Selbstbeherrschung dem Mädchen kein bisschen halfen. Sie schluchzte und zitterte.

»Oh, Baby«, sagte er, »mein süßes, süßes Baby.« Er tröstete sie in dem Versuch, sowohl sich als auch sie zu beruhigen und einen klaren Kopf zu bekommen.

»Schatz? Schatz, du musst es mir sagen. Wo ist Mommy? Was ist passiert?«

»Ich weiß nicht, wo Mommy ist. Sie ritt hinter mir, dann war sie auf einmal weg.«

»Was ist passiert?«

»Wir haben uns den Sonnenaufgang über dem Tal angeschaut. Mr. Dade war auch da. Plötzlich ist er explodiert. Mommy hat geschrien, die Pferde haben gescheut und wir sind umgedreht und wollten in Sicherheit reiten. Mommy war ... oh Daddy, sie war direkt hinter mir. Wo ist Mommy, Daddy? Oh Daddy, was ist mit Mommy passiert?«

»Okay, Süße, du musst jetzt tapfer sein und dich gut im Griff haben. Wir werden hier bald wegreiten müssen. Du musst hierbleiben und ganz still sein. Ich geh und schau nach Mommy.«

»Nein, Daddy, nein, bitte geh nicht, sonst tötet er dich auch!«

»Schätzchen, bleib ganz ruhig. Ich schau mich nur mal

um. Du bleibst hier in Deckung. Wenn du so weit bist, hol dein Pferd und nimm Junior am Zügel. Wir werden sehr bald ganz schnell von hier wegreiten. Alles klar?«

Seine Tochter nickte feierlich, trotz ihrer Tränen.

Bob wandte sich ab, riss sich den Hut vom Kopf und schlich an der Felswand des Passes entlang auf das Licht zu. Als er näher kam, wurde er langsamer. Abrupte Bewegungen erregten Aufmerksamkeit, zogen weitere Schüsse nach sich, falls dieser Mistkerl immer noch durch sein Zielfernrohr lugte. Aber das glaubte Swagger nicht. Swagger ging davon aus, dass er sein primäres und sein sekundäres Ziel getroffen hatte. Das Mädchen hatte für ihn keine Rolle gespielt, also war er abgehauen, um oben in den Bergen abzutauchen oder zu seinem Pick-up, was auch immer. Egal, das konnte er später immer noch herausfinden. Jetzt ging es um Julie.

Er schob sich ganz langsam auf das Licht zu und fand schließlich einen guten Aussichtspunkt. Staub hing nach wie vor in der Luft, aber die Sonne schien jetzt hell. Etwas mehr als 100 Meter entfernt konnte er den armen Dade sehen, genau an der Felskante. Bereits an seiner Haltung erkannte er, dass für den alten Mann jede Rettung zu spät kam. Eine monströse Kopfwunde machte deutlich, dass er keinerlei Überlebenschance mehr hatte. Üble Sache. Es musste ein aufpilzendes Geschoss gewesen sein, wahrscheinlich durch das Auge oder eine ähnliche Stelle eingedrungen. Sein Schädelgewölbe schien förmlich explodiert zu sein. Überall klebten Blut und Hirnmasse.

Er hielt nach Spuren seiner Frau Ausschau, fand aber keine. Im Schatten entdeckte er ihr Pferd, das sich inzwischen beruhigt hatte und auf irgendwelchen Pflanzen herumkaute. Er blickte sich nach einem Versteck um, in das sie sich zurückgezogen haben konnte, aber es gab keine Felsen oder Büsche in der Nähe, die Deckung boten. Damit blieb nur noch der Rand des Vorsprungs. Er versuchte sich zu erinnern, was dahinter lag. Das Bild eines rauen Steilhangs entstand vor seinen Augen, von vereinzelten Büschen und Felsen bedeckt. Nach 100 oder 200 Metern endete er in einem dichten Kiefernwald, durch den der Bach floss. Stimmte das oder dachte er gerade an die falsche Umgebung?

Er überlegte kurz, sie zu rufen, hielt sich aber zurück.

Der Scharfschütze hatte ihn noch nicht gesehen.

Eigentlich war keine Entscheidung zu treffen. Er wusste, was zu tun war.

Er kehrte zu Nikki zurück, die sich etwas beruhigt hatte und mit den beiden Pferden dastand.

»Hast du eine Ahnung, wo die Schüsse herkamen, Schätzchen? Hast du sie gehört?«

»Ich erinner mich nur an den letzten. Ich bin geritten und hatte gerade den Pass erreicht. Der kam von hinten.«

»Okay.« Wenn der Schuss von ›hinten‹ gekommen war, bedeutete das wahrscheinlich, dass sich der Schütze an der anderen Seite des Canyons befunden hatte, auf dem Bergkamm. Das passte auch zur Position von Dades Leiche. Jedenfalls bedeutete es, dass der Schütze durch die Lücke zwischen den Bergen von ihnen getrennt wurde und sie hier nicht treffen konnte – es sei denn, er kam weiter in ihre Richtung. Aber das würde er nicht tun. Viel wahrscheinlicher war, dass er sich nach den Schüssen zurückzog und in Sicherheit brachte, auf einem vorher festgelegten Fluchtweg.

»In Ordnung«, sagte Bob, »wir machen, dass wir hier wegkommen, und reiten direkt nach Hause. Dort verständigen wir den Sheriff, damit er mit seinen Leuten herkommt.«

Betroffen schaute sie ihn an.

»Aber ... Mommy – sie ist noch da draußen.«

431

»Ich weiß, Schatz. Aber ich kann sie jetzt nicht holen. Wenn ich da raus gehe, erschießt er mich unter Umständen, und was dann?«

Aber er glaubte nicht, dass es dazu kommen würde. Er war bereits einen logischen Schritt weiter: Wer auch immer geschossen hatte, hatte nicht Dade Fellows, sondern Bob Lee Swagger töten wollen. Jemand hatte ihn ausspioniert und den Anschlag geplant. Er kannte seine Gewohnheiten und lauerte in einem Versteck in sicherer Entfernung auf ihn. Bob spürte, dass es ein Scharfschütze sein musste, ein Profi wie er.

»Sie könnte verletzt sein. Sie braucht vielleicht dringend Hilfe.«

»Hör mir zu, Schatz. Wenn jemand auf einen schießt und es ein schlimmer Treffer ist, stirbt man sofort, so wie der arme Mr. Dade. Wenn man nicht so schwer getroffen ist, kann man noch stundenlang durchhalten. Ich hab das in Vietnam oft genug erlebt. Der Körper ist ziemlich zäh und wird lange Zeit von allein weiterkämpfen. Und du weißt, wie zäh deine Mommy ist! Also, wenn wir jetzt zu Mommy gehen, hätten wir keinen wirklichen Vorteil dadurch. Wir können es nicht riskieren. Sie ist entweder schon tot oder kommt durch. Dazwischen gibt es nichts.«

»Ich ... ich will zu Mommy. Mommy ist verletzt.«

»Ich will auch zu ihr. Aber, Schätzchen, bitte vertrau mir. Wir helfen Mommy nicht, wenn wir selber getötet werden. Er ist möglicherweise noch in der Nähe.«

»Ich bleibe hier.«

»Du bist so ein tapferes Mädchen. Aber du kannst nicht bleiben. Wir müssen verschwinden, müssen schnell die Polizisten und die Sanitäter holen. Hast du verstanden, Kleine? Das ist das Beste für Mommy, alles klar?«

Seine Tochter schüttelte den Kopf. Sie war nicht

überzeugt und nichts würde sie überzeugen können. Aber Bob spürte mit seinem Marine-Herzen, dass er die richtige Entscheidung getroffen hatte – eine schwere Entscheidung, aber die richtige.

KAPITEL 29

Früher oder später wäre es ohnehin passiert. Es erleichterte ihn beinahe, dass es früher passierte. Umso schneller hatte er es hinter sich.

»Mr. Swagger«, sprach ihn Lieutenant Benteen an, der Chefermittler von der Idaho State Police. »Macht es Ihnen was aus, für einen Moment zu mir zu kommen?«

Bob wusste, was als Nächstes kam. Er stand nun an der Böschung, und seit den Schüssen waren zweieinhalb Stunden vergangen. Seine Tochter saß mit einer Ermittlerin von der State Police und einer Krankenschwester im Haus, während hier Cops und Gerichtsmediziner den Tatort untersuchten. Weiter unten kämpften sich Hilfssheriffs durch die Bäume und das Unterholz, um Spuren von Julie Swagger zu finden. Auf der anderen Seite der Klamm hielten Detectives und Hilfssheriffs nach Indizien zur Position des Schützen Ausschau. Ein Helikopter der State Police, der jetzt über dieser Seite der Schlucht schwebte, hatte sie dort abgesetzt.

»Ich dachte mir schon, dass Sie kommen«, erwiderte Bob. »Bringen wir's hinter uns.«

»Ja, Sir. Wissen Sie, wenn eine Ehefrau getötet wird, ist meiner Erfahrung nach in 98 Prozent aller Fälle der Ehemann darin verwickelt, wenn er es nicht sogar selbst getan hat. Hab so was schon oft erlebt.«

»Klar, kann ich mir vorstellen.«

»Daher muss ich Sie bitten, mir zu sagen, wo Sie zu der Zeit gewesen sind, als die Schüsse fielen.«

»Auf der anderen Seite des Passes. Ich bin meiner Frau und meiner Tochter hinterhergeritten. Normalerweise unternehmen wir am frühen Morgen einen gemeinsamen Ausritt. Heute gab es einen Streit und ich hab die Mädchen allein losziehen lassen. Dann wurde ich wütend auf mich selbst, wegen meines verdammten Egos, also bin ich ihnen gefolgt. Ich hab vier Schüsse gehört und bin geritten wie der Teufel. Hab mein kleines Mädchen auf dem Pass im Schatten sitzen sehen. Hab einen Blick rausgeworfen und den armen Dade entdeckt. Dann bin ich zu dem Schluss gelangt, dass es das Beste ist, Nikki zurück ins Haus zu bringen. Von dort aus hab ich Sie angerufen. Den Rest kennen Sie ja.«

»Haben Sie nicht daran gedacht, nach Ihrer Frau zu sehen?«

»Hab ich, aber ich hatte kein Verbandszeug dabei und wusste nicht, ob der Schütze noch in der Nähe ist. Also dachte ich mir, es wäre das Beste, das Mädchen dort wegzubringen und den Sheriff und die Rettungssanitäter zu informieren.«

»Sir, wenn ich mich recht entsinne, sind Sie ein ziemlich guter Schütze.«

»Ich bin Schütze, ja. Ich war vor vielen Jahren Scharfschütze bei den Marines. Hab 1970 die große Schieß-meisterschaft im Osten gewonnen. Wimbledon Cup hieß die. Aber nicht Tennis, sondern Distanzschießen. Außerdem bin ich im Laufe der Jahre in ein paar Konflikte geraten. Aber, Sir, darf ich Sie auf einen Punkt aufmerksam machen?«

»Nur zu, Mr. Swagger.«

»Ich denke, Sie werden feststellen, dass die Schüsse von der anderen Seite der Schlucht gekommen sind. Das hat mir meine Tochter gesagt, und das hat mir auch die Lage von Dades Leiche verraten. Ich hätte es unter keinen Umständen geschafft, von da drüben zu schießen und innerhalb von ein paar Sekunden wieder bei meiner Tochter zu sein. Erst mal gibt es da diese hohe Klippe, und danach müsste man durch schwieriges Gelände. Ich war eine halbe Minute nach dem letzten Schuss bei meiner Tochter. Sie können auch die Hufspuren von meinem Pferd verfolgen, von der Ranch bis hierher. Spuren, die mich irgendwie mit dem in Verbindung bringen, was von da drüben kam, gibt es nicht. Und zu guter Letzt sind Sie bestimmt schon selbst drauf gekommen, dass der arme Dade tot ist, weil derjenige, der am Abzug war, es auf mich abgesehen hatte.«

»Ist notiert, Mr. Swagger. Aber, nur damit Sie es wissen, ich werde der Sache weiter nachgehen müssen. Ich werde Fragen stellen. Das muss ich tun.«

»Tun Sie das. Brauche ich einen Anwalt?«

»Ich werde Sie davon in Kenntnis setzen, falls Sie als Verdächtiger gelten, Sir. So machen wir das hier.«

»Danke.«

»Aber Sie waren doch ein Schütze, der ein Gewehr mit Zielfernrohr benutzt hat, richtig? Und wenn ich nicht völlig falschliege, kam so etwas auch hier zum Einsatz.«

»Möglich. Ich weiß es noch nicht.«

»Ist das vielleicht so 'ne Scharfschützensache? Ein Rivale? Jemand, der eine alte Rechnung mit Ihnen begleichen will?«

»Ich weiß es nicht, Sir. Ich hab keine Ahnung.«

Im Funkgerät des Lieutenants knackte es. Er nahm es in die Hand.

»Benteen hier, kommen.«

»Lieutenant, ich glaube, wir haben es gefunden. Ein paar Patronenhülsen und Spuren, eine Thermoskanne und aufgewühlten Boden. Wollen Sie kommen und sich das anschauen?«

»Ich komm gleich rüber, Walt, danke.« Er wandte sich Bob zu. »Die glauben, dass sie die Position des Schützen gefunden haben. Wollen Sie einen Blick drauf werfen, Mr. Swagger? Eventuell können Sie mir das ein oder andere dazu erklären.«

»Ich würd es mir gern anschauen, Sir. Von meiner Frau gibt es noch keine Spur?«

»Noch nicht. Die werden sich melden, sobald sie etwas finden.«

»Also, gehen wir.«

Der Hubschrauber war natürlich ein Huey. Es war immer ein Huey. Bob hatte einen kurzen Flashback, als ihm der Geruch von Flugzeugtreibstoff und Schmierfett in die Nase stieg. Der Vogel erhob sich elegant in die Luft, wirbelte etwas Staub auf und schwebte über den Canyon zum Bergkamm auf der anderen Seite, wo er seine Passagiere absetzte.

Bob und der Lieutenant sprangen heraus und der Heli hob wieder ab. 100 Meter weiter und etwas höher gab ihnen ein Polizist ein Zeichen. Die beiden Männer folgten einem Trampelpfad zu der Stelle. Dort stand der jüngere Cop auf einem kleinen Flecken kahler Erde. Etwas glitzerte. Bob sah zwei Messinghülsen im Staub liegen. Da waren noch andere Abdrücke und Schleifspuren, außerdem eine Thermoskanne vom Kmart.

»Das scheint die Stelle zu sein«, sagte der jüngere Officer.

»Mit etwas Glück sind Fingerabdrücke an der Thermoskanne«, hoffte Benteen.

Bob bückte sich und untersuchte die Abdrücke am Boden.

»Sehen Sie das?«, fragte er und deutete auf zwei kreisförmige Dellen im Staub ganz am Rand des kahlen Flecks. »Das sind Abdrücke von einem Harris-Zweibein. Darauf hat er das Gewehr abgestützt.«

»Jepp«, pflichtete der Cop bei.

Bob spähte über den Abgrund hinweg zu der Stelle, an der Dades Leiche unter einem Tuch des Gerichtsmediziners lag. Die Entfernung schätzte er auf knapp 200 Meter. Es galt noch den Höhenunterschied zu berücksichtigen, trotzdem nicht allzu schwierig.

»Ein schwieriger Schuss, Mr. Swagger?«

»Nein, würde ich nicht sagen«, antwortete er. »Jeder Idiot mit ein bisschen Übung könnte das schaffen, wenn er im Liegen mit dem Zweibein und einem gut einge-schossenen Gewehr schießt.«

»Wenn Sie sich das anschauen, würden Sie also nicht unbedingt behaupten, dass das ein Profischarfschütze gewesen sein muss?«

»Nein. Im Krieg haben wir oft unter widrigen Be-dingungen aus 400 bis 800 Metern auf bewegliche Ziele geschossen. Das hier ist einfacher: kürzerer Abstand und ungehinderte Sicht auf ein Ziel, das sich zudem nicht bewegt hat. Außerdem hat er zweimal danebengeschossen, als er meine Frau treffen wollte, oder sie zumindest nicht voll erwischt. Hinterher kommt er zurück und schießt dem alten Mann in den Kopf, der schon tot auf dem Boden liegt. Nein, wenn ich mir das so ansehe, kann ich wirklich nicht behaupten, dass das nach einem sehr geübten Schützen aussieht. Es hätte genauso gut ein dahergelaufener Ver-rückter sein können, der ein Gewehr in die Finger bekam und große Lust hatte, irgendwas abzuknallen. Dann witterte er schlagartig eine Chance und seine dunkle Seite hat ihn übermannt.«

»So was ist bekanntlich schon vorgekommen.«

»Ja, ist es.«

»Trotzdem, das wäre doch ein gewaltiger Zufall, oder? Dass so ein Monster zufällig ausgerechnet Ihre Frau umbringt? Ich meine, wenn man bedenkt, wer und was Sie mal gewesen sind?«

»Wie Sie schon sagten: So was ist schon vorgekommen. Nehmen wir uns mal die Hülsen vor.«

»Die können wir nicht aufheben, bevor wir sie foto-grafiert haben«, warnte der Jüngere.

»Da hat er recht. Das ist Vorschrift.«

»Okay. Macht's Ihnen was aus, wenn ich mich hinhocke und einen Blick auf die Prägung werfe?«

»Nur zu.«

Bob beugte sich hinab und brachte seine Augen dicht an den Boden der Patrone.

»Was ist das für eine?«, fragte Benteen.

»'ne 7-Millimeter-Remington-Magnum.«

»Ist das 'ne gute Patrone?«

»Ja, Sir, ist es. Sehr flache, gerade Flugbahn, sehr viel Energie. Die werden hauptsächlich beim Jagen auf große Distanzen benutzt. Widder, Gabelböcke, Wapitis und so was. Von denen gibt's viele hier in der Gegend.«

»'ne Jagdpatrone also. Keine Scharfschützenpatrone.«

»Ja, das ist eine Jagdpatrone. Ich hab gehört, dass Scharfschützen vom Secret Service die benutzen, aber sonst keiner.«

Er stand auf und blickte zurück über die Schlucht. Runde Zweibein-Abdrücke, wo das Stativ im Staub gestanden und die Waffe gestützt hatte. Zwei 7-Millimeter-Remington-Magnum-Hülsen. Weniger als 200 Meter Entfernung, ein leichter Schuss. Fast jeder hätte es mit der entsprechenden Ausrüstung schaffen können. Was störte ihn daran?

Er wusste es nicht.

Aber etwas kam ihm seltsam vor. Zu subtil, als dass es ihm bewusst aufgefallen wäre. Vielleicht fand sein Unterbewusstsein, der klügere Teil von ihm, es bald heraus.

Er schüttelte gedankenverloren den Kopf.

Was stimmt nicht an diesem Bild?

»Ich frag mich, warum hier nur zwei Hülsen liegen«, dachte Benteen laut nach, »wenn er doch viermal geschossen hat. Dann fehlen doch zwei.«

»Nur eine«, widersprach Bob. »Er hat die letzte Hülse vielleicht nicht ausgeworfen. Und was die dritte angeht, sicher hat die sich in seinen Kleidern verfangen oder so, oder er hat ihr 'nen Tritt verpasst beim Aufstehen. Oder sie lag direkt neben ihm und er hat sie aufgehoben. Das ist keine Überraschung. Die Hülsen sind ziemlich leicht; die gehen schnell mal verloren. Man findet nie all seine Hülsen. Darüber würde ich mir nicht so viele Gedanken machen.«

Oder doch?

»Stimmt auch wieder«, brummte der ältere Beamte.

Aber dann knisterte das Funkgerät. Der alte Benteen nahm es vom Gürtel, hörte sich den Wortschwall an und wandte sich an Bob.

»Die haben Ihre Frau gefunden.«

KAPITEL 30

Sie würde überleben. In Verbände gewickelt lag sie da. Die Brüche der fünf Rippen waren kompliziert, nur die Zeit konnte sie heilen. Das zerschmetterte Schlüsselbein dürfte sie ebenfalls noch längere Zeit quälen. Es war von einer Kugel durchschlagen worden und hatte die Arterien und zentrale Blutgefäße nur um Millimeter verfehlt. Ihr stand eine komplizierte Operation bevor. Die abgeschabte Haut vom langen Sturz den Hang hinunter, die ausgerenkte Hüfte, die Hämatome, Muskelschmerzen. Aber früher oder später verheilte das alles.

Nun lag sie also stark betäubt und unbeweglich auf der Intensivstation des Boise General Hospital. Das beständige Piepsen eines EKG zeugte von der Stärke ihres Herzens, trotz all der Brüche und der Schmerzen. Ihre Tochter saß an ihrem Bett. Der Raum war voller Blumen. Zwei Polizisten aus Boise bewachten die Tür. Die Prognose des Arztes klang vielversprechend und ihr Mann war für sie da.

»Was ist passiert?«, fragte sie schließlich.

»Kannst du dich erinnern?«

»Nicht besonders gut. Die Polizei hat schon mit mir geredet. Der arme Mr. Fellows.«

»Zur falschen Zeit am falschen Ort. Es tut mir sehr leid.«

»Wer hat das getan?«

»Die Polizei ist offenbar der Auffassung, dass da irgendein Verrückter in den Bergen gelauert hat. Ein Militärfanatiker mit abstrusen Verschwörungstheorien oder jemand, der einfach der Versuchung nicht widerstehen konnte.«

»Haben die jemanden geschnappt?«

»Nein. Und auf der Thermoskanne, die sie gefunden haben, waren auch keine verwertbaren Fingerabdrücke. Sie

haben wirklich nicht viel in der Hand. Ein paar Patronenhülsen, einige Schleifspuren.«

Sie wandte den Blick ab. Nikki vertiefte sich gerade in
das Ausmalen eines Disney-Bilderbuchs. Der Geruch von
Blumen und Desinfektionsmittel erfüllte den Raum.

»Ich seh dich nicht gern hier liegen«, sagte Bob. »Du
gehörst nicht hierher.«

»Aber ich bin nun mal da.«

»Ich hab Sally Memphis gebeten, dir Gesellschaft zu
leisten. Sie ist seit ein paar Monaten schwanger, aber sie
wollte gern helfen. Ich hab auch mit Dade Fellows' Tochter
telefoniert. Sie sagte, ihr Vater hat ein Ranchgrundstück
drüben in Custer County. Liegt ziemlich abgelegen und
geschützt in einem Tal. Wenn's dir besser geht, möchte
ich, dass Sally dich hinbringt, damit du und Nikki geschützt
seid.«

»Wovon redest du?«

»Nikki, Schätzchen, warum gehst du dir nicht 'ne Cola
holen?«

»Daddy, ich will keine Cola. Ich hatte doch gerade eine.«

»Na, Süße, dann holst du dir eben *noch* eine. Oder du
holst eine für Daddy, alles klar?«

Nikki begriff, dass man sie loswerden wollte. Widerstre-
bend stand sie auf, gab ihrer Mutter einen Kuss und verließ
das Zimmer.

»Ich hab's den Cops noch nicht gesagt«, fuhr er fort,
»weil die das nicht kapieren würden und auch nichts
dagegen unternehmen könnten. Aber ich glaube nicht, dass
das einfach ein Dahergelaufener mit 'ner Knarre war. Ich
glaube, wir haben's mit einem Profikiller der übelsten Sorte
zu tun, und ich glaube, dass der Kerl hinter mir her ist.«

»Warum in Gottes Namen?«

»Das könnte viele Gründe haben. Du weißt ja, ich hab
in der Vergangenheit ein paar Reibereien gehabt. Ich weiß

nicht, mit welcher davon das zu tun haben könnte. Aber das heißt jedenfalls: Bis ich der Sache auf den Grund gegangen bin, bist du in meiner Nähe weniger sicher als allein. Und ich brauche freie Hand. Ich muss mich ungehindert bewegen können, um mir Sachen anzusehen und einiges abzuklären. Dieser Kerl hat's auf mich abgesehen, aber jetzt bin ich im Vorteil, weil's noch ein paar Tage dauert, bis ihm klar wird, dass er mich nicht erwischt hat. Ich muss schnell handeln und in dieser Zeit so viel in Erfahrung bringen wie möglich.«

»Bob, du solltest mit dem FBI reden, wenn du die Ermittler hier in Idaho nicht für fähig genug hältst.«

»Ich hab noch nichts, was denen irgendwas bringt. Ich muss erst mal ein paar Beweise finden. Sonst sperren die mich bloß in 'ne Gummizelle.«

»Oh Gott. Das wird wieder eine dieser *Sachen*, was?«

Eine lange Pause entstand. Er ließ den Ärger in sich wachsen, den Höhepunkt erreichen und wieder abebben. Ein schmerzhafter Stich meldete sich in seinem Innern.

»Was meinst du mit *Sachen?*«

»Ach, du gehst doch manchmal auf Kreuzzüge. Du haust ab und gerätst in Ärger hinein. Du redest nicht drüber, kehrst aber erschöpft und glücklich zurück. Du kannst wieder lebendig sein und tun, was du am besten kannst. Darfst wieder ein Scharfschütze sein. Der Krieg hat für dich nie aufgehört. Du *wolltest* nie, dass er aufhört. Dazu hast du ihn zu sehr geliebt. Du hast ihn mehr geliebt als uns, das weiß ich inzwischen.«

»Julie, Liebling, du weißt ja nicht, was du da sagst. Das sind die Schmerzmittel. Ich will, dass du es bequem hast. Ich werde einfach nur für 'ne Weile Nachforschungen anstellen.«

Sie schüttelte traurig den Kopf.

»Ich halt's nicht aus. Jetzt ist auch noch meine Tochter

dran. Der Krieg. Er hat meinen ersten Mann umgebracht und kommt in mein Leben zurück. Du willst gehen und kämpfen, und meine Tochter, die erst acht ist, musste einen Menschen sterben sehen. Hast du überhaupt eine Vorstellung, wie traumatisierend das ist? Kein Kind sollte so etwas je durchmachen müssen.«

»Da stimme ich dir zu. Aber was passiert ist, ist passiert, und man muss sich dem stellen. Man kann es nicht einfach ignorieren. Dadurch verschwindet es nicht.«

Sie weinte.

»Hol dir Hilfe«, meinte sie schließlich. »Ruf Nick an, der ist beim FBI. Ruf einen General von den Marines an, der Beziehungen hat. Ruf einen dieser Schreiberlinge an, die ein Buch über dich veröffentlichen wollten. Hol dir Hilfe. Heb etwas Geld vom Konto meiner Familie ab und heuer ein paar private Leibwächter an. Sei nicht länger Bob der Henker. Sei lieber Bob der Ehemann, Bob der Vater, Bob der Hausmann. Ich ertrag's nicht, dass uns das schon wieder dazwischenfunkt. Ich dachte, es sei vorbei, aber es ist nie vorbei.«

»Süße, ich hab das doch nicht erfunden. Das ist nichts, was ich mir ausgedacht hätte. Bitte ... du bist aufgewühlt und hast was Schreckliches erlebt. Du hast, was man posttraumatische Belastungsstörung nennt. Das Erlebte blitzt immer wieder vor deinen Augen auf und macht dich wütend. Ich kenn das. Die Zeit wird dich heilen, sowohl den Geist als auch den Körper.«

Sie erwiderte nichts. Sie schaute Bob nur an, schien ihn aber nicht länger zu sehen.

»Ich muss mich darum kümmern, okay? Lass mich einfach schauen, was ich tun kann.«

»Oh, Bob ...«

Sie begann wieder zu weinen.

»Ich kann dich nicht auch noch verlieren. Ich kann nicht

Donny *und* dich durch diesen Krieg verlieren. Ich schaff das nicht. Ich halt das nicht aus.«

»Ich muss dieser Angelegenheit auf den Grund gehen. Ich werd vorsichtig sein. Ich kenn mich mit solchen Sachen aus. Allein bin ich schneller, und du wirst ohne mich sicherer sein. Alles klar?«

Niedergeschlagen schüttelte sie den Kopf.

»Du musst mir bitte ein, zwei Fragen beantworten. In Ordnung?«

Nach einer Weile nickte sie.

»Du bist das mit den Polizisten schon durchgegangen. Die lassen mich den Bericht nicht lesen. Aber die haben keine Ahnung. Er hat sie jetzt schon ausgetrickst. Also, ich nehme an, dass es keine zwei Schüsse gegeben hat, die direkt hintereinander kamen. Stimmt das?«

Sie hielt wieder inne, dachte nach. Schließlich gab sie auf.

»Ja.«

»Zwischen den Schüssen lagen immer mindestens zwei Sekunden?«

»Mir kam es vor, als sei es kürzer gewesen.«

»Aber wenn er Dade in die Brust trifft, dann dich ins Schlüsselbein, obwohl du 40, 50 Meter weiter weg warst, muss er etwas Zeit gebraucht haben, um zu zielen und zu feuern.«

»Du wirst Nikki das nicht auch noch antun, oder?«

»Nein. Also ... er trifft dich in der Bewegung. Ich nehm an, du bist richtig galoppiert?«

»Ja.«

»Dann war das ein ziemlich guter Schuss.«

Er lehnte sich zurück. Sein Respekt für den Schützen war etwas gewachsen. Ein Ziel, das sich im schrägen Winkel schnell bewegte, aus 200 Metern Distanz.

»Warum hat er dein Schlüsselbein und nicht die Körpermitte getroffen?«

»Es ist mein rechtes Schlüsselbein, nicht das linke«, erwiderte sie. »Das heißt, er hat auf meinen Rücken gezielt, genau in die Mitte. Ich erinnere mich, dass das Pferd in diesem Moment nach vorn gestolpert ist. Und in der nächsten Sekunde war's so, als ob mir jemand mit 'nem Baseballschläger auf die Schulter gehauen hat. Dann lag ich am Boden, überall Staub. Nikki ist zu mir gekommen. Irgendwie bin ich aufgestanden. Ich hatte Angst, dass er auf sie schießt, also hab ich sie angebrüllt und bin von ihr weggerannt, damit er stattdessen auf mich zielt.«

»Das ergibt immer noch keinen Sinn. Wenn er nur 200 Meter weit weg ist, ist die Flugzeit der Kugel so gering, dass er trifft, was er im Zielfernrohr sieht, und er schießt nicht, wenn er nicht das richtige Zielbild hat. Bist du ganz *sicher,* dass das Pferd gestolpert ist?«

»Ich hab's gespürt. Dann, zack, lag ich unten im Staub und das Pferd hat gewiehert.«

»Okay. Ich hab vier Schüsse gehört. Einer auf Dade, einer, der dich erwischt hat, der dritte Schuss und dann der vierte in Dades Kopf.«

»Gott sei Dank hab ich das nicht gesehen.«

»Aber es gab einen dritten Schuss?«

»Ich glaub schon. Aber ich bin über den Rand gesprungen.«

»Du bist *gesprungen?* Du bist gar nicht gefallen?«

»Ich bin gesprungen.«

»Mein Gott. Tolle Reaktion. Die richtige Reaktion, die beste und klügste. Und tapfer. Verdammt tapfer. Dafür hättest du im Marine Corps eine Medaille gekriegt.«

»Mir ist nichts Besseres eingefallen.«

»Er hat also ein drittes Mal geschossen. Und zwar auf dich. Mann, ich versteh nicht, wieso er dich verfehlt hat. Warum schießt er daneben? Du springst, aber auf 200 Meter oder weniger, mit 'ner 7-Millimeter-Remington-Magnum, trifft er, was er sieht. Auf die Entfernung *kann* er dich nicht verfehlen. Vielleicht ist er doch nicht so gut.«

»Möglich.«

»Vielleicht haben die Cops recht und er ist bloß irgendein Psycho.«

»Möglich. Aber das würde dich um deinen Kreuzzug bringen, oder? Also darf er kein Psycho sein. Er muss ein Meisterscharfschütze sein.«

Er schluckte ihre Feindseligkeit einfach runter.

»Was anderes, das ich nicht verstehe: Wieso schießt er überhaupt auf dich? Man sollte doch meinen, nachdem er mich getroffen hat, konnte er den Auftrag als erledigt abhaken. Das war's. Zeit, um ...«

Dann kam ihm etwas in den Sinn.

»Nein. Nein, jetzt kapier ich. Er muss dich treffen, weil er genau wusste, wie schnell du zurück zur Ranch reiten kannst, wo es ein Telefon gibt, und das wäre für ihn zu knapp geworden. Nikki hielt er nicht für ein Problem, weil er ihr so eine geistesgegenwärtige Reaktion nicht zutraute. Aber er musste dich erwischen, damit ihm genug Zeit für seine Flucht blieb. Er hatte die möglichen Wege alle im Kopf. Ich begreif langsam, wie er denkt. Sehr methodisch, sehr gerissen.«

»Vielleicht bildest du dir das alles nur ein.«

»Möglich.«

»Aber du willst daraus eine Mann-gegen-Mann-Geschichte stricken. Das merke ich. Du gegen ihn, wie in Vietnam. Und wie an all den anderen Schauplätzen. Gott, ich hasse diesen Krieg. Donny hat er umgebracht und dir hat er den Verstand geraubt.«

Aber da kehrte Nikki mit einer Cola für ihren Dad zurück und eine Krankenschwester brachte Tabletten. Die Zeit, in der sie ungestört miteinander sprechen konnten, war vorbei.

KAPITEL 31

Der Wind heulte. Der bewölkte Himmel kündete von Regen. Diese Aussicht ließ Bobs Hengst Junior leise wiehern. Er stampfte und senkte den Kopf, um ein paar Bergpflanzen zu fressen.

Bob stand an der Stelle, von der aus der Schütze geschossen hatte. Eine flache, staubige Mulde über einem Bachbett, nicht mehr als 200 Meter von dort entfernt, wo Dade getroffen worden war, höchstens 280 von dem Punkt, an dem Julie vom Pferd gestürzt war. Wenn er einen Entfernungsmesser gehabt hätte, hätte er sicher sein können, aber die Teile kosteten ein Vermögen – heutzutage arbeiteten sie mit Lasern und waren viel kompakter als die Modelle von Barr & Stroud, die er früher benutzt hatte. Nur wohlhabende Jäger oder Elitekämpfer in SWAT- oder Scharfschützenteams besaßen welche.

Aber es machte ohnehin keinen großen Unterschied. Die Entfernung ließ sich von hier aus recht einfach abschätzen, weil man sie leicht anhand der Körpergrößen ermitteln konnte. Wenn man die Vergrößerungsstärke seines Zielfernrohrs kannte, was dieser Typ sicherlich tat, konnte man die Distanz mehr oder weniger daran ablesen, wie groß die Bereiche des Körpers der Zielperson waren, die man im Visier hatte. Das funktionierte bis zu etwa 300 Metern. Danach war es eine völlig andere Geschichte: Man trat in ein anderes Universum ein, in dem andere Regeln galten.

Warum hast du sie verfehlt?, grübelte er.

Sie haut ab, sitzt auf dem Pferd, aus diesem Winkel ist es schwierig. Die einzig mögliche Antwort lautet: Du bist 'n mieser Schütze. Du bist 'n Volltrottel. Irgendein Arschloch, das zu viele Bücher gelesen und von dem Kick geträumt hat, wenn man durch sein Zielfernrohr späht, die Waffe losgeht und man jemanden umkippen sieht. Also knallst du den Alten ab und schwenkst dann auf die galoppierende Frau um. Ihr Pferd hüpft auf und ab, und der Schuss ist zu schwer für dich. Du schätzt den Winkel falsch ein, verschätzt dich bei der Entfernung, bist einfach nicht der richtige Mann für den Job.

Okay. Du feuerst, sie fällt. Da ist Staub, und aus diesem Staub kommt sie zum Vorschein und rennt auf die Kante zu. Sie will, dass du auf sie schießt. Also konzentrierst du dich auf sie, nicht auf das Mädchen. Du hast jede Menge Zeit. Es gibt keinen Grund zur Hektik. Es gibt kein Auf-und-ab-Hüpfen wie beim Reiten. Wirklich ein ziemlich simpler Schuss.

Aber du schießt wieder daneben, verfehlst sie diesmal sogar komplett.

Nein, du bist nicht der, für den du dich hältst.

Das passte zusammen. Das ergab einen Sinn. Irgendein Arschloch, das zu viel über Waffen nachdachte und nichts anderes im Leben hatte; keine Familie, keine vernünftige Verbindung mit der Welt. Das war die widerliche Seite des zweiten Zusatzartikels zur Verfassung der USA: Manche Leute konnten der Verlockung dieser gottgleichen Macht, die einem eine Schusswaffe verlieh, einfach nicht widerstehen.

Aber warum sind hier keine Spuren?

Ein offensichtlicher Widerspruch: Er ist nicht gut genug, um zu treffen, aber gut genug, um ohne Anfängerfehler zu verschwinden. Kein Stiefelabdruck im Staub, was die Suche nach ihm zumindest etwas erleichtert hätte. Dafür lässt er zwei Hülsen und 'ne Thermoskanne zurück. Aber alle drei ohne Fingerabdrücke. Wie kann das sein? Ist er nun ein Profi oder nicht? Oder bloß ein Amateur mit 'ner Menge Glück?

Bob untersuchte die Abdrücke des Zweibeins, die sich

makellos abzeichneten, nahezu unverändert, obwohl man Gipsabdrücke von ihnen angefertigt hatte. Sie würden noch bis zum nächsten Regen da sein und danach für immer verschwinden. Sie verrieten ihm nichts: ein Zweibein, soso. Eine Harris-Zweibeinstütze konnte man in jedem amerikanischen Waffenladen bekommen. Schädlingsjäger benutzten sie, aber auch Polizeischützen. Manche griffen darauf zurück, wenn sie ihre Gewehre auf einem Schieß-stand einschießen oder eigene Munition testen wollten. Aber es war unüblich, denn das Zweibein wurde in eine Halterung geschraubt, die sich über dem vorderen Dreh-gelenk befand. Das bedeutete, dass die Schraube sich bei langen Schießübungen im Liegen nach und nach löste und die Schussgenauigkeit weitaus stärker beeinflusste als ein guter Sandsack. Manche Jäger benutzten die Dinger, aber es war selten, weil man in Wald und Feld beinahe nie Gelegenheit bekam, im Liegen zu schießen. Also lohnte es sich nicht, dieses zusätzliche Gewicht mitzuschleppen. Manche Männer benutzten sie auch, weil sie fanden, dass sie cool aussahen. Auch dieser Kerl?

Er starrte die Abdrücke der Standbeine an, um aus den beiden sauberen, eckigen Abdrücken einen tieferen Sinn abzuleiten. Es gelang ihm nicht.

Aber durch das Nachdenken über das Zweibein wurden seine Gedanken in eine andere Richtung gelenkt: *Was hat er gesehen?*, fragte Bob sich. *Was hat er von hier oben gesehen?*

Also legte er sich auf den Bauch und nahm eine Position hinter den beiden Markierungen im Staub ein. Von hier bot sich eine gute Sicht auf Dades Position in gerader Linie, ja. Und der Schuss – mit dem abgestützten Gewehr, der Sonne im Rücken und dem zu dieser Tageszeit schwachen Wind – beruhte allein auf der Konzentration auf das Fadenkreuz, dem Vertrauen in die Ausrüstung und dem Durchziehen des

450

Abzugs. Und schon wäre die Zielperson tot. Dann lud man durch, um nur ein paar Sekunden später auch die Frau zu erwischen.

Er begriff jetzt, wie heldenhaft Julie sich verhalten hatte. 999 von 1000 nicht kampferprobten Menschen erstarrten in so einer Situation vor Schreck. Der Scharfschütze lud dann nach, musste die Waffe nur geringfügig korrigieren und bekam noch einen zweiten Kill obendrauf. Aber brillant, wie sie war, hatte sie sofort reagiert, als Dade getroffen wurde, und sich mit Nikki aus dem Staub gemacht. Der Schütze hatte ihr folgen müssen.

Da fiel Bob etwas ein. *Was, wenn sich die Stelle, an der sie getroffen wurde, gar nicht im Zielbereich dieser Position hier befindet? Was, wenn dazwischen ein Hindernis liegt?* Aber es gab keins. Eine Kleinigkeit, die Waffe herumzuschwenken, in einem Winkel von etwa 40 Grad. Nichts war im Weg. Er hatte ihr nur folgen müssen, dann etwas vorhalten und abdrücken.

Warum hatte er sie trotzdem verfehlt?

Bob glaubte, die Lösung gefunden zu haben.

Er hat das Gewehr wahrscheinlich nicht weiterbewegt beim Schießen. Deshalb hatte er sie nicht ins Rückgrat getroffen. Er hatte auf die Körpermitte gezielt, aber beim Feuern innegehalten, und die Kugel, die eine Zehntelsekunde später einschlug, hatte sich durch ihr Schlüsselbein gebohrt.

Das schien einzuleuchten – obwohl man sein Ziel normalerweise, wenn man mit einer Schrotflinte auf einen Vogel oder eine Tonscheibe zielte und die Waffe nicht weiterbewegte, komplett verfehlte und nicht bloß versetzt traf. Aber Vögel bewegten sich auch schneller. Andererseits war die Entfernung hier deutlich größer als bei der Vogeljagd oder beim Tontaubenschießen. Dazu kam noch, dass die Geschwindigkeit der Kugel deutlich höher lag.

Es gab so elend viele Variablen.

Er setzte sich auf.

Ich war mal verflucht gut in so etwas, dachte er. *Hatte ein echtes Talent dafür, die Dynamik von so 'nem Zwei-oder-drei-Sekunden-Intervall bei einer Schießerei zu durch-schauen.*

Im Moment fehlte ihm ein Puzzlestück. Er wusste nicht, wie er dahinterkommen sollte. Ihm tat der Kopf vom Denken weh. Bald kam der Regen und zerstörte die Beweise unwiederbringlich. Junior wieherte gelangweilt.

Okay, dachte er und stand auf, frustriert aufgrund der Tatsache, dass er noch keine echten Fortschritte erzielt hatte. Er wollte zum Pferd zurückgehen, zurück zu seinem leeren Haus und der ungeöffneten Flasche Jim Beam reiten und ...

Da sah er den Fußabdruck.

Ja. Die Cops könnten ihn übersehen haben, nicht unwahrscheinlich.

Er sah genauer hin und stellte sofort fest, dass es sein eigener Abdruck war, von einem Tony-Lama-Stiefel, Größe elf. Ja, es war verdammt noch mal sein eigener Fußabdruck. Nur ein bisschen schwer zu erkennen, weil er sich umge-dreht und ihn dadurch vergrößert hatte, und ...

Das war es.

Jetzt hatte er es.

Er drehte sich rasch um und starrte auf die Zweibein-Abdrücke.

Wenn er das Zweibein hätte drehen müssen, wären die Abdrücke undeutlicher. Sie wären abgerundet durch das schnelle, kräftige Drehen, als er ihrer Bewegung gefolgt ist. Einer der Füße hätte einen Bogen durch den Staub gezogen.

Aber diese Druckstellen waren exakt viereckig. Makel-los.

Bob betrachtete sie aus der Nähe.

Ja, viel zu perfekt. Abdrücke eines Zweibeins, die hier auf dem staubigen Boden zurückblieben, bis der Regen kam und sie wegspülte.

Jetzt begriff er: Es handelte sich um ein klassisches Scheinversteck. Es war hier angelegt worden, um zu suggerieren, dass ein Verrückter die Schüsse abgegeben hatte. *Aber unser Junge hat gar nicht von hier geschossen. Sondern von ganz woanders, viel weiter weg.*

Bob schaute in den Himmel. Es sah nach Regen aus.

Gefühlt stundenlang ritt er die Kammlinie entlang. Der Wind wurde stärker und die Wolken rauschten von Westen heran und hüllten die Berge ein. Es fühlte sich an wie Nebel, feucht auf der Haut. Hier oben konnte das Wetter sich schnell ändern. Und diese rapiden Umschwünge konnten einen umbringen.

Aber er dachte nicht an den Tod. Er hing eher seinen Depressionen nach. Seine Chance, das wirkliche Versteck zu finden, hielt er für winzig, falls es überhaupt noch Spuren gab. Wenn der Regen kam, verschwanden sie endgültig. *Klug ausgetüftelt.* Das Scheinversteck führte nicht nur die Ermittler auf eine falsche Fährte; es verhinderte auch, dass jemand das eigentliche Versteck fand, bevor das launische Wetter die Spuren eliminierte. Falls der Schütze also etwas zurückgelassen haben sollte, kümmerte sich der Regen darum.

Bob bekam ein immer genaueres Gespür dafür, wie der Verstand dieses Mannes arbeitete. Äußerst gewissenhaft. Ein Mann, der an alles dachte, es im Kopf Dutzende Male durchging. Er wusste, wie man so etwas anstellte, kannte die eingeschworene Logik dieses Prozesses. Es gehörte nicht nur reines, fast schon autistisches Schießtalent dazu, sondern auch taktisches Handwerkszeug und ein Gespür für das Zahlenwerk, das die Grundlagen dafür lieferte.

Hinzu kam die nötige Selbstsicherheit, um unter großem Zeitdruck Berechnungen anzustellen, sich auf das Ergebnis zu verlassen und es in die Tat umzusetzen. Außerdem: Durchhaltevermögen, Mut, die Kaltblütigkeit eines Einbrechers und die Geduld eines großen Jägers.

Er wusste, dass wir hier langkommen. Aber an manchen Tagen haben wir das nicht getan. Er musste warten, blieb aber ruhig und zuversichtlich. Er schaffte es, den Kopf auszuschalten und auf den entscheidenden Morgen zu warten. Das ist das Schwierigste, die Fähigkeit, die so wenige Männer mitbringen. Aber du besitzt sie, nicht wahr, Bruder?

Ein Regentropfen fiel ihm aufs Gesicht. Der Niederschlag schickte sich an, den Spuren der Tat den Garaus zu machen.

Warum habe ich nicht gestern schon daran gedacht? Dann hätte ich ihn gehabt, oder zumindest einen Teil von ihm. Aber jetzt ist alles dahin. Er hat schon wieder gewonnen.

Er forschte nach möglichen Verstecken, blickte vom Pfad in die karge Felsenlandschaft. Von Zeit zu Zeit stieß er auf Stellen, die flach genug lagen, um einen liegenden Mann zu verbergen, aber bei näherer Überprüfung fand er an keiner dieser Positionen irgendwelche Spuren. Er entfernte sich immer weiter vom Tatort. Und nicht von überall auf diesem Bergkamm konnte man die Fläche einsehen, auf der Dade und Julie direkt nacheinander unter Beschuss genommen worden waren.

Also ritt er weiter. Während die Luft zunehmend feuchter wurde, wuchs auch sein Gefühl von Resignation. Er befürchtete, längst am Versteck vorbeigeritten zu sein oder es schon gar nicht mehr zu erkennen. Verdammt, war er weit draußen. *Verdammt weit draußen.* Hier ging es kaum noch um Wahrscheinlichkeiten, sondern um bloße

Möglichkeiten. Aber es gab immer noch keine konkrete Spur. Junior trabte die Kammlinie entlang über den kleinen Pfad und war angespannt wegen des sich ankündigenden Unwetters. Bob selbst fror und stand kurz davor, endgültig aufzugeben.

Er kann doch nicht so weit weg gewesen sein!

Er ritt noch weiter. Keine Spur. Er hielt an, drehte sich um. Die Zielzone war winzig. Weit entfernt. Und sie war ...

Bob stieg ab, überließ Junior seiner Nervosität. Er glaubte, eine mögliche Position unter dem Rand des Bergkamms erkannt zu haben, nur eine vage Möglichkeit. Vorsichtig ging er hinunter, spähte hierhin und dorthin, überzeugt, dass er sich längst zu weit draußen befinden musste, dass er zurückgehen und auf Kleinigkeiten achten musste, die ihm entgangen waren.

Aber dann sah er etwas, das ihm merkwürdig vorkam. Ein Büschel aus vertrocknetem Gestrüpp, das sich mitten am Hang verfangen hatte. Ein Windschaden? Aber es lagen keine anderen Büschel herum. Gezielt ausgerissen? Ach, wahrscheinlich bloß eine Laune der Natur ...

Andererseits hätte jemand ein Büschel Sträucher benutzen können, um seine Spuren im Staub zu verwischen und es danach in den Abgrund zu werfen. Aber es war stecken geblieben und hatte sich im Laufe der letzten zwei Tage dermaßen braun verfärbt, dass es jemandem auffallen musste, der auf kleinste Unregelmäßigkeiten achtete.

Bob schätzte, dass der Wind hier immer von Nord nach Nordwest wehte, durch diesen kleinen Spalt zwischen den Bergen. Falls der Wind das Büschel weggeweht hatte, musste es von der Klippe etwas weiter hinten gekommen sein. Er drehte sich um und hielt darauf zu. Als er sich umschaute, um sich an dem ausgerissenen Busch zu orientieren, hätte er beinahe eine Felsspalte übersehen. Er spähte hinein und fand eine winzige, sargförmige, flache Stelle, auf der ein Mann unbeobachtet hätte liegen können. Sie bot einen guten Blick auf die Zielzone.

Er stieg vorsichtig hinein und orientierte sich, wo Dade gelegen hatte und Julie gestürzt war. Sorgfältig achtete er darauf, die Erde nicht aufzuwühlen, für den Fall, dass noch irgendwelche Schleifspuren zurückgeblieben waren. Aber er bemerkte keine. Schließlich hatte er zum ersten Mal einen guten Blick von der Schützenposition auf die Zielzone.

Mein Gott!

Er war 800, vielleicht 1000 Meter entfernt.

Die Abschusszone lag winzig klein schräg vor ihm.

Es gab keine Anhaltspunkte, um eine brauchbare Berechnung der Entfernung anhand der Größe bestimmter Landschaftsmerkmale durchzuführen. Obwohl sie auf Pferden gesessen hatten, schrumpften sie von hier auf Stecknadelgröße zusammen. Auch das Zielfernrohr hätte sie nicht allzu stark vergrößert: Ein zu leistungsfähiges Modell hätte das Wackeln so verstärkt, dass es nicht mehr möglich gewesen wäre, ein Zielbild zu bekommen. Schlimmer noch, es hätte auf diese Entfernung ein zu kleines Sehfeld geboten. Falls er dann den Sichtkontakt zu seinen Zielen verloren hätte, hätte er sie nicht rechtzeitig wiedergefunden. Er musste ein Zielfernrohr mit etwa zehnfacher Vergrößerung benutzt haben – auf keinen Fall mehr als zwölffach.

Hier ging es um echte Schießkunst. Mehr als ausgezeichnet; wer das schaffte, gehörte zu einer eigenen Liga. Sorgfältiges, präzises, überlegtes und mathematisches Langdistanzschießen erforderte großes Können. Man musste in Sekundenbruchteilen instinktiv wissen, wie weit man bei einem beweglichen Ziel vorhalten musste, es automatisch, unterbewusst spüren ... Das war *großartiges* Schießen. Mann, so außerordentlich gut, dass er es kaum glauben wollte. Er hatte mal einen Mann gekannt, dem so ein Schuss gelungen wäre, aber der weilte nicht mehr unter den Lebenden. Eine Kugel hatte ihm in den Ouachita Mountains den Kopf zerfetzt. Es gab vielleicht noch zwei, drei andere, aber ...

Jetzt begriff er, weshalb der Schütze Julie nicht getötet hatte.

Er hatte keinen Fehler gemacht: Der Schuss war im Prinzip perfekt gewesen. Er hatte sich nur durch einen physikalischen Aspekt täuschen lassen: die Flugzeit der Kugel. Als er schoss, hatte er sie genau im Visier gehabt. Aber die Kugel brauchte eine Sekunde, um diesen langen Bogen zurückzulegen und zu ihr abzusinken. Selbst in dieser kurzen Zeitspanne hätte Julie die Geschwindigkeit oder Richtung ihrer Bewegungen so verändern können, dass er sie verfehlte. Deshalb war der Schuss auf Dade leichter gewesen. Er hatte sich nicht bewegt, ganz zu schweigen davon, dass er nicht wie Julie im schrägen Winkel davongaloppiert war.

Bob setzte sich auf. Sein Kopf tat weh. Er fühlte sich benommen. Sein Herz pochte wie wild.

Er dachte an einen anderen Mann, der es getan haben konnte. Diesen Namen und die Erinnerung hatte er so tief in sich begraben, dass sie ihn gewöhnlich nicht heimsuchten. Aber manchmal, in der Nacht, tauchten sie aus dem Nichts auf, und auch tagsüber suchte er ihn hin und wieder blitzartig heim.

Er durfte nicht aufgeben. Es musste ein eindeutiges Zeichen geben. Der Schütze musste irgendetwas hinterlassen haben, das nur ein anderer Schütze enträtseln konnte.

Oh, du Mistkerl. Komm schon, du Drecksack. Zeig dich. Lass mich dein Gesicht sehen.

Er zwang sich, den kargen Staub vor ihm zu fokussieren. Er spürte einen Regentropfen im Gesicht, kalt und fordernd.

Dann noch einen. Der Wind wurde stärker und heulte. Junior wieherte unruhig. In wenigen Momenten würde es anfangen zu gießen wie aus Kübeln. Er konnte die graue Wolke sehen, die von den Bergen hinabschwebte. Sie kam, um zu zerstören. Der Scharfschütze hatte auf sie gebaut. Brillant! Ein geschulter Stratege.

Aber wer war er?

Bob beugte sich vor. Nichts als Staub. Dann – *nein, nein, ja, ja* – beugte er sich noch weiter vor. Dort hatte offensichtlich jemand über den Boden gefegt. Ihm fielen ganz kleine Partikelrückstände auf. Winzige Perlen, winzige Körner. Weißer Sand. Weißer Sand aus einem Sandsack, denn so ein guter Schütze hätte definitiv einen benutzt.

Der Regen prasselte jetzt in Strömen herab. Er zog die Jacke enger um sich. Wenn der Sandsack hier gelegen hatte – und so musste es sein, da der Schütze nur so das Gewehr auf die Zielzone gerichtet haben konnte –, dürfte er seine Beine auf eine ganz bestimmte Weise angewinkelt haben. Er beugte das Bein so, wie der andere es getan haben musste, und hoffte, auf einen Knieabdruck zu stoßen, auf irgendeine menschliche Spur. Aber alles war verwischt und nun drohte der Regen es dauerhaft auszulöschen.

Der Niederschlag fühlte sich kalt und bitter an. So wie der in Kham Duc. Er war gekommen, um alles wegzuspülen.

Aber dann verlagerte er seine Suche an eine Stelle weiter unten, zwischen diesen kleinen, bedeutungslosen Dünen, und endlich fand er, wonach er gesucht hatte. Ein etwa fünf Zentimeter breiter, scharfer Einschnitt in den Boden mit Kerben von einem Faden, der eine Sohle mit einem Stiefel verbunden hatte. Ja, eindeutig der Abdruck eines Schützenstiefels, von der Sohlenkante. Die winzigen Schlaufen des Fadens, die weichen Konturen des Stiefels selbst, alles hatte die Erde perfekt konserviert. Der Schütze hatte den Fuß seitlich angewinkelt, damit er den Hauch von

Muskelspannung aufbauen konnte, der sich durch den gesamten Körper fortpflanzte. Ein Adduktorenmuskel, der *adductor magnus*. Das Herzstück eines Systems, das ein bestimmter Trainer vertreten und bis auf den letzten beteiligten Muskel perfektioniert hatte.

Ein russisches System. Eine Schießhaltung, die der Trainer Lozgachev kurz vor den Olympischen Spielen 1952 entwickelt hatte. Dort hatten die Schützen aus dem Ostblock klar in Führung gelegen. 1960 hatte noch jemand Gold im Liegendanschlag gewonnen, der von Lozgachev trainiert worden war und sein System des magischen *adductor magnus* eingesetzt hatte.

Der Scharfschütze T. Solaratov.

KAPITEL 32

Es war spät in der Nacht. Draußen heulte immer noch der Wind und es schüttete. Das Unwetter hielt laut Prognosen die nächsten drei Tage an. Der Mann war allein in einem Haus, das ihm nicht gehörte, auf halber Höhe eines Bergs, in einem Staat, den er kaum kannte. Seine Tochter hielt sich in der Stadt bei ihrer verletzten Mutter auf. Eine eigens angeworbene Krankenschwester kümmerte sich bis zur Ankunft der Frau eines FBI-Agenten um sie.

Im Haus war kein Laut zu hören. Ein Feuer brannte im Kamin, aber es erzeugte kein gemütliches Knistern. Es war bloß ein Feuer, das seit einer Weile nicht mehr geschürt worden war.

Der Mann saß im Wohnzimmer in einem Stuhl, der jemand anderem gehörte. Er starrte etwas an, das er vor sich auf den Tisch gestellt hatte. Alles im Zimmer war fremdes Eigentum. Er war 52 Jahre alt, doch ihm gehörte fast nichts – ein Stück Land in Arizona, das inzwischen brachlag, ein so gut wie verlassenes Grundstück in Arkansas. Er hatte seine Rente und die Familie seiner Frau besaß beträchtliche Ersparnisse, aber nach 52 Lebensjahren war das keine besonders imposante Ausbeute.

Tatsächlich hatte ihn in diesen 52 Jahren nur ein Gegenstand dauerhaft begleitet, und der stand jetzt vor ihm auf dem Tisch.

Eine Literflasche Bourbon: Jim Beam, White Label, der allerbeste. Er hatte seit vielen Jahren keinen Whiskey mehr getrunken. Er wusste, wenn er es jemals wieder tat, brachte es ihn womöglich um. Es fiel ihm so leicht, das Zeug hinunterzukippen, weil diese Betäubung ihn von Ballast befreite, von dem er sich auf keine andere Art befreien konnte.

Also gut! Heute Abend trinken wir den Whiskey.

Er hatte ihn 1982 in Beaufort, South Carolina gekauft, nicht weit entfernt von Parris Island. Er hatte keine Ahnung, wie er dort gelandet war. Es schien eine Art betrunkene Reise zu seinen Wurzeln gewesen zu sein, zur Grundausbildungsstätte des United States Marine Corps – als ob dort alles seinen Anfang genommen und zugleich geendet hätte. Es war das Ende eines gewaltigen, sieben Wochen langen Dauerbesäufnisses gewesen. In der zweiten Woche hatte seine erste Frau sich endgültig aus dem Staub gemacht. Er konnte sich nicht an die genaue Zeit und den Ort erinnern, aber er wusste noch, wie er in einen Schnapsladen getorkelt war und einen Zehner dafür auf die Theke geklatscht hatte. Mit dem Wechselgeld und der Flasche war er hinausgegangen in die Hitze und in sein Auto gestiegen, das er mit seinen restlichen Besitztümern vollgestopft hatte.

Dort hatte er auf dem Parkplatz gesessen, dem Zirpen der Zikaden gelauscht und sich innerlich darauf vorbereitet, die Flasche zu öffnen, um seinen Kopfschmerz, das ständige Zittern, die Flashbacks und seine Wut in einer weichen, braunen Flut zu ertränken. Aus irgendeinem Grund hatte er an diesem Tag gedacht: *Vielleicht kann ich noch ein bisschen warten, bevor ich sie aufmache. Nur ein bisschen. Mal sehen, wie lang ich durchhalte.*

Er hatte zwölf Jahre durchgehalten.

Tja, und jetzt ist es so weit. Heute Nacht wird sie gekippt.

Bob öffnete die Versiegelung. Sie leistete nur kurz Widerstand, gab mit einem trockenen Knacken nach und glitt zur Seite, billige Metallfolie schabte über Glas. Er schraubte die Kappe ab, legte sie auf den Tisch und goss ein paar Fingerbreit in ein Glas. Die Flüssigkeit kam zur Ruhe, braun und still, kein bisschen cremig, sondern dünn wie Wasser. Er starrte hinein, als versuche er, einen tieferen Sinn aus der Flüssigkeit herauszulesen. Aber nach einem kurzen Moment begriff er, dass es vergeblich war, und hob das Glas an die Lippen.

Der Geruch traf ihn als Erstes wie ein verlorener Bruder, der seinen Namen rief, etwas, das er so gut kannte und so lange vermisst hatte. Unendlich vertraut und verlockend, absolut überwältigend, denn so war Whiskey: Er nahm alles und machte es zu Whiskey. Darin lagen Fluch und Segen zugleich.

Der Geschmack explodierte auf seiner Zunge; heißes, weiches Feuer, rau wie hereinströmender Rauch. Er zuckte zusammen. Seine Augen brannten, die Nase schwoll zu. Er blinzelte und spürte es am Gaumen, wie es um die Zähne schwappte. Selbst jetzt, im letzten Moment, war es noch nicht zu spät. Aber er schluckte runter. Der Whiskey brannte sich einen Weg die Kehle hinunter wie flüssiges Napalm, unangenehm im Abgang. Dann schlug es zu, die erste Bombe ging hoch, überall zündeten Feuer.

Er erinnerte sich. Er zwang sich dazu.

Die letzte Mission. Der Tag vor Donnys Abberufung. Er hätte sich um die Formalitäten kümmern sollen. Aber nein, der kleine Mistkerl konnte einfach nicht lockerlassen. Er wollte perfekt sein. Der perfekte Marine. Er musste ja unbedingt mitkommen.

Warum hast du es zugelassen?

Hast du ihn insgeheim gehasst? Gab es da etwas in dir, das sich wünschte, dass der Junge getroffen wird? Lag es an Julie? Hast du ihn so sehr gehasst, weil er zu Julie zurückkehren durfte und du wusstest, dass du sie nie kriegst, wenn er durchkommt?

Donny war nicht durchgekommen. Bob hatte Julie gekriegt. Er war nun mit ihr verheiratet, auch wenn es eine Weile gedauert hatte. Auf eine schreckliche Art hatte sich sein geheimer Wunsch erfüllt. Er hatte von Donnys Tod profitiert. Er allein war mit einem Plus aus der ganzen

Sache herausgekommen. Er, Gunnery Sergeant Bob Lee Swagger, USMC (i. R.).

Nicht nachdenken, warnte er sich selbst. *Nicht interpretieren, nur aufzählen. Zähl alles auf. Grab es aus.* Er musste sich auf die exakten Ereignisse konzentrieren, auf die harten Fakten, das Wissen, das konkret Greifbare und Fühlbare.

Wie spät war es?

Früh am Morgen, 5:30 Uhr, am 6. Mai 1972. Der diensthabende Unteroffizier will mich wecken, aber ich bin bereits wach und hab ihn kommen hören.

»Sarge?«

»Ja, bin gleich da.«

Ich stehe auf, bevor die Sonne aufgeht. Ich beschließe, Donny noch nicht zu wecken. Soll er noch schlafen. Morgen ist sein DEROS, er kehrt zurück in die normale Welt. Ich checke meine Ausrüstung. Die M40 ist sauber. Sowohl ich als auch der Waffenmeister haben sie letzte Nacht sorgfältig überprüft. 80 Schuss M118-Matchmunition im NATO-Kaliber 7,62 Millimeter sind gesäubert und in den Taschen eines 872-Gurts verstaut worden.

Ich lege das Schulterhalfter für meine .380 an, darüber meine Tarnuniform. Ich binde mir die Schuhe, ziehe die Schnürsenkel stramm und tarne mein Gesicht mit Dschungelfarben. Ich finde meinen Boonie-Hut. Ich lege das 782-Zeug an, mit der Munition, den Feldflaschen, dem 45er, alles ebenfalls frisch durchgecheckt. Ich nehme das Gewehr, das am Gurt von einem Nagel an der Bunkerwand hängt, schiebe fünf M118-Patronen hinein, ziehe den Kammerstängel zurück, um die oberste in die Kammer zu laden. Ich lege den Sicherungshebel um, gleich hinter dem Verschluss. Ich bin bereit, an die Arbeit zu gehen.

Es wird ein heißer Tag. Die Regenzeit ist endlich vorbei und die Hitze ist aus dem Osten gekommen, nimmt uns arme Fußsoldaten in den Schwitzkasten. Aber noch ist es nicht heiß. Ich halte beim Küchenzelt an, wo schon jemand Kaffee gekocht hat. Obwohl ich sonst keinen trinke, damit er meine Nerven nicht zittern lässt, ist es in letzter Zeit so ruhig gewesen, dass ich mir einbilde, eine Tasse wird mir schon nicht schaden.

Ein Private First Class gießt ihn mir in einen großen USMC-Becher. Es riecht wunderbar und ich nehme einen tiefen heißen Schluck. Verdammt, schmeckt das gut. Das braucht ein Mann am Morgen.

Vor dem herunterbrennenden Kaminfeuer in seinem Wohnzimmer kippte Bob noch einen Schluck Whiskey hinterher. Auch der brannte auf dem Weg in seine Magengrube. Dann schien er ihm einen Schlag mitten zwischen die Augen zu verpassen, der alles verschwimmen ließ. Er spürte, wie ihm die Tränen kamen.

6. Mai 1972, 5:50 Uhr.

Ich gehe zum S-2-Bunker und ducke mich hinein. Lieutenant Brophy ist schon auf. Ein echter Profi, der genau weiß, wann er da zu sein hat und wann nicht. Heute Morgen ist er da, frisch rasiert, mit gestärkter Uniform. Scheinbar steht eine Zeremonie an.

»Morgen, Sergeant.«

»Morgen, Sir.«

»Heute Nacht kam die Anweisung zu Ihrer Beförderung. Ich bin hier, um Ihnen mitzuteilen, dass Sie nun offiziell ein Gunnery Sergeant im United States Marine Corps sind. Herzlichen Glückwunsch, Swagger.«

»Danke, Sir.«

»Sie haben prima Arbeit geleistet. Und ich bin sicher, Sie werden auch in Aberdeen so richtig aufräumen.«

»Freu mich drauf, Sir.«

Vielleicht spürt der Lieutenant, dass das ein historischer Moment ist. Vielleicht weiß er, dass es die letzte Tour von

Bob dem Henker ist. Drei Einsatzzeiten in Vietnam, die letzte verlängert, womit er ganze 19 Monate hier verbracht hat. Er will, dass alles seine Richtigkeit hat, und das beruhigt mich. Auf eine gewisse Weise versteht Brophy es, und das ist gut.

Wir gehen den Job durch. Wir nehmen uns die Karten vor. Es ist simpel. Ich werde an der Nordseite rausgehen, über den Wall und auf den Waldrand zu. Dann schlagen wir uns weiter nach Norden durch, Richtung Hoi An, durch dichtes Buschwerk und über einen Deich in einem Reisfeld. Wir gehen rund vier Klicks bis zu einem 840 Meter hohen Hügel, der deshalb die Bezeichnung Hill 840 trägt. Wir gehen rauf, richten unseren Beobachtungsposten ein und behalten auf gute Marine-Corps-Art die Ban-Son-Straße und den Thu-Bon-Fluss im Auge. Mit dem Töten bin ich fertig; hier geht's nur noch um Aufklärung. Ich bin hier, um die Feuerbasis zu sichern, sonst nichts. In diesem Sinne halten wir nach Zeichen für größere Truppenbewegungen Ausschau, für die Anwesenheit des Feindes, sowohl auf dem Hin- als auch auf dem Rückweg.

Der Lieutenant tippt persönlich den Einsatzbefehl und trägt ihn ins Logbuch ein. Ich unterschreibe den Befehl. Damit ist er offiziell.

Ich sage dem Gehilfen, dass er Fenn holen soll. Es ist 6:20 Uhr. Wir sind schon etwas spät dran, weil ich Fenn habe schlafen lassen. Warum ich das getan habe? Tja, es kam mir wie eine nette Geste vor. Ich wollte ihm an seinem letzten Tag nicht auf die Nerven gehen. Er wird eigentlich nicht gebraucht, bis wir das Gelände verlassen, weil die Mission schon in der vorigen Nacht ausreichend besprochen wurde. Er kennt die Einzelheiten besser als ich.

Zehn Minuten später taucht er auf, immer noch verschlafen, aber das Gesicht grün bemalt, so wie meins. Jemand bringt ihm einen Kaffee. Der Lieutenant fragt ihn, *wie es ihm geht. Er sagt, es geht ihm gut, er will es einfach hinter sich bringen und dann in die normale Welt zurück.*

»Du musst nicht mit, Fenn.«

»Ich komme mit.«

Warum? Warum hatte er sich unbedingt anschließen wollen? Was trieb ihn dazu? Er hatte es damals nicht verstanden und verstand es nach wie vor nicht. Es hatte keinen Grund gegeben, nicht einen einzigen, der für ihn einen Sinn ergab. Es war der letzte, winzigste, unbedeutendste von allen Aufträgen gewesen, die sie in Vietnam erledigt hatten. Der einzige, den sie sich hätten sparen können. Und, oh, wie anders sähe die Welt jetzt aus, wenn sie es getan hätten.

Bob kippte sich noch einen Schluck Bourbon hinter die Binde. Heißes Feuer. Napalm schwappte, der Schlag zwischen die Augen. Die braune Herrlichkeit.

»Check deine Waffen«, sage ich zu Fenn, »und dann mach 'nen Funktest.«

Donny stellt sicher, dass das M14 geladen und gesichert ist. Er nimmt seinen 45er, wirft das Magazin aus, vergewissert sich, dass die Kammer leer ist. Ich hab ihm gesagt, dass er ihn so tragen soll. Dann überprüft er das PRC-77, das natürlich ein klares, deutliches Signal liefert, weil die Empfangsstation nur ein bis zwei Meter entfernt ist. Aber wir ziehen alles streng nach Vorschrift durch, so wie immer.

»Bist du mit allem fertig, Fenn?«, frage ich.

»Zu allem bereit, semper fi und so weiter«, bestätigt Donny. Als Letztes schnallt er sich das Funkgerät um und sorgt dafür, dass es richtig sitzt. Dann nimmt er seine Waffe, und ich nehme meine.

Wir verlassen den Bunker. Das Morgenlicht beginnt, den Horizont zu färben. Es ist noch kühl und typisch ruhig. Die Luft riecht gut.

Aber dann sage ich: »Ich will nicht den Nordausgang

nehmen. Nur für den Fall. Ich will unser Bewegungsmuster unterbrechen. Diesmal gehen wir nach Osten raus, genau wie beim letzten Mal. Wir haben uns bisher nie wiederholt. Wenn uns irgendwer beobachtet, rechnet er garantiert nicht damit.«

Warum hatte er das gesagt? Welches Gefühl hatte er dabei gehabt? Er wusste, dass er eins gehabt hatte. Warum hatte er nicht darauf vertraut? Man musste aufpassen, denn diese kleinen Zeichen gehörten zu einem, obwohl man nichts darüber wusste. Sie versuchten, einem etwas mitzuteilen.

Aber jetzt konnte er nicht mehr ändern, was vor all den Jahren passiert war. Er hatte einen spontanen Entschluss gefällt, der sich richtig angefühlt hatte – dabei war er so falsch gewesen. Bob leerte das Glas mit einem letzten heißen Zug und goss dann schnell das nächste ein, genau zwei Fingerbreit, wie in so vielen verlorenen Nächten in so vielen verlorenen Jahren. Er hielt es sich vor die Augen, sah nur verschwommen und musste beinahe lachen. Jetzt fühlte er sich nicht mehr so mies. Es ging leicht. Er konnte es einfach ausgraben, und da war es, direkt vor ihm, so deutlich wie eine Videoaufnahme oder so, als ob die Erinnerung nach all diesen Jahren endlich zurückkehren *wollte.*

»Er ist weg vom Fenster, er ist tot. Sie haben ihn doch erwischt«, sagt Brophy.

Was er meint, ist: Der weiße Scharfschütze ist weg, da draußen ist niemand, mach dir keine Sorgen. Und er sollte wirklich tot sein. Wir haben seinen Arsch mit 20- und 7,62-Millimeter-Kugeln durchsiebt. Die Night Hag hat einen Bleihagel auf ihn losgelassen. Die Flammenwerfertrupps haben ihn zu geschmolzenem Fett und Knochenmehl verarbeitet. Wer hätte das überleben sollen? Wir haben sein Gewehr gefunden. Das ist eine große Sache, und jetzt wartet es in Aberdeen darauf, unter die Lupe genommen zu werden, von niemand anderem als mir.

Aber warum glaubten wir damals, er wäre tot? Wir hatten keine Leiche gefunden, nur das Gewehr. Aber wie hätte er all die Kugeln überleben sollen und die Flammenwerfer und die Suchtrupps? Das hätte niemand geschafft. Andererseits war er ein unheimlich effizienter Profi. Er geriet nicht in Panik, war schon oft unter Beschuss geraten, hatte viele Leute erledigt. Er war ruhig geblieben und verfügte über eine Menge Ausdauer.

»Ja, nun ja«, erwidere ich.

Wir erreichen den Schutzwall im Osten. Ein Wachmann kommt von seinem nahe gelegenen Posten zu uns herüber.

»Alles klar?«, frage ich.

»Sarge, ich hing die letzten paar Stunden am Nachtsichtfernrohr. Nichts zu sehen da draußen.«

Aber woher wollte er das wissen? Das Nachtsichtgerät überbrückt nur ein paar Hundert Meter. Das hatte nichts zu sagen. Es bedeutete einfach nur, dass sich niemand in unmittelbarer Nähe aufhielt, ein Pionierzug zum Beispiel. Warum hatte er das damals nicht sofort erkannt?

Er nahm noch einen finsteren, langen Schluck. Jemand schien ihm ein Kantholz über den Schädel zu ziehen. Sein Bewusstsein trübte sich. Er fühlte die Bourbon-inspirierte Sanftheit die Melancholie seiner Erinnerungen bekämpfen, die nach dieser langen Zeit in ihm aufstiegen.

Ich hebe den Kopf über die Sandsäcke, werfe einen Blick in die entlaubte Zone, die sich langsam mit dem Licht der aufgehenden Sonne füllt. Ich kann nicht viel erkennen. Die Sonne scheint mir direkt in die Augen. Ich sehe nur eine leicht gewellte Ebene, flach bewachsen, die vom Entlaubungsmittel geschwärzten Baumstümpfe. Keine Einzelheiten, nur eine leere Landschaft.

»Okay«, sage ich. »Letzter Tag. Jagdzeit.«

Warum sagte er das immer? Warum hielt er es für so cool? Eigentlich war es ziemlich blöd.

Ich lege mein Gewehr auf den Sandsackwall, ziehe mich hinüber, greife danach und rolle mich ab.

Ich lande, und im einen Moment ist noch alles in Ordnung, im nächsten auf einmal nicht mehr. Ich hab das hier in den letzten 19 Monaten schon Hunderte Male gemacht, und es fühlt sich auch diesmal nicht anders an. Dann bleibt die Zeit stehen. Als sie weiterläuft und ich versuche, mir die fehlende Sekunde zu erklären, merke ich, dass eine Menge passiert sein muss.

Ich wurde nach hinten gestoßen, lehne jetzt am Wall. Aus irgendeinem Grund ist mein rechtes Bein neben meinem Ohr. Ich versteh das nicht, bis ich nach unten schaue und meine Hüfte sehe, die zu Brei geschlagen, förmlich zerquetscht ist und aus der mein Blut herausspritzt wie aus einem kaputten Wasserrohr. Dann höre ich das Krachen des Gewehrschusses, kurze Zeit nachdem ich getroffen wurde.

Es ergibt überhaupt keinen Sinn, und ich gerate in Panik. Dann denke ich: So ein Scheißdreck, jetzt werde ich sterben. *Sogar ich harter Bursche fühle nichts als Entsetzen. Ich will nicht sterben. Das ist alles, woran ich denken kann: Ich will nicht sterben.*

Überall ist Blut. Ich drücke die Finger auf meine Wunde, um das Blut aufzuhalten, aber es quillt dazwischen hindurch. Es ist, als ob man sich damit abmüht, Sand zu greifen. Er rinnt einem durch die Finger. Ich kann zerschmetterte Knochen erkennen. Ich spüre die Nässe. Noch eine Sekunde lang fühle ich keinen Schmerz, dann wird er so heftig, dass ich das Gefühl bekomme, er allein wird mich umbringen. Ich denke jetzt nur noch an mich selbst: Es gibt niemanden auf der Welt außer mir. Ein einziges Wort nimmt in meinem Kopf Gestalt an: Morphium.

Bob schaute in den bernsteinfarbenen Bourbon: so still, so ruhig. Draußen rauschte der Wind, kalt und rau. Über die Jahre hinweg hörte er sich selbst schreien: »Ich bin getroffen!« Und er sah sich mit zerschlagener Hüfte, aus der das Blut floss. Er wusste, was als Nächstes geschehen war.

Er trank noch einen Schluck. Das Zeug landete schwer in seinem Magen. Er fühlte sich ganz schön besoffen. Die Welt schwankte und drehte sich, wurde ein Dutzend Mal unscharf und gewann wieder an Klarheit. Jetzt weinte er. Damals hatte er nicht geweint, aber diesmal tat er es.

»Nein!«, schreie ich, aber es ist zu spät, der Junge ist bereits über den Wall gesprungen, um seinem Sergeant Deckung zu geben, ihm Morphium zu spritzen, den Verwundeten in Sicherheit zu schleifen.

Donny kommt auf dem Boden auf und genau in diesem Augenblick erwischt es ihn. Die Kugel ruft eine so starke Erschütterung in ihm hervor, als sie ihn durchschlägt, dass es aussieht, als ob von seiner Brust eine kleine Staubwolke aufsteigt. Es gibt keine Fontäne, kein spritzendes Blut, nichts. Er fällt einfach um, totes Gewicht, und verdreht die Augen nach oben. Aus weiter Ferne ist der Schuss zu hören.

Schwang etwas Vertrautes darin mit? Warum kam ihm das Geräusch nur so bekannt vor?

Er hörte wieder den Knall: knackig, ohne Echo, weit weg, aber klar. Vertraut? Weshalb vertraut? Jedes Gewehr und jede Patrone verfügte über charakteristische Merkmale, aber diese – was war damit? Welche Information verbarg sich darin? Welche Botschaft?

»Donny!«, schreie ich, als ob mein Schrei ihn zurückbringen könnte, aber er ist so erledigt, dass es zwecklos ist. Keinen halben Meter von mir entfernt bricht er im Staub zusammen, schlägt auf dem Boden auf, wie es nur Bewusstlose tun. Ich weiß nicht, wie ich es hinbekomme, aber irgendwie schaffe ich es, zu ihm zu kriechen und ihn festzuhalten.

»Donny!«, schreie ich, schüttle ihn, als ob ich die Kugel

herausschütteln könnte. Aber seine Augen sind glasig und schauen ins Leere. Blut fließt aus seinem Mund und seiner Nase. Es kommt auch aus der Brust. Es ist nicht zu fassen, wie viel Blut in einem ist: Eine unglaubliche Menge, und es fließt heraus wie Wasser, dünn und nass, durchtränkt alles.

Seine Lider flattern, aber er sieht nichts. In seiner Kehle entsteht ein leises Geräusch. Irgendwie halte ich ihn in den Armen und schreie jetzt: »Sanitäter! Sanitäter!«

Ich höre Maschinengewehrfeuer. Jemand ist mit einem M60 zum Wall gerannt und gibt uns Unterstützungsfeuer. Lichtbogen auf Lichtbogen der Leuchtspurgeschosse sausen über das Feld, wirbeln die Erde auf, wo sie einschlagen. Ein rückstoßfreies 57-Millimeter-Geschütz wird mit großem Donnerknall abgefeuert und lässt irgendwo in der Landschaft eine pilzförmige Wolke aufsteigen. Mehr und mehr Männer kommen zum Wall, als ob es gilt, eine Welle von Angreifern zurückschlagen zu müssen.

In der Zwischenzeit ist Brophy über den Wall gesprungen und hat uns jetzt erreicht. Da sind noch drei oder vier andere Jungs, die sich an uns drücken und nach draußen ins Leere schießen. Brophy haut mir eine Morphiumspritze rein, dann gleich noch eine.

»Donny!«, schreie ich, aber während das Morphium mir das Hirn vernebelt, spüre ich, wie seine Finger sich von meinem Handgelenk lösen, und ich weiß, dass er tot ist.

Bob setzte die Flasche an, ließ das Glas diesmal stehen. Die Flüssigkeit rauschte durch seine Kehle. Er war jetzt fast völlig erledigt. Er konnte sich nicht mehr an Donny erinnern. Donny war weg, Donny war verloren, Donny war Geschichte, Donny war nichts als ein Name an einer langen schwarzen Mauer. Existierten überhaupt noch Fotos von ihm? Er versuchte, sich Donny in Erinnerung zu rufen, aber sein Verstand ließ es nicht mehr zu.

Ein graues Gesicht. Ein leerer Blick, der in die Ewigkeit

starrt. Der Lärm der Maschinengewehre. Der Geschmack von Staub und Sand. Überall Blut. Brophy jagt mir das Morphium rein. Die Wärme, die sich ausbreitende Taubheit. Ich werde Donny nicht loslassen. Ich muss ihn halten. Sie versuchen, mich über den Wall wegzuziehen. Die Schwärze des Morphiums betäubt mich.

Ich schlafe.

Ich schlafe.

Tage vergehen, ich treibe im Morphium dahin.

Schließlich weckt mich ein Sanitäter. Er rasiert mich. Das heißt, er rasiert meinen Schambereich.

»Hm?«, mache ich, so benommen, dass ich kaum atmen kann. Ich fühle mich aufgebläht, glitschig, von Gewichten niedergedrückt.

»Ihre Operation, Gunny«, sagt er. »Sie werden jetzt operiert.«

»Wo bin ich?«, frage ich.

»Auf den Philippinen. Onstock Naval Hospital, Abteilung für Chirurgische Orthopädie. Die werden Sie wieder zusammenflicken. Sie haben 'ne Woche geschlafen.«

»Werd ich sterben?«

»Himmel, nein. Sie spielen nächstes Jahr wieder in der Oberliga mit.«

Er rasiert mich. Das Licht ist grau. Ich weiß nicht mehr viel, aber irgendwo unter der Oberfläche wabert Schmerz. Donny? Donny ist weg. Dodge City? Was ist mit Dodge City passiert? Brophy, Feamster, die Jungs. Dieser kleine Posten da draußen, ganz allein.

»Dodge?«

»Dodge?«, wiederholt er. »Haben Sie's noch nicht gehört?«

»Nein«, erwidere ich, »ich hab geschlafen.«

»Klar. Schlechte Neuigkeiten. Die Schlitzaugen haben das Lager überfallen, ein paar Tage nachdem Sie getroffen

wurden. Pioniere stürmten mit Granaten rein. Haben 30 Leute getötet und weitere 65 verwundet.«

»*Oh, Scheiße.*«

Er rasiert mich geschickt; ein Mann, der weiß, was er tut.

»*Brophy?*«, *erkundige ich mich.*

»*Ich weiß nicht. Die haben 'ne Menge Offiziere erwischt. Haben die Kommandobunker getroffen. Ich weiß, dass der kommandierende Offizier und ein paar Soldaten darunter waren. Arme Kerle. Wahrscheinlich die letzten Marines, die im Land der bösen Träume gestorben sind. Man sagt, dass es 'ne groß angelegte Untersuchung dazu geben wird. Das wird Karrieren beenden, ein Colonel, vermutlich sogar ein General wird seinen Hut nehmen müssen. Sie haben Glück, dass Sie da noch rausgekommen sind, Gunny.*«

Verlust. Endloser Verlust. Es kam nichts Gutes dabei heraus. Kein Happy End. Wir kamen, wir erlitten eine Niederlage, wir starben, wir kehrten nach Hause zurück. Wozu?!

Ich fühle mich alt und erschöpft. Verbraucht. Werft mich weg. Tötet mich. Ich will nicht leben. Ich will sterben und bei meinen Leuten sein.

»*Sani?*« *Ich packe ihn am Arm.*

»*Ja?*«

»*Töten Sie mich. Geben Sie mir Morphium. Erledigen Sie mich. Alles, was Sie haben. Bitte.*«

»*Kann ich nicht machen, Gunny. Sie sind 'n verdammter Held. Sie haben das Leben noch vor sich. Werden das Navy Cross bekommen. Man wird sie zum Command Sergeant Major des Marine Corps ernennen.*«

»*Es tut so weh.*«

»*Okay, Gunny. Ich bin fertig. Ich werd Ihnen noch ein bisschen Mike geben. Aber nur ein bisschen, damit der Schmerz nachlässt.*«

Er gibt es mir. Ich bin bald weggetreten, und als ich das nächste Mal aufwache, liege ich in einem Ganzkörper-Streckverband in San Diego. So verbringe ich dort ein Jahr allein, gefolgt von einem Jahr im Gipskorsett, ebenfalls allein.

Aber jetzt wirkt das Morphium, und Gott sei Dank, ich gehe wieder darin unter.

Das Licht weckte ihn, dann hörte er ein Geräusch. Die Tür wurde aufgerissen und Sally Memphis stürmte herein.

»Dachte ich mir doch, dass du hier bist.«

»Herrgott, wie spät ist es?«

»Mister, es ist halb zwölf am späten Vormittag. Du solltest bei deiner Frau und deiner Tochter sein, statt hier draußen rumzusitzen und dich zu betrinken.«

Bob hatte Kopfschmerzen und einen trockenen Mund. Er bemerkte seinen Geruch, der alles andere als angenehm war. Er trug immer noch die Klamotten vom Vortag und über dem Zimmer hing der Gestank eines ungewaschenen Mannes.

Sally huschte hin und her, zog die Vorhänge auf. Vor dem Fenster brannte die Sonne. Das angebliche Drei-Tage-Unwetter hatte sich schon nach einem Tag wieder verzogen. Der diamantblaue Himmel von Idaho leuchtete von der Sonne erhellt. Bob blinzelte in der Hoffnung, dass der Schmerz verging, aber das tat er nicht.

»Um sieben Uhr hatte sie die Operation am Schlüsselbein. Du hättest da sein sollen. Außerdem solltest du mich um halb zehn am Flughafen abholen. Weißt du noch?«

Sally hatte gerade ihr Jurastudium abgeschlossen. Sie war die Frau eines der wenigen Freunde, die Bob hatte. Er hieß Nick Memphis, war Special Agent beim FBI und leitete inzwischen das Büro der Behörde in New Orleans. Sally war etwa 35 und hatte sich im Laufe der Jahre eine etwas puritanische Art zugelegt – gnadenlos und direkt. Sie trat in diesem Herbst eine Stelle als Assistentin bei der Staatsanwaltschaft New Orleans an. Aber sie war trotzdem gekommen, weil sie und ihr Mann Bob ins Herz geschlossen hatten.

»Hab 'ne üble Nacht hinter mir.«

»Sag bloß.«

»Es ist nicht das, wonach es aussieht«, erwiderte er schwach.

»Für mich sieht's so aus, als hättest du 'nen Rückfall gehabt, und zwar 'nen ganz heftigen.«

»Ich musste letzte Nacht was erledigen. Ich brauchte das Zeug, um an den Ort zu kommen, an den ich musste.«

»Du bist ein Sturkopf, Bob Swagger. Mir tut deine schöne Frau leid, die mit deiner Sturheit leben muss. Diese Frau ist eine Heilige. Du bist wirklich *nie* im Unrecht, oder?«

»Ich bin ständig im Unrecht. Nur diesmal nicht, zufälligerweise. Hier, schau her.«

Er nahm die aufgeschraubte Flasche Jim Beam, die zu drei Vierteln geleert war, und ging damit auf die Veranda. Seine Hüfte schmerzte ein wenig. Sally folgte ihm. Er goss den Rest der Flasche auf den Boden.

»Da«, sagte er. »Kein echter Säufer tut so was. Es ist weg, es ist alle, es wird meine Lippen nie wieder berühren.«

»Warum hast du dich dann so volllaufen lassen? Weißt du eigentlich, dass ich dich angerufen hab? Du warst 'ne Katastrophe am Telefon.«

»Nee. Tut mir leid, weiß ich nicht mehr.«

»Warum der Schnaps?«

»Ich musste mich an was erinnern, das ich vor langer Zeit erlebt habe. Ich hab jahrelang getrunken, um es zu vergessen. Und als ich dann schließlich trocken wurde, hab ich festgestellt, dass es aus meinem Gedächtnis gelöscht war. Also musste ich es wieder aufstöbern.«

»Und was hast du auf deinem magischen, mystischen Trip herausgefunden?«

»Bisher noch nichts.«

»Aber das wirst du.«

»Ich weiß zumindest, wo ich nach der Antwort suchen muss.«

»Und wo?«

»Da kommt nur ein Ort in Frage.«

Sie zögerte.

»Oh, ich wette, das wird noch richtig gut«, sagte sie dann. »Es wird einfach immer besser.«

»Japp«, erwiderte er. »Keine Sorge, ich enttäusch dich nicht, Sally. Es wird wirklich gut.«

»Wo ist es?«

»Wo es ein Russe hingetan hat. Wo er es vor 25 Jahren versteckt hat. Aber es ist da, und bei Gott, ich werd's ausgraben.«

»Wovon *redest* du überhaupt?«

»Es ist in meiner Hüfte. Die Kugel, die mich zum Krüppel gemacht hat. Sie ist immer noch da. Ich werd sie rausschneiden müssen.«

KAPITEL 33

Es war dunkel und der Doktor noch bei der Arbeit. Bob fand ihn hinter dem Haus der Jennings, die ein Stück die Straße hinunter lebten, ganz in der Nähe der Holloways. Dort hatte er gerade einer Kuh durch eine schwere Geburt geholfen. Im Moment kümmerte er sich um einen Gaul namens Rufus, den Amy, die Tochter der Jennings, über alles liebte, obwohl er langsam Anzeichen von Altersschwäche zeigte. Aber der Doktor versicherte ihr, dass es Rufus gut ging; er brauchte mittlerweile nur ein wenig länger zum Aufstehen. Als alter Herr müsse man ihn mit Respekt behandeln. »So wie diesen alten Herrn da drüben.« Der Doc zeigte auf Bob.

»Mr. Swagger«, rief Amy. »Ich dachte, Sie wären aus der Gegend weggezogen.«

»Bin ich auch«, gab er zurück. »Aber ich kam noch mal zurück, um meinen guten Freund Dr. Lopez zu besuchen.«

»Amy, Schätzchen, ich schick euch ein Vitaminpräparat und möchte, dass du es Rufus jeden Morgen unter den Hafer mischst. Ich wette, das wird ihm helfen.«

»Danke, Mr. Lopez.«

»Schon gut, Kleines. Und jetzt lauf ins Haus. Ich glaube, Mr. Swagger möchte mit mir unter vier Augen sprechen.«

»Tschüss, Mr. Swagger!«

»Mach's gut, Süße«, rief Bob, als das Mädchen zurück zum Haus hüpfte.

»Dachte, diese Reporter hätten Sie endgültig von hier vertrieben«, sagte der Doktor.

»Tja, das dachte ich auch. Die Mistkerle suchen mich immer noch.«

»Wo haben Sie sich verkrochen?«

»In einer Ranch oben in Idaho, 25 Meilen hinter Boise. Ist nur vorübergehend. Ich warte, bis das alles vorbei ist.«

»Ich wusste ja, dass Sie im Krieg 'ne große Rolle gespielt hatten. Aber nicht, dass Sie 'n echter Held gewesen sind.«

»Mein Vater war ein Held. Ich war nur ein Sergeant. Hab meinen Job erledigt, mehr nicht.«

»Tja, und Sie hatten einen tollen Pferdestall. Ich wünschte, Sie würden zurückkommen, Bob. Auf dieser Seite von Tucson gibt's keinen anständigen Stall mehr.«

»Vielleicht werd ich das.«

»Aber Sie sind nicht den weiten Weg gekommen, um über Pferde zu reden«, vermutete Dr. Lopez.

»Nein, Doc, das bin ich nicht. Ich bin erst seit dem späten Nachmittag hier. Hab den American-Airlines-Flug um 14:10 Uhr von Boise nach Tucson genommen, mir 'nen Mietwagen genommen, und hier bin ich nun.«

Bob erklärte ihm, was er wollte. Der Doktor traute seinen Ohren kaum.

»Das kann ich nicht einfach so machen. Nennen Sie mir 'nen Grund.«

»Ich hab's satt, am Flughafen immer den Alarm auszulösen. Ich will in ein Flugzeug steigen können, ohne dass es 'ne Riesenszene gibt.«

»Das reicht mir nicht. Ich hab einen Eid geschworen und bin außerdem an einen ganzen Haufen komplizierter rechtlicher Bestimmungen gebunden, Bob. Und lassen Sie mich Ihnen noch was sagen: Sie sind kein Tier.«

»Doch«, widersprach Bob, »eigentlich schon. Ich bin ein *homo sapiens.* Ich weiß, dass Sie der beste Tierarzt in dieser Gegend sind. Sie haben viele Tiere operiert, und die meisten davon leben noch. Ich weiß genau, dass Sie Billy Hancocks Paint zweimal am Knie operiert haben, und der alte Knabe rennt wie neu über die Koppel.«

»Ein gutes Pferd. War eine Freude, dieses Tier zu retten.«

»Sie haben's ihm nicht mal in Rechnung gestellt.«

»Ich hab ihm 'ne saftige Rechnung geschickt. Hab das Geld bloß nie eingetrieben. Alle paar Monate schickt Billy mir zehn oder 15 Dollar. Irgendwann im nächsten Jahrhundert hat er's bestimmt abbezahlt.«

»Tja, ich bin auch so ein ›gutes Pferd‹. Und ich hab ein Problem, deshalb komm ich damit zu Ihnen. Wenn ich zum Veteranenamt gehe, dauert es Monate, bis der nötige Papierkram erledigt ist. Wenn ich zu 'nem privaten Arzt gehe, muss ich erst mal einen Haufen Fragen beantworten und dann wochenlang stillliegen, ob ich's brauche oder nicht. Aber es muss sofort über die Bühne gehen. Heute Nacht.«

»Heute Nacht!«

»Sie müssen mir 'ne örtliche Betäubung verpassen, es rausholen und mich wieder zusammennähen.«

»Bob, wir reden hier über einen ernsten, komplizierten Eingriff. Jeder normale Mensch bräuchte einen Monat, um sich davon zu erholen, und zwar bei intensiver medizinischer Versorgung. Sie werden für lange Zeit nicht mehr auf der Höhe sein.«

»Doc, ich bin schon mal angeschossen worden. Das wissen Sie. Ich hab gutes Heilfleisch. Die Zeit drängt. Ich kann Ihnen den genauen Grund nicht nennen, aber mir läuft die Zeit weg. Ich muss was rausfinden, um damit zum FBI gehen zu können. Ich brauche ein Beweisstück. Helfen Sie mir!«

»Herrgott.«

»Ich weiß, dass Sie auch für eine Einsatzzeit drüben gewesen sind. Das ist etwas, das Kerle wie wir gemeinsam haben. Wir sollten uns gegenseitig helfen, wo wir nur können.«

»Niemand anders wird's tun, so viel ist jedenfalls sicher«, brummte Dr. Lopez.

»Sie waren Sanitäter und haben wahrscheinlich mehr

Schusswunden gesehen und versorgt als zehn Privatärzte zusammen. Sie wissen genau, was Sie tun.«

»Ich hab so was oft genug gesehen, ja.«

»Üble Sache, 'ne Kugel in 'nen Menschen zu schießen«, fuhr Bob fort. »Ich war nie wieder derselbe. Und jetzt, wo ich langsam alt werde, muckt mein Rücken wegen der Schäden auf, die es an meinem Knochengerüst angerichtet hat. Das Veteranenamt nimmt keine Rücksicht auf Schmerzen. Die sagen einem, dass man sich damit arrangieren muss, und kürzen einem die Invalidenrente jedes Jahr um zehn Prozent. Also lauf ich weiter so rum, wir alle laufen weiter rum mit irgendwelchem Schrott im Körper, fehlenden Gliedmaßen, was auch immer.«

»Es war eine sehr blöde Idee, diesen Krieg zu führen. Da ist nichts Gutes bei rausgekommen.«

»Ganz Ihrer Meinung. Ich wär nicht hier, wenn ich 'ne andere Wahl hätte. Ich brauche diese Kugel.«

»Sie sind ein Narr, wenn Sie glauben, dass das, was ich Ihnen hier bieten kann, so sicher ist wie die moderne klinische Medizin.«

»Sie holen die Kugel raus und nähen die Wunde zu. Wenn Sie's nicht tun, muss ich's selbst erledigen, und das wird sicher nicht schön.«

»Das glaub ich Ihnen aufs Wort, Bob. Tja, man sagt, Sie seien ein richtig zäher Kerl. Das sollten Sie auch sein. Sie werden jedes Quäntchen Zähigkeit brauchen, um die nächsten paar Tage zu überstehen.«

Bob lag auf dem Rücken und schaute in den großen Spiegel, der über ihm hing. Die Narbe der Eintrittswunde bot einen hässlichen Anblick; er schaute nicht gerne hin. Die Kugel hatte ihn in einem leichten Abwärtswinkel beinah voll erwischt. Sie hatte seine Haut und das abschirmende Gewebe des *gluteus medius* durchpflügt, dann die tellerartige Schaufel seines Hüftknochens zerschmettert. Dadurch war sie abgelenkt worden und nach unten in sein Bein eingedrungen, hatte auf dem Weg Muskeln zerrissen. Der Schusskanal war nie gefüllt worden und hinterließ eine Leere, ein Loch in seiner Hüfte, das nach innen führte, umgeben von hässlichem Narbengewebe.

»Keine falsche Hüfte?«, fragte Dr. Lopez, während er die Stelle betastete und sorgfältig untersuchte.

»Nein, Sir«, bestätigte Bob. »Die haben sie mit Knochenmaterial vom anderen Schienbein und ein paar Schrauben zusammengeflickt. An kalten Tagen können die Schrauben ganz schön zwicken, sag ich Ihnen.«

»War auch ein Bein gebrochen?«

»Nein, Sir, sie hat auf dem Weg nach unten bloß Muskelgewebe zerrissen.«

Der Doktor sondierte Bobs Oberschenkel, wo ein langer Fleck den schrecklichen, schlingernden Pfad des Geschosses durch sein Fleisch markierte. Bob sah nach oben, schaute weg, spürte das Erniedrigende dieser Prozedur. Der Operationsraum des Doktors war makellos sauber, wenn auch von der Größe her nicht auf Menschen ausgelegt, denn für gewöhnlich handelte es sich bei seinen Patienten um Pferde mit Bein- oder Augenproblemen. »Tja, Sie haben Glück«, teilte Dr. Lopez ihm mit. »Ich hatte befürchtet, sie hätte sich im Hüftgelenk verfangen. Wäre das der Fall gewesen, hätten Sie Pech gehabt. Dann wäre sie nicht rauszuholen gewesen, ohne Sie dauerhaft zum Krüppel zu machen.«

»Dann hab ich wirklich Glück.«

»Ja. Ich kann sie ertasten. Sie sitzt im Oberschenkel, in der Nähe des Knies. Ich weiß genau, was passiert ist. Die mussten Ihre Hüfte mit transplantiertem Knochenmaterial zusammenschrauben; die tiefe Fleischwunde hat sie erst mal nicht interessiert. Die haben sich nicht mal die Mühe gemacht, sie zu verarzten. Haben sie einfach zugenäht. Die wollten Ihr Leben und Ihre Gehfähigkeit erhalten, anstatt dafür zu sorgen, dass Sie ohne Piepen durch den Metalldetektor am Flughafen kommen.«

»Können Sie das Teil rausholen?«

»Bob, es wird höllisch wehtun. Ich muss durch zweieinhalb Zentimeter Muskelgewebe schneiden, um dicht genug an den Oberschenkelknochen ranzukommen. Ich kann sie da drin spüren. Sie werden bluten wie ein angefahrener Hund. Ich werd Sie zusammennähen, aber Sie werden danach eine lange Ruhepause brauchen. Das ist keine Kleinigkeit. Auch keine Riesensache, aber Sie sollten wenigstens ein paar Wochen nicht ans Laufen denken.«

»Sie schneiden es heute Nacht raus. Ich schlaf hier und hau am Morgen ab. Sie geben mir ein gutes Schmerzmittel mit, und das war's.«

»Sie sind wirklich 'n schwieriger Fall«, stellte der Doktor fest.

»Das sagt meine Frau auch immer.«

»Ihre Frau, und ich wette, jeder sonst, der Ihnen je begegnet ist. In Ordnung, lehnen Sie sich zurück. Ich werd Sie erst waschen, dann rasieren. Anschließend desinfizier ich meine Hände, geb Ihnen das Schmerzmittel und wir tun, was offensichtlich getan werden muss.«

Mit einem betäubten Bein und einem seltsamen Gefühl von Desorientierung sah Bob bei der Operation zu. Der Doktor hatte ein pneumatisches Tourniquet oben ums Bein gebunden, um den Blutverlust zu verringern. Dann hatte er es in eine sterile Ace-Bandage eingewickelt. Jetzt schnitt er hinein, nahm mit dem Skalpell einen etwa 2,5 Zentimeter tiefen und 7,5 Zentimeter langen horizontalen Einschnitt im unteren Bereich der Innenseite seines rechten Oberschenkels vor. Bob spürte nichts. Das Blut spritzte in einem Strahl hervor, als ob eine Arterie gekappt worden wäre, aber das war nicht der Fall. Sobald die Bandage den anfänglichen Strahl aufgesogen hatte, sickerte das restliche Blut nur noch aus der hässlich klaffenden Wunde.

Er hatte schon so viel Blut gesehen, aber am lebhaftesten erinnerte er sich an Donnys Blut. Weil die Kugel ihm Herz und Lunge zerfetzt hatte, war es ihm rasch in die Kehle gestiegen und er hatte es ausgewürgt. So viel, dass es nicht nur aus seinen Adern gedrungen war, sondern sich neue Wege gesucht hatte: aus Nase und Mund, als hätte er Faustschläge ins Gesicht kassiert. Donnys Gesicht war ruiniert gewesen, zerstört von dem schwarzroten Delta, das sich aus der Mitte bis hinunter zum Kinn ausbreitete.

Der Doktor zwickte und drückte an dem Einschnitt herum, zog ihn auseinander wie den Reißverschluss einer Jeans. Dann nahm er eine lange Sonde, schob sie in die Wunde, übte vorsichtig Druck aus und tastete.

»Ist sie da?«

»Ich hab sie noch nicht – ja, ja, da ist sie, ich bin drangestoßen. Scheint in vernarbtem Gewebe festzusitzen. Ich schätze, das ist bei so einer alten Kugel normal.«

Er zog die Sonde heraus, die im hellen Licht des Operationsraums feucht und rot verschmiert glänzte, und legte sie zur Seite. Mit einem frischen Skalpell schnitt er tiefer hinein. Noch mehr Blut begann zu fließen.

»Ich muss mal spülen«, sagte er durch seine Maske. »Ich kann nicht viel sehen bei dem ganzen verdammten Blut.«

»Ganz schöne Sauerei, was?«

Lopez grunzte nur und goss einen Schwall Wasser in die Wunde. Es blubberte.

Merkwürdig: Swagger spürte den Wasserdruck und fand es gar nicht mal unangenehm. Es kitzelte nur ein wenig. Er fühlte die Sonde, konnte beinahe spüren, wie die Zange an der Kugel zerrte. Der Doktor zupfte an dem offenbar ziemlich deformierten Objekt herum. Es steckte irgendwo im Gewebe fest und ließ sich nicht so einfach lösen, wie es bei einer frischen Kugel der Fall gewesen wäre.

Bob bekam all diese Einzelheiten der Operation mit. Er sah die klaffende Öffnung in seinem Bein, sah das Blut, sah, wie die behandschuhten Finger des Doktors zu schimmern begannen und das Zeug seinen Operationskittel befleckte.

Aber er spürte keinen Schmerz. Es hätte ebenso gut jemand anders sein können, der da operiert wurde. Es schien nichts mit ihm zu tun zu haben.

Schließlich zog Lopez die blutige Zange mit einem winzigen Ruck aus der Wunde und hielt die Trophäe hoch, damit Bob sie bewundern konnte: Die Kugel wurde von Knorpelmasse umgeben, weiß und fettähnlich. Der Doktor legte sie mit seinem Skalpell frei. Sie hatte sich beim Aufprall auf den Knochen verformt; ihr Flachkopf war eingedrückt worden und zu einem kleinen, flachen, pilzähnlichen Ding mutiert, das seltsam schräg auf dem Rest saß. Aber sie war nicht in Stücke zerbrochen. Alles noch da: ein hässliches, kleines, verdrehtes Etwas aus Blei mit vergoldetem Metallmantel. Die ursprüngliche aerodynamische Eleganz, die Raketenhaftigkeit, ließ sich selbst in diesem verdrehten Zustand noch erkennen. Bob bemerkte Streifen an der Seite, dort, wo die Züge des Laufs das Geschoss auf der so lange zurückliegenden Reise zu ihm geführt hatten.

»Können Sie sie wiegen?«

»Na klar, ich werd sie wiegen und dann polieren und Ihnen noch als Geschenk einpacken, während Sie in aller Stille verbluten. Immer mit der Ruhe, Bob.«

Er ließ die Kugel in eine kleine Porzellanschale fallen, wo sie klimperte wie ein Penny in der Sammelbüchse eines Blinden. Dann wandte er sich erneut Bob zu.

»Bitte wiegen Sie sie«, beharrte Bob.

»Sie sind ganz schön hartnäckig«, erwiderte der Doktor. Er spülte die Wunde noch einmal aus, desinfizierte sie und schob ein kleines, steriles Plastikrohr hinein, um das Wasser abzusaugen. Rasch und geschickt nähte er sie mit einem groben Faden zu. Als er fertig war, nähte er sie noch einmal mit etwas feinerem Faden. Er bandagierte die Wunde, wickelte eine aufblasbare Schiene um das Bein und pustete sie heftig auf, bis sie das Bein in einer steifen, beinahe unbeweglichen Haltung fixierte. Er löste den Klettverschluss des Tourniquets und warf es beiseite.

»Schmerzen?«

»Gar nichts«, behauptete Bob.

»Sie lügen. Ich hab schon vor fünf Minuten gemerkt, dass Sie immer mehr verkrampfen.«

»Okay, es tut ein bisschen weh, ja.«

Tatsächlich tat es inzwischen höllisch weh. Aber er wollte keine weitere Dosis, keine Drogen, die ihn schwächten, ihn benommen machten. Er hatte etwas zu erledigen.

»Okay«, sagte der Doktor. »Morgen werde ich es neu verbinden und die Röhre rausholen. Im Lauf der Nacht reduziere ich bereits schrittweise den Druck. Und jetzt ...«

»Bitte, ich muss es wissen. Wiegen Sie sie. Ich muss es wissen.«

Dr. Lopez verdrehte die Augen, ging mit der Porzellanschale zu einem Tisch, auf dem eine medizinische Waage stand, und fummelte daran herum.

»In Ordnung.«

»Sagen Sie schon!«, bettelte Bob.

»Es sind 10,87 Gramm.«

»Sind Sie sicher?«

»Ich bin ganz sicher.«

»Gott!«

»Was ist denn?«

»Die ganze Sache ist gerade so kompliziert geworden, dass ich nur noch Bahnhof verstehe.«

Zum ersten Mal seit Wochen schlief er, ohne zu träumen. Er lag in einem von Doc Lopez' freien Schlafzimmern. Der Schmerz und die unerträgliche Steifheit seines Beins ließen ihn früh aufwachen. Der Arzt wechselte den Verband und tauschte auch die aufblasbare Schiene aus.

»Kein größerer Schaden. Sie müssten in der Lage sein, ein bisschen herumzulaufen.«

Er gab Bob ein paar Krücken und den Rat, sich so bald wie möglich professionelle ärztliche Hilfe zu suchen. Bob konnte weder gehen noch ein Bad nehmen, aber er bestand darauf, zum Flughafen zu fahren, angetrieben rein von Schmerzmitteln und Willenskraft. Kreideweiß und schweißgebadet wurde er von einer Stewardess in einem Rollstuhl zum 10:15-Flieger geschoben und benutzte die Krücken, um an Bord zu gehen. Er durfte früher als die anderen Passagiere an Bord und kam sich ein wenig bedeutend vor.

Niemand saß neben ihm; nur die Hälfte der Plätze in der Maschine waren belegt. Das Flugzeug hob ab, stabilisierte sich und schließlich wurde der Kaffee gebracht. Er schluckte noch vier Ibuprofen, spülte sie mit Kaffee hinunter und holte endlich seinen grausigen kleinen Schatz hervor, der in einem Plastikbehälter steckte.

Da bist du ja, du kleines Mistding! Prüfend beäugte er diesen kleinen Metallbrocken, der sich beim Aufprall auf seinen Hüftknochen zu einem Pilz verformt hatte, auf ewig im Zustand der Explosion konserviert.

10,87 Gramm.

Ein großes Problem. Die einzige 10,8-Gramm-Patrone der Welt war 1972 in Amerika hergestellt worden – die Sierra MatchKing, damals und selbst heute noch das beste

Kaliber-30-Geschoss. Er hatte mit einer sowjetischen 9,7-Gramm-Kugel im Kaliber 7,62 x 54 Millimeter gerechnet, wie sie im Dragunow oder dem alten Mosin-Nagant-Scharfschützengewehr zum Einsatz kam.

Nein. Dieser Kerl hatte eine handgeladene amerikanische Patrone benutzt, denn die 10,8-Grammer waren nicht industriell gefertigt worden, bevor die Streitkräfte in den frühen 90er-Jahren das M852 eingeführt hatten. Ebenso wenig die amerikanischen 11,2-Gramm-Matchkugeln, die sich sowohl in die M72-Patrone im Kaliber 30-06 als auch in die M118-Patrone im NATO-Kaliber 7,62 Millimeter laden ließen.

Nein. Eine amerikanische Handladung, genau auf die Bedürfnisse zugeschnitten, durchgeplant, bis ins letzte Detail ausgetüftelt. Ein professioneller Schütze auf der Höhe seines Könnens. Das bedeutete, dass es sich hier um eine große Unternehmung gehandelt hatte, bei der man sogar mitten in Vietnam amerikanische Komponenten beschafft hatte, um das absolute Maximum aus dem vorhandenen Waffensystem herauszukitzeln. Warum?

Er versuchte, eine Antwort auf diese Frage zu finden.

T. Solaratov hatte sein Dragunow verloren. Die Notlösung für den Einsatz musste ein amerikanisches Scharfschützengewehr gewesen sein, vermutlich über das Versorgungssystem der NVA mehr oder weniger leicht zu beschaffen. Schließlich war sowieso die Hälfte von deren Zeug geplündert worden.

Bob hätte wetten können, dass es sich um ein M1-D gehandelt hatte – die Scharfschützenversion des alten M1-Garand, mit dem die GIs den Zweiten Weltkrieg gewonnen hatten.

Je länger er darüber nachdachte, desto richtiger erschien es ihm, bis zu einem gewissen Punkt. Ja, es erklärte diese unterbewusste *Vertrautheit* der Schussgeräusche. Seinerzeit hatte er Tausende von Kugeln mit einem M1 abgefeuert. Es war sein erstes Marine-Corps-Gewehr gewesen, ein stabiles, klobiges, robustes, brillant verarbeitetes Werkzeug, das einen nie im Stich ließ.

Seht her, mein Gewehr, das muss genügen.
Es dient der Tötung und bringt Vergnügen.

Jeder Rekrut war unzählige Stunden in Unterwäsche in der Truppenunterkunft hin und her marschiert: das schwere, ungeladene M1 auf der Schulter, die Sümpfe von Parris Island unmittelbar hinter dem Stacheldrahtzaun, die linke Hand am Schwanz. Ein Ausbilder, der ihnen wie ein Gott, nur grausamer, härter und schlauer vorgekommen war, hatte den primitiven Rhythmus vorgegeben.

Ja, dachte er, *er benutzt ein Garand mit Zielfernrohr, präpariert die bestmögliche Ladung aus optimalen Komponenten, schaltet mich aus und ist der große Held.*

Er betrachtete die Streifen an der Kupferummantelung der Kugel, die sie an jenem Tag bei ihrem explosiven Weg durch den Lauf abbekommen hatte. Eine detaillierte Untersuchung durch Experten brächte wahrscheinlich zum Vorschein, dass sie von einem Gewehr stammten, das einen Lauf mit einer Dralllänge von 10 Zoll aufwies, nicht 12 Zoll, und das würde beweisen, dass sie von einem Match-Grade-M1, nicht von einem M14 verschossen worden war. Er begriff die Logik dahinter. Es erschien sinnvoll, ein Kaliber 30-06 anstelle eines .308 zu wählen, weil die 30-06er auf längere Distanzen aufgrund der längeren Patronenhülsen und größeren Pulvermenge mehr Durchschlagskraft entwickelten, vor allem auf eine Distanz von mehr als 1000 Metern. Definitiv eine ideale Patrone für Fernschüsse, was im Lauf der Jahrzehnte schon viele Rehe am eigenen Leib erfahren hatten. Die 308er galt eher als Möchtegern-Ausführung.

Aber danach war er mit seinem Latein am Ende.

Wenn der Schütze sich wirklich für die .30-06-Patrone entschieden hatte, warum zum Teufel hatte er dann kein Modell 70T verwendet, eine Repetierbüchse? Diese hatten die Marines während der ersten fünf Kriegsjahre als gängiges Scharfschützengewehr eingesetzt. Davon mussten noch jede Menge im Umlauf gewesen sein. Verdammt, selbst Donny hatte bei der einzigen Gelegenheit, Solaratov zu erwischen, diese Waffe benutzt.

Warum hatte der Russe auf die weniger präzise und erheblich störanfälligere halbautomatische Waffe zurückgegriffen, nicht auf den erklärten Klassiker unter den Scharfschützengewehren? Carl Hitchcock, der große Marine-Corps-Scharfschütze von 1967 mit seinen 92 Kills, hatte ein 70T mit Sportgriff und extern verstellbarem Unertl-Zielfernrohr mit achtfacher Vergrößerung benutzt. Das wäre ein passendes Gewehr gewesen. Was zum Teufel hatte dieser Russe sich bloß dabei gedacht?

Lag es vielleicht daran, dass ihm kein 70T zur Verfügung gestanden hatte?

Nun, Bob konnte von Freunden, die er im Pentagon hatte, nachprüfen lassen, wie viele dieser Gewehre im Kampf verloren gegangen waren. Aber er konnte sich nicht vorstellen, dass der Russe wirklich nicht in der Lage gewesen wäre, ein 70T aufzutreiben. Er hätte wahrscheinlich selbst ein Remington 700, Bobs Gewehr, bekommen können, wenn er es denn gewollt hätte.

Was war so besonders an diesem M1, dass es den Russen veranlasst hatte, es zum zentralen Bestandteil seiner Ausrüstung zu machen?

In der Tat handelte es sich um ein äußerst präzises Gewehr. Vielleicht hatte ihm an der Halbautomatik gelegen, um das Ziel mit Schüssen einzudecken, schnell nacheinander drei oder vier Kugeln in einen Bereich abzufeuern, in der Hoffnung, dass eine davon ins Ziel traf.

Quatsch! Nicht auf diese Distanz. Jeder Schuss musste präzise sein.

Das Problem beim Einsatz des Garand als Scharf-schützengewehr bestand darin, dass es mit der National-Match-Eisenvisierung die beste Trefferleistung erzielte. Bei Schießwettbewerben mit Ordonnanzwaffen, bei denen Zielfernrohre nicht zugelassen waren, ging es meistens in Führung. Aber sobald ein Zielfernrohr ins Spiel kam, gestaltete sich die Handhabung der Waffe wesentlich komplizierter. Das Laden mit einem En-bloc-Patronen-rahmen von oben und das Auswerfen der Patronenhülsen in gleicher Richtung machten es unmöglich, das Zielfern-rohr über dem Lauf anzubringen. Stattdessen hatte man für das M1 ein parallel angebrachtes Zielfernrohr konstruiert, das ein kurzes Stück links vom Verschluss saß; ein kompliziertes, nicht ganz zufriedenstellendes System. Es bedeutete, dass das Fernrohr bei bestimmten Entfernungen das Ziel erfasste, aber ein Höhenunterschied zwischen Laufseelenachse und Visierlinie entstand, was schnelle Berechnungen stark erschwerte, vor allem dann, wenn das Ziel nicht exakt erfasst wurde, sich bewegte oder Ähnliches.

Diesen Nachteil hatte der Schütze offenbar bewusst in Kauf genommen.

Warum bloß?

Bob dachte nach, um sich einen Reim darauf zu machen.

Er hatte das Gefühl, dass ihm ein entscheidendes Detail entging. Es gab etwas, das er übersah. Aber es wollte ihm partout nicht einfallen.

Was habe ich vergessen?

Warum will es mir einfach nicht einfallen?

Verflixt, ich komm nicht drauf.

»Sir?«

»Oh, ja?« Er blickte zur Flugbegleiterin auf.

»Sie müssen Ihren Tisch hochklappen und die Sitzlehne zurückstellen. Wir landen gleich in Boise.«

»Oh, ja, tut mir leid, ich hab nicht aufgepasst.«

Sie setzte ein professionelles Lächeln auf. Bei einem Blick aus dem Fenster sah er die Sawtooth Mountains, die heimelige Skyline von Boise und das Rollfeld, benannt nach einem berühmten Bomberpiloten, der im Krieg einen frühen Tod gefunden hatte.

KAPITEL 34

Bob fuhr vom Flughafen direkt zum Krankenhaus. Während die Wirkung des Ibuprofens für kurze Zeit nachließ, fing die Schnittwunde an, wahnsinnig wehzutun. Er wusste, dass am nächsten Tag die Blutergüsse kamen und die Wunde noch wochenlang schmerzte ... aber Aufgeben kam nicht infrage.

Er fuhr durch die stillen, hellen Straßen von Boise, einer schlichten, bescheidenen Stadt. Schließlich erreichte er das Krankenhaus und betrat es mithilfe der Krücken. Wieder half ihm das Schmerzmittel über die Qualen hinweg. Er nahm den Aufzug zum Zimmer seiner Frau, vor dem bereits seine Tochter und Sally Memphis warteten.

»Oh, hi!«

»Daddy!«

»Wie geht's dir, Süße?«, fragte er, hob Nikki hoch und drückte sie. »Schön, dich wiederzusehen! Alles in Ordnung bei dir? Tust du auch, was Sally dir sagt?«

»Mir geht's gut, Dad. Was ist mit dir?«

»Nichts, Schatz. Hab nur 'nen kleinen Kratzer am Bein, weiter nichts«, antwortete er. Sally bedachte ihn mit einem skeptischen Blick.

Er plauderte noch ein wenig mit seiner Tochter und mit Sally, die sich ihm gegenüber merklich kühl verhielt. Julie schlief gerade. Nach der Operation war es zu keinen ernsthaften Komplikationen gekommen. Man ging davon aus, sie bald entlassen zu können. Sally hatte Vorbereitungen getroffen, um mit ihr zu der kleinen Ranch in Custer County zu fahren, so wie von Bob geplant. Sie teilte seine Auffassung, dass es für Julies Sicherheit das Beste war, zumindest, bis die Situation sich geklärt hatte.

Schließlich wachte Julie auf und Bob konnte zu seiner Frau.

Ihr Oberkörper steckte in einem Gips, der an der Seite mit dem zerschmetterten Schlüsselbein den Arm stützte. Sein armes Mädchen! Sie wirkte so schwach, so farblos und irgendwie geschrumpft in diesem Gips.

»Oh, meine Süße«, murmelte er und ging zu ihr.

Sie lächelte, aber ohne besondere Energie oder Begeisterung. Dann fragte sie, wie es ihm ging. Er ging nicht darauf ein, sondern sprach weiter über sie, erkundigte sich nach den Ergebnissen der jüngsten Untersuchungen und den örtlichen Sicherheitsvorkehrungen. Schließlich vertraute er ihr an, dass er glaube, eine konkrete Spur zu haben.

»Das hab ich gleich gemerkt. Du kommst mir total aufgeregt vor.«

»Ist 'ne längere Geschichte. Es gibt da noch was, das mir nicht ganz klar ist. Dafür brauch ich Hilfe.«

»Bob, wie soll ich dir denn helfen? Ich weiß nichts. Ich hab dir schon alles gesagt.«

»Nein, nein, es geht nicht um diese Sache. Es geht dabei um mich.«

»Jetzt kapier ich überhaupt nichts mehr.«

»Schatz, es gibt etwas, das ich verstehen muss. Es ergibt noch keinen Sinn für mich. Also stimmt es entweder nicht, oder ich liege falsch. Falls es nicht stimmt, kann ich nichts dran ändern. Falls ich falsch liege, kann ich möglicherweise doch noch dahinterkommen.«

»Herrgott. Ich werde angeschossen, aber du glaubst, alles dreht sich nur um dich. Da irrst du. Das macht dich blind für die Welt.«

Er ließ diese Spitze gleichmütig über sich ergehen.

Schließlich sagte er: »Es tut mir sehr leid, dass du getroffen wurdest. Ich bin sehr glücklich, dass du noch lebst. Du solltest dich drauf konzentrieren, was für ein Glück du hattest, dass du durchgekommen bist, nicht darauf, was für ein Pech du hattest. Du hast dich richtig verhalten, hast das Ruder in die Hand genommen, warst eine richtige Heldin. Du hast dein Leben, du hast deine Tochter, du hast deinen Mann. Jetzt ist nicht der Zeitpunkt, um wütend zu sein.«

Sie schwieg.

»Und es geht nicht allein um mich. Es geht um unsere Familie. Ich muss dieser Sache auf den Grund gehen.«

»Kannst du das nicht der Polizei oder dem FBI überlassen? Von denen wimmelt's hier doch eh schon. Das ist ihr Job. Dein Job ist es, hier zu sein, bei Nikki und mir.«

»Ein Mann ist hinter mir her. Je näher ich bei dir bin, desto größer die Gefahr, in der du schwebst. Verstehst du das?«

»Also haust du wieder ab. Ich hab's doch gewusst. Du warst nicht da, als ich angeschossen wurde, du warst nicht da, als ich drei Stunden lang in dieser Schlucht gelegen habe, du warst nicht da, als sie mich operiert haben. Du warst nicht da, als ich aufgewacht bin. Du hast dich nicht um deine Tochter gekümmert. Offensichtlich kommst du auch nicht mit uns in die Berge. Ich hab gehört, dass du wieder getrunken hast. Anscheinend bist du auch in einen Kampf geraten, weil du so fürchterlich humpelst und dein Gesicht weiß wie ein Bettlaken ist. Und trotzdem denkst du nur daran, wieder abzuhauen. Und ... bescheuerterweise macht dich das sogar noch *glücklich*.«

»Es gab keinen Kampf. Ich hab mir 'ne Kugel aus dem Bein schneiden lassen, das ist alles. Tut mir leid. Ich glaube, es ist am besten so.«

»Ich weiß nicht, wie lange ich das noch ertragen kann.«

»Ich will einfach nur, dass es vorbei ist.«

»Dann bleib hier. Bleib hier bei uns.«

»Das kann ich nicht. Das bringt euch nur in Gefahr. Wenn er es nicht längst weiß, wird er bald herausfinden, dass er den falschen Mann erwischt hat. Und dann kommt er zurück. Ich muss in der Lage sein, mich frei zu bewegen, zu planen, zu denken, mich zu verteidigen. Und nicht nur das – wenn er erneut hinter mir her ist und du in meiner Nähe bist, glaubst du, ich könnte dich beschützen? Niemand könnte dich dann beschützen. Ich muss ihn verfolgen. Vielleicht erwische ich ihn, vielleicht auch nicht, aber ganz sicher lass ich nicht zu, dass er Jagd auf dich macht.«

»Bob«, unterbrach sie ihn. »Bob, ich hab mit einem Anwalt gesprochen.«

»Was?«

»Ich hab gesagt, ich hab mit einem Anwalt gesprochen.«

»Was soll das heißen?«

»Das heißt, dass ich glaube, wir sollten uns trennen.«

Es gibt Momente, da gefriert einem das Herz in der Brust. Es wird einfach zu Eis. Man kann kaum noch atmen. Man schluckt, bekommt keine Luft, hat keine Spucke mehr im Mund. Es pocht in den Ohren, der Kopf tut weh, das Blut rauscht einem durch die Adern. Man steht kurz vor dem Ausflippen. Das war ihm nie passiert, wenn ihm Kugeln um die Ohren flogen und um ihn herum Menschen starben. Aber jetzt passierte es.

»Warum?«, fragte er schließlich.

»Bob, wir können so nicht leben. Es ist eine Sache, zu sagen, dass wir uns lieben, eine Familie haben, uns umeinander kümmern. Es ist eine andere Sache, wenn du immer wieder abhaust und ich dann Gerüchte höre, dass Menschen gestorben sind, aber du nicht mit mir darüber redest. Und es ist auch was anderes, wenn du die ganze Zeit so wütend bist, dass du mich in einer Tour anschnauzt. Ich kann dich nicht ewig vor unserer Tochter dafür in Schutz nehmen. Und dann kommt noch was, das Schlimmste von allem: Der Krieg kommt zu uns nach Hause. Ich werde angeschossen und ein Mann stirbt direkt vor den Augen unserer Tochter. Und du haust mal wieder ab. Ich liebe dich, oh ja, ich liebe dich, aber ich kann nicht zulassen, dass Nikki so etwas noch einmal durchmachen muss.«

»Ich ... Es tut mir leid, Julie. Ich wusste nicht, wie sehr dir das zu schaffen macht.«

»Es geht nicht nur um die Gewalt. Es geht darum, wie sehr du sie zu *lieben* scheinst. Dass sie pausenlos in dir steckt. Ich kann es in deinen Augen sehen. Ständig suchst du das Gelände ab, kannst dich nie richtig entspannen. Du musst immer eine geladene Waffe in der Nähe haben und hältst mich innerlich auf Abstand. Du bist kein Scharfschütze mehr, Bob, das liegt viele Jahre zurück. Aber du bist vom Kopf her nach wie vor da drüben. Ich komme gegen den Vietnamkrieg nicht an. Du liebst ihn mehr als uns.«

Er atmete schwer.

»Bitte, tu mir das nicht an. Ich kann dich und Nikki nicht verlieren. Ich habe nichts anderes. Ihr seid alles, was mir auf dieser Welt noch etwas bedeutet.«

»Stimmt nicht. Du selbst und was aus dir geworden ist, das bedeutet dir was. Insgeheim bist du froh darüber, Bob der Henker zu sein, anders als andere Männer, besser als alle anderen, von allen geliebt und respektiert oder wenigstens gefürchtet. Es ist wie eine Drogensucht. Ich spüre das in dir, und je wütender und älter du wirst, desto schlimmer scheint es zu werden.«

Ihm fiel keine Antwort ein.

»Bitte, tu mir das nicht an.«

»Wir sollten uns trennen.«

»Bitte. Ich will dich nicht verlieren. Ich will meine Tochter nicht verlieren. Ich werde alles tun, was du von mir verlangst. Ich geh mit euch in die Berge. Ich kann mich ändern. Ich kann der Mann werden, den du willst. Du wirst schon sehen! Ich schaff das. Bitte.«

»Bob, ich hab mich entschieden. Ich denke schon lange darüber nach. Du brauchst Freiraum. Ich brauche Freiraum.

Die Sache mit der Schießerei hat es noch deutlicher gemacht. Ich muss weg von dir, weg vom Krieg, muss mein eigenes Leben führen.«

»Es ist nicht der Krieg.«

»Es *ist* der Krieg. Er hat mir den Jungen weggenommen, den ich liebte, und jetzt nimmt er mir den Mann weg, den ich liebe. Meine Tochter bekommt er nicht. Ich hab mir das alles gründlich überlegt. Ich reich die Scheidung ein, und wenn ich mich erholt habe, zieh ich zurück nach Pima County zu meiner Familie. Über die finanziellen Einzelheiten können wir später reden. Es muss keine unappetitliche Schlammschlacht werden. Du kannst Nikki immer sehen, jederzeit, sofern du nicht gerade Krieg spielst oder mitten in einer Schießerei steckst. Aber das hier funktioniert nicht mehr. Tut mir leid, dass es nicht besser gelaufen ist, aber so ist es nun mal.«

»Ich gehe. Versprich mir nur, dass du noch mal drüber nachdenkst. Tu nichts Dummes oder Überstürztes. Ich werd mich um diese Sache kümmern ...«

»Verstehst du es denn nicht? Ich kann nicht mit ansehen, wie du dich um ›diese Sache‹ kümmerst und dabei umkommst. Ich ertrage es nicht, noch jemanden zu verlieren. Schon beim ersten Mal hat es mich fast umgebracht. Glaubst du, du hättest es schwer gehabt mit deinem Streckverband im Veteranenkrankenhaus? Tja, ich hab mich *nie* davon erholt. Es vergeht kein Tag, an dem ich mich nicht erinnere, wie es sich anfühlte, als Donnys Bruder an der Tür klingelte und furchtbar aussah und ich genau wusste, was passiert war. Ich hab zehn, vielleicht 20 Jahre gebraucht, um darüber hinwegzukommen, und ich hab's erst vor kurzer Zeit halbwegs geschafft.«

Er war am Boden zerstört. Ihm fiel nichts ein, was er noch sagen konnte.

»Ich gehe jetzt«, meinte er schließlich. »Du musst dich

ausruhen. Ich sag Nikki auf Wiedersehen. Ich werd regelmäßig nach dir schauen und in Kontakt bleiben. Das ist doch okay, oder?«

»Ja, natürlich.«

»Pass auf dich auf.«

»Wir schaffen das schon.«

»Wenn das alles vorbei ist, wirst du schon sehen. Ich bring es wieder in Ordnung. Ich schaff das. Ich bekomm auch mich selbst wieder hin und werd mich ändern. Das weiß ich.«

»Bob ...«

»Ich weiß, dass ich es kann.«

Er beugte sich hinab und küsste sie.

»Bob ...«

»Was denn?«

»Du wolltest mich doch fragen, was mit dir nicht stimmt. Und warum dir keine Lösung einfällt?«

»Ja.«

»Ich sag dir, warum. Das liegt am großen Versagen der Männer deiner Generation. An übertriebener Eitelkeit. In der Öffentlichkeit tut ihr bescheiden, aber innerlich seid ihr wahnsinnig stolz auf euch. Ihr glaubt, dass sich alles nur um euch dreht, und das macht euch blind für das, was auf der Welt passiert. Das ist eure große Schwäche. Ihr müsst eure Probleme ohne Egoismus und Eitelkeit angehen. Sie objektiv betrachten. Euch selbst zurücknehmen.«

»Ich ...«

»Das ist die Wahrheit. Ich hab's dir noch nie gesagt, aber es ist wahr. Deine Wut, deine Gewalt, deine Tapferkeit, das spielt alles mit hinein. Dein Stolz. Hochmut kommt vor dem Fall. Du kannst nicht überleben, wenn du deinen Stolz nicht beiseitelässt. Alles klar?«

»Alles klar.« Er wandte sich zum Gehen.

Da bin ich also, zurück an dem Punkt, wo ich angefangen habe, dachte er.

Er saß in einem schäbigen Zimmer in einem Motel am Rand von Boise. Es gehörte nicht zu einer großen Kette, sondern war eins dieser älteren Häuser aus den 40ern, an einer Straße, der andere, schönere Highways längst den Rang abgelaufen hatten.

Ich bin auf dem absteigenden Ast. Ich stehe kurz davor, alles zu verlieren.

Im Raum roch es nach Staub und Schimmel. Die Holzoberflächen des Mobiliars hatten sich allesamt leicht verzogen, das Badezimmer wurde nur notdürftig gereinigt, die Glühlampen glommen schwach und trüb.

Ich hab schon viel Bourbon in solchen Absteigen getrunken.

Er hatte mehr oder weniger gute Gründe dafür, sich hier aufzuhalten. Der erste: Demjenigen, der ihn umbringen wollte, dürfte mittlerweile aufgegangen sein, dass er den Falschen erwischt hatte. Sicherlich hatte er seine Fährte von Neuem aufgenommen. Deshalb kam die Ranch, in der seine Kleider und die übrigen Erinnerungen seines Lebens auf ihn warteten, als Zuflucht nicht länger infrage. Sich dorthin zu wenden, hätte seinen Tod bedeutet ... diesmal kassierte kein bedauernswerter Dade Fellows die für ihn bestimmte Kugel.

Nachdem er also ein Dutzend Haken geschlagen, dabei die ganze Zeit nach Verfolgern Ausschau gehalten und sich schließlich davon überzeugt hatte, dass ihm noch niemand auf die Schliche gekommen war, war er hier gelandet. Er hatte bar bezahlt. Keine Kreditkarten mehr – für wen dieser Kerl auch arbeitete, er spürte ihn womöglich anhand seiner Transaktionen auf. Und keine weiteren Anrufe, höchstens von öffentlichen Telefonzellen aus.

Jetzt brauchte er vor allem eine Waffe und Geld – so wie jeder Mann, der sich auf der Flucht befand. Wie er an Geld herankommen konnte, wusste er. Er verfügte dank des kürzlich verstorbenen Sam Vincent noch über eine Reserve von 16.000 Dollar, nachdem dieser ihn erfolgreich bei einer Verleumdungsklage vertreten hatte. Er hatte es von einem Konto in Arkansas hierher nach Idaho transferiert. Falls bis morgen kein Verfolger auftauchte, wollte er sich das Geld holen.

Die Waffe stellte ein ganz anderes Problem dar. Unbewaffnet kam er sich nackt vor. Die Waffengesetze hier in Idaho waren noch nicht allzu strikt, trotzdem schrieben sie eine elend lange Wartezeit von sieben Tagen vor. Er konnte zurück zu seinem Grundstück, wo ein Commander .45 bereitlag, aber würde er den täglich bei sich tragen wollen? Was, wenn er in ein Flugzeug steigen musste oder eine Bank mit Metalldetektor betrat? Manchmal war es die Scherereien nicht wert. Außerdem: Wie sollte er mit einem 45er gegen einen Scharfschützen mit einer 7-Millimeter-Magnum ankommen? Wenn der Scharfschütze ihn fand, lief seine Zeit ab. So einfach war das.

Bob lehnte sich zurück und schaltete den Fernseher ein. Zu seiner Überraschung funktionierte das Gerät sogar. Gerade liefen die Nachrichten.

Bob hörte nicht hin. Er empfand es als bloßes Hintergrundrauschen.

Sein Schädel dröhnte. Er lag auf dem Bett, auf einer dünnen, kitschigen Tagesdecke, und hielt zwischen seinen Beinen eine Flasche Jim Beam umklammert, den er kürzlich für knapp zehn Dollar beim Lik-R-Mart in Boise gekauft hatte. An der Decke prangten Stockflecken. Das Zimmer stank nach uraltem Leid, nach vergewaltigten Freundinnen, verprügelten Ehefrauen und erpressten Geschäftsmännern. In den Ecken hingen Spinnweben. Die Toilette verströmte einen ungesunden Geruch, wie so viele Löcher auf der ganzen Welt, in die er schon gepisst hatte.

Ich dreh durch!, dachte er.

Erneut verwandte er all seine Kraft darauf, das Rätsel zu lösen.

Er hatte das Gefühl, wenn er es schaffte, hielte er zumindest etwas in der Hand.

Warum hatte Solaratov vor all diesen Jahren ein M1 benutzt, dieses weit weniger akkurate, halbautomatische Gewehr? Es schien eins dieser Mysterien ohne Auflösung zu sein. Oder, fast noch schlimmer, vielleicht erwies sich die Antwort als vollkommen banal, dämlich oder langweilig: Er hatte keine Repetierbüchse bekommen, also hatte er sich mit dem präzisesten amerikanischen Gewehr beholfen, das er in die Finger bekam: einem M1D-Scharfschützengewehr. Ja, völlig logisch, aber ...

... aber wenn er ein M1D bekam, hätte er sich auch ein Model 70T oder eine Remington 700 organisieren können!

Das ergab verdammt noch mal keinen Sinn!

Aber das muss es auch gar nicht, sagte er sich. *Nicht alles muss sinnvoll sein. Manches lässt sich einfach nicht erklären. Es passiert einfach. So ist die Welt eben manchmal.*

Bob schielte auf die Flasche. Seine Finger verirrten sich zur Kappe und dem Plastiksiegel, das die bernsteinfarbene Flüssigkeit und die Gnade, die sie einem gewährte, von seinen Lippen trennte. Er sehnte sich danach, es aufzubrechen und einen Schluck zu nehmen. Aber er tat es nicht.

›Das Zeug wird meine Lippen nie wieder berühren‹, hatte er jemandem versprochen.

Lügner. Verlogener Drecksack. Große Klappe, nichts dahinter.

Er ließ sich von der Mattscheibe ablenken. Die Nachrichten ... irgendein Reporter aus Russland. Ach ja, es kam ihm alles so bekannt vor. Eine bedeutende Wahl stand bevor und alle machten sich ins Hemd, weil so ein Blödmann vom alten Schlag bei den Umfragen führte, der den Kalten Krieg wieder aufleben lassen wollte. Dieser Evgheny Pashin, ein gut aussehender Hüne mit kraftvoller Ausstrahlung. Bob musterte ihn.

Ich dachte, wir hätten diesen Krieg gewonnen.

Ich dachte, wir hätten uns dabei nicht schlecht geschlagen. Und jetzt steht da so ein Kerl, der die Macht übernehmen und Russland zu neuem Glanz verhelfen will, und dann kommen all die Raketen in die Silos und der ganze Mist geht von vorn los.

Mann, es gab derzeit überhaupt keine guten Nachrichten.

Ein Anflug von Rührseligkeit überkam ihn. Er sehnte sich nach seinem alten Leben: seiner Frau, seinem Pferdestall, den kranken Tieren, an deren Pflege ihm so viel gelegen hatte. Zurück zu seiner perfekten kleinen Tochter und genügend Geld. Mann, war das eine tolle Zeit gewesen.

Und jetzt hatte man ihm das alles genommen.

Er schaltete den Fernseher aus und es wurde still im Zimmer. Aber nur für einen Augenblick. Ein paar Räume weiter schrie jemand eine andere Person an. Irgendwo draußen weinte ein Kind. Andere Fernseher dröhnten durch die dünnen Wände. Der Verkehr rauschte vorbei. Als er aus dem Fenster schaute, nahm er die Neonlichter von Fast-Food-Restaurants, Bars und Schnapsläden wahr – eine einzige verschwommene Masse.

Mann, ich komm mit dem Alleinsein nicht mehr klar. Deshalb wird Solaratov mich kriegen. Er ist gern *allein. Ich hab jahrelang allein gelebt, allein gekämpft. Aber ich hab meinen Schneid verloren.*

Ich will meine Familie. Ich will meine Tochter.

Der Text eines Oldies drang an seine Ohren. Feucht, schwer, rührend.

Black is black, hörte er den Sänger, *I want my baby back.*

Tja, aber du wirst sie nicht zurückbekommen. Du wirst

hier rumsitzen, bis dieser beschissene Russe dich aufspürt und dir die Birne wegpustet.

Die verfärbte Decke. Spinnweben, Schimmel, die Klagelaute fremder Menschen über dem Verkehrslärm. Und du mittendrin, ohne irgendeine gottverdammte Ahnung, wie du herausfinden willst, was du herausfinden musst.

›Du glaubst, alles dreht sich nur um dich. Da irrst du. Das macht dich blind für die Welt‹, hatte seine Frau ihm vorgeworfen.

Was wusste sie schon? Sie hatte ihn nie wirklich verstanden!

Unwillkürlich schraubte seine Hand an der Flaschenkappe herum. Mit einem leisen Knacken brach das Siegel. Er öffnete sie und lugte in den offenen Flaschenhals. Er wusste, dass hinter dieser Öffnung eine Form von Verdammnis lag. Als ob man in den Lauf eines geladenen Gewehrs schaute. Für einige schwache, gestörte Menschen stellte es eine unglaubliche Versuchung dar, denn wenn man hineinblickte, sah man dem Tod persönlich in die Augen. Und genau so erging es einem ehemaligen Säufer, der in eine Flasche schaute. Sieh hinein, nimm, was dort auf dich wartet, und du bist verloren. Du bist Geschichte.

Er sehnte sich nach der Stärke, die Flasche wegzuwerfen, aber er wusste, dass er sie nicht länger besaß. Er hob sie an die Lippen, im vollen Bewusstsein, dass er sterben würde, und ...

Du glaubst, alles dreht sich nur um dich.

Bob hielt inne. Er dachte an etwas, das so fundamental war, dass er es bisher nicht registriert hatte – aber nun stand es ihm plötzlich vor Augen, riesengroß und unübersehbar: seine Annahme, Solaratov sei nach Vietnam gekommen, um ihn zu töten, und halte sich nun aus dem gleichen Grund in Idaho auf.

Was, wenn es gar nicht um ihn ging?

Worum denn sonst?

Er dachte nach.

Der Scharfschütze hatte ein halbautomatisches Gewehr benutzt.

Um kurz hintereinander zwei Schüsse abgeben zu können.

Er hatte sie beide erledigen müssen, um absolut sicherzugehen, dass er den einen, um den es ging, ausschaltete.

Was, wenn ich gar nicht derjenige war, den er treffen wollte?

Nun, wen gab es denn sonst noch?

Nur Donny.

Ging es etwa um ... Donny?

KAPITEL 35

Er wachte früh auf und hatte keinen Kater, weil er nicht betrunken gewesen war. Ein Blick auf die Uhr verriet ihm, dass es hier acht Uhr war, das hieß, an der Ostküste war es elf.

Er nahm den Hörer ab und rief Henderson Hall vom United States Marine Corps Headquarters in Arlington, Virginia, an. Er ließ sich mit dem Command Sergeant Major des Corps verbinden, und nach dem Umweg über ein Vorzimmer und einen jungen Sergeant hatte er schließlich den Mann selbst in der Leitung. 1965 hatte er mit ihm in Vietnam gedient, und im Lauf der Jahre waren sie sich noch mehrfach freundschaftlich über den Weg gelaufen.

»Bob Lee, du alter Mistkerl.«

»Howdy, Vern. Haben die dich immer noch nicht rausgeschmissen?«

»Sie haben's oft genug versucht. Wegen dieser Bilder, die ich von 'nem General und seiner Ziege geknipst hab.«

»Solche Bilder können für einen Mann ziemlich nützlich sein.«

»In Washington geht's um nichts anderes.«

Die beiden alten Sergeants lachten.

»Also, Bob Lee, was treibst du so? Willst du nicht endlich mal dein Buch schreiben?«

»Noch nicht. Mach ich sicher in den nächsten Jahren mal. Hör zu, du könntest mir einen Gefallen tun. Du bist der Einzige, der das könnte.«

»Ja? Spuck schon aus.«

»Ich flieg heute Nachmittag nach D. C. Muss mir ein paar Dokumente ansehen. Ich brauch die Dienstakte von einem meiner Aufklärer, einem Jungen, der im Mai 1972 getötet wurde.«

»Wie hieß er?«

»Fenn, Donny. Lance Corporal, davor Corporal. Ich muss wissen, was im Lauf seiner Karriere alles passiert ist.«

»Wozu? Wonach suchst du?«

»Himmel, ich weiß es selbst nicht genau. Ich muss was abklären, das mit ihm zu tun hat. Was es ist, weiß ich noch nicht. Aber es gibt Spuren, die auf ihn hindeuten.«

»Hast du nicht am Ende sogar seine Witwe geheiratet?«

»Hab ich, ja. Eine sagenhafte Lady. Es läuft gerade nicht so gut.«

»Tja, ich hoffe, du biegst das wieder hin. Ich werd wohl 'nen Tag brauchen dafür. Vielleicht auch nicht. Wenn ich die Akte nicht von hier bekomme, muss ich sie bei unserem Archiv draußen in Virginia anfordern.«

»Danke, Sergeant Major. Ich weiß das sehr zu schätzen.«

»Ruf mich an, wenn du angekommen bist.«

»Mach ich.«

Bob legte auf, zögerte, dachte an den Schnaps, den er nicht getrunken hatte, und wählte die Nummer des Boise General Hospital. Schließlich wurde er mit dem Krankenzimmer seiner Frau verbunden.

»Hi«, sagte er. »Ich bin's. Wie geht's dir? Hab ich dich geweckt?«

»Nein, nein. Mir geht's gut. Sally hat Nikki zur Schule gebracht. Sonst ist niemand da. Wie geht's dir?«

»Oh, gut. Ich wünschte, du überlegst es dir noch mal.«

»Ich kann nicht.«

Er verstummte für eine Weile.

»Na gut«, fuhr er schließlich fort. »denk einfach drüber nach.«

»Okay.«

»Jetzt muss ich dich noch was anderes fragen.«

»Was?«

»Ich brauch deine Hilfe. Noch eine letzte Kleinigkeit.

506

Nur ein, zwei Fragen. Etwas, das du wissen könntest, aber ich nicht.«

»Was denn?«

»Es geht um Donny.«

»Oh Gott, Bob.«

»Ich glaube, die Sache hat was mit Donny zu tun. Ich bin nicht sicher, es ist bloß eine Möglichkeit. Ich muss dieser Spur nachgehen.«

»Bitte. Du weißt, wie ich es hasse, über ihn zu reden. Ich habe es hinter mir gelassen und lange genug dafür gebraucht.«

»Ist 'ne ganz einfache Frage, 'ne Marine-Corps-Frage, mehr nicht.«

»Bob.«

»Bitte.«

Sie seufzte und schwieg.

»Warum wurde er nach Vietnam geschickt? Er hatte noch weniger als 13 Monate abzuleisten. Und dann gab's diese Sache mit seinem Dienstgrad. Als er in Vietnam auftauchte, war aus dem Corporal ein Lance Corporal geworden. Also müssen sie ihn als Strafe hingeschickt haben. Damals durchaus üblich.«

»Es *war* eine Strafe.«

»Dacht ich mir. Aber das klingt gar nicht nach Donny.«

»Ich hab nicht alles genau mitbekommen. Aber da gab es irgendeinen Konflikt. Die wollten, dass er andere Marines ausspioniert, von denen sie glaubten, dass sie Informationen an die Friedensbewegung weitergaben. Dann kam es zu diesem Riesenschlamassel bei einer Demonstration. Ein Mädchen kam dabei ums Leben und es brach das reinste Chaos aus.

Er hatte den Befehl, diese anderen Jungs auszuspionieren, und freundete sich dazu mit ihnen an. Am Ende hat er's nicht getan und sich geweigert. Die drohten, ihn zur

Strafe nach Vietnam zu schicken, und er sagte: ›Na dann los, macht schon!‹ Also taten sie es. Dann ist er dir begegnet, wurde zum Helden, nur um an seinem letzten Tag doch noch getötet zu werden. Hast du das nicht gewusst?«

»Ich wusste, dass da irgend eine krumme Sache gelaufen war. Aber nicht, was genau.«

»Hilft dir das weiter?«

»Ja, das tut es. Weißt du, wer ihn hingeschickt hat?«

»Nein. Falls ich's mal wusste, hab ich's vergessen. Das ist schon so lange her.«

»Okay. Ich fliege nach D. C.«

»Was? Bob ...«

»Ich bin nur ein paar Tage weg. Ich muss rausfinden, was mit Donny passiert ist. Hör du auf Sally und sei vorsichtig. Ich meld mich in ein paar Tagen bei dir.«

»Oh, Bob ...«

»Ich hab ein bisschen Geld, Bargeld. Mach dir keine Sorgen.«

»Lass dich bloß nicht in irgendwas reinziehen.«

»Ich lass mich in nichts reinziehen, das versprech ich dir. Ich ruf dich bald an.«

Da war es wieder: *WES PAC.*

Er erinnerte sich an das erste Mal, als er diese magische, furchterregende Abkürzung zu Gesicht bekommen hatte. 1965 beim Einsatzbefehl für seine erste Tour: *WES PAC. Western Pacific,* der Marine-Corps-Ausdruck für Vietnam. Er wusste noch, wie er vor dem Kompaniebüro in Camp Lejeune, North Carolina gesessen und gedacht hatte: ›Junge, Junge, jetzt steckst du wirklich voll in der Scheiße.‹

»Das ist sie«, verkündete der Adjutant des Sergeant Major.

»Das ist sie also«, erwiderte Bob.

Er saß im Vorzimmer in Henderson Hall, zusammen mit

diesem großen, schlaksigen Burschen, der sein Haar so kurz trug, dass es praktisch gar nicht mehr existierte. Seine Bewegungen wirkten so zackig und adrett, als sei er gerade frisch aus der Wäschepresse geklettert.

»Wir haben sie heute Morgen von der Naval Records Storage Facility in Annandale bekommen. Der Sergeant Major hat eine Menge Beziehungen spielen lassen. Er hat gemeinsam mit dem Chief Petty Officer des kommandierenden Offiziers auf der alten Iowa City gedient.«

»Richten Sie ihm meinen Dank aus.«

»Ja, Sir. Ich werd übrigens auch Scharfschütze. Tolle Schule da in Quantico. Da redet man immer noch über Sie. Hab gehört, Sie hätten denen in Kham Duc einen Wahnsinnskampf geliefert.«

»Ist lange her, junger Mann. Kann mich kaum noch dran erinnern.«

»Ich hab's schon 100-mal gehört«, beharrte der junge Sergeant. »Ich werd's nie vergessen.«

»Tja, das ist nett von Ihnen.«

»Ich werd nebenan in meinem Büro sein. Lassen Sie's mich wissen, falls Sie noch was brauchen.«

»Danke, junger Mann.«

Die Akte war dick. Sie enthielt alles, was von den fast vier Jahren, die *FENN, DONNY J.* beim Marine Corps verbracht hatte, noch übrig war. Verschiedene Einsatzbefehle, Aufzeichnungen über die erste Dienstzeit in Vietnam mit einer Fronteinheit, die Auszeichnung mit dem Bronze Star, die Nominierung für den Silver Star für Kham Duc, Reisebelege, Abschussprotokolle, medizinische Berichte, Beurteilungen aus der weit zurückliegenden Zeit in Parris Island, wo er sich 1968 eingeschrieben hatte, die Ergebnisse seines Einstufungstests – der übliche Papierkram, den jede Militärkarriere mit der Zeit unvermeidlich produzierte, egal ob sie gut, schlecht oder mittelmäßig verlief.

Er stieß sogar auf eine Kopie des ›Im Einsatz gefallen‹-Berichts, den der längst verstorbene Captain Feamster damals ausgefüllt hatte. Er überlebte Donny nur wenige Wochen. Dann hatten die Pioniere Dodge City eingenommen.

Ein schlichtes Blatt Papier, inzwischen verblasst und brüchig, war alles, worauf es Bob ankam: das Dokument, das Donny nach Vietnam beordert hatte.

HAUPTQUARTIER, USMC, 1C-MLT: 111
1320.1
15. MAI 1971

SONDERBEFEHL: VERSETZUNG

NUMMER 1640-71
BETRIFFT: (A) CMC LTR DFB1/1 13. MAI 1970
(B) MCO 1050.8F

1. IN ÜBEREINSTIMMUNG MIT REFERENZ (A) WIRD DAS UMSEITIG AUFGELISTETE PERSONAL MIT WIRKUNG ZUM 22. AUGUST 1970 VON DIESEM KOMMANDO NACH WES PAC (III MAF) VERSETZT UND DEM BEFEHL DES K. O. VON WES PAC (III MAF) UNTERSTELLT.

2. VOR DER VERSETZUNG WIRD DER KOMMANDIERENDE OFFIZIER JEDER PERSON EINE PRIMÄRE SPEZIALISIERUNG IN ÜBEREINSTIMMUNG MIT DEN EXISTIERENDEN BESTIMMUNGEN ZUWEISEN.

3. FÜR ALLE REISEWEGE ZWISCHEN DIESEM KOMMANDO UND WES PAC (III MAF) IST DIE

REISE MIT TRANSPORTMITTELN DER REGIE-
RUNG VORGESCHRIEBEN NACH PARAGRAF
4100, REISEBESTIMMUNGEN.

4. JEDE UMSEITIG AUFGELISTETE PERSON
HAT SICH INNERHALB VON DREI WERK-
TAGEN NACH ABSCHLUSS DER REISE ZUR
AUSFÜHRUNG DIESER BEFEHLE ZUR ÜBER-
PRÜFUNG EINER MÖGLICHEN KOSTEN-
ERSTATTUNG BEIM AUSZAHLUNGSOFFIZIER
ZU MELDEN.

Die Unterschrift stammte von einem O. F. Peatross,
Major General, US Marine Corps, Kommandierender
Offizier. Darunter stand die simple Angabe: VERT.: ›N‹
(und WNY, TEMPO C, RM 4598).

Bob hatte dreimal exakt so ein Dokument erhalten, und
dreimal war er anschließend in die Heimat zurückgekehrt,
zumindest mit dem Leben davongekommen. Aber nicht
Donny: Ihm hatte dieses Papier eine Namensplakette auf
einer langen schwarzen Mauer eingebracht, zusammen mit
vielen anderen Jungs, die lieber in Fabriken gearbeitet oder
Golf gespielt hätten, als auf diesem Mahnmal zu landen.

Bob drehte das Blatt um und fand statt der üblichen
Computerliste mit den Namen der glücklichen Gewinner
nur einen Eintrag: FENN, DONNY. J., L/CPL 264 38 85
037 36 68 01 0311, KOMPANIE B, MARINE BARRACKS
WASHINGTON DC MOS 0311.

Der Rest entpuppte sich als überflüssiges Beiwerk: Zitate
aus Vorschriften, Reiseinformationen, eine Liste mit erfor-
derlichen Dokumenten, die alle säuberlich abgehakt waren
(SRB, MEDIZINISCHE DATEN, ZAHNÄRZTLICHE
DATEN, URSPRÜNGLICHE BEFEHLE, AUSWEIS-
KARTE und so weiter). Als Letztes kam eine wehmutsvolle

Liste von Zielorten auf dem Reisebeleg: von Norton AFB in Kalifornien nach Kadena AFB auf Okinawa, von dort zum Camp Hansen auf Okinawa und weiter zum Camp Schwab, bis hin zur letzten Entsendung nach WES PAC (III MAF), was bedeutete: *Western Pacific, III Marine Amphibious Force.* Bob erkannte Donnys eigene Handschrift aus ihren gemeinsam verbrachten Monaten so deutlich wieder, dass sie ihm geradezu schmerzhaft vertraut erschien.

Was jetzt?, fragte er sich. *Was hat das alles zu bedeuten?*

Er rief sich seine eigenen Dokumente in Erinnerung, um nach Abweichungen zu forschen. Aber im Lauf der Jahre waren seine Erinnerungen verblasst. Nichts kam ihm anders oder gar ungewöhnlich vor. Nichts weiter als der übliche Marschbefehl ins Land der bösen Träume. Tausende und Abertausende von Marines hatten zwischen 1965 und 1972 dieses Schicksal geteilt.

Er stieß auf keine konkreten Spuren. Weder Skandale noch Hinweise auf eine Strafaktion, überhaupt nichts. Donnys Beurteilungen, vor allem die, die ihm von seiner Kompanie in den Marine Barracks ausgestellt worden waren, deuteten mit keiner Silbe auf Schwierigkeiten hin. Tatsächlich handelte es sich ausschließlich um exzellente Einschätzungen, die auf einen außergewöhnlichen jungen Mann schließen ließen. Ein SSGT Ray Case hatte noch im März 1971 festgestellt: ›Corporal Fenn legt eine außerordentlich professionelle Hingabe bei der Erfüllung seiner Pflichten an den Tag und genießt den Respekt von Soldaten sowohl höherer als auch niedrigerer Dienstgrade. Er erledigt seine Pflicht gründlich, mit Begeisterung und viel Eigeninitiative. Es steht zu hoffen, dass der Corporal eine Karriere beim Marine Corps anstrebt; er eignet sich hervorragend für eine Offizierslaufbahn.‹

Bob kannte die Geheimsprache, die bei solchen Texten verwendet wurde: Lob gehörte zum Standardvokabular, aber Case hatte so sehr an Donny geglaubt, dass seine Beurteilung weitaus eloquenter als üblich ausgefallen war.

Selbst Donnys Degradierung vom 12. Mai 1971, die aus dem Corporal einen Lance Corporal gemacht hatte, lieferte keinerlei hilfreiche Informationen. Konkrete Gründe wurden nicht benannt. Es wurde lediglich die Tatsache vermerkt, dass eine Herabstufung im Dienstgrad stattgefunden hatte. Unterschrieben hatte sein Kommandierender Offizier – M. C. Dogwood, Captain, USMC.

Keine Disziplinarmaßnahmen, keine Anhörungen. In der Akte wies nichts auf disziplinarische Maßnahmen hin.

Was immer passiert war, es existierten keine Aufzeichnungen darüber.

Er stand auf und ging zur Bürotür des Adjutanten.

»Ist der Personalverantwortliche da? Ich möchte ihm gerne was zeigen.«

»Ich kann Mr. Ross holen. Er hat sich sechs Jahre lang ums Personal gekümmert, bevor er ins Hauptquartier wechselte.«

»Das wäre toll.«

Wenige Minuten später traf der Warrant Officer ein. Auch er wusste, wer Bob war, und behandelte ihn wie einen Filmstar. Er blätterte die Unterlagen durch und fand nichts Ungewöhnliches, abgesehen von ...

»Das ist aber komisch, Gunny.«

»Ja, Sir?«

»Das hab ich so noch nie gesehen.«

»Was denn, Mr. Ross?«

»Das hier, Sir, auf diesem letzten Befehl, mit dem man Donny nach Vietnam geschickt hat. Sehen Sie mal hier«, er zeigte ihm die entsprechende Stelle, »da steht: ›VERT.: N.‹ Das heißt: zur Verteilung an die normalen Stellen, also eins für die Dienstakte, eins für die neue Dienststelle, das Pentagon-Personal, das MDW-Personal und so weiter. Die üblichen Mühlen unserer Bürokratie.«

»Ja, Sir.«

»Aber was ich hier sehe, ist merkwürdig. Da steht in Klammern: ›und WNY, TEMPO C, RM 4598.‹«

»Was könnte das sein?«

»Tja, ich nehme an, Washington Naval Yard, Temporary Building C, Raum 4598.«

»Was ist das?«

»Ich weiß es nicht. 1971 war ich zwölf Jahre alt.«

»Eine Ahnung, wie ich das rauskriegen könnte?«

»Na ja, der einzige sichere Weg wäre, zum Pentagon zu gehen, sich eine Erlaubnis zu besorgen und ein Washington-Naval-Personalbuch, ein Telefonbuch oder zumindest ein MDW-Telefonbuch aus dem Jahr 1971 aufzutreiben. Mit etwas Glück haben die da drüben noch ein Exemplar. Und dann müssten Sie es einfach Eintrag für Eintrag durchgehen – was Stunden dauert –, bis Sie auf diese Bezeichnung stoßen.«

»Herrje!« Das klang nach Arbeit.

Am nächsten Abend fuhr Bob mit dem Mietwagen zu einem hübschen Haus in einem Vorort und traf sich zum Abendessen mit seinem alten Kumpel, dem Command Sergeant Major des United States Marine Corps, seiner Frau und drei von seinen vier Söhnen.

Der Sergeant Major grillte auf der Terrasse Steaks, während seine beiden Jüngsten im Pool schwammen und seine Frau Marge einen Salat zubereitete – mit gebackenen Bohnen und Schmortomaten, nach einem geheimen Familienrezept aus South Carolina. Sie gehörte selbst zu den altgedienten Mitgliedern des Corps. Bob war ihr vorher bereits zweimal über den Weg gelaufen. Das erste Mal bei einem Empfang, nachdem er für seinen Einsatz in Kham Duc das Distinguished Service Cross in Empfang genommen hatte – 1976, vier Jahre nach dem Vorfall selbst und ein Jahr nach dem Abschluss der dazugehörigen Physiotherapie. Das Jahr, in dem er zum ersten Mal erkannte, dass er nicht länger das Zeug zum Marine hatte. Knapp zwölf Monate später schied er offiziell aus dem Marine Corps aus.

»Wie geht's Suzy?«, erkundigte sie sich. Bob erinnerte sich, dass sie und seine erste Frau sich gelegentlich getroffen hatten. Zu dieser Zeit hatte er noch einen höheren Dienstgrad bekleidet als sein Gastgeber.

»Oh, wir reden nicht oft miteinander. Ihr habt ja sicher gehört, dass ein paar üble Phasen hinter mir liegen ... Alkoholprobleme und so. Sie hat mich verlassen, und das war schlau von ihr. Jetzt ist sie mit einem Cadillac-Händler verheiratet. Ich hoffe, sie ist glücklich.«

»Ich bin ihr letztes Jahr begegnet«, erzählte Marge. »Es schien ihr gut zu gehen. Sie hat sich nach dir erkundigt. Du hattest wohl ein paar abenteuerliche Jahre.«

»Ich scheine Ärger magisch anzuziehen.«

»Bob, du wirst doch nicht Verns Karriere in Gefahr bringen? Er geht dieses Jahr in den Ruhestand, nach 35 Jahren. Ich fände es furchtbar, wenn jetzt noch was dazwischenkäme.«

»Nein, Ma'am. Ich reise bald wieder ab. Ich glaube, ich hab hier alles erledigt.«

Es war ein nettes Abendessen. Bob kämpfte gegen die Melancholie an, die ihn überkam. So ein Leben hätte er auch führen können, wenn er nicht getroffen worden wäre, wenn Donny nicht umgekommen wäre, wenn nicht alles für ihn so schiefgegangen wäre.

Er sehnte sich nach einem Drink, einem wohltuenden Schluck Bourbon, um diesem Gedanken seinen Stachel zu ziehen. Er konnte sich an Dutzende Male während seiner aktiven Dienstzeit erinnern, als er und dieser Mann – oder ein anderer wie er – die Nacht damit verbracht hatten, in Erinnerungen an Sergeants, Offiziere, Navy-Leute, Schiffe und Schlachten auf der ganzen Welt zu schwelgen. Sie hatten ihr Leben genossen in dieser Umgebung, für die sie wohl einfach geboren waren: das United States Marine Corps.

Aber damit war jetzt Schluss. *Find dich damit ab!*, ermahnte er sich. *Das ist Vergangenheit, es ist aus und vorbei.*

Später gingen sie zu einem Baseballspiel. American Legion. Der jüngste Sohn, der ein Sportstipendium an der University of Virginia hatte, erzielte als Pitcher im Verlauf der sieben Innings drei Hits und vergab nur zwei. Ein wunderbarer Teil von Amerika, wenn nicht sogar das beste Amerika überhaupt: die Vorstadt an einem Frühlingsabend, das warme Wetter, die dunstigen Vorboten der Nacht, Baseball, Familie und gutes Bier.

»Fehlt Ihnen Ihre Frau?«, erkundigte sich die Frau des Sergeant Major.

»Ja, sehr. Und meine Tochter auch.«

»Erzählen Sie mir von ihr.«

»Oh. Sie ist eine Reiterin. Sie kann gut mit Pferden umgehen. Ihre Mutter lässt sie englisch reiten, für den Fall, dass sie mal an ein College im Osten gehen will.«

Und es ging wieder los, 20 unkontrollierbare Minuten lang: Seine Tochter und Julie fehlten ihm mehr denn je. *Black is black. I want my baby back.*

Als das Spiel vorbei war, kehrten sie in Siegerlaune zum Haus des Sergeant Major zurück. Bierflaschen wurden geöffnet, aber Bob entschied sich diesmal für eine Cola. Einige andere Unteroffiziere kamen vorbei, von denen er einige sogar kannte. Alle hatten von ihm gehört. Es wurde ein netter Abend. Die Männer gingen mit Zigarren nach draußen in die angenehme, überhaupt nicht bedrohliche Nacht.

Schließlich tauchte ein junger Mann auf, schlank, um die 30. Er hatte harte Augen und einen Bürstenschnitt, trug eine lange Hose und ein Polohemd. Bob erfuhr, dass er der älteste Sohn des Sergeant Major war, ein Major im Trainingskommando in Quantico. Erst vor Kurzem war er von einem rauen Jahr in Bosnien zurückgekehrt, davor von einem noch raueren in der Wüste.

Bob wurde ihm vorgestellt, sie unterhielten sich, und wieder einmal fand er sich einem jungen Mann gegenüber, der ihn verehrte. Nur ... wozu war das gut, wenn seine eigene Familie es nicht tat? Trotzdem ein nettes Erlebnis. Schließlich kamen sie darauf zu sprechen, wie Bob den Tag verbracht hatte. Er hatte mit einer Zugangsberechtigung, die der Sergeant Major ihm gegeben hatte, die DOD-Bibliothek im Pentagon besucht und mühselig alte Telefonbücher durchgearbeitet, um etwas über dieses Büro herauszufinden.

»Haben Sie's gefunden?«, fragte der Sergeant Major.

»Ja, am Ende schon. Raum 4598 in Tempo C am Washington Navy Yard war ein Büro des Naval Investigative Service.«

»Diese Navy-Bastarde«, brummte der Command Sergeant Major.

»Jetzt hab ich wenigstens einen Namen in der Hand«, entgegnete Bob. »Der kommandierende Offizier war ein Lieutenant Commander namens Bonson. W. S. Bonson. Ich frag mich, was wohl aus ihm geworden ist.«

»Bonson?«, hakte der Sohn nach. »*Ward* Bonson?«

»Ich schätze, schon.«

»Tja«, sagte der junge Offizier, »der sollte nicht allzu schwer zu finden sein. Ich hab '91 eine Dienstzeit bei der Defense Intelligence Agency abgeleistet. Da ging er ein und aus.«

»Sie kannten ihn?«

»Ich war nur ein Stabsoffizier. Der hat mich nicht mal bemerkt, würde sich bestimmt nicht an mich erinnern.«

»Wer ist er?«, wollte Bob wissen.

»Er ist inzwischen stellvertretender Direktor der Central Intelligence Agency.«

KAPITEL 36

Er beobachtete durch das Fernglas, wie der Wagen, eine schwarze Ford-Limousine, um 6:30 Uhr eintraf und den Bewohner des Hauses am Briarwood 1455 in Reston, Virginia, abholte. Bob fuhr in sicherer Entfernung hinterher. Der Passagier saß auf dem Rücksitz und las Zeitung, während das Auto durch nahezu ausgestorbene Straßen fuhr. Es hielt auf den Beltway zu und folgte der Straße nach Norden in Richtung Maryland. Beim George Washington Parkway bog es in westliche Richtung ab, bis es Langley erreichte und die unscheinbare Ausfahrt nahm. Bob ließ sich etwas zurückfallen und brach die Verfolgung ab, als der Wagen auf der nicht ausgeschilderten Straße verschwand, die zu der großen Anlage führte. Es gab kein Hinweisschild, aber Bob wusste auch so, dass es sich um das Hauptquartier der CIA handelte.

Er fuhr zurück nach Reston zum Haus von Bonson. Er parkte ein Grundstück weiter – es gehörte zu einem neu entstandenen Reihenhauskomplex – und ließ sich tiefer in den Sitz sinken. Es dauerte fast zwei Stunden, bis er das Muster durchschaute. Es gab zwei Fahrzeuge mit Sicherheitsleuten: einen schwarzen Chevy Nova und einen Ford-Econoline-Van. In jedem saßen zwei Männer. Alle 40 Minuten tauchte einer der Wagen auf und blieb entweder auf der Straße vor dem Haus oder auf der Rückseite stehen. Dann ging einer der Männer zur Hintertür, bückte sich im Gras und überprüfte etwas; wahrscheinlich eine Art von Vibrationsschalter, der anzeigte, ob jemand ins Haus eingedrungen war.

Bob notierte sich die Adresse und fuhr zum nächsten Gemischtwarenladen. Von dort aus alarmierte er die Feuerwehr und meldete einen Brand in einem Haus zwei Blocks weiter. Als er zurückkam, waren bereits drei Löschzüge eingetroffen, Männer stapften in den Büschen herum, zwei Streifenwagen hatten mit blinkenden Blaulichtern den Bereich abgesichert – der reinste Zirkus.

Als der schwarze Nova kam, stieg ein Agent aus, zeigte seinen Ausweis vor, beriet sich mit Polizisten und Feuerwehrleuten und ging zu Bonsons Haustür. Er schloss sie auf und ging hinein, um das Haus zu überprüfen und zu sichern. Dann ging er nach hinten, um den Vibrationsschalter erneut zu aktivieren.

Bob suchte sich ein Restaurant, um zu Mittag zu essen, fuhr zurück und parkte unweit vom Grundstück. Er checkte die Zeit, um sich zu vergewissern, dass ihm keins der patrouillierenden Fahrzeuge in die Quere kam, und ging zu Bonsons Haus, wo er an die Tür klopfte. Niemand öffnete. Nachdem er eine Weile gewartet hatte, verschaffte er sich mithilfe seiner Kreditkarte Zugang und schlüpfte hinein.

Sofort heulte ein Alarm los. Er wusste, dass ihm 60 Sekunden zur Deaktivierung blieben. Bob fand das Gerät innerhalb von zehn Sekunden, womit ihm noch weitere 50 blieben. Ohne groß darüber nachzudenken, drückte Bob die Zahlen 1-4-7, aber nichts passierte. Der Alarm schrillte weiter. Dann drückte er 1-3-7-9 und der Alarm verstummte. Woher hatte er das gewusst? Kein großes Geheimnis: Die meisten Leute quälten sich nicht damit ab, Zahlen auswendig zu lernen. Sie prägten sich lieber Muster ein, die man im Dunkeln oder im betrunkenen Zustand leicht ertasten konnte. 1-4-7, die linke Seite des Tastenfelds, gehörte zu den einfachsten und offensichtlichsten Kombinationen; fast genauso oft wurde 1-3-7-9 benutzt, die vier Ecken.

Bob wartete einen Moment, schlüpfte aus der Hintertür und fand den Vibrationsschalter, der mit einem Verteilerkasten außerhalb des Hauses verbunden war. Ein rotes Lämpchen blinkte und zeigte an, dass jemand das Haus betreten hatte. Mit seinem Case-Messer entfernte er die rote Plastikkappe von der Glühbirne, schraubte sie heraus und schob die rote Kappe an ihren Platz zurück. Er verwischte seine Spuren auf dem Lehmboden und betrat das Haus erneut. Schon bald drehten die CIA-Sicherheitsleute wieder ihre Runde, aber als der Agent nach der Anzeige schaute, ging er nicht dicht genug heran, um die fehlende Glühbirne zu bemerken. Er schien müde zu sein, hatte heute schon viel mitgemacht und ging unverrichteter Dinge zum Truck zurück.

Bonsons Heim erwies sich als ebenso schlicht wie seine Zahlencodes. Spärlich verteilte, aber luxuriöse Möbel füllten die Räume. Das meiste schienen skandinavische Designerstücke aus Leder zu sein, aber es wirkte nicht wie das Zuhause eines Mannes, der sich etwas aus solchem Schick machte. Teuer, aber banal und nichtssagend. Eines der Zimmer war als Büro mit einem Computerarbeitsplatz eingerichtet. Auszeichnungen und Fotos hingen an der Wand. Es sah aus wie im Home Office eines x-beliebigen Managers. Aber die Bilder zeigten einen äußerst verkniffenen Mann, dem es nicht gelang, wenigstens für den Fotografen entspannt zu wirken. Er machte einen verkrampften oder zumindest konzentrierten Eindruck.

Meist wurde er zusammen mit ähnlichen Männern abgelichtet, bei denen es sich zum Teil um bekannte Gesichter aus dem Regierungsumfeld handelte. Außerdem hingen eine Bachelor-Urkunde der University of New Hampshire und ein Jura-Diplom aus Yale an der Wand. Nichts ließ darauf schließen, dass dieser Mann Hobbys hatte, abgesehen von einer gewissen Vorliebe für Gourmetkost und edle Weine, die sich in der Küche zeigte.

Trotzdem erkannte er das Haus eines Mannes, den seine Aufgaben und seine Position völlig in Beschlag nahmen; das Spiel, in dem er den Ton angab. Keine Frau, keine

Kinder, keine Verwandten, keine Einrichtungsstücke von sentimentalem oder nostalgischem Wert. Es schien hier keine Vergangenheit und keine Zukunft zu geben, lediglich Purismus und eine zielstrebige Existenz.

Bob stocherte ein wenig herum, ohne auf nennenswerte Geheimnisse zu stoßen. Gleichförmige blaue Anzüge, weiße Hemden und rot gestreifte Krawatten füllten den Kleiderschrank. Eine Batterie schwarzer Schuhe, Maßanfertigungen von Brooks Brothers mit fünf Ösen. Bonson schien keine Freizeitkleidung zu besitzen: keine Jeans, Baseballkappen, Sonnenbrillen oder Angelruten, keine Waffen, keine Pornosammlung, keine erkennbaren Vorlieben für Musik, Modelleisenbahnen oder Comics. Zwar gab es eine riesige Anzahl von Büchern über zeitgenössische Politik, Geschichte, Politikwissenschaft, aber keine Romane oder Gedichtbände. Es gab keine Kunstwerke im Haus, nichts Unvollkommenes, nichts, was von persönlichen Launen, Sorglosigkeit oder Leidenschaft zeugte.

Bob setzte sich und wartete. Die Stunden verstrichen, der Tag endete. Die Nacht hielt Einzug. Schließlich, gegen halb zwölf, wurde die Tür geöffnet und das Licht eingeschaltet. Bob hörte, wie jemand den Regenmantel aufhängte und den Kleiderschrank schloss. Der Mann kam ins Wohnzimmer, zog das Jackett aus, löste die Krawatte und knöpfte das Hemd auf. Er hatte seine Post mitgebracht, die aus ein paar Rechnungen und der aktuellen Ausgabe von *Foreign Policy* bestand. Der CD-Player wurde eingeschaltet. Leichte klassische Musik strömte aus den Lautsprechern. Bonson mischte sich einen Drink, ging zum großen Sessel und setzte sich. Erst jetzt bemerkte er Bob.

»W-wer sind Sie? Was ist hier los?«

»Sie sind Bonson, richtig?«

»Wer zum Teufel sind Sie?«, fragte Bonson erneut und stand auf.

Bob baute sich angriffslustig vor dem Mann auf und stieß ihn hart in den Sessel zurück. Er demonstrierte damit seine körperliche Überlegenheit und die Bereitschaft, schnell und gezielt Schaden anzurichten. Bonson blickte ihn ängstlich an und erkannte ihn als das, was er war: ein entschlossener, konzentrierter Mann, der vor Gewalt nicht zurückschreckte. Ihm wurde sofort klar, dass er in dieser Konstellation die Rolle des Unterlegenen einnahm. Schnell verstummte er.

Bob musterte den gepflegten 57-jährigen Mann mittlerer Größe mit nach hinten gegeltem, dünner werdendem Haar und scharfsinnigen Augen. Anzughose und Hemd passten ihm perfekt. Nichts an ihm wirkte außergewöhnlich, bis auf das Funkeln in seinen Augen, das darauf schließen ließ, dass er blitzschnell seine Optionen durchging.

»Der falsche Alarm. Ja, ich hätt's mir denken können. Wollen Sie Geld?«

»Seh ich etwa wie ein Dieb aus?«

»Wer sind Sie? Was machen Sie hier?«

»Sie und ich haben etwas zu besprechen.«

»Sind Sie ein Agent? Hat das hier etwas mit einer Sicherheitsüberprüfung, einem internen Sicherheitsbericht oder einem Karriereproblem zu tun? Dafür gibt es entsprechende Dienstwege und Vorgehensweisen. Mit so einem Verhalten tun Sie sich *unmöglich* einen Gefallen. So was wird nicht toleriert. Die Zeiten der Cowboys sind vorbei. Wenn Sie ein professionelles Problem haben, müssen Sie sich auch professionell darum kümmern.«

»Ich arbeite nicht für Sie. Jedenfalls seit gut 30 Jahren nicht mehr.«

»Wer sind Sie?« Bonson kniff misstrauisch die Augen zusammen, während er sich einen Reim auf den genannten Zeitrahmen zu machen versuchte.

»Swagger. Marine Corps. Ich hab für euch in der Nähe von Kambodscha gearbeitet, '67.«

»1967 hab ich das College besucht.«

»Wegen 1967 bin ich nicht hier. Ich bin wegen 1971 hier. Da sind Sie schon Lieutenant Commander der Navy gewesen, beim NIS. Ihre Spezialität bestand darin, nicht gefügige Marines ausfindig zu machen und nach Vietnam zu schicken, wenn sie nicht taten, was Sie von ihnen verlangten. Ich habe mich umgehört. Ich weiß Bescheid über Sie.«

»Das ist lange her. Es gibt nichts, wofür ich mich entschuldigen müsste. Ich habe nur getan, was notwendig war.«

»Einer dieser Jungs hieß Donny Fenn. Sie haben ihn von den Marine Barracks nach Vietnam geschickt, obwohl er seine 13 Monate fast voll hatte. Er hat mit mir gedient. Und am Tag vor seiner Abberufung starb er an meiner Seite.«

»Du lieber Gott ... *Swagger!* Sie sind dieser Scharfschütze. Oh, jetzt kapier ich. Meine Güte, ist das ein absurder Rachefeldzug? Ich hab Fenn nach Vietnam geschickt, er ging drauf, und jetzt bin ich plötzlich schuld? So stellen Sie sich das wahrscheinlich vor! Was ist mit den Nordvietnamesen, haben die damit nichts zu tun? Also, bitte. Machen Sie sich nicht lächerlich. Noch so ein Cowboy! Ihr Typen kapiert's einfach nicht, oder?«

»Hier geht's nicht um mich.«

»Was wollen Sie?«

»Ich muss wissen, was damals passiert ist. Was mit Donny passiert ist. Worum ging es bei der ganzen Sache? Was wusste er?«

»Wovon reden Sie eigentlich?«

»Ich glaube, die Russen haben versucht, ihn umzubringen. Ich glaube, sie waren hinter ihm her, nicht hinter mir.«

»Lächerlich.«

»Es gab also keine russische Beteiligung?«

»Das ist geheim. Streng geheim. Sie müssen darüber nicht Bescheid wissen.«

»Ich entscheide, was lächerlich ist, und ich entscheide, was ich wissen muss. Reden Sie, Bonson, sonst wird das für Sie ein langer Abend.«

»Mein Gott!«

»Trinken Sie aus und dann reden Sie.«

Bonson nahm einen Schluck.

»Wie haben Sie mich gefunden?«

»Ich hab Ihre Sozialversicherungsnummer aus der Dienstakte. Mit 'ner Sozialversicherungsnummer findet man jeden.«

»In Ordnung. Aber Sie hätten einfach einen Termin mit mir vereinbaren können. Ich steh im Telefonbuch.«

»Ich bestimme lieber selbst die Umstände, unter denen wir miteinander reden.«

Bonson erhob sich und schenkte sich einen Bourbon nach.

»Einen Drink, Sergeant?«

»Für mich nicht.«

»Na gut.«

Er setzte sich wieder.

»Also gut, es gab eine russische Beteiligung. Drittrangig, aber eindeutig. Fenn wusste nichts. Jedenfalls nichts, das so wichtig gewesen wäre, dass die Russen ihn zur Zielperson erklärt hätten. Der Fall hat mich eine ganze Weile beschäftigt. Glauben Sie mir, er kann von nichts gewusst haben.«

»Erzählen Sie mir die ganze beschissene Story. Ich entscheide dann, was sie zu bedeuten hat.«

»In Ordnung, Swagger, ich erzähl's Ihnen. Aber damit das klar ist, ich tu das nur, weil ich dazu genötigt werde und Sie mir drohen. Außerdem möchte ich diese Unterhaltung mitsamt der Umstände, unter denen sie stattfindet, gerne auf Band aufnehmen. Was dagegen?«

»Sie wird bereits aufgenommen, Bonson. Ich hab Ihre Vorrichtung längst entdeckt.«

»Ihnen entgeht wirklich kaum etwas. Sie würden einen guten Agenten abgeben, so viel steht fest.«

»Fangen Sie mit der verfluchten Geschichte an.«

»Fenn. Großer, gut aussehender Junge, ein guter Marine, aus Utah, oder?«

»Arizona.«

»Ja, Arizona. Zu schade, dass er getroffen wurde, aber das ist da drüben 'ner Menge Leute passiert.«

»Wem sagen Sie das.«

Bonson nippte an seinem Bourbon, lehnte sich zurück, schien sich beinahe zu entspannen. Ein kleines Lächeln breitete sich auf seinem Gesicht aus.

»Fenn war ein Niemand. Wir hatten eine wesentlich größere Nummer auf dem Kieker. Hätte Fenn mitgespielt, hätten wir den Kerl unter Umständen erwischt. Aber Fenn war ein Held. Damit hatte ich nicht gerechnet. Zu dieser Zeit schien es, als seien längst keine Helden mehr übrig. Es schien eine Zeit zu sein, in der es jeder nur noch drauf anlegte, den eigenen Arsch zu retten. Aber nicht Fenn. Gott, was für ein sturer Mistkerl! Der ging mir dermaßen auf den Sack. Ich hätte ihn wegen Befehlsverweigerung vor Gericht bringen können! Dann hätte er die nächsten zehn Jahre in Portsmouth verbracht, statt ... Sie wissen schon.«

Bob beugte sich vor.

»Sagen Sie nichts Negatives über Donny. Ich werd mir keine Lästereien über ihn anhören.«

»Oh, versteh schon. Die Wahrheit können wir nicht vertragen, wir verehren bloß die Toten. Auf die Weise lernt man nichts, Sergeant.«

»Erzählen Sie weiter, verflucht! Sie gehen mir auf den Geist.«

»Fenn. Ja, ich habe Fenn benutzt.«

»Wie?«

»Wir hatten da einen faulen Apfel namens Crowe im Korb. Wir wussten, dass Crowe Kontakte zur Friedensbewegung unterhielt, über einen jungen Mann namens Trig Carter. So ein Mick-Jagger-Typ, sehr beliebt, jede Menge Verbindungen, hoch angesehen.«

Der Name kam Bob bekannt vor.

»Trig war bisexuell. Er hatte Sex mit Jungs. Nicht immer, nicht regelmäßig, aber ab und zu, spät nachts, nachdem sie getrunken oder Drogen genommen hatten. Das FBI hatte ihn schon unter die Lupe genommen. Ich brauchte jemanden, der ins Schema passte. Er mochte starke Jungs vom Land, klassische Footballhelden, blond und athletisch. Darum hab ich Fenn ausgesucht.«

»Du lieber Gott.«

»Und es hat funktioniert. Fenn fing an, mit Crowe rumzuhängen, und nach ein paar Nächten klebte Carter förmlich an ihm. Er war übrigens Künstler, dieser Carter.«

Bob fiel ein längst verdrängter Moment ein, als Donny ihm eine Zeichnung von sich und Julie auf Zeichenkarton gezeigt hatte. Kurz nachdem sie Solaratov erwischt hatten oder es zumindest glaubten. Oder doch nicht? Alles verschwamm in seiner Erinnerung. Aber er wusste noch, dass dieses Bild vor Lebendigkeit nur so gestrotzt hatte. Die Zeichnung ließ eine Art unterschwelliger Lust erkennen. Das passte zu Bonsons Ausführungen. Lange her ... »Carter hatte einen äußerst brillanten Geist. Einer dieser Sprösslinge aus gutem Haus, denen alles in den Arsch geschoben wird«, fuhr Bonson fort. »Aber als Revoluzzer gab er eine ziemlich dilettantische Figur ab, wenn ich mich recht erinnere. Bis er 1970 von den Protesten die Schnauze voll hatte und für ein Jahr nach England ging, nach Oxford. Wir glauben, dass es dort passiert sein muss. Warum auch nicht? Klassisches Jagdgebiet für Spione.«

»Wovon reden Sie?«

»Wir hatten Grund zur Annahme, dass die Friedensbewegung vom sowjetischen Geheimdienst unterwandert wurde. Wir hatten eine codierte Nachricht abgefangen, die nahelegte, dass sie in Oxford aktiv waren. Wir wussten sogar, dass der Kerl ein Ire war. Obwohl das gar nicht stimmte. Er spielte den Iren bloß im Fernsehen.«

Er grinste über seinen kleinen Scherz.

»Wir glauben, dass dieser Typ nach Oxford geschickt wurde, um Trig Carter zu rekrutieren. Nein, nicht rekrutieren; so plump wurde das nicht angegangen. Es muss wesentlich subtiler abgelaufen sein. Jedenfalls handelte es sich um einen echten sowjetischen Profi, einen von den Allerbesten. Schlau, zäh, schlagfertig, mit einer angeborenen Sprachbegabung und den Nerven eines Einbrechers. Quasi der Lawrence von Arabien der Sowjetunion. Mann, wäre der eine Trophäe gewesen! Herrgott noch mal, was hätte ich mich drüber gefreut, den Kerl zu schnappen.«

»Sie haben ihn nie geschnappt?«

»Nein. Nein, er ist uns entwischt. Wir haben nie seinen Namen erfahren, nichts. Wir wissen nicht mal, worin sein Ziel bestand. Ich führte damals das Kommando und ich hab's versaut. Wir hatten ihn irgendwo in der Gegend um D. C. lokalisiert. Aber wir kamen ihm nicht auf die Schliche. Fenn sollte uns Crowe ans Messer liefern, der uns dann Carter geliefert hätte. Über ihn wären wir an den Russen rangekommen. Klassisches Dominoprinzip! Ein Sowjetagent, der sich in die Friedensbewegung einschleicht. Gott, was für ein Fang. Wie ein beschissener weißer Büffel.«

»Wie ist er entkommen?«

»Wegen Fenn haben wir Zeit verloren. Die Beweise gegen Crowe waren nicht stichhaltig. Wir kamen einen Tag zu spät, um Trig zu schnappen. Wir hatten ihn beinahe, auf einer Farm in Germantown, aber als wir sie fanden, war niemand mehr dort. Bei seiner Mutter in der Nähe von Baltimore haben wir ihn ebenfalls verpasst, und sie wollte uns nichts sagen. Er war weg, untergetaucht. Und als Nächstes ...«

»Trig ist umgekommen. Ich erinnere mich, dass Donny es erwähnt hat. Er starb bei einer Bombenexplosion.«

»Unter der mathematischen Fakultät der University von Wisconsin. Ja, so ist es. Und wir haben keinerlei Spuren gefunden, die auf den Täter hindeuteten. Der Drahtzieher hat sich sauber aus der Affäre gezogen.«

»Falls er überhaupt existiert hat.«

»Ich glaube fest daran.«

»Was für eine Verschwendung!«

»Ja, und irgendein armer Graduierter, der spät nachts noch an Algorithmen getüftelt hat, ist ebenfalls draufgegangen. Zwei Tote.«

»Drei Tote. Sie haben Donny vergessen.«

»Donny habe ich nicht zum Sterben nach Vietnam geschickt, Swagger. Ich habe ihn nach Vietnam geschickt, weil es meine Pflicht war. Wir bekämpften einen schlauen, subtil vorgehenden, brillanten Feind. Wir mussten innerhalb unserer Truppen für Disziplin sorgen. Sie waren Unteroffizier; Sie kennen die Verantwortung. Ich führte einen ganz eigenen Krieg. Wesentlich subtiler, kniffliger und aufreibender.«

»Sie machen nicht den Eindruck, als ob Ihnen das bleibende Schäden zugefügt hätte.«

»Na ja, es hat meine Navy-Karriere ruiniert. Man überging mich bei der nächsten Beförderung. Ich erkannte, dass die Stunde geschlagen hatte, und studierte stattdessen Jura. Ich wurde Wirtschaftsanwalt, wäre bald zum Partner in einer Kanzlei aufgestiegen und hätte im hohen sechsstelligen Bereich verdient. Aber dann haben sich die Leute von der Agency für mich interessiert und beschlossen, dass sie mich haben wollten. Deshalb nahm ich 1979 ihr Angebot an. Seitdem habe ich nicht mehr zurückgeschaut. Ich kämpfe immer noch in diesem Krieg, Swagger. Ich habe im Laufe der Zeit noch einige weitere Donny Fenns verloren, aber das ist der Preis, den man bezahlen muss. Sie sind draußen, ich bin immer noch drin.«

»Mag sein, Bonson.«

»Und was soll nun das Ganze hier?«

»Alle Anzeichen deuten darauf hin, dass der Mann, der damals auf mich ... auf uns ... geschossen hat, Russe gewesen ist.«

»Und? Die hatten dort drüben Berater in sämtlichen Bereichen. Nichts Besonderes.«

»Es hieß, dieser Kerl sei extra eingeflogen worden. Ihre eigenen Leute waren involviert, weil sie das Gewehr wollten, das er hatte: ein SWD Dragunow. Das erste, das wir Amerikaner je in die Hände bekamen.«

»Kann sein. Das ist nicht mein Gebiet. Ich könnte das anhand der Aufzeichnungen nachprüfen. Aber was hat das alles mit der Gegenwart zu tun?«

»Okay, also, vor vier Tagen gibt jemand einen groß-artigen Schuss auf einen alten Cowboy in Idaho ab. Pustet ihn aus dem Sattel, bis nichts mehr von ihm übrig ist. 700 Meter plus Gegenwind. Außer ihm erwischt er noch 'ne Frau.«

»Und?«

»Und«, fuhr Bob fort, »diese Frau war meine Frau. Der alte Mann hätte ich sein sollen. Zum Glück hat er sich getäuscht. Aber er hatte es definitiv auf mich abge-sehen. Ich habe den Tatort untersucht. Ich weiß nicht viel, aber ich kenne mich mit dem Schießen aus, und ich sag Ihnen, dieser Kerl war Weltklasse, und er hat sowjetische Schießtechniken benutzt, die ich eindeutig erkenne. Viel-leicht irre ich mich, aber für mich deutet alles darauf hin, dass mir jetzt der gleiche Typ auf den Fersen ist wie damals.«

Bonson hörte aufmerksam zu. Seine Augen wurden schmaler.

»Was schließen Sie daraus?«

»Donny *wusste* etwas. Oder sie glaubten es zumindest. Es macht keinen Unterschied. Jedenfalls glaubten sie, ihn ausschalten zu müssen. Erst gingen sie davon aus, dass der Krieg das für sie übernimmt. Aber es stellte sich heraus, dass er ein guter Marine ist und offenbar heil nach Hause kommt. Also *müssen* sie es selbst in die Hand nehmen. Sie fordern diesen Spezialisten an und setzen ihn auf Donny an.«

»Waren Sie nicht so 'ne Art Held? Hatten die es nicht eher auf Sie abgesehen?«

»Ich kann nur annehmen, was ich in Kham Duc getan habe, hat sie auf Donnys Spur gebracht. Und es war auch ein guter Vorwand für sie. Den Russen war scheißegal, wie viele NVA-Soldaten irgendein Hinterwäldler in einem Krieg erschossen hat, der sowieso längst gewonnen war. Wir dachten immer, die NVA hätte den Scharfschützen angefordert. Aber jetzt denke ich, die Russen haben darauf *bestanden,* ihn zu schicken.«

»Hmmm«, machte Bonson. »Interessanter Gedanke.«

»Vor einer Weile bin ich dann berühmt geworden.«

»Ja, ich weiß.«

»Dachte ich mir.«

»Erzählen Sie weiter.«

»Ich werde zu einer Berühmtheit und die fangen an, sich Sorgen zu machen. Was immer er auch gewusst hat, vielleicht hat er's mir erzählt. Also müssen sie mich auch kriegen. So einfach ist das.«

»Hmmmm«, machte Bonson wieder. Ein veränderter Ausdruck trat auf sein Gesicht. Seine Augen wurden erneut schmaler und schienen sich auf etwas weit Entferntes zu richten, als ob er in Gedanken blitzschnell viele Alternativen durchging. Dann schaute er Swagger an.

»Und Sie wissen nicht, was es ist?«

»Keine Ahnung. Überhaupt nicht.«

»Hmmmm.«

»Aber was ich nicht ganz verstehe ... Es gibt doch keine Sowjetunion mehr. Es gibt kein KGB mehr. Die sind weg vom Fenster, erledigt. Also was soll der ganze Scheiß jetzt noch? Ich meine, das Regime, das mich und Donny töten wollte, existiert gar nicht mehr.«

Bonson nickte.

»Nun«, sagte er schließlich, »die Wahrheit ist, wir wissen nicht genau, was in Russland vorgeht. Aber glauben Sie bloß nicht, dass das alte sowjetische KGB-System mit dem Untergang der UdSSR verschwunden ist. Es ist noch da, nennt sich jetzt russisch statt sowjetisch und repräsentiert immer noch einen Staat, der über 20.000 Nuklearwaffen und die nötigen Vorrichtungen verfügt, um die ganze Welt in Schutt und Asche zu legen. Hinter den Kulissen tobt ein politisches Gerangel darüber, wer die Entscheidungen trifft. Die Sowjets der alten Schule, die geheimen Kommunisten? Oder eine neue nationalistische Gruppierung namens Pamjat, die von einem Kerl namens Evgheny Pashin geführt wird? Es wird übrigens demnächst eine Wahl geben.«

»Hab davon gehört.«

»Diese Wahl hat viel damit zu tun, wer Russland in den nächsten 25 Jahren in der Hand haben wird und was mit diesen 20.000 Nuklearwaffen passiert ... und mit uns. Es ist ziemlich kompliziert und gefährlich. Und es ist überhaupt nicht unwahrscheinlich, dass es ein russisches Interesse bei der Geschichte gibt, von der Sie mir gerade berichtet haben.«

Bob kniff die Augen zusammen und grübelte.

»Sie denken nach, das sehe ich. Was haben Sie jetzt vor? Das heißt, wenn ich Sie nicht wegen Einbruchs anzeige?«

»Das werden Sie nicht«, erkannte Bob. »Tja, ich schätze, wenn ich rausfinden will, was mit Donny passiert ist, muss ich rausfinden, was mit Trig passiert ist. Ich denke, dieser Spur werde ich folgen. Ich muss die Sache aufklären, wenn ich eine Chance haben will, diesen Typen fertigzumachen, der mich jagt. Wenn ich in Bewegung bleibe und mich von meiner Familie fernhalte, klappt es eventuell.«

»Die Angelegenheit interessiert mich sehr, Swagger. Ich würde gern auf dem Laufenden bleiben. Ich kann Ihnen Leute organisieren. Ein Team. Verstärkung, Schützen, Sicherheitsleute. Die besten.«

»Nein. Ich arbeite allein. Ich bin Scharfschütze.«

»Hören Sie, Swagger, ich werd Ihnen eine Telefonnummer geben. Falls Sie in Schwierigkeiten geraten, etwas in Erfahrung bringen oder Probleme mit dem Gesetz bekommen, falls irgendwas ist, rufen Sie diese Nummer an. Die Person, die abnimmt, wird sagen ›Offizier vom Dienst‹ und Sie sagen, äh, denken Sie sich ein Codewort aus.«

»Sierra-Bravo-Vier.«

»Sierra-Bravo-Vier. Sie sagen Sierra-Bravo-Vier, und dadurch haben Sie sofort meine Aufmerksamkeit. Sie werden staunen, was ich alles für Sie tun kann, und wie schnell. In Ordnung?«

»Alles klar.«

»Swagger, das mit Fenn ist schade. Manchmal geht es eben rau zu.«

Bob entgegnete nichts.

»Also los jetzt, raus hier.«

»Ich sollte Ihnen die Scheiße aus dem Leib prügeln wegen dem, was Sie mit Donny gemacht haben. Er war zu gut, um auf so 'ne Art benutzt zu werden.«

»Ich hab meinen Job erledigt. Ich war ein Profi. Mehr

gibt's nicht zu sagen. Und falls Sie mich wirklich schlagen sollten, werd ich alle gesetzlichen Möglichkeiten ausnutzen, damit Sie dafür bluten. Sie haben nicht das Recht, herumzulaufen und Leute zu verprügeln. Aber wenn Sie es tun, Swagger, denken Sie dran: nicht ins Gesicht. Nie ins Gesicht. Ich muss ständig zu Meetings.«

KAPITEL 37

Bob fragte sich, wie es sich anfühlen mochte, in einem Haus wie diesem zur Welt zu kommen. Es lag nicht direkt in Baltimore, sondern nördlich der Stadt, in einer Gegend, die alle nur ›das Valley‹ nannten. Gutes Pferdeland, überall sanft gewellte Hügel und üppige Vegetation. Hier und dort standen schöne alte Häuser in der Landschaft herum, die an generationenübergreifenden Wohlstand denken ließen.

Aber kein Haus war so schön wie dieses. Es lag am Ende einer Straße, die am Ende einer anderen Straße lag, die wiederum am Ende einer anderen Straße lag. Neben dem dunkel gedeckten Dach verfügte das Haus über zahlreiche Feinheiten. Ranken überwucherten die rötliche Ziegelmauer. Alle Zierkanten waren weiß und frisch gestrichen. Hinter dem Gebäude warteten mehrere Hektar eines hügeligen Paradieses, hauptsächlich Obstgärten mit Apfelbäumen.

Aber auch der Bau selbst schien auf seine Weise ein Paradies zu sein – imposant, würdevoll und rund ein Jahrhundert alt. Die umgebenden Eichen warfen ein Netz aus Schatten auf das Haus. Die Sackgasse, in der es lag, ließ es wie ein endgültiges Ziel erscheinen. Etwas weiter rechts warteten einige geometrisch angelegte Gärten, die im direkten Vergleich trotzdem fast ungepflegt wirkten.

Bob parkte den gemieteten Chevy, rückte den Knoten an der Krawatte zurecht und ging zur Eingangstür. Er klopfte. Nach einer Weile wurde geöffnet und ein dunkles Gesicht, so uralt wie die Sklaverei, spähte heraus.

»Ja, Sir?«

»Sir, ich bin hier, um mit Mrs. Carter zu sprechen. Ich hatte mit ihr telefoniert. Sie lud mich ein, sie zu besuchen.«

»Mister Stagger?«

»Swagger.«

»Ja, kommen Sie herein.«

Er betrat eine Welt aus dem vorigen Jahrhundert, die still und mittlerweile etwas zerschlissen wirkte. Es roch nach Moder und alten Wandteppichen – ein Museum ohne Schild an der Tür und ohne eigenen Wegweiser.

Man führte ihn durch stumme Korridore, an leeren Räumen mit eleganten, verstaubten Möbeln vorbei und unter den bedrückten Blicken erhabener Vorfahren hindurch, bis er auf die gläserne Veranda gelangte. Dort saß die alte Lady in einem Korbsessel und blickte streng auf ihr Anwesen hinab. Von diesem erhöhten Punkt aus erkannte man durch die Fenster einen akribisch in Schuss gehaltenen Garten und einen langen abschüssigen Pfad, der sich zwischen Apfelbäumen hindurchschlängelte.

»Mrs. Carter, Ma'am?«

Die alte Frau hob den Blick und musterte ihn rasch von oben bis unten, bevor sie ihm ein Zeichen gab, auf dem Korbsofa Platz zu nehmen. Sie war etwa 70 Jahre alt, hatte eine zu lange in der Sonne Floridas gebräunte, dunkle Haut und einen stechenden Blick. Ihr Haar hatte sie zu einer Art eisengrauem Entenbürzel hochgesteckt. Sie trug eine lange Hose und einen Pullover und hielt einen Drink in der Hand.

»Mr. Swagger. Also, Sie möchten mit mir über meinen Sohn sprechen. Ich habe Sie eingeladen. Ehrlich gesagt, Ihre Begründung für dieses Gespräch klang ziemlich schwammig. Aber Sie wirkten entschlossen. Liegt Ihnen etwas an meinem Sohn?«

»Nun, Ma'am, ja, so ist es. Mir liegt etwas daran, zu erfahren, was mit ihm passiert ist.«

»Sind Sie Schriftsteller, Mr. Swagger? Er ist in mehreren schrecklichen Büchern erwähnt worden. In einem davon handelte sogar ein ganzes Kapitel von ihm. Grauenhaftes Zeug. Ich hoffe, Sie sind kein Schriftsteller.«

»Nein, Ma'am, bin ich nicht. Ich habe diese Bücher gelesen.«

»Sie sehen wie ein Polizist aus. Sind Sie Polizist oder Privatdetektiv? Geht es um eine Vaterschaftsklage? Behauptet irgendeine 25-jährige Rotznase, Trig sei sein Vater gewesen, um an sein Geld zu kommen? Tja, dann muss ich Ihnen sagen, dass dieses Geld einzig und allein für die American Heart Association bestimmt ist, Mr. Swagger. Das können Sie also sofort vergessen.«

»Nein, Ma'am. Es geht mir nicht um Geld.«

»Dann müssen Sie Soldat sein. Das sehe ich an Ihrer Haltung.«

»Ich habe viele Jahre als Marine gedient, ja, Ma'am. Wir haben uns nie Soldaten genannt. Wir waren Marines.«

»Mein Mann – Trigs Vater – hat mit Merrill in Burma gekämpft. ›Die Marodeure‹ wurden sie genannt. Sie gingen sehr rigoros zu Werke. Seine Gesundheit hat es nicht mitgemacht; er sah und tat dort schreckliche Sachen. Extrem unschön.«

»Kriege sind immer unschön, Ma'am.«

»Ja, ich weiß. Ich nehme an, Sie haben im selben Krieg gekämpft, für den mein Sohn sein Leben idiotischerweise geopfert hat?«

»Ja, Ma'am, ich war dort.«

»Sie haben wirklich gekämpft?«

»Ja, Ma'am.«

»Waren Sie ein Held?«

»Nein, Ma'am.«

»Sicher wollen Sie nur bescheiden sein. Warum *sind* Sie also hier, wenn Sie kein Buch schreiben möchten?«

»Der Tod Ihres Sohnes steht für mich in Verbindung mit einigen ungeklärten Fragen. Außerdem glaube ich, dass er eine Rolle beim Ableben eines anderen jungen Mannes gespielt hat, ebenfalls ein Marine. Es ist nur so eine Ahnung. Ich durchschaue die Zusammenhänge selbst noch nicht ganz. Ich hatte gehofft, Sie könnten mir erzählen, was Sie wissen. Möglicherweise trägt es dazu bei, die entscheidenden Schlussfolgerungen zu ziehen.«

»Sie sagten am Telefon, dass Sie nicht glauben, mein Sohn hätte sich das Leben genommen. Sie glauben, er ist ermordet worden.«

»Ja.«

»Warum?«

»Das weiß ich noch nicht.«

»Haben Sie konkrete Beweise?«

»Nur Indizien. Vieles deutet auf eine Beteiligung von Geheimdiensten hin. Er hat unter Umständen jemanden oder etwas gesehen. Für mich steht fest, dass Spione mit der Sache zu tun hatten.«

»Dann war mein Sohn also doch kein Schwachkopf, der sich ausschließlich wegen der Anteilnahme der Linken und der kichernden Verachtung der Rechten in die Luft gesprengt hat?«

»So lautet jedenfalls meine Theorie, Ma'am.«

»Und was gehört noch zu Ihrer Theorie? Worauf wollen Sie hinaus?«

»Ich vermute, er wurde benutzt. Man hat ihn ermordet und seine Leiche dort in den Trümmern hinterlassen, damit es nach einer Protestaktion aussieht.«

Sie musterte ihn gründlich.

»Sie sind doch kein Verrückter, oder? Eigentlich machen Sie einen ganz vernünftigen Eindruck. Sie sind also ganz sicher nicht so ein fürchterlicher Kerl mit einer Radiosendung oder ein Verschwörungstheoretiker, der krudes Zeug für die Zeitungen schreibt?«

»Nein, Ma'am.«

»Und falls es Ihnen wirklich gelingt, den damaligen Vorfällen auf den Grund zu gehen, was würden Sie mit Ihrem Wissen anschließend tun?«

»Ich würde es benutzen, um am Leben zu bleiben. Ein Mann versucht, mich umzubringen. Ich glaube, dass er ebenfalls ein Spion ist. Um ihn aufzuhalten, muss ich herausfinden, warum er hinter mir her ist.«

»Das klingt sehr gefährlich und zugleich romantisch.«

»Ist aber 'ne ziemlich miese Art zu leben.«

»Tja, aus den meisten Häusern in Amerika würde man Sie sofort rausschmeißen, wenn Sie mit dieser Story ankommen. Aber mein Mann war 30 Jahre lang im diplomatischen Korps tätig und ich kenne mich mit Spionen aus, Mr. Swagger. Bösartige Menschen, die zu allem fähig sind, wenn es darum geht, ihre Ziele zu erreichen. Ihre, unsere ... egal welche. Ich weiß also, was Spione tun. Und falls Spione meinen Sohn getötet haben, sollte die Welt davon erfahren.«

»Ja, Ma'am.«

»Michael«, rief sie, »informieren Sie Amanda, dass Mr. Swagger zum Mittagessen bleibt. Ich werde ihm das Haus zeigen, und danach werden er und ich uns ausgiebig unterhalten. Falls jemand kommt, um ihn zu töten, lassen Sie den Gentleman bitte wissen, dass wir nicht gestört werden möchten.«

»Ja, Ma'am«, sagte der Butler.

»Es ist alles noch genau so wie an jenem letzten Tag«, versicherte sie.

Er schaute sich um. Das Studio lag an der Rückseite des Hauses, wo sich einst die Quartiere der Bediensteten befunden haben mussten. Das Haus war insgesamt klein, aber man hatte die Wände herausgebrochen, um ein riesiges Zimmer mit roten Ziegelwänden und einem gewaltigen

Fenster zu schaffen, das einen Ausblick über die Obstgärten bot. Selbst heute noch roch es nach Ölfarben und Terpentin. Schmutzige Pinsel standen in alten Farbdosen auf einer Bank. Farbkleckse und Staub bedeckten den Boden. Drei oder vier Leinwände mit offenbar fertigen Werken lehnten an der Wand, eine weitere stand auf einer Staffelei.

»Ich nehme an, das FBI hat sich hier bereits umgesehen?«, fragte Bob.

»Hat es, aber eher nachlässig. Ich meine, zu diesem Zeitpunkt war er ja schließlich schon tot.«

»Ja, Ma'am.«

»Schauen Sie sich das mal an. Das ist sein letztes Bild. Sehr interessant.«

Sie führte Bob zu einem straff auf eine Staffelei gespannten Gemälde.

»Ziemlich abgedroschen«, befand sie. »Aber ich schätze, es war für ihn das richtige Projekt, um seine Ängste zum Ausdruck zu bringen.«

Unglaublicherweise zeigte es einen Weißkopfadler – der klassische weiße Kopf und ein brauner, majestätischer Körper voller Kraft, den die gekrümmten Klauen auf einem Ast hielten. Bob betrachtete das Motiv und stellte sich die Frage, wieso das Tier so lebendig und schmerzerfüllt wirkte. Dann wusste er es: Es war nicht als Symbol, sondern als lebendige Kreatur eingefangen worden. Offensichtlich lag gerade eine Zerreißprobe hinter ihm. Das Funkeln in seinen Augen repräsentierte kein Raubtier. Es handelte sich um den benommenen, traumatisierten Blick eines Überlebenden.

Im Corps hatte man es das ›Tausend-Meter-Starren‹ getauft: dieser Ausdruck in den Augen, nachdem ein Frontalangriff mit Bajonetten und Klappspaten abgewehrt werden musste. Bob bemerkte, dass Blut die Klauen, die den Ast umklammerten, dunkel färbte. Auch die Federn des

Tiers im unteren Bereich des kräftigen Körpers trugen rote Flecken. Er beugte sich näher heran, schaute genauer hin. Verblüffend, wie exakt Trig alle Einzelheiten festgehalten hatte. Man gewann sogar den Eindruck, dass die Blutflecken schwerer und feuchter waren als die Federn, an denen sie klebten.

Er inspizierte das sichtbare Auge des Vogels. Darin spiegelte sich die Heimsuchung durch unvergesslichen Schrecken wider. Die Iris bot eine unglaublich detaillierte Mischung aus kleineren Farbpigmenten, die trotz unterschiedlicher Färbung ein lebendiges Ganzes bildeten. Bob glaubte fast, das Zucken der Muskeln unter dem Federkleid und das schwere Atmen nach großer Anstrengung wahrzunehmen.

»Der muss in einen höllischen Kampf verwickelt gewesen sein«, bemerkte er.

»Ja, in der Tat.«

»Hat Ihr Sohn nach Vorlage gemalt? So hab ich noch keinen Adler gesehen. Man müsste doch draußen in der Wildnis gewesen sein und den Vogel kurz nach einer Auseinandersetzung zu Gesicht bekommen haben, um das so treffend hinzubekommen.«

»Oder er hat einen solchen Blick im Gesicht eines Mannes wahrgenommen und ihn auf einen Vogel übertragen. Aber er war im Westen tatsächlich viel unterwegs in der Natur. Er ist überall gewesen für seine Gemälde. Überall auf der Welt – in Harvard, in einem Krieg, bei jeder großen Friedensdemonstration, bei Ausschüssen. Und mit 25 illustrierte er bereits einen Bestseller.«

»Soll der Adler für sein Land stehen?«

»Ich weiß nicht. Kann sein. Ich vermute aber, dass er den Vogel dann nicht so lebendig angelegt hätte, sondern statischer. Dieser wirkt zu realistisch, um als Symbol herzuhalten. Vielleicht hat er damit seine eigene Abscheu vor dem Blutvergießen dargestellt. Ich erkenne an diesem Vogel nicht viel Heldenhaftes; nur einen erschütterten Überlebenden. Aber ich glaube nicht, dass sich daraus viel ableiten lässt.«

»Ja, Ma'am.«

»Aus mir unbekannten Gründen wollte er dieses Gemälde *unbedingt* fertigstellen. Er kam spät am Nachmittag hier an, mit einem Pick-up-Truck, dreckig und verschwitzt. Ich habe ihn gefragt, was er vorhat. Er meinte nur: ›Mutter, mach dir keine Sorgen, ich komm schon klar.‹ Auf meine Frage, was er hier wolle, antwortete er nur, er müsse den Vogel zu Ende malen. Dann zog er sich ganze sieben Stunden hierhin zurück. Ich kenne die Skizzen, die er vorher angefertigt hatte. Die sahen noch ganz anders aus, wesentlich konventioneller. Gut, aber uninspiriert. In dieser letzten Nacht musste er unbedingt herkommen, um dieses Werk zu vollenden.«

»Können Sie mir mehr über ihn erzählen? Hatte er sich verändert, nachdem er aus England zurückkehrte? Was war mit ihm los, Ma'am?«

»Ob dort etwas mit ihm passiert ist? Meinen Sie das?«

»Ja, Ma'am. Der Geheimdienstmann, mit dem ich darüber gesprochen habe, verriet mir, die Agenten, die ihn damals beobachteten, seien der Ansicht gewesen, er habe sich in England verändert.«

»Die haben alle bösen Jungs im Auge behalten, was?«

»Versucht haben sie's zumindest.«

Sie gingen in den Garten, wo weitere rustikale Möbel standen. Mrs. Carter setzte sich.

»1970 war er bereits ausgebrannt. Seit '65 hatte er an den Friedensmärschen teilgenommen. Ich glaube, es war für ihn wie für die anderen jungen Leute damals eher eine Party als ein Kreuzzug. Sex, Drogen, solche Dinge. Was junge Leute eben tun. Was wir in den 40ern gemacht hätten, hätten wir nicht einen Krieg gewinnen müssen. Aber ich hatte ihn nie so fertig erlebt wie 1970. All die Märsche, die Gefängnisstrafen, die Prügel, die er einstecken musste, die Leute, die benutzt wurden. Es schien zu nichts Gutem zu führen.

Es herrschte nach wie vor Krieg, es wurden weiterhin junge Männer getötet, sie benutzten immer noch Napalm. Er reiste herum und malte, hatte eine Wohnung in Washington und vielen anderen Städten. 1968 landete er für vier Monate im Gefängnis und wurde noch zwei weitere Male angezeigt.

Auf seine Weise war er sehr heroisch, zumindest wenn man an die Ideale glaubte, für die er eintrat. Aber es laugte ihn zunehmend aus. Hinzu kam das Problem mit Jack, seinem Vater, den die Umstände und wohl auch seine Neigungen dazu brachten, den Darstellungen der Regierung zu glauben, was den Krieg anging. Sein Vater war beim Außenministerium und, wie ich annehme, aktiv an der Planung einiger Aspekte des Kriegs beteiligt. Jack und Trig hatten sich früher sehr nahegestanden, aber am Ende der 60er redeten sie nicht mal mehr miteinander.

Trig sagte einmal zu mir: ›Ich hätte nie gedacht, dass dieser liebe, anständige Mann, der mich großgezogen hat, sich einmal nach allen Maßstäben, die mir am Herzen liegen, als böse herausstellt. Aber genau das ist passiert.‹ Ich hielt das für ein ziemlich grausames Urteil, denn Jack hat Trig immer geliebt und unterstützt, und ich glaube, für ihn war Trigs Entfremdung schmerzlicher als für alle anderen. Ich weiß, dass Trigs Tod letztendlich auch Jack umgebracht hat. Er ist drei Jahre nach ihm gestorben. Er hat sich nie wirklich davon erholt. Ich schätze, auch sein Tod geht damit auf das Konto des Krieges. Ein grausamer Krieg, nicht wahr?«

»Ja, Ma'am. Sie haben 1970 erwähnt. Das Jahr, in dem Trig nach England ging.«

»Ja, das habe ich wohl, was? ›Ich muss hier raus‹, hat er gesagt. ›Ich muss weg von allem.‹ Er besuchte ein Jahr lang die Ruskin School of Fine Art in Oxford. Kennen Sie Oxford, Mr. Swagger?«

»Nein, Ma'am.«

»Er war ein talentierter Künstler. Aber ich glaube, es hatte mehr mit seiner Entscheidung zu tun, sein Zuhause zu verlassen, als mit einem konkreten künstlerischen Bedürfnis.«

»Ja, Ma'am.«

»Tja, und aus irgendeinem Grund hat es funktioniert. Als er zurückkam, war er begeisterter, engagierter, leidenschaftlicher und auch mitfühlender, als ich ihn seit 1965 erlebt hatte. Das war im frühen Winter 1971. Offenbar war er dort drüben zu ein paar tiefgreifenden persönlichen Einsichten gelangt. Er begegnete in England einer Art Mentor. Fitzpatrick hieß er, wenn ich mich nicht täusche, so ein charismatischer Ire.

Die beiden hatten sich offenbar darauf verständigt, gemeinsam den Krieg zu beenden. Das passte gar nicht zu Trig, den ich als extrem vorsichtig kannte, eben typisch Harvard. Aber was immer dieser Fitzpatrick ihm für einen Floh ins Ohr gesetzt hat, Trig veränderte sich dadurch. Als er zurückkehrte, war er förmlich besessen von der Idee, den Krieg zu beenden, aber auch vom Pazifismus. Vorher hatte er sich nie ausdrücklich zum Pazifismus bekannt, auch wenn ich ihn nie aggressiv oder brutal erlebt habe. Aber jetzt bezeichnete er sich offiziell als Pazifist.

Ich hatte das Gefühl, dass er an der Schwelle zu etwas Großem stand, womöglich etwas Tragischem. Ich hielt ihn in dieser Phase selbst für imstande, sich auf der Treppe vor dem Pentagon mit Benzin zu übergießen und anzuzünden. Er bewegte sich gefährlich nahe am Märtyrertum. Wir machten uns große Sorgen um ihn.«

»Aber er hatte etwas anderes im Sinn. Er plante den Bombenanschlag.«

»Mr. Swagger, lassen Sie mich Ihnen sagen, was mich all diese Jahre lang beschäftigt hat. Mein Sohn war außerstande, einem Menschen das Leben zu nehmen. Das hätte er einfach nicht getan. Wie es dazu kam, dass er am Ende ein Gebäude mit einem Menschen darin in die Luft gesprengt hat, ist mir unbegreiflich. Ich weiß, dass es ein ›symbolischer Akt des Widerstands‹ sein sollte, der sich gegen Materielles richtete, nicht gegen Menschen. Und doch wurde noch ein anderer Mann dabei getötet. Ralph Goldstein, ein junger Lehrassistent für Mathematik, ein Name, der nicht in die Geschichte eingehen wird, fürchte ich. Er taucht in keinem der Bücher über den Märtyrertod meines Sohnes auf, aber ich weiß es, weil ich einen furchtbaren Brief von seiner Frau bekommen habe. Ich kenne ihn auswendig.

Auch er war ein wunderbarer junger Mann, so leid es mir tut, das zu sagen. Aber Trig hätte niemanden getötet, nicht mal aus Versehen. Die Berichte, die ihn als naiven Idioten hinstellen, entsprechen schlicht nicht den Tatsachen. Trig war ein äußerst fähiger junger Mann. Er hätte sich nicht in die Luft gesprengt, und er hätte auch das Gebäude nicht in die Luft gesprengt, ohne vorher zu überprüfen, ob es leer steht. Er arbeitete gründlich und gewissenhaft, ebenfalls typisch Harvard. Ein fähiger, äußerst fähiger Junge, keiner von diesen verträumten Idioten.«

Bob nickte.

»Fitzpatrick«, wiederholte er. »Fitzpatrick. Über ihn gibt es keine Aufzeichnungen, kein Foto, nichts Handfestes.«

»Nein ... nicht mal in seinem Skizzenbuch.«

»Verstehe.«

Es dauerte mehrere Sekunden, bis er die nächste Verbindung herstellte.

»Welches Skizzenbuch?«

»Nun, Trig war Künstler, Mr. Swagger. Er hatte immer ein Skizzenbuch bei sich. Eine Art visuelles Tagebuch. So eins führte er überall. Eins in Oxford. Und eins hier, während seiner letzten Tage. Ich habe es aufbewahrt.«

Bob sah sie an.

»Hat es außer Ihnen jemand gesehen?«

»Nein.«

»Mrs. Carter, könnte ...«

»Natürlich«, erwiderte die alte Dame sofort. »Ich habe all diese Jahre darauf gewartet, dass es sich jemand ansieht.«

KAPITEL 38

Der dicke Band wirkte schmutzig. Mottenzerfressen, wie er war, verfügte er über die Weichheit von altem Pergament, aber auch von Dreck: Das Grafit des Bleistifts und der schwarze Abrieb der Kohlestifte lagen dick auf jeder Seite. Wer es berührte, bekam fleckige Fingerspitzen. Das ließ es wie etwas äußerst Intimes wirken. Der letzte Wille, das Testament oder noch schlimmer: eine Reliquie des Heiligen Trig, des Märtyrers. Bob fühlte sich wie ein Gotteslästerer, als er es aufschlug. Er hielt inne, als ihm die Beschriftung im rechten oberen Bereich des Buchdeckels auffiel: ›Oxford, 1970 – T. C. Carter III.‹

Etwas daran kam ihm bekannt vor. Warum? Als er das cremige Papier genauer betrachtete, wurde ihm klar, dass Trig sein Bild von Donny und Julie in dieses Buch gezeichnet und die Seite herausgerissen haben musste, um sie Donny zu schenken. Bob hatte es in Vietnam gesehen. Plötzlich fühlte er sich wie bei der Begegnung mit einem Geist.

Er blätterte die ersten Seiten durch. Vögel. Ursprünglich hatte der Junge ausschließlich Vögel gemalt. Die ersten paar Seiten zierten wunderbar lebendige Skizzen englischer Spatzen und Krähen – kleine, gewöhnliche Piepmätze; weder mit auffällig hübschem Gefieder noch sonst von besonderer Pracht. Aber es ließ sich nicht übersehen, dass Trig Talent hatte. Er konnte selbst eine einzige, krakelige Linie zum Singen bringen. Er fing die verschwommene Bewegung eines Flugmanövers ein oder die Geduld des winzigen, instinktgetriebenen Hirns in einem zerbrechlichen Schädel, während das Tier einfach dasaß ohne jeden Sinn für gestern oder morgen. Trig verfügte über ein außergewöhnliches Händchen, um die Gewöhnlichkeit von Vögeln zum Außergewöhnlichen zu erheben.

Aber schon bald erweiterte sich sein Horizont, als erwache er aus tiefer Benommenheit. Er begann, kleine Details des Lebens hervorzuheben. Seine Zeichnungen wurden zu äußerst beiläufigen Momentaufnahmen voller Bedeutung. Aus heiterem Himmel beschloss Trig, einen ›Blick vom Lokus‹ festzuhalten, und zeichnete ein feines, kleines Bild von der Gasse hinter seiner Bude mit den baufälligen Backsteinmauern, hinter denen die erhabenen Türme der Universität in der Ferne aufragten. Ein anderes Mal zeichnete er ›Mr. Jenson, gesehen in einer Kneipe‹ und erweckte diesen mit Venen, Furunkeln und einem haarigen Gestrüpp auf der Nase regelrecht zum Leben.

Oder hier: ›Die Themse, an der Landzunge, die Bootshäuser‹, und da war er: der breite, grünliche Fluss. Ein kleinerer Nebenarm zweigte von ihm ab. Alles wirkte unglaublich grün. Die Weiden hingen ins Wasser und die hoch am Himmel stehende, helle englische Sonne durchflutete die Szenerie, obwohl sie im winzigen Format nur grob mit Bleistift umrissen worden war, hingeworfen in Sekundenschnelle. Trotzdem spürte Bob es, schmeckte es, was auch immer, ohne definieren zu können, wie Trig es schaffte.

Als Zeichner verlor er sich in der legendären Schönheit Oxfords im Frühling. Wer konnte es ihm übel nehmen? Er hielt Gassen, Parks und Gebäude fest, die wie alte Schlösser aussahen, Pubs, Flüsse, englische Landschaften, als ob er die Welt zum ersten Mal wirklich *sah*.

Aber dann verschwand das alles. Die Ferien endeten. Bob musste erst einmal blinzeln. Er verstand nicht, was er sah, als er auf die nächste Seite umblätterte. Den Bildern haftete nun etwas deutlich Abstrakteres an, doch dann schälten sie sich nach und nach aus der wütend hingeschmierten Kohle hervor. Ein Mädchen, auf einen bloßen Umriss reduziert – das Kind, das aus seinem in Flammen stehenden Dorf floh, das die Amerikaner gerade in Brand gesteckt hatten.

Bob erinnerte sich: Es galt als berühmteste und zugleich abstoßendste Momentaufnahme des gesamten Krieges. Das Kind wurde völlig nackt der grausamen Realität ausgesetzt; ihr Gesicht bot eine Maske aus Schock und Betäubung, dabei jedoch schmerzhaft lebendig. Schamlos nackt, aber das spielte keine Rolle, denn man sah an Hüttenkäse erinnernde Streifen auf ihrer Haut, dort, wo das Napalm, das ihre Familie eingeäschert hatte, sie ebenfalls erwischt hatte. Selbst bei einem Mann, dem Napalm das Leben gerettet hatte, rief dieses Bild ein übles Gefühl hervor. *Warum?*, fragte er sich jetzt, all die Jahre später. *Warum? Sie war nur ein Kind. Wir haben nicht richtig gekämpft, darin bestand unser verdammtes Problem.*

Er legte das Buch weg und starrte in die Dunkelheit. Die schwarzen Hunde lauerten da draußen, sprungbereit. Er brauchte einen Drink, ihm schwirrte der Kopf. Seine Kehle war wie ausgetrocknet. Im leeren Studio um ihn herum tanzten und hockten die Vögel. Der Adler stierte ihn panisch an.

Wann ist der Scheiß endlich vorbei?, fragte er sich und wandte sich dem Skizzenbuch zu.

Auch Trig hatte eine heftige emotionale Reaktion gehabt. Er hatte sich nackter Haut gewidmet. Auf den nächsten paar Seiten hielt er kräftige Jungen fest, Kerle aus der Arbeiterklasse. Ihre Muskeln waren straff, ihre Hintern ragten hervor, ihre Finger wurden durch die Anspannung der Unterarme nach innen gekrümmt. Es gab sogar eine detaillierte Studie von einem großen unbeschnittenen Penis.

Bob war beschämt, fühlte sich wie ein Schnüffler. Peinlich!

Er konnte sich kaum auf die Zeichnungen konzentrieren

und blätterte schnell weiter, wobei er einige Seiten übersprang. Schließlich endete die Aktphase. Die Bilder zeigten wieder erhabenere Dinge. Trig schien voller Bewunderung für eine bestimmte heroische Gestalt zu sein, einen Mann, der einsam auf dem Fluss ruderte. Wochenlang hatte er ihn wie besessen gezeichnet: ein älterer Mann, kraftstrotzend wie Herkules. Seine Muskeln glänzten, aber es schwang nichts Erotisches in der Darstellung mit – lediglich ein älterer Athlet mit unbestreitbarem Charisma.

War das Fitzpatrick oder eine andere verflossene Liebe? Wer wusste das schon oder hätte es ihm verraten können? Es gab nicht einmal ein Porträt seines Gesichts, anhand dessen man den Mann hätte identifizieren können. Aber die Bilder verloren zunehmend ihre Originalität, verkamen zu Standards. Der Mann glich dem Helden aus einem Western oder einem stilisierten Ritter der Tafelrunde. Bob konnte spüren, wie sehr Trig an diesen Mann geglaubt hatte.

Über die nächsten Wochen kamen weitere Darstellungen hinzu und Trigs künstlerische Aufregung schien noch gewachsen zu sein. Jetzt wirkte er tatsächlich glücklich, glücklicher, als er es je zuvor gewesen war. Sein neues Motiv war die Explosion. Er brauchte ein paar Versuche, aber dann verstand er sich ziemlich gut darauf, die Gewalttätigkeit und die Freisetzung anarchischer Energie einzufangen, die einer Explosion innewohnte. Auch ihre Schönheit würdigte er in der Art und Weise, wie die Wolken aus dem Zentrum der Detonation aufstiegen wie Blumen, die ihre Blüten öffneten. Aber darauf beschränkte es sich. Seine Arbeit klammerte die Schrecken aus – die Furcht, die jeden Menschen in der Nähe einer Explosion unweigerlich befällt. Für Trig war alles nur Theorie und Schönheit.

Die letzte Zeichnung zeigte einen glänzenden neuen Triumph TR6 – ein Prachtauto.

Bob klappte das Buch zu, hielt es ins Licht und bemerkte

eine Art Delle, die am Buchrücken entlang verlief, was darauf schließen ließ, dass etwas fehlte. Er klappte die Seiten in der Mitte auf, schaute genauer hin und sah, dass die letzten paar Seiten sehr behutsam herausgeschnitten worden waren.

Er verließ das Studio und ging ins Haupthaus zurück, wo die alte Lady mit einem Scotch in der Hand im Arbeitszimmer saß.

»Möchten Sie einen Drink, Mr. Swagger?«

»Ein Mineralwasser, sonst nichts.«

»Oh, verstehe.«

Sie goss ihm das Wasser ein.

»Nun, Sergeant Swagger. Was meinen Sie?«

»Er war ein wunderbarer Künstler. Mehr kann man sich nicht wünschen, oder?«

»Nein, kann man nicht. Ich habe gerade einen Fehler gemacht, oder?«

»Ja, Ma'am.«

»Ich habe Sie Sergeant genannt. Sie hatten mir Ihren Dienstgrad nicht genannt.«

»Nein, Ma'am.«

»Ich kenne noch den einen oder anderen Spinner im Außenministerium. Nach Ihrem Anruf habe ich dort nachgefragt. Kurz vor Ihrem Eintreffen erhielt ich einen Rückruf. Sie waren ein Held, ein großer Krieger. Sie verkörpern all das, was mein Sohn nie verstanden hat.«

»Ich habe bloß meinen Job erledigt.«

»Nein, Sie haben mehr als das getan. Ich kenne die Einzelheiten. Sie haben ein ganzes Bataillon aufgehalten. Ein einziger Mann. Man sagt, so etwas hätte es nie zuvor in der Geschichte gegeben. Unglaublich.«

»Da war noch ein anderer Marine. Das vergessen immer alle. Ohne ihn hätte ich es nicht geschafft. Es war ebenso sehr sein Kampf wie meiner.«

»Trotzdem, Ihre Aggressivität, Ihre Tapferkeit, Ihre Bereitschaft, zu töten, für Ihr Land zum Killer zu werden, hat den entscheidenden Unterschied gemacht. Ist es schwer, damit zu leben?«

»Ich habe an diesem Tag einen Jungen mit einem Messer getötet. Hin und wieder macht es mich traurig, daran zu denken.«

»Das tut mir so leid. Abgesehen von Ihrem Heldentum hat dieser Krieg nichts Gutes hervorgebracht, nicht wahr?«

»Er hat zu nichts Gutem geführt, mein Heldentum eingeschlossen.«

»Also, sagen Sie mir: Warum ist mein Sohn gestorben? Wenn es jemand wissen kann, dann Sie.«

»Ich bin kein Experte für solche Angelegenheiten. Das ist nicht gerade mein Spezialgebiet. Aber für mich sieht es danach aus, als sei ein Profi an ihn herangetreten. Jemand, der seine Schwächen kannte, ihn studiert hatte, jemand, der sein schlechtes Verhältnis zu seinem Vater kannte und es gezielt ausnutzte. In den Zeichnungen taucht er als heroischer Ruderer auf. Ich kann Trigs Liebe für ihn spüren. Vielleicht ist es dieser Fitzpatrick. Trig war nach seiner Rückkehr irgendwie verändert, sagten Sie?«

»Ja. Begeistert, engagiert, voller Energie. Aufgewühlt.«

»Er musste dieses Gemälde unbedingt fertigstellen?«

»Ja. Verbirgt sich eine Botschaft darin?«

»Ich weiß nicht. Ich verstehe es auch nicht.«

»Aber Sie glauben, dass er nicht für diesen Mord verantwortlich zu machen ist? Das wäre so wichtig für mich.«

»Nicht schuldig an einem Mord ersten Grades, ja, das glaube ich. Der Tod dieses Mannes geschah eher unbeabsichtigt. Falls ja, wäre es Mord zweiten Grades gewesen oder eine Form von Totschlag. Ich will Sie nicht anlügen. Dessen hat er sich wahrscheinlich schuldig gemacht.«

»Ich weiß Ihre Ehrlichkeit zu schätzen. Trig muss die Konsequenzen selbst ausbaden. Aber wenigstens hält ihn jemand nicht für einen Mörder und Idioten.«

»Ich weiß noch nicht, was wirklich geschehen ist. Ich kann mir noch nicht vorstellen, worum es damals ging, warum es passiert ist, was es zu bedeuten hatte. Es scheint keinen Sinn zu haben, damals nicht und heute nicht, und damit hätte auch das, was mir jetzt passiert, keinen Sinn. Vielleicht bin ich aber auch völlig auf dem falschen Dampfer und klammere mich an Strohhalme, weil ich unter immensem Druck stehe. Sagen Sie ... ist Ihnen bewusst, dass die letzten paar Seiten des Skizzenbuchs fehlen? Die Seiten aus seiner Zeit in Amerika?«

»Nein. Das wusste ich nicht.«

»Haben Sie eine Ahnung, wo diese Seiten sein könnten?«

»Nein.«

»Hier im Haus?«

»Sie können gern danach suchen. Aber dann hätte ich sie längst gefunden, nehme ich an.«

»Kann sein. Hatte er so etwas wie einen Lieblingsplatz?«

»Er hat gern an einer Stelle in Harford County Vögel beobachtet. In der Nähe von Havre de Grace, mit Blick über den Susquehanna River. Ich könnte es Ihnen auf der Karte zeigen. Aus irgendeinem Grund gab es dort immer besonders viele Vögel, sogar ab und zu Baltimoretrupiale.«

»Zeigen Sie es mir bitte?«

»Ja. Glauben Sie, dass er die fehlenden Seiten dort versteckt hat?«

»Ich sollte auf jeden Fall nachschauen, so viel steht fest.«

Bob fuhr im schwindenden Licht durch Baltimore County und bog auf die Interstate 95 in nördlicher Richtung ein, auf der er nach Harford County gelangte. Dort wechselte er auf eine Landstraße, die ihn nach Havre de Grace führte, eine kleine Stadt am Rand des großen Flusses, der schließlich in die Chesapeake Bay überging.

Er wusste nicht, wonach genau er Ausschau halten sollte, aber vielleicht meinte es das Schicksal ja gut mit ihm. Wenn Trig diese Skizzen herausgerissen hatte, dann vermutlich, um sie zu vernichten. Aber es gab auch noch eine andere Möglichkeit: dass er etwas erfahren hatte, das ihm Angst einjagte, dass er etwas gesehen hatte, das er nicht verstand, dass er begonnen hatte, Robert Fitzpatrick zu durchschauen.

Er wusste nicht, was er tun sollte. Also kam er hierher, um zu malen. Aus einer tiefen Leidenschaft heraus, aus einer psychologischen oder stressbedingten Motivation musste er unbedingt dieses Vogelgemälde beenden. Nachdem es vollendet war, beschloss er, seine letzten Skizzen aus dem Buch zu reißen und sie zu verstecken. Natürlich hätte er das überall tun können – aber sein Verstand arbeitete auf eine ganz bestimmte Weise: organisiert, klar und präzise. Er stellte sich den Problemen direkt und fand ebenso direkte Lösungen. Also: die Skizzen verstecken. Nicht im Haus, denn dort werden sicherlich Ermittler auftauchen. Sie an einem Ort verschwinden lassen, den er nicht vergessen wird und an dem jemand, der mit Einfühlungsvermögen zu Werke geht, sie später finden kann. Ja, an seiner ›Stelle‹. Seinem Platz. Wo er hingeht, um zu entspannen, herunterzukommen, um in aller Ruhe Vögel zu beobachten, die über das flache, stille Wasser gleiten.

Auf eine gewisse Art leuchtete das ein: Er konnte zu dieser Stelle gefahren sein, die Skizzen in Plastik eingewickelt oder in ein Glas gesteckt, sie dort vergraben oder unter einen Felsen oder in eine Höhle gelegt haben.

Trig war schließlich im Rahmen seiner Vogelexkursionen durch die Wildnis gereist. Nach Südamerika, nach Afrika und in abgelegene Gegenden der Vereinigten Staaten. In die Wüste und ins Gebirge. Also kannte er sich draußen in der freien Natur aus und wusste genau, wie er es anstellen musste. Seine Mutter hatte es selbst gesagt: Er war kompetent und führte alles sorgfältig zu Ende.

Wonach suche ich also genau?

Nach einem Orientierungspunkt, vielleicht mehreren, aus denen sich eine Suchrichtung ableiten ließe, etwas in der Art. Bob dachte nach. Ihm fiel ein, dass so ein Zeichen, falls es zum Beispiel in eine Baumrinde eingeritzt war, durch 20 Jahre langes Wachstum horizontal verzerrt sein musste. Es wäre in die Breite gewachsen, nicht in die Höhe.

Er fuhr lange Zeit am Flussufer entlang. Eine riesige, plane Wasseroberfläche. Jenseits der Stadt erhoben sich Klippen, die von gewaltigen Brücken überspannt wurden. Eine wurde gerade von einem Zug überquert, einem orange-farbenen Geschoss, das in Richtung New York rauschte. Dahinter durchschnitt eine Autobahn die Landschaft.

Schließlich erreichte er die Stelle, die Trigs Mutter auf der Karte markiert hatte, und er wusste sofort, dass er hier kein Glück hatte. Er sah keine Gänse und Enten, sondern zwei goldene Bögen, denn wo sich einst eine idyllische Lichtung am Flussufer befunden hatte, die Vögel aus der ganzen Region anzog, stand jetzt eine McDonald's-Filiale.

Hinter den hellen Fensterscheiben des Restaurants winkte ihm ein Clown zu. Er hatte Hunger, also parkte er den Wagen und lief ein paar Minuten hin und her, bis ihm klar wurde, dass es zwecklos war. Diese Spur musste er als verloren abstempeln. Die Geheimnisse waren beim Bau des Fast-Food-Ladens untergepflügt worden.

Er ging hinein, aß ein paar Burger mit einer Portion Pommes und trank eine Coke. Er setzte sich wieder ins Auto und begann die lange Fahrt zu seinem Motel in der Nähe des Flughafens. Er hoffte, dass sich die Unschlüssigkeit hinsichtlich seines nächsten Schritts während der Fahrt in Luft auflöste.

Da bemerkte er, dass ihm der gleiche schwarze Pathfinder-Geländewagen folgte, der schon auf der I95 vor ihm gefahren war. Aber er ließ sich bald zurückfallen und wurde durch einen blaugrünen, rostigen Chevy Nova ersetzt, dann, drei Ausfahrten weiter, von einem FedEx-Laster.

Er wurde von einem verdammt guten Team verfolgt, und zwar nach allen Regeln der Kunst.

KAPITEL 39

Bonson finanzierte die Operation aus einer schwarzen Kasse, auf die nur er und drei andere Führungskräfte Zugriff hatten. Er wollte nicht, dass sie das reguläre Prüfverfahren seiner Abteilung durchlief – nicht bevor er selbst wusste, worauf es hinauslief und was dabei eventuell ans Tageslicht kam. So ging er regelmäßig vor. Er zog es vor, anfangs unauffällig zu agieren und der Sache unabhängig von vorgegebenen Erwartungshaltungen erst einmal freien Lauf zu lassen.

Er stellte sein Team sehr sorgfältig zusammen und bediente sich dabei aus einem temporären Pool extrem erfahrener Leute, die für genau solche spontanen Geheimaufträge bereitstanden. Am Ende hatte er drei Ex-FBI-Agenten, zwei frühere Landespolizisten, eine ehemalige Polizistin aus Baltimore und einen erstaunlich fähigen Überwachungsexperten an Bord, den die Bundessteuerbehörde unehrenhaft gefeuert hatte.

»Okay«, sagte er ihnen im geheimen Unterschlupf in Rosslyn, Virginia, den die CIA als Sammelpunkt für Notfallmissionen unterhielt, »machen Sie sich nichts vor. Dieser Kerl ist sehr, sehr erfahren. Er war sein ganzes Leben lang in Schießereien und Schlachten verwickelt. 1967 stand er ein Jahr lang einem Aufklärungsteam für die Special Operations Group vor, in Kambodscha und im grenznahen Gebiet. Außerdem gilt er als ausgesprochen heldenhafter Scharfschütze und ist der einzige Mann in der Historie der Marines, der je im Alleingang ein ganzes Bataillon aufgehalten hat, im Jahr '72.

Wenn Sie sich das Dossier anschauen, das ich verteilt habe, werden Sie sehen, dass er auch in der Folgezeit noch in Auseinandersetzungen verwickelt gewesen ist. 1992 gab es einen Vorfall in New Orleans. Dann, vor zwei Jahren, hat er einige Zeit in seiner Heimatstadt in Arkansas verbracht und die Statistik für Todesfälle mit Schusswaffengebrauch in diesem Bundesstaat drastisch ansteigen lassen. Der ist ausgesprochen auf Zack und ein ungeheuer kompetenter Mann. Definitiv an der Spitze der Nahrungskette.

Also, lassen Sie es mich noch einmal betonen: Ihr Job beschränkt sich darauf, ihn zu beschatten, über seine Aktivitäten zu berichten, festzustellen, was er für Entdeckungen macht, das ist alles. Ich will, dass Sie das begreifen. Es geht nicht darum, ihn festzunehmen. Es geht auch nicht darum, ihn auszuschalten. Haben wir uns verstanden?«

Die Teammitglieder nickten, hatten allerdings noch Fragen.

»Commander, wollen Sie, dass seine Telefone abgehört werden?«

Bonson zögerte. Sicherlich nützlich. Aber ohne Gerichtsbeschluss war es illegal, und man konnte nie wissen, was bei so etwas am Ende herauskam. Er wollte dafür nicht seine Karriere riskieren.

»Nein. Nichts Illegales. Die alten Zeiten sind vorbei.«

»Wir könnten es hinbekommen, ihn akustisch abzuhören, wenn er im Haus der alten Lady ist.«

»Wenn das hinhaut, gut. Wenn nicht, auch nicht schlimm.«

»Wenn er uns erwischt, ziehen wir uns dann zurück?«

»Nein, Sie lassen einen Ersatzmann ran. Deshalb will ich auch sechs Wagen, nicht die üblichen vier. Sie bleiben in Funkkontakt. Ich werde im Kontrollvan sitzen und mithören. Einmal pro Stunde gebe ich einen Frequenzwechsel durch, um die Wahrscheinlichkeit zu verringern, dass *er* uns überwacht.«

Das Team begriff sofort, wie ungewöhnlich dieser Auftrag war. Unter normalen Umständen hätte sich keine Führungskraft auf Bonsons Stufe persönlich an einer solchen Operation beteiligt. Das war, als ob ein Brigade-general einen Zug selbst anführte.

»Bewaffnen wir uns?«

»Nein, Sie bewaffnen sich nicht. Falls Sie ihm unerwartet begegnen, falls er Sie stellt und enttarnt, leugnen Sie alles. Sie werden falsche Ausweise mit sich führen. Im Extrem-fall gehen Sie lieber ins Gefängnis als die Sicherheit der Operation zu gefährden. Ich will nicht, dass er mitbekommt, dass er beobachtet wird.«

Sie machten sich Notizen, schrieben sich die vereinbarte Vorgehensweise auf. Bonson ging mit ihnen die Rufzeichen durch, die möglichen Routen, die er zum Haus der alten Frau nördlich von Baltimore nehmen konnte, das übliche Programm. Aber dann ...

»Eine Sache noch: Dieser Mann behauptet, dass er von einem ehemaligen russischen Scharfschützen gejagt wird. Ich neige dazu, ihm Glauben zu schenken, auch wenn die Aufzeichnungen über ihn nahelegen, dass er paranoid sein könnte. Aber wir müssen den Scharfschützen als reale, nicht als eingebildete Bedrohung betrachten.

Unterstellen wir also, dieser Scharfschütze hat keine Ahnung, wo unser Mann ist, und vermutet, er halte sich unverändert in Idaho auf. Aber davon können wir nicht mit Bestimmtheit ausgehen. Falls der Russe uns weiter voraus ist, als ich ahne, und Sie ihm begegnen, ziehen Sie sich zurück und melden sich augenblicklich bei mir. Und falls es keine andere Möglichkeit gibt, müssen Sie aggressiv vorgehen und im Extremfall Ihr eigenes Leben riskieren, um Swaggers Leben zu retten, sofern es dazu kommt.«

»Meine Güte.«

»Swagger weiß etwas. Oder er ist zumindest in der Lage, es herauszufinden. Er ist eine Art Schlüssel zu einem Geheimnis, das tief vergraben und problematisch ist. Wir dürfen ihn auf keinen Fall verlieren. Er hat noch eine

Aufgabe für sein Land zu erfüllen. Er weiß es noch nicht, aber er hat weiterhin eine Mission.«

»Commander, können Sie uns sagen, worum es hier eigentlich geht?«

»Um die Vergangenheit. Um die Träume alter Männer und die Tode junger Männer. Um den Spion, den es nie gegeben hat, der aber wieder an der Oberfläche aufgetaucht ist. Meine Damen und Herren, wir jagen einen Maulwurf. Den, der uns damals entwischt ist.«

In Boise bestand Solaratovs erste Handlung darin, im Krankenhaus anzurufen und darum zu bitten, mit Mrs. Swagger verbunden zu werden. Mrs. Swagger war vor zwei Tagen aus dem Krankenhaus entlassen worden. Wohin war sie gegangen, wer hatte sie begleitet? Die Telefonistin des Krankenhauses durfte diese Art von Informationen nicht preisgeben. Der Name ihres Arztes? Auch darauf erhielt er keine Antwort.

Am späten Nachmittag parkte Solaratov seinen Mietwagen in einem Nationalpark, durch den man Zugang zum Sawtooth National Forest hatte. Ausstaffiert wie ein Wanderer machte er sich daran, den 17 Meilen langen Pfad am Bergkamm entlangzugehen. Schließlich war er nicht länger auf Staatsgebiet unterwegs, sondern knapp 900 Meter oberhalb von Swaggers Ranch. Er richtete sich in einer guten Spähposition ein, verborgen vor zufällig vorbeikommenden Wanderern, die es wahrscheinlich in dieser Gegend nicht gab. Auch von den Wiesen und Weiden aus, die sich unter ihm erstreckten, konnte ihn niemand sehen. Er wartete.

Er wartete zwei volle Tage. Das Haus lag vollkommen verlassen da. Selbst das Vieh hatte man an einen anderen Ort gebracht. In der Mitte der zweiten Nacht stieg er aus den Bergen hinunter und brach in das Haus ein, wobei er die Schlösser mit einem Dietrich knackte. Nachdem er sich vergewissert hatte, dass die Vorhänge zugezogen waren, erkundete er mit einer starken Taschenlampe sechs Stunden lang das Haus – eine gründliche, professionelle Durchsuchung. Er hielt nach Hinweisen Ausschau, wohin die Familie Swagger sich zurückgezogen hatte. Aber beim ersten Durchgang konnte er dem Haus keine diesbezüglichen Informationen entlocken. Die Swaggers schienen schlicht verschwunden zu sein.

In allen Zimmern herrschte akribische Ordnung. Die Regale waren vollgestopft mit Büchern zum Thema Krieg. Nirgends ein Körnchen Staub. Das Zimmer der kleinen Tochter war noch am unordentlichsten, aber trotzdem blitzsauber. Auch das Wohnzimmer wirkte leicht unaufgeräumt, aber es beschränkte sich auf ein oberflächliches Chaos, das sich innerhalb weniger Minuten beseitigen ließ, keins, das über Wochen hinweg entstanden war. Jemand musste eine lange Nacht auf dem Sofa verbracht haben. Im Mülleimer unter der Spüle fand er eine leere Flasche Bourbon.

Ein gewöhnliches Jagdgewehr, Modell 70, Kaliber 308, das in diesem Teil des Landes fast schon zum Standardinventar zählte. Ein leicht modifizierter Colt Commander, Kaliber 45. Keine Präzisionsgewehre. Damit schien Swagger nichts mehr am Hut zu haben. Es gab ein Arbeitszimmer, in dem jemand viel gelesen haben musste, aber das war auch schon alles. Er suchte nach einem Haushaltsbuch der Familie oder Ordnern mit Kontoauszügen in der Hoffnung, dass diese ihm weitere Anhaltspunkte lieferten, fand aber keine.

Es schien aussichtslos zu sein. Er fragte sich, was er als Nächstes tun sollte. Er ging nach draußen, schloss sorgfältig die Tür hinter sich ab und wandte sich den Mülltonnen neben dem Haus zu. Sie standen noch auf dem Karren, mit dem sie zweimal in der Woche zur Straße gezogen wurden. Eine der Tonnen war leer, aber in der zweiten fand er einen grünen Plastikbeutel, am oberen Ende mit einem gelben Band zugeknotet. Die Tonne war nicht abgeholt, nicht mal zur Straße gebracht worden. Vielleicht hatte die Familie die Abholvereinbarung mit der Müllabfuhr gekündigt, nachdem sie hier ihre Zelte abgebrochen hatte.

Er trug den Beutel zur Scheune, schlitzte ihn mit seinem Spyderco-Taschenmesser auf und ging den Inhalt aufmerksam durch. Nicht viel: leere Joghurtbecher, sorgsam abgenagte Knochen von Steaks, Koteletts und Hühnchen, benutzte Küchentücher, leere Konservendosen, eine klebrige Eiscremepackung, Kaffeesatz: ganz gewöhnliche Abfälle. Aber dann stieß er auf ein zusammengeknülltes Stück Papier – eine gelbe Post-It-Notiz. Ganz vorsichtig faltete er sie auseinander.

›Sally M.‹, stand dort, ›American 1435, 9:40.‹

KAPITEL 40

Bob ließ sich auf der Rückfahrt vom McDonald's Zeit, ließ seine Babysitter ihren vermeintlichen Vorteil genießen. Er kehrte in sein Motelzimmer in der Nähe des Flughafens zurück. Von dort aus rief er bei Mrs. Carter an und berichtete ihr, er habe an der bezeichneten Stelle nichts gefunden. Aber er habe einige andere Ideen, denen er nachgehen wolle, und werde sie natürlich auf dem Laufenden halten.

Dann ging er aus, erst zum Abendessen und dann in eine Kinovorstellung in einem Einkaufszentrum in der Vorstadt. Ein äußerst dämlicher Film über Elitesoldaten, die nie danebenschossen und bei feindlichem Beschuss nie getroffen wurden, aber zumindest konnte er sich damit die Zeit vertreiben. Als er aus dem Kino kam, war es 23 Uhr, und damit sechs Uhr morgens in London. *Sehr gut.*

Statt sofort zu seinem Wagen zurückzugehen, wanderte er um das Einkaufszentrum herum, bis er eine öffentliche Telefonzelle fand. Dabei war er sich darüber im Klaren, dass auf dem Parkplatz mindestens zwei Autos mit Beobachtern standen, die ihn nicht eine Sekunde aus den Augen ließen.

Er schob seine Telefonkarte in den Schlitz und führte ein Ferngespräch mit der amerikanischen Botschaft in London, wo ein Rezeptionist der Nachtschicht seinen Anruf entgegennahm. Bob bat, mit der Wachmannschaft des Marine Corps verbunden zu werden, wurde zum diensthabenden Unteroffizier durchgestellt und erkundigte sich nach dem leitenden Unteroffizier Master Sergeant Mallory. Nach wenigen Sekunden hatte er Mallory am Hörer.

»Mallory, Sir.«

»Jack, erinnerst du dich noch an deinen alten Zugsergeant, Bob Lee Swagger?«

»Du lieber Gott, Bob Lee Swagger, du alter Mistkerl! Mit dir hab ich ja seit 30 Jahren nicht mehr geredet, seit mich der Rettungshubschrauber aus Vietnam gebracht hat. Wie zum Teufel geht's dir, Gunny? Hast in deiner dritten Einsatzzeit echt Großartiges geleistet.«

»Na ja, mir geht's ganz gut. Kassiere immer noch meine Rente und hab keine größeren Probleme.«

»Worum geht's denn, verdammt? Kommst du mit 'ner Lady nach London und brauchst 'ne Unterkunft? Ich hab ein Apartment, da kannst du bleiben, so lange du willst.«

»Nein, Jack, darum geht's nicht. Es ist ne S-2-Angelegenheit.«

»Sag, was du brauchst, und du bekommst es.«

»Nichts Großes, nur 'nen kleinen Gefallen.«

»Schieß los, Gunny.«

»Also, ich dachte mir, wenn du für die Sicherheit der Botschaft sorgen musst, hast du doch bestimmt schon Kontakt zu Leuten vom britischen Sicherheitsapparat gehabt.«

»Ich hab ständig mit dem Scotland Yard und den beiden MIs zu tun. Wir haben zwei Offiziere hier, aber, Scheiße, du weißt ja, wie Offiziere so sind.«

»Und ob. Also, gibt's irgendeinen guten Unteroffizier im Six oder Five, den du kennst?«

»Jim Bryant, der war mal Staff Sergeant beim SAS. Er koordiniert jetzt die Sicherung der Botschaft für den MI6. Ich treff mich regelmäßig mit ihm, vor allem dann, wenn Leute ins Land kommen, die ein Sicherheitsrisiko darstellen.«

»Gut, so was hab ich gehofft. Also, es geht um Folgendes: Im Jahr 1970 war ein Kerl namens Fitzpatrick in Großbritannien aktiv. Aber ich glaube, er war in Wirklichkeit ein russischer Agent, zumindest ein von den Russen angeheuerter. Ich weiß nicht, wer zum Teufel er gewesen ist, was er getan hat oder was aus ihm geworden ist, aber es würde mich ein verdammtes Stück weiter bringen, wenn ich mehr darüber rausfinde. Könntest du das an deinen Kollegen weiterleiten und dir anhören, was er dazu zu sagen hat? Wenn überhaupt jemand, dann wissen deren Geheimdienstleute über ihn Bescheid.«

»Gunny, worum geht's hier eigentlich?«

»'ne alte Angelegenheit. 'ne sehr alte Angelegenheit, die aus ihrem Loch gekrochen ist, um mir in den Arsch zu beißen.«

»Okay, ich lass das checken. Falls die was haben und es nicht *top secret* ist oder so, kann Jim Bryant das für mich ausgraben. Ich meld mich so bald wie möglich. Wie ist dein Zeitplan?«

»Tja, ich hau mich jetzt aufs Ohr. Hier ist es fast Mitternacht.«

»Ich werd Jim anrufen und gleich zu ihm rüber. Hast du 'ne Nummer?«

»Ich werd dich zurückrufen. Welche Zeit passt dir?«

»18 Uhr meiner Zeit. Was wäre das bei dir? Elf?«

»Kommt hin.«

»Du erreichst mich direkt unter 04-331-22-09. Dann musst du nicht über die Telefonzentrale der Botschaft gehen.«

»Guter Mann.«

»Du hast mich zu diesem Heli gebracht, Gunny. Ich säße jetzt nicht hier, wenn du das damals nicht getan hättest. Ich schulde dir was.«

»Jetzt sind wir quitt, Jack.«

»Ende.«

»Ende«, gab Bob zurück.

Er stieg ins Auto und fuhr zum Motel. Der Inhalt seines Zimmers war gründlich auf den Kopf gestellt und danach wieder in Ordnung gebracht worden, bis hin zur Kappe auf der Zahnpastatube. Sie waren hier gewesen, das konnte er sehen. Sie beobachteten ihn.

Er zog sich aus, duschte und knipste das Licht aus. Für ihn hier drin wurde die Nacht auf jeden Fall bequemer als für die dort draußen.

Am nächsten Morgen frühstückte er in einem Denny's, unternahm einen kleinen Spaziergang, sah zu, wie die Schnüffler sich abmühten, unbemerkt zu bleiben, und führte um genau elf Uhr sein Ferngespräch mit London.

»Mallory hier.«

»Jack.«

»Howdy, Gunny.«

»Was gefunden?«

»Tja, ja und nein.«

»Schieß los.«

»Dieser Fitzpatrick ist eher ein Gerücht oder 'ne Andeutung als ein real existierender Agent. Die Briten wissen, dass er zu dieser Zeit hier operiert hat, aber die Info bekamen sie erst spät durch einen abgefangenen und decodierten Funkspruch, nachdem er schon abgerückt war zu seinem nächsten Einsatzort, wo auch immer der gewesen sein mag. Aber durch die reguläre Überwachung konnten sie ihn einfach nicht drankriegen, was bedeutet, dass er nicht aus einer Botschaft oder einer der bekannten Zellen heraus agiert hat.«

»Ist das merkwürdig?«

»Sogar sehr merkwürdig.«

»Hmmmm.«

»Sie haben keine Fotos. Keiner weiß, wie er aussieht. Keiner weiß so recht, wer er war, ob rekrutierter Ire oder gebürtiger Russe. Sie meinten aber, wenn Russen ins Ausland gehen, versuchen sie in der Regel, sich als Iren auszugeben, weil die Akzente ähnlich klingen. Mit anderen Worten: Ein Russe kann keinen Engländer in England und keinen Amerikaner in Amerika spielen, aber sie haben gute Erfahrungen damit gemacht, in England oder Amerika den Iren zu spielen. Das phonetische *ah* der Russen ist von der Zungenstellung her dem *ae*-Laut des klassischen irischen Akzents sehr ähnlich.«

»Die glauben also, er war Russe?«

»Äh, die sind nicht ganz sicher. Aber das scheint zumindest am wahrscheinlichsten zu sein. Die Akte wurde seit fast 15 Jahren nicht mehr geöffnet. Der arme Jim musste den ganzen Weg zu einem Aktendepot fahren, um das verdammte Teil überhaupt zu finden.«

»Verstehe.«

»Die haben nur ein paar Funksprüche und ein paar Überläuferbefragungen.«

»Und was kam dabei raus?«

»Äh, '78 ist ein Kerl hier aufgetaucht, '81 noch ein anderer. Beides KGB-Agenten aus den unteren Ebenen. Die waren politisch in Schwierigkeiten gekommen und hatten Angst, dass man sie zu einem All-Inclusive-Aufenthalt in den Gulags abkommandiert. Sie haben uns alles verraten, was sie wussten. Schon komisch. Die Russen machen sich solche Sorgen, dass sie was durcheinanderbringen, dass sie alles ›registrieren‹. Arbeitsnamen, Codenamen und so was. Die haben dermaßen viele Behörden, dass sie auf Nummer sicher gehen müssen, damit niemand den falschen Namen benutzt und alles verdirbt. Der Arbeitsname ›Robert Fitzpatrick‹ war ein Eintrag im Register, den beide Kerle verraten haben. Aber jetzt kommt das Merkwürdige.«

»Okay.«

»Diesen Jungs zufolge, darin stimmen beide überein, gehörte er nicht zur Ersten Hauptverwaltung. Das ist der Teil des KGB, der für Operationen im Ausland, Rekrutierungen und das Eindringen in feindliche Gebiete zuständig ist ... solche Sachen.«

»Die ›richtigen‹ Spione.«

»Ja, du weißt schon, die Leute, die Informanten anheuern, Fotos schießen, sich um die Netzwerke kümmern, aus Botschaften heraus operieren. Quasi das KGB-Kerngeschäft.«

»Was war er dann?«

»Den beiden zufolge wurde der Arbeitsname ›Robert Fitzpatrick‹ von der GRU benutzt.«

»Wer waren die noch mal?«

»Die GRU ist der russische Militärnachrichtendienst.«

»Hmmmm.« Bob war nicht sicher, was diese Information zu bedeuten hatte. »Er gehörte zur Armee?«, fragte er schließlich.

»Jein. Die Frage hab ich Jim auch gestellt. Wie es scheint, hatte die GRU die einmalige Aufgabe, sich Zugang zu strategischen Zielen zu verschaffen. Das heißt: Raketen, Abschussvorrichtungen für Nuklearsprengköpfe, Satellitenscheiße, dieser ganze Krempel. All die großen Atomspione wie die Rosenbergs, Klaus Fuchs, diese Leute ... die gehörten zur GRU. Dieser Fitzpatrick hätte ... ich meine, falls er überhaupt existiert hat, falls er Russe war, falls dies, falls jenes ... bestimmt was in globalem Maßstab auf die Beine gestellt, nicht im regionalen. Er hätte versucht, in unsere Raketenbasen, unsere Bombenanlagen und unsere Forschungseinrichtungen einzudringen, sich Zugang zu unserem Satellitenprogramm oder zur Raketenabwehrforschung zu verschaffen.«

»Shit«, fluchte Bob, der das Gefühl hatte, dass ihm die Sache aus den Händen glitt. »Mann, von so was versteh ich 'n Scheißdreck und ich bin zu alt, um's noch zu lernen.«

»Außerdem hast du noch ein anderes Problem. Die Sowjetunion wurde aufgelöst und diese Typen sind in alle Winde zerstreut. Manche arbeiten noch für die russische GRU, manche für den KGB oder Konkurrenzorganisationen mit anderer Agenda, manche für die russische Mafia, manche für diese ganzen kleinen Republiken. Damals war es schon schwer genug zu durchschauen, aber jetzt ist es noch viel schwieriger geworden.«

»Klar. Noch was?«

»Gunny, das ist alles. Nicht viel, ich weiß. Ein möglicher Name, eine Theorie, in welche Ecke er vermutlich gehörte. Mann, mehr hatten die nicht über ihn.«

»Herrgott.« Bob versuchte, sich zu erinnern, ob er irgendetwas über Trig erfahren hatte, das mit strategischer Kriegsführung zu tun hatte, aber ihm fiel nichts ein. Es war nur um Vietnam gegangen, um den Krieg, so was eben.

»Tut mir leid, dass ich dir nicht weiterhelfen konnte.«

»Jack, du warst super. Ich bin dir dafür sehr dankbar.«

»Wir hören uns.«

»Ende.«

»Ende.«

Bob legte auf, verwirrter als vorher. Ihn beschlich das Gefühl, dass diese Angelegenheit ihn hoffnungslos überforderte. Diese ganze Geheimdienstgeschichte schüchterte ihn ein. Was zum Teufel sollte *das* denn jetzt? Was hatte es nur zu bedeuten?

Er rief Trigs Mutter an, die sofort ans Telefon ging.

»Haben Sie etwas in Erfahrung bringen können, Sergeant Swagger?«

»Nun ja, vielleicht. Es hat sich herausgestellt, dass der Kerl Robert Fitzpatrick hieß. Der Ruderer.«

»Ja. Der Ire.«

»Genau, der. Die Briten glauben, dass er ein russischer Agent gewesen ist, aber keiner von der Sorte, die sich für die Friedensbewegung oder etwas Ähnliches interessiert. Die glauben, dass seine Mission mit nuklearer Kriegsführung, Raketen und so etwas zu tun hatte. Fällt Ihnen etwas ein, was Trig mit solchen Themen in Verbindung gebracht haben könnte?«

»Du lieber Himmel, nein. Ich meine, ich nehme an, die verbreitete Haltung der Friedensbewegung zur strategischen Kriegsführung lautete schlicht und ergreifend: ›Verbieten wir die Bombe und alles wird gut.‹ Aber es war kein großes Thema, überhaupt nicht. Sie haben versucht, den Krieg zu beenden, der gerade stattfand ... den Krieg, den sie im Fernsehen sahen, den Krieg, der *sie* bedroht hat.«

»Ihr Mann hat im Außenministerium gearbeitet. Sehen Sie bei ihm Berührungspunkte?«

»Kein bisschen. Er war nur Berater. Wir haben in einer Anzahl von Botschaften im Ausland amerikanische Interessen vertreten, aber wir hatten nie etwas mit Raketenprojekten oder Ähnlichem zu tun. Am Ende seiner Karriere hat er ein ökonomisches Forschungsprojekt geleitet.«

»Ein Bruder, eine Schwester vielleicht?«

»Mein Bruder ist ein berühmter Ornithologe aus Yale. Zwei von Jacks Brüdern sind tot ... einer praktizierte als Arzt, der andere als Rechtsanwalt in New York. Der dritte, der noch lebt, verwaltet die Familienfinanzen. Meine Schwester ist dreifach geschieden und lebt in New York, gibt Geld aus und tut alles, um jünger auszusehen.«

»Verstehe.«

»Sie werden es schon herausfinden. Früher oder später kommen Sie dahinter, Sergeant Swagger.«

»Ich glaube, diesmal habe ich mich übernommen, Ma'am. Aber ich bleibe weiter dran.«

»Viel Glück.«

»Danke.«

Er legte auf, mit seinem Latein endgültig am Ende. Er schlug das Telefonbuch auf und fand einen in unmittelbarer Nähe des Flughafens gelegenen kommerziellen Schießstand namens On Target. Dort lieh er sich einen 45er und verbrachte eine Stunde damit, aus 25 Metern Entfernung Löcher in eine Zielscheibe zu schießen, während seine

Beschatter sich draußen auf dem Parkplatz die Beine vertraten.

Als er das Gelände verließ, wollte er eine Kleinigkeit essen, aber die Auswahl war nicht allzu groß: Popeye's Fried Chicken, ein Pizza Hut, ein Subway und ein Stück weiter die Straße entlang ein Hardee's. Er entschied sich für den Subway und wollte gerade hineingehen, als ihm klar wurde, was er zu tun hatte und welchen Ort er als Nächstes aufsuchen musste.

Nach seinem Drei-Uhr-Meeting wurde Bonson von seiner Sekretärin aufgehalten. Ein dringender Anruf von Team Cowboy sei eingetroffen. Er nahm das Gespräch in seinem Büro entgegen.

»Er ist uns entwischt.«

»Scheiße.«

»Er wusste die ganze Zeit, dass wir ihn beschatten.«

»Wo ist er hin?«

»Er ist uns so einfach durch die Lappen gegangen, echt peinlich. Ging in eine Subway-Toilette und kam nicht mehr raus.«

»Was für eine U-Bahn? In D. C. oder in Baltimore?«

»Nein, der Sandwichladen. An der Route 175 bei Fort Meade. Wir haben ewig gewartet und schließlich nachgeschaut. Da war er längst verschwunden. Sein Mietwagen stand noch auf dem Parkplatz, aber er selbst hatte sich aus dem Staub gemacht.«

»Verdammt!«

Wo ist der Cowboy hin? Was weiß er?

KAPITEL 41

Solaratov kannte die eiserne Regel, die überall auf der Welt Gültigkeit besaß: Um einen Profi zu schnappen, musst du einen Profi anheuern.

Das bedeutete, dass er im Laufe der Zeit mit Kriminellen jeglicher Couleur zusammengearbeitet hatte, darunter Flugzeugentführer der Mudschahedin, Pariser Schläger, Wilderer aus Angola und russische Mafiosi. Aber noch nie mit einem 17-jährigen Jungen mit Dreadlocks, der eine verkehrt herum aufgesetzte Baseballmütze und eine Hose trug, die so weit war, dass sein dünner, drahtiger Körper drei- bis viermal hineingepasst hätte. Auf seinem T-Shirt prangte der Slogan: ›Just do it.‹

Sie trafen sich in einer Gasse im Hafengebiet von New Orleans. Warum New Orleans? Weil ›Sally M.‹ laut Post-It-Notiz von hier aus abgeflogen war.

Der Junge tänzelte in einer überaus stilvollen, hüpfenden Gangart auf ihn zu, die ihn verblüffte: voller Rhythmus und Gefühl, taktsicher und natürlich. Seine Augen verbarg der Kleine hinter einer verspiegelten Brille.

»Yo, Mann, hast du das Kleingeld?«

»Ja«, antwortete Solaratov. »Und du kriegst das hin?«

»Kein Ding, Jack«, erwiderte der Junge und schnappte sich den Umschlag, in dem 10.000 Dollar steckten. »Hier lang, mein Freund.«

Sie bewegten sich durch glühend heiße Gassen, in denen es aus nicht abgeholten Mülltonnen stank. Sie kamen an schlafenden Männern vorbei, die sich an Flaschen klammerten, hin und wieder auch an anderen Gruppen tougher Jugendlicher, fast genauso gekleidet wie Solaratovs Begleiter. Aber solange dieser junge Gangster die Führung übernahm, griff niemand sie an. Sie betraten einen Hinterhof und überquerten ihn bis zu einem heruntergekommenen Elendsquartier, stiegen eine urinbesudelte Treppe hinauf und erreichten eine Tür. Abgeschlossen. Der Junge griff mit flinken Händen in die Tasche und zog einen Schlüssel hervor. Solaratov folgte ihm in einen verwahrlosten Raum, dann durch eine weitere Tür in ein Büro, in dem Computertechnik im Wert von geschätzt einer Million Dollar blinkte und summte.

»Yo, Jimmy«, rief ein anderer Junge, der eine Reihe von Monitoren überwachte, die sämtliche Zugangswege zum Computerraum zeigten. Er hatte eine CAR15-Maschinenpistole mit verkürztem Lauf, 30-Schuss-Magazin und Schalldämpfer.

»Yo«, grüßte Jimmy zurück. Der junge Wachmann trat beiseite und machte Platz für den Meister.

Jimmy setzte sich vor eine Tastatur.

»Okay. M. Sie sagten, M aus New Orleans habe einen Anruf aus Idaho bekommen, richtig?«

»Ja, richtig.«

»Cool. Also müssen wir uns nur noch in den Rechnungscomputer der Telefonfirma einhacken. Dafür brauchen wir 'nen Code.«

»Ich habe keinen Code.«

»Kein Problem. Kein Problem.« Jimmy rief eine Excel-Datei auf und suchte den Code heraus.

»Woher habt ihr den?«

»Meine Leute wühlen regelmäßig die Müllcontainer durch, Mann. Die Container hinter der Telefonfirma nehmen wir uns dreimal die Woche vor. Und jede Woche finden wir ihre Code-Memos. Japp, hier ist er. Total easy.«

Der Computer gab einen mechanisch klingenden Wählton von sich, verkündete dann ›VERBINDUNG HERGESTELLT‹ und zeigte etwas an, das Solaratov für eine Liste von Rechnungen hielt. Ein Cursor blinkte und wartete auf eine Eingabe.

»Das ist der FAC«, erklärte der Junge. »Der Computer von Southern Bell. Dort reinzukommen ist simpel. Gar kein Problem. Kinderkram.«

Er wies den Computer an, im größeren Umkreis von New Orleans nach eingehenden Anrufen aus Idaho mit der Postleitzahl 208 zu suchen. Gehorsam ging die Maschine ihre Verzeichnisse durch und präsentierte eine Liste, die mehrere Hundert mögliche Treffer aus der letzten Woche umfasste.

»Memphis«, sagte Solaratov. »Unseren Informationen zufolge ist der Mann einmal mit einem Bundesagenten aus der Gegend um New Orleans befreundet gewesen, der Memphis hieß. Ich nehme an, ›Sally M.‹ ist die Frau dieses Agenten, die nach Idaho gefahren ist, um sich um die Frau unseres Mannes zu kümmern. Die hat sicher zu Hause angerufen, von ihrem derzeitigen Versteck aus. Das erscheint mir jedenfalls logisch. Sie ...«

»Erzähl mir nicht zu viel, Mann. Ich will nicht zu viel wissen. Will nur deinen Kumpel für dich finden. Okay, Memphis.«

»Memphis«, bestätigte Solaratov, aber da hatte der Junge ihn bereits gefunden. Ein Nicholas C. Memphis, 2132 Terry Drive, Metarie, Louisiana, Telefon 504-555-2389.

»Na, wer sagt's denn!« Der Junge grinste. »Jetzt bitte ich Master FACS einfach, den Standort für uns rauszufinden und ...«

Gesagt, getan: Eine neue Reihe von Zahlen tauchte auf dem Bildschirm auf.

»... da hast du deine Rechnungsadresse und die Kundendaten. Wollen wir doch mal schauen.«

Er schaute.

»Ja, ja, ja. Dein Freund Mr. Memphis hat Anrufe aus

Boise bekommen, die ersten am späten Nachmittag des 4. Mai ...«

Solaratov wusste, dass es sich dabei um den Tag handelte, an dem die Schüsse gefallen waren.

»Drei, vier Anrufe aus ...«

»Die Nummer ist nicht wichtig. Das ist die Nummer von der Ranch.«

»Hey, Mann, ich sagte doch schon, ich will *überhaupt nichts* drüber wissen.«

»Weiter, weiter.«

»Dann erst mal nichts, dann an den letzten drei Tagen, ein Anruf pro Nacht von der Nummer 208-555-5430.«

»Kannst du rausfinden, woher die Anrufe kamen?«

»Tja, mal sehen, wir können die F1 rausfinden, das ist die primäre Verteilerstelle, und zwar ist das ...«

Er tippte etwas ein und wartete.

»... das ist die Bell-Substation in Custer County, mitten in Idaho, ganz in der Nähe einer Stadt namens Mackay.«

»Mackay«, wiederholte Solaratov. »Custer County, Idaho. Gibt es eine Adresse?«

»Nein, aber es gibt eine F2: 459912.«

»Was ist das?«

»Die sekundäre Verteilerstelle. Der Mast.«

»Der Mast?«

»Ja, der Telefonmast, der am dichtesten an dieser Stelle ist. Das wäre also der, mit dem das Telefon unmittelbar verdrahtet ist. Der kann nicht mehr als 30 Meter vom Haus entfernt sein, wahrscheinlich sogar noch näher. Die Masten sind bei denen alle gekennzeichnet, Mann. So macht Ma Bell das.«

»Kann ich dafür 'ne Adresse kriegen?«

»Nicht von hier aus. Ich hab von hier keinen Zugang zu deren Computer. Was du tun musst, ist, zu dieser kleinen Substation zu gehen und da einzubrechen. Du musst an

ihren Computer oder ihren Aktenschrank rankommen und
'ne Adresse für F2 459912 finden. Weiter kein Problem.«

»Ich kann mit Computern nicht umgehen. Du kommst
mit. Du machst das. Für viel Geld.«

»Klar, ich in Idaho, mit den Dreads und allem. Das wär
krass. Mann, die weißen Bullen da nehmen mich allein
schon für mein *Aussehen* fest. Nein, Mann: Das musst du
selbst erledigen. Wenn du die Adresse haben willst, musst
du einbrechen. Keine große Sache. Vielleicht findest du sie
sogar im Müllcontainer. Aber wenn du einbrichst und die
Akten checkst, stößt du garantiert auf 'ne F2-Liste. Vielleicht sogar 'ne Karte, auf der die F2s eingezeichnet sind,
klar? Ist echt keine große Sache, Bruder. Ich verarsch dich
schon nicht.«

»Du könntest dort anrufen, oder? Sie täuschen, damit sie
dir Informationen geben?«

»Hier, kein Ding. In jeder großen Stadt in Amerika,
kein Ding. Da lassen sich die Jungs nach Strich und Faden
verarschen. Aber da draußen? Wenn die 'nen Schwarzen
hören in einem Ort, wo's keine Schwarzen gibt, kriegst du
Probleme, glaub ich. Ich will ja nicht riskieren, dass du
auffliegst, Mann. Was ich dir erklärt habe, ist die beste
Methode, ehrlich. Du wirst schon sehen, das bekommst du
ruckzuck über die Bühne.«

Solaratov nickte grimmig.

»Du schaffst das schon, Mann. Das ist kein Problem.«

»Kein Problem«, wiederholte Solaratov.

KAPITEL 42

Bei der Abschlusszeremonie des Massachusetts Institute of Technology erhielten 132 Männer und Frauen ihre Doktortitel in unterschiedlichen akademischen Disziplinen. Aber nur einem wurde der Ball Prize als Institutsgelehrtem überreicht: dem Jahrgangsbesten.

Es war ein großer junger Mann, vorzeitig kahl geworden, der überraschenden Ernst und Konzentration ausstrahlte. Er nahm seine Abschlussurkunde in Quantenphysik vom Dekan entgegen – der Titel seiner Dissertation lautete: ›Verschiedene Theorien zur Solarstromerzeugung und ihre Anwendbarkeit auf die astronomische Navigation‹. Als man ihn bat, einige Worte zu sagen, betrat er das Podium und hielt eine kurze Ansprache.

»Ich möchte Ihnen danken für die Chance, die Sie mir gegeben haben. Seit meinen frühen Studentenjahren bin ich Stipendiat. Ich stamme aus einer armen Familie. Meine Mutter hat hart gearbeitet, aber das Geld hat nie gereicht. Institutionen wie diese – und die Yale University, die Harvard University, die Madison High School – haben sich meiner angenommen und Türen für mich geöffnet. Ohne Ihre Großzügigkeit stünde ich jetzt nicht vor Ihnen. Davon und von dem in mich gesetzten Vertrauen fühle ich mich geehrt. Ich wünschte bloß, meine Eltern könnten jetzt hier sein und diesen Moment miterleben. Sie waren gute Menschen, beide. Vielen Dank.«

Unter höflichem Applaus verließ er die Bühne und kehrte zu seinem Platz in der ersten Reihe zurück. Die Zeremonie ging weiter, Stunde für Stunde – für einen Außenseiter ohne persönliche Verbindung zu den Geschehnissen schien sie gar kein Ende nehmen zu wollen.

Es war ein heißer, wolkenloser Tag in Boston. Der

Charles River war so glatt wie uraltes geschwärztes Elfenbein. Ein dünner Dunstschleier schwächte das Sonnenlicht ab, konnte aber nichts gegen die Hitze ausrichten. Die Orioles bereiteten sich auf ein Spiel gegen die Red Sox vor. Der Präsident hatte gerade eine erneute Kürzung der Sozialausgaben angekündigt. Die internationalen Nachrichten wirkten bedrückend. Politische Beobachter sorgten sich um den Ausgang der Wahlen in Russland, weil der Mann, den alle für die Inkarnation des Bösen hielten, einen scheinbar unüberwindlichen Vorsprung besaß. Bestimmte Aktien hatten seit Bekanntwerden um bis zu vier Prozent zugelegt.

Aber all das war bedeutungslos für den großen Mann im kakifarbenen Anzug, der die Abschlusszeremonie aus der hinteren Reihe mitverfolgte.

Er wartete teilnahmslos. Die Minuten verstrichen langsam, bis die Menge sich schließlich auflöste und Familien zusammenfanden und alte Freunde sich umarmten. Das ganze Programm zwischenmenschlicher Gefühlsduselei wurde abgespult. Zwischen den verstreut herumstehenden Leuten hindurch ging er zum Podium und entdeckte endlich seine Jagdbeute: den jungen Mann, der den Ball Prize entgegengenommen hatte.

Er beobachtete ihn. Der junge Herr schien die Aufmerksamkeit, die er auf sich zog, eher gleichgültig hinzunehmen, ohne erkennbare Begeisterung. Er ließ sich von Kollegen, Professoren und Verwaltern umarmen, aber nach einer Weile – tatsächlich überraschend schnell – blieb er allein zurück. Nun nahm er den Doktorhut ab und hängte sich den Talar über den Arm. Darunter trug er einen unauffälligen, fast schäbig wirkenden Anzug. Er wandte sich zum Gehen. Er schien ein klassischer Einzelgänger zu sein: der Junge, der nur selten im Mittelpunkt stand und es vorzog, sich am Rand des Geschehens aufzuhalten. Solchen Typen waren

Blickkontakt und andere Versuche, Nähe herzustellen, unangenehm. Mit umso größerem Vergnügen vertieften sie sich in abgedrehte Themen wie Quantenphysik, *Dungeons & Dragons* oder Scharfschützentaktiken.

Bob fing ihn ab.

»Hören Sie, ich wollte Ihnen nur sagen: Das war 'ne verdammt gute Rede, die Sie da gehalten haben.«

Der Junge war noch nicht so reif, dass er sich der Wirkung eines Kompliments hätte entziehen können. Ein unverstelltes Lächeln hellte seine Züge auf.

»Danke.«

»Was haben Sie als Nächstes vor?«

»Oh, durch den Preis erhalte ich automatisch ein einjähriges Forschungsstipendium in Oxford. Ich fliege morgen nach England. Das ist ziemlich aufregend. Die haben eine gute Fakultät, viele unbequeme, revolutionäre Denker. Ich freu mich drauf. Übrigens ... Entschuldigung, ich hab Ihren Namen nicht verstanden.«

»Swagger.«

»Nun, es ist nett, mit Ihnen zu plaudern, Mr. Swagger, aber ich, äh, muss jetzt los. Danke noch mal, ich ...«

»Ehrlich gesagt ist es kein Zufall, dass wir uns begegnen. Ich hatte einige Mühe, Sie zu finden.«

Der junge Mann kniff misstrauisch die Augen zusammen.

»Falls das eine Pressesache ist: Ich gebe keine Interviews. Ich hab nichts zu sagen.«

»Tja, wissen Sie, ich bin gar nicht wegen Ihnen hier. Es geht um Ihren Dad.«

Der Junge musste schlucken.

»Mein Vater ist 1971 gestorben.«

»Das weiß ich.«

»Was wird das hier? Sind Sie ein Cop oder so?«

»Ganz und gar nicht.«

»Ein Journalist? Hören Sie, tut mir leid, aber die letzten

beiden Male, als ich Journalisten Interviews gegeben habe, haben die das Material nicht mal verwendet. Also, warum sollte ich meine Zeit ...«

»Nein, ich bin kein Journalist. Tatsächlich hab ich sogar einen ziemlichen Hass auf Journalisten. Die stellen die Zusammenhänge immer falsch dar. Ich kenn keinen Beruf, in dem mehr Fehler begangen werden als bei den Schreiberlingen. Jedenfalls, ich bin bloß ein ehemaliger Marine. Und der Tod Ihres Dads hängt irgendwie mit einer Geschichte zusammen, die mir einfach keine Ruhe lässt.«

»Es geht schon wieder um den großen Trig Carter, hä? Der große Trig Carter, der Held der Linken, der sein Leben geopfert hat, um den Krieg in Vietnam zu stoppen? An den können sich alle erinnern. Wahrscheinlich dreht man eines Tages sogar einen Film über ihn. Dieses beschissene Land. Wie kann das sein, dass so ein Arschloch dermaßen verehrt wird? Ein Killer. Er hat meinen Vater in Stücke gesprengt und ihn unter Hunderten Tonnen Trümmern begraben. Und keinen interessiert das einen Scheißdreck. Die halten vielmehr Trig für den großen Helden, das Opfer, den Märtyrer. Und das bloß, weil er von einer langen Linie von Protestantenschweinen abstammt und sich an jeden verkauft hat, der ihn haben wollte.«

Schnell ebbte seine Verbitterung ab.

»Hören Sie, das bringt doch nichts. Ich hab meinen Vater nie gekannt. Ich war kaum ein Jahr alt, als er getötet wurde. Also was soll das?«

»Tja«, erwiderte Swagger, »vielleicht bringt es doch ein bisschen was. Sehen Sie, mir ist genau das Gleiche aufgefallen, als ich mich darüber schlaugemacht habe. Über Ihren Vater steht nirgends was. Entschuldigen Sie meine schlichte Ausdrucksweise. Ich hab nie so 'ne schicke Bildung genossen wie Sie.«

»Die wird überbewertet, glauben Sie mir.«

»Das tu ich sogar. Jedenfalls, er ist für mich das Rätsel bei der Sache. Keiner will was drüber wissen, keinen interessiert's.«

»Und warum interessieren Sie sich dafür?«

»Es ist mir wichtig. Vielleicht war Ihr Vater nicht der arme Kerl, der zur falschen Zeit am falschen Ort gewesen ist, wie alle sagen. Vielleicht ist er ein wichtigerer Teil des Ganzen, als die Leute glauben. Das ist jedenfalls eine Möglichkeit. Und die Typen, die bei der Sache die Fäden gezogen haben, könnten immer noch da sein. Gut möglich, dass ich der Einzige bin, der diesen Fragen nachgeht und sich für Ihren Dad interessiert ...«

»Meine Mutter war übrigens eine Heilige. Eine Lehrerin und Tutorin, die höllisch geschuftet hat, um mir die Chancen zu ermöglichen, die ich bekommen habe. Sie ist während meines ersten Studienjahrs in Harvard verstorben.«

»Das tut mir sehr leid. Aber Sie haben viel Glück gehabt, hatten Eltern, die sich um Sie gekümmert und sich für Sie aufgeopfert haben.«

»Ja, das stimmt. Sie glauben also – Sie verfolgen eine Verschwörungstheorie hinsichtlich meines Vaters? Sind Sie Radiomoderator oder so?«

»Nein, Sir. Mir geht's nicht um Geld. Ich bin bloß ein Marine, der Licht in eine dunkle Sache bringen will. Ob Sie's glauben oder nicht, das hat mit dem Tod eines anderen Mitglieds dieser Generation zu tun, einem jungen Soldaten, der in Vietnam gestorben ist. Auch das war ein großer Verlust, für seine Familie und für unser Land.«

»Wer sind Sie?«

»Ich bin bei diesem Soldaten gewesen, als er starb. Am 7. Mai 1972. Er ist in meinen Armen verblutet. Ich setze mich damit schon seit langer Zeit auseinander.«

»Ähm.« Der Junge wirkte auf einmal sehr verlegen.

»Hören Sie, ich weiß, Sie haben bestimmt viel zu tun.

Aber ich hatte gehofft, wir könnten 'ne Tasse Kaffee zusammen trinken. Ich möchte mich gern mit Ihnen über Ihren Dad unterhalten. Ich will mehr über ihn erfahren.«

»Er war ein toller Kerl«, erwiderte der Junge. »Hab ich jedenfalls gehört.« Er sah auf die Uhr. »Ach verdammt, warum nicht? Ich habe sowieso nichts Besseres vor.«

KAPITEL 43

Bonson befragte sein Team im geheimen CIA-Unterschlupf in Rosslyn. Die Stimmung war den Umständen entsprechend mies.

»Ich hab Sie doch gewarnt, dass er gut ist. Sie sollen angeblich zu den Besten gehören. Was zum Teufel ist passiert?«

»Er *war* gut. Er war professionell. Er hat uns durchschaut und ist uns entwischt, sobald sich eine Gelegenheit geboten hat. Manchmal ist jemand einfach zu gut, und der kann so was mit einem anstellen. Kommt vor.«

»Also gut, gehen wir's in Ruhe durch, der Reihe nach.«

Zum gefühlt zehnten Mal berichteten die Teammitglieder von ihrem abenteuerlichen Tag mit Bob Lee Swagger: wo er gewesen war, was sie in Erfahrung gebracht hatten, wie kalt ihre Anwesenheit ihn scheinbar gelassen hatte und wie schnell und clever er ihnen am Schluss entkommen war.

Bonson hörte aufmerksam zu.

Einer der Ex-FBI-Agenten erklärte: »Normalerweise gibt's einen Moment, in dem man merkt, dass man ausgetrickst wurde. Aber diesmal nicht. Er ist einfach verschwunden.«

»Ich schätze, er ist hinten raus, hat sich durch das Viertel in unserem Rücken davongeschlichen und bei einem kleinen Einkaufszentrum, etwa eine Meile entfernt, ein Taxi gerufen. Oder er ist aufs Dach geklettert, hat bis zum Einbruch der Nacht gewartet und sich dann vom Acker gemacht.«

»Sie haben nicht mitbekommen, dass er mit jemandem gesprochen hat?«

»Mit niemandem, nein.«

»Er hatte keine Kontaktleute?«

»Er hat diese Anrufe gemacht.«

»Das haben wir nachgeprüft, Sir.«

Die Agenten hatten sich die Nummern der beiden Telefonzellen aufgeschrieben und darüber den Empfänger der Anrufe ausfindig gemacht: die amerikanische Botschaft in London, zuerst die Telefonzentrale, am nächsten Tag dann das Büro des leitenden Marine-Corps-Unteroffiziers der Wache.

»Wir könnten Nachforschungen anstellen.«

»Nein, nein. Ich weiß, wonach er sich erkundigt hat. Das ist ein ganz durchtriebener Kerl. Er sieht zwar aus wie Clint Eastwood und redet wie Gomer Pyle, aber er hat eine natürliche Begabung für diese Dinge. Er ist sehr ...«

In diesem Moment betrat ein ernst wirkender junger Mann den Raum.

»Commander Bonson. Sierra-Bravo-Vier ist am Telefon.«

Bonson sah sich verblüfft um. Dann nahm er den Hörer entgegen und wartete, dass der Anruf durchgestellt wurde.

»Bonson.«

»Sierra-Bravo-Vier hier«, hörte er Swaggers Stimme.

»Wo zur Hölle stecken Sie?«

»Sie hatten mir nichts von den Babysittern gesagt.«

»Das ist zu Ihrem eigenen Besten.«

»Ich arbeite allein. Das hatte ich Ihnen klar gesagt, Bonson.«

»Auf die Art machen wir das nicht mehr. Sie müssen zu uns kommen. Dahin, wo wir Sie unter Kontrolle haben. Nur so kann ich Ihnen helfen.«

»Ich brauche ein paar Antworten.«

»Wo sind Sie jetzt? Ich kann Sie in einer Stunde abholen lassen.«

Eine Pause entstand.

»Ich stehe draußen vor Ihrer Tür, Sie Arschloch.«

»Was?«

»Ich sagte, ich steh hier draußen, mit einem Handy,

das ich mir vor 'n paar Minuten im Supermarkt gekauft hab.«

»Wie konnten Sie ...«

Es knallte, als ob etwas gegen die Fensterscheibe geflogen wäre.

»Ich hab gerade 'nen Stein an Ihre Scheibe geworfen, Sie Arschloch. Gut, dass ich keine Panzerfaust dabeihatte. In einem Krieg würden Sie nicht lang überleben. Ich hab mir noch 'n Auto gemietet und bin Ihren Babysittern zurück zu diesem Gebäude gefolgt. Jetzt lassen Sie mich rein, damit wir uns unterhalten können.«

Swagger betrat das Büro und ging an dem Team vorbei, das er so geschickt ausgetrickst hatte.

»Alles klar, Leute, raus hier. Ich rede jetzt mit ihm.«

»Brauchen Sie eine Wache, Commander?«, fragte ein Ex-Cop, der aus Bobs Körperhaltung den korrekten Rückschluss zog, dass der Mann stinksauer war.

»Nein. Er wird vernünftig sein. Er weiß, dass das hier kein Schwanzvergleich zwischen ihm und diesem Team ist, oder, Swagger?«

»Beantworten Sie einfach meine Fragen, dann sehen wir weiter.«

Die Männer und Frauen, die er bezwungen hatte, schlichen aus dem Zimmer. Bonson ging mit ihm in ein anderes, das mit Computerterminals und Telefonen als Einsatzzentrale diente. Ein paar Techniker machten sich an Bedienpulten zu schaffen.

»Okay, alle in die Pause«, rief Bonson.

Auch sie verschwanden. Bob und Bonson setzten sich auf ein durchgesessenes Sofa.

»Ich hab den Namen von Ihrem Russen.«

»Aha.«

»Er hieß Robert Fitzpatrick. Den Briten zufolge gehörte

er zur GRU. Aber die haben keine Unterlagen über ihn und wissen nicht, was er vorhatte.«

»Gut, Swagger. Verflucht, Sie gäben einen prima Agenten ab. Ich bin beeindruckt. Und was haben Sie mit dieser Information angefangen? Wo sind Sie hingegangen?«

»Das werden Sie erfahren, wenn ich das Puzzle fertig zusammengesetzt habe. So weit bin ich noch nicht, aber ich hab ein paar Ideen. Was wisst ihr über diesen Kerl? Ich muss rausfinden, wer er war oder ist, was aus ihm geworden ist und worum es hier eigentlich geht. Die Briten hat er an der Nase rumgeführt. Die fanden erst raus, dass er in ihrem Land operiert hat, als er schon längst wieder weg war.«

»Fitzpatrick«, wiederholte Bonson. »Fitzpatrick rekrutierte Leute. Das war seine Spezialität. Einer dieser verführerischen, sanften Typen, die andere dazu bringen, alles zu tun, was sie wollen. Und sie wären nie auf die Idee gekommen, dass er sie dazu überredet hat. Das ist das Interessante an ihm, wissen Sie. Ich glaube nicht, dass Trig sein einziges Projekt gewesen ist. Ich gehe davon aus, er hat noch zahlreiche andere rekrutiert. Was immer er mit Trig vorhatte, es war nicht der eigentliche Grund, weswegen er seinerzeit in die Vereinigten Staaten kam.«

»Sondern?«

»Er hat einen Maulwurf rekrutiert.«

»Mann«, rief Bob, »dieser Scheiß wird immer verrückter. Dieser ganze Geheimagentenquatsch, wie in einem miesen Schundroman. Ich will mit so 'ner Scheiße nichts zu tun haben. Auf die Art denke ich nicht.«

»Trotzdem, das war seine Gabe, sein besonderes Talent. Wir wissen ein bisschen mehr über ihn als die Briten ... und das Timing stimmt.«

»Was meinen Sie damit?«

»Während der letzten 20 Jahre steckte die Agency in einer sonderbaren Abwärtsspirale fest. Sie schien das Pech regelrecht für sich gepachtet zu haben. Hin und wieder erwischten wir jemanden. In den frühen 80ern war es ein Kerl namens Yost Ver Steeg. Etwas später folgte Robert Howard. In den frühen 90ern kamen wir endlich Aldrich Ames auf die Schliche. Und wir dachten: Tja, das war's jetzt, wir haben sie endlich alle. Aber irgendwie stimmt das nie so ganz. Es haut nie hin. Wir hinken ständig hinterher, sind ein bisschen zu langsam, liegen ein bisschen daneben. Die anderen sind uns die ganze Zeit ein kleines Stück voraus. Sogar nach dem Zusammenbruch der UdSSR hatten sie seltsamerweise noch die Nase vorn.

Ich bin überzeugt, dass er hier ist. Ich kann ihn *spüren*. Ich kann ihn *riechen*. Er muss jemand sein, von dem man es nie glauben würde, jemand, der sich völlig sicher fühlt. Er macht es nicht für Geld. Er ist nicht so aktiv, dass er auffällt. Aber er ist hier im Land, ich weiß es, verdammt. Und ich werde ihn kriegen. Ich weiß, dass dieser beschissene Fitzpatrick ihn 1971 bei seinem USA-Trip rekrutiert hat. Verflucht noch mal, in dem Jahr hab ich ihn knapp verpasst. Ich kam ein paar Stunden zu spät, weil Ihr Kumpel Fenn nicht mitspielen wollte.«

»Und Fitzpatrick?«

»Verschwand. Von jetzt auf gleich. Wir haben keine Ahnung. Ihm wurde nie aus einer Botschaft zugearbeitet, er hatte nie einen Mittelsmann, keine der in diesem Metier üblichen Maschen. Wir haben nie sein Telefon abgehört. Er war ein völliger Einzelgänger. Wir wissen nicht, wer ihn unterstützt hat. Herrgott, wir wissen nicht mal, wie er aussieht. Wir hatten nie ein Foto von ihm auf dem Tisch. Aber es ist schon provozierend, dass uns das alles plötzlich wieder um die Ohren fliegt. Woran kann das liegen? Ihr Foto landet in der Zeitung, und plötzlich wollen die Sie umbringen?«

»Mein Bild war schon vorher oft in der Zeitung. Sogar

auf dem Cover von *Time Magazine* und *Newsweek*. Das wird denen kaum entgangen sein. Also, was ist diesmal anders?«

»Eine sehr gute Frage, Sergeant, aber ich kann sie Ihnen nicht beantworten. Ich hab sogar ein Team von FBI-Analysten drauf angesetzt. Bisher haben sie nichts rausgefunden. Das ergibt alles keinen Sinn. Und was es noch komplizierter macht: Fitzpatrick arbeitet möglicherweise gar nicht für die Russen oder für das alte kommunistische Sowjetregime, das nach wie vor existiert, glauben Sie mir. Eventuell arbeitet er mittlerweile *gegen* seine früheren Auftraggeber. Es ist schwer zu durchschauen, das sag ich Ihnen, aber ich wette, es ist im Grunde genommen ganz simpel. Ein Maulwurf. Zum Eindringen in die Agency. Ihre Existenz wird bekannt, irgendwas wird da drüben aktiviert, und Sie sollen eliminiert werden, um zu verhindern, dass ... was? Ich weiß es nicht.«

Etwas stimmte nicht. Eine Kleinigkeit passte nicht ins Gesamtbild.

»Sie wirken verwirrt«, fiel Bonson auf.

»Ich weiß auch nicht genau«, erwiderte Bob. »Da schrillt so ein kleines Alarmglöckchen bei mir. Weiß nicht, woran es liegt. Etwas, das Sie erwähnt haben ...«

Foto.

»Sie wissen nicht, wie Fitzpatrick aussieht?«

»Nein. Keine Fotos. So gut war er.«

Was stimmt daran nicht?

»Warum existieren keine Fotos?«

»Wir sind nie dicht genug an ihn rangekommen. Wir waren nie rechtzeitig vor Ort. Hinkten immer einen Schritt hinterher. Es hat zu lange gedauert, das sagte ich doch schon. Ich hatte mich bemüht, einen ...«

Foto.

»Es gibt doch ein Foto.«

»Ich verstehe n...«

»Das FBI hat ein Foto. Das FBI war *da*.«

»Ich versteh nicht ganz. Das FBI war *wo?*«

»Auf der Farm. Auf der Farm in Germantown, damals 1971. Trig hatte Donny erzählt, wo sie ist. Meine Frau fuhr mit Donny dorthin, in der Nacht, als er sich entscheiden musste, ob er Crowe verpfeift oder nicht. Er hat Trig aufgesucht, um ihn um Rat zu fragen. Sie hat Fitzpatrick gesehen. Sie sagte, das FBI sei dort gewesen, und als sie und Donny gingen, seien sie fotografiert worden. Die standen auf einem Hügel oberhalb der Farm und wollten Trig gerade festnehmen.«

»Das FBI war nicht dort. Das FBI konzentrierte sich zu diesem Zeitpunkt auf Washington, wo Lieutenant Commander Bonson gerade versuchte, rauszukriegen, wohin alle verschwunden waren.«

»Doch, es hielten sich definitiv Agenten dort auf. Die haben ein Foto von Donny und Julie geschossen, als sie die Farm verließen. Das hat sie mir vor weniger als einer Woche erzählt.«

»Das war nicht das FBI.«

»Hätte es eine andere Sicherheitsbehörde sein können, die sich Trig schnappen wollte und nicht wusste, dass ...«

»Nein. So lief das nicht. Wir arbeiteten alle gemeinsam an der Sache.«

»Wer war es dann?«

»Rufen Sie Ihre Frau an. Finden Sie's raus.«

Er hielt Bob das Telefon hin. Bob holte den kleinen Zettel heraus, auf dem er sich die Nummer der Ranch in Custer County notiert hatte.

Er wählte die Nummer, hörte den Wählton. Dort war es jetzt Nachmittag.

Nach dreimaligem Klingeln hörte er: »Hallo?«

»Sally?«

»Ach, der Ehemann. Der entlaufene Ehemann. Wo zum Teufel hast du *gesteckt?* Ihr geht es überhaupt nicht gut und du hast dich seit Tagen nicht mehr gemeldet.«

»Tut mir leid, ich hatte eine Menge um die Ohren.«

»Bob, das hier ist deine *Familie.* Begreifst du das nicht?«

»Ich begreif das schon. Ich werd bald kommen und dich ablösen, dann wird alles gut. Aber sie hat sich von mir getrennt, falls du dich erinnerst.«

»Du trägst trotzdem eine Verantwortung. Du hast keinen Beziehungsurlaub.«

»Ich kümmere mich um einige Probleme. Wie geht's Nikki?«

»Gut. Das Wetter schlägt um. Die Leute sagen, dass es bald heftigen Schneefall geben wird. Das kommt hier im späten Frühling manchmal vor.«

»Es ist Juni, um Himmels willen.«

»In Idaho gelten andere Regeln.«

»Scheint so. Kann Julie ans Telefon kommen? Es ist wichtig.«

»Ich schaue nach, ob sie wach ist.«

Er wartete und die Minuten verstrichen.

Endlich wurde ein weiterer Hörer abgenommen und seine Frau meldete sich: »Bob?«

»Ja. Wie geht's dir?«

»Ganz gut. Ich hab noch 'nen Gips, aber wenigstens bin ich diesen furchtbaren Streckverband los.«

»Streckverband ist ätzend.«

»Wo bist du?«

»Im Moment bin ich in Washington und arbeite an dieser Sache.«

»Herrgott, Bob. Kein Wunder, dass mein Anwalt dich nicht finden konnte.«

»Ich werd bald nach Hause kommen. Ich muss mich nur noch um diese Angelegenheit kümmern.«

Sie schwieg.

»Ich wollte dich was fragen.«

»Was?«

»Du hast mir erzählt, als du und Donny diese Farm verlassen habt, wurdet ihr fotografiert, richtig? Da standen ein paar Kerle auf dem Hügel, die alles beobachtet haben, und die haben ein Foto geschossen.«

»Ja.«

»Bist du sicher?«

»Klar bin ich sicher. Warum sollte ich mir so was ausdenken?«

»Na ja, du könntest vielleicht was durcheinandergebracht haben.«

»Es war ein ziemlich eindeutiger Vorfall. Donny wusste, wo sich die Farm befand, und wir sind hingefahren. Da haben wir Trig und so einen großen blonden Kerl gesehen, der sagte, er sei Ire. Wir sind aufgebrochen, nachdem Donny mit Trig geredet hatte, liefen zu unserem Auto, stiegen ein, und da tauchte dieser Kerl wie aus dem Nichts auf und hat uns fotografiert. Das ist alles.«

»Hmmmm.« Er legte den Hörer hin. »Sie sagt: Ja, definitiv, es wurde ein Foto gemacht.«

»Wie hat der Kerl ausgesehen?«

Bob fragte sie.

»Ein Typ im Anzug. Stämmig, ungehobelt, glaube ich. Ich hab nicht viel gesehen. Es war dunkel, weißt du nicht mehr? Cops eben. FBI-Agenten.«

»Einfach wie Cops«, gab Bob weiter.

»Verstehen Sie denn nicht?«, fragte Bonson. »Das muss ein sowjetisches Sicherheitsteam gewesen sein. Die haben Fitzpatrick beschützt.«

Ja, dachte Bob. Das klang logisch.

»War da draußen noch jemand?«, fragte er Julie.

»Na ja ... Peter, Peter Farris.«

»Peter?«, wiederholte Bob. *Peter?* Bei dem Namen klingelte irgendetwas.

»Ich bin mir aber nicht ganz sicher, ob er da war.«

»Wer war Peter?« Er versuchte sich zu erinnern. Donny hatte irgendwann mal einen Peter erwähnt. Bob beschlich eine böse Vorahnung.

»Einer von meinen Freunden aus der Friedensbewegung. Bildete sich damals ein, mich zu lieben. Vielleicht ist er uns dorthin gefolgt.«

»Du weißt es nicht genau?«

»In dieser Nacht verschwand er. Mehrere Monate später wurde seine Leiche gefunden. Ich hab es Donny in einem meiner Briefe mitgeteilt.«

»Okay«, erwiderte Bob, »ich ruf dich an, sobald ich zurück bin. Dann können wir alles so regeln, wie du möchtest. Bist du dort auch sicher?«

»Wir werden aller Voraussicht nach für ein paar Tage eingeschneit sein, weil das Haus so abgelegen ist. Aber das geht schon okay, wir haben genug Lebensmittel und Sprit gebunkert. Sally ist auch da. Kein Problem, ich fühl mich sehr wohl.«

»Okay.«

»Mach's gut«, verabschiedete sie sich.

»Das war 'ne Sackgasse«, sagte er, nachdem er den Hörer aufgelegt hatte.

Peter, dachte er. *Peter ist tot. Peter verschwand in dieser Nacht.* Aber es gab noch etwas anderes, das ihn störte. Er erinnerte sich an die direkt an ihn gerichteten Worte: *Du glaubst, alles dreht sich nur um dich. Da irrst du!*

»Tja, jedenfalls ein weiteres gutes Indiz dafür, dass die Russen eine große Operation am Laufen hatten und sie gründlich absichern wollten.«

Dann schwirrte Bob ein Gedanke durch den Kopf.

»Ist doch komisch«, stellte er fest, »dass alle, die zu dieser

Farm gegangen sind – Trig, ein Junge namens Peter Farris, Donny –, jetzt tot sind. Tatsächlich sind die alle innerhalb von ein paar Monaten nach dieser Nacht gestorben.«

»Alle außer Ihrer Frau.«

»Ja. Und ...«

Außer meiner Frau, dachte er.

Außer meiner Frau.

Bob hielt inne. Etwas war auf einmal ins perfekte Licht gerückt worden. Erst wirkte es noch leicht verschwommen, dann völlig klar. Es entstand nicht oder drängte sich auf. Es existierte einfach nur und ragte überlebensgroß vor ihm auf.

»Wissen Sie ...«, begann Bonson.

»Ruhe«, unterbrach ihn Bob.

Er schwieg noch eine Sekunde lang.

»Jetzt versteh ich's«, sagte er dann. »Das Foto, das Timing, das Ziel.«

»Wovon reden Sie?«

»Die haben alle umgebracht, alle außer Julie. Sie wussten nicht, wer sie war, aber sie hatten ein Foto von ihr, das sie in dieser Nacht geknipst hatten. Aber Donny meldete ihre Heirat nie offiziell dem Marine Corps. Also gab es keine Unterlagen, aus denen sich ihre Identität ableiten ließ. Sie stellte ein ungelöstes Geheimnis für die Kerle dar.

Als mein Foto wegen dieser Sache in New Orleans auf dem *Time*-Cover landete, spielte das noch keine Rolle. Da kannte ich Julie noch nicht mal. Aber vor zwei Monaten druckten sie mein Bild noch einmal ab. Auch der *National Star,* als ich wieder für ein Wochenende im Rampenlicht stand. Es wurde vom Fotografen von einer Boulevardzeitung gemacht, als wir aus einer Kirche kamen, Julie und ich. Die haben sich nicht für mein Foto interessiert, nicht für mich. In dem Artikel ging es darum, dass ich die Witwe meines Aufklärers aus Vietnam geheiratet hatte.«

Er wandte sich Bonson zu.

»Es geht um Julie. Die wollen Julie töten. Die ziehen alle aus dem Verkehr, die bei dieser Farm gewesen sind und Fitzpatrick gesehen haben, als er mit Trig diesen Lastwagen belud. Bei der ganzen Sache geht's überhaupt nicht um mich, sondern ausschließlich darum, Julie umzubringen. In den Bergen hat er zuerst auf den geschossen, den er für mich hielt, weil er bewaffnet war. Er musste den Bewaffneten als Erstes ausschalten. Aber *sie* war das eigentliche Ziel.«

Bonson nickte.

Bob griff zum Telefon und wählte noch einmal die Nummer. Aber die Leitung war inzwischen tot.

KAPITEL 44

Der Schnee machte Solaratov keine Angst. Er kannte Schnee. Er hatte im Schnee gelebt und gejagt. In den Bergen von Afghanistan hatte er mit einem Speznas-Team oberhalb der Schneefallgrenze Mudschahedin-Anführer aufgespürt. Der Schnee war ein Verbündeter des Scharfschützen. Er brachte Sicherheitskräfte dazu, Deckung zu suchen, er verhinderte Lufteinsätze und – das Beste von allem – er verdeckte Spuren. Scharfschützen liebten den Schnee.

Er fiel in riesigen, erhabenen Flocken, ein feuchter, üppiger Niederschlag aus einem dunklen Gebirgshimmel. Rasch bedeckte er die Erde und trieb die meisten Menschen in ihre Unterkünfte. Der Wettermann kündigte an, es werde die ganze Nacht hindurch schneien, ein letzter Schub Winterwetter, was ungewöhnlich, in dieser Gegend aber durchaus nicht unbekannt war. 30 Zentimeter hoch lag er, an manchen Stellen sogar bis zu 50.

Solaratov fuhr durch den spärlicher werdenden Verkehr und fand problemlos die Idaho-Bell-Außenstation, die F1 – die primäre Verteilerstelle – für die Anrufe, die vom abgelegenen, ländlichen Custer County aus zu Nick Memphis' Apparat in New Orleans gegangen waren. Es handelte sich um ein flaches, schmuckloses Gebäude, nach modernen amerikanischen Standards gebaut, aber fensterlos. Das fröhliche Bell-Firmenschild prangte neben dem Eingang.

Drinnen herrschte völlige Dunkelheit. Vermutlich wurde die Anlage komplett automatisiert betrieben. Auf einer Seite ragte eine Phalanx aus Transformatoren auf, von Gittern umgeben und mit strengen ›Vorsicht Gefahr!‹-Schildern versehen. Von ihnen ging ein Geflecht aus Kabeln ab, die zu Mästen hinaufführten, die das Wunder der Telekommunikation nach Custer County brachten. Auf dem kleinen Parkplatz stand kein einziges Fahrzeug. Hinter dem Gebäude trennte ein Maschendrahtzaun eine Art Fuhrpark ab. Dort standen sechs Vans mit Idaho-Bell-Logo neben einem Wellblechschuppen, der eine Werkstatt zu sein schien. Auch dort war alles dunkel. Idealerweise befand sich die Verteilerstation an einer alles andere als zentralen Position – an einer abgelegenen Landstraße, die bei dieser Witterung kaum noch benutzt wurde.

Trotzdem ging er nicht das Risiko ein, seinen Wagen auf dem Parkplatz abzustellen, da ein einzelnes, mitten in der Nacht dort parkendes Auto nur unnötig Aufmerksamkeit erregt hätte. Er fuhr ein paar 100 Meter weiter zu einer kleinen Wohnsiedlung, wo einige Wagen am Straßenrand standen, und stellte den Motor ab. Dort wartete er in der Düsternis, während der Schnee leise auf die Motorhaube rieselte und wenig später die Windschutzscheibe vollständig bedeckte. Nun öffnete er die Wagentür, stieg aus und ließ sie so leise wie möglich zuschnappen. Zuknallendes Blech hätte in dieser Stille wie eine Alarmsirene gewirkt.

Es stellte kein Problem dar, sich einen Weg zwischen zwei dunklen Häusern hindurch, über ein Feld und dann am Maschendrahtzaun entlang zu bahnen. Er hielt nach Anzeichen für eine Alarmanlage, eine elektrische Ladung des Zauns oder Wachhunde Ausschau, entdeckte aber nichts. Aus der Tasche seines Parkas holte er einen Drahtschneider und setzte die gewaltige Kraft seiner Unterarme ein, um den Draht zu kappen und zurückzubiegen. So verschaffte er sich einen Einstieg. Nachdem er sich hindurchgezwängt hatte, schlich er zwischen den Vans um die Werkstatt herum.

Er tastete sich an der Rückseite des Gebäudes der Telefongesellschaft entlang, bis er an eine Metalltür gelangte. Dort achtete er auf Spuren einer Alarmanlage, fand nichts und zog eine Lederhülle mit Dietrichen hervor.

Die Tür verfügte über ein einfaches, aber solides Stiftzylinderschloss. Die beiden Werkzeuge, die er brauchte, waren Spanner und Pick. Er machte sich an die Arbeit und schob den Spanner ins Schlüsselloch. Jetzt kam es auf Fingerspitzengefühl an. Mit dem Spanner übte er ein leichtes Drehmoment auf den Zylinderkern aus, während er mit dem Pick einen Stift nach dem anderen an der Scherlinie des Zylinders ertastete und nach oben schob, bis ihm ein leichtes Klicken verriet, dass sich alle Stifte in der richtigen Position befanden. Der Zylinder ließ sich nun drehen und die Tür sprang auf.

Er huschte hinein, setzte eine Brille auf, an der eine kleine, aber starke Lampe befestigt war, und begann mit der Erkundung des Innenbereichs.

Es dauerte nicht lange. Im Großraumbüro der Leitungsmonteure und Störungssucher von Bell hing eine Karte an der Wand, die er herunternahm. Sie zeigte Custer County, unterteilt in Vorwahlzonen. Im Schein der Lampe suchte er sie ab und bemerkte bald kleine, entlang der Straßen eingezeichnete Kreise, die mit Zahlenfolgen gekennzeichnet waren, ähnlich wie jene, die er in New Orleans entdeckt hatte. Das mussten die Nummern der sekundären Verteiler sein. Die F2s.

Er verspürte den starken Drang, einfach mit der Karte abzuhauen, aber das Teil war steif und unhandlich. Es über das Feld zurück zum Auto zu schleppen, dürfte sich als schwierig erweisen. Stattdessen suchte er sie geduldig ab, Zone für Zone, auf der Suche nach der magischen Zahl 459912. Es dauerte eine Weile, aber schließlich fand er den dazugehörigen Mast an einer Bergstraße hoch in der Lost-River-Bergkette. Er stand in einem Tal, in der Nähe eines Rechtecks, das offenbar eine Ranch kennzeichnete. Aus dem Gedränge der Höhenlinien in der Nähe schloss er, dass sie direkt unterhalb der Berge stand, was ihm den perfekten Winkel für einen tödlichen Schuss verschaffte. Sorgfältig zeichnete er die Karte auf ein Blatt Papier ab, um sie später mit den detaillierten Karten abzugleichen, die er bereits bei der Planung seiner Annäherung an die Zielzone angeschafft hatte.

Als er die Karte wieder an die Wand gehängt hatte, hörte er auf einmal Geräusche. Er unterdrückte die aufkommende Panik und schlich an der Wand entlang, bis er einen Tisch fand, der ihm Deckung bot. Dann schaltete er die Lampe aus und zog eine Glock 19 aus einem Schulterholster unter dem schweren Parka.

Im selben Augenblick wurde das Licht eingeschaltet. Er hörte, wie jemand zu einem Schreibtisch ging, sich setzte und mit Papieren hantierte. Seufzend fügte sich der Mann in sein Schicksal und begann seine Nachtschicht. Er nahm den Telefonhörer ab und wählte eine Nummer.

»Bobby? Ja, die Jungs sollen herkommen. Grace ist schon auf dem Weg. Die Landespolizisten sagten mir, es gibt Leitungsausfälle beim Sunbeam Dam. Jemand soll mal auf der Wiese da in Arco nachschauen. Diese Scheißdinger fallen ständig aus. Ich werd anfangen, die A-Leitung anzurufen, du nimmst die B-Leitung. Ja, ich weiß, mich kotzt das auch an. So spät noch. Tja, Kumpel, wenn du im Management arbeiten willst, heißt das eben lange Nächte und unbezahlte Überstunden. Aber dafür gibt's kostenlosen Kaffee, Bobby.«

Der Mann legte auf.

Solaratov blickte der Realität ins Auge. Innerhalb von Minuten würde der Raum voller Störungssucher sein, die wegen der unerwarteten Wetterverhältnisse zum Dienst kamen. Er steckte in einer brenzligen Situation. Bisher war er nur unentdeckt geblieben, weil der Aufseher sich so auf seine Arbeit konzentriert hatte. Sobald die anderen anrückten, würde ihn jemand bemerken. Und selbst wenn nicht, saß er stundenlang hier fest, während die ganze Nacht hindurch Reparaturen koordiniert und durchgeführt wurden.

»Mrs. Bellamy? Hier ist Walter Fish von der Arbeit. Ist Gene da? Ja, Ma'am, wir brauchen ihn vor Ort. Bitte wecken Sie ihn. Genau, Ma'am. Vielen Dank.«

Walter Fish beugte sich über seine Telefone und wollte gerade den nächsten Anruf erledigen, als Solaratovs Schatten über ihn fiel. Er blickte auf. Verwirrung stand ihm ins Gesicht geschrieben. Sie ging in ein Lächeln über, dann in eine Maske der Panik.

Solaratov schoss ihm ins Gesicht. Die Federal Hydra-Shok traf ihn unter dem linken Auge. Die Pistole zuckte in seiner Hand, lud eine neue Patrone in die Kammer und spuckte eine Hülse quer durch den Raum. Fish wurde nach hinten gestoßen, als ob der Ablauf der Zeit sich für ihn abrupt beschleunigt hätte. Seine Hirnmasse spritzte an die Wand in seinem Rücken. Ein Stück Gips platzte dort ab, wo die Kugel aus seinem Schädel ausgetreten und in die Mauer eingeschlagen war.

Solaratov drehte sich um und suchte nach der ausgeworfenen Patronenhülse. Er entdeckte sie auf der anderen Seite unter einem Tisch und lief schnell hin, um sie aufzuheben. Als er aufstand, fand er sich einer Frau gegenüber, die im Türrahmen stand. Sie hielt eine Thermoskanne in der Hand und war gegen das kalte Wetter dick eingepackt wie eine Mumie. Bei dem entsetzlichen Anblick, der sich ihr bot, entgleisten ihre Gesichtszüge und die Augen wurden groß wie Untertassen. Solaratov schoss ihr in die Brust, verfehlte aber das Herz. Sie taumelte rückwärts, wirbelte herum und wankte den Flur entlang. Dabei schrie sie: »Nein, nein, nein, nein, nein, nein!«

Er spurtete in den Flur, packte seine Zweitwaffe, eine Glock, mit beiden Händen, zielte über das beleuchtete Korn und schoss ihr in den unteren Bereich der Wirbelsäule. Sie fiel, während ihre Hände nach hinten zuckten, um nach der Wunde zu greifen. Warum machten die Leute das? Sie taten es immer. Er ging zu ihr und sah, dass sie sich noch bewegte. Er bückte sich, drückte ihr die Pistolenmündung an den Hinterkopf und schoss noch einmal. Das Mündungsfeuer setzte ihre Haare in Brand. Es loderte mit einem beißenden, chemischen Gestank. Schließlich erlosch die Flamme und Rauch stieg auf. Solaratov begriff, dass sie eine Perücke getragen haben musste.

Ihm blieb keine Zeit, die Hülsen einzusammeln. Zügig schritt er durch den Korridor, erreichte die Hintertür und schlüpfte nach draußen. Gott sei Dank schneite es weiterhin stark. Es dauerte nur Sekunden, allenfalls Minuten, bis seine Fußspuren verschwanden.

Er überquerte das Feld, wobei er die Pistole immer noch in beiden Händen hielt. Er spürte weder Scham noch Zweifel noch Furcht. Als Profi hatte er getan, was notwendig war. Er hatte sich nicht aufhalten lassen. Aber es erschütterte ihn trotzdem: der Ausdruck im Gesicht dieses armen Mannes in dem Moment, kurz bevor die Kugel seinen Wangenknochen durchschlug. Und die Frau, die nur »Nein, nein, nein, nein« schreien konnte, während sie durch den Flur floh.

Es kam ihm so vor, als ob diese Ereignisse sein Vorhaben mit einem Fluch belegten. Er war nicht abergläubisch und viel zu erfahren, um solchen sekundären Faktoren eine tiefere Bedeutung beizumessen. Und trotzdem: Es fühlte sich nicht richtig an.

KAPITEL 45

Bonson hatte Bob versprochen, er werde überrascht sein, wie viel er wie schnell für ihn tun könne. Dieses Versprechen hielt er ein.

Er nahm den Hörer ab, wählte eine Nummer und sagte mit sehr ruhiger Stimme: »Diensthabender Offizier, hier ist Deputy Director Bonson, Authentifizierungscode Alpha-Actual-Zwei-Fünf-Neun.«

Nachdem der Mann am anderen Ende der Leitung den Code bestätigt hatte, fuhr Bonson fort: »Ich melde hiermit einen kritischen Vorfall, Code Blau. Bitte setzen Sie das Fifth-Floor-Team darüber in Kenntnis und stellen Sie einen Inlands-Krisentrupp zusammen. Ich will zwei Senior-Analysten – Wigler und Marbella. Und ich möchte die üblichen Senior-Analysten aus Team Cowboy. Involvieren Sie ein paar Leute aus der IT-Abteilung. Wir brauchen schnellstmöglich eine Luftüberwachung. Ich bin in der Arlington Avenue, Nummer 2854, in Rosslyn. Wir begeben uns jetzt zum *USA Today*-Gebäude, um dort abgeholt zu werden. Und das bitte in fünf Minuten.«

Er wartete und erhielt die gewünschte Antwort.

»Außerdem will ich, dass ein Geiselrettungsteam vom FBI in Einsatzbereitschaft versetzt wird, um so schnell wie möglich mit uns zusammenarbeiten zu können. Ein Schusswechsel ist absehbar. Ich will die besten Leute. Ist das klar?«

Nach der Bestätigung legte er auf.

»Okay.« Er wandte sich an Bob. »Wir müssen jetzt zum Zeitungsgebäude fahren, dort sammelt uns der Hubschrauber ein. In 15 Minuten sind wir in Langley beim CIA, in 20 Minuten machen sich unsere besten Leute an die Arbeit. Ich kann in vier Stunden ein Sicherheitsteam vor Ort haben.«

»Nicht, wenn es schneit«, gab Bob zu bedenken.

»Was?«

»Sie erwähnte, dass es dort schneit. Das dürfte den Zeitplan empfindlich aushebeln.«

»Scheiße«, fluchte Bonson.

»Aber ihn nicht«, fuhr Bob fort. »Nicht diesen Kerl. Er kennt die Berge. Er ist jahrelang in den Bergen auf der Jagd gewesen.«

»Es ist zu früh, um sich Sorgen zu machen«, wiegelte Bonson ab.

»Nein, er wird losziehen, sobald er kann. Er wird nicht warten, die Gelegenheit verschwenden oder unnötig Pausen einlegen. Er hat einen Job zu erledigen. So funktioniert sein Verstand. Er ist äußerst gründlich, äußerst entschlossen, äußerst talentiert und äußerst geduldig, aber wenn er das Ziel vor Augen hat, wird er sofort handeln. Er hat sie auf die gleiche Weise gejagt, wie ich ihn gejagt habe. Aber er ist wesentlich näher dran.«

»Scheiße«, fluchte Bonson noch einmal.

»Rufen Sie sie zurück und lassen Sie sie das Gebiet beackern. Wir werden Karten brauchen, Wetteranalysen, eventuell ein Satellitentracking. Es ist in Custer County, ungefähr fünf Meilen vor Mackay, Idaho, im Zentrum des Bundesstaats, mitten in der Lost River Range. Das ist nördlich von Mackay, an der Route 93, im Vorland der Bergkette, soweit ich weiß.«

»In Ordnung«, erwiderte Bonson und erledigte das Telefonat.

Eine halbe Stunde später trafen schlechte Neuigkeiten ein.

»Sir«, meldete sich ein Stabsassistent mit dem ernsten Gesicht eines rangniedrigen Offiziers zu Wort, der eine Nachricht überbrachte, die niemand hören wollte. »Wir haben da draußen ein paar massive Probleme.«

»Einzelheiten bitte.« Bonson folgte Bob in einen Raum, der genauso aussah wie jeder Konferenzraum in jedem x-beliebigen Bürogebäude in den USA, sich aber zufällig im Hauptquartier der CIA in Langley, Virginia, befand.

»Da zieht eine Schlechtwetterfront von Kanada über Idaho hinweg. Die Meteorologen erwarten, dass es 40 bis 45 Zentimeter Neuschnee geben wird. Da bewegt sich nichts. Die Straßen werden gesperrt, bis man sie räumen kann, und vor dem Morgen wird das nicht passieren. In die Luft kommt auch niemand. Das Gebiet ist komplett isoliert. Niemand schafft es im Moment dorthin.«

»Shit.« Bonson verzog das Gesicht. »Informieren Sie das FBI. Sagen Sie denen, sie sollen abziehen.«

»Ja, Sir, aber da ist noch was.«

»Nur zu.«

»Wir haben mit der Idaho State Police gesprochen. Als ob die Lage nicht schon schlimm genug wäre, hat es auch noch einen Doppelmord bei der Telefongesellschaft gegeben. Ein Aufseher und seine Sekretärin, die eine Notschicht koordinieren sollten, sind in einer Schaltstelle erschossen worden. Wer immer das getan hat, ist spurlos abgetaucht. Nichts wurde gestohlen. Vielleicht ein Einheimischer, aber die sagen, es sieht eher nach der Arbeit eines Profikillers aus.«

»Da steckt er dahinter«, zeigte sich Bob überzeugt. »Er ist vor Ort. Wahrscheinlich wollte er aus den Unterlagen der Telefonfirma den letzten Zielort heraussuchen oder so was. Dann wurde er von den beiden Leuten überrascht und hat getan, was er tun musste.«

»Eiskalt«, befand Bonson.

»Ich sag Ihnen, was wir jetzt ganz schnell brauchen«, fuhr Swagger fort. »Wir brauchen eine extrem gute Analyse des Geländes dort. Wir müssen anhand des Zeitpunkts der Schüsse feststellen, ob er eine Chance hatte, zu Fuß zu

602

seiner Schützenposition zu gelangen. Wo stellt er sein Auto ab, wie weit muss er gehen, wie schnell gelangt ein erfahrener Bergwanderer ans Ziel? Dann nehmen Sie das mal zwei und Sie wissen, wozu dieser Kerl in der Lage ist. Wann müssen wir mit ihm rechnen? Wo wird er voraussichtlich Position beziehen? Er wird die Sonne im Rücken haben wollen, so viel ist klar.«

»An die Arbeit«, rief Bonson.

Nikki betrachtete den Schnee.

»Das ist hübsch. Aber ich wusste gar nicht, dass es im *Juni* schneien kann.«

»So ist das in den Bergen«, erklärte Tante Sally. »Der Schnee kommt, wann er Lust hat.«

»Wenn wir nach Arizona zurückgehen«, sagte ihre Mutter, die auf dem Sofa saß, »wirst du nie wieder Schnee sehen, das versprech ich dir.«

»Ich glaube, ich mag Schnee«, widersprach Nikki. »Obwohl man da nicht reiten kann.«

Im Dämmerlicht sah sie zu, wie die Welt weiß wurde. Es gab einen Pferch und dahinter die Scheune. Derzeit waren hier oben keine Tiere untergebracht, also mussten sie sich keine Sorgen machen. Der Highway lag etwa eine halbe Meile entfernt. Nikki hatte jeden Tag die Aufgabe, dem langen Schotterweg zu folgen und in den Briefkasten zu schauen, der dort stand, wo die Upper Cedar Road – dieser einsame Schotterstreifen, der sie mit der Route 93 verband – vorbeiführte.

Aber die Berge dominierten den Ausblick. Das Haus stand auf einer Anhöhe und wurde rundum von ihnen eingeschlossen. Am nächsten lag der Mount McCaleb, ein riesiger Klotz. Er türmte sich über ihnen auf, momentan unsichtbar aufgrund des dichten Schneegestöbers. Weiter im Norden befand sich Leatherman Peak, im Süden der

Invisible Mountain. Das waren die Gipfel der Lost River Range. Weiter in Richtung Challis gab es den Mount Borah, der sie an Größe noch übertraf: der höchste Berg in ganz Idaho. Obwohl man die Gipfel nicht sehen konnte, spürte man ihre Präsenz deutlich. An Abenden wie diesem, wenn es dunkler war als sonst, konnte man sie regelrecht in den Knochen spüren; dunkel und massiv, knapp jenseits der Grenze des Sichtbaren.

»Brrr.« Nikki fröstelte. »Da draußen sieht's ganz schön eisig aus.«

»Der Schnee taut bis Ende der Woche weg«, zeigte sich Tante Sally sicher. »Das haben sie im Radio angekündigt. Eine für diese Jahreszeit ungewöhnliche Kaltfront aus Kanada, aber ab Montag wird's wieder über 20 Grad warm. Er schmilzt. Vielleicht verursacht er dabei auch ein paar Überschwemmungen. Fühlt sich an, als sei es mitten im Winter, oder?«

»Stimmt«, bestätigte Nikkis Mutter, die inzwischen zumindest wieder gehen konnte. Ihr linker Arm und das Schlüsselbein steckten in einem Gips, der den halben Körper bedeckte, aber die Schürfwunden und Schnitte waren gut genug verheilt, dass sie sich normal bewegen konnte. Sie trug Jeans und einen Bademantel. Nikki fand, dass sie dünn aussah.

»Wisst ihr was?«, fragte Tante Sally, die mit ihrer feurigen Persönlichkeit und ihrem Südstaatenakzent schnell zu Nikkis absoluter Lieblingsperson geworden war. »Ich glaube, das ist ein Suppenabend. Was meint ihr, Mädels? Ich meine, Schnee, Suppe, da gibt's doch nichts, was besser zusammenpasst, oder? Wir machen eine schöne Campbell-Tomatensuppe mit Crackern warm, und dann setzen wir uns gemütlich in die Stube und schauen einen Film. Aber nicht *Frei geboren*. Den halt ich nicht noch mal aus.«

»Ich find *Frei geboren* toll!«, protestierte Nikki.

»Nikki, Schätzchen, lass Tante Sally heute Abend den Film aussuchen. Sie hat ein bisschen die Nase voll von *Frei geboren.* Und ich ehrlich gesagt auch.«

»Hmmmmmm ...« Nikki dachte nach.

»Wie wär's mit *Singin' in the Rain?*«

»Der ist gut.«

»Was ist das?«, fragte Nikki.

»Ein Musical. Da geht's um ein paar Schauspieler von früher und wie viel Spaß die hatten. Da wird toll gesungen und getanzt.«

»Ein Mann tanzt im Regen«, fügte Sally hinzu.

»Iih«, rief Nikki. »Warum tut er *das* denn? Das ist doch *bescheuert.*«

Solaratov verglich seine krude Zeichnung mit der Karte vom US Geologic Survey, die in seinem Motelzimmer nördlich von Mackay lag. Er beeilte sich, da er wusste, dass die Polizei bald anfing, die Motels nach Fremden abzu-klappern. Im ungünstigsten Fall hatte ihn jemand bemerkt, als er eine halbe Stunde nach den Morden hier eintraf. Aber gleichzeitig brachte es nichts, zu hastig zu agieren. Er versuchte, in die *Zone* einzudringen, jenen geschmeidigen Geisteszustand, in dem seine Reflexe auf der Höhe, sein Hirn am effizientesten und seine Nerven am stärksten waren. Er konzentrierte sich voll auf die topografischen Markierungen, fand die Route 93 und übertrug den von ihm gezeichneten Pfad auf die Karte.

Die Ranch lag ein Stück abseits der 93 am Mackay Reservoir. Dort bog man rechts ab, fuhr über die Ebene und über die FR 127 hinauf, der Karte zufolge eine ›nicht aus-gebaute Straße‹. Sie folgte dem Upper Cedar Creek in die Lost-River-Bergkette hinein. Im weiteren Verlauf führte die Route durch eine natürliche Geländevertiefung am Fuße der Berge, an deren Ende sich die Ranch befand. Sie wurde auf drei Seiten von Bergen umgeben: Mount McCaleb, Massacre Mountain und Leatherman Peak. Schwindelerregende Wirbel aus Höhenlinien kennzeichneten sie auf der Karte. Je enger diese beieinander lagen, desto steiler geriet der Anstieg. Der schnellste Weg wäre die Route 93, aber das konnte er abhaken, weil diese Straße inzwischen offiziell gesperrt und ohnehin kaum passierbar war. Hinzu kam, dass die Polizei sie aller Voraussicht nach überwachte. Wer fuhr schon in so einer Nacht durch einen Schneesturm, mal abgesehen von einem Mörder, der vom Tatort floh?

Aber er befand sich nur wenige Kilometer vom Südhang des Mount McCaleb entfernt, und diese Strecke war gut markiert und folgte dem Lower Cedar Creek. Der Bach, der durch die Senke, in der er lag, vor dem Schneetreiben geschützt war, würde nicht so schnell zufrieren. Das Wasser war mit etwas Glück flach und frei von Schnee. Dadurch gestaltete es sich unter Umständen überraschend einfach, hindurchzuwaten, selbst im Dunkeln.

Sobald er den McCaleb erreichte, musste er etwa 600 Meter hoch steigen – erst anderthalb Kilometer weiter wurde der Hang wirklich steil. Auf diese Weise konnte er die Bergkette umgehen und oberhalb der Ranch Stellung beziehen. Mit Schneewehen musste er sich in diesem Bereich nicht rumplagen. Seinen Berechnungen nach musste er für diesen Trip sechs oder sieben Stunden veranschlagen. Genügend Zeit, um sich mit dem Gelände vertraut zu machen und am Morgen bei Sonnenaufgang die Zielperson zu erreichen. Im Anschluss könnte er sich wieder um den McCaleb herum zurückziehen und auf den Massacre Mountain zugehen, weiter hinein in die Lost River Range. Ein herbeigerufener Helikopter beförderte ihn dann bis zum Mittag in einen anderen Bundesstaat. Er hinterließ keine Spuren außer einem verlassenen Motelzimmer und einem unter falschem Namen angemieteten Truck.

Er erledigte einen Anruf per Handy.

»Ja, hallo?«

»Ich habe das Ziel lokalisiert.« Er gab ihnen die Position durch. »Ich werde heute Nacht aufbrechen und dort in Stellung gehen.«

»Schneit es nicht, alter Mann?«

»Das macht nichts. Der Schnee ist für mich ohne Bedeutung. Damit kenne ich mich aus.«

»In Ordnung. Und was dann?«

»Ich werde die Sache morgen früh erledigen, sobald sich die Zielperson blicken lässt. Der Mann ist nicht in der Nähe. Sie wird die mit dem Gips am Arm sein. Ich werde sie sauber exekutieren, mich dann etwa zwei Meilen weit in die Berge zurückziehen und eine kleine Hügelkuppe zwischen dem McCaleb und dem Massacre besteigen. Haben Sie die Karte? Können Sie mir folgen?«

»Ja, wir haben's.«

»Und Ihr Helikopterpilot kann diese Stelle erreichen?«

»Natürlich. Wenn die Sonne aufgegangen ist, wird das kein Problem sein.«

»Ich rufe an, sowie die Sache erledigt ist. Von wo wird er losfliegen?«

»Das brauchen Sie nicht zu wissen, alter Mann. Er hält sich in der Nähe Ihres Zielgebiets bereit. Wir stehen in Kontakt zu ihm.«

»Ist gut. Ich melde mich, sobald ich am Abholpunkt bin. Wenn ich ihn sehe, gebe ich ein Rauchsignal. Dann kann er kommen und mich rausholen – und damit ist es erledigt.«

»Damit ist es erledigt, ja.«

Die Arbeitsgruppe traf sich um 23:30 Uhr mit den besten verfügbaren Geheimdienstleuten. Es fühlte sich vertraut an, fast wie eine Einsatzbesprechung eines Bataillons:

strenge Männer mit eindimensionalen, aber zielstrebigen Persönlichkeiten. Ein Gefühl von Hierarchie und Dringlichkeit, die Karten an der Wand, zu viele Styroporbecher mit Kaffee auf dem Tisch. Bob fühlte sich an ein ähnliches Meeting vor 26 Jahren erinnert. Damals hatten sich CIA, Air Force, S-2 Brophy und CO Feamster mit ihm und Donny getroffen und einen Plan ausgearbeitet, um Solaratov zu erwischen.

»Also«, begann der Kartenexperte, »nehmen wir an, er ist irgendwo in der Gegend um Mackay. Die Straßen sind gesperrt und er muss querfeldein laufen. Von der Entfernung her kann ein erfahrener Mann das ohne Weiteres schaffen, vorausgesetzt, er weiß, wo er hinwill, besitzt eine anständige Schlechtwetterausrüstung und geht entschlossen vor.«

»Und bis wann?«

»Oh, er kann's lange vor der Morgendämmerung schaffen. Wenn er einen ausgesetzten Grat findet, wird es da keine größeren Schneeansammlungen geben, sofern etwas Wind weht. Falls er Rückenwind hat, kann ihm das sogar helfen. Unser Windexperte ist aber noch nicht hier. Jedenfalls ist fast sicher, dass er's vor dem Morgen schafft. Dann kann er sich ohne große Schwierigkeiten dort einrichten. Ich weiß nicht, wo ...«

»Er wird im Osten sein«, schaltete sich Swagger ein. »Weil er die Sonne hinter sich braucht. Er wird nicht das Risiko eingehen, dass das Licht von seiner Linse reflektiert wird und man ihn vom Zielgebiet aus bemerkt.«

»Wie lange brauchen die Idaho State Police oder die Parkwächter bis dorthin?«, fragte Bonson, der die Sitzung mit grimmiger Entschlossenheit leitete. Offenbar war er hier eine Art Legende, wie Bob bemerkte. Alle anderen fügten sich widerspruchslos seinen Anweisungen und bemühten sich zugleich auf subtile Art, seine Aufmerksamkeit und seinen Zuspruch zu ernten. Bob hatte so ein Verhalten schon Tausende Male bei Einsatzbesprechungen erlebt.

»Die können wahrscheinlich erst vormittags da sein. Mit dem Helikopter kommen sie nicht hin. Eine nächtliche Annäherung per Schneemobil oder Kettenfahrzeug scheidet ebenfalls aus.«

»Können die nicht zu Fuß gehen?«, hakte Bonson nach. »Ich meine, wenn Solaratov das schafft, warum dann nicht die?«

»Tja, Sir«, gab der Analyst zu bedenken, »vergessen Sie nicht, dass die sich um einen zivilen Notstand kümmern müssen. Die werden es mit Leuten zu tun bekommen, die entlang der Highways in Schneewehen feststecken, 50 Meilen weit in beiden Richtungen. Es wird Unfälle geben, Erfrierungen, unterbrochene Stromleitungen, gestörte Kommunikationswege, Unterkühlungen, der ganze Kram, der bei einem öffentlichen Notstand eben anfällt. Sir, Sie könnten den Gouverneur anrufen und ihn dazu veranlassen, uns ein paar Leute abzustellen. Das könnte klappen. Aber ich weiß nicht, welche Auswirkungen das ...«

»Spielt keine Rolle«, unterbrach ihn Bob. »Falls er auf Cops oder Parkwächter stößt, wird er die kurzerhand ebenfalls umbringen und weitermachen. Das ist kein Problem für ihn. Diese Leute haben keine Ahnung, mit wem sie's zu tun haben. Der kann sie kaltstellen, dann meine Frau abknallen, entkommen und sich wochenlang verstecken, bis ihn jemand rausholt. So gut ist er. So was hat der ein Leben lang gemacht.«

»Sir, bei allem Respekt«, schaltete sich der junge Analyst ein. »Ich möchte gern etwas anmerken, das ich Ihnen eigentlich lieber unter vier Augen vorgeschlagen hätte. Aber ich muss es hier und jetzt tun, daher hoffe ich, dass Sergeant Swagger es nicht persönlich nimmt, sondern nachvollziehen kann, dass ich es aus rein professionellen Erwägungen anrege.«

»Nur zu«, forderte Swagger ihn auf. »Sprechen Sie ganz offen. Sagen Sie, was gesagt werden muss.«

»Nun, Sir, ich denke, es wäre unter Umständen klüger, den Russen seine Mission ausführen zu lassen. Wir sollten uns Gedanken um einen Ausweichplan machen, um ihn auf seinem Fluchtweg zu erledigen. Er wäre ein unglaublicher Fang für uns. Die Informationen, über die er verfügt! Unsere oberste Priorität sollte sein, ihn lebend zu fassen, und die Verluste sollten wir dabei ...«

»*Nein!*«, donnerte Bonson wie ein Blitze schleudernder Odin. »Die Frau von Sergeant Swagger verfügt offenkundig über wertvolles Wissen. Darauf wollen Sie verzichten? Die halten sie für wichtig genug, um diese extrem riskante, äußerst aufwendige Mission durchzuziehen, und Sie schlagen ernsthaft vor, dass sie dem Gegner in die Hände fällt? Und zu Sergeant Swagger hier sagen Sie allen Ernstes, Sie wollen seine Frau sterben lassen? Weil uns wichtiger ist, ein paar Informationen über alte Operationen zu bekommen? Wir lassen ihn den Mord durchziehen und schnappen ihn uns dann am Nachmittag?«

»Sir, ich habe nur versucht, realistisch zu sein. Tut mir leid, Sergeant Swagger. Ich werde dafür bezahlt, zu sagen, was ich denke.«

»Ich versteh das schon. Kein Problem.«

»Wie schnell könnte ein Geiselrettungsteam vom FBI oder ein SWAT-Team von der Idaho State Police vor Ort sein?«, erkundigte sich Bonson.

»Von einem Schuss können die ihn sowieso nicht abhalten«, antwortete der Analyst. »Das ist schlicht nicht machbar. Dafür kriegen wir die Leute nicht schnell genug da rauf. Mann, dieser Kerl ist echt auf Zack!«

Bonson wandte sich ihm zu.

»Ich habe nicht vor, ihn seine Mission durchführen zu lassen. Das kommt überhaupt nicht infrage. Löst eins von euch jungen Genies bitte mal dieses Problem? Dafür werdet ihr immerhin bezahlt.«

»Ich denk nur mal laut. Man könnte doch die potenzielle Position des Schützen mit Marschflugkörpern anvisieren«, sagte jemand. »Die arbeiten sehr genau. Es gäbe eine ziemlich gute Chance ...«

»Nein, nein«, widersprach ein anderer, »die Marschflugkörper sind für langsame Geschwindigkeiten in geringer Höhe gebaut. Ihnen fehlen große Tragflächen, die sie ausreichend manövrierbar machen. Die kämen bei dem rauen Klima nicht weit. Außerdem müssen sie anhand der Geländedaten navigieren, und wir haben nicht die Zeit, sie entsprechend zu programmieren. Dazu kommt, dass die nächsten Marschflugkörper auf einer Fregatte mit Nuklearraketen in San Diego stationiert sind. Innerhalb unseres Zeitrahmens lässt sich eine solche Mission nicht tragfähig auf die Beine stellen.«

»Und eine gelenkte Bombe?«

»Mit Infrarot kommt man durch die Wolkenschicht, aber in den Bergen ist das Gelände so unberechenbar und komplex, dass ich mir nicht vorstellen kann, wie jemand das Teil zuverlässig ins Ziel bringen kann.«

»Es klingt trotzdem vielversprechend«, lobte Bonson. »In Ordnung, Wigler, ich will, dass Sie eine Machbarkeitsanalyse durchführen, und zwar sofort.«

Wigler nickte, schnappte sich seinen Kaffee und stürmte hinaus.

Es wurde still. Bob schielte auf die Uhr. Mitternacht. Solaratov hatte sich längst auf den Weg gemacht. In sechs, vielleicht sieben Stunden wurde es da draußen hell. Dann würde er schießen und Julie würde Donny, Trig und Peter Farris im Jenseits Gesellschaft leisten. Jedes Geheimnis, das sie bewahrt hatte, war damit auf ewig verloren. Denkbar, dass sie Solaratov lebend schnappten. Aber er machte sich nichts vor. Ein Kerl wie dieser Russe führte bestimmt eine Selbstmordpille mit sich. Immerhin war er Vollprofi. Einen wie ihn konnte man weder aufhalten noch schnappen. So jemand ging immer als Sieger aus einer Auseinandersetzung hervor. Lebendig oder eben tot.

»Ich habe eine Idee«, meinte Bob.

Das Wasser klatschte gegen die Ufer des kleinen Bachs. Solaratov platschte in stetem Rhythmus hindurch. Er bewegte sich, als laufe er auf einem Bürgersteig, der in die Berge führte. Er trug ein Nachtsichtgerät, das den Weg für ihn erkennbar machte, und lief durch eine grünlich weiße Welt, folgte stur dem Bachbett, das sich über die Ebene wand. Der Wind heulte. Der Schnee fiel diagonal, wirbelte um ihn herum und häufte sich an.

Aber er fühlte sich gut. Er trug einen Gore-Tex-Parka über einer Daunenweste, Wanderstiefel, Wanderhose, lange Unterwäsche und eine schwarze Wollstrickmütze. Die teuren amerikanischen Stiefel der Marke Danner waren die bequemsten, die er je getragen hatte, viel angenehmer als die alten russischen Militärstiefel.

Er hatte eine Feldflasche dabei, einen Kompass, 40 Schuss handgeladene Munition, die 7-Millimeter-Remington, den Leica-Feldstecher mit Entfernungsmesser, das Nachtsichtgerät und die Glock 19 im Schulterhalfter, geladen mit einem 15-Schuss-Magazin, von dem noch zwei andere unterhalb der anderen Schulter hingen. Aus den Bettlaken seines Motelzimmers hatte er sich einen Umhang gebastelt.

Nach zwei Stunden kontinuierlichem Laufen erreichte er die Stelle, an welcher der Bach unter der Erde verschwand. Über ihm ragten die tieferen Zonen des Mount McCaleb auf – karg und mit Schnee und dürftiger Vegetation bedeckt. Diese Berge waren zu jung und zu trocken, als dass viel auf ihnen hätte wachsen können. Er spähte den schroffen Steilhang hinauf, blickte danach zurück über die Ebene in die Mitte des Tals.

Es machte den Eindruck, als sei mit dem Schnee das Ende der Welt gekommen. Überall türmte er sich etwa 30 Zentimeter hoch und hatte das normale Leben zum Erliegen gebracht. Keine Lichter, keine Anzeichen von Zivilisation oder auch nur menschliche Behausungen hoben sich vom Weiß der Landschaft ab, von ihrer ausgedehnten Leere, nicht einmal im trüben Grün des Nachtsichtgeräts.

Solaratov erlebte einen kurzen Anflug von Melancholie. Das hier war das Leben des Scharfschützen, oder nicht? Immer das Gleiche: Einsamkeit, eine Mission, die jemand für wichtig hielt, kritische Wetterbedingungen, die ständige Gegenwart von Angst, andauerndes Unbehagen, konsequenter Zeitdruck.

Er begab sich an den Aufstieg. Der Wind heulte und der Schnee peitschte. Er kletterte durch völliges Nichts.

»Jetzt bin ich aber gespannt«, meinte Bonson.

»HALO«, sagte Bob.

»HALO?«

»Das schafft keiner«, wand der Militäranalyst ein. »Wir haben keine Ahnung, wie die Windverhältnisse sind. Das Gelände dort ist unwegsam, der Sprung bringt ihn mit ziemlicher Sicherheit um.«

»Ich würde keinen anderen Mann darum bitten. Aber ich könnte es tun«, versicherte Bob.

»Was zum Teufel ist HALO?«, wollte Bonson wissen.

»Das Kürzel steht für ›High Altitude, Low Opening‹. Ein militärisches Fallschirmsprungverfahren«, erläuterte der junge Spezialist. »Hochtrainierte Fallschirmjäger haben es mit unterschiedlichem Erfolg angewandt. Man springt sehr hoch ab. Man fällt sehr tief. Ist ein bisschen wie Bungee-Jumping, nur ohne Seil. Man fällt und fällt, und auf den letzten 180 Metern oder so öffnet sich der Schirm. Man landet hart. Der Sinn des Ganzen besteht darin, dass man quasi unter dem Radar segelt. Man stürzt mit so hoher Geschwindigkeit auf den Boden zu, dass der Fallschirm nicht geortet werden kann. Die meisten Radargeräte der Dritten Welt sind nicht mal in der Lage, einen fallenden Mann zu registrieren. Aber ich hab noch nie davon gehört, dass einer das bei Nacht in den Bergen schafft, mitten in einem Blizzard. Der Wind spielt auf dem ganzen Flug nach unten verrückt. Es lässt sich unmöglich beeinflussen, wo man landet. Im ungünstigsten Fall knallt man voll gegen eine Felswand. Die Special Operations Group hat das in Vietnam probiert. Aber da hat's nie funktioniert.«

»Ich war bei der SOG«, erwiderte Bob. »Es hat da nicht funktioniert, weil das Sammeln nach dem Sprung ein Problem darstellte. Wir hatten immer Schwierigkeiten, das Team zusammenzubringen. Aber hier gibt es kein Team. Hier gibt's nur mich.«

»Sergeant, die Chancen, so etwas zu überleben, sind äußerst niedrig. Ich glaub nicht, dass das hinhaut.«

»Ich bin ausgebildeter Fallschirmspringer«, wandte Bob ein. »Hab den Sprungkurs 1966 in Benning absolviert, als ich von meinem ersten Auslandseinsatz zurückkam.«

»Das war vor 30 Jahren«, gab jemand zu bedenken.

»Ich habe 25 Sprünge gemacht. Ihr Jungs habt doch grandiose Bordelektronik für die Nachtnavigation. Ihr habt eure tollen Computer. Ihr könnt die Absprungstelle genau bestimmen und dort leicht hinkommen, indem ihr oberhalb des Sturms fliegt. Ihr könnt doch einen Punkt finden, bei dem die Chancen dafür, dass ich im richtigen Bereich lande, überdurchschnittlich hoch sind, oder?«

Ihr Schweigen bedeutete Zustimmung.

Dann sagte jemand: »Statt einer Bombe schicken wir ihm also diesen Kerl.«

»Der Plan ist folgender. Ihr bringt mich hin, über dem Sturm. Ich werde durch den Blizzard fallen. Ich kann nicht mit offenem Schirm durchfliegen, aber wie 'ne Kanonenkugel durchsausen. Die Abweichung wird nicht zu groß sein. Ich kann den Schirm sehr tief öffnen, um den Einfluss des Windes zu minimieren, im Idealfall knapp unterhalb der 100-Meter-Marke. Wenn ihr mir einen Jet von der Air Force und 'ne gute Crew organisiert, bin ich innerhalb von sechs Stunden vor Ort. Ich kann mir unter diesen Umständen keine andere Chance vorstellen, einen anderen Scharfschützen da runterzubringen. Direkt nach der Landung trianguliert ihr mich mithilfe von Satelliten und gebt mir eine genaue Position durch. Dann erreiche ich die Zielperson noch rechtzeitig zu Fuß, um einzugreifen.«

»Meine Güte.« Bonson stöhnte.

»Sie schulden mir was, Bonson.«

»Schätze, das tu ich.«

»Sergeant Swagger, nicht mal einer von 100 Männern überlebt so was.«

»Jungchen, ich hab das alles schon hinter mir«, gab Swagger zurück.

»Gebt der Air Force Bescheid«, wies Bonson seine Leute an. »Bringt die Sache ins Rollen.«

Aber eine Forderung hatte Swagger noch.

»Ich brauche ein Gewehr. Ich brauche ein *gutes* Gewehr.«

KAPITEL 46

Geh runter und erschieß sie! Jetzt sofort. Tritt die Tür ein, erschieß sie und verschwinde, bevor die Sonne aufgeht. Dann ist alles vorbei. Kein Risiko, keine Schwierigkeiten.

Aber das konnte er nicht.

Er stand auf einem Bergkamm, etwa 500 Meter vom Ranchhaus entfernt, das dunkel und durch den wirbelnden Schnee kaum zu erkennen war. Ohne jede Beleuchtung stand es mitten auf einer leeren, weiß verschneiten Ebene. Ein klassisches altes Cowboyhaus, wie in den Western, die Solaratov in der Ukraine, in der Bucht von Bengal, in Smolensk und Budapest gesehen hatte: zweistöckig, viele Giebel, Schindeln, viktorianische Optik. Eine Rauchfahne stieg aus dem Schornstein und verriet, dass die Überreste eines Kaminfeuers abbrannten.

Er kauerte sich hin und schaute auf sein Handgelenk. 5:50 Uhr, verriet ihm seine Breitling. In ein paar Minuten ging die Sonne auf. Wenn der Sturm nachließ, würde es gegen sieben hell genug sein, um zu schießen. Aber was könnte sie dazu bewegen, ins Freie zu kommen? Sicher blieb sie im Haus, wo es warm und gemütlich war, schlürfte heißen Kakao und vertrieb sich dort die Zeit. Wie sollte er sie herauslocken?

Das Kind, das Mädchen. Sie wollte bestimmt im Schnee herumtollen. Und die zwei Frauen kamen dann auf die Veranda, um ihr dabei zuzusehen. Wenn sie so frech und zapplig war, wie er sie kennengelernt hatte – schließlich hatte er sie reiten sehen –, stand sie garantiert früh auf und weckte die restlichen Bewohner des Hauses.

Nach wie vor drängte ihn eine innere Stimme: *Geh sofort da runter, töte die Frau, dann zieh dich tiefer in die Berge zurück und hau ab, geh nach Hause.*

Aber wenn er das tat, musste er sie alle umbringen. Es gab keine Alternative. Dann musste er auch die Kleine und die andere Frau erschießen.

Dann tu's halt! Du hast schon so viele getötet, was macht das noch für einen Unterschied? Tu's und hau ab.

Aber er konnte sich nicht überwinden. So funktionierte sein Verstand nicht, so hatte er nie gearbeitet. Ein solches Vorgehen hätte ihn kurz vor dem Ruhestand und dem geplanten Rückzug aus seinem derzeitigen Leben nur unglücklich gemacht.

Der kluge Teil von ihm nervte weiterhin: *Tu es.*

Njet!, antwortete er auf Russisch. *Ich kann nicht.* Er hielt sich für einen *tselni;* ein kaum in andere Sprachen übertragbarer russischer Ausdruck für einen bestimmten Persönlichkeitstyp. Das Wort bezeichnete eine Person, die wagemutig und aggressiv handelte, keinen Schmerz und kein Risiko scheute. Aber auf eine gewisse Art limitierte sie sich damit. Ihr fehlte es an Facetten, an Flexibilität, an der Grauzone zwischen Schwarz und Weiß. Er hatte sich einer bestimmten Art von Leben verschrieben und meisterte es so verbissen, wie es menschenmöglich schien. Er konnte sich jetzt nicht mehr ändern. Unmöglich.

Ich kann nicht.

Er lief auf dem Bergkamm entlang und erreichte schließlich die Stelle, nach der er gesucht hatte. Von hier aus konnte er die Veranda überblicken, hielt sich jedoch weit genug im Osten auf, damit die Sonne hinter ihm stand und sich nicht auf seiner Linse spiegelte. Er hockte sich hin, griff zum Leica-Fernglas mit Entfernungsmesser und maß die Distanz zum Haus mit einem Laserstrahl. 560 Meter. Mit einer 7-Millimeter-Remington-Magnum, die über eine Geschossgeschwindigkeit von über 917 Metern pro Sekunde verfügte, und einer Sierra-Spitzer-Boattail-Kugel mit einem Geschossgewicht von 11,3 Gramm und einer

Mündungsenergie von über 2700 Joule sank das Geschoss im Flug aus dieser Distanz etwa 115 Zentimeter ab.

Eine fantastische Kombination von Ladung und Geschwindigkeit, unerreichbar mit üblichen Kaliber-308-Gewehren. Aber er wusste, dass er das Ziel hoch anvisieren musste, um das Absinken der Kugel zu kompensieren. Das hieß, dass er es nicht mit dem Fadenkreuz, sondern mit dem zweiten Mildot darunter erfassen musste. So traf er fast genau auf den Punkt, obwohl er aufgrund des Windes noch seitliche Korrekturen vornehmen musste. Aber nach einem Blizzard ging in der Regel kaum ein Lüftchen, da der Wind sich längst ausgetobt hatte.

Denk dran, ermahnte er sich. *Kalkulier beim Zielen den Abwärtswinkel mit ein.*

Er stellte sich den Vorgang bildlich vor, eine hilfreiche Übung für Schützen. Die Frau, wie sie auf der Veranda steht. Den zweiten Mildot über ihrer Brust, während er dort liegt und zielt, aus perfekter Entfernung, aus bequemer Schussposition. Der Abzug an der Fingerspitze, über den man nicht weiter nachdenken darf. Man denkt an gar nichts, hört auf zu atmen, hat den Körper in eine totenähnliche Starre versetzt. Kein Wind. Man versetzt sich mit seinem gesamten Wesen in diesen Punkt über ihrer Brust hinein und spürt nicht einmal den Rückstoß.

Die Kugel wird bei ihr sein, bevor sie den Knall hört. Sie wird in die Brust einschlagen, ein wuchtiger, absolut zerstörerischer Treffer mit mehr als 2400 Joule Restenergie. Er wird ihr Herz und ihre Lunge zerfetzen, ihr das Rückgrat brechen, ihr zentrales Nervensystem kurzschließen. Sie wird nichts davon spüren. Die Geheimnisse, die sie in ihrem Hirn mit sich herumträgt, werden für immer dort eingeschlossen bleiben.

Und das ist alles. Der Rest ist einfach. Man zieht sich zurück, etwa vier Meilen weit, und fordert über das Handy den Helikopter an. Nach 20 Minuten ist er da und holt einen raus. Polizei und andere Zivilkräfte werden den Tatort frühestens gegen Nachmittag erreichen, lange nach der Flucht.

Er schob sich hinter einen Felsen, um aus dem peitschenden Luftzug herauszukommen, und bereitete sich auf das stundenlange Ausharren in der Kälte vor. Aber er wusste, dass das kein Problem darstellte. Damit war er in der Vergangenheit oft genug fertiggeworden.

Im dunklen Flugzeug herrschte eine isolierte Form von Stille, wie in einem Kokon. Swagger stand fertig ausgerüstet da. Er trug Springerstiefel und einen eng sitzenden Overall und plagte sich mit dem Festzurren der Fallschirmriemen herum. Er wirkte sehr gelassen. Bonson war seine Nervosität hingegen deutlich anzumerken.

»Wir sind bald da«, sagte Bonson. »Die Höhe beträgt 10.970 Meter. Die Computer haben einen Absprungpunkt berechnet, bei dem Sie in der Ebene direkt nordwestlich des Mackay Reservoir landen sollten, ungefähr eine Meile vom Haus entfernt. Falls Sie weiter abgetrieben werden, kommen Sie in die Lost River Mountains ... sehen Sie, *hier*.«

Er zeigte auf eine Region der Karte, in der sich deutlich das Thousand Springs Valley abzeichnete. Es verlief von Nordwesten nach Südosten mitten durch Idaho. Der Big Lost River durchquerte es zwischen der Lost-River-Bergkette und den White Knob Mountains.

»Der Schirm wird sich in einer Höhe von 150 Metern öffnen. Damit sollten Sie weich genug landen. Sie müssen es über die Ebene schaffen, solange es noch dunkel ist, ins Haus gehen, die Zielpersonen warnen und sich, falls nötig, dem Feind entgegenstellen.«

»Wenn ich die Gelegenheit bekomme, schieße ich.«

»In Ordnung. Unsere Priorität ist Ihre Frau. Sie ist das

Ziel seiner Mission, also kommt es darauf an, ihn aufzuhalten. Sobald Flüge wieder möglich sind, habe ich einen Trupp, der von Mountain Home aus per Helikopter einfliegt und eine Verteidigungslinie hochzieht. Ranger und Cops von der Idaho State Police stehen bereit, um diesen Kerl in den Bergen zu verfolgen. Falls Sie eine Gelegenheit zum Schuss bekommen, nutzen Sie sie. Aber, Mann, falls wir es schaffen, dass sowohl er als auch Ihre Frau überleben, das wäre ...«

»Vergessen Sie's«, unterbrach Swagger. »Das ist ein Profi. Zwei Leute hat er schon umgebracht. Der lässt sich nicht lebend schnappen. Das ist keiner, der den Rest seines Lebens in einem Bundesgefängnis absitzen will. Der wird 'ne Selbstmordpille schlucken und Sie auslachen, während er von der Bühne abtritt.«

»Mag sein«, brummte Bonson.

Swagger hatte die Vorbereitungen für den Fallschirm abgeschlossen. Es schien alles okay zu sein. Der Schirm verfügte über eine Öffnungsautomatik, die beim Erreichen einer bestimmten Höhe von selbst auslöste.

Das gehörte zum kniffligen Teil. Der Höhenmesser konnte Höhen nur relativ zur Position über dem Meeresspiegel erfassen. Der Schirm ging stur 150 Meter über null auf. Falls Bob aber in die Berge getrieben wurde, öffnete er sich womöglich nicht rechtzeitig, bevor er gegen irgendeine gigantische Felswand knallte. Das hatten ihm die Leute von der Air Force erklärt. Sie hatten gesagt, dass das den Hauptgrund darstellte, weshalb ihnen das Ganze so waghalsig vorkam. Die Computer konnten die Windrichtung erkennen, sein Gewicht und seine Geschwindigkeit berechnen, die Fluggeschwindigkeit der C-130 einkalkulieren und davon ausgehend eine Stelle bestimmen, an der seine Flugbahn optimal verlief. Sie konnten zu dieser Stelle fliegen und ihm sagen, wann es Zeit wurde, abzuspringen.

Aber der Sprung fand nicht virtuell im Computer statt, sondern in der realen Welt, was ihn unvorhersehbar werden ließ. Eine Windböe von hinten, eine winzige Ungenauigkeit und er starb. Dann wäre alles umsonst gewesen.

Das Flugzeug flog mit etwa 500 Kilometern pro Stunde. Im ersten Schritt hatte ein Lear-Jet von der Regierung sie in weniger als fünf Stunden von Andrews nach Mountain Home gebracht. Während dieser Zeit hatten er und Bonson über Funk mit verschiedenen Experten die Einzelheiten des Plans ausgearbeitet.

Sie waren in Mountain Home gelandet und schon nach zehn Minuten wieder in der Luft gewesen.

Bob checkte die Elektronik und den Rest der Ausrüstung, der in einer Sprungtasche an seinem Knöchel steckte. Darin fanden sich ein mit arktischem Tarnmuster versehener Gore-Tex-Parka und Leggings für Extremtemperaturen. Außerdem hatte man ihn mit einem brandneuen Motorola-Funkgerät – Modell MTX-819 Dual Mode, digital und mit Mikroprozessor – ausgestattet. Es wog nur ein Zehntel des guten alten PRC-77, verfügte aber über die dreifache Reichweite, wodurch er problemlos in Kontakt bleiben konnte. Es hing an einem Gürtelclip. Hinzu kam ein schall-sensibles Kehlkopfmikrofon. Er musste nur sprechen, um über Funk gehört zu werden.

Dann hatte er noch ein ebenfalls digitales GPS-Gerät von Magellan dabei. Die im Orbit kreisenden Satelliten, die ein Netz aus ultrapräzisen Ortungssignalen aussandten, versetzten ihn in die Lage, innerhalb von Millisekunden seine Position zu ermitteln, falls er sich verlaufen sollte. Seine Nachtsichtausrüstung war der neueste Schrei: eine M912A-Brille von Litton mit zwei 18-Millimeter-Gen-II-Plus-Bildverstärkungssystemen, die im Vergleich zum Standardgerät AN/PVS5A die dreifache Verstärkung boten.

In einem Schulterholster unter dem linken Arm trug er

eine Beretta 92 – eine mickrige 9-Millimeter-Pistole mit 16 kleinkalibrigen Patronen im Magazin, die nicht allzu viel taugten. Aber, verdammt noch mal, niemand schien mehr mit einem 45er zu schießen.

Immerhin hatte er noch das Gewehr.

Es stammte aus den sterilen Waffenkammern der CIA und schien Bestandteil eines kruden Attentäter-Sets aus der Dritten Welt zu sein. Das Gewehr lag in einem schaumstoffgepolsterten Alukoffer. Ein Remington M40A1 vom Marine Corps im Kaliber 308 mit Fiberglasschaft, freischwingendem Lauf und Unertl-Zielfernrohr mit Zehnfach-Vergrößerung. Auf 100 Meter Entfernung schoss es auf zwei Zentimeter genau. Dazu gab es zwei Schachteln 10,8-Gramm-Boattail-Hohlspitzpatronen der Marke Federal Premium Match-King.

Als er das Gewehr genauer in Augenschein nahm, sah er, dass der Vorbesitzer eine Legende mit Klebeband am Kolben angebracht hatte.

»Eingeschossen auf 100 Meter«, stand dort. Und darunter: »200 Meter: 9 Klicks höher. 300 Meter: 12 Klicks höher. 400 Meter: 35 Klicks höher. 500 Meter: 53 Klicks höher.«

»Okay«, sagte Bonson und beugte sich zu ihm, »führen wir einen Funktest durch.«

»Nur 'ne Sekunde, verdammt«, erwiderte Bob und überlegte, auf welche Distanz er schießen würde.

Scheiß drauf, dachte er dann und regelte das Zielfernrohr 53 Klicks höher.

»Kommen Sie, der Funktest«, ermahnte ihn Bonson. Das Handwerkszeug bei Einsätzen dieser Art interessierte ihn offenbar nicht besonders; vielleicht jagte es ihm sogar Angst ein. Im Polsterschaum des Gewehrkoffers warteten noch andere Gegenstände, unter anderem ein SOG-Messer in Kydexscheide, ein dunkles Tötungsinstrument. Zum Inventar gehörte ferner ein lederumhüllter Knüppel – genau das Richtige, wenn man auf dem Weg zum Versteck Wachen k. o. schlagen musste. Ein diskretes grünes M7-Bandelier verbarg eine M18A1-Antipersonenmine, komplett mit Zünder und Kabeln. Auch bekannt als Claymore. Eine vertraute Waffe aus Vietnam-Zeiten – bestens zur Flankensicherung geeignet, wenn man einen Mordanschlag in der Nähe von Djakarta zu verüben hätte.

Für einen Augenblick fragte Bob sich, ob er diesen ganzen Quatsch wegwerfen sollte. Aber das alles wanderte gleich in die an seinem Bein befestigte Sprungtasche, also musste er sich keine Gedanken darum machen. Er schloss den Koffer wieder.

»Kommen Sie«, nörgelte Bonson zum dritten Mal, »machen wir ʼnen Funkcheck.«

»Das haben wir doch gerade.«

»Ja. Ich bin eben nervös. Ihnen geht's gut?«

»Alles in Ordnung, Commander.«

»Okay, ich lauf mal nach vorn zum Cockpit und rede mit den Piloten.«

»Klar.«

Bonson huschte durch den dunklen Rumpf des großen Flugzeugs zur Pilotenkabine, riss eine Tür auf und beugte sich hinein.

Im hinteren Teil des Rumpfs war es weitgehend dunkel. Nur ein paar rote Sicherheitslampen leuchteten. Das leise Dröhnen der großen Triebwerke drang von der anderen Seite herüber. Es fühlte sich an wie im Zweiten Weltkrieg, eine echte Kurz-vor-dem-Absprung-Atmosphäre, seltsam melodramatisch.

Da wären wir also wieder! Das Übliche. Ich muss gegen ein anderes bewaffnetes Arschloch antreten. Kenn ich doch irgendwoher.

Aber heute Nacht verspürte er keine Zuversicht. Er war ängstlich, angespannt, verunsichert, und ließ es sich nur deshalb nicht anmerken, weil der arme Bonson noch verunsicherter zu sein schien.

Am anderen Ende der Maschine war die große Rampe noch hochgezogen. In ein paar Minuten würde man sie herunterlassen, wodurch ein gähnendes Loch mit einer Plattform entstand. Kurz darauf erhielt er ein Signal und machte einen Schritt nach draußen, um sich der Schwerkraft anzuvertrauen. Der Sturz dauerte etwa zwei Minuten. Vielleicht öffnete sich der Schirm, vielleicht auch nicht. Er wusste es erst, wenn es so weit war.

Er verdrängte seine Gefühle. Wenn man aufgeregt war und sich davon verrückt machen ließ, wurde man unvorsichtig, und das bedeutete unweigerlich den Tod. Man dachte nicht an diesen ganzen Scheiß. Man tat einfach, was getan werden musste: ruhig, professionell und fest entschlossen, die Mission zu erfüllen und zu überleben. Man dachte nicht über den Gegenspieler nach, sondern fokussierte sich auf das, was getan werden musste. Das einzig Sinnvolle.

Er verbot sich jegliche Gedanken an Julie oder an den Mann, der die Grenzen von Zeit und Raum überwunden hatte, um sie aus dem Verkehr zu ziehen, aufgrund des Wissens, dessen sie sich nicht einmal bewusst war. Er versuchte, nicht an seinen alten Feind zu denken und an alles, was dieser ihm genommen hatte. Er versuchte, nicht an den größeren Zusammenhang zu denken, an die Geopolitik, die gegensätzlichen Staatssysteme, die beide Männer als Kontrahenten in diesem Kampf repräsentieren. Das alles verbannte er aus seinem Kopf.

»Sarge?«

Er drehte sich um. Ein junger Mann von der Bordcrew, ein Technical Sergeant, der kaum älter als 15 rüberkam.

»Ja?«

»Sie haben Ihren Fallschirm verkehrt herum angelegt.«

»Herrgott!« Bob machte keinen Hehl aus seinem Ärger.

»Sie haben doch wirklich 'ne Sprungausbildung gemacht, oder?«

»Hab mal 'nen Typen im Film springen sehen. Ist doch dasselbe, oder?«

Der Junge grinste.

»Nicht ganz. Kommen Sie, ich helf Ihnen.«

Der junge Unteroffizier brauchte nur ein paar Sekunden, um das Problem zu beheben.

Ja, so fühlte es sich wesentlich sinnvoller an. Es fühlte sich besser an. Alles saß am richtigen Platz, alles okay.

»Sie werden auch Sauerstoff brauchen, wissen Sie. So weit oben bleibt Ihnen die Luft weg.«

»Ja, haben die mir schon gesagt.«

Der Junge hatte einen Helm für ihn mitgebracht, so ein spaciges Jetpiloten-Teil mit einem Plastikvisier, einer Sauerstoffmaske und einem kleinen grünen Tank. Der Tank stellte ein zusätzliches Gewicht am Gürtel dar, den er über dem Overall trug. Von dort verlief ein Schlauch zum Helm hinauf, der eng am Kopf anlag und mit Plastikriemen abgefedert wurde.

»Ich komm mir vor wie 'n gottverdammter Astronaut«, knurrte Swagger.

Es war fast so weit.

Bonson kam zurück.

Hinter ihnen öffnete sich die Rampentür der Hercules und ließ kreischenden, eiskalten Wind herein. Mit elektrischem Summen sank sie knirschend herab. Draußen raste der Nachthimmel vorbei.

Bonson hakte sich an einem Drahtseil fest, damit er nicht nach draußen gerissen wurde. Der Technical Sergeant checkte Bob ein letztes Mal durch, stellte fest, dass er sprungbereit war, und wünschte ihm Glück. Jetzt, nach dem

Herunterlassen der Rampe, gab es keinen Sauerstoff mehr, also griffen alle auf die Tanks zurück. Durch die klamme Gummimaske unter dem Visier bekam Bob Luft. Sie schmeckte nach Gummi.

Bob und Bonson bewegten sich langsam auf die gähnende Öffnung am Ende des Flugzeugs zu. Der Wind wurde stärker, heulte, schleuderte sie hin und her. Die Temperatur sank sekündlich. Bob spürte die Gurte des Fallschirms, das Gewicht der an den Knöchel gebundenen Sprungtasche und die Wärme des Helms. Draußen gab es nichts als wirbelnde Leere.

»Alles klar bei Ihnen?«, erkundigte sich Bonson über Funk.

Bob nickte. Er fühlte sich zu alt für so etwas. Das Gewicht des Gewehrs, der optischen Geräte, der Stiefel, des Helms, des Fallschirms – es wurde ihm zu viel, zerrte an ihm, drückte ihn nach unten.

»Sie wissen Bescheid? Sobald Sie draußen sind, machen Sie einen auf Kanonenkugel. Sie fallen, fallen, fallen, und dann öffnet das Teil sich automatisch. Zum Stabilisieren nehmen Sie die Riser links oder rechts vom Schirm. Brauch ich Ihnen ja nicht zu erzählen. Sie haben das ja schon oft gemacht.«

Wieder nickte Bob. Bonson plapperte nervös in sein Mikrofon.

»Kein Problem. Sie gehen dorthin, retten die Frau, Sie schaffen das. Und wir kriegen Solaratov. Alles ist vorbereitet. Sobald das Unwetter aufhört, kommt ein anderes Team nach. Wir haben an alles gedacht.«

Noch ein Nicken.

»Okay, in 30 Sekunden, sagen die gerade.«

»Dann los.«

Bob bewegte sich langsam auf das Loch am Ende des Fliegers zu. Jenseits der Rampe empfing ihn die Schwärze.

»Okay, bereit machen«, rief Bonson.

Bob stand im Strom der düsteren Luft, die an ihm zerrte. Er hatte Angst.

»*Los!*«, rief Bonson und Bob trat einen Schritt vor in das Nichts.

Nikki wachte früh auf, noch vor dem Morgengrauen. Eine Angewohnheit, die sie nicht ablegen konnte, zum Teil wegen der quirligen Energie, die in ihr steckte, zum Teil aber auch, weil sie lange um diese Zeit aufgestanden war, um die Pferde zu füttern.

Heute gab es keine Pferde, die gefüttert werden mussten, aber den Schnee, den es zu entdecken galt wie eine neue Welt.

Sie zog einen Bademantel über ihren Schlafanzug, schlüpfte in die Mokassins und polterte die Treppe hinunter. Das Kaminfeuer brannte nur noch schwach, also warf sie noch einen Scheit hinein. Durch den Funkenregen erwachte es zu neuem Leben. Sie ging zur Haustür und zog sie auf. Ein eisiger Windstoß heulte herein. Ja, es schneite nach wie vor, aber nicht mehr so stark. Sie schlüpfte auf die Veranda und zog den Bademantel enger um den fröstelnden Körper.

Die Welt lag unter dem Schnee begraben. Ihre natürlichen Formen waren verwischt, wirkten weicher als normal. Das weiße Zeug war überall. Es wehte über die Zäune, sammelte sich zu merkwürdigen Hügeln, wo vorher Büsche gewesen waren, türmte sich auf dem Scheunendach und auf dem Holzstapel. Sie hatte in ihrem ganzen Leben noch nie so viel Schnee auf einmal gesehen.

Die Vormieter hatten einen Schlitten dagelassen. Er war ihr in der Scheune aufgefallen. Sie wusste ganz genau, wohin sie damit wollte. Auf der linken Seite, nicht weit entfernt, gab es einen Hang. Nicht sehr steil, aber steil genug, um in Schwung zu kommen.

Durch die Dunkelheit spähte sie zu den Bergen im Osten, die der schräg einfallende Schnee nahezu unsichtbar machte. Ein Wetterumschwung lag in der Luft. Sie konnte es kaum erwarten, dass es endlich hell wurde!

Solaratov beobachtete das Kind durch die Nachtsichtbrille: eine weit entfernte Gestalt in einem grünen Feld am Boden des Aquariums, als das die Welt ihm durch das elektronisch verstärkte Umgebungslicht erschien. Aufgeregt und vom Schnee angelockt, war sie bereits früh aufgestanden. Als winziger grüner Klecks stand sie dort auf der Veranda. Dann griff sie nach unten, formte eine Handvoll Schnee zu einem hübschen kleinen Ball und schleuderte ihn in den Hof.

Endlich hatte das Warten ein Ende. Er streifte die Nachtsichtbrille nach oben und griff zum Leica-Fernglas mit dem Entfernungsmesser. Er richtete es auf sie und drückte den Knopf, der einen unsichtbaren Laserstrahl aussandte. Der Strahl traf sie, wurde reflektiert und verschaffte ihm die Entfernungsdaten. Die Zahl ›557‹ leuchtete rechts im Display auf.

557 Meter. Er dachte einen Augenblick nach, berechnete Abtrieb und Absinken. Dann hob er das Gewehr und zielte mit dem Mildot unter dem Fadenkreuz auf sie. Es fühlte sich obszön an, ein Kind auf diese Weise ins Visier zu nehmen, aber er musste sich mit dem Gefühl vertraut machen.

Der Punkt verdeckte ihre heroische Brust. Seine Muskeln blieben hart, obwohl sie steif gefroren waren. Er bildete eine Knochenbrücke, um das Gewehr am Boden abzustützen, und hielt den Punkt mit der Disziplin eines professionellen Schützen auf das Ziel gerichtet. Kein Wackeln oder Zittern, nichts, was auf Angst oder Zweifel schließen ließ. Sein Finger lag am Abzug. Wenn er es wollte, reichten zwei Kilogramm Abzugsgewicht aus, um sie für alle Zeiten aus dieser Welt zu reißen.

Er setzte das Gewehr ab und war froh, dass er noch genügend Kraft verspürte.

Jetzt galt es nur noch, den geeigneten Moment abzuwarten.

Bob merkte sofort, dass etwas nicht stimmte.

Statt seinen Körper zu einer Kugel zusammenzukrümmen, fuchtelte er wild herum, von Angst und Panik erfüllt. Er war noch nie vorher so gefallen. Der akute Kontrollverlust überrumpelte ihn vollkommen. Es war keine Frage des Mutes, bloß eine des limbischen Systems. Eine völlige Hilflosigkeit überwältigte ihn. Der Wind hämmerte auf ihn ein wie mit unsichtbaren Fäusten. Er flatterte und segelte hilflos durch die Luft und mühte sich ab, die Fußknöchel in Richtung Handgelenke zu bewegen. Aber die Wucht der Luft, die ihm mit Hunderten von Kilometern pro Stunde entgegenrauschte, war stärker.

Er schrie, aber er konnte sich selbst nicht hören, weil er die Sauerstoffmaske trug. Trotzdem schien es ein wilder Schrei zu sein, der sich von selbst wie ein ungezähmtes Monstrum aus seiner Lunge befreite. Sein Helm vibrierte.

In all den Kämpfen, die er bisher durchgestanden hatte, ob es nun Hunderte oder Tausende gewesen waren, hatte er nie geschrien. Nicht auf Parris Island, auch nicht an sonst einem der Orte, an denen er töten musste, um zu überleben. Er hatte nie geschrien in den Nächten vor den Einsätzen, wenn er daran dachte, was ihm am nächsten Tag bevorstand, und auch nie am Tag danach, wenn er an die schrecklichen Erlebnisse dachte; an das, was er selbst verursacht oder was ihn knapp verfehlt hatte. Ein solcher Schrei war eine gänzlich neue Erfahrung für ihn.

Darin schwang nackte Wut mit, die aus seiner Seele emporstieg, unaufhaltsam, aber verloren in der gewaltigen Wucht des Luftdrucks.

Er stürzte durch die Dunkelheit, fühlte sich verloren, machtlos und vor allem eins: verwundbar.

Lass mich nicht sterben, dachte er. Seine Entschlossenheit zur Durchführung der Mission, sein Gerechtigkeitssinn, seine Vatergefühle: alles wie weggeblasen. Sein Geschrei bei diesem Sturz war ein Verrat an allem, woran er glaubte. Er fuchtelte mit den Händen ins Leere und strampelte hilflos mit den Beinen. Die Schwerelosigkeit machte alle Anstrengungen nutzlos.

Lass mich nicht sterben, dachte er noch einmal. Hinter dem Plexiglas des Helms strömten ihm Tränen über das Gesicht. Er schnappte nach Luft. *Bitte, lass mich nicht ...*

Der Fallschirm öffnete sich mit einem Knall. Kaum bekam er mit, wie sich das Etwas auf seinem Rücken schlagartig veränderte, da krachte er auch schon gegen etwas, das sich wie eine Mauer anfühlte, in Wahrheit aber nur Luft war. Der Schirm füllte sich damit und rettete ihn.

In der Finsternis konnte er rein gar nichts erkennen, aber er wusste, dass es nicht mehr weit bis zum Boden sein konnte. Dann, viel früher als erwartet, kollidierte er mit dem Untergrund. Er sah Sterne, war benommen und verwirrt durch den heftigen Aufprall. Taumelnd kam er auf die Beine und tastete nach dem Abtrenngriff, um sich vom Schirm zu befreien, bevor dieser sich von Neuem mit Luft füllte und ihn mitschleifte. Er fand ihn nicht. Der Stoff bauschte sich auf und zerrte vehement an ihm. Das Plexiglasvisier splitterte. Sein Gesicht schmerzte und blutete, ein Arm wurde taub. Während er hilflos herumrutschte, schepperte die Ausrüstungstasche über die Felsen und schien sein Bein mehrere Zentimeter in die Länge zu ziehen. Er griff nach dem Gurtzeug. Es schnappte auf und befreite sich von ihm, als ob er unerwünschten Ballast darstellte, und ließ ihn keuchend im Schnee zurück, während es seinen Weg fortsetzte.

Herrgott noch mal! Er blinzelte und merkte, dass ihm alles wehtat. In seiner Umgebung konnte er eins nicht vom anderen unterscheiden. Er mühte sich ab, um den Helm vom Kopf zu bekommen. Im einen Moment bekam er etwas Luft, im nächsten gefror die Luft zu Eis. Er zog eine weiße Wollmütze aus der Tasche und befreite eine Skimaske aus ihren Falten. Dann holte er die Ausrüstungstasche zu sich, öffnete sie und streifte den Parka und die Leggings über. Die Wärme tat gut. Nachdem er die Nachtsichtbrille aktiviert hatte, beschäftigte er sich genauer mit seiner Umgebung.

Herrgott noch mal!, dachte er erneut.

Nichts war so, wie es sein sollte. Er befand sich an einem Abhang, nicht in der Ebene. Das Ranchhaus lag nicht vor ihm, weil vor ihm *überhaupt nichts* lag.

Es gab nur den steil abfallenden, unpassierbar wirkenden Hang.

Er befand sich deutlich höher als geplant.

Mitten in den Bergen.

KAPITEL 47

Julie träumte. Im Traum machten sie, Bob und Donny an einem See in der grünen Natur der Berge ein Picknick. Es fühlte sich völlig real an, war aber trotzdem eindeutig ein Traum. Alle wirkten so glücklich, viel glücklicher, als sie im wahren Leben je gewesen waren. Bob und Donny tranken Bier und lachten. Auch ihr Vater war da – und Bobs Vater Earl, ursprünglich bereits 1955 ums Leben gekommen. Sie wendete Hamburger auf einem Grill. Alle Männer tranken, lachten, kickten mit einem Ball herum und flirteten mit Nikki.

Vielleicht war es gar kein Traum. Vielleicht hatte es als Traum angefangen, der sich aus ihrem Unterbewusstsein entspann, aber jetzt spürte sie, dass sie ihn steuern konnte. Sie bemühte sich, ihn am Leben zu erhalten, ihn länger dauern zu lassen, während sie in der Grauzone zwischen Schlaf und Wachsein hing. Auch Peter war da. Der ehrliche, anständige, engagierte Peter Farris, der sie so geliebt hatte, mit schmerzlicher Heftigkeit. Er stach auf seltsame Weise zwischen Bob und Donny heraus, die mit ihren kurz geschorenen Haaren so soldatisch akkurat rüberkamen. Peter dagegen war der typische Hippie mit fleckigem violettem Batik-Shirt, Stirnband, zerzaustem Haar und einem jämmerlichen kleinen Jesusbärtchen.

Peter machte einen sehr verletzlichen Eindruck, weil er sich umgeben von den zwei stärkeren Männer so kraftlos fühlte. Irgendwie rührend. Er liebte sie so sehr! Donny entschuldigte sich, denn er gehörte nicht zu den Leuten, die gern die Gefühle anderer verletzten. Bob, dieses Südstaaten-Alphamännchen, beobachtete sie bloß und schien sich über ihre jugendliche Albernheit zu amüsieren. Sein Dad und ihr Dad alberten miteinander, auch wenn niemand so recht wusste, worüber ein State Trooper und ein

Herzchirurg, der eine 1955 gestorben, der andere 1983, wohl miteinander sprachen.

Und da gab es noch jemanden.

Er saß allein da. Ein eleganter, junger Mann, der sich ebenfalls bei dieser Männerversammlung am Ufer des Gitche Gumee amüsierte, oder wo auch immer sie sich gerade befanden. Sie brauchte ein Weile, bis ihr einfiel, um wen es sich handelte: Trig.

Sie hatte ihn zweimal, nein, dreimal gesehen. Einmal in der Nacht, in der Peter sie zu dieser Party in Georgetown mitgeschleift hatte. Er hatte in dieser komischen, kleinen Wohnung voller Vogelgemälde gelebt. Dann noch einmal, als er Donny im roten Triumph zu ihr in den West Potomac Park brachte, kurz vor der letzten großen May-Day-Demonstration. Danach bekam sie ihn drei Nächte später auf der Farm in Germantown ein letztes Mal zu Gesicht, wo er und dieser Ire Säcke mit Düngemittel in einen Truck geladen hatten.

Trig. Ein weiteres Opfer des Vietnamkriegs, der sie alle auf eine furchtbare Weise miteinander verband, für immer veränderte, für immer verkrüppelte. Niemand konnte solche Erlebnisse jemals hinter sich lassen. Niemand kam heil davon. Donny, gestorben am Tag vor seiner Abberufung. Peter, zusammengeschlagen und Monate später mit gebrochener Wirbelsäule aufgefunden. Trig, in Madison, Wisconsin in Stücke gesprengt. Und Bob, der einzige Überlebende, dem die Vergangenheit wohl am meisten zu schaffen machte. Bob mit seinen düsteren Stimmungen, den verlorenen Jahren, seinem Selbsthass und dem Drang, sich ständig aufs Neue in Schießereien zu bewähren – als ob es darum ginge, sich letztlich den lange ersehnten Tod zu verdienen, um wieder mit seinen Freunden vereint sein zu können. Tod oder Abberufung: Was ereilte Bob Lee Swagger zuerst?

»Mami?«, fragte ihre Tochter.

»Oh, Süße«, murmelte sie, aber nicht im Traum, sondern im Hier und Jetzt des warmen Schlafzimmers.

Julie blinzelte und kam zu sich. Nein, kein Traum. Es konnte unmöglich einer gewesen sein. Alles hatte sich viel zu echt angefühlt.

»Mami, bitte, ich will Schlitten fahren.«

»Mein Gott, Schätzchen, es ist doch erst ...«

»Bitte, Mami.«

Sie drehte sich um und schaute auf die Uhr. Kurz vor sieben. Um die Ränder des Vorhangs zeichnete sich lediglich ein schwaches, helles Schimmern ab.

»Ach, Kleine. Es ist doch noch so früh. Der Schnee wird noch ganz lange da sein.«

Der tiefe Schmerz im Körper hatte sich noch nicht vollständig zurückgezogen und der Gips am Arm schränkte weiterhin ihre Bewegungsfreiheit ein. Sie hatte keine Schmerzmittel mehr geschluckt, seit ihre Tochter am Vorabend nach der Hälfte von *Singin' in the Rain* auf ihrem Schoß eingeschlafen war.

»Bitte, Mami. Ich geh und hol Tante Sally.«

»Wag es nicht, Tante Sally jetzt schon zu wecken. Gott schütze sie, sie hat sich mal 'ne Auszeit von den Swaggers und ihren Problemen verdient. Ich steh schon auf, Kleine. Gib mir nur 'nen Moment oder zwei.«

»Ja, Mami. Ich geh mich anziehen.«

Das Kind rannte hinaus.

So früh, ächzte Julie innerlich. *So verdammt früh.*

Er unternahm einen Versuch, den GPS-Empfänger in Betrieb zu nehmen. Nichts passierte. Schließlich leuchtete das Gerät auf, aber auf der LCD-Anzeige tauchte nur ein unentzifferbares Wirrwarr aus roten Strichen auf. Offensichtlich war es beim Aufprall der Tasche zu hart aufgekommen und funktionierte nicht mehr richtig. Er schaltete das Funkgerät ein und hörte eine Stimme im Kopfhörer: »Bob Eins, Bob Eins, wo sind Sie, wir haben den Kontakt verloren. Verdammt, Swagger, wo stecken Sie?«

»Bob Control, hier Bob Eins, hören Sie mich?«

»Bob Eins, Bob Eins, wir haben den Kontakt verloren. Bob Eins, wo sind Sie?«

»Hören Sie mich, Bob Control, hören Sie mich? Ich bin auf Sendung, kann mich jemand hören?«

»Bob Eins, Bob Eins, bitte melden Sie sich, wir haben den Kontakt verloren.«

Scheiße!

Er riss sich das Teil vom Kopf und donnerte es in den Schnee. Das Nächste, was er überprüfen musste, war das Gewehr. Er öffnete den Koffer, nahm es kurz in Augenschein, sah, dass es anscheinend in Ordnung war, glaubte aber nicht ganz daran. Der gleiche harte Aufprall, der das elektrische Gerät beschädigt hatte, konnte auch das Zielfernrohr verstellt haben. Das konnte er aber nicht feststellen, solange er nicht damit schoss. Da er das momentan nicht tun konnte, blieb ihm nichts anderes übrig, als darauf zu hoffen, dass Unertl das Fernrohr so stabil gebaut hatte, dass es im Gegensatz zu dem anderen technischen Zeug noch funktionierte.

Er stand auf. Der Schmerz schüttelte ihn. Für einen kurzen Augenblick glaubte er, in Ohnmacht zu fallen und hier im Schnee zu sterben. Man würde ihn frühestens im nächsten Jahr finden. Und dann landete sein Tod in allen Zeitungen.

Tja, das Leben ist hart!

Er inspizierte seine Umgebung. In einer Richtung lag nur ein endloses Meer aus verschneiten Bergen. Das konnte nicht der richtige Weg sein, und bei Gott, ja, hinter den Bergen am Horizont ließ sich das schwache Schimmern des

Sonnenlichts ausmachen, was bedeutete, dass dort Osten lag.

Anscheinend war er auf dem höchsten Berg gelandet. Der Überflug hatte von Nordwesten nach Südosten geführt, um ihn in das flache Terrain unterhalb der Gipfel und der Ranch zu bringen. Falls er zu weit geflogen war, musste es sich um eine vertikale Abweichung handeln, nicht um eine horizontale. Er befand sich also auf dem Mount McCaleb, wahrscheinlich am Nordwesthang. Unter ihm, etwa 1800 Meter tief, lag die Ranch.

Er konnte keine Einzelheiten erkennen. In dieser Richtung verschwand das Tal unter einer Wolkenschicht, die es versiegelte wie eine vergessene Welt. Vereinzelte Hügelkuppen ragten aus dem Zwischenraum heraus, den er für ein Tal hielt.

Er hängte sich das Gewehr über die Schulter, checkte den Kompass und machte sich auf den Weg hangabwärts.

Das Land war karg, ohne Pflanzenwuchs, als ob hier kürzlich eine Atombombe sämtliches Leben vernichtet hätte. Der Schnee bedeckte das umliegende Land ungleichmäßig, mal dicht und schwer zu durchqueren, dann wieder überraschend dünn. Zweimal stolperte er über Steine, die unsichtbar unter der weichen Decke verborgen lagen.

Immer noch fielen Flocken vom Himmel und rieselten ihm in die Augen. Aber der heftige Wind hatte aufgehört und keine Schneeteufel ließen sich blicken, um ihn zu attackieren. Er konnte den Wind nicht mal hören. Er tappte schräg abwärts, galoppierte beinahe, spürte, wie seine Stiefel sich in den Schnee gruben, und versuchte, einen Rhythmus, eine Balance zwischen Geschwindigkeit und Vorsicht zu finden. Sein Atem ging schwer und er geriet im Parka ins Schwitzen. Er erreichte einen Felsvorsprung und umging ihn.

Von Zeit zu Zeit blieb er stehen, klappte die Nachtsichtbrille herunter und sah ... nichts. Über und unter ihm hingen die Wolken wie eine feste, undurchdringliche Wand. Das Gerät stellte die Wolkenmasse in einem grünen Farbton dar, nur teilweise unterscheidbar vom Grün des Schnees. Es verstärkte das Licht so extrem, dass sich einzelne Bestandteile der Landschaft kaum differenzieren ließen. Ein Tal war noch nicht zu sehen, nur endloses Grün, hier und da von schwarzen Felsen durchbrochen.

Es kam ihm in den Sinn, dass er sich womöglich komplett verschätzte. Er konnte im Prinzip überall sein. Vielleicht rannte er blindlings den Berg hinunter, nur um in einem leeren, abgelegenen Tal zu landen, in dem es weder einen Highway noch eine Ranch gab – weder Julie, noch Sally oder Nikki. Nur endlose Weiten, wie sie schon Jeremiah Johnson vor so langer Zeit angetroffen hatte.

Und was dann?

Nichts.

Dann wäre es vorbei. Er würde umherstreifen, ein bisschen jagen und sicherlich überleben. Aber wenn er nach drei Tagen oder einer Woche mit Bartstoppeln im Gesicht wieder zum Vorschein kam, wartete eine andere Welt auf ihn. Eine Welt, in der er keine Frau mehr hatte, dafür eine mutterlose, verbitterte Tochter. Alles, worum er sich bemüht hatte, alles, was er bisher erreicht hatte, wäre schlagartig ausgelöscht. Solaratov wäre wieder in Moskau, um sich dort Blini und Borschtsch schmecken zu lassen, mit einer fetten Belohnung in der Tasche.

Geh weiter, spornte er sich an.

Bleib am Ball, schalt deinen Verstand ein und zieh's durch.

Ein Blick über die Schulter bescherte noch mehr schlechte Nachrichten: Es wurde heller.

Er lief weiter bergab und lieferte sich einen Wettlauf mit dem Tageslicht.

Eine Lampe wurde eingeschaltet. Im Obergeschoss.

Solaratov regte sich.

Ihm war überhaupt nicht kalt. Er drehte sich um, knackte mit Fingern und Gelenken und kämpfte gegen die allgemeine Taubheit an, die seinen Körper nach dem langen Ausharren am Boden befiel.

Auf seinem Rücken hatte sich eine Schneedecke gebildet, die zerfiel, als er sich bewegte. Er hatte die letzten paar Zentimeter Neuschnee abbekommen. Aber er wusste, dass das nicht so schlimm war. Ein Mann konnte im Schnee viel länger durchhalten als ein Gewehr.

Das Gewehr stellte das größere Problem dar. Wenn es eingeölt war, konnte das Öl sich in der Kälte verfestigen und zu einer Art Harz erstarren. Abzug oder Verschluss verklemmten dadurch und wurden unbrauchbar. Das Gas brannte nicht so heiß, also traf die Kugel nicht dort, wo man hinzielte, und der Schuss wurde unkontrollierbar. Das Zielfernrohr arbeitete steif und ungenau. Der Dampf der Atemluft beeinträchtigte die Sicht. Nichts funktionierte so wie gewohnt. Es gab Hunderte Gründe, warum ein guter Schuss unter diesen Bedingungen zu einem schlechten Schuss wurde.

Er öffnete den Verschluss der Remington. Kein Widerstand war zu spüren, der das Zurückziehen erschwerte. Nein, das Öl hatte sich zum Glück nicht verfestigt.

Er schob den Kammerstängel ganz langsam nach vorn, bis es nicht mehr weiterging. Er drückte ihn fünf Zentimeter nach unten und spürte, wie er einrastete.

Ohne eine Schusshaltung einzunehmen, legte er die Hand an den Pistolengriff des Gewehrs, schob einen Finger in den Abzugsbügel, ertastete die Krümmung des Abzugs. Durch den Handschuh streichelte er ihn förmlich. Ohne einen bewussten Entschluss zu treffen, übte er mit dem Abzugsfinger leichten Druck aus, spürte für einen Moment einen trockenen Widerstand wie von einem durchgebogenen Ästchen. Dann gab der Abzug mit einer Präzision nach, als breche man den Henkel einer feinen Porzellantasse ab. Perfekt: zwei Kilogramm Abzugsgewicht, kein Gramm mehr, kein Gramm weniger.

Er zog die Waffe zu sich heran und untersuchte die Mündung. Das dort angebrachte Browning Optimizing System war sorgfältig justiert, um die Vibration des Laufs zu unterdrücken. Alles makellos und perfekt.

Nun zog er den Handschuh aus, öffnete den Reißverschluss seines Parkas und wühlte sich durch viele Kleidungsschichten, bis er die Hemdtasche zu fassen bekam, in der er 20 Patronen in einer Plastikbox aufbewahrte. Ganz in der Nähe seines Herzens. Nah am wärmsten Bereich seines Körpers. Er öffnete die Box und holte vier Patronen heraus. Er schob die Schachtel sorgfältig zurück in die Tasche, um sie warm zu halten, öffnete den Verschluss und schob die Patronen ins Magazin, eine nach der anderen. Irgendwie gefiel ihm das immer. Es war das, worauf es bei Gewehren ankam: die sorgsame Einpassung der Patronen in die Kammer und die langsame Orchestrierung des Verschlusssystems, das die Synkope zu dieser Vereinigung darstellte. Schließlich die Absicherung durch dieses finale Einrasten, das sich so solide anfühlte wie das Schließen eines Banktresors.

Keine Sicherung. Er benutzte nie Sicherungen. Er traute ihnen nicht. Wenn man sich auf ein Sicherungssystem verließ, hieß das, dass man sich nicht auf sich selbst verlassen konnte. Wenn man sich den Launen von Mechanismen auslieferte, forderte man das Glück heraus. Man hielt einfach den Finger vom Abzug fern, bis man das Ziel im Visier hatte. So funktionierte das.

Solaratov pustete sich auf die Hand, streifte den Handschuh über und richtete die Augen auf das Haus unter ihm.

Im nun etwas stärkeren Licht der Morgendämmerung war es deutlicher zu erkennen. Die Lampe im Obergeschoss blieb eingeschaltet, aber jetzt leuchtete eine zweite im Erdgeschoss. Das orange Glimmen durchflutete die Nacht. Aus seinem Blickwinkel konnte er eins der Fenster sehen, aber die anderen wurden vom schrägen Dach der Veranda verdeckt. Hinter der Scheibe bewegte sich von Zeit zu Zeit eine Gestalt. War es die Frau, die gerade ein Frühstück vorbereitete? Wahrscheinlich kochte sie Kaffee, machte Rührei und goss Milch auf die Cornflakes für das Kind.

Aber welche Frau? Die des FBI-Agenten? Oder die des Scharfschützen? Deshalb konnte er nicht einfach in die Schatten schießen und verschwinden. Was, wenn er die Falsche traf? Er konnte sich keinen weiteren Fehlschlag erlauben. Und, was noch schlimmer war: Nie, nie wieder würde es derartig günstige Umstände geben.

Keine Hektik, ermahnte er sich. *Tu's nicht, bevor du dir sicher bist.*

Obwohl man von einer Sekunde zur nächsten keinen Unterschied feststellen konnte, ging die Sonne schließlich doch auf. Die Farbe des Himmels ging von einem schwarz eingefassten Zinnton in ein zinnfarbig eingefasstes Grau über. Die Wolken hingen tief, obwohl kein Schnee mehr fiel. Heute gab es keinen Sonnenschein. Es dauerte noch Stunden, bis dieser Ort für Helikopter erreichbar wurde, weitere Stunden, bis der Landweg wieder passierbar war – es sei denn, man griff auf Schneemobile zurück. Aber bis dahin war er längst weit weg vom Tatort.

Das Telefon!

Natürlich! Dieses letzte Detail, das man übersieht und das im ungünstigen Fall den eigenen Tod bedeutet.

Er konnte schießen, die Frau töten und sich zurückziehen. Aber wenn die andere Frau sie tot im Schnee liegen sah, würde sie schnell zum Telefon gehen, um das Büro des

Sheriffs anzurufen. Die Hilfssheriffs in der Nähe ließen sich über Funk kontaktieren und sollten innerhalb weniger Minuten eintreffen. Wenn sie diesen Hang hinaufkamen, stießen sie auch auf seine Spuren und machten Meldung. Und dann beteiligten sich andere Hilfssheriffs aus der Gegend an der Jagd auf ihn. So fand er bei einem halbgaren letzten Gefecht in diesem gottverlassenen Teil der USA sein Ende, erlegt von einem Bauerntölpel mit einer Jagdflinte, wahrscheinlich einem Teilzeit-Gesetzeshüter oder einem Förster.

Er richtete den Blick wieder auf das Haus, musterte es gründlich, bis er endlich die Anschlussstelle der Telefonkabel fand, die vom Mast aus über die Straße zur Seitenwand verliefen. Dabei entdeckte er etwas Erstaunliches.

Die Leitung war bereits gestört! Der Schnee hatte die Verbindung unterbrochen!

Na, wenn *das* kein gutes Omen war! Als sei der Gott, dessen Existenz zu leugnen man ihn gelehrt hatte, ihm zur Hilfe geeilt – nicht nur, indem er den Sturm gebracht hatte, der seine Spuren verwischte, sondern auch, indem er die Telefonleitung sabotierte! War Gott etwa ein Kommunist?

Er gestattete sich den Anflug eines Lächelns.

Dann widmete er sich wieder dem Haus. Orangefarbenes Licht zuckte über den Schnee, als abrupt die Vordertür aufsprang.

Ein kleines Mädchen rannte von der Veranda und sprang in einen Haufen Schnee. Er konnte sie bis hier oben lachen hören. Andere Geräusche gab es nicht.

Die Frau stand am Rand der Veranda.

Jetzt steckte er wirklich mitten in dieser Suppe fest.

Die Wolke umgab ihn von allen Seiten. Die Sichtweite sank gegen null. Er hockte fest. Die Feuchtigkeit drang zu ihm durch. Nässe sammelte sich auf seinem Parka und überzog das arktische Tarnmuster. Seine Wimpern wurden feucht. Das Wasser glänzte selbst auf dem zinnfarbenen Gewehrlauf.

Sein Nachtsichtgerät war jetzt nutzlos. Wenn er es aufsetzte, zeigte es ihm nichts als grüne Leere.

Schmeiß es weg. Weg damit. Der letzte Scheiß!

Aber stattdessen schob er es nach oben in die Stirn. Was, wenn er später aus den Wolken herauskam und das Gerät brauchte, zum Beispiel, um zwischen den Felsen hindurchzumanövrieren?

Mit dem Gewehr über der Schulter tastete er sich weiter voran und bemühte sich verzweifelt, nicht langsamer zu werden. Aber auf dem Boden lagen jetzt mehr Steine und er konnte nicht weit genug sehen, um zwischen den abwärts führenden Schluchten den richtigen Weg auszumachen. Verwinkelte, verschneite Passagen zogen sich zwischen den Felsen entlang. Immer häufiger auftauchende Büsche wurden vom dicken, nassen Schnee zu albtraumhaften Formen verfremdet. Sein eigener Atem stieg dampfend und verräterisch nach oben.

Er rutschte aus und stürzte. Schnee drang in seine Kehle ein, in das Innere des Parkas. Das operierte Bein schmerzte höllisch. Er zitterte.

Steh auf, verdammt!

Er rappelte sich hoch und musste dabei an einen anderen Tag voller Feuchtigkeit und Nebel zurückdenken. Es lag schon so lange zurück, dass es ihm vorkam, als sei es in einem anderen Leben gewesen. An jenem Tag hatte er sich wie elektrisiert gefühlt, animalisch, fast wie ein Tiger. Seine Reflexe waren voll da gewesen. Insgeheim hatte er das alles geliebt, wie ihm jetzt klar wurde.

Doch nun fühlte er sich alt und langsam. Seine Gliedmaßen bewegten sich unkoordiniert. Kälte und Nässe machten ihm zu schaffen. Sein Bein tat weh, vor allem aber seine Hüfte. Langsam breitete sich ein stechender Schmerz in seinem Oberschenkel aus. Er begriff, dass durch den Aufprall die Wunde über dem Knie aufgeplatzt sein musste – dort, wo Solaratovs Kugel all diese Jahre über in einer Kapsel aus Narbengewebe festgesteckt hatte.

Die Wut kehrte als heiße, rote Flut zurück, ein Rausch aus mörderischem Hass.

Gott, hilf mir, betete er.

Gott, hilf dem Scharfschützen.

Er rannte bergab, erreichte eine nebelfreie Stelle und glaubte für einen Augenblick, die Wolkendecke hinter sich gelassen zu haben. Aber im nächsten Moment stellte er fest, dass er sich irrte.

Schnee!

Im grauen Morgenlicht glich der Schnee einem riesigen organischen Gebilde. Sie dachte an Eiscreme mit Vanillegeschmack, die sich überall in großen weichen Haufen auftürmte, dick genug, um ihr Gewicht zu tragen, wenn sie sich hineinstürzte. Sie schmeckte es, aber es war nur in Form gebrachte Kälte, die sich im nächsten Sekundenbruchteil wie durch ein Wunder in kaltes Wasser verwandelte.

Sie kicherte vergnügt.

»Mami! Das macht Spaß!«

»Geh nicht zu weit, Schätzchen. Ich kann dich noch nicht holen. In ein paar Minuten geht die Sonne auf.«

»Huuuiii! Ich will Schlitten fahren.«

»Nein, Baby, noch nicht. Warte, bis Tante Sally wach ist. Wenn du dir was tust, kann ich nicht zu dir kommen.«

Sie kämpfte sich durch den Schnee, der ihr bis zu den Knien reichte, ohne auf die Warnung zu achten. Der Schlitten stand in der Scheune. Sie wusste genau, wo. Er lehnte dort an der Wand bei der Futterstelle hinter den acht

Stallboxen. Er tauchte vor ihrem inneren Auge auf: ein alter Schlitten mit rostroten Kufen und abgenutzter hölzerner Sitzfläche. Sie hätte ihn schon in der letzten Nacht holen sollen, als es hieß, dass es bald schneite!

»Nikki!«, rief ihre Mutter.

Nikki wandte sich um und sah ihre Mutter am Rand der Veranda stehen. Sie trug einen weiten Parka über dem Gips, der sie unbeweglich machte. Mit der Hand schirmte sie die Augen vor den Schneeflocken ab, die der Wind hin und wieder in ihre Richtung blies.

»Nikki! Komm zurück!«

Ihre Mutter blieb dort stehen.

Ist sie das?

Verdammt, ist sie das?

Die Frau stand wie angewurzelt im vorderen Bereich der Veranda. Der Abzug am Finger fühlte sich verlockend an.

Der Mildot lag genau über ihr. Sein Arm zitterte kein bisschen. Eine exzellente Schussposition. Sein *adductor magnus* war fest angespannt, verankerte ihn am Boden. Nur zwei Kilogramm Abzugsgewicht trennten ihn vom Ende dieser Schlacht. Keine Kälte, keine Angst, kein Zittern, kein Zweifeln, kein Zögern.

Aber ... *ist sie das?*

Er hatte sie nur einmal aus 722 Metern Entfernung durch das Zielfernrohr gesehen: Er war nicht sicher. Sie stand in einen Mantel gehüllt da und hielt ihn mit einer Hand vor der Brust zusammen. Das konnte bedeuten, dass die andere Hand unbeweglich in einem Gips steckte; vielleicht aber auch nicht. So trug man jedenfalls einen Mantel, wenn man ihn nicht zuknöpfen wollte. Das hätte jeder so gemacht.

Die Frau trat zurück und zog sich ins Haus zurück.

Er atmete aus.

»Huuuiiiii!«, hörte er das Kind in der Ferne rufen.

»Huuuiiiii!«

Das Geräusch klang weit weg, leise, trocken, kaum wahrnehmbar. Eine unvorhersehbare Laune des Windes, die es zu ihm getragen hatte, vielleicht auch göttliche Güte.

Mein Kind.

Er hätte ihre Stimme unter Millionen anderen wiedererkannt – dieses kehlige Timbre, die Lebendigkeit, ihren Mut. Seele. Gottverdammt, dieses Mädchen hatte Mumm. *Das hat sie von ihrem Großvater. Der war definitiv ein Mann mit Mumm!*

Sie befand sich irgendwo zu seiner Linken, sehr weit weg. In dieser Richtung sah er nichts als schwer zugängliches Gelände.

Scheiß drauf!

Er nahm das Gewehr von der Schulter und spannte es mit einer raschen Bewegung, lud eine von Federals besten 308ern in die Kammer.

Er rannte. Und rannte. Und rannte.

Zwischen den Felsen hindurch preschte er vorwärts, wurde dabei zunehmend schneller. Seine Beine kämpften sich durch den Schnee, den er bei jedem Schritt aufwirbelte. Herz und Lunge leisteten Schwerstarbeit. Sein Atem kam in trockenen Stößen, die ihm Schmerzen bereiteten. Trotzdem ließ er nicht locker und setzte den rasanten Spurt fort. Nachdem er die Felsen hinter sich gelassen hatte, wurde der Abhang steiler und er musste jäh bremsen, um nicht zu stürzen. Er hechtete förmlich durch den Schnee. Wieder wurde er schneller, fast so schnell, dass er die Kontrolle verlor.

Dann hatte er es hinter sich.

Die Wolke verschwand und der Himmel wurde hell. Vor ihm erstreckte sich ein schneebedecktes Tal wie eine riesige Schüssel mit verfärbtem Vanilleeis, weiterhin grau in grau im zunehmenden Morgenlicht. Ein Haus, Telefonmasten dort, wo eine Straße sein musste, ein Pferch, von dessen Zaunpfählen nur die Spitzen durch die weiße Decke stießen, und eine Scheune, ebenfalls vollständig mit dem Zeug bedeckt. Ein hübscher Anblick, ein ideales Postkartenmotiv. Und da war auch sein Kind.

Sie tanzte ein paar Meter vor der Veranda herum.

»Huuuiiiii!«, schrie sie noch einmal mit kräftiger heller Stimme.

Bob sah, dass er sich auf einem Bergkamm befand, gegenüber der hufeisenförmigen Erhebung, die das Haus von drei Seiten umgab.

Er sah Licht im Inneren, ein warmes Leuchten aus einer offenen Tür. Jetzt bewegte sich etwas auf der Veranda. Noch jemand kam heraus.

Seine Frau stand auf der Treppe, in einen Parka gehüllt. Nikki schleuderte ihr einen Schneeball entgegen. Sie duckte sich. Für einen kurzen Moment öffnete sich der Parka und er konnte den Gips am linken Arm sehen.

Er ließ sich zu Boden fallen, ging in den Liegendanschlag und tat alles, um sein klopfendes Herz zu beruhigen.

Der Scharfschütze. Finde den Scharfschützen.

Sie war es. Als sie sich duckte, öffnete sich ihr Mantel; irgendwie bugsierte sie ihn wieder über die Schultern. Ihr linker Arm steckte unbeweglich in einem Gips.

Ja. Jetzt.

Er rutschte herum, nahm ein paar feine Korrekturen vor. Er beeilte sich nicht. Wozu in Hektik ausbrechen?

Es gab nichts mehr auf der Welt – nichts als die Frau, die dort in ihrem Mantel stand.

557 Meter.

Er musste zwei Punkte unterhalb des Zentrums halten, also zwei Punkte hoch, um das Absinken der Kugel bei diesem langen Flug und die subtile Auswirkung der Schwerkraft auf die abwärts gerichtete Flugbahn auszugleichen.

Konzentrier dich.

Es ist nur ein weiteres weiches Ziel, dachte er, *in einer Welt voller weicher Ziele.*

Er atmete halb aus, behielt die restliche Luft in der Lunge. Sein Körper wurde reglos wie ein Denkmal, der *adductor magnus* spannte sich. Die Mildots bewegten sich nicht: Sie lagen über ihr wie eine Manifestation des Todes. Das Gewehr war so still und gehorsam wie ein gescholtener Liebhaber. Sein Geist leerte sich. Nichts als der Abzug stand zwischen ihm und dem Ende dieser Schlacht. Ein Zwei-Kilogramm-Abzug ... 1,8 Kilogramm Abzugsgewicht hatte er bereits weggenommen.

Bob suchte den Bergkamm ab, der vor ihm eine Kurve beschrieb. Er wusste, dass sein Mann sich im Osten positioniert haben musste, um die Sonne im Rücken zu haben. Sein Zielfernrohr bot ihm eine zehnfache Vergrößerung an, genug, um ein halbwegs breites Sichtfeld zu bekommen. Gott, warum hatte er kein Fernglas dabei? Ein Fernglas hätte ...

Da war er!

Nicht er, nicht der Mann, aber der Gewehrlauf, schwarz vor dem Weiß des Schnees, im Schutz eines Felsbrockens. Das Gewehr lag still, wurde mit einer Hand gestützt in einem stabilen, perfekten Liegendanschlag. Bob wusste, dass Solaratov im Windschatten des Felsens letzte Korrekturen vornahm und seine Konzentration bis aufs Äußerste steigerte.

Ein weiter Schuss. Oh, ein verflucht weiter Schuss.

Er stabilisierte seine Lage und betete, denn er wusste, dass der andere Mann zum Schießen bereit war.

Fast 1000 Meter. Mit einem Gewehr, das er nicht selbst eingeschossen hatte und dessen Abzug er nicht kannte.

Aber ihm blieb nur noch eine Sekunde. Sein Fadenkreuz fand den Gewehrlauf. Er zielte ein Stück darüber, ausgehend von einer instinktiven Schätzung der Entfernung.

Stimmt das so? Kommt das hin?

Oh Scheiße, dachte er.

Jagdzeit. Er feuerte.

KAPITEL 48

Bonson spürte, wie ihn ein Anfall extremer, siedend heißer Frustration durchzuckte. *Aaah! Uuuh! Ufffz!* So etwas führte schnell zu Schlaganfällen: Etwas hakte im Gehirn aus und einen Wimpernschlag später war man auch schon erledigt. Sein Blutdruck fühlte sich gefährlich hoch an. Er wünschte sich jemanden herbei, den er jetzt schlagen oder umbringen konnte. Seine Muskeln wurden steinhart, rote Blitze zuckten vor seinen Augen vorbei. Er knirschte mit den Zähnen.

Noch einmal sprach er ins Mikrofon: »Bob Eins, Bob Eins, hier Bob Control, kommen, kommen, *verdammt noch mal,* kommen!«

»Er ist nicht da, Sir«, sagte der Technical Sergeant, der bei ihm im Funkraum saß. »Wir haben ihn verloren.«

Entweder das, oder dieser beschissene Cowboy will die Sache allein durchziehen, dachte Bonson.

»Okay, wechseln Sie auf den Netzbereich mit der größeren Reichweite.«

Der Sergeant stellte die neue Frequenz am Bedienpult ein.

»Äh, Hill, hier ist Bonson, sind Sie da?«

»Ja, Sir«, meldete sich sein Stellvertreter auf der Mountain Home Airforce Base. »Das ganze Team ist hier. Wir sind gut vorbereitet.«

»Haben Sie sich mit der State Police abgestimmt?«

»Ja, Sir. Ein gewisser Major Hendrikson ist in Bereitschaft.«

»Okay, ich sag Ihnen, wie die Lage ist: Wir haben den Kontakt zu unserem Mann verloren. Fordern Sie diesen Major auf, so schnell wie möglich Polizeihelikopter hinzuschicken. Es kann gar nicht schnell genug gehen.«

»Ja, Sir, aber nach allem, was ich aufgeschnappt habe, wird niemand vor zehn Uhr in diese Berge rauffliegen. Das Wetter ist unverändert schlecht. Und diese Jungs haben einen massiven Personalengpass.«

»Scheiße.«

»Mit der Air Force hab ich schon gesprochen. Bis zwölf könnten wir ein paar Low-Level-Radargeräte auf drei Bergen in der Peripherie aufgestellt kriegen, sofern die bis zehn Uhr ausrücken können. Damit ließen sich ankommende Helis gut orten. Falls dieser Russe plant, sich per Helikopter abzusetzen, hätten wir ihn damit.«

»Dieser Typ gehört zu den Weltbesten, wenn's ums Fliehen und Abtauchen geht. Er hat schon häufiger im Bergland operiert. Swagger weiß das. Wenn Swagger ihn nicht erwischt, geht er uns durch die Lappen. So einfach ist das.«

Der Mann am anderen Ende der Leitung schwieg.

»Verdammt, wie ich das hasse, ausgetrickst zu werden! Ich *hasse* das«, brüllte Bonson, ohne jemand Bestimmten anzusprechen. Er riss sich den Kopfhörer herunter und donnerte ihn gegen den Flugzeugrumpf. Ein Stück Plastik brach ab und landete vor seinen Füßen. Er stampfte darauf herum und knurrte wie ein tollwütiger Hund.

Zufällig schaute der Sergeant genau in diesem Augenblick in eine andere Richtung. Der Navigator kam zurück, um sich etwas Kaffee aus der Thermoskanne im Funkraum einzuschenken. Die Blicke der beiden Flieger trafen sich. Der Sergeant verdrehte die Augen, deutete auf den Kopf und ließ den Finger schnell kreisen, wodurch er in der universalen menschlichen Gestensprache mitteilte: *Der ist nicht mehr ganz dicht.*

Der Navigator nickte.

Julie wusste sofort, dass es ein Schuss war. Der scharfe Überschallknall zog ein langes Echo nach sich, das von den schützenden Hügeln in der Umgebung zurückgeworfen wurde.

»Nikki! Hierher! Los!«, schrie sie.

Das kleine Mädchen drehte sich zu ihr um und blieb verwirrt stehen. Dann gab es noch einen Schuss, durchdringend wie ein Peitschenknall. Nikki rannte auf ihre Mutter zu. Auch die Kleine konnte das Geräusch sofort einordnen, nachdem erst vor Kurzem jemand auf sie geschossen hatte.

»Komm schon, komm schon!«, drängte Julie. Sie packte ihre Tochter, zog sie ins Haus und schloss die Tür ab.

Sie hörte den nächsten Schuss, diesmal von einer anderen Stelle. Er klang wie eine Antwort auf den ersten.

In der Nähe versuchten Männer, sich gegenseitig umzubringen.

»Geh nach unten«, wies sie ihre Tochter an. »Jetzt sofort! Und komm nicht rauf, egal was passiert, bis du hörst, dass die Polizei da ist.«

Das Mädchen stürmte in den Keller. Julie schnappte sich ein Telefon und bemerkte sofort, dass kein Freizeichen kam. Die Leitung war tot.

Sie lugte durch die Scheibe nach draußen. Nichts als bergeweise Schnee, der nun von der Morgensonne erhellt wurde. Weitere Schüsse waren nicht zu hören.

Sie stürzte nach oben und traf dort auf Sally, die schläfrig durch den Flur taperte.

»Hast du ...?«

»Da schießt jemand!«, rief Julie.

»Oh Gott«, stöhnte Sally. »Hast du die Polizei angerufen?«

»Die Leitung ist tot oder so, jedenfalls funktioniert das Telefon nicht.«

»Wer ...?«

»Ich weiß nicht. Es sind zwei. Komm, wir müssen in den Keller.«

Die beiden Frauen hetzten die Treppe nach unten zur Kellertür und stiegen in fast völlige Dunkelheit hinab.

Die Kellerfenster waren zugeschneit und ließen nur spärliches Licht herein. Es war kalt.

»Mami«, flüsterte Nikki, »ich hab Angst.«

»Ich auch.«

»Ich wünschte, Daddy wär hier.«

»Das wünsch ich mir auch.«

»Geht in die Ecke«, wies Sally sie an. »Ich blockier irgendwie die Tür, nur für den Fall. Das sind bestimmt bloß Jäger oder so.«

»Nein«, widersprach Julie. »Die haben aufeinander geschossen. Das sind keine Jäger, sondern Scharfschützen.«

»Ich wünschte, Daddy wär hier«, wiederholte Nikki.

Schnee rieselte auf Solaratov herab. Sein Geist tauchte aus dem tiefen Becken der Konzentration auf, in das er eingetaucht war. Er erkannte die vertraute Form der Staubwolke, die ein Hochleistungsgeschoss beim Einschlag verursacht. Den Bruchteil einer Sekunde später hörte er den peitschenden Knall des Gewehrschusses, als dieser die Schallmauer durchbrach.

Ich werde beschossen.

Von links.

Von links.

Eine weitere Detonation ließ Schnee in den Himmel sprühen.

Ich werde beschossen.

Er riss sich vom Zielfernrohr los, schaute nach links und sah nichts, da er auf dieser Seite durch einen Felsen abgeschirmt wurde. Aber das Schussgeräusch verriet ihm, dass sich der Schütze am Rand des Bergkamms aufhalten musste.

Als er ins Tal zurückblickte, sah er gerade noch das

kleine Mädchen unter dem Dach der Veranda verschwinden. Einen Augenblick später wurde die Tür zugeschlagen.

Verflucht!

Sie waren weg.

Wer schoss auf ihn?

Ihm wurde bewusst, dass er für den Schützen unsichtbar sein musste. Sonst wäre er bereits tot. Der Schütze konnte ihn hinter dem Felsen nicht genau sehen.

Er wusste auch, dass der Mann den Stein in diesem Moment anvisierte und darauf vertraute, dass Solaratov aus der Deckung kommen musste, um das Feuer zu erwidern.

Er fühlte keine Angst. Keine Neugier. Keine Enttäuschung, keine Überraschung. So funktionierte sein Verstand nicht. Es gab nur: ein Problem, eine Methode, eine Lösung. Statt aufzustehen und sich zu zeigen, kroch er rückwärts durch den Schnee, blieb dabei tief am Boden wie eine Eidechse. Er verließ sich darauf, dass das Zielfernrohr des anderen über ein eingeschränktes Sichtfeld verfügte. Seine weiße Tarnkleidung trug ebenfalls dazu bei, ihn vor Entdeckung zu schützen.

Er wand sich durch den Schnee wie eine arktische Schlange, so flach am Boden, wie es ein Mann nur sein konnte. Dabei neigte er den Kopf leicht zur Seite und erhaschte einen Blick auf seinen Gegenspieler – eine minimale Unregelmäßigkeit im Profil des Bergkamms, wie sie nur ein übers Gewehr gebückter Mann verursachen konnte, der verzweifelt nach seinem Ziel suchte.

Wie weit mochte er entfernt sein? Solaratov drehte sich am Boden, fand einen guten Winkel zum Ziel, spreizte die Beine und nahm seine angestammte Schussposition ein. *Adductor magnus.* Im Zielfernrohr tauchte etwas auf – ja, ein Mann, möglicherweise. In Weiß. Ein anderer Scharfschütze. Flach an den Bergkamm gedrückt. Das Fadenkreuz legte sich über den anderen. Er ermahnte sich selbst, nicht überhastet zu agieren, ruhig zu bleiben, keinesfalls zu zucken.

Freie Sicht auf das Ziel hatte er nicht, außerdem fehlte die Zeit, mit dem Laser die Distanz abzumessen. Er schwenkte leicht herum. Ein schneebedeckter Busch, einen knappen Meter breit. Seine schwarze Masse ragte über etwa zwei Mildot-Punkte. Er stellte Berechnungen an und kam auf annähernd 1000 Meter Entfernung. Vielleicht etwas weniger, aber sicher mehr als 900. Damit lag sein Haltepunkt etwa beim vierten Mildot. Mit mehr Konzentration als Kunstfertigkeit stabilisierte er seinen Körper und schwenkte den Lauf herum, um diese Unregelmäßigkeit zu finden, bei der es sich um den anderen Mann handeln musste. Er fühlte den Finger am Abzug, dachte nicht über seinen Gegner nach, sondern ließ seine Gliedmaßen selbst entscheiden, was zu tun war, als ob sie über ein eigenes Gehirn verfügten. Der Finger drückte ab.

Eine Schneefontäne wirbelte gut zwei Meter neben Bob auf, gefolgt von einem peitschenden Knall. Der Wind. Der Russe hatte die Entfernung berechnet, aber es gab etwas Seitenwind, und der 7-Millimeter-Kugel fehlte es am nötigen Gewicht, um dagegen anzukommen. Sie war ganz leicht vom Kurs abgewichen. Wie hätte Solaratov auch den Wind einkalkulieren sollen, wenn er über die freie Ebene des Tals hinwegschoss? Leider passierte ihm dieses Missgeschick sicher nicht noch einmal.

Er zog bestimmt die nötigen Schlüsse, lud rasch durch und schoss erneut – diesmal mit den notwendigen Korrekturen.

Bob kroch zurück, rutschte ein Stück vom Rand des Kamms weg. Im nächsten Sekundenbruchteil riss eine weitere Eruption eine Furche in die Erdoberfläche und ließ einen Schwall aus Schnee und Steinsplittern durch die Luft segeln. Das Geschoss war exakt dort eingeschlagen, wo er eben noch gelegen hatte.

Oh, dieses Dreckschwein ist gut. Dieses Dreckschwein wird jetzt keinen Fehler mehr machen.

Bob wich weiter zurück.

Immerhin waren keine Schüsse mehr in Richtung des Hauses gefallen. Zumindest für eine Weile befand sich seine Frau in Sicherheit. Er war sicher, dass sie die Cleverness besaß, sich mit Nikki und Sally in den Keller zurückzuziehen, um sich dort einzuschließen und auf Hilfe zu warten.

Ihm blieb keine andere Wahl. Er musste die Kammlinie entlangkriechen und darauf hoffen, dass die kleine Kante ausreichte, um ihn vor Solaratovs Blicken zu verbergen. Er traf die Entscheidung, sich aus diesem Bereich zurückzuziehen, in dem er gefährlich angreifbar war, und nach einem guten Versteck zu suchen, sobald er sich in Sicherheit befand. Solaratov würde um den Berg herumgehen müssen, um ihn zu erwischen, und aus taktischen Erwägungen in größerer Höhe Position beziehen. Bob hoffte, dann eine gute Schussgelegenheit zu bekommen – vielleicht nur eine einzige, die musste dann eben sitzen.

Er versuchte, die Unterschiede zwischen seiner Patrone im Kaliber 308 mit einem Geschossgewicht von 10,8 Gramm und der 7-Millimeter-Remington-Magnum des Russen zu kalkulieren. Die Magnum flog um etwa 120 Meter pro Sekunde schneller, mit fast 1300 Joule höherer Mündungsenergie; ihre Flugbahn verlief deutlich flacher. Bei weniger als 500 Metern Zielentfernung brauchte der Russe nur knapp über ihn zu zielen und abzudrücken, ohne sich Sorgen wegen dem Absinken der Kugel zu machen. Also musste Bob seinerseits alles tun, um mindestens einen halben Kilometer Abstand zu halten. Das Absinken des Geschosses und der Seitenwind könnten ihm so das Leben retten.

Er drehte sich um und kroch zum Rand des Bergkamms. Außer dem Haus unten im Tal und der Kammlinie, die am Fuß des Berges entlang verlief, gab es nichts.

Aber er würde kommen. Der Russe würde kommen. Der Russe jagte ihn.

Solaratov analysierte die Situation. Er schwenkte das Leica-Fernglas über das hufeisenförmige Tal zum Kamm, auf dem er den anderen Schützen entdeckt hatte. Er begriff, dass der Mann sich weder aufwärts noch abwärts bewegen konnte, denn in beiden Fällen verließ er zwangsläufig seine Deckung und riskierte den sofortigen Tod. Er konnte allenfalls verzweifelt davonkriechen, die Bergflanke umrunden und sich eine Position in der nächsten Einbuchtung suchen, um auf eine Schussgelegenheit zu lauern.

Das Display seines Laser-Entfernungsmessers verriet ihm, dass die Distanz 987 Meter betrug. Das Geschoss sank um etwa 100 Zentimeter unter seinen 500-Meter-Haltepunkt ab, der sich in vier Punkten Höhe auf dem Mildot-Fadenkreuz befand. Jetzt, wo die Entfernungsfrage geklärt war, verspürte er eine gewisse Zuversicht. Aber es gab noch etwas, das er tun musste.

Schnell nahm er sein Gewehr und schraubte den BOSS-Mündungsaufsatz ab, der die Laufvibrationen unterdrückte. Er griff in die Jackentasche und zog einen AWC-Schalldämpfer hervor. Ein langes schwarzes Rohr aus eloxiertem Aluminium, gefüllt mit sogenannten ›Baffles‹ – Kammern aus stahlwolleähnlichem, schallabsorbierendem Material – sowie ›Wipes‹ genannten Scheiben. Die Vorrichtung reduzierte die 460 Dezibel beim Austritt der Patrone aus der Mündung auf einen Wert von weniger als 100, indem sie das freigesetzte Gas einschloss und ablenkte. Damit wurde seine Waffe so geräuscharm wie ein Luftgewehr.

Aus größerer Entfernung klang das Schussgeräusch im

Bereich vor dem Schalldämpfer nicht nur bedeutend leiser, sondern auch diffuser. Damit ließ sich die eigene Position verschleiern. Der Mann auf der anderen Seite hörte nur den Knall, mit dem die Kugel die Schallmauer durchbrach, aber keinen Mündungsknall, der Rückschlüsse auf die Position erlaubte. Das bedeutete, dass er auf seinen Gegner schießen konnte, ohne dass dieser ihn anhand des Geräuschs sofort entdeckte und den Schuss direkt erwidern konnte. Einen Nachteil gab es allerdings auch: Der Schalldämpfer lenkte den Schuss ab. Wie stark? Das musste er auf Sicht abschätzen und während des Feuerns nachjustieren. Trotzdem hatte er das Gefühl, dass der Entfernungsmesser und der Schalldämpfer ihm einen bedeutenden taktischen Vorteil verschafften. Sorgfältig schraubte er den Schalldämpfer auf der Mündung fest.

Und noch etwas wusste er, weil er die topografischen Karten studiert hatte: Wenn sein Gegenspieler den Berg umrundet hatte, wartete eine Überraschung auf ihn. Die Steigung nahm dort deutlich zu. Es gab dort keine Grate wie hier auf der Talseite. Er konnte sich nirgends verstecken. Ihm fehlte eine Deckung.

Solaratov entschied, dass es am klügsten war, den Berg zügig zu erklimmen, um seinen Höhenvorteil auszubauen. Da er momentan die Initiative hatte, blieb ihm wahrscheinlich ein Zeitfenster von gut vier bis fünf Minuten für den Aufstieg. Er konnte sich auf einem der kleineren Hügel vor dem Mount McCaleb einrichten und den Feind von oben ins Visier nehmen.

Aber ihm war bewusst, dass der Verstand des anderen Mannes ähnlich arbeitete wie seiner. Er rechnete mit dieser Vorgehensweise und dürfte ebenfalls auf den Vorteil der größeren Höhe setzen.

Allerdings übersah der Gegner etwas: Solaratovs Ziel war die Frau. Und je höher Solaratov stieg, desto weiter entfernte er sich von ihr. Das hier war kein Kampf Mann gegen Mann, kein Scharfschützenduell, es ging nicht um persönliche Eitelkeiten. Der andere – es musste Swagger sein – bedeutete ihm nichts. Solaratovs Ego war an dieser Sache unbeteiligt. Die Geschehnisse in Vietnam vor all den Jahren hatte er längst abgehakt. Das verschaffte ihm einen entscheidenden Vorteil.

Der Russe fasste einen Entschluss: Er würde sich ein paar Meter weit in den Schutz einer Senke zurückziehen und dann in aller Ruhe zur Talsohle hinabsteigen. Dort unten machte er sich zwar für eine Zeit lang gefährlich angreifbar. Aber seine Kenntnisse über das Manövrieren im Schnee und sein Wissen um die Angst des anderen Mannes verschafften ihm die beruhigende Gewissheit, dass dieser genug damit zu tun hatte, sich in Erwartung eines Angriffs von oben hinter der nächsten Felskante zu ducken.

Stattdessen würde der Russe vom Tal aus nach oben zielen. Er würde zwischen Bäumen oder hinter Felsen Deckung suchen, seinen Gegner mit dem Zielfernrohr auskundschaften und ihn mit schallgedämpften Schüssen treffen, präzise und perfekt.

Swagger bekam vor seinem Tod wahrscheinlich nicht mal mit, woher die Schüsse kamen. *Und dann*, triumphierte Solaratov, *gehe ich zurück, gehe ins Haus und erledige die Frau. Und die Zeugen. Ich werde sie alle töten müssen.*

Bob kroch mit einem letzten verzweifelten Energieschub vorwärts und umrundete den Berg. Es gab keine demütigendere und entwürdigendere Fortbewegungsart als das Kriechen, und er hatte sich in seinem Leben oft genug auf diese Weise bewegen müssen. Knie und Ellbogen schmerzten vom endlosen Anstoßen am Fels. Er hatte Schnee in Mund und Nacken bekommen.

Endlich hatte er eine Stelle erreicht, an der er mehr oder

weniger sicher war. Er blieb liegen, atmete schwer, schweißüberströmt. Zumindest hatte es Solaratov nicht geschafft,
ihn bereits während des Kriechens von oben unter Beschuss
zu nehmen.

Bobs Mund fühlte sich komplett trocken an. Sein Körper
verlangte nach Sauerstoff, den er kaum schnell genug
einatmen konnte. Das pochende Herz klang, als ob ein Irrer
auf eine Trommel einschlug. Mal war sein Blick klar, dann
verschwamm er wieder. Mit einer kräftigen Willensanstren-
gung zwang er sich zur Ruhe. Er schleppte sich die Kuppe
hinauf und lugte über ein paar Felsen ins Tal zurück, das er
hinter sich gelassen hatte.

Nichts.

Keine Spur von Solaratov. Das Haus lag weit unten
friedlich da, inmitten eines riesigen Schneefeldes. Der Felsvorsprung an der Kammlinie, hinter dem der Russe gelegen
hatte, war verlassen.

Bob nahm sein Gewehr und scannte durch das Zielfernrohr die Bergkuppen über ihm. Wäre er Solaratov gewesen,
hätte er sich dorthin vorgekämpft.

Fehlanzeige. Kein Schnee, der durch die Luft flog, keine
Zeichen für die Anwesenheit eines Menschen. Er legte
das Zielfernrohr weg und versuchte, sich in einen Zustand
völliger Askese zu versetzen, in dem er vielleicht unterbewusst etwas in seinem peripheren Blickfeld entdeckte,
das sich mit einem konzentrierten, gewöhnlichen Blick
nicht erfassen ließ – irgendein Warnsignal. Aber da war
absolut nichts. Keine Bewegung auf den Hängen vor ihm
oder der Ebene darunter. Er zog sich nachdenklich zurück.

War Solaratov womöglich nach unten gegangen, zurück
zum Haus, um seinen Job zu Ende zu bringen? Zweifelhaft.
Dadurch blieb er zu lange ohne Deckung und konnte jederzeit von einem Schuss getroffen werden.

Er dachte noch einmal darüber nach: *Ja, er wird mich mit*

Sicherheit verfolgen. Seine oberste Priorität besteht darin, die Bedrohung auszuschalten, denn er ist nicht auf einer Kamikazemission. Er ist kein Fanatiker, sondern Vollprofi. Das Ganze ist zwecklos, wenn er nicht entkommen kann. Das heißt, er hat einen Fluchtweg, eine alternative Route, alles vorbereitet.

Er wird kommen.

Er wird mich jagen.

Bob blickte auf. Der Berghang ragte vor ihm in die Höhe, bis er im Nebel verschwand – in Wirklichkeit eine Wolke. Solaratov wollte dort hinauf, um ihn wie von Zauberhand unter Beschuss zu nehmen.

Bob suchte nach einem passenden Versteck.

Mit ernüchterndem Ergebnis.

Der Grat, auf dem er hockte, eine Art Schelf, der den gezackten Konturen der Anhöhe folgte, endete 250 Meter weiter. Besser gesagt, er ging in eine Schlucht über, einen tiefen Einschnitt in den Berg, eine lange, unregelmäßige Narbe, geschaffen von irgendeiner urzeitlichen Naturkatastrophe. In der Schlucht warteten Pflanzen und Felsen unter einer makellosen Schneeschicht auf ihn. Dahinter gab es nichts mehr. Nur einen glatten Abhang, der nicht den geringsten Schutz bot.

Er schielte nach oben. Es war hier zu steil zum Klettern. Blieb höchstens die Hoffnung, jenseits der Schlucht eine bessere Gelegenheit zum Aufstieg zu finden.

Sein Blick fiel nach unten in einen Teil des Tals. Bäume und Büsche, zu extravaganten Formen verbogen und von ihrer weißen Last gebeugt. Ein Skulpturengarten, ein Winterwunderland, ein abstrakter Park. Schön, grotesk und zart zugleich, nachdem selbst die feinsten Verästelungen der Gewächse von dem weißen Zeug überzuckert wurden. Aus 600 Metern Höhe sah es malerisch aus, aber wenn man einmal in der Tiefe festsaß, kam man nicht mehr heraus.

Er hatte keine Wahl. Er musste zu dem Erdspalt gelangen und sich zwischen den Felsen positionieren. Das verschaffte ihm eine gute Gelegenheit, auf Solaratov zu schießen, der wahrscheinlich von oben herabstieg. Solaratov blieb der Höhenvorteil, aber er wusste dafür nicht, wo sein Gegner lauerte. Er musste ihn erst ausspähen und dazu seine Deckung aufgeben.

Und dann kriege ich ihn, dachte Bob und wünschte, er könnte daran glauben.

Es hatte wieder angefangen zu schneien. Die Flocken rieselten kaskadenweise herunter, verwirbelt vom Wind. Ein dichter, unnachgiebiger Vorhang aus Kälte.

Die Sicht wurde schlechter.

Das schmeckte Bob überhaupt nicht.

Es schneite. Solaratov bahnte sich schwer atmend einen Pfad durch die wuchernde Vegetation, die an den Berg grenzte. Die überhängenden Zweige beugten sich unter der Last des Schnees. Er rannte beinahe, umging die flache Talebene, um nicht auf ungeschütztem Terrain zu landen, und hielt sich fürs Erste vom Haus fern. Er wusste, dass Bob ihn durch die schneebedeckten Äste nicht sehen konnte, egal aus welcher Höhe. Wahrscheinlich konzentrierte er sich ohnehin auf eine ganz andere Richtung.

Solaratov erreichte eine Biegung, bewegte sich auf den Waldrand zu und kauerte sich hinter einen umgestürzten Baum, der auf die Äste gestützt halb in der Luft hing. Aus dem grauen Himmel rieselte um ihn herum sanft der Schnee herab. Die Welt war vollkommen still.

Er studierte das Gelände und forschte nach natürlichen Verstecken, in denen ein erfahrener Mann sich niederlassen mochte. Keine besonders schwierige Aufgabe, denn der Berghang war überwiegend glatt, nur hier und da mit Pflanzen bewachsen, die den Blick ablenken konnten.

Dieser Kleinkrieg zwischen ihnen überspitzte sich inzwischen ins Abstrakte: zwei Männer in Weiß, in einer frostigen Einöde inmitten ebenso weißer, extrem hoher Berge, die sich gegenseitig jagten und an jeden Strohhalm klammerten und es neben ihrer Erfahrung auch auf Glück ankommen ließen. Derjenige, der die Lage am besten erfasste, verließ das Schlachtfeld als Sieger. Es hatte nichts mit Mut zu tun, nicht einmal mit Schießkunst. Letztlich zählte nur eins: Wer von ihnen setzte seine Fähigkeiten als Scharfschütze am besten ein?

Ihm fiel eine Art Spalt auf, der sich in den Hang fräste. Ihm wurde klar, dass seinem Opfer, sobald es um die Ecke kam, keine andere Wahl blieb, als am oberen Ende dieses Spalts Zuflucht zu suchen.

Mit dem Fernglas hielt er Ausschau. Weit und breit nichts als Felsen unter einer Schneedecke. Der anhaltende Schneefall ließ die Sicht leicht verschwimmen.

Er ist da oben. Er muss da sein.

Mit dem Laser visierte er einen Felsen an der Spitze des Spalts an und las die Anzeige ab: *654 Meter.* Entfernung gemessen. Aufwärtswinkel ermittelt. Er fügte die Werte im Kopf in die entsprechenden Gleichungen ein und wusste, welchen Haltepunkt er wählen musste: über die Mitte des dritten Mildots zielen. Nicht vollkommen exakt, aber exakt genug. Außerdem ging er davon aus, dass die Nähe des Bergs die Kugel vom Wind abschirmte und dessen Einfluss auf ihre Flugbahn verringerte, sodass sie nicht zur Seite abdriftete.

Er suchte geduldig nach seinem Ziel – nach Anzeichen, dass das Opfer lebte, sich versteckt hielt und nicht etwa in seinen Rücken geschlichen hatte. Die Felsen waren überall; eine Art schneeüberhäufter Steingarten breitete sich vor ihm aus. Er achtete auf Spuren im Schnee, die von einem kriechenden Mann stammen konnten, der die weiße Schicht aufgewühlt hatte. Nichts zu erkennen.

Was ist sein Zeichen?

Wodurch macht er sich bemerkbar?

Dann fiel es ihm ein: der Atem des Mannes. *Er wird aufsteigen wie Nebel, kaum mehr als eine Dunstschwade, aber trotzdem sichtbar. Bestimmt. Er muss schließlich atmen.*

Da. Eine winzige Veränderung. Oder doch nur eine optische Täuschung? Aber nein, da war es wieder: ein leichtes Kräuseln im Schnee, die bloße Andeutung atmosphärischer Dichte. Möglicherweise die Atemluft eines Mannes, der bewegungslos zwischen den Felsen kauerte und hangaufwärts blickend auf sein Opfer wartete.

Ja, mein Freund. Da bist du!

Er erkannte das Muster von Bobs Tarnanzug. Schnee, unterbrochen von kleinen braunen toten Farbklecksen, die Vegetation symbolisierten.

Der Mann lag auf dem Bauch, hatte sich hinter einer kleinen Ansammlung von Felsen ganz an der Spitze der kleinen Schlucht verkrochen. Er lag dort mit der professionellen Geduld eines Scharfschützen, mit totaler Aufmerksamkeit, totaler Ruhe. Solaratov konnte das Gewehr nicht sehen, aber er sah den Mann.

Da bist du, dachte er. *Da bist du also.*

Er maß noch einmal die Entfernung zum Ziel: 658 Meter. Er hatte ihn.

Er merkte sich einen Orientierungspunkt – eine Ansammlung schneebedeckter Kiefern –, legte das Fernglas zur Seite, hob das Gewehr und lugte durch das Zielfernrohr. Es war natürlich nicht annähernd so stark wie das Fernglas und bot ein viel begrenzteres Sichtfeld. Aber er fand die Kiefern wieder, bewegte das Fernrohr leicht abwärts, wartete – und ja, da war diese kleine Dunstschwade, die sein Ziel markierte.

Er ging in Schusshaltung und suchte nach dem Mann. Nur ein Zentimeter seines Parkas mit Tarnmuster ragte oberhalb des Felsens auf. Es musste sich um den Rücken handeln, weil der andere im Liegendanschlag war. Er nahm ihn ins Visier, hielt auf den dritten Mildot.

Soll ich schießen?

Vielleicht sah er nicht genug von ihm, um lebenswichtige Organe zu treffen. Vielleicht verletzte er ihn nur.

Sein Haltepunkt könnte falsch sein.

Andererseits: Na und? Er hatte einen Schalldämpfer.

Swagger würde nicht wissen, von wo aus er schoss.

Und sobald er ihn unter Beschuss nahm, bewegte sich der andere unweigerlich.

Er wird keine Ahnung haben, ob ich mich oberhalb oder unterhalb von ihm befinde.

Er wird sich bewegen müssen; ich kann ihn durch die Klamm jagen. Irgendwann werden ihm die Felsen ausgehen, hinter denen er sich verkriechen kann. Und dann habe ich ihn!

Solaratov atmete aus, brachte seine Sinne unter Kontrolle, spürte jedes Zucken seines Körpers, während er letzte präzise Korrekturen vornahm. Bis sich alles zur absoluten Perfektion fügte.

Der Abzug gab nach und mit einem ungewohnt leisen Geräusch löste sich der Schuss.

Bob lag ruhig zwischen den Felsen. Eine Reihe verschneiter Kiefern über ihm schirmte ihn leicht ab, er hatte eine gute Sicht in die Richtung, aus der er gekommen war. Mit aller Disziplin, die sein Körper aufbringen konnte, scannte er drei Zonen gleichzeitig: den Kamm an der Stelle, an der er den Berg umrundete, einen Steinhaufen etwa 60 Meter oberhalb davon, eine Einbuchtung im Berg in etwa 200 Metern Höhe, die je nach Wolkendichte mal mehr, mal weniger sichtbar war.

Solaratov tauchte zwangsläufig an einer dieser Stellen

auf, wenn er oberhalb von ihm hinter dem Berg hervorkam und die Absicht verfolgte, nach unten zu zielen.

Methodisch spähte er von einer Stelle zur anderen: Eins. Zwei. Drei. Er wartete ab.

Ich hab's geschafft, redete er sich selbst Mut zu. *Ich hab ihn von meiner Frau weggelockt. Noch eine Weile, dann kommen die anderen. Wenn er sich anpirscht, kann ich sofort schießen, und dann ist es vorbei.*

Aber er hatte kein besonders gutes Gefühl bei der Sache. Er spürte, dass eine unbeglichene Rechnung auf ihn wartete. Und dass jetzt, all die Jahre danach, die Zeit gekommen war, sie zu bezahlen.

Heute sterbe ich, lautete die Botschaft, die er deutlich und mit Nachdruck empfing.

Heute ist der Tag, an dem ich sterbe.

Am Ende lief es auf einen Mann hinaus, der klüger war als er, ein besserer Schütze mit mehr Mumm in den Knochen. So viele davon gab es auf der Welt nicht, aber weiß Gott, dieser hier gehörte dazu.

Der Schneefall hatte sich verstärkt. In Pirouetten segelten die Flocken aus dem grauen Himmel herab. Als er zurück zum Haus schaute, konnte er es kaum noch erkennen. Es hatte den Anschein, als werde es noch stundenlang durchschneien. Gar nicht gut. Je länger es schneite, desto länger dauerte es, bis Hilfe anrückte. Er war auf sich allein gestellt. Nur er und sein alter Widersacher.

Wo steckt er?

Das Warten machte ihn verrückt.

Wo …

Er spürte einen schrecklichen Schmerz im Rücken, als habe ihm jemand von oben einen heftigen Schlag mit einem Schürhaken versetzt.

Bob krümmte sich und wusste im selben Augenblick, dass er angeschossen war. Aber es kam kein Schock, der ihm den Verstand vernebelte wie beim ersten Mal, als eine Kugel ihn getroffen hatte. Stattdessen wurde er von einem gewaltigen Wutanfall erfasst. Nach einer Sekunde wurde ihm klar, dass es kein besonders schwerer Treffer gewesen sein konnte.

Er zog die Beine an. Im selben Moment pfiff rechts von ihm das seltsame *Biiiiauuuu* einer Kugel, die einen Felsen gestreift hatte, nur Zentimeter oberhalb seines Kopfes.

Jetzt hat er mich, dachte er, als er das Krachen hörte, mit dem die Kugel die Schallmauer durchbrach.

Aber wo blieb der Mündungsknall?

Es hatte keinen gegeben.

Ein Schalldämpfer. Dieses Arschloch benutzt einen Schalldämpfer.

Der Scharfschütze konnte überall sein. Bob blieb hinter dem Steinhaufen liegen und wartete. Es kam kein weiterer Schuss. Offenbar hatte der andere ihn genau im Visier, konnte ihn aber nicht gut genug sehen, um einen guten Treffer in den Körper oder den Kopf anzubringen.

Bob fühlte sich wie gelähmt. Er konnte nirgendshin, war genau im Fadenkreuz des Feindes, der ihn nach allen Regeln der Kunst ausgetrickst hatte.

Er ging die Optionen durch, die ihm blieben. Offenkundig befand sich Solaratov an keiner der drei vermuteten Stellen. Er hatte ihn irgendwie umgangen. Bob tippte, dass er unter ihm Position bezogen hatte. Das erklärte, warum der Schuss vom Felsen abgeprallt war, der seinen Kopf schützte. Hätte sich Solaratov über ihm befunden, wäre schon alles vorbei. Der Russe hatte ihn überlistet, indem er ins Tal hinabgestiegen war und von dort aus auf ihn zielte.

Bob rief sich ins Gedächtnis, was er über das Gelände wusste. Er erinnerte sich an ein kleines verschneites Waldstück. Irgendwo dort musste der Scharfschütze sein. Aber ohne einen Mündungsknall, der seine Position verriet, blieb er so gut wie unsichtbar.

Tu irgendwas.

Klar, aber was?

Beweg dich. Kriech.

Er hat dich.

Wenn du dich bewegst, tötet er dich.

Schachmatt. Keine weiteren Züge möglich. Er saß zwischen diesen Felsen fest, hockte in der Falle.

Dann wurde ihm klar, dass sich der Russe allenfalls wenige Hundert Meter vom Haus entfernt aufhielt. Von dem Haus, in dem sich seine Frau versteckte, die von niemandem beschützt wurde. Nachdem er Bob getötet hätte, brauchte er höchstens fünf Minuten, um seinen Job zu erledigen. Und natürlich ließ er dabei keine Zeugen zurück.

Es war fast geschafft.

Der Russe sah Swagger hinter den Felsen kauern. Er spürte dessen Angst und Wut, spürte, wie dem anderen die Ausweglosigkeit seiner Lage bewusst wurde.

Solaratovs Zuversicht wuchs. Er hatte nicht zwei-, sondern dreimal gefeuert. Die erste Kugel war gut einen Meter oberhalb seines Ziels eingeschlagen. Das war sein neuer Haltepunkt. Diesen Schuss hatte Swagger nicht einmal bemerkt. Rasch nahm er die Korrektur vor und schoss erneut. Diesmal traf er ihn! Mit dem nächsten Schuss verfehlte er ihn knapp. Aber er wusste: Jetzt hing der Kerl an seinem Haken!

Er überlegte kurz, seine Haltung noch geringfügig zu verändern, eine bessere Schussposition zu finden, um den tödlichen Treffer zu landen. Aber warum sollte er sich Sorgen machen, wo er doch eindeutig im Vorteil war? Warum noch bewegen und sich womöglich um eine

Schussmöglichkeit bringen – gerade jetzt, wo sein Gegner hilflos war? Angeschossen, vermutlich blutend und mit großen Schmerzen.

Das Gewehr lag auf dem Baumstamm auf, er in bequemer Haltung dahinter. Auf keinen Fall konnte man ihn vom Berg aus sehen. Das Fadenkreuz zitterte keinen Deut. Er kannte die Distanz. Alles nur noch eine Frage der Zeit. Es würde nicht lange dauern.

Was kann er schon tun?
Er kann gar nichts tun.

Bob zwang sich, in Ruhe nachzudenken.

Welche Möglichkeit gäbe es an der Front?

Die Artillerie anfordern.

Eine Rauchbombe werfen.

Keine Artillerie.

Keine Rauchbombe.

Eine Granate werfen.

Keine Granate.

Die Claymore hochgehen lassen.

Keine Claymore. Die Claymore lag im Koffer 900 Meter weiter oben auf dem Berg. Jetzt wünschte er, ihn doch mitgenommen zu haben.

Einen Heli rufen.

Kein Heli.

Einen Luftschlag anfordern.

Keine Flugzeuge.

Aber ein Wort ging ihm nicht aus dem Kopf.

Rauchbombe.

Er hatte keine Rauchbomben.

Aber der Gedanke ließ sich nicht vertreiben.

Rauch.

Im Rauch bewegen. Im Schutz des Rauchs kann er den Gegner nicht sehen.

Es gibt keinen Rauch.

Warum wollte das Wort nicht aus seinem Hirn verschwinden? Warum setzte es sich so hartnäckig fest?

Rauch.

Was war Rauch? Gasförmige Chemikalien, welche die Sicht vernebelten.

Woher sollte er die nehmen?

Rauch.

Es gibt keinen.

Aber es gab Schnee!

Wenn man Schnee aufwirbelte, hing er in der Luft wie Rauch. Und hier gab es jede Menge Schnee. Überall um ihn herum.

Er drehte sich nach rechts. Eine Wand aus Schnee. Über ihm auf einem Felsvorsprung wartete noch mehr. Der Schnee, der die ganze Nacht über vom Himmel gekommen war und es auch jetzt noch tat.

Solaratov liebt Schnee. Er kennt sich damit aus.

Bob registrierte, dass direkt über ihm mehrere Hundert Kilogramm von dem Zeug auf den Ästen einer Kiefer ruhten und sie in eine Art auf dem Kopf stehende Vanilleeistüte verwandelt hatten. Tatsächlich befanden sich oberhalb seiner Position sogar mehrere entsprechend präparierte Bäume. Im grauen Licht fiel der Schnee auf sie herab und blieb hängen. Er konnte die Bäume förmlich ächzen und um ihre Freiheit betteln hören.

Er streckte den Gewehrlauf nach ihnen aus, konnte sie aber nicht erreichen.

Aber dann nahm ein Plan in seinem Kopf Gestalt an.

Er schob sich zur Seite und achtete tunlichst darauf, möglichst flach hinter den Felsen zu bleiben, um Solaratov keine Angriffsfläche für den finalen Schuss zu bieten. Mit der rechten Hand tastete er nach dem Reißverschluss seines Parkas, öffnete ihn und zog die Beretta heraus.

669

Er stählte sich für das, was als Nächstes kam.

Instinktives Schießen, ungezieltes Feuer, aber in dieser arkanen Disziplin hatte er seit jeher gute Reflexe bewiesen. Er zwängte das Gelenk der anderen Hand durch den Haltegurt der Remington M40, um einen sicheren Halt zu bekommen, sobald er sich in Bewegung setzte.

Er spannte den Hahn mit dem Daumen, nahm jedes seiner Ziele ins Visier.

Er atmete tief durch.

Tu es, dachte er.

Jetzt mach schon!

Irgendetwas ging da vor.

Eine Reihe trockener, krachender Geräusche drang an Solaratovs Ohren, weit weg, aber ganz sicher aus den Bergen.

Was treibt der Kerl?

Er konzentrierte sich auf das Zielfernrohr, wagte aber nicht, es von dem in der Falle sitzenden Gegner wegzubewegen. Dann glaubte er, kurz etwas aufblitzen zu sehen. Ein kleines Objekt flog durch die Luft, versetzte den Schnee in Unruhe. Scheinbar eine automatische Pistole. Was sollte das? Wollte er anderen im Gebiet ein Zeichen geben? Wer hielt sich denn noch in dieser Gegend auf?

Sämtliche Fragen wurden in der nächsten Sekunde beantwortet. Swagger schoss in die mit Schnee beladenen Kiefern über seinem Versteck. Er traf ihre Stämme und die dadurch hervorgerufenen Vibrationen pflanzten sich bis in die Äste fort. Er schoss so schnell, dass die Vibrationen sich gegenseitig verstärkten. Verblüfft beobachtete Solaratov, wie vier Kiefern ihre Schneelast freigaben. Sie rutschte den Berg hinunter auf den liegenden Mann zu und explodierte dort in einer feinen Staubwolke, einem dichten Vorhang, der ihm für einen Moment die Sicht nahm.

Wo ist er?

Er setzte das Zielfernrohr ab, weil er den Mann durch das enge Sichtfeld nie gefunden hätte. Dann sah er ihn den Berg hinunterrollen, gut 15 Meter vom Schneegestöber entfernt, das er verursacht hatte.

Schnell hob Solaratov das Gewehr, aber Swaggers schnelle Bewegung erschwerte das Anvisieren massiv. Als er ihn endlich hatte, stellte er fest, dass der andere sich inzwischen fast 50 Meter weiter bergab befand.

Er hatte gute Sicht und feuerte schnell auf das bewegliche Ziel, wobei er das Vorhalten nicht vergaß. Aber die Kugel schlug hinter dem Ziel ein und ließ eine Schneefontäne in die Höhe schießen.

Natürlich! Die Entfernung hatte sich geringfügig verändert. Er war immer noch von 654 Metern ausgegangen, obwohl die aktuelle Distanz nur noch etwa 600 betrug.

Als er darauf kam, hatte Swagger bereits die tiefer gelegenen Felsen erreicht. Sie brachten ihn in eine deutlich bessere Position mit mehr Manövrierfähigkeit und der Möglichkeit, Schüsse zu erwidern.

Verfluchter Mistkerl!, dachte Solaratov.

Mit einem dumpfen Schlag prallte er gegen ein Hindernis. Ihm blieb kurzzeitig die Luft weg. Rund 50 Meter hangabwärts blieb er in einer weiteren Ansammlung von Felsen liegen. Der Schnee wirbelte durch die Luft. Bei seinem verzweifelten Sprint, eigentlich eher ein Fallen, war das Zeug am Hals in seinen Parka eingedrungen. Aber bei aller Unkoordiniertheit dieser Aktion hatte er nie seine Deckung außer Acht gelassen. Er keuchte. Alles tat ihm weh. Er spürte, wie etwas Warmes seitlich am Gesicht herunterlief und hob die Hand, um es zu berühren. Blut.

War er erneut getroffen worden?

Nein. Diese beschissene, nutzlose Nachtsichtbrille, an

die er in der Hektik überhaupt nicht mehr gedacht hatte, war ihm schief am Kopf heruntergerutscht und einer der Gurte hatte einen fiesen Schnitt am Ohr hinterlassen. Es brannte teuflisch. Er packte das Teil und verspürte den Drang, es wegzuwerfen. Was sollte er jetzt noch damit?

Aber vielleicht wusste Solaratov gar nicht, wo er jetzt steckte, ahnte nicht, dass er sich hinter einem etwas breiteren Schutzwall aus Steinen verschanzt hatte. Bob stellte fest, dass er hier eher in der Lage war, sich von Fels zu Fels zu bewegen.

Vielleicht konnte er sogar einen Schuss abgeben.

Aber worauf?

Dann fiel ihm jedoch auf, wie steil der Hang an dieser Stelle abfiel und – fast noch schlimmer – dass die Felsen hier endeten.

Das war's, dachte er.

Weiter kann ich nicht.

Was hat mir das Ganze gebracht?

Nichts.

Die Wunde an seinem Ohr pochte.

»Die haben sich bewegt«, sagte Sally. »Sie sind jetzt hinter dem Haus. Man kann hören, dass die Schüsse von dort kommen.«

»Uns wird doch nichts passieren, oder?«, hakte Nikki besorgt nach.

»Nein, Baby«, beruhigte Julie ihre Tochter und drückte sie fest an sich.

Die drei saßen immer noch im Keller des Hauses. Sally hatte die letzten Minuten damit verbracht, die Tür zum Erdgeschoss mit alten Stühlen, Truhen und Kisten zu blockieren. Nur für den Fall, dass jemand mit bösen Absichten zu ihnen vordringen wollte.

Hier unten stank es nach Schimmel und ausgebleichtem

Stoff. Die Muffigkeit einer Frühjahrsüberschwemmung, die vor einigen Jahren alles durchgeweicht hatte, hing in der Luft. Es war schmutzig und düster. Nur spärlich drang Licht durch die vom Schnee blockierten Fensterscheiben ein.

Es gab noch eine Möglichkeit, direkt ins Freie zu gelangen: eine dieser schrägen Holzklappen, von denen man drei Stufen hinabsteigen musste. Vor diesem Durchgang hatte Sally ebenfalls Hindernisse aufgetürmt. Aber man konnte die Luke nicht wirklich sichern. Sie verschafften sich damit lediglich etwas Aufschub.

»Ich wünschte, wir hätten ein Gewehr«, flüsterte Nikki.

»Ich auch«, pflichtete Sally ihr bei.

»Ich wünschte, Daddy wäre hier.«

Bob hatte für einen kurzen, seltenen Moment freie Sicht und erhaschte einen weiten Blick auf die verkrüppelten, verschneiten Bäume am Fuß des Abhangs. Sonst nichts. Keine Bewegung, keine Spuren.

Eine Kugel prallte heulend an einem Felsen ab, nur Zentimeter vor seinem Gesicht. Eine kleine Wolke aus Granitsplittern traf ihn voll ins Auge. Er taumelte nach hinten, unterdrückte einen Aufschrei und spürte diese verdächtige Taubheit, die auf ein Trauma schließen lässt. Es dauerte nur eine Sekunde, bis die Taubheit in rauen, heftigen, sinnlosen Schmerz umschlug, der sich durch das Zusammenzucken seines Körpers noch verstärkte.

Dieser elende Scheißkerl!

Solaratov hatte nur einen winzigen Teil seines Kopfes zu sehen bekommen, sofort reagiert und das Ziel um wenige Zentimeter verfehlt. Wenige Zentimeter bei einer Distanz von über 600 Metern. Dieser miese Idiot war echt ein ausgesprochen guter Schütze.

Swagger fühlte, dass sein Auge anschwoll. Das Lid brannte und er schloss es, wobei sich ein starkes Pochen bemerkbar machte. Er tastete die Verletzungen im Gesicht ab. Eine Menge Blut, verursacht durch die Steinsplitter, aber offenbar nichts wirklich Ernstes. Er blinzelte, öffnete das Auge vorsichtig und konnte verschwommen sehen. Also war er nicht blind. Er saß zwar in der Falle, aber immerhin blieb ihm seine Sehkraft.

Dieser Kerl war wirklich gut.

Keine Probeschüsse. Er schätzte die Entfernung jedes einzelne Mal richtig ein. Jetzt hatte er Bob in die Enge getrieben und sein Auge erwischt.

Ganz ohne Probeschuss. Unfassbar!

Solaratov verfügte über ein seltenes Talent: eine perfekte Gabe für das Schätzen von Entfernungen. Das machte das Gesamtpaket komplett. Manche Männer brachten die nötigen Fertigkeiten mit, andere nicht. Manches konnte man durch Erfahrung lernen, anderes nicht. Tatsächlich handelte es sich dabei um eine Schwachstelle von Swagger, die ihn im Lauf der Jahre schon einige Treffer gekostet hatte. Ihm fehlte die Fähigkeit, Distanzen korrekt einzuordnen, während er alles, was ein Scharfschütze sonst brauchte, im Überfluss mitbrachte.

Donny hatte dieses Talent besessen. Donny konnte einfach hinschauen und einem die Entfernung nennen. Aber Bob versagte dabei so hoffnungslos, dass er mal ein kleines Vermögen in einen alten Entfernungsmesser von Barr & Stroud investiert hatte. Ein komplexes, betagtes optisches Instrument, das mit seinen vielen Linsen und Kalibriermöglichkeiten selbst die größten unbekannten Entfernungen in brauchbare Zahlenwerte umsetzte.

»Eines Tages wird's die auch in klein geben«, hatte er in einem verzweifelten Moment mal zu Donny gesagt.

»Dann wirst du mich nicht mehr als Helfer brauchen und ich kann beim nächsten Krieg zu Hause bleiben«, hatte dieser lachend gekontert.

»Ja, kannst du. Ein Krieg reicht.«

Er spielte mit einer Idee. Woher kam sie so plötzlich? Von der Erinnerung an Donny? Nun, zumindest von etwas, das weit in der Vergangenheit lag. Aber sie hatte noch keine konkrete Form angenommen. Unförmig, von seinem Verstand noch nicht vollständig erfasst, glich sie einer Melodie, die man zu kennen glaubte, aber trotzdem nicht einordnen konnte.

Dieser Kerl ist so gut. Wie kann er nur so gut sein?

Donny kannte die Antwort. Donny wollte sie ihm verraten. Im Himmel, oder wo immer er sich gerade aufhielt, saß Donny mit der Antwort und unternahm alles, um sie zur Erde zu funken.

Sag's mir!, verlangte Bob.

Aber Donny schwieg.

Und da unten wartete Solaratov, visierte die Felsen an, setzte darauf, dass ein x-beliebiges Körperteil zum Vorschein kam, damit er Bob erledigen und sich seiner eigentlichen Aufgabe zuwenden konnte.

Er ist so gut.

Er hat großartig geschossen.

Er hat Dade Fellows voll erwischt, dann Julie, die im schrägen Winkel in über 800 Metern Entfernung ritt, er war bloß der ...

Die Szene lief noch einmal vor seinem inneren Auge ab.

Wie er jetzt erkannte, zeichnete sie sich vor allem dadurch aus, wie nichtssagend sie gewesen war. Irgendein Bergkamm vor einer Felswand, kaum Vegetation. Eine karge Landschaft ohne besondere Auffälligkeiten.

Und?

Und wie hat er die Entfernung gemessen?

Er hatte keinerlei Anhaltspunkte gehabt, keine visuellen Daten, keine Objekte, anhand derer sich die Distanz abschätzen ließ. Nur die Frau auf dem Pferd, die immer kleiner wurde, während sie sich in schrägem Winkel von ihm entfernte.

Woher hatte er gewusst, welchen Haltepunkt er wählen musste, obwohl ihre Entfernung sich nach dem ersten Schuss so drastisch verändert hatte?

Er musste ein Genie sein. Irgendwelche außergewöhnlichen Hirnmechanismen flüsterten ihm die Information einfach zu. Donny hatte das auch gekonnt. Vielleicht kam es gar nicht so selten vor.

Aber dann kapierte er endlich. Besser gesagt: Donny meldete sich aus der Vergangenheit.

»Du Idiot«, flüsterte er ihm mit rauer Stimme ins Ohr, »schnallst du's immer noch nicht? Warum ist er so gut? Das ist doch *offensichtlich.*«

Jetzt begriff Bob, warum der Mann danebengeschossen hatte, als er den Hang hinabgekugelt war. Die Distanz hatte sich verändert. Er hatte ein Stück vorgehalten, sich verschätzt und ihn deswegen knapp verfehlt. Aber sobald sein Ziel sich nicht bewegte, kannte er die Entfernung *exakt.* Und so hatte er auch Julie treffen können. Er hatte es *genau* gewusst. Er hatte die Entfernungsgleichung gelöst und gewusst, wie weit sie weg war und welchen Haltepunkt er wählen musste, um sie zu erschießen.

Er hat einen Entfernungsmesser. Dieser Dreckskerl setzt einen Entfernungsmesser ein.

Solaratov schaute auf die Uhr. Kurz nach sieben. Das graue Licht verfärbte sich langsam weiß, ein Himmel wie aus versiegeltem Zinn. Der Schneefall wurde stärker und eine leichte Brise kam auf und brachte die Flocken zum Tanzen. Der Wind drang in seine Kapuze ein, traf auf verschwitzte Haut und schnitt wie eine Sense. Ein kleiner Schauer rieselte ihm über die Wirbelsäule.

Wie lange kann ich noch warten?, grübelte er.

Es dauerte noch ein paar Stunden, bis sich das Gebiet wieder auf dem Luftweg erreichen ließ. Aber unter Umständen kamen sie mit Schneemobilen oder räumten vorher den Highway frei.

Eine ungewohnte Unruhe befiel ihn.

Er stellte eine Liste auf:

1. Den Scharfschützen töten.

2. Die Frau töten.

3. Die Zeugen töten.

4. In die Berge entkommen.

5. Den Heli kontaktieren.

6. Treffen am Abholpunkt.

Solaratov veranschlagte etwa eine Stunde Zeit, um sie abzuarbeiten. Höchstens zwei.

Er blieb am Fernrohr mit gespanntem Gewehr. Sein Finger strich an der Krümmung des Abzugs entlang. Sein Kopf war klar, seine Konzentration auf dem Höhepunkt.

Wie lange kann ich so bleiben?

Wann muss ich blinzeln, wegschauen, gähnen, pissen, an Wärme, Essen, eine Frau denken?

Er schwenkte den Lauf des auf den Stamm gestützten Gewehrs und strich der Länge nach den felsigen Kamm ab, sondierte nach Spuren. Gab es wieder eine Atemwolke? Einen Schatten, wo keiner hingehörte? Aufgewühlten Schnee? Eine gerade Linie? Eine Bewegung? Es würde passieren, es musste, denn Swagger gab sich nicht damit zufrieden, untätig zu warten. Seine Natur zwang ihn zum Handeln. Und damit besiegelte er seinen Untergang.

Er kann mich nicht sehen.

Er weiß nicht, wo ich bin.

Nur eine Frage der Zeit.

Er dachte über Entfernungsmesser nach. Wie funktionierten die verdammten Teile? Sein altes Barr & Stroud war eine mechanische Ausführung gewesen, eine Art Landvermessungswerkzeug mit Rädchen und Linsen. Deshalb war es so schwer gewesen. Eine total unpraktische Mischung aus Fernglas und Rechenschieber.

Aber kein moderner Schütze benutzte noch so ein Gerät: zu alt, zu schwer, zu empfindlich.

Laser. Es musste einen Laser haben. Es schoss einen Laserstrahl zu einem Objekt, maß die Zeit bis zum Auftreffen und stellte damit eine sichere, schnelle Berechnung an.

Laser waren überall. Man benutzte sie, um Bomben zu lenken, mit Kanonen zu zielen, Augen zu operieren, Tattoos zu entfernen, Feuerwerk zu imitieren. Aber was für eine Art von Laser mochte das hier sein?

Er schien unsichtbar zu arbeiten. Kein Strahl, kein roter Punkt.

Ultraviolett?

Infrarot?

Wie wurde es ins sichtbare Spektrum übertragen?

Es muss eine Art Licht sein. Wie sehe ich es?

Er hatte eine Idee: Licht war letztlich Hitze. Falls er Solaratov dazu bringen konnte, es durch einen Eisnebel zu projizieren, brannte die Hitze Spuren in den Schnee. Dann könnte er mithilfe dieser Spuren zurückschießen und ...

Nein, völlig absurd. Abgesehen davon, dass es nach einer komplexen Verkettung von Aktionen verlangte, von denen ihm jede einzelne eine 7-Millimeter-Magnum in die Lunge einhandeln konnte, wusste er nicht einmal genau, ob es funktionierte.

Idee Nummer zwei: Solaratov dazu bringen, den Laser durch ein Stück Eis zu schießen. Das Eis würde sich verformen und sein Messergebnis verfälschen. Dann hielt er zu hoch oder zu tief, verfehlte ihn und ...

Verrückt. Unrealistisch.

Denk nach, gottverdammt. Wie kann ich seinen Laser sehen?

Da kam ihm ein Gedanke.

Durch das Nachtsichtgerät? Durch die Brille? Ob die den Strahl sichtbar macht?

Er hob die Brille vom Boden auf, wo sie halb im Schnee versunken war, stülpte sich das Geschirr über den Kopf, zog sie vor die Augen und betätigte den Einschalter. Eine grüne Landschaft entstand, als sei die Welt einer Überschwemmung zum Opfer gefallen. Die Meere waren angestiegen. Alles grün. Nichts anderes zu erkennen.

Wie kann ich ihn dazu bringen, mich noch mal anzulasern?

Nicht weiter schwierig. Indem er sich noch einmal bewegte und damit die Entfernung veränderte. Dann musste Solaratov zwangsläufig eine neue Messung starten.

Wenn das klappt, ließe es sich damit vergleichen, dass mitten im Grün schlagartig ein Neonschild aufgestellt wird, auf dem steht: HIER IST DER SCHARFSCHÜTZE.

Jetzt passierte etwas.

Atemwolken stiegen über einer Felsformation auf, ausgelöst vermutlich durch körperliche Anstrengung. Einer der Felsen fing aus unerfindlichen Gründen zu zittern an.

Verschiebt er den Felsen?

Warum sollte er den Felsen verschieben?

Aber noch im selben Moment, während er seine Haltung stabilisierte, wackelte der Fels auf mysteriöse Weise, hörte kurz auf und purzelte dann majestätisch vorwärts. Er riss zwei Dutzend andere Steine mit sich und ließ im Fallen eine Schneewolke aufsteigen. Da wusste Solaratov es.

Er versucht, mich lebendig zu begraben.

Er will eine Lawine lostreten, tonnenweise Schnee bergabschicken, der mich unter sich begräbt.

Aber das würde nicht klappen. Solaratov wusste, dass Lawinenschnee üblicherweise alter Schnee war, dessen Struktur durch die Schmelze erodiert und dessen Feuchtigkeit größtenteils verdampft war. Dadurch wurde er trocken und tückisch, ein Flickenteppich aus Schwachstellen und nicht zu überschreitenden Linien. Dann und nur dann konnte ein einzelner Riss die ganze Struktur zum Einsturz bringen.

Aber diese Lawine hier konnte nicht viel ausrichten. Der Schnee war zu feucht und zu frisch; er flog höchstens ein Stück weit, aber er würde sich nicht zu einer Masse zusammenballen. Ein paar Hundert Meter weiter unten verlief er sich.

Dazu kam, dass Swagger offenbar keine Ahnung hatte, wo er sich aufhielt. Die von einem Schneevorhang umgebenen Steine, die ziellos den Hang hinabprasselten, kamen nicht auf ihn zu, sondern stürzten etwa 100 Meter weiter rechts an ihm vorbei. Keine akute Bedrohung.

Die Vergeblichkeit dieser Aktion brachte ihn beinahe zum Kichern. Er erinnerte sich, dass sein Opfer eher ein Dschungelguerilla war, kein Mann der Berge.

Das Gestein purzelte und hinterließ eine Schneespur, aber weiter unten, wo das Gefälle nachließ, verlor sich ihre Energie und die Felsbrocken blieben liegen.

Solaratov sah dabei zu. Dann zielte er mit dem Gewehr wieder auf die ursprüngliche Gruppe von Felsen. Während er den Lauf herumschwenkte, glaubte er, eine weiße Gestalt auszumachen, die sich verzweifelt durch die Schneemassen wühlte.

Er blickte über die Gestalt hinweg, kehrte dann zu ihr zurück, konnte sie erst nicht finden und folgte ihr schließlich mit dem Fadenkreuz. Aber es gelang ihm nicht ganz, sie genau zwischen dem dritten und dem vierten Mildot anzuvisieren.

Swagger hatte sich also erneut bewegt und strampelte

buchstäblich bergab, um eine neue Position zu erreichen. Wozu? Nur damit er ein paar Dutzend Meter näher an ihn herankam? Zugleich schränkte er aber seine Manövrierfähigkeit ein. Was bezweckte der Kerl bloß damit? Sein letzter Fehler, keine Frage!

Das Spiel ist fast vorbei, dachte Solaratov.

Er legte die Waffe ab, griff stattdessen zum Fernglas und bereitete sich darauf vor, einen weiteren Laserstrahl hinauszuschicken, um die Entfernung zu Swaggers neuer Position zu messen.

Bob prallte mit einem Knall gegen die zum Liegen gekommenen Felsbrocken, aber ihm fehlte die Zeit, sich mit dem Schmerz zu beschäftigen. Stattdessen zog er sich in die Höhe und schob Kopf und Schultern über die Felsen. Er klappte die Nachtsichtbrille herunter, schaltete sie ein und spähte verzweifelt ins Nichts. Ihm war bewusst, dass er gegen so ziemlich jede Regel im *U. S. Marine Corps Sniping FMFM1-3B* verstieß – dem Handbuch, in dem stand, dass ein Scharfschütze niemals über ein Hindernis hinwegspähen durfte, weil er auf diese Weise ein viel zu leichtes Ziel für Abwehrfeuer bot. Nein, man ging in die Hocke und schielte seitlich vorbei. Aber für solche Details hatte er jetzt keine Zeit.

Im trüben, grünen Licht war nichts klar zu erkennen: keine Formen, keine räumliche Tiefe, nur vage phosphoreszierendes Grün. Er suchte diese Leere ab, war zu angespannt, um verzweifelt zu sein, obwohl er wusste, dass er über dem Rand der Felsen hing und Solaratov ihn jederzeit ausschalten konnte.

Er wartete. Eine Sekunde, dann noch eine, dann eine dritte. Sie krochen vorbei wie Züge, verlangsamt durch das dicke, schlammige Blut, das sein Herz durch die Adern pumpte.

Nichts.

Vielleicht war der Laser im Farbspektrum des Nachtsichtgeräts nicht zu erkennen. Wer wusste das schon? Vielleicht gehörte der Laser-Entfernungsmesser zu einem fortschrittlichen Zielfernrohr, von dem er noch nie gehört hatte. Wenn er den Laser bemerkte, folgte ihm aller Voraussicht nach schon eine Nanosekunde später eine vernichtende 7-Millimeter-Kugel.

Vielleicht ist er gar nicht mehr da. Vielleicht ist er in Bewegung und steigt gerade einen Hang hinauf. Oder er hat mich flankiert und lässt sich jetzt einfach Zeit.

Zwei weitere Sekunden krochen vorbei, von denen sich jede wie eine Ewigkeit anfühlte. Dann hielt Bob es nicht mehr länger aus. Als er sich diesmal duckte, um in diese aussichtslose Welt abzutauchen, geschah es endlich.

Der gelbe Streifen bildete einen Riss im Mauerwerk des Universums. Aus dem Nichts schwirrte er direkt auf ihn zu. Nur für einen kleinen Augenblick, aber da war sie: eine gerade Linie, während der Schütze unten die Entfernung zum Schützen oben vermaß.

Bob speicherte die Stelle in seinem Muskelgedächtnis ab, von der der kurze Strahl ausgegangen war. Er bildete einen Orientierungspunkt für sein Zeit- und Raumgefühl. Er durfte keinen Muskel bewegen, kein einziges Atom. Er durfte die Starre seines Körpers nicht durchbrechen, weil alles davon abhing, diesen unsichtbaren Punkt im Gedächtnis zu bewahren. Er hob das Gewehr mit einer einzigen fließenden Bewegung an die Schulter. Statt den Kopf zum Zielfernrohr zu bewegen, bewegte er das Zielfernrohr genau dorthin, wo er es brauchte.

Er sah nichts, nicht einmal dann, als seine Hand sich bereits um den Pistolengriff schloss und sein Zeigefinger zum Abzug fand, dessen Feinheit und Spannung fühlte und eins mit ihm wurde.

Bob war nicht nervös, nicht mehr. Dies war der Rest seines Lebens, alles, was es noch gab.

Und als er die Nachtsichtbrille mit einer Kopfbewegung abwarf, stand sein alter Feind vor ihm. Bob sah den Scharfschützen. Er hatte sich hinter einem auf die Seite gestürzten Baumstamm verkrochen und war im weißlichen Wirbel der Schneeflocken mit seinem arktischen Tarnmuster kaum erkennbar. Allein die harte, gerade Linie des Gewehrlaufs, den er auf Bob richtete, hob sich vom Untergrund ab.

So viele Jahre, dachte Bob. Er konzentrierte sich auf das Ziel, bis er nur noch die strenge Form des Fadenkreuzes sah, und korrigierte wegen des Abwärtswinkels leicht nach unten. Das Fadenkreuz schien das ganze Universum auszufüllen – eine Botschaft völliger Klarheit.

Ohne dass Bob einen bewussten Entschluss gefällt hätte, gab der Abzug nach und er feuerte.

Den Schuss, der einen erwischt, hört man nie.

Solaratov hatte sein Ziel im Blick und war aufgeregt, weil er den Mann nun endlich erledigte. Aber für eine Sekunde zögerte er, um die neue Distanz zu berechnen. Dann wurde ihm klar, dass der Mann da oben tatsächlich auf ihn zielte.

Er fühlte keinen Schmerz, nur den Schock.

Er schien sich im Zentrum einer Explosion zu befinden. Die Zeit blieb stehen. Für kurze Zeit existierte er außerhalb von Raum und Zeit. Bei seiner Rückkehr war er kein Bewaffneter mehr, der mit einem Gewehr auf jemanden zielte, sondern nur ein Mann, der in einer Blutlache im Schnee lag. Er stieß abgehackte Atemzüge hervor – weiße Wölkchen mit roten Spritzern wie beschädigte Rauchzeichen.

Es klang, als ob in der Nähe ein Betrunkener auf einem kaputten Akkordeon oder einer Orgel spielte. Der Musik fehlte es an Melodie. Lediglich ein Jammern mit einer Art Kratzen oder Rascheln unterlegt. Saugende Brustwunde. Linke Seite. Linker Lungenflügel hinüber. Das Blut strömte aus Eintritts- und Austrittswunde gleichermaßen. Überall Blut.

Ein innerer Totalschaden. Der Tod nahte. Der Tod kam. Endlich kam der Tod, sein alter Wegbegleiter, um ihn zu holen.

Er blinzelte ungläubig und fragte sich, aus welcher Verkettung von Umständen diese Situation entstanden sein mochte.

Sein Leben flackerte und verflüchtigte sich, verschwamm vor seinen Augen, verschwand und kehrte zurück.

Es ist aus mit mir.

Er fragte sich, ob ihm noch die Kraft blieb, das Gewehr zu holen, sich eine Position zu suchen und auf den Mann zu warten, bevor er verblutete. Aber der andere dürfte nicht so leichtsinnig sein, in eine Falle zu laufen.

Als Nächstes sinnierte er darüber, wie der Missionsstatus sich verändert hatte.

Den Mann töten, der ihn gerade getötet hatte? Sinnlos. Es gab keinen Ausweg für ihn. Die einzige Frage, die noch blieb, lautete: Fehlschlag oder Erfolg?

Er hievte sich hoch, sah das Haus in 500 Metern Entfernung zwischen den verschneiten Bäumen und hatte das Gefühl, es schaffen zu können. Er könnte es schaffen, denn der andere Schütze blieb jetzt sicher in Deckung, weil er nicht mit Sicherheit wusste, ob Solaratov tot war oder nicht.

Er konnte es bis zum Haus schaffen, reingehen und mit der Glock-Pistole den Job zu Ende bringen, der ihn das Leben gekostet hatte.

Sein Vermächtnis: den letzten Job zu beenden. Im Erfolg unterzugehen.

Irgendwo holte er die Kraft zum Aufstehen her. Ihn

erstaunte, wie klar jetzt alles schien. Er machte sich auf den Weg und schleppte sich blutend durch ein Winterwunderland.

Swagger blieb etwa eine Minute lang dicht hinter dem Felsen liegen. Er hatte das Zielbild noch vor Augen: das Fadenkreuz, durch die Intensität seiner Konzentration so angeschwollen, dass es groß und rabiat wie eine Faust wirkte. Er hatte tief gezielt, auf den Baum, der dem anderen als Deckung diente, denn wenn man abwärts schoss, musste man tiefer zielen, damit die Kugel in die Brust einschlug – ein schönes breites Ziel.

Trotzdem eine schwierige Herausforderung: Den Angaben des Vorbesitzers zufolge war das Gewehr auf 500 Meter eingeschossen, aber sicher hatte der Mann, der es eingeschossen hatte, es etwas anders gehalten als Bob. Oder es gab einen Zweig oder Ast, der sich in der zehnfachen Vergrößerung des Zielfernrohrs nur undeutlich erkennen ließ. Oder Wind, den er nicht einkalkuliert hatte; eine leichte Brise, die um den Berg wehte.

Das Zielbild war allerdings so perfekt gewesen, wie es nur sein konnte. Er hatte genau auf die richtige Stelle gezielt, überzeugt davon, einen Treffer zu landen.

Jetzt schob er sich rechts um den Felsbrocken und spähte hinaus. Er suchte nach der Stelle, an der er seinen Feind erlegt hatte, aber aus diesem Winkel war die Sicht deutlich erschwert. Er ließ die Augen in dem Bereich hin- und herwandern, den er für den richtigen hielt.

Nichts. Keinerlei Bewegung. Überhaupt nichts.

Schließlich entdeckte er den umgestürzten Baum, hinter dem sein Feind Schutz gesucht hatte. Aber von ihm selbst keine Spur. Der Schnee war nirgends aufgewühlt. Etwas weiter hinten identifizierte er einen Fleck als Blut. Unmöglich allerdings, es von hier aus klar einzuordnen. Es hätte sich ebenso gut um einen Stein oder einen abgebrochenen Ast handeln können.

Er senkte die Waffe, schob die Nachtsichtbrille nach unten und stierte für eine Weile ins Trübe. Alles blieb grün. Kein Laser flackerte auf.

Hab ich ihn getroffen?

Ist er tot?

Wie viel Zeit soll ich ihm geben?

Ihm drängten sich gleichzeitig ein Dutzend verschiedener Szenarien auf. Womöglich hatte Solaratov sich zu einer Rückzugsposition begeben. Sich zur Seite wegbewegt. Kam auf ihn zu. Näherte sich in diesem Moment dem Haus – im Glauben, dass Bob ihm nicht folgte.

Die letzte Möglichkeit schien ihm die logischste zu sein. Schließlich lautete Solaratovs Aufgabe, Julie zu töten, nicht Swagger. Swaggers Tod erfüllte für ihn keine Funktion. Nur Julies Tod versprach den erfolgreichen Abschluss der Mission.

Und falls ihn noch jemand zu Gesicht bekam, beseitigte Solaratov mit Sicherheit auch ihn als unerwünschten Zeugen.

Bob nahm einen tiefen Atemzug.

Dann drückte er sich vom Boden ab, rannte ein paar Meter den Hügel hinab, bewegte sich im Zickzack, tauchte zwischendurch immer wieder ab, sprang, suchte Deckung. Er wollte es dem anderen so schwer wie möglich machen, ihn zu treffen, wusste aber, dass sich das Risiko nicht komplett ausschalten ließ.

Aber kein Schuss fiel.

Da seine neue Deckung tiefer lag, fehlte es ihm ein wenig an Übersicht. Er konnte durch die schneebedeckten Bäume nur einen Teil des Tals sehen, und dort bewegte sich nichts in Richtung Haus. Aber sein Ziel trug Tarnkleidung, änderte mutmaßlich häufig den Kurs, ließ sich genau wie er fallen – weiter kein Problem, sich neugierigen Blicken zu entziehen.

Bobs Herz raste. Ihm ging die Puste aus. Etwas schien der Welt den gesamten Sauerstoff entzogen zu haben.

Er rappelte sich auf und setzte seinen Weg fort.

Zweimal fiel er in den Schnee. Beim zweiten Mal wurde er um ein Haar bewusstlos. Und als er aufblickte, schien das Haus kein bisschen näher gekommen zu sein.

Seine Gedanken überschlugen sich und gerieten zunehmend außer Kontrolle. Er dachte an Zielbilder, an Männer, die in seinem Fadenkreuz zu Boden sanken, an lange Jagden in den Bergen, in Dschungeln und in Städten. Überall dort hatte er gejagt und jedes Mal über den Gegner triumphiert.

Er dachte an das Kriechen mit dem Sandsack, das beschwerliche Kriechen vor dem amerikanischen Fort und an den Moment, als sie ihn erwischt hatten. Dann an das große schwarze Flugzeug, das wie ein Geier über ihm kreiste, bevor seine Kanonen die Welt pulverisierten.

Er dachte daran, wie oft er getroffen worden war: Im Laufe der Jahre hatte er sich nicht weniger als 22 Wunden eingehandelt, obwohl zwei von Messern stammten. Die eine hatte ihm ein Angolaner zugefügt, die andere eine Frau der Mudschahedin. Er dachte an Durst, Angst, Hunger, Unbehagen. Er dachte an Gewehre. Er dachte an die Vergangenheit und an die Zukunft, die sich ihm gerade entzog.

Zum letzten Mal stand er auf und stolperte durch den widerspenstigen Schnee. Es war nicht kalt. Der Schneefall hatte erneut zugenommen. Die Flocken wirbelten, sie tanzten im Wind. Schwere, feuchte Flocken wie in Osteuropa.

Wo bin ich?

Was ist passiert?

Warum ist es passiert?

Da erreichte er das Haus.

Stille.

Er beugte sich zur Sturmkellertür hinab, rüttelte fest daran und griff im selben Moment in die Manteltasche, um seine Glock hervorzuziehen.

Die Tür schien zu klemmen. Er spürte, dass sie nachgeben wollte, aber von etwas festgehalten wurde. Er fand irgendwo in sich die Kraft, noch fester zu ziehen. Ein Krachen setzte dem Widerstand ein Ende. Die Tür schwang auf. Dahinter drei Betonstufen. Sie führten zu einem dunklen Eingang, offenbar mit Gerümpel verstopft.

Er schlüpfte hindurch und trat in die Dunkelheit. Nur am Rande war ihm bewusst, dass er es geschafft hatte. Er fühlte eine seltene Klarheit im Kopf, hatte sein Ziel deutlich vor Augen, wusste genau, was er zu tun hatte.

Mit Tritten bahnte er sich einen Weg durch die Hindernisse: ein Sägebock, ein Fahrrad, Bettfedern, Kartons mit alten Zeitungen. Hinter ihm schlug die Tür zu und schloss ihn in der Dunkelheit ein. Er machte noch einen Schritt, trat Gegenstände beiseite und wartete darauf, wieder etwas zu sehen. Er schnupperte. Feuchtigkeit. Schimmel. Fäulnis. Altes Leder. Papier. Vermodernder Stoff. Verwittertes Holz.

Dann sah er sie.

Sie kauerten an der gegenüberliegenden Wand unter der Treppe, zwei Frauen und ein Mädchen, die sich gegenseitig umklammerten und weinten.

Swagger erreichte den Waldrand. Jetzt hätte er eine Pistole gebraucht, eine kurze, handliche Schnellfeuerwaffe mit einer Menge Durchschlagskraft. Aber die Beretta lag irgendwo dort oben auf dem Berg, begraben unter einer Tonne Schnee.

Er trug das Gewehr tief wie eine Maschinenpistole und kämpfte sich durch den Wald, während er sich dem Scharfschützen über die Flanke näherte.

Er hielt inne, wartete, horchte. Es gab kein Geräusch,

überhaupt kein Lebenszeichen an diesem verwunschenen Ort. Zweige und Büsche wurden durch den schweren, feuchten, frischen Schnee zu extravaganten Formen entfremdet, fast wie moderne Kunst. Der Schnee schwebte durch graue Schemen.

Bobs Atem stieg in einer Wolke über ihm auf und trieb davon. Er rückte langsam vor. Falls der Scharfschütze in der Nähe war, hatte er sich gut versteckt.

Er stieß auf den umgestürzten Baum und die Stelle im Schnee, wo der Mann sich beim Aufwärtsschießen abgestützt hatte.

So leise wie möglich schlich Bob zwischen den dicken Bäumen hindurch, um nur keinen Schnee aufzuwirbeln. Schließlich erreichte er die Stelle, hielt für einen Moment inne und trat aus der Deckung hervor, um seine Gewehrmündung auf den Mann zu richten. Aber hier wartete niemand auf ihn. Nur sein eigener rauer Atem, der bei den Minusgraden keuchte.

Das Blut erzählte ihm die ganze Geschichte.

Solaratov war schwer getroffen. Sein Gewehr lag im Schnee; auch das Fernglas mit Entfernungsmesser. Ein himbeerroter Fleck kennzeichnete die Stelle, an der er am stärksten geblutet haben musste, zu Boden geworfen durch den Einschlag der 308er-Kugel.

Ich hab ihn erwischt!, dachte Bob. Aber er hatte keine Zeit, sich darüber zu freuen, denn in den nächsten Sekunden untersuchte er die Fußspuren und die Blutspur und erkannte, dass der Mann durch den Wald in Richtung des Hauses weitergegangen sein musste; schwer verletzt, aber alles andere als tot.

In diesem Augenblick hörte er einen Knall. Kein Schuss. Er wandte sich um. Eine kleine Schneewolke schwängerte die Luft. Das half bei der Identifizierung des Geräuschs. Es war eine schwere Kellertür gewesen, die ins Schloss fiel.

Im Moment des Zuschlagens hatte die Vibration den Schnee aufgewirbelt.

Er ist da drin bei meiner Familie.

Für einen Moment spürte er nichts als Entsetzen, aus gutem Grund. Es fühlte sich an, als ob Eis durch seinen Körper rutschte, glatt und unerträglich kalt. Es betäubte alles, womit es unterwegs in Kontakt geriet.

Aber ein Teil seines Gehirns weigerte sich, in Panik zu geraten. Er wusste, was er zu tun hatte.

Schnell hob er die Remington Magnum auf, um ihre zusätzlichen 90 Meter Geschossgeschwindigkeit und 670 Joule Geschossenergie nutzen zu können. Er legte den Parka ab und rannte, rannte wie ein Wahnsinniger. Nicht zur Vorderseite des Hauses, das war zu weit, sondern auf direktem Weg zur Kellertür.

Sie hörten die Tür quietschen, als jemand daran rüttelte.

»Oh Gott!« Sally stöhnte auf.

»Da rüber«, wies Julie sie an.

Sie packte ihre Tochter und floh zusammen mit der jüngeren Frau zur Rückseite des Kellers, bis sie die Ziegelmauer erreichten. Es gab keinen Ausweg, weil auch die Treppe, die nach oben führte, mit Gerümpel verstellt war, um diesen Mann am Hereinkommen zu hindern.

Als die Tür aufsprang, wichen sie zurück und duckten sich. Sie wurde weit aufgerissen und der dunkle Raum füllte sich mit so viel Licht, dass ihre an die Dunkelheit gewöhnten Augen nichts mehr sahen.

Er stapfte keuchend hinunter und trat das Gerümpel zur Seite wie ein wütender, betrunkener Vater, der nach einer langen Nacht mit seinen Kumpels nach Hause kam, um seine Frau zu verprügeln. Das rührte etwas tief in Julie Verborgenes an: eine lange begrabene, schmerzvolle Erinnerung, mit der sie sich nie näher auseinandergesetzt hatte.

Die Kellertür fiel krachend hinter ihm ins Schloss. Er kickte weiteren Krempel beiseite, bis er in der Mitte des Raums stand.

Blinzelnd wartete er, bis seine Augen sich an die Schwärze gewöhnt hatten. Es fiel nicht weiter schwer, ihn zu fürchten: ein muskulöser grauer Barbar in weißer Kleidung. Aus einer Brustwunde strömte reichlich Blut in einem zerklüfteten Rinnsal zur Hose und den Stiefeln hinunter.

Er hatte ein fahles, grobschlächtiges Gesicht, einen Bürstenschnitt und eisige kleine Augen. Er grinste wie ein Irrer und fletschte die rot verklebten Zähne. Als er hustete, spritzte Blut aus seinem Mund. Er schien sich gerade noch bei Bewusstsein halten zu können, taumelte mit sichtlicher Mühe. Aber er hielt sich aufrecht, sammelte sich und musterte die anwesenden Frauen grimmig. Der Schmerz schien ihn schier wahnsinnig zu machen. Die Augen flackerten und er zitterte am ganzen Leib.

Die Mündung seiner Pistole strich über sie hinweg.

Julie trat vor.

Der Killer lachte aus einem unerfindlichen Grund. Noch ein scharlachfarbener Spritzer drang aus seinem Mund und klatschte ihm auf die Brust. Seine Lunge musste voller Blut sein. Er ertrank förmlich darin. Warum fiel er nicht endlich um?

Er hob die Pistole, bis der Lauf direkt auf ihr Gesicht gerichtet war.

Julie hörte ihre kleine Tochter weinen, hörte, wie Sally den Atem anhielt. Sie dachte an ihren Mann und denjenigen, den sie vor ihm geliebt hatte – die einzigen beiden Männer, die sie je lieben würde. Sie schloss die Augen.

Aber er schoss nicht.

Sie öffnete die Augen.

Er war halb zusammengebrochen, stemmte sich dann

aber wieder hoch. Er fuchtelte mit der Waffe vor ihrem Gesicht herum. Sein Blick verriet wilde Entschlossenheit.

Bob rannte, bis er sich in einem günstigen Blickwinkel zur Kellertür befand.

Er wird sie nicht sofort erschießen. Er muss abwarten, bis seine Augen sich an die Dunkelheit gewöhnt haben.

Er sah die Situation vor sich. Solaratov trat in die Dunkelheit und blieb stehen, bis er wieder etwas sehen konnte. Da drüben, gleich hinter der Tür, so lange, wie es eben dauerte. Bei Solaratov rechnete er mit nur wenigen Sekunden.

Bob kniete sich hin, stützte das Gewehr auf ein Bein, fand eine gute Schusshaltung. Die Entfernung betrug bestimmt 500 Meter, aber auf diese Distanz war das Zielfernrohr optimal eingestellt.

Er wickelte sich den Gurt fest um den linken Arm, mit dem er die Waffe hielt, ohne großartig darüber nachzudenken. Er nahm die klassische Marine-Corps-Position ein. Ein heftiger Schmerz durchfuhr ihn, als eine alte Wunde wieder aufriss, aber er beachtete ihn gar nicht, atmete dreimal tief durch, sammelte Sauerstoff und suchte nach seinem natürlichen Zielpunkt.

Etwas in ihm drängte: *Schneller! Schneller!* Eine zweite Stimme flüsterte gleichzeitig: *Langsamer, langsamer!* Er legte das Fadenkreuz mittig über die Tür, nur ein Stück graues schneeüberzogenes Holz, und betete, dass die Wucht der 7-Millimeter-Patrone ausreiche.

Er erlebte einen Moment von Klarheit und legte instinktiv alles, was er über das Schießen wusste, in diesen einen Versuch: die Entspanntheit des Fingers, lange Jahre hart trainiert; die Disziplin des Atmungszyklus; den Rhythmus tieferen und flacheren Ausatmens; das Zusammenwirken von Stäbchen und Zapfen in der Netzhaut des Auges; die

Orchestrierung von Pupille, Auge und Linse; die Führung und Weisheit der Retina – vor allem aber dieses gewollte, tiefe Abtauchen in die Stille, bei der die Welt grau und fast nicht mehr vorhanden ist, zur gleichen Zeit aber gestochen scharf und überdeutlich.

Alles ist egal!, sagte er sich in einem Moment, in dem es auf alles ankam.

Und dann war es vorbei. Das Gewehr feuerte, er spürte den Rückstoß und das Zielbild verschwamm vor seinem Auge. Als er es erneut erfasst hatte, sah er eine pilzförmige Wolke aus feinstem Schnee, den die Vibrationen der Kugel nach dem Durchschlagen der Holztür zum Schweben gebracht hatten.

Die Pistole sank herab. Sie sah die Mündung riesengroß vor sich, nur einen oder zwei Meter entfernt, und dann ...

... spritzte ihr etwas ins Gesicht. Die Luft wurde schlagartig von einem Nebel, einer Art fleischigem Dunst, erfüllt.

In dieses Gefühl mischte sich das Geräusch von splitterndem Holz.

Außerdem hörte sie einen Grunzlaut wie ein Gurgeln aus einer verletzten Lunge, nur entfernt menschlich.

Sie stellte fest, dass Tropfen einer warmen, schweren Flüssigkeit ihren Körper bedeckten: frisches Blut.

Der Scharfschütze verwandelte sich vor ihren Augen. Die obere Hälfte des Gesichts war nur noch eine wabbelige Masse. Dort klaffte eine verheerende Wunde aus zersplitterten Knochen und spritzendem Blut. Eines seiner Augen blickte stumpf und tot geradeaus, das andere war gar nicht mehr da. Im selben Moment, als sich diese Details in ihr Gedächtnis einbrannten, fiel der Mann zur Seite und schlug mit dem Kopf auf dem Betonboden auf, wobei die ausgefranste Eintrittswunde am Hinterkopf samt zerschmettertem Schädelknochen zum Vorschein kam.

Ein einzelner Lichtstrahl drang durch die Kellertür: das Loch, das die Kugel hinterlassen hatte.

Sie blickte nach unten, sah den untersetzten, kleinen Mann wie einen gefallenen Engel in einer roten Lache liegen, während das seidige Lebenselixier unablässig aus seinem zerstörten Gesicht spritzte.

Sie wandte sich zu ihrer Tochter und ihrer Freundin um, die sie mit offenen Mündern anstarrten. In ihren Augen lag mehr Entsetzen als Erleichterung.

Ganz ruhig verkündete sie: »Daddy ist wieder zu Hause.«

KAPITEL 49

Er hatte kein weiteres Mal geschossen, weil ihm die Munition ausgegangen war. Aber kaum eine Sekunde später wurde die Kellertür aufgestoßen und Sally sprang heraus und signalisierte ihm, dass es vorbei war.

Als Bob das Haus erreichte, landeten drei Hueys von der Air Force und ein Helikopter der State Police. Weitere befanden sich im Anflug. Schließlich traf sogar eine Air-Force-Maschine ein, ein großer Blackhawk, und spuckte eine größere Zahl von Soldaten aus. Das Ganze erweckte den Eindruck einer vorgezogenen Feuerbasis mitten in der heißesten Kriegsphase – der Nachschub wollte gar nicht mehr aufhören.

Sofort erhielt er die positive Nachricht: Alle drei Frauen waren wohlauf. Die Sanitäter versorgten sie gerade. Der Scharfschütze lebte nicht mehr.

Jemand kümmerte sich um Bobs Wunden. Ein Rettungshelfer betäubte den Oberschenkel und schloss die Naht, die durch das viele Laufen und Springen aufgerissen war. Dann pflückte er ihm eine halbe Stunde lang Splitter von Steinen und Kugeln aus Gesicht und Auge. Zum Abschluss desinfizierte er die Schnittwunden und bedeckte sie mit einem Mullverband. Das Auge schien keinen ernsthaften Treffer abbekommen zu haben. Auch da hatte er also Glück gehabt.

Bei der Rückenverletzung konnte man nicht viel tun. Die Kugel war durch den Tarnanzug eingedrungen und hatte die Wirbelsäule gestreift, was sowohl eine Verbrennung als auch einen Bluterguss nach sich gezogen hatte. Aber abgesehen von der Desinfektion konnten nur die Zeit sowie Schmerzmittel helfen, die Blessur verschwinden zu lassen.

Ein Polizist wollte eine Aussage von ihm, aber Bonson ließ die Muskeln spielen und erklärte die Ranch kurzerhand zu einem FBI-Tatort. Innerhalb einer Stunde würden FBI-Agenten als Verstärkung aus Boise eintreffen. Im Keller widmete sich ein Ermittlerteam der State Police der Leiche des Scharfschützen. Er hatte zwei Treffer abbekommen: einmal in den linken Lungenflügel, einmal in den Hinterkopf.

»Tolle Schüsse«, staunte ein Cop. »Wollen Sie Ihr Werk mal bewundern?«

Aber Swagger hatte nicht das Bedürfnis, den Toten zu sehen. Wozu sollte das gut sein? Es reichte ihm so langsam mit den Leichen.

»Ich möchte lieber zu meiner Tochter und meiner Frau.«

»Tja, Ihre Frau wird gerade von unseren Sanitätern behandelt. Wir müssen sie sobald wie möglich befragen. Mrs. Memphis ist bei Nikki.«

»Darf ich zu ihr?«

»Sie sind in der Küche.«

Er ging durch ein fremdes Haus voller fremder Menschen. Leute sprachen in Funkgeräte, überall hatte man Computer als provisorische Arbeitsstationen aufgebaut. Junge Leute, für die er sich absolut nicht interessierte, hingen herum, quasselten wild durcheinander und machten einen sichtlich aufgeregten Eindruck, weil sie hofften, einen großen Fisch ins Netz zu bekommen. Er erinnerte sich an eine Zeit, in der alle CIA-Leute noch Ex-FBI-Männer gewesen waren: bullige Cop-Typen mit schwedischen Carl-Gustaf-Maschinenpistolen, die viel darüber redeten, wie gerne sie »Schlitzaugen« abknallten. Aber diese Jungen und Mädchen sahen eher aus, als ob sie noch zur Schule gingen, und bewegten sich mit einer Selbstverständlichkeit durch die Räume, als sei es ihr Zuhause.

Er ging zwischen ihnen hindurch und sie machten ihm Platz. Er spürte ihre Neugier. Was sie wohl von ihm hielten? Seine Art Krieg hatte so wenig mit ihrem eigenen zu tun, dass sie sich wahrscheinlich gar nicht in seine Lage versetzen konnten.

In der Küche fand er Sally. Neben ihr saß seine Tochter. Für solche Momente lohnte sich jedes Opfer. Nun wusste er, warum er in Vietnam um sein Überleben gekämpft hatte.

»Hi, Kleine!«

»Oh, Daddy«, rief sie und riss die Augen vor unbändiger Begeisterung auf. Die Wärme in seinem Herzen brannte so intensiv, dass er glaubte, schmelzen zu müssen. Sein Baby. Wohlauf, trotz allem, was sie durchgestanden hatte. Sein Fleisch und Blut.

Sie rannte auf ihn zu und er hob ihren winzigen Körper hoch, spürte ihre Lebendigkeit und umarmte sie leidenschaftlich.

»Oh, meine Süße!«, rief er. »Du bist das niedlichste Mädchen auf der ganzen Welt.«

»Daddy. Die haben gesagt, du hast den bösen Mann erschossen!«

Er lachte.

»Mach dir darüber keine Gedanken. Wie geht's dir? Wie geht's Mami?«

»Mir geht's gut. Mir geht's gut. Es war voll gruselig. Der kam mit einem Gewehr in den Keller runter.«

»Tja, er wird dir jetzt nie, nie wieder Angst machen können, alles klar?«

Sie klammerte sich an ihn. Sally fixierte ihn wie üblich mit einem stechenden Blick.

»Bob Swagger«, sagte sie, »du bist ein störrischer, gemeiner Kerl, und du taugst nicht viel als Ehemann oder als Vater. Aber weiß Gott, für Heldentaten hast du ein Talent.«

»Du bist und bleibst also mein größter Fan, Sally«, freute er sich. »Jedenfalls, danke, dass du hier die Stellung gehalten hast.«

»Wenigstens war's interessant. Wie geht's dir?«

»Mein Rücken tut weh. Mein Bein und mein Auge auch. Ich hab ziemlichen Hunger. Und da draußen rennen mir viel zu viele Jungspunde herum. Ich hasse solche Kids. Wie geht's ihr?«

»Gut. Uns geht's allen gut. Keiner wurde verletzt. Aber es war knapp. Noch eine Zehntelsekunde und er hätte den Abzug gedrückt.«

»Tja, heute war wohl nicht sein Glückstag.«

»Ich lass euch beide mal allein.«

»Versuch doch mal, eins von diesen Harvard-Kids dazu zu bewegen, Kaffee zu kochen.«

»Die kochen wahrscheinlich keinen Kaffee, und 'nen Starbucks gibt's hier nicht. Aber ich schau mal, was ich tun kann.«

Also blieb Bob mit seiner kleinen Tochter in der Küche sitzen, ließ sich von ihr die Neuigkeiten erzählen und versicherte ihr, dass seine Verletzungen nichts Ernstes waren. Und er gab ihr ein Versprechen, von dem er hoffte, es einhalten zu können: dass er mit ihr und ihrer Mutter nach Arizona zurückkehren würde, um dort das schöne Leben fortzusetzen, das sie miteinander geteilt hatten.

Nach einer halben Stunde kam ein junger Mann zu ihm.

»Mr. Swagger?«

»Ja?«

»Wir müssen Ihre Frau jetzt befragen. Sie hat darum gebeten, dass Sie dabei sind.«

»In Ordnung.«

»Sie war ganz schön stur. Sie will nichts sagen, solange Sie nicht da sind.«

»Klar, sie ist verängstigt.«

»Hier entlang, Sir.«

Sally kam zurück, um sich um Nikki zu kümmern.

»Schätzchen«, sagte er zu seiner Tochter, »ich werd jetzt mit diesen Leuten zu Mami gehen und mit ihr reden. Du bleibst hier bei Tante Sally.«

»Daddy!«

Sie umarmte ihn noch einmal. Jetzt erst begriff er, wie traumatisiert sie sein musste. Der Krieg war zu ihr gekommen. Sie hatte etwas miterlebt, das nur noch wenige Amerikaner zu Gesicht bekamen: den Tod im Kampf, die Auswirkung einer Kugel auf einen lebendigen Körper.

»Schatz, ich komm doch wieder. Und dann ist das hier alles vorbei. Es wird alles gut, wirst schon sehen.«

Sie nahmen ihn mit nach oben. Das CIA-Team hatte sich in einem Schlafzimmer eingerichtet, Bett und Kommode zur Seite geschoben und ein Sofa sowie ein paar Stühle aus dem Wohnzimmer herbeigeschafft. Klugerweise waren die Stühle nicht vor dem Sofa aufgestellt wie Sitzplätze für ein Publikum, sondern in einem Halbkreis angeordnet wie bei einer Gruppentherapie. Sie hatten Tonbandgeräte und Computerterminals vorbereitet.

Ein vollgestopfter Raum, erfüllt mit dem Tuscheln gedämpfter Stimmen, aber schließlich sah er sie. Allein auf dem Sofa. Er schob sich zwischen den herumstehenden Analysten und Agenten hindurch. Sie wirkte ausgesprochen gefasst, obwohl der Gips ihren Arm weiterhin gefangen hielt. Da sie darauf bestanden hatte, sich umzuziehen, trug sie inzwischen Jeans, ein Sweatshirt und ihre Stiefel. In der Hand hielt sie eine Dose Cola Light.

»Hallo, schöne Frau«, sagte er.

»Selber hallo«, erwiderte sie lächelnd.

»Die sagen, mit dir sei so weit alles okay?«

»Na ja, ist schon ein bisschen lästig, wenn ein Russe zu dir ins Haus kommt und dich mit 'ner Waffe bedroht, und dann kommt dein Mann und ballert ihm den halben Kopf weg. Mein Glück, dass ich 'nen Mann hab, der so was kann.«

»Ach was, ich bin gar kein so großer Held. Süße. Ich hab bloß 'nen Abzug gedrückt.«

»Oh, Baby.«

Er drückte sie fest an sich und für den Moment stimmte alles: Sie war seine Frau, an deren Seite er seit Jahren schlief – immer noch dieselbe starke, zähe, schöne Braut, die alles vereinte, was er sich nur wünschen konnte. Ihr Geruch erschien ihm schmerzhaft vertraut. Erdbeeren, sie duftete jedes Mal nach Erdbeeren. Zum ersten Mal hatte er sie auf einem in Zellophan eingewickelten Foto gesehen, das ein junger Marine bei starkem Regen mitten im Krieg aus seinem Boonie-Hut gezogen hatte. Damals hatte er sich in sie verliebt, und nach all diesen Jahren liebte er sie noch genauso.

»Woher bist du gekommen?«, wollte sie wissen. »Wie hast du es so schnell hierher geschafft?«

»Haben die dir das nicht erzählt? Ich verdammter Idiot hab mir 'n neues Hobby zugelegt. Bin mit 'nem Fallschirm durch den Sturm gesprungen. Ganz schön aufregend.«

»Oh, Bob.«

»Ich hatte in meinem Leben noch nie so viel Schiss. Am liebsten hätt ich mir in die Hose gepisst. Aber ich hatte keine saubere zum Wechseln mit.«

»Oh, Bob ...«

»Wir werden über diese ganzen Sachen noch reden. Später.«

»Worum zum Teufel ging's hier eigentlich?«, meinte sie schließlich. »Er ist wegen *mir* hier gewesen? Das behaupten diese Leute jedenfalls.«

»Ja. Es hatte mit etwas zu tun, das vor langer Zeit passiert ist. Ich versteh's auch nur so halb. Diese Genies hier denken, dass sie alle Antworten schon kennen oder zumindest dicht dran sind. Fühlst du dich bereit?«

»Ja. Ich will einfach, dass es vorbei ist.«

»Und dann biegen wir alles wieder hin, das schwör ich dir.«

»Ich weiß.«

»Bonson?«

Bonson kam zu ihnen herüber.

»Sie ist so weit.«

»Ausgezeichnet, Mrs. Swagger. Wir werden alles tun, um es Ihnen so leicht wie möglich zu machen. Sitzen Sie bequem? Brauchen Sie was? Noch eine Coke?«

»Nein, alles gut. Ich will nur, dass mein Mann dabei ist, das ist alles.«

»Kein Problem.«

»Okay, Leute«, verkündete Bonson mit lauterer Stimme. »Wir können mit der Befragung loslegen.«

Er wandte sich an Julie.

»Ich habe zwei Hauptanalysten mit der Leitung der Untersuchungen beauftragt. Sie sind beide Psychologen. Entspannen Sie sich und nehmen Sie sich die Zeit, die Sie brauchen. Sie stehen in keiner Weise unter Druck. Dieses Gespräch ist informell und hat keine rechtlichen Konsequenzen. Es ist auch kein Verhör. Tatsächlich werden wir Ihnen wahrscheinlich Details anvertrauen, die Sie aus Gründen der Geheimhaltung gar nicht kennen dürften. Aber das ist schon in Ordnung. Wir wollen Ihnen die Sache erleichtern und auf keinen Fall den Eindruck erwecken, Ihnen etwas vorzuenthalten oder Macht und Autorität gegen Sie auszuspielen. Wenn Sie das schaffen, betrachten Sie uns eher als Freunde und weniger als Regierungsvertreter.«

»Soll ich salutieren?«

Bonson lachte.

»Nein. Wir werden auch nicht die Nationalhymne spielen oder Fahnen schwenken. Wie gesagt, nur eine Unterhaltung unter Freunden. Lassen Sie uns Ihnen erst mal ein paar Dinge erklären, damit Sie eine Vorstellung vom Kontext bekommen, in dem diese Befragung stattfindet, und wissen, weshalb Ihre Informationen für uns von so großer Bedeutung sind.«

»Klar.«

Es ging los. Die Menge kam zur Ruhe, die Kids setzten sich artig auf ihre Stühle und Julie blieb entspannt auf der Couch sitzen. Es gab kein grelles Licht. Einer der Fragensteller räusperte sich und begann: »Mrs. Swagger, aus Gründen, die wir bisher nicht kennen, haben bestimmte Gruppierungen in Russland einen außerordentlich fähigen professionellen Attentäter damit beauftragt, Sie zu töten. Selbst für die Russen ist das eine außergewöhnlich verwegene Aktion. Sie fragen sich wahrscheinlich nach dem Grund. Nun, wir tun es ebenfalls. Also haben wir uns in den letzten 72 Stunden in alte Aufzeichnungen vertieft. Wir haben versucht, etwas zu finden, das Sie wissen könnten. Etwas, das uns erklärt, warum jemand Ihre Ermordung befiehlt. Darf ich davon ausgehen, dass Sie selbst keine Ahnung haben, worum es sich dabei handelt?«

»Nicht die geringste. Ich habe, soweit ich weiß, noch nie in meinem Leben mit einem Russen gesprochen.«

»Ja, Ma'am. Aber wir haben die Sache in einem größeren Kontext betrachtet. Es scheint, dass drei Menschen, die im Jahr 1971 zu Ihrem engeren Umfeld gehörten, ebenfalls unter Umständen ums Leben kamen, die eine mögliche sowjetische oder russische Beteiligung nahelegen. Einer davon ist Ihr erster Ehemann ...«

Julie stieß ein überraschtes Keuchen aus.

»Das muss sicher schmerzlich für Sie sein«, sagte Bonson.

Bob streichelte ihre Schulter.

»Ist schon gut«, beruhigte er sie.

Der junge Mann fuhr fort: »Ihr Mann, Donny Fenn, wurde am 6. Mai 1972 in der Republik Südvietnam getötet. Zu den weiteren Opfern zählt ein junger Mann, der mit

Ihnen in der Friedensbewegung aktiv gewesen ist. Er hieß Peter Farris und wurde bereits am 6. Oktober 1971 mit gebrochenem Genick aufgefunden. Sein Todeszeitpunkt lag mehrere Monate zurück. Der dritte war ebenfalls ein recht bekannter Friedensdemonstrant. Thomas Charles ›Trig‹ Carter III. Er kam bei einer Bombenexplosion in der University of Wisconsin ums Leben, am 9. Mai 1971.«

»Ich kannte Peter. Ein völlig harmloser Typ. Trig bin ich nur einmal begegnet ... nein, zweimal.«

»Hmm. Fällt Ihnen ein Anlass ein, der Sie alle vier zusammengeführt hat? Etwas, das mit dem Marine Corps oder den Friedensdemos 1971 zu tun hatte?«

»Wir waren am Maifeiertag des betreffenden Jahres alle an einer der letzten großen Demos beteiligt. Drei von uns als Demonstranten, Donny als Marine.«

»Julie«, schaltete Bonson sich ein, »wir hatten dabei weniger an ein ideologisch geprägtes Zusammentreffen gedacht, eher an ein spezifisch geografisches. Eine bestimmte Zeit, ein bestimmter Ort, keine Ahnung. Eine gemeinsame Begegnung an einem privaten Ort.«

»Die Farm«, meinte sie nach einem Moment des Nachdenkens.

Kein Laut war zu hören.

Bonson reichte das nicht.

»Die Farm?«

»Donny war verzweifelt wegen eines Auftrags, den er bekommen hatte.«

Bob betrachtete Bonson und sah nichts als das Gesicht eines glatten, professionellen Schauspielers, der die Rolle des besorgten Geheimdienstagenten spielte. Kein Fünkchen Emotion, Kummer, Zweifel, Bedauern: nichts. Bonson blinzelte nicht einmal. Julie, die sich nicht mehr daran erinnerte, welche Rolle er bei den damaligen Ereignissen gespielt hatte, sprach weiter.

»Er glaubte, dass dieser Trig, von dem er so viel hielt, eventuell eine Ahnung hätte, wie er mit dem moralischen Dilemma umgehen konnte, in dem er steckte. Wir sind zu Trigs Wohnung in Washington gegangen, aber er war nicht zu Hause. Donny fiel ein, dass er zu einer Farm in der Nähe von Germantown fahren wollte. Ich glaube, Peter könnte uns gefolgt sein. Er glaubte damals, in mich verliebt zu sein.«

»Was haben Sie auf dieser Farm gesehen?«, fragte der junge Analyst.

Sie lachte.

»Nichts. Überhaupt nichts. Was soll es da auch Wichtiges gegeben haben?«

»Nun, das wüssten wir auch gern.«

»Da war so ein Mann. Ein Ire namens Fitzpatrick. Er und Trig haben Düngemittel in einen Truck geladen. Mitten in der Nacht.«

»Wie deutlich haben Sie diesen Iren gesehen?«

»Sehr deutlich. Ich stand knapp außerhalb des beleuchteten Bereichs, vielleicht fünf, sechs Meter von ihm entfernt. Ich glaub nicht, dass er mich überhaupt wahrgenommen hat. Aus irgendeinem Grund wollte Donny, dass ich zurückbleibe. Also haben er und Trig und Fitzpatrick sich ein paar Minuten unterhalten. Dann ging Fitzpatrick weg. Donny und Trig redeten noch ein bisschen miteinander und haben sich zum Abschied umarmt. Anschließend machten wir uns auf den Rückweg. Da war irgend so ein Agent in den Hügeln. Der hat uns fotografiert – Donny und mich –, als wir abgefahren sind. Hauptsächlich hat er wohl Donny auf die Bilder bekommen. Ich duckte mich nämlich weg. Und das ist alles.«

»Erinnern Sie sich noch an Fitzpatrick?«

»Ich schätze schon.«

»Glauben Sie, dass Sie ihn beschreiben ...«

»Nein«, unterbrach Bonson. »Nehmen Sie gleich die Bilder.«

»Mrs. Swagger, wir hätten gern, dass Sie sich ein paar Aufnahmen ansehen. Es sind Fotos von verschiedenen Politikern, Geheimagenten, Rechtsanwälten, Wissenschaftlern und Militärangehörigen. Die meisten stammen aus den alten Ostblockstaaten, aber manche sind auch irischer Abstammung, Engländer oder Franzosen. Alle inzwischen weit über 40 oder 50. Sie sollten sich deshalb vorstellen, wie sie 1971 ausgesehen haben könnten.«

»Ja.«

»Lassen Sie sich ruhig Zeit.«

Einer der jungen Kerle ging quer durch den Raum und reichte ihr ein Bündel mit Abzügen. Sie blätterte den Stapel langsam durch, hielt von Zeit zu Zeit inne, um einen Schluck aus ihrer Dose zu trinken.

»Könnte ich noch 'ne Coke haben?«

Jemand stürmte aus dem Zimmer.

Bob sah die grauen strengen Mienen an sich vorbeiziehen, Männer in seinem Alter oder etwas älter. Die meisten wirkten dynamisch, hatten kantige, rosige Gesichter und volles Haar – die unverwechselbaren Boten des Erfolgs.

Ihm wurde klar, dass sie einen Maulwurf suchten. Aus bestimmten Gründen – eine verrückte Idee von Bonson? – schienen sie zu vermuten, dass dieser Fitzpatrick jemanden in den blühenden und mächtigen Westen eingeschleust hatte, dessen Herz immer noch am Osten hing, oder dem, was davon übrig war. Falls sie das Rätsel lösen könnten, das Fitzpatrick für sie darstellte, könnten sie auch das Rätsel um den Maulwurf lösen.

Bob spürte einen Anflug von Verbitterung. *Dieser* Krieg, der Kalte, hatte wirklich nichts mit dem heißen, schmutzigen Krieg zu tun, der so viele Männer aus seinem Umfeld in den Abgrund gerissen und seine Generation mutwillig zerstört hatte.

Who'll stop the rain? Nein, es ging hier nicht einmal um den Regen.

»Nein«, sagte Julie. »Dieser Fitzpatrick ist nicht dabei. Tut mir leid.«

»Okay, als Nächstes die Zivilisten.«

Sie reichten ihr noch eine Mappe mit Fotos.

»Lassen Sie sich Zeit«, ermutigte sie einer der jungen Männer. »Denken Sie dran, er könnte inzwischen zugelegt haben, vielleicht sind ihm auch die Haare ausgefallen oder er trägt einen Bart und ...«

»Mel, ich glaube, das hat Julie schon begriffen«, wies Bonson ihn zurecht.

Sie schwieg, blätterte konzentriert die Bilder durch, zögerte ab und zu. Aber auch dieser Stapel führte nicht zu einem Moment des Wiedererkennens. Noch einer wurde gebracht, diesmal mit der Aufschrift ›Nationale Sicherheit‹.

Einmal glaubte sie schon, ihn entdeckt zu haben, legte das Bild dann aber doch auf den Ablagestapel, wenn auch in die Kategorie der ›Fast-Treffer‹.

Schließlich gab es keine weiteren Bilder mehr.

»Tut mir leid«, wiederholte sie.

Die Enttäuschung im Raum konnte man förmlich mit Händen greifen.

»Okay«, sagte Bonson. »Machen wir erst mal Schluss. Julie, was halten Sie von einer Pause? Gehen Sie spazieren, vertreten sich ein bisschen die Beine. Wir müssen es wohl doch auf die harte Tour durchziehen.«

»Was heißt das? Drogen? Folter?«

»Nein, wir bringen Sie mit einem Phantombildzeichner zusammen. Der wird nach Ihren Anweisungen ein Porträt zeichnen. Über unsere Computer können wir das dann mit Material aus einer deutlich größeren Bilddatenbank abgleichen. Mel, vergessen Sie nicht die Fast-Treffer. Die soll Mr. Jefferson ebenfalls berücksichtigen. Dadurch kriegen wir noch ein paar Kandidaten mehr. Wir haben was zum Essen da. Wie sieht's aus? Eine kleine Mahlzeit? Ein Nickerchen oder so?«

»Danke, ich brauch nichts. Aber ich möchte gern nach meiner Tochter schauen.«

Sie ging mit Bob nach unten. Nikki schlief. Sie hatte sich auf Sallys Schoß ausgestreckt, döste friedlich und fesselte Sally mit ihrem zarten Gewicht an ihren Platz.

»Ich kann nicht aufstehen«, flüsterte Sally.

»Ich nehm sie.«

»Nein, schon okay. Diese kleinen Schlauköpfe haben das Kabelfernsehen zum Laufen gebracht. Sogar die Fernbedienung funktioniert jetzt. Hat sie vorher nicht. Schaut her.«

Sie hob das kleine Gerät, drückte ein paar Knöpfe und schaltete die Kanäle durch: Lifetime, CNN, Idaho Public TV, HBO, Discovery Channel, ESPN, CNN Headline N...

»Mein Gott!« Julie keuchte. *»Oh mein Gott!«*

»Was?«, fragte Bob. Andere spähten neugierig herein, wollten wissen, was sie dermaßen aus der Fassung brachte.

»Das ist er«, rief Julie. »Mein Gott, ja, er ist jetzt dicker, wirkt wesentlich gesünder. Das ist er. Das ist Fitzpatrick!« Sie fuchtelte in Richtung Fernseher, auf dem ein kraftvoller, dynamischer Mann zu sehen war, der eine improvisierte Pressekonferenz irgendwo in einer europäischen Metropole abhielt.

»Herrgott«, sagte einer der Kids. »Das ist Evgheny Pashin, der nächste Präsident von Russland.«

Das zweite Meeting fand im kleineren, informelleren Kreis nach dem Mittagessen in einem Air-Force-Kantinenzelt vor dem Haus statt.

Und es gab überraschend gutes, nahrhaftes Essen. Was

noch besser war: Jemand schleppte eine nette Sammlung von Disneyfilmen für Nikki an, aber erst nachdem sie von einer kleinen Schlittentour mit drei Polizisten zurückgekehrt war.

Bob und Julie saßen nun mit einem wesentlich kleineren Kontingent, das scheinbar den harten Kern des Fahndungsteams darstellte, im Obergeschoss.

»Julie«, sprach Bonson sie an, »wir werden über die Bedeutung der Sache gleich hier reden, vor Ihnen und Ihrem Mann. Der Grund dafür ist, dass ich will, dass Sie eingeweiht sind, dass Sie keine Außenstehenden mehr sind. Ich will Sie beide an Bord haben. Sie sind nicht länger Zivilpersonen, sondern sollen sich als Teil der Mannschaft fühlen. Sie werden als Berater der Agency bezahlt. Wir zahlen gut, Sie werden sehen.«

»Schön«, gab sie zurück. »Wir können das Geld gebrauchen.«

»Also, ich werde Sie nicht fragen, ob Sie sich sicher sind. Ich weiß, dass das der Fall ist. Aber eins muss ich doch wissen: Dieser Kerl ist in letzter Zeit oft im Fernsehen aufgetaucht. Können Sie mir erklären, warum Sie ihn erst jetzt wiedererkannt haben?«

»Mr. Bonson, sind Sie schon einmal Mutter gewesen?«

Ein paar der Anwesenden lachten.

»Nein«, gab er zu.

»Sind Sie schon mal die Frau eines etwas melancholischen, aber unglaublich tapferen Mannes gewesen – vor allem, wenn dieser Mann das Gefühl hat, dass unnötige Publicity ihm das Leben schwer macht und deshalb mit Ihnen von einem Ort zum anderen zieht?«

»Nein, nein, bin ich nicht.«

»Tja, ich war beides gleichzeitig. Können Sie sich also denken, warum ich nicht besonders oft vor der Glotze sitze?«

»Ja, das kann ich.«

»Und heute bringen Sie mich zurück in die Vergangenheit. Sie veranlassen mich dazu, über Gesichter nachzudenken. Ich greife mehrere Bilder heraus, die von der Struktur her seinem ein bisschen ähneln. Ich versuche, mir dieses Gesicht wieder in Erinnerung zu rufen. Verstehen Sie?«

»Ja. Was Sie da sagen, hat Hand und Fuß«, musste Bonson gestehen. »Na dann, eröffnen wir die allgemeine Diskussion. Kann mir jemand sagen, was das alles zu bedeuten haben könnte?«

»Sir, ich glaube, ich habe eine Erklärung.«

»Nur zu«, ermutigte Bonson.

»1971 haben vier Menschen gesehen, wie Pashin in diesem Land unter dem Namen Fitzpatrick agiert hat. Das heißt, Leute, mit denen er in Erfüllung seiner Pflichten wirklich Kontakt hatte. Drei davon wurden schnell eliminiert. Aber die Identität des vierten wurde nicht bekannt, und wenn ich mich richtig erinnere, wurde Mrs. Swaggers erste Heirat mit Donny Fenn nicht in den offiziellen Dokumenten des Marine Corps festgehalten.«

»Stimmt«, bestätigte Julie. »Mir wurde auch keine Entschädigung oder Witwenrente gezahlt. Aber darauf legte ich ohnehin keinen Wert. Ich wollte nichts mit dem Marine Corps zu tun haben. Obwohl ich es dann letzten Endes doch geheiratet habe.«

»Aber«, fuhr der Analyst fort, »die haben nur ein schlechtes Bild von ihr – nämlich das, was sie bei der Farm geknipst haben. Sie konnten dem Bild lange keine Identität zuordnen. Das verfolgte sie noch eine Weile. Die Jahrzehnte vergingen. Die Sowjetunion wurde aufgelöst. Pashin war nicht länger bei der GRU, sondern inzwischen bei der Pamjat, der nationalistischen Partei. Er startete seine politische Karriere. Gut aussehend, tapfer, der Bruder eines

Nationalhelden und Märtyrers, der die Unterstützung der Mafia genießt.

Und was passiert? Nun, er genießt die Unterstützung der Mafia. Er macht den Kommunisten der alten Schule Angst und ist aktuell nur noch wenige Wochen davon entfernt, die Präsidentschaftswahl zu gewinnen und die Macht über 20.000 Nuklearsprengköpfe zu erlangen.

Dann, vor zwei Monaten, taucht ein Foto von Bob Lee Swagger im *National Star* auf, danach im *Time Magazine* und in *Newsweek*. Man nennt ihn den ›tödlichsten Mann Amerikas‹. Sie erinnern sich: der Schnappschuss eines *Star*-Fotografen, als Bob gerade zusammen mit seiner Frau aus einer Kirche in Arizona kommt. *Ihr* Bild ist auf einmal landesweit in den Medien. Und durch den Artikel erfährt man, dass Bob die Witwe seines ehemaligen Aufklärers aus Vietnam geheiratet hat.

Donnys Witwe, die Frau, die ihnen entwischt ist und all diese Jahre lang Sorgen bereitet hat. Die letzte Überlebende dieser Nacht auf der Farm. Plötzlich wird Pamjat und all den Interessengruppen, die auf Pashin setzen, klar, dass eine Zeugin seiner Undercover-Vergangenheit am Leben ist und ihn mit dem Geschehen auf dieser Farm in Verbindung bringen kann. Alles klar? Daher ... versuchen sie von diesem Zeitpunkt an, sie umzubringen. Die schillernde Vergangenheit ihres Mannes liefert ihnen dafür eine ideale Ablenkung.«

»Gut erklärt«, lobte Bonson. »Schön, gut, das ergibt Sinn. Eine arbeitsfähige Theorie. Aber ich frag mich immer noch ... wieso?«

»Äh, weil er mit einem berühmten Friedensaktivisten zu tun hatte, der ein Gebäude in die Luft gesprengt hat.«

»Und?«

»Na ja ...«

Bonson trieb den jungen Mann in die Enge, wollte ihn zum nächsten Einfall treiben. »Es ist weithin bekannt, dass er eine Geheimdienstvergangenheit besitzt. Zum Teil ist auch bekannt, dass die Friedensbewegung einige Verbindungen zum Ostblock unterhielt. Das könnte für seine Kandidatur im heutigen Russland sogar *hilfreich* sein. Mir ist nicht klar, warum 27 Jahre später immer noch die gleichen Sicherheitsverordnungen gelten sollten. Die haben *damals* die Agenten geschützt. Was sollen die jetzt noch schützen? Hat irgendwer 'ne Idee?«

Keiner der Dienstälteren hatte eine.

»Tja, dann stecken wir wohl fest, was? Das ist alles sehr interessant, aber wir haben weiterhin keine Ahnung ...«

»Soll ich's Ihnen gleich erklären oder wollen Sie erst noch 'n bisschen weiterjammern?«, fragte Bob.

»Sie haben's immer noch nicht kapiert, Bonson«, fuhr Bob fort. »Sie glauben immer noch an die Titelstory. Sie haben die Titelstory im Blick und sehen die echte Story nicht. Und ihre ganzen Schlaumeier sind ebenfalls ahnungslos.«

»Tja, Sergeant«, erwiderte Bonson ruhig, »dann los. Erklären Sie uns, was die echte Story ist.«

»Mach ich. Sie haben was Wichtiges vergessen. Stimmt, am 9. Mai 1971 ist an der University of Wisconsin eine Bombe explodiert. Ein Junge namens Trig Carter hat sich aus Protest gegen den Vietnamkrieg in die Luft gesprengt. Die meisten von Ihnen sind zu jung, um sich dran zu erinnern, aber ich weiß es noch. Er hatte sein Leben dem Frieden gewidmet. Er war ein reicher Junge, hätte alles haben können, opferte sich aber für seine Ideale. Über ihn wurden sogar Bücher geschrieben. Möglicherweise ein tapferer Bursche. Ich weiß es nicht. Aber der Name, der in keinem der Bücher über die Friedensbewegung oder die Geschichte unseres Landes im Jahr 1971 auftaucht, ist Ralph Goldstein. Weiß jemand hier, wer das ist?«

Die Leute im Raum schwiegen.

»Das ist die große Geschichte, nach der wir suchen. Ralph Goldstein war der Doktorand, der in dieser Nacht in der mathematischen Fakultät der University of Wisconsin als Unbeteiligter ebenfalls umkam. Ein Jude, 27, verheiratet, aus Skokie, Illinois. Er besuchte die University of Illinois, den Chicago Circle Campus, keine sonderlich beeindruckende Schule verglichen mit den schicken Akademien, auf die Trig Carter gegangen ist. Er kannte dort keinen. Hat einfach seine Arbeit erledigt und sein Bestes gegeben, um einen Abschluss zu kriegen und seine Forschungen durchzuziehen.

Ein verdammt cleveres Kerlchen, aber mächtig undurchsichtig. Ist nie zu 'ner Demonstration gegangen, hat kein Dope geraucht, hat nichts von der freien Liebe und dem ganzen Zeug abbekommen. Ich hab was getan, was vorher noch keiner gemacht hatte: Ich bin hingegangen und hab mit seinem Sohn geredet, der ebenfalls ein sehr cleveres Kerlchen geworden ist. Ich hoffe, dass ihn niemand in die Luft sprengt.«

Er spürte ihre Blicke auf sich und musste lächeln. Jetzt mussten diese ganzen Eierköpfe zur Abwechslung mal *ihm* zuhören.

»Aber Ralph Goldstein hat eine Arbeit im *Duke Higher Mathematics Quarterly* veröffentlicht, der er den Titel ›Höhere algorithmische Funktionen der topografischen Erfassung in Orbitalverfahren‹ gab. Das sagt mir überhaupt nichts. Aber wissen Sie was? Wir haben jetzt ungefähr 350 Satelliten im Orbit, mit denen wir die ganze Welt beobachten können, weil Ralph Goldstein die mathematischen Grundlagen dafür geliefert hat. Er war nur ein Doktorand und wusste es selbst nicht einmal, aber sie hatten ihn ausgewählt, sich dem Satellitenkomitee im John Hopkins Advanced Physics Lab in Maryland anzuschließen, wo sie all diese hochgestochenen Zahlenspiele veranstalten, die das Satellitenprogramm erst möglich machen. Okay, also, was sein Tod für uns praktisch bedeutete, war, dass wir drei Jahre länger brauchten, um Flugzeuge zur Geländeaufklärung in die Luft zu bringen. Falls es Sie interessiert: Das waren drei Jahre, in denen die Sowjets ihr eigenes Satellitenprogramm ausgebaut und unseren Vorsprung im Kalten Krieg wieder wettgemacht haben. Drei weitere Jahre, für die sie im Rennen blieben. Wer von euch Genies oder Experten kann mir sagen, welcher Teil der sowjetischen Organisation für strategische Kriegsführung zuständig war?«

»Die GRU«, antwortete jemand.

»Richtig. Und wo war Pashin?«

»Bei der GRU.«

»Auch richtig. Und wisst ihr was? Sein Job bestand nicht darin, den Krieg in Vietnam zu beenden. Der Krieg in Vietnam hat ihn einen Scheiß interessiert, genauso wie Trig Carter und alles andere. Sein Job bestand darin, einen kleinen jüdischen Typen in einem Büro in Madison, Wisconsin zu killen, der gerade drauf und dran war, den Amerikanern einen Riesenvorsprung im Kalten Krieg zu verschaffen. Ihn so zu töten, dass selbst in 100 Jahren niemand drauf kam, dass die Russen ihre Finger im Spiel hatten. Ihn so zu töten, dass niemand an ihn dachte, weil sich alle auf den Mann konzentrierten, der ihn umgebracht hat. Er sollte ihn zum Statisten bei seiner eigenen Ermordung machen. So lautete Pashins Mission. Ein glasklarer Mordauftrag von der GRU. Trig Carter und die Friedensbewegung dienten bloß als Staffage.«

Er konnte sie schwer atmen hören, aber keiner sagte etwas.

»Und erkennt ihr nicht den Zynismus darin, wie gottverdammt beschissen brillant das war? Die *kannten* dieses Land so verdammt gut. Die *wussten* einfach, wenn einer von euch Ivy-League-Helden sich die Daten ansieht, lässt er alles außer Trig links liegen. Denn egal, auf welcher Seite er stand, er war einer von euch. *Das* ist die eigentliche Tragödie. Aber eure vernebelten kleinen Spatzenhirne hielten euch davon ab, jemals selbst dahinterzukommen. Dazu brauchtet ihr erst einen Außenseiter, jemanden, der nie ein College besucht hat und für den Harvard und Yale einen Scheiß bedeuten. Dafür brauchtet ihr den Abschaum, den Hinterwäldler, der von euch dafür bezahlt wird, die Drecksarbeit am Gewehr zu erledigen, damit ihr in euren verschworenen Clubs hocken und ironische Witzchen reißen könnt. Oder eure kleinen Kriege planen könnt, die die Swaggers und Fenns und Goldsteins dann für euch ausfechten müssen.«

Für einen langen Moment sagte niemand etwas.

Schließlich meldete sich Bonson zu Wort: »Klassenkampf hin oder her, ergibt das für euch Intelligenzbestien hier einen Sinn?«

Es dauerte eine Weile, aber schließlich meinte jemand fast lakonisch: »Ja, das ist sogar völlig einleuchtend. Es erklärt sogar, warum es gerade jetzt passiert. Die Pamjat, die alten GRU-Sicherheitsleute, die sich hinter dem Nationalismus verstecken und sich mit Mafiageld finanzieren, stecken in einer verzweifelten Lage und müssen diese Information unbedingt geheim halten. Die können nicht riskieren, dass ihr Mann kurz vor seiner Ernennung zum Präsidenten als Mörder amerikanischer Bürger auf amerikanischem Boden entlarvt wird. Das würde es für ihn diplomatisch unmöglich gestalten, mit einem amerikanischen Präsidenten oder mit den großen US-Konzernen zusammenzuarbeiten. Diese Information muss um jeden Preis begraben werden. Ihr Leben, ihre Zukunft, die Existenz ihrer Partei hängt davon ab. Die *mussten* die letzte Zeugin beseitigen, gerade jetzt, wo Pashin zunehmend populärer wird.«

»Sir«, meldete sich ein anderer, »ich glaube, es gibt eine sehr interessante taktische Einsatzmöglichkeit für diese Information. Wir könnten sogar direkten Einfluss darauf nehmen, wer in Russland als Nächstes Präsident wird.«

»Okay«, erwiderte Bonson, »dann verfolgen Sie das. Aber eine Sache ist mir dabei besonders wichtig: Dieser elende Hurensohn gehört unter die Erde.«

TEIL 4

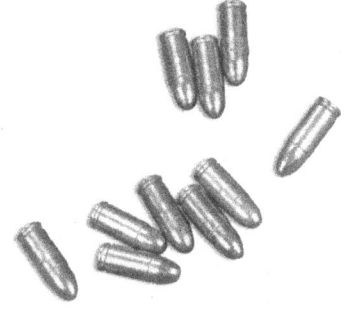

Zurück ins Leben

Gegenwart

KAPITEL 50

Der Schnee blieb nicht lange liegen. Er schmolz am dritten Tag und verursachte Überschwemmungen im Tiefland. Straßen wurden unpassierbar, Brücken stürzten ein, Schlammlawinen entstanden. Aber am Upper Cedar Creek gab es schönes Wetter: blauen Himmel, milden Ostwind und Bäche voll glitzerndem Wasser. Die Kiefern schüttelten ihren Schneemantel ab. Das Gras begann zu wachsen, grün, üppig und ohne Schäden durch den abrupten Wetterumschwung.

Mittlerweile war die größte Aufregung vorbei. Bonson hatte sich am vorigen Morgen per Handschlag verabschiedet, nachdem die eilig zusammengetrommelte Grand Jury von Custer County keine Anzeichen für kriminelles Handeln im Zusammenhang mit dem tödlichen Unfall von Frank Vborny aus Cleveland, Ohio, feststellen konnte. Zumindest lautete so der Name auf den gefälschten Ausweisdokumenten in der Tasche des toten Scharfschützen. Ballistische Untersuchungen bestätigten, dass Mr. Vborny in der Idaho-Bell-Schaltzentrale von Custer County in Mackay zwei unschuldige Menschen erschossen hatte. Offensichtlich war er Amok gelaufen. Als Nächstes hatte er ein Haus angegriffen, glücklicherweise von einem Waffenbesitzer angemietet, der in der Lage war, sich zu verteidigen. Der Name dieses Waffenbesitzers wurde nie freigegeben, aber daran störte sich niemand. Die meisten Bürger von Idaho waren mit dem positiven Ausgang der Geschichte zufrieden und freuten sich über die subtile Untermauerung für den guten alten zweiten Zusatz zur Verfassung, den die Leute im Osten gerne mal zu vergessen schienen.

Die State Police hatte sich aus den Bergen zurückgezogen. Die Helikopter samt der jungen Männer und Frauen waren zurückgekehrt, woher sie gekommen waren, ohne großartig Spuren zu hinterlassen.

Bob und Julie erhielten eine Summe über den krummen Betrag von 146.589,07 Dollar, ohne zu verstehen, wie man diese Zahl errechnet hatte. Der Scheck kam vom Finanzministerium und verwies auf der dazugehörigen Abrechnung vage auf ›Beratungstätigkeiten‹. Die passenden Daten und Bobs Sozialversicherungsnummer waren eingetragen.

Der letzte Mann des Sicherheitsteams hatte sich verabschiedet, das Gewehr und die in den Bergen aufgefundene Beretta waren zu ihrem rechtmäßigen Besitzer zurückgekehrt. Der schaumstoffgepolsterte Koffer samt Inhalt wurde offiziell unter ›Materialverluste im Einsatz‹ verbucht. Als Sally mit Nikki einen kleinen Spaziergang zum Briefkasten an der Route 93 unternahm, fand Bob endlich eine Gelegenheit, mit seiner Frau zu sprechen.

»Na du«, begann er.

»Hi«, antwortete sie. Die Ärzte hatten ihr bei der jüngsten Untersuchung einen guten Allgemeinzustand bescheinigt, auch ihr Schlüsselbein wuchs vernünftig zusammen. Sie wirkte schon wesentlich kräftiger und konnte sich fast ungehindert bewegen. Sally musste sie nicht mehr lange unterstützen.

»Also, ich hab dir ein paar Sachen zu sagen. Willst du sie hören?«

»Ja.«

»Du weißt ja, dass wir nun ein bisschen Geld haben. Ich möchte gern zurück nach Arizona und das Geschäft neu aufbauen. Joe Lopez sagt, dass sie mich da unten vermissen. Es war ein gutes Geschäft und ein gutes Leben.«

»Es war *wirklich* ein gutes Leben.«

»Ich hab dort ein bisschen verrücktgespielt. Ich hab allen eine Menge zugemutet. Bin mit meinen Problemen nicht besonders erwachsen umgegangen. Das ist jetzt alles vorbei. Ich hab gelernt, wie wichtig mir meine Familie ist. Ich will meine Familie zurück. Das ist das Einzige, was ich wirklich will. Keine Abenteuer mehr. Schluss mit dem Blödsinn. Das liegt alles hinter mir.«

»Es war nicht deine Schuld«, sagte sie. »Es hatte doch nichts mit dir zu tun. Es ging dabei um mich. Wie könnte ich dir da die Schuld geben? Du hast uns alle gerettet.«

»Schon gut, schon gut«, wiegelte er ab. »Nicht nötig. Ich hab über das alles nachgedacht. Ich will bloß mein altes Leben zurück. Ich will, dass du meine Frau bist, ich will, dass es meinem kleinen Mädchen gut geht, ich will mit den Pferden arbeiten und für euch sorgen. Das ist das beste Leben, das es gibt, und es ist das einzige Leben, das ich je wollte. Ich kriege manchmal diese üblen Stimmungen, du weißt schon; ich hoffe, dass ich das hinter mir habe. Falls mich ein paar Gespenster heimgesucht haben, verlassen die jetzt jedenfalls den Friedhof nicht mehr. Also ... tja, was meinst du? Lässt du mich zu dir zurückkommen?«

»Ich hab schon den Anwalt angerufen. Er hat den Scheidungsantrag aufgehoben.«

»Das ist toll.«

»Das wird bestimmt schön. Ich finde, wir sollten einen Teil von dem Geld nehmen und eine schöne Urlaubsreise machen. Wir sollten hier alles zusammenpacken, auch in dem Haus bei Boise, und uns dann für zwei Wochen auf eine warme Insel verziehen. Danach geht's zurück nach Arizona. Einfach ein bisschen ausspannen.«

»Gott, das klingt nach 'nem Superplan.« Er lächelte. »Da ist nur noch eine letzte kleine Sache. Trigs Mutter. Sie hat mir sehr geholfen, und sie meinte, wenn ich rausfinde, wie ihr Sohn gestorben ist, soll ich es ihr erzählen. Ihr die Wahrheit sagen. Ich fühl mich nach wie vor dazu verpflichtet. In ein paar Monaten oder so, wenn hier alles erledigt ist und wir wieder da sind, nehm ich mir die Zeit, um noch mal nach Baltimore zu fahren.«

»Willst du, dass wir mitkommen?«

»Ach, das lohnt sich nicht. Ich flieg bloß hin, miete 'nen Wagen und flieg gleich zurück. Das wird in null Komma nichts erledigt sein. Kein Grund, sich Stress zu machen oder Nikki ihre Reitstunden versäumen zu lassen. Eventuell fahr ich auch die ganze Strecke mit dem Auto, statt zu fliegen, da sparen wir etwas Geld.«

Er grinste. Nur für eine Sekunde glaubte sie, etwas aufblitzen zu sehen – einen Hintergedanken, ein Anzeichen dafür, dass er etwas ausheckte und parallel einen ganz anderen Plan verfolgte. Aber nein, sie musste sich geirrt haben. Aus seinen grauen Augen las sie nichts als Ehrlichkeit und die Liebe, die er für sie empfand.

Nach und nach näherte sich das Leben der Familie Swagger etwas an, das als Normalität durchging. Selbst die Schlagzeilen über einen spektakulären Mordfall in Russland sorgten bei ihnen nicht für großartige Aufregung. Bob verfolgte es nur zum Teil auf CNN mit, sah den brennenden Jeep Cherokee mit dem Toten auf dem Rücksitz. Als die hysterischen Kommentatoren zugeschaltet wurden, um sich in wilde Spekulationen zu versteigen, schaltete er weg.

Sally blieb bei ihnen, bis sie wieder nach Boise zogen. Dann fuhr Bob sie zum Flughafen.

»Wieder einmal«, sagte sie am Tor, »hat der große Bob Lee Swagger triumphiert. Du hast deine Feinde getötet, du hast deine Frau und deine Familie zurück. Einen guten Mann wirft nichts aus der Bahn.«

»Tja, Sally, ich hab sie alle hinters Licht geführt, was? Du hast mich durchschaut.«

»Bob, im Ernst. Gib ab jetzt gut auf sie acht. Ich weiß,

das ist leicht gesagt, aber du musst dich von deiner Vergangenheit lösen. Du bist verheiratet, du hast eine wunderbare, tapfere, starke Frau und ein wunderschönes kleines Mädchen. Darauf solltest du dich konzentrieren.«

»Ich weiß. Das werde ich.«

»Es gibt keine offenen Rechnungen mehr.«

»Ist das 'ne Frage oder 'ne Feststellung?«

»Beides. Falls da noch was übrig sein sollte, lass es ruhen. Es spielt keine Rolle. Es darf keine Rolle spielen.«

»Es gibt nichts mehr«, versicherte er.

»Du bist so ein störrischer Bock. Wirklich, ich hab keine Ahnung, was diese Frau in dir sieht.«

»Tja, ich auch nicht. Aber sie ist ziemlich klug, also weiß sie was, das du und ich nicht wissen.«

Sally lächelte, wandte sich um und machte sich auf den Weg; eine gute Freundin und tapfere Soldatin bis zum Schluss. Sie zwinkerte ihm ein letztes Mal zu, als wollte sie sagen: *Du bist ein hoffnungsloser Fall.*

Und er wusste, dass sie recht hatte.

Als Julie kurze Zeit später der Gips abgenommen wurde und sie wieder beweglicher war, flog die Familie nach Saint John auf den Amerikanischen Jungferninseln, wo sie zwei herrliche Wochen verbrachten. Sie mieteten auf der kleinen Landzunge in der Nähe der Cruz Bay eine Villa und fuhren jeden Morgen mit dem Taxi zum schönen Strand von Trunk Bay. Dort schnorchelten sie, lagen im Sand und vertrieben sich die Zeit, während ihre Haut brauner und brauner wurde.

Eine gut aussehende Familie, der etwas Erhabenes anhaftete: der große ernste Mann mit den grauen Augen und dem vollen Haar und seine Frau, ebenso hübsch mit ihren honigbraunen Haaren, den ausgeprägten Wangenknochen, schmalen Lippen und strahlenden Augen. Vor vielen Jahren war sie Cheerleaderin gewesen, inzwischen fast noch schöner als damals. Ihre Tochter war ein absolutes Energiebündel, eine Draufgängerin, die man ständig bremsen musste. Sie ging beim Schnorcheln ans Limit und bettelte ihren Vater an, sie mit der Druckluftflasche tauchen und Wasserski oder Paraski fahren zu lassen.

»Du wirst noch genug Zeit finden, dir den Hals zu brechen, wenn du größer bist«, beschied er lächelnd. »Deine alte Mutter und ich können da nicht mithalten. Du musst uns mal 'ne Pause gönnen. Das sind auch unsere Ferien.«

»Ach, Daddy«, schimpfte sie, »du bist so ein *Angsthase*.« Und als sie das sagte, machte er gekonnt einen mümmelnden Hasen nach, wie sie ihn oft auf dem Hof gesehen hatten. Sie mussten alle lachen – zuerst darüber, wie lustig es aussah, dann darüber, dass dieser so zurückhaltende Mann es endlich schaffte, sich völlig gehen zu lassen und rumzualbern. Ein seltener Anblick.

Abends gingen sie in die Stadt und aßen in Restaurants. Bob trank nie einen Tropfen Alkohol, schien es auch gar nicht zu wollen. Eine idyllische Zeit, eigentlich zu schön, um wahr zu sein. Ein wenig erinnerte es Julie an die Ferien, die sie mit Donny auf Hawaii verbracht hatte, kurz bevor ... nun, kurz bevor es passiert war.

Und auch Bob schien sich völlig zu entspannen. Sie hatte ihn noch nie so ruhig und gelassen erlebt. Verschwunden war das Misstrauen, das sonst jeden seiner Schritte begleitete – dieser automatische Drang, selbst in der Öffentlichkeit das Terrain auf mögliche Bedrohungen, Neigungswinkel und Fluchtwege abzuklopfen und Fremde allzu genau unter die Lupe zu nehmen. Auch Albträume hatte er nicht mehr. Kein einziges Mal wachte er schreiend und schweißgebadet auf, oder zitternd, mit diesem verletzten, gehetzten Ausdruck, der manchmal in seine Augen trat. Während er immer brauner wurde, schienen seine Narben zu verblassen.

Aber sie waren noch da, diese runzligen, scheckigen Hautstellen, wie sie nur durch Schussverletzungen entstanden. So viele davon.

Einmal starrte einer der Einheimischen sie an, drehte sich dann zu einem Kollegen um und sagte etwas in diesem musikalischen, schwer verständlichen Englisch voller seltsamer Rhythmen. Julie schnappte den Ausdruck ›bombom mon‹ auf. Sie nahm an, dass es so etwas wie ›Bummbumm-Mann‹ hieß. Ein Mann der Waffen, ein Schütze, ein Revolverheld.

Aber Bob schien es gar nicht mitzubekommen. Er blieb immer freundlich; seine natürliche Reserviertheit hatte einer größeren Offenheit und Herzlichkeit gegenüber seiner Umgebung Platz gemacht. So hatte sie ihn noch nie erlebt.

Es gab nur eine Nacht, in der sie aufwachte und merkte, dass er nicht neben ihr im Bett lag. Sie stand auf, durchquerte das dunkle Wohnzimmer und fand ihn auf der Terrasse unter dem tropischen Nachthimmel. Vor ihnen lag ein bewaldeter Abhang, ein Hügel und dahinter das Meer, ruhig wie eine blitzblanke Glasscheibe, in der sich die Schattierungen des Mondlichts spiegelten. Bob saß vollkommen still da und starrte in ein Buch, als ob er darin nach verborgenen Bedeutungen suchte.

»Was ist das?«, fragte sie.

»Das? Ach, *Die Vögel Nordamerikas* von Roger Prentiss Fuller.«

Sie ging zu ihm und sah, dass er einen Abschnitt über Adler las.

»Woran denkst du?«, wollte sie wissen.

»An nichts Bestimmtes. Da sind ein paar hübsche Bilder drin. Der Junge, der sie gemalt hat, kannte sich wirklich mit Vögeln aus.«

»Bob, das sieht dir gar nicht ähnlich.«

»Ich war bloß neugierig, das ist alles.«

»Adler?«

»Adler«, bestätigte er.

Sie kehrten nach Arizona zurück. Ihr Geld ermöglichte es
Bob, die Scheune zu erweitern, zwei mexikanische Helfer
einzustellen, einen neuen Pick-up zu kaufen und einen
Neuanfang bei seiner Kundschaft zu machen, den Pferde-
besitzern von Pima County. Es dauerte nicht lange und sie
hatten neue Patienten – sieben, acht, dann zehn Pferde in
verschiedenen Stadien der Genesung, um die sie sich mit
Liebe kümmerten. Sein Mietstall wurde bald zu einem
florierenden Geschäft, was hauptsächlich seinem eigenen
Einsatz zu verdanken war, zum Teil aber auch dem Vertrauen, das die Leute ihm entgegenbrachten.

Nikki ging wieder zur Schule, aber sie bekam auch jeden
Tag Reitunterricht. Ihr Trainer bestand darauf, dass sie
im nächsten Frühjahr mit anderen Nachwuchstalenten den
Parcours reiten sollte. Julie kehrte an drei Tagen in der
Woche in die Klinik im Navajo-Reservat zurück. Sie ver-
arztete die tapferen jungen Männer nach ihren Prügeleien
oder Sauftouren, half kranken Kindern und tat in ihrem
kleinen Umfeld erstaunlich viel Gutes.

Reporter tauchten nicht auf. Keine deutschen Fernseh-
teams richteten sich auf ihrem Hinterhof ein. Keine jungen
Männer baten um Interviews für Bücher, die sie schreiben
wollten. Keine Veranstalter von Waffenmessen boten Bob
Geld an, damit er an einem Stand Autogramme gab.
Keine schreibenden Überlebenskünstler wollten bewun-
dernde Darstellungen seiner Taten liefern. Er und der Krieg,
für den er stand, schienen einmal mehr von der Bildfläche
verschwunden zu sein. Nichts blieb davon übrig, und die
Wunden, die sie gerissen hatten, heilten oder vernarbten
zumindest.

Eines Nachts schrieb Bob einen Brief an Trig Carters Mutter. Er kündigte an, in einigen Wochen einen Ausflug in den Osten zu planen und sie gern besuchen zu wollen, um ihr mitzuteilen, was er über den Tod ihres Sohnes in Erfahrung gebracht hatte.

Sie freute sich, von ihm zu hören, und schickte umgehend eine Antwort mit einem Terminvorschlag. Er rief an und sagte zu.

Er belud den neuen Pick-up mit Ausrüstung und trat seine lange Reise an. Zuerst fuhr er zum Veteranenfriedhof in Tucson und schritt die Reihen der Grabmäler ab, die weiß in der Wüstensonne glänzten. Schließlich erreichte er den Stein mit der Inschrift:

Donny M. Fenn
Lance Corporal
USMC
1948 – 1972

Er unterschied sich durch nichts von den anderen. Hier standen Dutzende anderer Grabsteine für Gefallene aus diesem und anderen Kriegen. Die letzte Zahl bezeichnete in der Regel einen gewalttätigen Aufruhr in der amerikanischen Geschichte: 1968, 1944, 1918. Aus den Bergen pfiff ein leichter Wind heran. Der Tag war so hell, dass ihm die Augen wehtaten. Er hatte keine Blumen dabei, nichts, was er auf diesem quadratischen Flecken trockener Erde vor der Steintafel ablegen konnte.

Er hatte schon so viele Friedhöfe besucht; dieser fühlte sich kein bisschen anders an. Zu sagen hatte er nichts, denn es war schon so viel gesagt worden. Er ließ einfach den Verlust auf sich wirken, sah Donny wieder über den Wall springen, sah, wie die Kugel seinen Körper durchschlug und den Staub vor seiner Brust aufwirbelte. Er sah, wie

Donny umfiel, wie seine Augen leer und blind wurden, wie seine Hand nach Bobs Arm griff, sah das Blut im Mund des Kameraden und wie es ihm als obszöner Schaum aus der Nase quoll.

Nach eine Weile – er hatte keine Ahnung, wie viel Zeit vergangen sein mochte – ging Bob zurück zum Truck und stieg ein. Er begann die lange Fahrt, die ihn durch Arizona, New Mexico, Texas und Oklahoma in den Osten führte.

Die letzte Etappe seines Trips führte ihn in den im Bundesstaat Virginia gelegenen Teil der Vorstadt von Washington D. C., wo er bei einem alten Freund unterkam, den man zum Command Sergeant Major des United States Marine Corps befördert hatte. Wie schon einige Monate zuvor traf er sich mit alten Kameraden – zum Teil noch im Dienst, zum Teil im Ruhestand. Männer seiner Generation, von seinem Schlag; zähe, sehnige Kerle, denen die Karriere beim Corps ihren Stempel aufgedrückt hatte. Sie feierten ein paar laute Nächte lang im Vorstadthaus des Sergeant Majors in deutlich besserer Stimmung als bei seinem letzten Besuch.

Am nächsten Tag rief er Mrs. Carter an und kündigte seinen Besuch für den kommenden Abend an. Sie erwiderte, sie könne es kaum erwarten.

Nachdem er aufgelegt hatte, wartete er auf das verräterische Klicken in der Leitung, das auf eine Abhörvorrichtung schließen ließ. Er hörte keins, wusste aber, dass das nichts zu bedeuten hatte. Es gab noch andere Abhörmethoden.

Also dann. Nur noch diese eine Sache.

KAPITEL 51

Bob fuhr im Sonnenuntergang aufmerksam durch die Weiten von Baltimore County. Alles noch so, wie er es in Erinnerung hatte: die schönen Häuser der Reichen und Wohlhabenden, der alten Familien, der ursprünglichen Besitzer Amerikas – Leute, die englisch ritten. An der nächsten Kreuzung bog er ab und fuhr unter den überhängenden Zweigen der Ulmen zu Trigs Geburtshaus.

Er lenkte den Pick-up in die Einfahrt, für einen Moment eingeschüchtert von den Dimensionen des Grundstücks. Es strahlte Stabilität und Sicherheit aus, alles, was in der Welt Bestand hatte. Schließlich stieg er aus, rückte seine Krawatte zurecht und ging zur Haustür.

Es war September und hier im Osten wurde es abends kühl. Die Blätter färbten sich noch nicht, aber es lag bereits etwas in der Luft. Die bevorstehende Veränderung machte auf sich aufmerksam.

Er klopfte. Wie schon beim letzten Mal öffnete ihm der alte farbige Butler.

Er wurde durch dieselben Flure voller Antiquitäten und patriotischer Gemälde geführt, vorbei an exotischen Pflanzen, Damastvorhängen und Leuchten, die das Flackern von Kerzen nachahmten, über dicke orientalische Läufer. In der Dunkelheit fiel das Abgewohnte der Einrichtung nicht so deutlich auf wie bei seinem ersten Besuch.

Der alte Mann führte ihn ins Arbeitszimmer, in dem die Frau bereits auf ihn wartete. Sie stand so gerade wie ein Schiffsmast – tatsächlich hatte die Familie einmal Schiffe besessen, ebenso Eisenbahnstrecken, Öl, Kohle und andere Reichtümer. Sie wirkte streng und hart mit ihrer unveränderten eisengrauen Hochsteckfrisur. Das Kostüm, das sie trug, wirkte spröde und konservativ. Umso mehr wurde ihm bewusst, dass sie einmal eine große Schönheit gewesen sein musste. Jetzt umgab sie eine Aura tragischer Vergeblichkeit. Vielleicht bildete er sich das alles auch nur ein. Aber sie hatte ihren Sohn und ihren Mann an einen Krieg verloren, den ihr Mann für ehrenwert gehalten hatte, ihr Sohn hingegen nicht. Das hatte die Familie zerrüttet, wie so viele andere auch. Keine Familie war davor gefeit, nicht einmal diese, die durch ihren Wohlstand und Besitz so behütet schien.

»Nun, Sergeant Swagger, Sie sehen ja aus, als seien Sie inzwischen Filmstar geworden.«

»Ich habe mich viel im Freien aufgehalten, Ma'am.«

»Nein, ich meine nicht nur die Bräune. Ich habe immer noch meine Quellen, das wissen Sie doch. Es kursieren Nachrichten über Ihre Heldentaten in Idaho ... dass Sie da irgendeine furchtbare Verschwörung aufgedeckt haben. Ich verstehe das alles zwar nicht genau, aber diese Informationen sind bis zu den tattrigen Witwen der Mitarbeiter des Außenministeriums vorgedrungen.«

»Man sagt, wir hätten dort ein gutes Stück Arbeit geschafft, ja, Ma'am.«

»Sind Sie von Natur aus so bescheiden, Sergeant? Für einen so fähigen Mann wirken Sie dermaßen anspruchslos, als wollten Sie sich am liebsten in Luft auflösen.«

»Ich bin bloß ein höfliches Kind der Südstaaten, Ma'am.«

»Bitte, setzen Sie sich doch. Ich werde Ihnen keinen Drink anbieten, da ich weiß, dass Sie mit dem Trinken aufgehört haben. Möchten Sie eine Club Soda, eine Tasse Kaffee oder Tee, einen Softdrink, irgendetwas?«

»Nein danke, Ma'am.«

Sie setzten sich gegenüber voneinander hin. Einer von Trigs Vögeln schien sie zu beobachten: eine blaue Stockente.

»Tja, also dann. Ich weiß, dass Sie hergekommen sind,

um mir etwas zu erzählen. Ich schätze, ich bin bereit, es mir anzuhören. Werde ich einen Drink brauchen, Sergeant Swagger? Vielleicht einen doppelten Wodka?«

»Nein, Ma'am, ich denke nicht.«

»Nun, dann erzählen Sie.«

»Ma'am, über eins habe ich mir Gewissheit verschafft: Ich glaube auf keinen Fall, dass Ihr Sohn einen anderen Menschen getötet hat, und ich glaube auch nicht, dass er sich selbst getötet hat. Ich glaube, dass er von einem professionellen sowjetischen Agenten überlistet wurde. Ihr Sohn wurde mehr oder weniger dazu verleitet ...«

»Was für ein kurioser Euphemismus. Aber lassen Sie mich Ihnen sagen: Ich weiß über die Neigungen meines Sohnes Bescheid. Glauben Sie, dass homosexuelle Eifersüchtelei dahintersteckt?«

»Ich weiß es nicht, Ma'am. Das ist nicht mein Fachgebiet. Ich weiß nur, dass man ihn dazu gebracht hat, etwas zu tun, das hinterher als Akt symbolischer Gewalt dargestellt wurde, der der Friedensbewegung neue Energie geben sollte. Aber der russische Agent hat sich einen feuchten Dreck um die Friedensbewegung geschert. Er war lediglich daran interessiert, mit dem Ruhm und der Reputation Ihres Sohnes das wahre Ziel seiner Mission zu vertuschen: die Ermordung von Ralph Goldstein. Der Mann arbeitete an einer Technik der Satellitentopografie und stand kurz vor einem Durchbruch. Die Russen wussten, dass sie dadurch im Kalten Krieg ins Hintertreffen gerieten.«

»Es ging also letztendlich nur um einen Mord. Und ein anderer Junge war das Ziel?«

»Ja, Ma'am.«

»Der arme Trig war also nicht mal der Star bei seiner eigenen Ermordung?«

»Nein, Ma'am.«

731

»Tja, er war bei so vielen anderen Gelegenheiten der Star – ich schätze, da spielt es keine Rolle.«

»Meine Annahme ist, dass er anfing zu zweifeln. Womöglich dachte er sogar über einen Rückzieher nach, darüber, sich dem FBI anzuvertrauen oder etwas in der Art. Möglich wäre, dass er diese Zweifel irgendwie in den fehlenden Entwürfen seines Skizzenhefts zum Ausdruck gebracht hat. Aber wie es scheint, werde ich die nie zu sehen kriegen. Er wurde wahrscheinlich durch einen Karateschlag in den Nacken getötet. Das galt damals als deren Spezialität.

Tatsächlich wurde jeder umgebracht, der diesen Agenten damals zu Gesicht bekommen hatte, auch ein anderer Friedensaktivist namens Peter Farris und ein Marine namens Donny Fenn. Später haben sie es auch bei meiner Frau versucht, die den Agenten mit Trig zusammen gesehen hatte. Zu der Zeit war sie mit Donny Fenn verheiratet. Ich glaube, Ralph Goldstein wurde auf dieselbe Weise aus dem Verkehr gezogen. Man schaffte ihre Leichen in das Gebäude und sprengte es in die Luft.

In die Geschichtsbücher werden sie als ein gewalt-tätiger Narr und ein Mathestreber eingehen. Aber die Geschichtsbücher liegen meistens falsch. Es war ganz anders. Es ging um junge Leute, die von älteren, klügeren und rücksichtslosen Männern benutzt und anschließend entsorgt wurden, um sich einen kurzfristigen strategischen Vorteil zu verschaffen. Ein Krieg, wie er kälter kaum sein könnte.«

»Ein Krieg, den wir gewonnen haben.«

»Ich schätze, das haben wir.«

»Was wurde aus dem Russen?«

»Nun, unsere Geheimdienstleute haben eine Möglichkeit gefunden, unsere Informationen gegen ihn zu verwenden. Ich weiß nicht viel darüber, aber er ist tot. Es lief auf CNN.

Man konnte die verbrannten Leichen auf dem Rücksitz des Jeeps sehen.«

»Ach, um diesen Kotzbrocken ging es?«

»Ganz genau.«

»Und der Mann, der versucht hat, Sie umzubringen?«

»Na ja, der hatte eigentlich gar nicht vor, mich umzubringen. Er wollte meine Frau umbringen. Er wurde aufgehalten. Und er wird es nie wieder versuchen.«

»Waren Sie dafür verantwortlich?«

Bob nickte nur.

»Wissen Sie, was Sie sind? Sergeant, Sie sind ein heiliger Killer. Jede Gesellschaft braucht solche Menschen. Jede Zivilisation. Es ist eine ewige Blamage und der gegenwärtige Fluch dieses Landes, dass es sie nicht mehr anerkennt und sich einbildet, es bräuchte Menschen wie Ihnen keinen Respekt mehr entgegenzubringen. Aber lassen Sie sich von einer alten Schachtel die Wahrheit sagen: Sie sind ein notwendiger Mann. Ohne Sie geht alles vor die Hunde.«

Bob schwieg. Es passte nicht zu ihm, über seinen Platz innerhalb der Weltordnung zu philosophieren.

Die alte Dame spürte das. Sie bat ihn, ihr die politischen Hintergründe der Angelegenheit zu erläutern, die historischen Details. Er tat es, kurz und bündig.

»Ist das nicht merkwürdig? So wie Sie es darstellen, ist letzten Endes die einzige Partei, von der man sagen könnte, dass sie davon profitiert hat, der alte kommunistische Apparat in Russland. Es hat ihn ein paar Jahre länger am Leben gehalten. Und wer weiß, welche Bedeutung das noch haben wird? Das ist die grausame Ironie der Geschichte, nehme ich an.«

»Ich weiß nicht so genau, Ma'am. Die Geheimdienstler waren sehr glücklich darüber, dass sie diesen Pashin aufhalten konnten. Er war ihr wahres Ziel. Sein Ziel war meine Frau, aber wir haben ihn zuerst gekriegt.«

»Na, wie dem auch sei: Sie haben meinem Leben ein wenig mehr Klarheit gegeben. Mein Sohn war also kein Narr, sondern wurde von Profis ausgenutzt, die nun ihre gerechte Strafe bekommen haben. Gerechtigkeit ist nicht viel, aber sie hilft einem dabei, nachts besser zu schlafen.«

»Ja, Ma'am. Das sehe ich auch so.«

»Manchmal ist einem nicht einmal das vergönnt, also sollte man äußerst dankbar sein für das, was man bekommt.«

»Ja, Ma'am.«

»Und nun ... Ich weiß, Sie haben nicht für mich gearbeitet, Sie waren nie mein Angestellter. Aber die einzige Macht, die ich im Leben noch besitze, besteht darin, mein Scheckbuch zu zücken. Es wäre mir eine große Freude, es jetzt hervorzuholen und ihnen einen schönen großen Scheck auszustellen.«

»Danke«, erwiderte er. »Das ist nicht nötig.«

»Sind Sie sicher?«

»Ja, bin ich.«

»Nicht mehr lange und Sie müssen für ein College aufkommen.«

»Das dauert noch. Es läuft gut bei uns.«

»Oh, ich hoffe, ich habe jetzt nicht die Stimmung verdorben, indem ich auf Geld zu sprechen gekommen bin.«

»Nein, Ma'am.«

»Tja, dann ...«

»Aber es gibt da eine Sache.«

»Raus damit.«

»Das Gemälde.«

»Das Gemälde?«

»Der Adler nach dem Kampf. Ich hab keine Ahnung von Kunst und auch nicht von Vögeln, aber ich würde mich geehrt fühlen, dieses Bild zu besitzen. Es bedeutet mir etwas.«

»Sein Anblick hat etwas in Ihnen berührt?«

»Ja, so in der Art.«

»Dann sollen Sie es haben. Folgen Sie mir, Sergeant Swagger.«

Sie führte ihn aus dem Zimmer, befahl dem alten Butler, eine ›Leuchte‹ – sie meinte eine Taschenlampe – zu holen, und ging mit Bob und dem Bediensteten zum Atelier. In der eisigen Luft bildete ihr Atem kleine Wolken. Sie öffnete die Tür, schaltete das Deckenlicht ein und die Vögel erwachten zum Leben, regungslos und majestätisch.

»Ich nehme an, die wären Kennern des Makabren eine Menge Geld wert«, sagte sie. »Aber der Adler ... der ist so untypisch, außerdem unsigniert. Wollen Sie ein Echtheitszertifikat? Es kommt Ihnen in diesem Moment sicher unnütz vor, aber wenn Ihre Tochter später mal aufs College geht, könnte es den Unterschied zwischen einem Jahr oder vier Jahren Radcliffe bedeuten.«

»Nein, Ma'am«, erwiderte er, während er auf das Gemälde zutrat. »Ich will es so, wie es ist.«

Er stand davor und spürte den Schmerz des Adlers, seinen verstörten, mitgenommenen Geist, die Trostlosigkeit des Überlebenden.

»Ich frage mich, warum er sich so sehr hineingesteigert hat«, grübelte sie.

Er nahm das Gemälde von der Staffelei, an der es seit Mai 1971 befestigt gewesen war. Es war nicht gerahmt, aber die Leinwand war straff auf eine Holzplatte geheftet.

»Ich hoffe, Sie lassen mich wenigstens einen Rahmen dafür bezahlen«, sagte die alte Frau. »Das ist das Mindeste, was ich tun kann.«

»Ich schick Ihnen die Rechnung«, versprach Bob.

Er schlug das Gemälde sorgfältig in ein paar Tücher ein und achtete darauf, die fein aufgetragenen Farben nicht zu beschädigen. Dann nahm er das Paket behutsam unter den Arm.

»Alles klar«, sagte er.

»Sergeant Swagger, noch einmal, ich kann Ihnen gar nicht genug danken. Sie haben mir das Leben auf meine alten Tage noch einmal deutlich erträglicher gemacht, ohne selbst etwas davon zu haben.«

»Oh, ich hatte was davon, Mrs. Carter. Ich hatte was davon.«

Das Team beobachtete ihn aus der Ferne durch Nachtsicht-ferngläser. Es hatte lange gedauert, bis er aufgetaucht war, noch länger, seit er dort hineingegangen war. Was hatte er den ganzen Nachmittag dort getrieben? Völlig egal. Jetzt ging es los.

Swagger wendete den Pick-up, bog aus der Einfahrt und fuhr die Straße entlang. Als er die Falls Road erreichte, begab sich der erste Van in Position, nicht hinter Bobs Ausfahrt wie ein Amateur, sondern davor. Er wartete, bis Bob ihn überholte und fädelte sich dann hinter ihm in den Verkehr ein, ohne Aufmerksamkeit zu erregen.

Swagger überholte den Van, gewann etwas Vorsprung und fuhr mit ruhigem Tempo weiter.

»Blau Eins, hier Blau Zwei«, sprach der Beobachter in sein Mikrofon. »Äh, wir haben uns ohne Probleme an ihn dranhängen können. Blau Drei ist hinter mir, wollen Sie das Management davon in Kenntnis setzen?«

»Blau Zwei, das Management ist gerade eingetroffen.«

»Bleiben Sie an ihm dran, Blau Zwei, aber keine Hektik«, ertönte die ungeduldige Stimme Bonsons, die ihnen allen so vertraut war. »Setzen Sie den anderen Van ein, wenn Sie Gefahr laufen, entdeckt zu werden. Gehen Sie nicht zu aggressiv vor. Halten Sie mich auf dem Laufenden ...«

»Boah, das ist jetzt aber interessant, Blau Eins. Er ist nicht auf den Autobahnring gefahren. Er ist einfach auf der Falls Road geblieben, die nach Baltimore führt.«

»Wird die nicht später zur 83?«, fragte Bonson.

»Ja, Sir, stimmt. Die führt direkt in die Stadt.«

»Aber sein Motel ist doch am Baltimore-Washington-Parkway.«

»Das behaupten jedenfalls die Kreditkartendaten. Er hatte etwas bei sich, eine Art Paket. Vielleicht hat er damit was vor.«

»Verstanden, Blau Zwei, bleiben Sie einfach dran.«

Bob wechselte auf die Autobahn, die direkt ins Herz von Baltimore führte. Er fuhr am Television Hill mit den gigantischen Antennen und am Bahnhof vorbei, dann am Redaktionsgebäude der *Sun*. Schließlich senkte die erhöhte Straße sich von ihren Stützpfeilern auf Bodenniveau herab und ging in einen Boulevard namens President Street über, ein Stück östlich der Innenstadt.

»Er biegt links ab«, verkündete Blau Zwei. »Das ist die, äh, Fleet Street.«

»Der Karte nach fährt er auf Fells Point zu.«

»Was zum Teufel will er denn da? Ist er der neue Star in einem John-Waters-Film?«

»Kein Herumalbern über Funk«, ermahnte Bonson sie. »Verliert ihn nicht aus den Augen. Ich komme. Bin bald in der Stadt.«

Die Männer wussten, dass Bonson und sein Funkteam in einem Hangar am Baltimore-Washington-Airport Quartier bezogen hatten. Zu dieser nächtlichen Stunde dauerte die Fahrt in die City weniger als 20 Minuten, vorausgesetzt, es gab keinen Stau im Tunnel.

Bob erreichte die Fleet Street, wo der Verkehr etwas dichter wurde. Er schaute sich nicht um. Er bemerkte weder die weißen noch die schwarzen Vans, die ihm bereits seit dem Verlassen der Landstraße folgten.

Bob fuhr durch Fells Point, ein Viertel, in dem es von Autos, Jugendlichen, Abschaum und Bars nur so wimmelte.

Hier konzentrierte sich die zwielichtige Seite des städtischen Nachtlebens. Er fuhr weiter. Nach ein oder zwei Meilen bog er auf eine diagonal verlaufende, marode Piste ab. Die Boston Street.

»Blau Eins, hier Blau Zwei. Der Verkehr lässt nach. Er fährt über die Boston zu den Docks. Ich bleib auf der Fleet, fahre parallel neben ihm her. Soll sich Blau Drei an ihn dranhängen, nur zur Sicherheit.«

»Verstanden, Zwei«, bestätigte der Beobachter im anderen Van.

Nachdem der Van, der am dichtesten an ihm dran gewesen war, eine andere Straße entlangraste und das bisher unsichtbare zweite Fahrzeug die Lücke schloss, konnte Swagger unmöglich mitbekommen, dass man ihn beschattete. Zudem ließ sein Fahrstil nicht darauf schließen, dass er seine Verfolger bemerkt hätte: Er wechselte nicht die Spur, blinkte nicht rechts, um stattdessen links abzubiegen, zeigte jede Richtungsänderung brav im Vorfeld an.

Aber nachdem er am Rand des Hafens zwei große Wohngebäude auf der rechten Seite passiert hatte, wurde er langsamer, als halte er nach etwas Ausschau.

Er befand sich in einem ehemaligen Industriegebiet – überall verfallene, verlassene Fabriken, Ölbehälter zum Beladen von Tanklastern und riesige grasbewachsene Felder, die keinen erkennbaren Zweck erfüllten, aber trotzdem von Maschendrahtzäunen umgeben waren. Es gab wenig Verkehr und fast keine Fußgänger. Ein Ödland, in dem vielleicht tagsüber ein paar Menschen arbeiteten, das aber nachts fast völlig verlassen dalag.

Der zweite Van befand sich knapp 100 Meter hinter ihm, als er rechts abbog auf die South Clinton Street, die etwas näher zu den Docks führte. Der Van folgte ihm nicht, sondern hielt sich weiter geradeaus, nachdem der Beschatter das erste Fahrzeug verständigt hatte. Dieses war parallel zur Boston Street gefahren und eine Abfahrt vor Bob rechts abgebogen.

»Zwei, ich hab ihn«, meldete der Beobachter.

»Cool. Ich kurv ein bisschen rum und übernehm dann die hintere Position.«

»Gute Arbeit«, lobte Bonson über Funk. »Wir werden gleich den Kontakt verlieren. Wir fahren durch den Tunnel.«

»Ich bleib an ihm dran, Blau Eins.«

»Wir hören uns nach dem Tunnel wieder.«

Der erste Van hielt einen Abstand von etwa 120 Metern zu Swaggers Pick-up, der jetzt die verlassene South Clinton Street entlangfuhr. Auf der rechten Seite lag ein riesiger grauer Marinekahn im Dock, der wohl gerade repariert wurde. Aus Sicherheitsgründen und vermutlich auch, um ihn in Szene zu setzen, wurde er von Scheinwerfern angestrahlt. Bob fuhr an dem Schiff, einem Damm und ein paar Arbeiterlokalen vorbei und hielt am Straßenrand.

»Gottverdammt«, rief Zwei. »Er hat uns entdeckt. Verflucht noch eins.«

Sein eigener Fahrer fuhr langsamer, verhielt sich äußerst professionell.

»Nein, fahren Sie weiter. Einfach an ihm vorbei. Schauen Sie ihn nicht an, *denken* Sie nicht mal dran. Er spürt sonst, dass Sie ihn beobachten. Ich mach mich mal kurz unsichtbar.«

Der Fahrer behielt die Geschwindigkeit bei, während der Beobachter sich tief in die Polster sinken ließ. Er wusste, dass ein einzelner Fahrer weniger schnell auf eine Beschattung schließen ließ als ein Fahrzeug mit mehreren Insassen. Er drückte den Sendeknopf.

»Blau Drei, hören Sie mich?«

»Ja, bin gerade an der Kreuzung Boston Street, South Clinton Street vorbei.«

»Okay, er hat angehalten. Wir werden an ihm vorbeifahren. Kommen Sie her und biegen Sie ziemlich weit hinten auf die Straße ein. Er steht rechts. Lassen Sie die Scheinwerfer aus. Nehmen Sie das Nachtsichtgerät und beobachten Sie, was er macht.«

Das führende Fahrzeug sauste um die Kurve, vorbei an mehreren verladefertigen Kohlehaufen auf der rechten Seite.

Als der Mann im parkenden Wagen außer Sicht war, bog der Fahrer ab.

»Zwei, hier ist Drei. Bin auf Position und seh ihn durch das Nachtsichtgerät. Er sitzt bloß da und wartet. Ich glaube, er hat den Motor abgeschaltet. Nein, nein, er hat nur die Scheinwerfer ausgemacht, er fährt jetzt weiter, biegt ab ... weg ist er.«

»Okay, er ist abgetaucht.«

»Gebt mir euren Bericht, Leute«, ertönte Bonsons Stimme. Er hatte den Tunnel gerade hinter sich gelassen und befand sich jetzt auf dieser Seite des Hafens.

»Sir, er ist gerade auf einen Hof oder so gefahren, im Lagerviertel bei den Docks. Nicht weit von der Boston Street. Wir beobachten ihn.«

»Ich komme gerade an die Boston Street. Müssen wir von der 95 aus nach Osten oder Westen?«

»Nach Westen. Fahren Sie ungefähr 'ne Meile weit und biegen Sie dann links auf die South Clinton Street ab. Ich steh kurz hinter dieser Kurve mit ausgeschalteten Scheinwerfern am linken Straßenrand. Zwei ist auf der anderen Seite, eine Biegung weiter. Wir sind beide ungefähr 'ne halbe Meile entfernt von der Stelle, an der er sich verkrochen hat.«

»Okay, wir treffen uns 200 Meter von dort entfernt, auf meiner Seite. Wir fahren einer nach dem anderen hin. Zuerst Sie, Drei, dann Sie, Zwei, aus der anderen Richtung. Dann komme ich. Lassen Sie die Scheinwerfer an, für den Fall, dass er Ausschau hält. Wenn er Autos ohne Licht rumkurven sieht, macht ihn das erst recht nervös.«

»Sir, ich glaub ehrlich gesagt nicht, dass er wirklich was mitgekriegt hat. Er war ganz in seiner eigenen Welt versunken. Hat sich beim Anhalten nicht mal umgeschaut. Er scheint einfach auf der Suche nach diesem verlassenen Gelände gewesen zu sein.«

»In ein paar Minuten wissen wir's«, sagte Bonson, gerade, als sein Wagen links abbog und hinter einem der Vans zum Stehen kam.

Bob parkte auf der linken Seite der wie ausgestorbenen Halle aus Wellblech, so weit hinten wie möglich, um außer Sichtweite zu sein. Er wartete. Nichts weiter zu hören. Es gab offensichtlich keinen Nachtwächter. Es schien sich bei dem Gebäude um eine Art Getreidelager zur Beladung von Frachtkähnen zu handeln, aber auf dem Wasser war kein Schiff zu sehen. Auf der flachen, ruhigen Wasseroberfläche schimmerten Lichter, dahinter zeichnete sich die hell erleuchtete Skyline der Stadt ab. Hier gab es nichts außer den vorbeirauschenden Autos aus dem nahe gelegenen Tunnelausgang, hinter dem sich eine durch Betonpfeiler abgeschirmte, andere Welt befand.

Er stieg aus, nahm das eingewickelte Gemälde, eine starke Taschenlampe und einen schweren Seitenschneider mit und machte sich auf den Weg zur Lagerhalle. Die Tür wurde durch ein Vorhängeschloss gesichert. Das Schloss war zwar stabil, aber die Metallhalterung, die die Tür mit der Wand verband, war es nicht. Der Seitenschneider machte kurzen Prozess mit ihr. Das Schloss fiel zu Boden, noch intakt, nun aber mit einer kleinen Halskette aus durch-trenntem Metall geschmückt. Er zog die Tür auf und betrat die Halle. In der Dunkelheit glaubte er, Container zu erkennen, größtenteils leer. Getreidestaub erfüllte die Luft – hauptsächlich Weizen, aber er roch auch Sojabohnen.

Seine Schritte hallten von den Wänden wider, bis er

schließlich die Mitte der Fläche erreichte. Er blieb neben einem Pfeiler und einem Abflussrohr stehen und schaltete die Taschenlampe ein. Ihr Strahl wanderte durch das leere Gebäude und enthüllte nichts Interessantes, nur dramatische Schatten, Feuerlöscher, Lichtschalter, Schränke und Kisten. Bob schleifte eine der Kisten in die Mitte, legte die Lampe auf den Boden und hielt sie auf das mitgebrachte Paket gerichtet. Der kalte weiße Lichtkegel fokussierte das Gemälde.

Er ging hin und beugte sich in den Lichtkreis.

Langsam nahm er die Tücher weg, bis er das Bild vollständig freigelegt hatte. Er untersuchte es sorgfältig, sah, wie die Klammern die Leinwand an der Holzplatte hielten. Er nahm sein Case-Taschenmesser und begann, langsam mit der Messerklinge an der Farbe zu kratzen.

Die Schicht war dick und brüchig, fiel in Klumpen und Streifen zu Boden. Er kratzte weiter, zerstörte das Bild des Adlers, riss an der Farbe und sah sie in farbigen Flocken herunterrieseln. Nach etwa einer Minute spürte er eine Erhebung und strich mit der Klinge daran entlang, bis er einen Ansatzpunkt fand. Ein schweres Stück Papier, unter den schweren Ölfarben des Gemäldes buchstäblich begraben.

Er löste die Ecke mit der Klinge, bis er sie anfassen konnte, legte das Messer weg und zog das Blatt ganz vorsichtig heraus. Mit einem Knirschen löste es sich von der Leinwand. Als er es endlich abgelöst hatte, schwebte das Papier leise durch die Luft und landete mit einem Rascheln auf dem schmutzigen Boden. Er stellte das Spannbrett ab und bückte sich im grellen Licht, um zu sehen, welche Geheimnisse er freigelegt hatte.

Die letzten Skizzen aus Trigs Buch. Bob blätterte sie durch und fand Bilder eines Universitätsgebäudes in Madison, Porträts von Leuten bei Partys in Washington, Massenszenen großer Demonstrationen. Und es gab ein

Portrait von Donny. Es musste ungefähr zur gleichen Zeit entstanden sein, als Trig auch das Bild von Donny und Julie gemalt hatte, das Bob in Vietnam gesehen hatte. Es schien diese Zeit wieder zum Leben zu erwecken. Bob spürte Trigs Leidenschaft ... und seinen Schmerz.

KAPITEL 52

Ein Mann war vorausgegangen und kehrte mit einem Lagebericht zurück.

»Er ist mit 'ner Taschenlampe da drin und liest irgendwelche Papiere. Keine Ahnung, was das soll.«

»Okay«, erwiderte Bonson. »Ich glaube, ich weiß, was er da hat. Bringen wir die Sache zu Ende, ein für alle Mal.«

Pistolen wurden gezogen. Bonsons Team bestand aus fünf Männern, ihn selbst nicht eingerechnet. Bullige Kerle mit Bürstenschnitten in den späten 40ern. Sie wirkten abgebrüht und strahlten dieses Alphamännchen-Selbstvertrauen aus, das sie in die Lage versetzte, Gewalt auszuüben, wenn es nötig wurde. Groß gewachsene Polizisten, Soldaten, Feuerwehrmänner. Extrem kräftig und extrem kompetent. Sie zogen die Pistolen unter den Jacken hervor und es gab ein kurzes Konzert aus klickenden Geräuschen, als die Waffen entsichert und Schlitten zurückgezogen wurden, um die Kammern zu kontrollieren – nur zur Sicherheit. Dann schraubten sie die Schalldämpfer an.

Bonson führte sie über die Straße auf das Grundstück bis zum alten Getreidelager. Über ihnen funkelten und blinkten die Sterne. Der Klang von Wasser erfüllte die Nacht, das Schwappen der Flutwellen an die uralten Docks. Von irgendwoher erklang das leise, stetige Dröhnen von Automotoren.

Bonson erreichte die Metalltür und konnte durch die Lücke zwischen Tür und Wand Bob in der Mitte der Halle erkennen. Er saß auf einer Kiste und las im Licht einer Taschenlampe. Das Gemälde stand auf dem Boden, durch einen unsichtbaren Mechanismus in aufrechter Position gehalten wie bei einer Ausstellung. Bob lehnte sich mit dem Rücken an einen dicken Pfeiler, der die niedrige Decke abstützte. Bonson fiel auf, dass das Bild zerstört worden war. In der Mitte prangte ein großes weißes Viereck.

Was stimmt hier nicht?, fragte er sich.

Für einen Moment ließ er die Szene auf sich wirken.

Nein, nichts. Der Mann hat keine Ahnung, was auf ihn zukommt. Der Mann ist verloren. Er ist unvorbereitet. Er ist wehrlos. Dieser Mann ist das ultimative weiche Ziel.

Er nickte.

»Okay«, flüsterte er.

Einer der Männer öffnete die Tür für ihn. Bonson betrat die Halle.

Bob hob den Blick, als das Licht ihrer Taschenlampen ihn traf.

»Howdy«, grüßte er.

»Licht an«, befahl Bonson.

Einer der Männer ging zu einem Sicherungskasten und die Halle wurde mit Licht geflutet. Ein roher Industriebau mit Schotterboden, die Luft erfüllt von Staub und landwirtschaftlichen Gerüchen.

»Hallo, Swagger«, sagte Bonson. »Nanu, was haben wir denn da?«

»Das sind die letzten Skizzen aus Trig Carters Buch. Echt verdammt interessant.«

»Wie haben Sie die gefunden?«

»Was?«

Stimmte etwas nicht mit seinen Ohren?

»Ich sagte: Wie haben Sie die gefunden?«

»Als ich über sein letztes Gemälde nachgedacht habe, bin ich draufgekommen, fast jedenfalls. Das Bild unterschied sich deshalb von seinen anderen, weil er denen, die ihn überlebten, damit etwas mitteilen wollte: Schaut genauer hin. Aber vor mir hat es wohl keiner getan.«

»Gut gemacht. Und was ist darauf zu sehen?«

»Was?«

Was stimmte mit seinen Ohren nicht?

»Ich sagte: Was ist darauf zu sehen?«

»Oh. Nur das, was zu erwarten war«, antwortete Bob, immer noch ziemlich laut. »Leute, Orte, Sachen, auf die er gestoßen ist, während er seine symbolische Sprengung des Mathematikgebäudes vorbereitet hat. Ein paar schöne Zeichnungen von Donny.«

»Trig Carter war ein Verräter.«

»Ach ja?«, gab Bob milde zurück. »Was Sie nicht sagen.«

»Geben Sie das her«, verlangte Bonson.

»Wollen Sie sich die Zeichnungen nicht ansehen, Bonson? Die sind wirklich verdammt interessant.«

»Wir werden sie uns ansehen. Das reicht jetzt.«

»Oh, es wird sogar noch besser. Da ist auch eine hübsche Zeichnung von diesem Fitzpatrick. Verdammt, konnte der Junge zeichnen. Es ist Pashin, das wird jeder sofort erkennen. Ein ganz schöner Fund, hä? Das ist ein *Beweis*. Ein knallharter, solider, eindeutiger Beweis, dass die Friedensbewegung vom russischen Geheimdienst unterwandert war.«

»Na und?«, fragte Bonson. »Das ist alles lange vorbei. Es ist inzwischen bedeutungslos.«

»Ach, wirklich? Wissen Sie, da ist noch jemand auf den Zeichnungen zu sehen. Der arme Trig muss extrem misstrauisch geworden sein. Also ist er eines Tages, spät, direkt nach dem großen May-Day-Schlamassel, Fitzpatrick gefolgt. Er hat gesehen, wie er sich mit jemandem getroffen hat. Er hat gesehen, wie sich die beiden ausgiebig unterhalten haben. Und er hat das Treffen festgehalten.«

Bob schwenkte ein gefaltetes Blatt Papier. Pashin war darauf gestochen scharf zu erkennen.

Er entfaltete das Blatt und brachte den Rest des Bildes zum Vorschein.

»Sehen Sie, Bonson, das ist das Komische«, sagte er laut. »Da ist noch jemand drauf. Und zwar Sie.«

Für einen Moment herrschte Schweigen. Bonsons Augen wurden schmal. Aber dann entspannte er sich, drehte sich zu seinem Team um und lächelte. Er musste beinahe lachen.

»Wer sind Sie, Bonson?«, fragte Swagger, nun etwas leiser. »Das möchte ich wirklich gern wissen. Ich hab da ein paar Theorien. Aber ich kann mir einfach keinen Reim drauf machen. Sagen Sie's mir einfach. Wer sind Sie? Was sind Sie? Ein Verräter? Ein sowjetischer Geheimagent, der sich als Amerikaner ausgibt? Oder nur ein Zyniker, der beide Seiten gegeneinander ausspielt? Geht's Ihnen um Geld? Wer sind Sie wirklich, Bonson?«

»Sollen wir ihn töten?«, fragte einer der Männer aus dem Team und hob seine Beretta mit dem Schalldämpfer.

»Nein«, antwortete Bonson. »Nein, noch nicht. Ich will mehr hören.«

»Endlich ergibt das alles einen Sinn«, fuhr Bob fort. »Der große CIA-Maulwurf. Der, den sie all diese Jahre gejagt haben. Wer wäre ein besserer Maulwurf als der Chef der Maulwurfjäger? Verflucht schlau. Aber wie geht das? Warum hat man Sie nie verdächtigt?«

Er konnte spüren, dass Bonson ihm am liebsten alles erzählt hätte. Wahrscheinlich kannte niemand sein Geheimnis und er hatte die Wahrheit über sich selbst so tief vergraben, sich eine solche Disziplin auferlegt, dass er selbst nicht mehr daran glaubte. Aber jetzt bot sich für ihn eine Chance, es jemandem zu erklären.

»Der Grund, weshalb mich niemand verdächtigt hat«, antwortete Bonson schließlich, »ist, dass *die* mich rekrutiert haben. Ich bin nie zu ihnen hin. Die boten mir einen Job an, gleich nachdem ich die Navy verließ, aber ich hab Nein gesagt, lieber Jura studiert und drei Jahre lang an der

Wall Street gearbeitet. Die haben es noch dreimal versucht. Ich habe jedes Mal abgelehnt. Aber schließlich – Gott, hat mich das Überwindung gekostet! – sagte ich Ja.«

»Warum wollten die Sie unbedingt haben?«

»Wegen der NIS-Strafverfolgungen. Das war der Plan. Ich habe 57 junge Männer nach Vietnam geschickt, Marines, Seeleute der Navy, sogar einige Unteroffiziere. Ich habe noch Dutzende mehr gemeldet, die ich in den anderen Streitkräften fand, und auch von denen mussten viele fliegen. Es hat nie einen besseren Geheimpolizisten gegeben als mich, keinen, der gnadenloser oder ambitionierter gewesen wäre. Die haben mitbekommen, wie verbissen ich vorging. Wie gut ich war. Verblüffend gut. Die wollten mich so sehr, dass es sie fast umbrachte, und ich hab mich so sehr geziert, dass es mich heute noch staunen lässt. Aber das war von Anfang an unser Plan.«

»Wer sind Sie, Bonson? Wer sind Sie, Scheiße noch mal?«

»Das einzige Mal, dass ich wirklich an einem heißen Einsatz beteiligt war, war in dieser einen Nacht, als der Idiot von Pashin keinen Führerschein dabeihatte. Man braucht einen Führerschein, um so viel Ammoniumnitrat zu kaufen, selbst in Virginia! Dieser Idiot. Die GRU bat das Komitee um Hilfe, und da man meine Tarnidentität für die Beste hielt, bin ich runter nach Leesburg gefahren und hab das Zeug gekauft. Ich hab mich in 'nem Restaurant mit ihm getroffen, um ihm zu sagen, wo es untergestellt ist. Er war ein brillanter Agent, aber bei solchen kleinen praktischen Details hat er sich verflucht blöd angestellt.«

»Und Sie hatten Pech. Trig, diese menschliche Kamera, war ihm gefolgt.«

»Darüber hatte ich mir immer Sorgen gemacht. Das war der eine Augenblick, in dem ich verwundbar wurde. Aber jetzt haben Sie sich ja für mich darum gekümmert.«

»Wer sind Sie?«, fragte Bob. »Das müssen Sie mir noch verraten.«

»Ich muss Ihnen überhaupt nichts verraten. Ich kann Sie töten und bin dann für alle Zeiten sicher.«

»'71 haben Sie Geheimdienstaktionen organisiert, oder?«

»Darauf können Sie einen lassen.« Bonson nickte. »Ich hab das Chaos erfunden. Es war die beste professionelle Spionageaktion der Geschichte, so wie ich es eingefädelt habe.«

»Sie haben das Mädchen auf der Brücke umgebracht, richtig? Amy Rosenzweig, 17 Jahre alt. Ich hab's nachgelesen. Ich weiß, was die Sache für Wellen geschlagen hat.«

»Oh, Swagger, gottverdammt, sind Sie schlau. Wir haben sie eingesammelt, ihr 'nen Schuss verpasst und sie in der Menge abgesetzt. Es war 'ne Riesenladung LSD. Sie hat nie geschnallt, was mit ihr passiert ist. Mein Freund Bill hier«, er zeigte auf einen Mann in seinem Team, »hat das erledigt. Sie ist ausgeflippt und gesprungen. Gott, das hat vielleicht für Stunk gesorgt. Dieser eine Vorfall hätte um ein Haar die Glaubwürdigkeit der US-Regierung ruiniert. Der *Druck,* den das erzeugt hat ...«

»Die da sind Ihre eigenen Jungs, nicht wahr? Ihr Sicherheitsteam? Welcher von denen hat den armen Peter Farris umgebracht?«

Die fünf um Bonson versammelten Anzugträger funkelten ihn an. Sie hatten harte Augen, in denen pure Aggression glitzerte, und angespannte, professionelle Mienen. Sie umklammerten ihre Pistolen fester.

»Das war Nick.«

»Wer hat das Foto von Donny und meiner Frau geschossen?«

»Das war Michael. Meine Leute würden Ihnen gefallen, Swagger. Alles Unteroffiziere der Schwarzmeerflotte und der Speznas. Sie begleiten mich schon seit langer Zeit.«

»Wer hat das Gebäude in Wisconsin gesprengt?«

»Teamwork.«

»Und als Sie die Mission gegen Solaratov geleitet haben, haben Sie in Wirklichkeit gegen Pamjat gearbeitet. Gegen Pashin, der jetzt ein Nationalist war. Sein Sieg bei der Präsidentschaftswahl hätte euch einen weiteren Rückschlag verpasst. Sie wussten immer, dass Pashin in Wahrheit Fitzpatrick ist, aber Sie mussten einen Weg finden, uns diese Information zukommen zu lassen, ohne Ihre Position zu kompromittieren. Sie haben alles auf den Kopf gestellt, damit am Ende die amerikanische Regierung im Interesse der kommunistischen Partei handelte. Für Sie hat der Kalte Krieg nie wirklich geendet, oder?«

»Nein, und das wird er auch nie. Die Geschichte ist ein ewiger Kreis. Wir befinden uns im Moment auf dem Rückzug, lauern größtenteils im Untergrund. Aber wir sind nicht zum ersten Mal zum Abtauchen verdammt. So haben wir einst angefangen. Wir müssen unsere Feinde in Russland eliminieren. Zuerst Russland, dann die Welt, so wie es der große Stalin verstanden hat. Wir werden zurückkommen. Dieses große, reiche, fette Land, in dem Sie hier leben, wird bald aus allen Nähten platzen. Es wird sich selbst zerstören, und dabei werde ich ihm behilflich sein. Ich sollte bald zum Direktor ernannt werden. Dann kann ich mich auch in die Politik einmischen. Der interessanteste Teil meines Plans kommt erst noch.«

»Wer sind Sie?«, donnerte Bob.

Warum redet er so laut?

»Ich sag's Ihnen. Aber zuerst müssen Sie mir eine Frage beantworten: Seit wann wussten Sie es?«

»Ich fing bei dem Meeting an, Verdacht zu schöpfen. In dem Moment, als dieser Grünschnabel vorschlug, Solaratov Julie erledigen zu lassen und ihn sich auf dem Rückweg zu schnappen. Das war der klügere Plan, selbst ich begriff das. Aber Sie lehnten es kategorisch ab und meinten, das könnten Sie mir nicht antun. Ficken Sie sich doch. Das war nicht Ihr wahres Ich. Jemand wie Sie würde jeden in den Tod schicken, ohne eine Sekunde zu zögern. Bei Donny hatten Sie da nicht lange gefackelt. Also wusste ich, dass Sie lügen, als Sie behaupteten, das könnten Sie nicht tun. In Wahrheit ging es Ihnen nur darum, Solaratov aufzuhalten. Das war Ihre Hauptmission.«

»Schlau«, sagte Bonson. »Schlau, schlau, schlau.«

»Das brachte mich ins Grübeln. '72 müsst ihr Jungs euch in die Hosen geschissen haben, weil euch der wichtigste Zeuge für Pashin und Trig durch die Lappen ging. Ihr konntet Donny nicht finden, denn erst gab ein anständiger Offizier ihm Urlaub und danach befand er sich auf dem Rückweg nach Vietnam. Er muss also getötet werden, nicht nur um Pashin zu schützen, sondern auch um Sie zu schützen. Also ... woher sollten die gottverdammten Russen wissen, wo er ist und was er in Vietnam treibt? Wie konnten die ihn so gezielt aufs Korn nehmen? Das sind Informationen, an die man normalerweise nicht rankommt. Also musste es einen Insider geben. Jemanden, der zum Marineapparat gehörte. Nur so ließ sich herausfinden, wo der Junge genau steckte. Und jemand musste ihn ins Visier nehmen. Solaratov hat nur die Drecksarbeit erledigt. In Wahrheit haben Sie ihn auf dem Gewissen.«

Bonson starrte ihn an.

»Schon komisch, sobald man die entscheidende Schlussfolgerung gezogen hat, fügt sich alles wie von selbst zusammen«, fuhr Bob fort. »Alles ergibt auf einmal einen Sinn. Ihr letzter Fehler: wie *schnell* die Information nach Moskau gelangt ist und die höheren Stellen der Pamjat erreicht hat, um Pashins Kandidatur zu zerstören. Mann, ging das flott. Wollen Sie mir etwa erzählen, die CIA arbeite so schnell? Nie im Leben. Das deutete wieder auf einen

Insider hin, jemanden, der bloß einen Anruf machen musste. Verdammt! Und da sagen alle: ›Ist das nicht komisch, wie die kommunistische Partei davon profitiert?‹ Tja, aber der wahre Witz besteht darin, dass die kommunistische Partei im Hintergrund die Fäden zieht. Dank Ihnen. Wer sind Sie also?«

»Sie sind klug«, lobte Bonson. »Nur nicht schnell genug.«

»Wer sind Sie also?« Bob ließ nicht locker.

»Sie werden's nicht glauben, aber ich bin Geschichte. Ich bin die Zukunft. Ich bin die Menschheit. Ich bin die Hoffnung. Ich bin der Messias dessen, was sein muss.«

Er lächelte debil. Ein Pilger seines eigenen Wahnsinns.

»Nicht mal Solaratov hat Ihnen den Scheiß abgenommen«, knurrte Bob.

»Na gut, ich sag's Ihnen. Aber danach töte ich Sie persönlich. Sie dürfen sich geehrt fühlen.«

»Wer sind Sie?«

»Sie kennen meinen ursprünglichen Familiennamen wahrscheinlich sowieso oder könnten es rausfinden. Er steht in einigen Büchern. Meine Eltern waren Amerikaner der Arbeiterklasse und eifrige Mitglieder der American Communist Party. 1938, in meinem Geburtsjahr, wurden sie gebeten, die Partei zu verlassen und für das Komitee in den Untergrund zu gehen. Natürlich willigten sie ein. Es handelte sich um die größte Ehre, die ihnen je zuteil geworden war. Also sagten sie sich von der Partei los, kappten sämtliche Verbindungen zu Freunden und Familie und arbeiteten in den nächsten 15 Jahren als Kuriere, Vermittler und Geldeintreiber für die Atombombenspione. Sie haben den Rosenbergs gedient, Alger Hiss, Klaus Fuchs, diesem brillanten Coup, den wir in den USA durchgezogen haben. Meine Eltern waren Helden. Mein Vater war besser als Ihrer, Swagger. Er war besser, tapferer, stärker, härter und widerstandsfähiger. Er war der Beste, und meine Mutter war eine Heilige.«

Bonson hatte Tränen in den Augen, als er sich die Schönheit seiner Mutter in Erinnerung rief.

»Sie kennen den Rest. Durch die NSA entschlüsselte Daten haben sie schließlich enttarnt. Mein Vater hat sich in einem Vorratstank auf Rikers Island erhängt. Meine Mutter brachte erst mich in Sicherheit und vergiftete sich anschließend, als Agenten die Treppe heraufstürmten, um sie festzunehmen.

Beide waren Helden der Sowjetunion! Sie haben alles für die Revolution gegeben. Jemand aus dem Netzwerk hat mich außer Landes geschafft. Am folgenden Dienstag befand ich mich auch schon in Moskau. Ich war 14 Jahre alt und durch und durch amerikanisiert, Fan der Yankees und der Giants, hatte einen IQ von 160 und war fest entschlossen, das System zu Fall zu bringen, das meine Eltern auf dem Gewissen hatte. Sechs Jahre lang wurde ich ausgebildet. Als man mich nach Amerika einschleuste, war ich bereits hochdekorierter Major beim KGB. Jetzt bin ich ein Drei-Sterne-General. Ich habe mehr Auszeichnungen erhalten, als Sie sich träumen lassen. Ich bin ein Held der Sowjetunion.«

»Sie sind ein Psychopath. Und die Sowjetunion gibt es nicht mehr«, widersprach Bob.

»Schade, dass Sie nicht mehr erleben werden, wie falsch Sie mit dieser Aussage liegen.«

Schweigend standen sich die beiden alten Feinde gegenüber.

Schließlich rief Bonson: »In Ordnung. Das genügt. Tötet ihn.«

Die Männer seines Teams hoben ihre Pistolen. Die mit Schalldämpfern versehenen 9-Millimeter-Mündungen starrten Bob an. Es war vollkommen still.

»Irgendwelche letzten Worte?«, wollte Bonson wissen. »Eine Nachricht an Ihre Familie?«

»Letzte Worte? Ja, drei: Vorderseite Richtung Feind.«

Er drehte seine Hand, um ihnen zu zeigen, was er darin hielt. Sofort wurde Bonson klar, weshalb er so laut gesprochen hatte: Weil er Ohrstöpsel trug. Er hielt den Auslöser eines elektrischen M57-Zünders in der Hand. Ein Draht verlief von dem grünen Plastikteil zum Gemälde, hinter dem auf ein paar lächerlich kleinen Stativen eine M18A1-Antipersonenmine stand, besser bekannt als Claymore.

Die Schnelleren unter den Männern, ein oder zwei von ihnen, unternahmen noch einen Schussversuch, aber gegen Bobs Reflexe kamen sie nicht an. Er löste die Explosion aus.

Die 680 Gramm Plastiksprengstoff der Mine flogen sofort in die Luft. Eine Nanosekunde später wurden die Männer von 700 Stahlkugeln perforiert, ein wahres Gewitter mit einer Geschwindigkeit von 1200 Metern pro Sekunde. Die Mine erledigte ihre ureigene Aufgabe: Sie zerstörte diese Männer.

Sie wurden buchstäblich pulverisiert. Ihre Oberkörper hingen in Fetzen. Ein totales Gemetzel. Ihre Körper explodierten, als hätten sie Granaten verschluckt und vermengten sich mit der Luft.

Aber Bob bekam nichts davon mit. Wie geplant, rettete ihm der Pfeiler das Leben, indem er die Wucht der Detonation abfing. Die Ohrenstöpsel schützten seine Trommelfelle. 680 Gramm Plastiksprengstoff waren trotzdem keine Kleinigkeit. Er hatte das Gefühl, aus seinem Körper gerissen zu werden, als fliege seine Seele durch die Luft, bis sie auf etwas Hartes prallte. Bobs Kopf füllte sich mit hellem Nebel, einer weiß glühenden Leere. Für ein oder zwei Minuten verlor er das Bewusstsein.

Die Polizei kam nicht. Das Hafengebiet war ein Ort, an dem ständig seltsame Geräusche unterschiedlichsten Ursprungs ertönten: die Signalhörner der Frachtschiffe, das Poltern fahrender Lastwagen oder Fehlzündungen. Und nachts hielt sich kaum jemand in diesem Gebiet auf. Der Knall der Explosion war letztlich nur eines unter vielen unerklärlichen Geräuschen in einer Stadt voller unerklärlicher Geräusche.

Als Bob aus seinem Nebel auftauchte, schmeckte er Blut. Und er konnte es auch riechen. Das Blut, das er schmeckte, war sein eigenes: Seine Nase blutete und in beiden Ohren schrillte es trotz der Stöpsel wie nach einem Feueralarm. Er verspürte Schmerzen. Erst befürchtete er, sein Arm sei gebrochen, aber es handelte sich nur um eine heftige Prellung. Er rappelte sich auf und sah Glühbirnen durch die Luft tanzen, während seine kurzgeschlossenen Sehnerven hilflos vor sich hin stotterten. Er blinzelte, taumelte, landete auf dem Hintern, stand auf, blinzelte erneut und bekam schließlich das Grauen zu Gesicht.

Das Blut, das er roch, war ihres und eine Menge davon schwebte noch in atomisiertem Zustand durch die Luft, vom flackernden Licht erhellt. Sie waren zu sechst gewesen. Jetzt ließen sich nur noch Fragmente von drei Beinen ausmachen, aber keine zwei davon ergaben ein Paar.

Was von Ward Bonson übrig blieb, dem stellvertretenden Direktor für Spionageabwehr beim CIA, dem Wall-Street-Anwalt, Drei-Sterne-General des KGB und Helden der Sowjetunion, klebte an der durchlöcherten Blechwand. Es hatte sich vermischt mit den Überresten der Männer, die ihm lange Jahre so aufopferungsvoll und treu gedient hatten. Niemand dürfte noch die Nerven – oder einen ausreichend stabilen Magen – besitzen, sie voneinander zu trennen. Was sie der Welt hinterließen, konnte nur noch ein Wasserschlauch mit hohem Druck beseitigen.

Überall in der raucherfüllten Halle flackerten kleine Feuer. Die Skizzen lagen auf dem Boden verstreut. Langsam sammelte Bob sie ein und humpelte zum größten der Brandherde.

Er ging auf die Knie und schob sie, eine nach der anderen, in die hungrigen Flammen. Sie wurden verschlungen. Er sah zu, wie sich die Blätter kräuselten, schwärzten und in Asche verwandelten, die in der aufgeheizten Luft davonschwebte.

Vor seinem geistigen Auge tauchten die Seelen von drei Verlorenen auf: sein Freund Donny, Donnys Freund Trig und Trigs Opfer Ralph. Sie waren endlich frei, konnten sich in die Lüfte erheben und davonfliegen. Ihr *DEROS* war endlich gekommen.

Er hob den mit seinen Fingerabdrücken übersäten M57-Zünder auf und schob ihn in die Tasche, um ihn später zu entsorgen. Der Zünder stellte die letzte Verbindung zu Bonson und seinem Team dar. Dann stand Bob auf und verließ die Halle. Draußen drehte er sich noch einmal um und betrachtete zum letzten Mal das Schlachthaus, das er hinterließ. Damit war er endlich frei von allen Komplikationen, die sein gewalttätiges Leben ihm beschert hatte.

Sierra-Bravo-Vier. Letzte Durchsage. Ende.

Bob Swagger spazierte in die Nachtluft hinaus, atmete ihre Frische ein und ging zu seinem Pick-up. Obwohl er Schmerzen hatte und blutete, wusste er, dass er am besten sofort zu seiner langen Reise zurück in den Westen aufbrach. Es wurde Zeit, ins Leben zurückzukehren.

DANKSAGUNG

Der Autor möchte zunächst einer gewissen Gruppe von Lesern versichern, dass das zuvor Geschilderte in keiner Weise einen Anspruch auf eigenes Heldentum untermauern soll. Es existiert nämlich nicht. Er war kein Scharfschütze der Marines, nicht einmal ein Marine. Er hat nie in Vietnam gekämpft, sondern galt vielmehr zwischen 1969 und 1970 als unfähigster Gardesoldat des gesamten First Battalion der Third Infantry in Washington, D. C. Seine eigenen Kriegserfahrungen beschränken sich darauf, bei der Besetzung des Treasury Building dabei gewesen zu sein. Eine ziemlich langweilige Angelegenheit. Und einmal hat er sich im Camp A. P. Hill in Virginia die Lippe an einem Stacheldraht aufgerissen.

Aufmerksamen Lesern wird außerdem auffallen, dass ich einige Ereignisse aus dem Vietnamkrieg fiktionalisiert und in einen falschen zeitlichen Kontext eingeordnet habe, um sie für meine eigenen dramatischen Zwecke nutzbar zu machen. Dazu gehörte unter anderem, den Bodenkampf der Marines um ein Jahr zu verlängern. Die meisten Einheiten des Marine Corps verließen Vietnam bereits im Jahr 1971. Ich musste bei 1972 bleiben, weil ich diese Jahreszahl ohne jede Recherche verwendete, als ich vor vielen Jahren SHOOTER schrieb, das erste der Bob-Lee-Swagger-Bücher.

In früheren Romanen verlegte ich das Geschehen zu allem Überfluss in die Nähe von An Loc, was, wie sich später herausstellte, unweit von Saigon liegt und damit fernab des I Corps, wo die Marines ihren Kriegsdienst ableisteten. In einem verspäteten Versuch, die Illusion von Genauigkeit aufrechtzuerhalten, habe ich An Loc deshalb aus dem Fokus gerückt und Bobs und Donnys Kampf im

Regen hinauf nach I Corps verschoben, in die Umgebung des Camps der Special Forces bei Kham Duc.

Weiterhin habe ich die komplizierten Vorgänge in Washington an den ersten vier Tagen des Mai 1971 vereinfacht und auf eine einzige Nacht verdichtet. Das Massaker in der Feuerbasis Mary Ann – bei mir Dodge City – wurde in ein anderes Jahr verlegt und einem anderen Teil der Streitkräfte zugeschrieben. Da ich Geschichten erzähle und kein Historiker bin, habe ich außerdem meinen eigenen Vietnamjargon erfunden. Tatsächlich ist eins der wenigen in diesem Buch geschilderten Ereignisse, die wirklich stattgefunden haben, der große Fang, der Donny beim Baseball gegen die Mannschaft der Gilman High School gelang. Dieser Fang wurde *tatsächlich* gegen die Gilman gemacht, eine studienvorbereitende Schule, die allerdings nicht in Arizona, sondern in Baltimore liegt. Der Fänger war mein Sohn Jake Hunter, und das Spiel endete 1995 mit dem Sieg der Boys' Latin School gegen die Gilman.

Ich möchte hinzufügen, dass ich mein Bestes getan habe, um die Geschehnisse in diesem Buch mit jenen aus SHOOTER und NACHTSICHT in Einklang zu bringen. Allzu oft stellten sich die Schilderungen jedoch als unvereinbar heraus. Daher werden Sie mir wohl einfach glauben müssen, wenn ich behaupte, dass es in den anderen Romanen eben auf *jene* Weise, in diesem Buch aber auf *diese* Weise passiert ist.

Aber obwohl ich viel erfunden habe, habe ich doch auch mit vielen Menschen gesprochen, die das, worüber ich schreibe, aus erster Hand kennen. Sie alle sind gute Männer, die keine Schuld an meinen Ungenauigkeiten trifft oder an der Art und Weise, wie ich die Informationen ausgeschlachtet habe, die sie am eigenen Leib erleben mussten.

Ed DeCarlo, Staff Sergeant der Army im Ruhestand, und Alvin Guyton, Gunnery Sergeant des USMC, beides gute

Freunde vom On-Target-Schießstand, auf dem ich viel Zeit verbracht und viel Geld ausgegeben habe, teilten ihre Erinnerungen an Vietnam mit mir. Ed war Funker und brachte mir die Feinheiten des PRC-77 und des Kartenlesens näher. Alvin, ein Aufklärer der Marines, lieh mir kistenweise Referenzmaterial, sogar Kopien seines Marschbefehls nach Vietnam, nach denen ich Donnys Befehl gestalten konnte. Er hat sich bemüht, mir die Kultur der Marines auf eine Weise nahezubringen, dass ich sie mir bildhaft vorstellen konnte.

Die beiden üblichen Verdächtigen, Weyman Swagger und John Feamster, investierten wie üblich Unmengen von Arbeit, steuerten wertvolle Kommentare und Vorschläge bei und prüften mein ursprüngliches Manuskript mit großer Sorgfalt. Lenne Miller, ebenfalls Vietnamveteran und ein alter Collegefreund, hat mir ebenso großzügig seine Zeit und Aufmerksamkeit geopfert. Mein Bruder Tim Hunter schrieb mir einen fantastischen Brief voll mit konstruktiver Kritik. Jeff Weber lieh mir nicht nur seinen Namen für einen meiner Charaktere, sondern las auch eine Rohfassung und erteilte mir nützliche Ratschläge.

Bob Lopez hat mich in einem entscheidenden Moment auf eine entscheidende Idee gebracht. J. D. Considine, der Popmusikkritiker der *Baltimore Sun,* meiner früheren Zeitung, gab mir ein Tape mit Hits aus dem Jahr 1971, die mich beim Schreiben dieses Buchs begleiteten. Mike Hill war äußerst hilfsbereit. Bill Phillips, ein Ex-Offizier der Marines, Vietnamveteran und Autor von *The Night of Silver Stars,* las das Buch aufmerksam und half mir dabei, Army-Jargon durch Marine-Corps-Jargon zu ersetzen. Aber wenn ich irgendwo von einer Latrine statt einem Donnerbalken gesprochen habe, ist das meine Schuld, nicht Bills.

Tim Carpenter von Bushnell's hat mich mit den Feinheiten von Infrarot-Entfernungsmessern vertraut gemacht.

Dave Lauck von D&L Sports in Gillette, Wyoming, Autor von *The Tactical Marksman,* hat zu meinem großen Vorteil einen scharfen, professionellen Blick auf frühe Textfassungen geworfen. Kathy Lally und Will England, die Moskau-Korrespondenten der *Sun,* haben mir für ein Kapitel, das letzten Endes der Kürzung zum Opfer fiel, Tipps und Informationen über diese Stadt geliefert. Warrant Officer Joe Boyer von den Marine Barracks hat mich auf einem Streifzug durch diese Einrichtung begleitet und geduldig meine Fragen beantwortet. Jean Marbella, Teil meiner alten Zeitungskarriere und meines neuen Lebens, hat sich, wunderbar, wie sie nun mal ist, bis spät in die Nacht mein Gequatsche über Titel und erzählerische Probleme angehört. John Pancake, der Kunstredakteur meiner neuen Zeitung, der *Washington Post,* lächelte bloß jedes Mal, wenn ich ankündigte, ich müsste heute mal früher gehen, um an meinem Buch zu arbeiten. David Von Drehle, Redakteur des Style-Ressorts der *Post,* war ebenso großzügig und gab mir frei, wann immer es notwendig wurde. Steve Proctor von der *Sun* hat es in meinen vielen Jahren dort ähnlich gehandhabt, und auch er soll daher dankend erwähnt werden.

Der ehemalige Green Beret Don Pugsley schrieb mir sehr ausführlich über das Funkprozedere der A-Camps. Charles H. ›Hap‹ Hazard, Künstler bei der *Sun* und früheres Mitglied des Army-Nachrichtendienstes, hat für mich eine Menge Zeug ins Vietnamesische übersetzt, was mir sehr geholfen hat. Dr. Jim Fisher stellte mich Dr. Charlie Partjens vor, einem orthopädischen Chirurgen, der sich mit mir über medizinische Auswirkungen alter Schussverletzungen unterhalten hat. Bill Ochs, ein früherer Army-Sergeant, hat mit mir über etwas weitaus Brisanteres gesprochen: das Trauma seiner eigenen Hüftverletzung, die er im Kampfeinsatz in Vietnam erlitten hat. Ich weiß seine Bereitschaft, einem Fremden so persönliche Einblicke zu gewähren, sehr zu schätzen.

Ich sollte außerdem einigen Autoren danken, die Vorarbeit für mich geleistet haben. Peter R. Senich, der Thukydides der Scharfschützen, veröffentlichte *The One-Shot War,* eine Geschichte der Sniper-Operationen des Marine Corps in Vietnam, als ich gerade mit dem Schreiben dieses Romans anfing. Dann brachten Michael Lee Lanning und Dan Cragg *Inside the VC and the NVA* heraus, das sich als extrem hilfreich bei der Darstellung des zähen, kleinen Senior Colonel Huu Co erwies. Natürlich habe ich mich auch bei Charles Hendersons *Marine Sniper* und Joseph T. Wards *Dear Mom: A Sniper's Vietnam* sowie bei den historischen Standardwerken bedient. Ich habe jedoch nie persönlich mit einem Marine-Corps-Scharfschützen gesprochen, weil ich mir die Freiheit erhalten wollte, Bob Lee Swagger so auszugestalten, wie ich ihn sah, mit all seinen Macken.

Auf Verlagsseite muss ich schließlich meiner brillanten, wunderbaren Agentin Esther Newberg von ICM und meinem großartigen Lektor Bill Thomas von Doubleday danken.

Abschließend noch etwas über den Mann, dem ich dieses Buch gewidmet habe: John Burke. Er war der Aufklärer des großen Scharfschützen Carlos Hathcock in Vietnam, hat seine Abberufung jedoch nicht mehr erlebt. Ich kannte ihn nicht, aber seine Geschichte hat mich so bewegt, dass ich nach einer Möglichkeit gesucht habe, sie in einem meiner Romane zu verarbeiten. Auf diese Weise entstand mein Donny Fenn. Auf eine gewisse Weise verdanken wir also die ganze Geschichte – dieses Buch und alle, die ihm vorangingen – seiner Opferbereitschaft. Danke, Marine.

www.stephenhunter.net

STEPHEN HUNTER ist vielfacher Bestsellerautor und Filmkritiker (ausgezeichnet mit dem Pulitzerpreis). Er wurde 1946 in Kansas City, USA, geboren und lebt mit seiner Lebensgefährtin und zwei Kindern in Baltimore, Maryland. Anfang der 90er-Jahre begann er mit einer Serie von Thrillern, die sich um die Familiengeschichte des Swagger-Clans ranken. Bisher tritt Bob Lee Swagger in acht, sein Vater Earl Lee Swagger in drei Romanen auf. In *Soft Target* (2011) agiert erstmals Bob Lees unehelicher Sohn Ray Cruz. In *Point of Impact,* dem ersten Band der Saga, muss der ehemalige Marine-Scharfschütze Bob Lee Swagger bei einer Verschwörung als Sündenbock für den Mord am US-Präsidenten herhalten. Der Roman wurde 2007 als *Shooter* mit Mark Wahlberg in der Hauptrolle verfilmt und ist bei Festa auf Deutsch unter dem gleichen Titel erschienen. Das Projekt bescherte den Produzenten einen Gewinn von über 150 Millionen Dollar. Dennoch wurde ein geplanter weiterer Film um Bob Lee Swagger kürzlich abgesagt, doch eine TV-Serie angekündigt.

Stephen Hunter bei FESTA:

Shooter
Nachtsicht
Einsame Jäger

Der 1. SPECIAL X Thriller

In Vancouver werden mehrere Frauen brutal ermordet. Die Opfer waren offenbar sehr schön, aber ganz sicher ist das nicht – ihnen fehlen nämlich die Köpfe.
Superintendent Robert DeClercq und seine Kollegen kommen mit ihren Ermittlungen nicht weit. Verfolgt der Mörder einen Plan? Oder treibt ihn unkontrollierte sexuelle Perversion an? Spielt Kannibalismus eine Rolle?
Erst als DeClercq auf einen alten Fluch der kanadischen Indianer stößt und herausfindet, dass Verbindungen zum Voodoo-Kult in New Orleans bestehen, offenbart sich eine entsetzliche und irre Erklärung ...

Michael Slade bei FESTA:

Der Kopfjäger
Der Ghoul
Der Gnadenlose

Infos & Leseprobe: www.Festa-Verlag.de
eBooks: www.Festa-eBooks.de

Eine teuflische Verschwörung.
Das Ziel: die Vernichtung der USA.

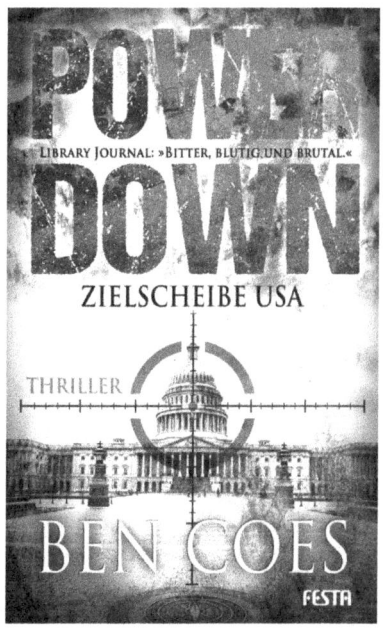

Eine Bohrinsel im Pazifik wird in die Luft gesprengt, einige Tage später der weltgrößte hydroelektrische Staudamm vor der kanadischen Küste. Durch ihre Zerstörung wird der Strom in den USA knapp. In Politik und Wirtschaft bricht Chaos aus. Doch dies ist erst der Anfang einer beispiellosen Terrorserie ...

Der frühere Elitesoldat Dewey Andreas überlebt einen der Anschläge. Er macht sich auf, die Verantwortlichen zur Rechenschaft zu ziehen. Bei seiner Hetzjagd rund um den Globus kommt er einer ungeheuerlichen Verschwörung auf die Spur.

Doch Andreas läuft die Zeit davon. Denn es droht POWER DOWN – der totale Stromausfall.

Ben Coes bei FESTA:

Power Down – Zielscheibe USA
Coup D'État – Der Staatsstreich
The Last Refuge – Welt am Abgrund

Infos & Leseprobe: www.Festa-Verlag.de
eBooks: www.Festa-eBooks.de